Der Zorn des Zeppelin

Walter Christian Kärger, aufgewachsen im Allgäu, studierte an der Hochschule für Fernsehen und Film und arbeitete dreißig Jahre als Drehbuchautor in München. Über hundert seiner Drehbücher wurden für Kino oder TV verfilmt. Er lebt als Romanautor in Memmingen.

WALTER CHRISTIAN KÄRGER

Der Zorn des Zeppelin

Ein Fall für Kommissar Max Madlener

BODENSEE KRIMI

emons:

Bibliografische Information der Deutschen Nationalbibliothek
Die Deutsche Nationalbibliothek verzeichnet diese Publikation
in der Deutschen Nationalbibliografie; detaillierte bibliografische
Daten sind im Internet über http://dnb.d-nb.de abrufbar.

© Emons Verlag GmbH
Cäcilienstraße 48, 50667 Köln
info@emons-verlag.de
Alle Rechte vorbehalten
Umschlagmotiv: © mauritius images/imageBROKER/Stefan Arendt
Umschlaggestaltung: Nina Schäfer, nach einem Konzept
von Leonardo Magrelli und Nina Schäfer
Gestaltung Innenteil: César Satz & Grafik GmbH, Köln
Lektorat: Carlos Westerkamp
Druck und Bindung: sourc-e GmbH, Köln
Printed in Europe 2025
Erstausgabe 2016
ISBN 978-3-95451-797-8
Bodensee Krimi
Originalausgabe
4. Auflage

Unser Newsletter informiert Sie
regelmäßig über Neues von emons:
Kostenlos bestellen unter
www.emons-verlag.de

Für Gabriele und Tilman.
Sie wissen, warum.

Don't push me
'cause I'm close to the edge
I'm trying not to lose my head, ah-huh-huh-huh
It's like a jungle sometimes
It makes me wonder
How I keep from going under ...

aus: »The Message« von Grandmaster Flash & The Furious Five

Ich sage euch: man muss noch Chaos in sich haben,
um einen tanzenden Stern gebären zu können.
Ich sage euch: ihr habt noch Chaos in euch.

aus: »Also sprach Zarathustra« von Friedrich Nietzsche

Das Ich ist nicht Herr im eigenen Haus.

Sigmund Freud

Prolog

Erst einige Wochen nachdem er sich endgültig entschlossen hatte, seine Mutter zu töten, schickte sich Dr. Arbogast an, sein Vorhaben in die Tat umzusetzen. Die finale Entscheidung war ihm bei Gott nicht leichtgefallen, aber es musste sein. Wie lange hatte er sich schon danach gesehnt, endlich in Freiheit zu leben und all das zu verwirklichen, wovon er sein ganzes erwachsenes Leben nur geträumt und phantasiert hatte. Jetzt endlich, nach Jahrzehnten der Selbstverleugnung, Bevormundung und Unterdrückung, hatte ihm ein gnädiges Schicksal die Möglichkeit dazu auf einem Silbertablett serviert. Er musste nur noch den letzten, entscheidenden Schritt machen, um sich endgültig aus den Fesseln der Vergangenheit zu lösen und emporzusteigen in sein dunkles Reich der Phantasie, die er nun endlich ausleben und verwirklichen konnte. Was hatte er nur alles nachzuholen!

Eine schwarze unbändige und zerstörerische Kraft durchströmte ihn bei diesem Gedankengang, der ihn die letzten Jahre mehr und mehr während der Arbeit und in seinen schlaflosen Nächten gefesselt hatte und zur Obsession geworden war, zur wahren Bestimmung seines Ichs.

Nicht dass er etwa bei seiner Arbeit geschludert hätte oder gedankenlos war und deshalb einen Fehler begangen hätte, das konnte er sich als seriöser und angesehener Apotheker in Friedrichshafen am Bodensee nicht leisten. Bei seiner Stellung und Verantwortung wäre selbst ein kleiner Fauxpas fatal gewesen und hätte sich schnell herumgesprochen. Nein, er durfte sich nicht den geringsten beruflichen Fehler erlauben, wenn er endlich ausleben wollte, was ihm bisher versagt und nur in seinen Phantasien vergönnt war. Solange er unter der Fuchtel seiner Mutter war, würde er genau so sein, wie sie sich das vorstellte.

Sehr bald schon hatte er gelernt, wie man sein wahres Ich unter dem Deckmantel der Anständigkeit, der Integrität und des konservativen Calvinismus verbarg, von dem die alteingesessenen Menschen in der Region geprägt waren. Das Vorspiegeln dessen, was die Leute erwarteten, war ihm zur zweiten Natur geworden. Wenn er seinen weißen Kittel anhatte, sein Namensschild mit dem Doktortitel neben der Brusttasche mit den akkurat darin aufgereihten Kugelschreibern, dann war er eine Autoritätsperson mit der Aura der Zuverlässigkeit, des Fachwissens und der Respektabilität. Genau so, wie ihn seine Mutter immer gewollt hatte und wie sie ihn nach ihren Vorstellungen geformt zu haben glaubte. Aber hinter der Maske der Achtbarkeit brodelte es von Anfang an. Sein Lieblingsbuch seit Kindertagen war »Der seltsame Fall des Dr. Jekyll und Mr. Hyde« von Robert Louis Stevenson. Als er es das erste Mal gelesen, ja verschlungen hatte, war das sein Damaskuserlebnis gewesen. Dieses Buch hatte ihm die Augen geöffnet, wer er wirklich war.

Zum Glück war er nicht nur damit gesegnet, dass er seine wahre Natur verbergen konnte, was er bis zur Perfektion entwickelt hatte, er besaß zudem auch die Geduld eines Krokodils, das so lange regungslos am Wasserloch im Schlamm warten konnte, bis ein unbedarftes Gnu durstig genug war, heranzukommen und ihm in aller Unschuld beim Saufen den schlanken Hals zu präsentieren.

Jahrelang hatte Dr. Arbogast gewissermaßen in seinem Schlammloch ausgeharrt, bis sich eine günstige Gelegenheit bieten würde, um sich in das zu verwandeln, was er eigentlich in seinem Innersten war: ein Monster. Ein Monster, das nur darauf fixiert war, sich in einer blitzschnellen Bewegung aus seiner Starre zu lösen und zuzupacken, seine rasiermesserscharfen Zähne in den Hals seines Opfers zu schlagen, es erbarmungslos hin und her zu schleudern und das Blut zu schmecken, das ihm in seine Lefzen floss, und diesen Augenblick der absoluten Macht zu spüren, Herr über Leben und Tod zu sein.

Eine Bestie ohne Gnade und ohne Gewissen.

So wie Gott.

Bei diesem blasphemischen Gedanken lächelte er in sich hinein, während er die Medikamente für eine alte Dame, eine Stammkundin und Mitglied im Kirchenvorstand, zusammenstellte.

Wenn das seine Mutter wüsste, seine Mutter, die nie auch nur einen Sonntagsgottesdienst versäumt hatte. Was sie selbstverständlich auch von ihm erwartete. Und er war über all die Jahre wahrlich ein folgsamer und fügsamer Sohn gewesen, halleluja und gepriesen sei der Herr! Klaglos war er nach dem glänzenden Abschluss seines Pharmaziestudiums, das er mit einem Summa-cumlaude-Doktortitel gekrönt hatte, in die väterliche Apotheke und seine Heimatstadt zurückgekehrt, um an der Seite seiner Mutter, die selbst Apothekerin und seit seinem dreizehnten Lebensjahr Witwe war – damals war sein Vater bei einem schrecklichen Unfall ums Leben gekommen –, die Apotheke zu führen, die seit Generationen im Besitz der Familie Arbogast war, eine Institution in Friedrichshafen und weit darüber hinaus.

Die Pflegerin, die zweimal am Tag vorbeikam und sich um seine Mutter kümmerte, war die Hintertreppe von der Wohnung, die im selben Haus über der Apotheke lag, heruntergekommen und wartete, bis Dr. Arbogast die Kundin bedient hatte. Er steckte die Medikamente in eine Plastiktüte, dazu als Beigabe ein Fläschchen Multivitamine – Frau Frantischek war Privatpatientin, und die Medikamente waren teuer, ein Präsent in angemessener Größenordnung wurde selbstverständlich erwartet.
»Es fehlt noch was, Herr Doktor«, bemerkte die alte Dame mit den gedrechselten grauen Dauerwellen süffisant und lächelte auffordernd.
Dr. Arbogast, der selbstverständlich alle Eigenheiten seiner anspruchsvollen Stammkundschaft kannte, spielte mit und griff sich, als sei er zerstreut, an die Stirn, bevor er der Kundin noch die neueste Ausgabe der »Apotheken Umschau« in die Hand drückte und sie mit Namen und Titel ihres verstorbenen Mannes verabschiedete. Dieser war Gymnasialprofessor gewesen, und sie erwartete selbstverständlich, dass sie mit »Frau Professor Frantischek« angesprochen wurde. Arbogast wusste, dass sie nur von ihm und in ihrer Metzgerei so tituliert wurde, aber seiner Kundschaft Honig ums Maul zu schmieren gehörte zu seinem Service, und er tat ihr selbstverständlich diesen Gefallen, der ihn nichts kostete als ein vorgetäuschtes freundliches Lächeln.
Zufrieden verließ sie die Apotheke, nicht ohne sich vorher

noch in der offenen Tür nach dem Befinden seiner Mutter zu erkundigen, was er mit traurigem Dackelblick und einem leisen »Nicht so gut, leider« beantwortete, das ein resignatives Nicken und mitfühlendes Seufzen ihrerseits zur Folge hatte, bevor sich die Tür endgültig hinter ihr schloss.

Arbogast wandte sich der jungen Frau vom Pflegedienst zu, die hinter ihm gewartet hatte.

»Ich habe Ihrer Mutter eine neue Windel angelegt, die Infusion läuft noch, Sie wissen ja Bescheid. Sie schläft jetzt«, sagte sie.

»Gut«, sagte er und nickte. »Vielen Dank.«

»Wir sehen uns morgen früh.«

»Ja, schönen Abend noch«, verabschiedete er die Pflegerin und hielt ihr die Tür auf. Er blickte ihr nach, wie sie in einen taubenblauen Opel Corsa mit der Aufschrift »Ambulante Kranken- und Seniorenpflege Meyer-zur Heyde« stieg und davonfuhr. Dann sah er auf seine Uhr.

Zeit, Feierabend zu machen. Er schloss die Tür ab und ließ den Schlüssel wie immer von innen stecken. Trotzdem versicherte er sich noch einmal, ob die Tür auch wirklich verriegelt war, eine seiner vielen Marotten, die er sich einfach nicht abgewöhnen konnte. Er war sich dessen bewusst, aber das neurotische Sicherheitsbedürfnis seiner Mutter – »Hast du auch den Herd abgestellt? Ist das Auto abgesperrt? Sind die oberen Fenster zu? Es sieht nach einem Gewitter aus!« – war auch ihm in Fleisch und Blut übergegangen.

Zeit, um endlich zur Tat zu schreiten.

Er griff in die Schublade mit den steril verpackten Einwegspritzen, nahm eine heraus und entfernte die Cellophanhülle.

Mit der Spritze bewaffnet ging er leichten und federnden Schrittes zur hinteren Tür der Apotheke, die ins Treppenhaus führte, über das man zur Wohnung im ersten Stock hinaufgelangte.

Er konnte es kaum erwarten. Heute war der 1. September. Der Jahrestag, der einen anderen Menschen aus ihm gemacht hatte. Genau der richtige Zeitpunkt, um die nächste Stufe seiner Entwicklung zu erklimmen.

Zum Baal, zum Übermenschen, der über den mühevoll aufgehäuften zivilisatorischen Gesetzen und ihrer übergestülpten Moral stand. Ab sofort hatten sie ihre Gültigkeit für ihn verloren. Oder besser: Er hatte sie abgeschüttelt wie ein Reptil seine zu dünn gewordene Haut.

Eine neue Zeitrechnung für Dr. Anselm Arbogast war angebrochen.

1

Im Presseraum des Polizeipräsidiums Friedrichshafen bereitete sich Kriminaldirektor Thielen zwei Stunden vor Feierabend darauf vor, wieder einmal einen seiner wegen ihrer Länge, Ausführlichkeit und auswuchernden Phrasenhaftigkeit berüchtigten und gefürchteten Vorträge zu halten. Die Kripoleute von den Abteilungen Kapitaldelikte und Sitte waren pflichtgemäß vollständig angetreten, ebenso die Techniker vom Erkennungsdienst und der Spurensicherung, die keine Ausrede mehr gefunden hatten, denn Thielen war so schlau gewesen, seinen Auftritt bei ihnen so kurzfristig wie möglich von seiner Sekretärin Frau Gallmann anberaumen zu lassen, weil er seine Rede naturgemäß vor möglichst zahlreichem Publikum an die Frau beziehungsweise den Mann bringen wollte. Die Nachbarschaftsreviere hatten notgedrungen ebenfalls Abgesandte geschickt, sogar einige Männer von der Verkehrspolizei waren abkommandiert worden, und auch die Wasserschutzpolizei aus Überlingen war nicht umhingekommen, zwei wichtige Beamte nach Friedrichshafen zu beordern.

Schließlich ging es um das grundsätzliche Verwaltungsthema »Verbesserung der Koordination und Bündelung polizeilicher Verfahren und Abläufe unter dem besonderen Gesichtspunkt von mehr Effizienz«. Ein Dauerbrenner des Kriminaldirektors, den er schon in unzähligen Updates durchdekliniert hatte, und in etwa so spannend, wie Bettlaken auf der Wäscheleine beim Trocknen zuzusehen.

Hauptkommissar Max Madlener und seine Assistentin Harriet Holtby wussten das und waren deshalb absichtlich weit vor der Zeit aus ihrem Büro, das nebenan im Gebäude der Verkehrspolizei untergebracht war, herbeigeeilt. Ihr Kalkül ging auf, sie hatten das Glück, zwei Plätze in der allerletzten Stuhlreihe zu ergattern. Wer das Pech hatte, pünktlich oder mit Verspätung einzutreffen, musste sich weiter vorne platzieren. Die Azubis saßen alle in der ersten Reihe, weil sie noch nicht besser wussten, was auf sie zukam, oder weil sie hofften, mit ihrer Streberhaftigkeit die Aufmerksamkeit des Chefs auf sich zu ziehen und so für einen möglichen Aufstieg auf der Karriereleiter Pluspunkte sammeln zu können.

Thielen wartete, bis die gut drei Dutzend Stühle alle besetzt waren, und plauderte derweil mit seiner Sekretärin Frau Gallmann, die eben ein Glas kohlensäurefreies Mineralwasser auf dem Rednerpult abgestellt hatte und den Sitz seiner Krawatte korrigierte. Sie gab wie immer ihr Bestes, um ihren Chef zu umsorgen und bei Laune zu halten. Und wie immer sah sie aus wie aus dem Ei gepellt: die Haare wie frisch vom Friseur, Fingernägel, Make-up, lilafarbenes Kostüm, gestärkte weiße Schluppenbluse mit Trompetenärmeln, die etwas zu hohen, farblich passenden Pumps − alles war perfekt aufeinander abgestimmt. Madlener war sich sicher: Solange Frau Gallmann für die Verkörperung von Kontinuität und Solidität im Polizeipräsidium zuständig war, würde die Welt sich zuverlässig weiterdrehen und der Himmel einem nicht auf den Kopf fallen.

Die letzten Stühle wurden gerückt, und allmählich kehrte erwartungsvolle Stille ein. In vorauseilendem Gehorsam hatte jeder der Zuhörer zumindest ein Laptop oder einen Notizblock auf den Knien, sei es aus Pflichtbewusstsein − bei den Novizen −, sei es, weil sie wussten, dass Kriminaldirektor Thielen davon ausging, dass jedes seiner goldenen Worte pflichteifrigst festgehalten wurde, um bei Bedarf nachgelesen und memoriert werden zu können.

Er blätterte zufrieden durch seine Unterlagen. Sein Blick schweifte über die geschlossenen Reihen der Zuhörer, wie stets registrierte er genauestens, wer seine Anwesenheitspflicht ernst nahm und sich eingefunden hatte und wer nicht.

Madlener und Harriet in der hintersten Reihe wandten ihm schon ihr Aufmerksamkeitsgesicht zu, das aber nur auf ihrer raffinierten Verstellungskunst basierte, denn sie waren zwar körperlich, aber nicht geistig anwesend, auch wenn Harriets aufgeklapptes Laptop und Madleners Notizbüchlein eine andere Haltung vortäuschten. Harriet stellte sich darauf ein, ihren im Yogakurs erlernten Schlafmodus mit offenen Augen − ihre

Yogalehrerin nannte die Übung »Dem Drachen in die Augen schauen« – zur Anwendung zu bringen und zu vervollkommnen.

Madlener war sowieso ein Meister im Vorgaukeln von großem Interesse, wenn es um die schier endlosen Ansprachen des Kriminaldirektors ging, auch wenn er bereits dabei war, an etwas Wichtigerem zu feilen: seiner neuesten (S)hitliste, einer Liste von Dingen, die die Welt nicht brauchte.

Die zweite Liste, die er sich immer vornahm, wenn es im Präsidium keine dringenderen Fälle zu bearbeiten gab als des Nachts abgesägte Maibäume in irgendeinem Dorfflecken im Hinterland oder auf dem Seeparkplatz abgerissene Mercedessterne und er sich dementsprechend langweilte, war die von den besten Popsongs aller Zeiten – ein mühevolles und wohl für ewige Zeiten nicht zu vollendendes Unterfangen, weil ihm immer wieder Titel einfielen, die er noch in seine Top 100 aufnehmen wollte, obwohl er bereits mehr als das Doppelte an Songs hatte und eigentlich eher radikal kürzen musste, sonst würde die Aufstellung seiner Rangliste mit seinem Eintritt ins Rentenalter noch immer ein Torso sein.

Er überlegte, ob er die selbst aufgestellte eherne Regel umstoßen und aus den besten hundert eine Top 200 machen sollte, um nicht doch noch Songs unter den Tisch fallen lassen zu müssen, die die Welt seiner Meinung nach maßgeblich bereichert und ein gutes Stück erträglicher gemacht hatten. Nach langem innerem Kampf beschloss er aber dennoch, es bei einhundert Titeln zu belassen, um seine Herzensangelegenheit nicht allzu sehr ins Uferlose auszuweiten, da war eben ein gewisses Maß an Selbstdisziplin angebracht.

Während Kriminaldirektor Thielen mit seinem Vortrag begann, den er wie immer mit einem Witz einleitete, der einen Bart hatte wie ein Klischee-Salafist und bei dessen misslungener Pointe trotzdem pflichtgemäß gelacht wurde, überlegte Madlener, ob er den Song »Stool Pigeon« von Kid Creole & the Coconuts auf Platz neunundneunzig positionieren und dafür »Dedicated Follower of Fashion« von den Kinks eliminieren sollte, wobei er automatisch mitlachte, als das die anderen taten. Er setzte Kid

14

Creole innerlich auf seine Warteliste, weil ihm einfiel, als er seinen Namen ins Notizbuch schrieb, dass er schon seit Langem noch eine weitere Rangliste mit den peinlichsten lebenden Persönlichkeiten anlegen wollte.

Kriminaldirektor Thielen hatte durchaus berechtigte Chancen auf einen der vorderen Plätze, die derzeit von Dieter Bohlen, Hansi Hinterseer, Lothar Matthäus, Heidi Klum, Boris Becker und den Geissens besetzt waren. Die Auswahlkriterien waren eine komplizierte Mixtur aus dem geschätzten Intelligenzquotienten, dem exhibitionistischen Auftreten in Interviews und dem gefühlten Fremdschämfaktor, den die Akteure und Aktricen bei ihren Aussagen und Auftritten bei ihm auslösten.

Er ging seine Notizen noch einmal durch.

Auf Platz eins der Rangliste von den Dingen, die die Welt nicht brauchte und/oder die sie ein gutes Stück hässlicher machten, stand seit langer Zeit unangefochten die Duravit-Fernbedienung für Klospülungen, ein wahres Evergreen. Auf Platz zwei kam der Wackeldackel, gleichauf gefolgt von Marmelade in Aludöschen und einem Strunkentfernungsgerät für Tomaten, gehäkelten Klopapierhüten und sämtlichen Coverversionen, die André Rieu jemals eingespielt hatte. Aber erst gestern war er durch Zufall im Supermarkt auf eine brandaktuelle, grandios überflüssige Neuentwicklung der Abfallindustrie gestoßen, die beste Aussichten hatte, aus dem Stand einen Spitzenplatz zu erreichen, er wusste nur noch nicht, ob er sie auf Platz vier oder fünf ansiedeln sollte: der beduftete Müllbeutel in drei verschiedenen Geruchsvariationen – wahlweise Floral, Orient oder Vanille. Fehlte nur noch Chanel N° 5 für die Hausfrau mit Stil, alternativ im Zuge der Gleichberechtigung Man Extreme von Bulgari für den Hausmann.

Madleners leerer Blick war zwar auf den Kriminaldirektor gerichtet, der hinter dem Rednerpult mit Inbrunst und Pathos seinen Vortrag hielt wie der Bundespräsident seine unvermeidliche Rede zum Tag der Deutschen Einheit, aber in seinem Kopfkino stellte er sich vor, wie die schmutzig grauen Mülltüten bei der Herstellung an einem Fließband von leicht bekleideten Germany's-Next-Topmodels mit Riesenflakons eingesprüht wurden. Unwillkürlich grinsend schüttelte er dabei den Kopf, was Gott sei Dank nur Harriet auffiel, die ihn sanft von der Seite anstupste, was ihn wieder in die schnöde Wirklichkeit zurückbrachte.

Die Rede von Kriminaldirektor Thielen war – dem Himmel sei's gepriesen! – durch die intensive geistige Beschäftigung Madleners mit den wirklich wichtigen Petitessen des Lebens schon weit fortgeschritten und inzwischen bei den Statistiken angelangt, einer Stelle, die Thielen immer besonders genüsslich auswalzte und mit von Frau Gallmann an die Wand projizierten Diagrammen untermauerte.

Die hingebungsvolle Interpretation endloser Säulen und Zahlen durch ihren Chef übertraf bei Madlener und Harriet die Wirkung und Durchschlagskraft von einer Handvoll Valium bei Weitem. Beide kämpften geradezu heroisch gegen die bleierne Müdigkeit an. Madlener vertiefte sich noch mehr in seine Ranglisten, und Harriet musste sich mehrfach in ihren Oberschenkel zwicken, um nicht vollends einzunicken. Es war ein langer Tag gewesen.

Madlener gab sich einen Ruck, setzte sich wieder gerade hin und klatschte in die Hände, weil plötzlich, er wusste nicht, warum, Beifall aufbrandete.

Thielen dankte mit erhobenen Armen und entließ endlich die gesamte Belegschaft, sofern sie nicht Bereitschaftsdienst hatte, ins verdiente Wochenende, nicht ohne noch einen seiner geliebten englischen Aussprüche loszuwerden: »Who fights can lose. Who doesn't fight has already lost.«

Allmählich hatten auch die pflichteifrigsten Polizisten angefangen, klammheimlich auf ihre Armbanduhr zu schielen, aber sie nickten alle beifällig. Ob aus Erleichterung, dass der Redemarathon überstanden war, oder aus Verlegenheit, weil sie den Spruch und vor allem den inhaltlichen Zusammenhang nicht verstanden, war einerlei, für Thielen zählte nur die Bestätigung seiner rhetorischen Kunst und seiner umwälzenden Verbesserungsvorschläge in verwaltungstechnischer Hinsicht.

Zu guter Letzt setzte er noch einmal an. »Einen Augenblick bitte, Herrschaften! Bevor Sie jetzt alle aufbrechen, darf ich Ihnen noch eine kleine Wochenendlektüre ans Herz legen. Es ist ein Flyer, in dem ich selbst alles zusammengetragen habe, womit wir den Dienstweg optimieren können. Frau Gallmann, bitte …«

Frau Gallmann ging schon durch die Reihen und verteilte die Broschüre.

Madlener und Harriet sahen sich an und wussten im selben Augenblick, dass sie wieder einmal den gleichen Gedanken hatten: Es war an der Zeit, dass sie endlich mit einer anspruchsvollen Aufgabe konfrontiert wurden, bevor Thielen noch dazu überging, von ihnen allen zu verlangen, seine Denkschriften auswendig zu lernen und jeden Tag zum Dienstantritt vorzutragen. Sie nahmen den schriftlichen Erguss ihres Chefs angemessen respektvoll entgegen und machten, dass sie aus seinem Radarbereich und dem Polizeipräsidium kamen, wo sie den Flyer, kaum waren sie außer Sichtweite, umweltverträglich im nächsten Papiercontainer entsorgten.

2

Dr. Anselm Arbogast hörte leise Stimmen von oben, als er die hintere Stahltür zur Apotheke abgesperrt hatte und die Treppe zum ersten Stock in den Wohnbereich hinaufging. Aber das war nicht ungewöhnlich. Die Stimmen stammten vom Fernseher, der Tag und Nacht im Schlafzimmer seiner Mutter lief. Sie war seit gut einem halben Jahr ans Bett gefesselt. Seit ihrem schweren Schlaganfall, dem Blutgerinnsel im Gehirn. Der Apoplex hatte seine Mutter im Schlaf überrascht und rechts halbseitig gelähmt. Er hatte Adelheid Arbogast, Witwe und Apothekerin, über Nacht in einen lebenden Leichnam verwandelt, der sich nicht mehr artikulieren konnte und nur noch im Dämmerzustand im Ehebett dahinvegetierte, ein regloser Zombie, mit dem keine Kommunikation mehr möglich war, obwohl die altkluge Pflegerin meinte, man könne nie wissen, ob so ein im Koma liegender Patient nicht doch alles oder wenigstens einiges von dem mitbekomme, was um ihn herum vorging.

Niemand kannte Adelheid Arbogast so gut wie ihr einziger Sohn. Er brauchte ihr nur in die Augen zu sehen, dann wusste er Bescheid: Sie bekam alles mit.

Und er wusste auch genau, was sie am meisten hasste: Fernsehen und Werbung im Fernsehen.

Noch während sie im Krankenhaus lag, hatte er ihr einen neuen Flachbildschirm so vor das Bett in ihrem Schlafzimmer gestellt, dass sie, wenn sie wieder daheim war und die Augen aufmachte, gar nicht umhinkam, etwas anderes zu sehen als die stets flimmernde Mattscheibe.

Der Pflegerin flunkerte er vor, dass er das Gefühl habe, seine Mutter freue sich darüber, unterhalten zu werden. Sie habe ihm einmal dankbar die Hand gedrückt, wenn auch schwach, aber er habe es deutlich gespürt. Die Lautstärke war so eingestellt, dass er gerade nicht gestört wurde, wenn er die Schlafzimmertür seiner Mutter geschlossen hatte. Wenn er sie heimlich aus einem Winkel, der außerhalb ihres Gesichtsfeldes lag, beobachtete, was er oft und mit Genugtuung tat, schien sie seine Gegenwart doch zu spüren und wahrzunehmen und murmelte Unverständliches. Ihr maskenhaftes, verzerrtes Gesicht versuchte mit übermenschlicher Anstrengung, sich irgendwie zu äußern, aber es gelang ihr nicht. Sie hatte eine leicht zu bedienende Fahrradklingel an ihrem Nachtkästchen, die Arbogast extra für sie angebracht hatte, damit sie sich bemerkbar machen konnte, denn ihre linke Hand konnte sie bewegen. Aber Arbogast schob einfach, wenn ihm das Geklingel auf den Wecker ging, das Nachtkästchen ein kleines Stück aus ihrer Reichweite. Noch in ihrem jetzigen Zustand hätte sie ihn sonst terrorisiert, so wie sie das ihr ganzes Leben hindurch getan hatte.

Damit war jetzt ein für alle Mal Schluss.

Die Installation aus Klingel und TV-Gerät war von der Pflegerin mit viel Anerkennung bedacht worden, sie fand es großartig, wie Dr. Arbogast seiner Mutter das armselige Stückchen Leben, das ihr noch geblieben war, erleichterte. Überhaupt: wie rührend der Sohn um seine Mutter besorgt war, ein wahres Vorbild für alle Menschen, die sich selbst um die Pflege ihrer Angehörigen kümmern mussten. Und dabei hätte Dr. Arbogast doch das Geld gehabt, um seine Mutter in einem teuren Pflegeheim unterzubringen. Aber nein – er wollte selbst für sie da sein, sie sollte nicht aus ihrer gewohnten Umgebung gerissen werden. Das würde die Pflegerin auch brühwarm allen weitererzählen, und sie kam viel herum, das hatte Dr. Arbogast einkalkuliert. Manche Stammkunden, die davon erfahren hatten und ihn deswegen über den Schellenkönig lobten, wie man in Friedrichshafen zu sagen pflegte, konnten sich vor Lob und Bewunderung für die rührende Besorgtheit des Apothekers kaum noch zurückhalten. Manchmal war ihm das selbst richtiggehend peinlich, jedenfalls tat er so.

Insgeheim jedoch aalte er sich geradezu in der Sonne der öffentlichen Meinung, ihr strahlender Glanz trug nur dazu bei, seine wahre Natur zu übertünchen, der er von nun an umso eifriger und ungestörter erlauben konnte, das zu tun, was sie immer schon tun wollte.

Unbewusst sang er ein Lied vor sich hin, »Freude, schöner

Götterfunken, Tochter aus Elysium, wir betreten feuertrunken, Himmlische, dein Heiligtum …«, das ihm seit Kindertagen nicht mehr über die Lippen gekommen war. Jetzt auf einmal fiel ihm der gesamte Text wieder ein, als er im Schlafzimmer seiner Mutter vor ihrem Bett stand und ihr leidendes Gesicht im flimmernden Licht des Flachbildfernsehers genoss. Er hatte extra den Ton leise gestellt, damit sie, wenn sie dazu noch in der Lage war, seinen Liedtext verstehen konnte. Vielleicht würde sie dann auch alles verstehen, was er bisher vor ihr geheim gehalten hatte, wer weiß. So kurz vor ihrem Ende hatte sie vielleicht einen dieser hellsichtigen Momente, von denen er einmal gelesen hatte. Er zog den Besucherstuhl ans Bett heran und setzte sich neben sie.

Endlich konnte sie nicht mehr über ihn bestimmen, ihn mit ihrer mitleidheischenden, wehklagenden Stimme traktieren, ihm Befehle erteilen, die in letzter Zeit nur noch mühsam als Anweisungen oder Bitten verklausuliert dahergekommen waren. Lange genug hatte er nach ihrer Pfeife getanzt, zu lange.

Eigentlich ein ganzes Leben lang.

Er griff sich an den Kopf – meldete sich da seine Migräne wieder? Prophylaktisch schluckte er eine von seinen Tabletten, die er immer in einem Döschen bei sich hatte, und spülte sie mit einem Schluck aus der Wasserflasche hinunter, die auf dem Nachtkästchen seiner Mutter stand. Eine erzwungene Auszeit wegen eines Anfalls – und sei sie auch noch so kurz – konnte er sich in diesem Stadium auf keinen Fall leisten.

Er seufzte und drehte sich zum Bildschirm um, weil er sehen wollte, was die letzten Eindrücke waren, die seine Mutter auf dem Weg ins Jenseits zu Gesicht bekam. Ausgerechnet einen dieser Fernsehfilme, die sie hasste wie die Pest. Rosamunde Pilcher. Deutsche Akteure aus der zweiten und dritten Schauspielerriege, die so taten, als seien sie Engländer. Holy shit! Seiner Mutter musste es gehen wie der Queen, wenn sie an ihre verkorkste Familie dachte: She really was not amused!

Er stellte es mit der Fernbedienung wieder ein bisschen lauter, damit sie auch wirklich hören konnte, was da vor sich ging, und auf gar keinen Fall den Werbeblock verpasste. Wenn sie noch könnte, würde sie sich jetzt winden vor hilfloser Qual. Ihre Augen flackerten voller Wut, das war der einzige Ausdruck, den sie noch hinbekam. Er nutzte die Gelegenheit und zeigte ihr die Spritze, zog demonstrativ den Kolben heraus, um sie mit Luft zu füllen. »Du weißt schon, was heute für ein Datum ist, ja? Unser Jahrestag. Der 1. September. Du erinnerst dich doch noch daran? Ich weiß genau, dass du das nicht vergessen hast. Dann wollen wir mal … Zeit, Adieu zu sagen.«

Ihre linke, zitternde Hand tastete vergeblich nach der Fahrradklingel, aber die hatte er beim Hereinkommen tunlichst aus ihrer Reichweite geschoben. Ihre Reaktion zeigte, dass sie sehr wohl verstand, was er vorhatte. Die pure Panik spiegelte sich in ihren Augen, die weit aufgerissen waren.

Umso besser.

Dann konnte sie den endgültigen Triumph in seinem Blick wenigstens wahrnehmen.

Er nickte ihr zu: Es war unwiderruflich so weit.

Er betrachtete ihre rechte Hand, die blau geädert und mit Altersflecken übersät regungslos auf der Bettdecke lag. Im Handrücken war der Katheter mit dem Infusionsschlauch. Er würde jetzt an einer Stelle, die man hinterher nicht bemerken würde, die Spitze der Spritze einstechen und Luft in den Katheter drücken. Die Luft würde in die rechte Herzhälfte und von dort in die Lunge gelangen. Der Druck in der rechten Herzhälfte würde ansteigen, und die Blutgefäße der Lunge würden sich zusammenziehen. So lange, bis die Embolie in die linke Hälfte des Herzens weiterwanderte. Durch den Blutkreislauf hatte die Luftblase nun Zugang zum ganzen Körper. Wenn sie sich in einer Koronararterie festsetzte, würde sie einen Herzinfarkt auslösen. Wenn sie ins Gehirn gelangte, einen zweiten Schlaganfall.

So gut wie nicht nachweisbar, wenn man nicht danach suchte.

Und wer sollte das schon tun? Der langjährige Hausarzt würde eine natürliche Todesursache diagnostizieren, ihm kondolieren und ihm von Doktor zu Doktor sagen, dass seine Mutter froh sein konnte, von ihrem Zustand erlöst worden zu sein, von dem keine Besserung zu erwarten war, bevor er den Totenschein ausfüllte und unterschrieb.

Er summte leise »La-le-lu, nur der Mann im Mond schaut zu …«, während er die Luft mit Hingabe in den Katheter drückte, aufstand und seine Mutter mit Rosamunde Pilcher und der Werbung für Kukident-Haftcreme und Dulcolax gegen Obstipation allein ließ.

Er würde morgen früh nach ihr sehen, wenn es endlich vorbei war. Wenn sie Glück hatte, würde sie noch die »Ich bin doch nicht blöd«-Werbung und das Happy End im TV mitbekommen, er gönnte es ihr von ganzem Herzen.

Aber jetzt hatte er weiß Gott Wichtigeres zu tun. Er musste in sein streng abgesichertes und schalldichtes Labor gehen. Der Zugang erfolgte durch eine Stahltür, die mit einem elektronischen Schloss versperrt war, dessen Code nur er und seine Mutter kannten, weil hinter ihr auch die Medikamente untergebracht waren, die unter das Betäubungsmittelgesetz fielen. Dort gab es Strom und einen Wasseranschluss, dort war sein ganz persönliches Reich, eben sein »Labor«, wie er seiner Mutter und seinen Mitarbeitern in der Apotheke weisgemacht hatte, in dem er angeblich in seiner Freizeit seinem Hobby, der Chemie, nachging.

Seit seine Mutter das Bett nicht mehr verlassen und ihm heimlich nachspionieren konnte, hatte er den Raum nach und nach ganz seinen Vorstellungen entsprechend eingerichtet. Er war vollkommen mit Fliesen ausgestattet, alle Geräte und der Computer waren auf dem neuesten Stand der Technik. Und er hatte einen weiteren, nicht zu unterschätzenden Vorteil: Man konnte ihn auch durch eine Stahltür von der geräumigen Doppelgarage aus betreten. Wenn man etwas aus dem Auto ausladen musste, was nicht unbedingt jemand zu sehen brauchte, fuhr man in die Garage, schloss das Garagentor wieder mit der Fernbedienung und konnte in aller Ruhe – wenn es sein musste, mit der bereitstehenden Sackkarre – jeden Gegenstand, den man für sein Vorhaben brauchte, ohne unliebsame Zeugen in den Laborraum schaffen.

Alles wäre so perfekt gewesen, genau so, wie er es sich immer vorgestellt hatte. Absolute Kontrolle war etwas, was er zu seinem

Lebensinhalt gemacht hatte. Dummerweise war ihm dann das Leben als solches dazwischengekommen. In Form von migräneartigen Kopfschmerzen, die aus heiterem Himmel und mit einer Heftigkeit auftraten, die ihm die Tränen in die Augen treten ließ.

Zunächst hatte er zwar darunter gelitten, sie aber nicht weiter beachtet und gehofft, dass es nur eine einmalige Angelegenheit war. Aber als die Intervalle der Schmerzattacken immer kürzer wurden, wandte er sich doch an einen Neurologen, den er noch von seinem Studium her kannte und der seine Praxis in Radolfzell hatte.

Das Ergebnis der Computer- und der Kernspintomografie war ebenso eindeutig wie niederschmetternd. Er hatte ein anaplastisches malignes Meningeom an der Falx cerebri, also in der Innenseite der Schädelkalotte, das so weit fortgeschritten war, dass eine operative Entfernung praktisch ausgeschlossen war. Aber auch wenn es nahezu aussichtslos war – es gab immer Spezialisten, die so einen riskanten Eingriff wagen würden, das sagte ihm der Neurologe, um ihm nicht alle Hoffnung zu nehmen.

Arbogast, der als Apotheker mit besten medizinischen Kenntnissen nur zu gut wusste, was diese Diagnose und die Prognose bedeuteten, stellte sich vor, wie er nach dem intrakraniellen Eingriff aufwachen würde – wenn er überhaupt wieder aufwachte – und nur noch ein Zombie war, wie seine Mutter nach ihrem schweren Apoplex.

Noch in der Praxis eilte er auf die Toilette, wo er sich heftig übergeben musste.

Nein, das war ausgeschlossen, so wollte er nicht enden. Wenn schon Schluss war, dann mit einem großen Knall. Schließlich hatte er nichts mehr zu verlieren. Wenigstens den Abgang von der Bühne des Lebens, das Wie, würde er sich nicht aus der Hand nehmen lassen. Und er würde ihn so gestalten, dass man sich noch jahrelang landauf und landab das Maul darüber zerreißen würde.

Deshalb ging es von nun an nur noch darum, seinen ursprünglichen Plan zu modifizieren und in der ihm verbleibenden Zeit umzusetzen. Er würde ihn bis zum Finale grande durchführen, das sich in seinem Kopf festgesetzt hatte wie der inoperable Gehirntumor, den er sich bisweilen ohne Selbstmitleid ansah. Er hatte sich den Ausdruck der Computertomografie hinter seinen Labortisch gepinnt, neben den Kanistern mit der hochexplosiven, selbst hergestellten Flüssigkeit, den Chemikalien und dem Computer, der ihm unbeschränkten Zugang zu allem verschaffte, was er für sein Werk brauchte.

Arbogast hatte keine Zeit mehr zu verlieren. Eine Strahlen- und Chemotherapie lehnte er ab, die Ärzte gaben ihm, sollte er sich nicht unters Messer legen, noch ein halbes Jahr, ohne Gewähr, aber diese Gnadenfrist war ein Mittelwert aus mehreren Diagnosen. Er war noch bei diversen anderen Spezialisten gewesen, die Prognosen gingen dabei weit auseinander.

Es war der Tag gekommen, als er es endgültig satthatte, von Praxis zu Praxis zu marschieren und Klinken zu putzen, sich das immer gleiche Gelaber der Ärzte anzuhören und ihre auf geziemenden Ernst und Empathie getrimmten Gesichter anzusehen. Sein ganzes irdisches Dasein hatte er darauf hingearbeitet, selbstbestimmt zu leben. Das hatte zuerst seine Mutter verhindert, und nun, da er endlich hätte tun und lassen dürfen, wonach ihm der Sinn stand, war dieser gottverdammte Krebs dazwischengekommen.

Nach dem ersten Schock und der verspätet einsetzenden Verzweiflung war ihm noch in derselben schlaflosen Nacht klar geworden, dass sein Todesurteil gleichzeitig auch eine Chance war, das mit aller Konsequenz durchzuführen, was er immer schon hatte tun wollen. Nun gab es eben keine Optionen mehr.

Dass er über den Zeitpunkt seines Ablebens ziemlich genau Bescheid wusste, hatte auch etwas Gutes. Es machte ihn praktisch unverwundbar, falls er vor dem Finale erwischt werden sollte – was er tunlichst vermeiden wollte. Niemals würde er mit lebenslänglicher Haft und anschließender Sicherungsverwahrung bestraft werden, niemals würde er ein Gefängnis von innen sehen, das war bei seinem ursprünglichen Plan immer seine größte Sorge gewesen. Selbst wenn er das, was er vorhatte, noch so genau und sorgfältig durchführte, gab es immer dumme Zufälligkeiten und Fehler, die einen auffliegen lassen konnten, bevor man sein Ziel erreicht hatte. In seinem Fall war das nun egal. Fast egal – denn sein Ziel, die große Apotheose seiner selbst, musste natürlich erreicht werden, sonst wäre alles umsonst gewesen. Erst wenn er mit seiner Tat ans Ziel gekommen war, hätte sein ganzes Leben einen wirklichen Sinn gehabt.

Er starrte einen Kratzer an der Stahltür an und merkte, dass er, anstatt den Geheimcode einzugeben, wieder einmal regungslos stehen geblieben war, ganz in seine Gedankenwelt versunken, und dabei jegliches Zeitgefühl verloren hatte. Als er einen Blick auf seine Uhr warf, stellte er fest, dass er mindestens fünfzehn Minuten lang einen völligen Blackout gehabt haben musste. So etwas war früher, als er noch gesund war, nie vorgekommen. Es konnte durchaus eine Folge der Krankheit sein, die sich da in seinem Kopf eingenistet hatte. Das bereitete ihm mehr als ein dumpfes Unbehagen – so ein Aussetzer zur falschen Zeit konnte ihm den entscheidenden Strich durch die Rechnung und damit alles zunichtemachen. Was, wenn er für immer länger werdende Zeitabschnitte nicht mehr wusste, was er tat?

Er verdrängte den Gedanken daran wieder. Er musste sich darauf konzentrieren, was er sich jetzt und heute noch zu erledigen vorgenommen hatte, und tippte endlich die Zahlenfolge ein.

Im Labor machte er Licht. Auf dem einfachen Feldbett lag das Mädchen wie Schneewittchen im Glassarg. Lange Haare, schwarz wie Ebenholz, das Gesicht bleich wie Schnee, die Augen wie im Schlaf geschlossen, die Arme ausgestreckt am Körper. Sein Eröffnungszug gewissermaßen. Arbogast war begeisterter Schachspieler. Und zwar ein guter – er hatte bis zum Schachmatt seines Gegners alle Züge schon vorausberechnet. Das Mädchen stand unter perfekt dosierten Drogen und bekam nichts davon mit, wo es war und was um es herum vorging. Es war seit einem Tag in seiner Gewalt und mit Kabeln an einen Monitor angeschlossen, der seine Vitalfunktionen kontrollierte und den er über sein Smartphone ständig überwachen konnte. Gelobt sei das heilige Zeitalter der Computertechnik!

Er streckte die Hand aus und wollte dem Mädchen über die schwarzen Locken streichen. Im letzten Moment hielt er sich zurück, weil er gerade noch rechtzeitig merkte, dass er seine Vinylhandschuhe nicht anhatte. Beinahe hätte er einen unverzeihlichen Fehler gemacht. Wenn man nicht an alles dachte! Er studierte das Gesicht, das gelegentlich zuckte, als würde sich in seinem Kopf ein schrecklicher Alptraum abspielen. Arbogast lachte in sich hinein. Niemand wusste, dass dies erst der Auftakt zu einem Spektakel großen Ausmaßes war, gegen den ein Shakespeare'sches Königsdrama ein müdes Possenspiel war. Dabei hatte er ein Faible für Shakespeares Schurken: König Lear, Richard III., Macbeth …

Er würde sie alle wie Waisenknaben aussehen lassen.

Aber dann würde es zu spät sein.

Der Name des Mädchens war Sandra.

Es war fünfzehn Jahre alt und die Nichte des Polizeichefs der Kripo von Friedrichshafen, Kriminaldirektor Thielen.

3

And so it was that later
As the miller told his tale
That her face, at first just ghostly,
Turned a whiter shade of pale
She said, »There is no reason
And the truth is plain to see.«
But I wandered through my playing cards
And would not let her be
One of sixteen vestal virgins
Who were leaving for the coast
And although my eyes were open
They might have just as well've been closed

Warum ihm ausgerechnet dieser Song aus den späten 1960er Jahren im Kopf herumspukte, wusste er nicht. Er wusste nur, dass es nicht die Originalversion von Procol Harum war, sondern die gecoverte von Annie Lennox.

In seinem Traum hetzte Madlener durch die Gänge eines riesigen, abbruchreifen Gebäudes am Ende der Welt. Seine Assistentin Harriet rannte voraus, sie hatten es aus irgendeinem Grund furchtbar eilig, wahrscheinlich war er wie immer zu spät dran.

Er suchte nach einem Gesicht, konnte sich aber einfach nicht mehr vorstellen, wie es aussah. Er erinnerte sich nur noch, wie die Frau hieß, die hier unten irgendwo sein musste: Ellen. Er rief ihren Namen, aber er bekam keine Antwort, nur das schallende Echo seiner eigenen Stimme. Auf einmal erfasste ihn eine vage Angst, dass er für immer vergessen hatte, wie sie aussah.

Rechts und links gingen weitere Gänge und Hallen ab, es war wie in einem Labyrinth, bei dem man nicht einmal ahnte, was das Ziel war und wohin man wollte. Die Wände der Räume und Gänge waren bedeckt mit unzähligen Graffiti und Kritzeleien ohne Sinn. Von der Decke hingen seltsame Artefakte aus knochenbleichem Schwemmholz und Tiergeweihen, wie man sie für exotische magische Zeremonien verwendete. Er wunderte sich – sie waren doch am Bodensee, seit wann gab es da einen Voodoo-Kult? Einige Schmierereien waren Gang-Tags oder die üblichen Spraymenetekel von irgendwelchen Freaks im Drogenrausch mit nicht vorhandenen oder obskuren Botschaften, andere wie Höhlenmalereien von Aborigines, wieder andere irres Gekrakel von verlorenen Seelen, die ihre quälenden inneren Stimmen dadurch loszuwerden hofften, dass sie alles manisch an die Wand schrieben, was ihnen diese einflüsterten.

Endlich fand Madlener einen kahlen, kirchenschiffhohen Raum mit schier endlos aufragenden gotischen Säulen, in dem Menschen waren, die er alle kannte. Seine zwei Ex-Frauen, seine Eltern, die seit über zehn Jahren tot waren, sein Bruder und ein paar Freundinnen aus Jugendzeiten. Seltsamerweise fielen ihm auf Anhieb ihre Namen ein, Franziska, Uschi Nummer eins und zwei, Lore, Barbara. Sie alle standen anklagend da, als ob sie nur auf ihn gewartet hätten. Es schien eine Art Tribunal zu sein. Mitten unter ihnen, den Rücken ihm zugewandt, war ein älterer Mann mit schlohweißen Haaren.

Gandalf?

Oder vielleicht doch … Gott?

Madlener war alles andere als religiös, aber das konnte nur ER sein, der wissen wollte, warum er immer zu spät kam und dann auch noch ständig seine Siebensachen vergessen hatte. Insbesondere seine Dienstwaffe, die SIG Sauer. Er tastete danach.

Schlagartig wurde ihm bewusst, dass er auch diesmal nichts dabeihatte und seine Pistole schon gar nicht. Er sah an sich herunter: Was zum Teufel hatte er sich dabei gedacht, zu so einer wichtigen Unterredung mit Gott nur ein Nachthemd anzuziehen? Dabei besaß er doch gar keine Nachthemden.

Er suchte vergeblich nach Taschen, aber Nachthemden hatten nun mal keine.

Der weißhaarige und weißbärtige Mann drehte sich wie in Zeitlupe langsam zu ihm um und zeigte sein wahres Gesicht: Gott hatte eine dicke Brille und sah mit seinen Fischaugen seltsamerweise aus wie sein ehemaliger Psychiater, Dr. Dr. h. c. Auerbach, der Vater seiner Lebensgefährtin.

»Du«, sagte Dr. Auerbach in anklagendem Ton und mit donnernder Stimme, »du!«, und zeigte mit dem Finger in seine Richtung.

Madlener sah neben und hinter sich – da war niemand außer ihm selbst.

Harriet war verschwunden. Also konnte nur er gemeint sein. Verzweifelt versuchte Madlener sich zu entsinnen, was er jetzt wieder angestellt hatte, und wies unsicher auf sich.

»Ja, du bist gemeint! Mad Max …«, bestätigte der Weißhaarige mit den dicken Brillengläsern voller Ingrimm.

Wenn dieser weißbärtige Ankläger schon seinen Spitznamen wusste, stand er fraglos wegen eines schweren Vergehens vor Gericht – oder war es gar wegen eines Kapitalverbrechens?

Sosehr er sich auch darüber den Kopf zerbrach: Er konnte sich beim besten Willen nicht erinnern. Irgendwie glaubte er aber zu wissen, dass er verdammt noch mal unschuldig war!

Oh Mist, Mist, Doppelmist – er hatte eben zum zweiten Mal geflucht! Und das vor dem Angesicht seines Psychiaters. Oder hatte sich Gott nur als solcher verkleidet? Schließlich war er Gott, er konnte das.

Die Strafe, die ihn nun wohl oder übel erwartete, würde jetzt natürlich noch höher ausfallen. Warum konnte er auch sein loses Mundwerk nicht halten? Obwohl – eigentlich hatte er bisher überhaupt keinen Ton von sich gegeben!

Oder etwa doch? Er glaubte sich zu erinnern, dass er Ellens Namen gerufen hatte. Mehrfach. War das vielleicht der Anlass für diese kafkaeske Situation, in der Gott oder Dr. Auerbach ihm den Prozess machte, ohne dass er, »Mad« Max Madlener, überhaupt wusste, wogegen er sich eigentlich verteidigen sollte?

»Max«, sagte eine Stimme, »Max …«

Es war keine Männerstimme, es war eine ihm wohlbekannte weibliche. Er blinzelte und sah in ein Paar braune Augen, die ins Goldfarbene changierten. Dazu legte sich eine kühle Hand auf seine Stirn. »Hast du Fieber? Du bist so heiß!«

»Ellen, Gott sei Dank! Du bist es …«

Die Erleichterung, die ihn überkam, als ihm endlich bewusst wurde, wo er war – nämlich in Ellens Bett –, war schier grenzenlos.

Sie musste lächeln und küsste ihn sanft. »Wen hast du sonst erwartet?«

Er setzte sich im Bett auf und rieb sich sein Gesicht, um erst einmal ganz zu sich zu kommen. »Entschuldige, ich habe furchtbares Zeug geträumt.«

»Das hab ich gemerkt. So wie du gestöhnt hast.«

»Habe ich was gesagt?«

»Wieso? Hast du Angst, im Schlaf etwas auszuplaudern, was ich nicht hören darf?«

Er warf ihr einen gespielt strengen Blick zu und sagte: »Wenn es unter das Dienstgeheimnis fällt ... Wie spät ist es eigentlich?«

»Halb sieben. Am Sonntag.«

»Oh Gott ...« Er ließ sich mit einem Seufzer der Erleichterung wieder zurück aufs Kopfkissen fallen.

Sie schmiegte sich an ihn und sah ihn mit diesem leichten Silberblick an, mit dem sie so unschuldig daherkam wie eine Fee aus dem Morgennebel von Avalon – die es aber in Wirklichkeit faustdick hinter den Ohren hatte. Kein gesundes männliches Wesen aus Fleisch und Blut konnte diesem Blick widerstehen, er erst recht nicht.

»Bist du schon ganz wach? Ich bin es jedenfalls ...«, gurrte sie.

»Was soll das heißen?«, brachte er mit belegter Stimme heraus, obwohl er es ganz genau wusste.

»Frag nicht so dumm.«

Manchmal glaubte er, in Ellens Gesicht lesen zu können wie in einem Buch. Aber das ging nur, wenn sie es wollte. Und jetzt wollte sie. Er nahm sie in seinen Arm und zog sie an sich. Sie war warm, weich und duftete gut. Seit sie sich versöhnt hatten, war es schöner mit ihr als jemals zuvor. Dabei waren sie schon wieder zwei Wochen zusammen. Aber Madlener hatte das Gefühl, nach einem halben Jahr der Trennung, das Ellen aus beruflichen Gründen in Schweden verbracht hatte, einiges nachholen zu müssen. Wie in so vielen Dingen waren sie sich auch darin völlig einig.

4

Der Schlaf danach war tief und traumlos. Madlener erwachte erst, als etwas unwiderstehlich in seiner Nase kitzelte: der Duft von Croissants und frisch gebrühtem Kaffee.

Ellen hatte im Freien den Tisch gedeckt.

Sie saßen entspannt im Morgenmantel auf der Terrasse in der für September erstaunlich warmen Sonne und frühstückten bei ihrer Morgenlektüre, die Sonntagszeitung hatten sie sich redlich geteilt. Madlener studierte den Sportteil und Ellen die Seiten mit den A- und B-Promis, um zu erfahren, wo diese ihren Urlaub verbrachten und mit wem sie fremdgingen. Manchmal beschlich sie das Gefühl, dass diese Stars und Starlets zwischen den ganzen Charity-Galas, Preisverleihungen und Homestorys ständig Urlaub machten und ständig fremdgingen. Wann arbeiteten die eigentlich?

Madlener las, welche Spieler der FC Bayern München verpflichtet hatte und welche die Stuttgarter nicht, weil der VfB kein Geld hatte und stattdessen wieder einmal den Trainer feuerte. Da klopfte es an seine Zeitung. Er ließ sie sinken und sah Ellens Gesicht vor sich. Sie hatte ein tückisches Glitzern in den Augen.

»Ja?«, seufzte Madlener, weil er wusste, dass es nun ernst wurde und er gewisse Zusagen nicht weiter hinauszögern konnte, was er auf mehr oder weniger raffinierte Art und Weise die ganzen letzten vierzehn Tage schon getan hatte. Er war auf alles gefasst, einmal musste es ja so weit kommen, dass Ellen das bisher streng unter Verschluss gehaltene Tabuthema aufs Tapet brachte.

»In zwei Wochen ist D-Day«, sagte sie, sie sprach es englisch aus.

»D-Day?«

»Du weißt genau, was das heißt.«

»Nein, wirklich nicht.« Er stellte sich erst mal dumm und schlürfte an seinem Kaffee, das war vielleicht die beste Taktik. Doch damit kam er bei Ellen nicht weit.

»Daddy-Day«, erklärte sie mit einem gewissen heimtückisch-kindischen Unterton.

»Nein!«, sagte er und verzog das Gesicht, als hätte er schlecht gewordene Milch in seinen Kaffee getan. Dabei nahm er gar keine Milch.

»Doch«, sagte sie. »Du hast es mir versprochen. Zu seinem runden Geburtstag.«

»Na ja, so halb und halb«, wehrte er sich schwach. Es war sowieso vergebens.

»Max, bitte …«

Er nahm ihre Hand. »War nur ein Spaß.« Dabei war ihm nicht nach Lachen zumute. »Klar komm ich mit. Mach dir mal keine Sorgen.«

»Er will mit uns eine richtige Bergwanderung unternehmen.«

»Bergwanderung?« Beinahe hätte er die Kaffeetasse umgestoßen, so ruckartig zog er seine Hand wieder zurück. »Nur über meine Leiche!«

Sie griff nach seiner Hand, tätschelte sie und lächelte ihn verführerisch an. »Jetzt hab dich nicht so. Das hört sich schlimmer an, als es ist. Ein kleiner Spaziergang an frischer Bergluft, du brauchst nur ein Paar feste Schuhe. Die hast du doch, oder?«

Er gab sich für den Augenblick geschlagen – in der stillen Hoffnung, dass in zwei Wochen eine Menge passieren könnte.

»Ja, klar.«

Sie lehnte sich zufrieden zurück. »Und was ist mit deiner Kondition? Du rauchst seit Neuestem wieder.«

Er winkte ab. »Nur gelegentlich. Meine Kondition reicht für drei Achttausender nacheinander. Ohne Sauerstoff.«

Ellen glaubte ihm die vorgespielte Reinhold-Messner-Nummer nicht. »Vernehme ich da unterschwellig einen gewissen süffisanten Unterton der Unwilligkeit?«, fragte sie und runzelte die Stirn.

Er glättete die Fältchen sanft mit dem Daumen.

»Nein, überhaupt nicht.«

Er verschränkte seine Arme vor der Brust. »Hör mal: Es reicht, dass dein Vater versucht, mich ständig zu analysieren. Warum fängst du jetzt auch noch damit an?«

»Max – es ist nur für drei Tage. Aber Dad wünscht es sich so sehr. Nach der Mediation.«

Madlener erstarrte und sah Ellen perplex an, als habe sie ihm eben gestanden, dass sie noch mit drei anderen Männern gleichzeitig verheiratet sei und am nächsten Tag wegen Trigamie vor Gericht stehen werde.

»Nach der was?«, fragte er und konnte es nicht vermeiden, sein Gesicht zu verziehen.

»Du hast schon richtig verstanden. Nach der Mediation. Es ist an der Zeit für ein Versöhnungsgespräch zwischen euch. Dad hat das vorgeschlagen. Als Zeichen seines Entgegenkommens.«

»Entgegenkommen? Dein Vater will mir entgegenkommen?«

»Ja. Und ich finde das großartig von ihm. Sehr … sehr großzügig.«

»Großzügig?«

»Sag mal, bist du ein Papagei, der alles wiederholt, was ich sage?«

»Jetzt mal im Ernst: Dein Vater will, dass wir zwei – er und ich – eine Mediation machen?«

»Ja. Er findet, dass ihr beide einen Neuanfang braucht. Nun, da er allmählich merkt, dass wir beide in einer festen Beziehung sind und es ernst meinen. Er tut das mir zuliebe. Weil er eingesehen hat, wie wichtig du mir bist.«

Madlener stieß einen tiefen Seufzer aus. »Ich wusste es.«

»Was?«

»Dass er nichts unversucht lässt, mir meine Schädeldecke aufzufräsen, um an meine innersten Gedanken heranzukommen. Dr. Frankenstein, bildlich gesprochen.«

»Mein Gott, jetzt sei doch nicht gleich so dramatisch.«

Er schüttelte den Kopf. »Nein, falsch. Nicht bildlich. Er will das wörtlich. Und du assistierst ihm dabei.«

Als sie sah, dass er unwillkürlich an seinen Kopf fasste, als würde Dr. Auerbach schon eine dieser kleinen, hässlichen Knochenkreissägen aus ihrem Werkzeugkasten in der Pathologie ansetzen, musste sie lachen.

»Siehst du«, sagte sie, »genau das ist der Grund, warum es für euch alle beide nur von Vorteil sein kann, wenn ihr euch mal so richtig aussprecht. Von Mann zu Mann.«

Er schloss die Augen. Na schön, dachte er, wenn ich schon nichts ausschlagen kann, woran ihr wirklich etwas liegt, dann heißt es eben die Zähne zusammenbeißen und durch. Oder noch besser: gute Miene zum bösen Spiel machen und den Kampf ausfechten. Wenn es denn sein musste, bis aufs Blut. Er würde Dr. Dr. h. c. Auerbach nichts schenken. Sollte er doch sehen, was er von seiner Mediation hatte. Er würde ihn mit seinen eigenen Waffen schlagen. Erst einlullen und dann erbarmungslos zustoßen. Nur mit Worten natürlich. Aber die konnten bisweilen, richtig angewandt, schärfer sein als jedes Schwert. Auch er, Hauptkommissar Max Madlener, war ein Meister im Umgang mit der menschlichen Psyche, nicht nur der selbst ernannte Nachlassverwalter und Apostel von Sigmund Freud und Vater seiner Geliebten. Schließlich war Madlener ein ausgewiesener Verhörspezialist, der wie sein Kontrahent auch aus beruflichen Gründen schon in so manchen menschlichen Abgrund geblickt hatte. Sie würden die rhetorischen Klingen kreuzen. Mal sehen, wer letzten Endes die Oberhand behielt.

»Wenn ich so nachdenke … weißt du, irgendwie freue ich mich schon darauf, mich mit deinem Vater zu versöhnen«, log er unverfroren, dass sich die sprichwörtlichen Balken bogen. »Das könnte vielleicht der Anfang einer wunderbaren Freundschaft sein.«

Ellen sah ihn an und wartete nur darauf, dass er entweder errötete oder in prustendes Lachen ausbrach.

Aber Madlener hatte seinen dienstlichen Meeting-Room-Blick aufgesetzt, das Paradebeispiel für die perfekte Vortäuschung von Konzentration und beifälliger Zustimmung. Diese Miene war eigentlich für seinen Chef, Kriminaldirektor Thielen, reserviert, doch genau dieser Blick war jetzt und hier angebracht, weil sogar Ellen auf ihn hereinzufallen schien.

Sie umarmte ihn spontan und drückte ihm einen dicken Schmatz auf die Backe.

»Danke. Dass du über deinen eigenen Schatten springst – das hätte ich dir nie zugetraut!«

Er zuckte bescheiden mit den Schultern. Jedes weitere Wort

wäre zu viel des Guten gewesen. Wirklich große Schauspielkunst zeigte sich eben nicht in exaltierten Gesten, sondern in zurückhaltender Mimik und Gestik.

Wie sagte der Dichter: edle Einfalt und stille Größe.

5

Magdalena Baumgärtner hatte es nicht eilig, als sie mit ihrem alten Audi von der viel befahrenen Bundesstraße B 31 zwischen Meersburg und Nußdorf abbog und die Senke zur Basilika Birnau hinabsteuerte. Sie war achtundsiebzig Jahre alt, hatte eine spindeldürre Gestalt mit langen, zerbrechlich wirkenden Armen und Beinen, eine randlose Brille und ihre grauen Haare zu einem Dutt am Hinterkopf zusammengedreht. Obwohl man ihr das nicht mehr zutraute, fuhr sie auf den Feldern und Obstwiesen ihres Bauernhofs im Hinterland des Bodensees mit dem Traktor herum, wenn es die Aussaat oder die Ernte notwendig machte und jede helfende Hand gebraucht wurde. Den Familienbetrieb hatte sie längst an ihre Tochter und den Schwiegersohn übergeben, sie wohnte in einem kleinen Austragshäuschen neben dem stattlichen Zweikanthof und war mit sich und ihrem Leben im Reinen.

Auch sonst machte sie sich überall nützlich, wo sie nur konnte. Sie hütete die drei Enkelkinder, und bei Bedarf stand sie halbtags im kleinen Bioladen des Hofs, in dem die Familie Baumgärtner ihr Obst und Gemüse und selbst gebrannten Schnaps verkaufte.

»Müßiggang ist aller Laster Anfang« war ihr Lebensmotto, und sie war es gewohnt, überall mit anzupacken, auch wenn das eine oder andere altersbedingte Zipperlein sie gelegentlich heimsuchte. Aber ob es an ihren Genen lag oder an ihrer Generation, die noch in Kriegszeiten aufgewachsen war: Sie klagte nie. Wehleidigkeit war in ihren Augen genauso eine Todsünde wie Trägheit. Jedenfalls solange sie jeden Morgen in der Lage war, um die gleiche Zeit in aller Herrgottsfrüh, wenn noch keine Touristenhorden wie die sprichwörtlichen Heuschreckenschwärme einfielen, »ihre« Kirche für ein stilles Gebet aufzusuchen. Dort, in der Basilika Birnau, ließ sie sich auch alle zwei Wochen die Beichte abnehmen.

Beides war ihr ein Bedürfnis und gehörte zu ihrem natürlichen Lebensrhythmus wie Essen und Trinken, wobei sie, wovon ihre hagere Gestalt Zeugnis ablegte, sich auch auf diesem Gebiet strenge Mäßigung auferlegt hatte. Was ihr nicht weiter schwerfiel, weil ihr Körper schon lange auf Sparflamme umgeschaltet hatte. Sie musste sich geradezu zwingen, regelmäßig etwas zu sich zu nehmen, um einigermaßen bei Kräften zu bleiben.

Angst vor dem Tod hatte sie nicht, im Großen und Ganzen hatte sie ein gottesfürchtiges Leben geführt. Und für die Sünden, die sie begangen hatte, lieh ihr Beichtvater Pater Sixtus sein Ohr und erteilte ihr regelmäßig im Auftrag des Herrn seine Absolution – es waren sowieso nur Sünden lässlicher Art. Aber es war ihr wichtig, dass sie sie bekannte und dass sie das befreiende Gefühl hatte, sie seien ihr wirklich vergeben worden. Nur dann fühlte sie sich wohl in ihrer Haut, die in letzter Zeit immer durchsichtiger und pergamentener geworden war.

Es war kurz vor acht Uhr in der Früh, als Magdalena Baumgärtner auf den Parkplatz neben der Wallfahrtskirche fuhr. Der Schatten eines großen Luftschiffs glitt über den Platz, der Zeppelin NT war auf einem seiner täglichen Rundflüge mit zahlungskräftigen Passagieren vom Friedrichshafener Airport im Bodenseeraum unterwegs. Für die Einheimischen war der Anblick des riesigen Luftschiffs nichts Besonderes, bei ruhigem Wetter drehte der Zeppelin von früh bis spät seine gemächlichen Runden.

Über dem oberen Fischschwanz des Bodensees, dem Überlinger See, schwebten dichte Nebelschwaden und verliehen seinem Anblick im Morgenlicht beinahe etwas Entrücktes und Mystisches, wenn da nicht der ständig rauschende Geräuschpegel der nahen B 31 gewesen wäre, dessen Brausen unablässig Tag und Nacht zu hören war. Das Singen der Reifen und das Brummen der Motoren eines stetigen Fahrzeugstroms in beiden Fahrtrichtungen sorgten gnadenlos dafür, dass die weite Panorama-Umsicht vor der Kirche nicht allzu überschwänglich ins romantische Klischee verkitschte.

Magdalena Baumgärtner nahm mit ihrem alten Audi, mit dem sie immer noch sicher und manchmal mehr als zügig unterwegs war, den erstbesten Stellplatz und stieg aus, dem Zeppelin schenkte sie nur einen kurzen Blick. Der Parkplatz neben dem

Kiosk war um diese Zeit noch leer, aber in zwei, drei Stunden, wenn der Touristenstrom einsetzte, würde man Probleme bekommen, überhaupt eine Lücke zwischen den zahllosen Bussen, Wohnmobilen, Motorrädern und Pkws zu ergattern. Die Basilika Birnau zählte zu den Hauptattraktionen des Bodenseeraums und war geradezu das Musterbeispiel eines dekorativen Postkartenmotivs. Sie war ein weithin sichtbares und markantes, in Altrosa und Weiß gehaltenes Juwel des Rokoko, und ihre Architektur und allein stehende Lage auf einem Hügelvorsprung über dem Nordwestufer des Bodensees oberhalb der klösterlichen Weinberge war einzigartig.

Direkt am Ufer des Sees unterhalb der Kirche waren die ehemaligen Wirtschaftsgebäude des Klosters zu bewundern, Schloss Maurach und der putzige Bahnhof gleichen Namens, der als Plastiknachbildung so manche deutsche Spielzeugeisenbahnanlage schmückte, in der Ferne die Insel Mainau, die jetzt im Nebel lag, genauso wie die Schweizer Alpenkette, die nur zu erahnen war. Neben Schloss Neuschwanstein und dem Kölner Dom sorgten die Wallfahrtskirche Birnau und ihre Umgebung zuverlässig dafür, dass vor allem bei den japanischen Besuchern auf ihrer Deutschland-in-zwei-Tagen-Tour ein regelrechtes Fotografierfieber grassierte, sobald sie aus ihren Reisebussen ausgestiegen waren.

Dabei interessierte sich selten jemand für die Kehrseite der Hochglanzmedaille, ein Mahnmal für die typische Widersprüchlichkeit der deutschen Seele, denn genau im Rücken der Vorzeigekulisse, ein paar hundert Meter weiter auf der nordöstlichen Seite der B 31, lag der KZ-Friedhof Birnau, in dem siebenundneunzig Tote aus dem Außenlager Aufkirch beerdigt worden waren, die kurz vor Kriegsende ihr Leben für sinnlose Grabungen der Nazis im nahen Molassegestein des Goldbacher Stollens hatten lassen müssen.

Magdalena Baumgärtner hatte kein Augenmerk dafür, weder für die Manifestation des menschlichen Strebens nach Schönheit auf der einen noch nach Zeugnissen des Vernichtungswahns auf der anderen Seite. Sie war allein darauf fixiert, wie sie Pater Sixtus schildern sollte, dass sie die Todsünde begangen hatte, im Bioladen einen selbst produzierten Ziegenkäse zu verkaufen, dessen Haltbarkeitsdatum eigentlich abgelaufen und der schon zum Wegwerfen hergerichtet worden war. Als sie den Fehler bemerkt hatte, war sie dem unbekannten Kunden noch hinterhergelaufen, aber der war schon vom Hof gefahren. Dieses Missgeschick belastete ihr Gewissen, und sie hoffte inständig, dafür von ihrem Stammbeichtvater Absolution zu bekommen. Vielleicht konnten ein entsprechendes Scherflein für die Instandhaltung der Kirche und das Anzünden einer Opferkerze dabei nicht schaden.

Sie kramte in ihrem Geldbeutel nach entsprechenden Münzen und betrat den Vorraum zum Kirchenschiff, grüßte die Verkäuferin des zur rechten Hand gelegenen Klosterladens, die gerade dabei war, die Postkartenständer verkaufsgerecht aufzustellen, mit einem Nicken und überlegte kurz, ob sie die Beichtglocke betätigen sollte, die Pater Sixtus herbeirufen würde. Aber dazu war es noch zu früh, Beichtgelegenheit gab es erst ab neun Uhr, auch das Ohr Gottes hatte Pausen und feste Öffnungszeiten, dafür hatte irgendjemand in der himmlischen Gewerkschaft schon gesorgt. Sie beschloss, zuerst die eine oder andere Opferkerze anzuzünden und still zu beten, bevor sie beichten würde.

Sie drückte die schwere Tür zum Kirchenschiff auf und bekreuzigte sich mit Weihwasser. Als die Tür wieder ins Schloss fiel, ging es ihr wie immer, wenn sie allein im Kirchenschiff war – und das war sie, wie sie im ersten Rundumblick zu ihrer Zufriedenheit feststellte. Die plötzlich einsetzende Stille nach dem Zuschnappen der Tür bewirkte, dass sie das Gefühl hatte, die geschäftigen Geräusche der profanen Welt seien mit einem Mal draußen ausgesperrt worden, sodass sie sich voll und ganz auf das Wesentliche konzentrieren konnte, nämlich die Zwiesprache mit Gott und dem Einssein mit sich selbst.

Sie schätzte sich glücklich, zu so früher Stunde der einzige Mensch in der Basilika zu sein, ohne Rummel und ohne Blitzlichter, die verboten waren, worauf mehrere Schilder hinwiesen. Aber darum kümmerte sich niemand, wenn es darum ging, so schnell wie möglich so viel wie möglich abzufotografieren. An die spätbarocke Pracht, Lichtführung und Vielfalt mit dem schier überbordenden Zierrat aus Ornamenten, Fresken, Stuckaturen, Figuren, Beichtstühlen und Altären verschwendete sie keinen Blick, die beeindruckende Umgebung mit der üppigen Betonung der Herrlichkeit Gottes und der Macht der katholischen Kirche war für sie Normalität und gehörte zu ihrem Alltag.

Sie wandte sich nach rechts, steckte zwei Silbermünzen in den dafür vorgesehenen Opferstock und wollte gerade zwei Kerzen anzünden und auf das eiserne treppenförmige Gestell drapieren, als ihr auffiel, dass auf dem Boden einige Teelichter verstreut herumlagen. Die hatten hier eigentlich nichts zu suchen, die Opferkerzen waren alle unecht, es waren Kerzen aus weißen Metallhülsen, deren ölgetränkte Dochte angeblich rußfrei brannten.

Sie bückte sich und sammelte die Teelichter ein. Ihr Blick fiel dabei auf die Apsis und ließ sie irritiert in ihrer Bewegung innehalten. Vor dem Hauptaltar flackerten weitere brennende Teelichter, die in einem Kreis auf dem Boden aufgereiht waren, und, sie traute ihren Augen kaum, dazwischen lag etwas, was aussah wie eine menschliche Gestalt.

Zögernd ging sie auf die Apsis zu, die durch eine rote Kordel abgesperrt war, und sah genauer zum Marienaltar hin. Zuerst dachte sie, es sei jemand, der in altkatholischer Manier flach auf dem Bauch liegend und mit ausgestreckten Armen in einem Bittgebet um Gnade flehte. Das war in einer Wallfahrtskirche zu respektieren. Zuerst wollte sie einem inneren Impuls folgen und sich abwenden, um nicht zu stören, aber die absolute Reglosigkeit der Person kam ihr dann doch seltsam vor. Wie tot lag sie da.

Magdalena Baumgärtner mühte sich unter der Holzbarriere des Lettners durch, was ihr ziemlich schwerfiel, weil sie nicht mehr so gelenkig war, und sah an der zierlichen Gestalt und den langen Haaren, dass die Person ein Mädchen oder eine jüngere Frau sein musste.

Hier konnte etwas nicht stimmen.

Magdalena Baumgärtner war zwar fromm mit einem guten Schuss Bigotterie, aber nicht weltfremd. Sie hielt sich auf dem Laufenden, wie die Jugend von heute tickte, schließlich hatte sie drei Enkelkinder. Entweder war die Frau, die vor ihr ausgestreckt dalag und sich nicht rührte, von religiösem Wahn besessen oder völlig zugedröhnt, oder sie war … tot.

Magdalena Baumgärtner kniete sich neben sie. Die Gestalt hatte rosé-goldene Sneakers, enge Jeans und einen rosafarbenen Kapuzenpulli an. Das Gesicht war nicht zu erkennen, es war in den roten Teppich geschmiegt, die lockigen schwarzen Haare bedeckten es vollends.

»Hallo«, sagte Magdalena Baumgärtner und stupste die Gestalt leicht an der Schulter an. »Kannst du mich hören?«

Fast erwartete sie, dass das Mädchen sich umdrehen und sie anschnauzen würde, vielleicht weil es betrunken war und hier vor dem Altar seinen Rausch ausschlief. Aber es bewegte sich nicht.

Magdalena Baumgärtner nahm ihren ganzen Mut zusammen und tastete nach der Halsschlagader. Sie konnte einen leichten Puls fühlen, er war kaum wahrnehmbar. Vorsichtig packte sie das Mädchen an der Schulter und drehte es herum.

In diesem Moment kam Pater Sixtus durch die seitliche Zisterzienserpforte, beugte im Mittelgang, wie es sich gehörte, das Knie in Richtung Altar und bekreuzigte sich.

»Pater Sixtus … Gott sei Dank …«, murmelte Magdalena Baumgärtner bei seinem Anblick erleichtert und rief so laut, dass es durch das ganze Kirchenschiff hallte: »Kommen Sie, schnell!«

Pater Sixtus, ein alter Mann von beleibter Gestalt und manchmal etwas schwer von Begriff, reagierte nicht gleich und blinzelte irritiert in ihre Richtung. Magdalena Baumgärtner stand auf und winkte ihm heftig. »Pater, hierher! Da liegt ein Mädchen. Kommen Sie und helfen Sie mir!«

Als Pater Sixtus immer noch unschlüssig stehen blieb, als habe er eine unerklärliche Marienerscheinung, fing sie an, noch lauter zu werden. »Nun machen Sie schon! Holen Sie Hilfe – Sie müssen den Notarzt rufen, und zwar schnell!«

Jetzt kam endlich Bewegung in Pater Sixtus, er tat ein paar Schritte auf den Altar zu, wirkte aber nach wie vor einigermaßen verwirrt. »Frau Baumgärtner? Was machen Sie da? Was ist da los?«, fragte er.

Magdalena Baumgärtner riss beinahe der Geduldsfaden – doch

Zorn war auch eine Todsünde. Deshalb nahm sie sich zusammen und sprach so ruhig wie möglich, aber trotzdem mit allem gebotenen Nachdruck: »Dies ist ein Notfall, Pater Sixtus! Wir brauchen einen Krankenwagen. Hier liegt ein Mädchen. Es ist anscheinend bewusstlos!«

Sie sah den begriffsstutzigen Blick des Paters, und dann platzte es doch lautstark aus ihr heraus: »Jetzt rufen Sie schon einen Sanka!«

Der Pater zuckte vor Schreck zusammen, verstand aber endlich, um was es ging, und reagierte. Er eilte aus der Kirche hinaus in den Vorraum, um im Souvenirladen Alarm zu schlagen.

Magdalena Baumgärtner nahm den Kopf des Mädchens und bettete ihn sanft auf ihren knochigen Schoß. Sie flüsterte ihm ins Ohr: »Keine Angst. Es wird alles wieder gut.«

In diesem Augenblick schlug die junge Frau die Augen auf und starrte sie mit einem Blick an, der voller Panik und Schrecken war, dann öffnete sie den Mund, als ob sie sagen wollte, dass gar nichts wieder gut werden würde, bevor sie schrill zu schreien anfing und unkontrolliert mit allen vieren um sich schlug, als wäre sie von einem Dämon besessen.

6

Mit der edlen Einfalt und stillen Größe war es sehr schnell vorbei, als Madlener am Morgen verabredungsgemäß an einem neutralen Ort – einem von Ellen organisierten Besprechungsraum im Klinikum Friedrichshafen – mit Dr. Dr. h. c. Auerbach zusammentraf. Zum einen, weil er in diesem Moment eigentlich gar nicht mehr so recht wusste, wie um Himmels willen es Ellen geschafft hatte, ihn zu dieser vermaledeiten Mediation zu überreden, und was er demzufolge in drei Teufels Namen hier eigentlich zu suchen hatte, zum anderen, weil Ellen, die die beiden Streithähne an den entgegengesetzten Enden eines Tisches platziert hatte, dessen Ausmaße ohne Weiteres für ein G20-Gipfeltreffen ausgereicht hätten, noch eine unliebsame Überraschung in petto hatte. Und mit der hatte er nun wirklich nicht gerechnet.

Dr. Auerbach und Madlener hatten sich an der Tür zum Besprechungsraum ohne Worte und mit Handschlag begrüßt. Ellens Vater war wie immer so tadellos konservativ gekleidet, als käme er gerade aus der Savile Row vom Herrenschneider seines Vertrauens, der schon Winston Churchill und Generationen von Gentlemen des englischen Königshauses mit Maßanzügen ausgestattet hatte.

Madlener unterdrückte ein Stöhnen, er hatte sich eisern vorgenommen, Ellen zuliebe auf alle Spitzen und Sticheleien versteckter oder offener Art zu verzichten, die sich so sicher und naturgemäß beim bloßen Anblick seines Ex-Psychiaters einstellten wie der Überdruck in den Ohren beim Sinkflug eines Flugzeugs. Innerlich sprach er sein Mantra – »Ich bin ruhig, ich bin ruhig, ich bin ganz ruhig …« – und setzte sein Verhörlächeln auf, das nicht zu verkrampft und nicht zu freundlich war, aber einer ernsten, wenn auch nicht gleich völlig hoffnungslosen Situation angemessen.

Als sie schließlich Platz genommen hatten, räusperte sich Ellen, die die Tür hinter sich geschlossen hatte und dort stehen geblieben war, als müsste sie partout verhindern, dass die beiden Kontrahenten noch im letzten Augenblick kneifen wollten und Reißaus nahmen. Offensichtlich hatte sie noch etwas zu sagen. »Lieber Vater, lieber Max. Ich möchte euch beiden danken, dass ihr meiner Einladung Folge geleistet habt und guten Willens seid, das Kriegsbeil zwischen euch endgültig und ohne gegenseitigen Gesichtsverlust zu begraben.«

Madlener verzog keine Miene, wunderte sich aber über eine ganz neue Seite an Ellen, die er bisher noch nicht kennengelernt hatte: An ihr schien eine Vollblutpolitikerin verloren gegangen zu sein.

Sie fuhr fort: »Ich bin überzeugt, mit ein paar kleinen Kompromissen auf beiden Seiten können wir unsere gemeinsame Beziehungskiste, so kompliziert sie bisweilen war, auf ein gutes und verträgliches Niveau bringen, wie es sich für zivilisierte Menschen gehört.«

Sie zögerte kurz, als sie bemerkte, dass sich die beiden Medianten immer noch ansahen, als würden sie, sobald Ellen den Raum verließ, eine versteckte Waffe ziehen und bis zur letzten Patrone aufeinander losfeuern. Darum sagte sie mit einem gewissen Nachdruck in der Stimme: »Tut euch und mir den Gefallen und springt über euren Schatten. Mir zuliebe. Versprecht ihr das?«

Ihr Vater winkte ab. »Wir sind erwachsene Männer, Ellen. Lass uns jetzt die Unstimmigkeiten zwischen uns ansprechen und ein für alle Mal aus dem Weg räumen. D'accord, Herr Hauptkommissar?«

»Wären wir sonst hier, Herr Doktor?«, antwortete Madlener. Er war nicht derjenige, der auch nur ein Jota zurückweichen würde, auch wenn er sich den Anschein gab, lammfromm zu sein.

Dr. Auerbach hob zustimmend die Hände, ausnahmsweise schienen sie beide einer Meinung zu sein.

»Fein«, sagte Madlener. »Dann kürzen wir das doch ab, geben uns die Hand, und das war's. Ich bin nicht nachtragend. Und im Büro wartet eine Menge Schreibkram auf mich.«

»Einen Moment …« Dr. Auerbach hob erneut die Hand, aber

diesmal, um anzuzeigen, dass er eine winzige Ungereimtheit zu vermerken hatte. »Erstens habe auch ich mehrere Therapiesitzungen für diesen Termin hier abgesagt. Sie sind nicht der Einzige, Herr Madlener, der Dringlicheres zu tun hätte. Und zweitens: Das Wort ›nachtragend‹ aus Ihrem Mund, Herr Hauptkommissar, impliziert, dass Sie mir indirekt vorwerfen, ich hätte etwas gesagt oder getan, was Ihnen gegenüber nicht korrekt gewesen wäre. Ich möchte nur festgehalten wissen, dass das mitnichten der Fall ist.«

»Diese Meinung haben Sie exklusiv, Herr Doktor.«

Ellen verdrehte die Augen. »Vater, Max – bitte!« Sie hob beschwörend die Hände. »Zu den Regeln einer konstruktiven Konfliktlösung gehört es, dass man wartet, bis der Mediator da ist. Dann könnt ihr euch beide alles an den Kopf werfen, was euch auf der Seele liegt. Aber dann muss es auch wieder gut sein.«

»Mediator?«, sagte Madlener misstrauisch. Er hatte plötzlich das unbehagliche Gefühl, auf dem falschen Fuß erwischt worden zu sein. »Was für ein Mediator? Ich dachte, du moderierst unser Streitgespräch und wir sind schon mittendrin.«

Dabei sah er Dr. Auerbach auffordernd und fast schon komplizenhaft an, aber der machte keinerlei Anstalten, auf den plumpen Anbiederungsversuch seines Kontrahenten hereinzufallen, und zuckte nur nonchalant mit den Schultern, zeigte dazu aber eine Unschuldsmiene, die seine Schadenfreude nicht verbergen konnte.

In Madlener kroch ein Verdacht hoch, der schnell zur Gewissheit wurde.

Dieser ausgefuchste Seelendoktor, der ihm da gegenübersaß, hatte von Anfang an gewusst, dass ein Außenstehender zwischen ihnen vermitteln sollte. Ihm jedoch hatte Ellen das verschwiegen, und diese Tatsache ließ ihn sofort stinkwütend werden. Aber noch beherrschte er sich. Was war das denn nur, das ihn in der Gegenwart von Dr. Dr. h. c. Auerbach immer zum brodelnden Vulkan werden ließ?

»Nein, ich kann das nicht moderieren, Max.« Ellen schüttelte den Kopf. »Du musst doch einsehen, dass ich befangen bin und die Gefahr besteht, dass ich Partei ergreife. Ich bin nicht objektiv, und darum kann ich auch nicht euer Mediator sein.«

Bevor Madlener fragen konnte, wer zum Teufel sich dazu berufen fühlte, die heillos verfahrene Situation zwischen ihm und Dr. Auerbach aufzudröseln, klopfte es.

»Das wird er sein«, sagte Ellen. »Euer Mediator.«

Sie drehte sich um, drückte die Türklinke und öffnete.

Madlener war auf das Schlimmste gefasst.

Es kam noch schlimmer.

7

Der Mediator war sein Chef, Kriminaldirektor Thielen.
Madlener atmete tief ein und konzentrierte sich auf sein Mantra: »Ich bin ruhig, ich bin ruhig, ich bin ganz ruhig …«

Thielen hatte seine jovialste Miene aufgesetzt und begrüßte Dr. Ellen Herzog tatsächlich − Madlener traute seinen Augen nicht! − mit einem angedeuteten Handkuss, als wäre dies ein Treffen auf der Bregenzer Seebühne und er würde Ellen sogleich Prinzessin Turandot vorstellen, die dort auf der österreichischen Seite des Bodensees in Giacomo Puccinis gleichnamiger Oper ihre Freier reihenweise dem Henker überantwortete. Dann ging der Kriminaldirektor schnurstracks auf Dr. Auerbach zu, schüttelte dessen Rechte, ohne etwas zu sagen, so, als wären sie alte Kriegskameraden und würden sich sowieso dreimal am Tag über den Weg laufen.

Für Madlener kristallisierte sich aus dem Anfangsverdacht die niederschmetternde Gewissheit heraus, dass es sich bei dieser Mediation mindestens um ein abgekartetes Spiel handeln musste, wenn nicht gar um eine Mausefalle, bei der er für die Rolle der Maus vorgesehen war, Dr. Auerbach war die Falle und Ellen der Köder, bildlich gesprochen.

Er rieb sich schon den Nacken, als ob er bereits den Metallbügel spüren könnte, der für den Genickbruch der Maus zuständig war, wenn sie es wagen sollte, in den unwiderstehlichen Speck zu beißen.

Thielen wandte sich nun ihm zu und gab ihm mit einem scheinheiligen Blick die Hand wie ein Gebrauchtwagenhändler, der einem zum Kauf einer Rostlaube gratulierte, von der er genau wusste, dass sie ihren Geist aufgeben würde, sobald man bezahlt und mit ihr den Autohof verlassen hatte.

Er trat einen Schritt zurück, sodass er Madlener und Dr. Auerbach gleichzeitig ins Gebet nehmen konnte. »Ein Tipp von mir: Sehen Sie die ganze Sache wie die Verhandlungen zwischen Gewerkschaft und Arbeitgeber. Das ist nichts anderes als ein gesellschaftlich legitimiertes und sanktioniertes Ritual, das immer nach den gleichen Regeln abläuft. Man tauscht Argumente aus, jede Seite gibt ein wenig nach, und am Ende ist man sich einig. Manchmal mit Zähneknirschen, manchmal ohne. Aber niemand wird in die Pfanne gehauen. So, meine Herren, das war die Einführung. Kommen wir nun zur Sache. Da mir von allen Parteien versichert wurde«, er nickte Ellen zu, »dass Sie mit mir als Mediator einverstanden sind, gehen wir doch gleich in medias res. Aber vorher darf ich noch um Ihre Handys bitten. Wir wollen doch absolut ungestört bleiben, ich halte das für fundamental.«

Er zog sein eigenes Smartphone heraus und hielt es wie eine Monstranz in die Höhe. »Ich will mal mit gutem Beispiel vorangehen«, sagte er dazu. Dann reichte er es Ellen, die es in ihrer Handtasche versteckte. Thielen streckte auffordernd beide Hände aus, um Madleners und Dr. Auerbachs Handys entgegenzunehmen, die ihm anstandslos überreicht wurden. Er gab sie an Ellen weiter.

»Alea iacta est!«, sagte er dabei übertrieben dramatisch und setzte sich. Seit Neuestem verwendete er seine Anglizismen sparsamer, dafür feuerte er aber aus allen Rohren mit lateinischen Zitaten, die wohl seine umfassende humanistische Bildung zum Ausdruck bringen sollten – ob sie zur jeweiligen Situation passten oder nicht. Er rieb sich mit fast diebischer Freude die Hände, weil er schon sehr auf seine Aufgabe erpicht war, schließlich war er nicht nur stolz auf sich selbst und seine rhetorischen Fähigkeiten, sondern auch darauf, als Schiedsrichter geradezu prädestiniert zu sein.

Nach Heiner Geißler, der als Schlichter bei Stuttgart 21 in einer verfahrenen Pattsituation eingesprungen war, hielt sich Thielen für den größten Konfliktmanager und Vermittler weit und breit, weil er einmal erfolgreich bei einer lautstark geführten Schubserei in seinem Golfclub eingegriffen hatte, bei dem die Streithähne – ein Arzt und ein Lehrer – kurz davor gewesen waren, mit ihren Golfschlägern aufeinander loszugehen. Es waren schwere siebener Eisen, dabei war es nicht mal um so etwas Existenzielles wie vernachlässigte Unterhaltszahlungen oder vererbbare Jachtliegeplätze im Lindauer Hafen gegangen, die so selten zu bekommen waren wie Maikäfer an Weihnachten, sondern darum, ob der Arzt den Golfball beim Schlag aus dem Unterholz heraus vorher heimlich per Fußtritt dreißig Zentimeter näher ans Grün befördert hatte.

Madlener biss die Zähne zusammen. Ihn hatte niemand gefragt, ob er mit Thielen als Mediator einverstanden war, und angesichts dieser Gemengelage schoss ihm der surreale Gedanke durch den Kopf, sofort und auf der Stelle die Flucht über die Dächer der Klinik zu ergreifen. Wenn man ihn aufhalten wollte und er dazu gezwungen war, musste er sich im Notfall eben den Weg freischießen. Er warf schon mal einen vorsorglichen Blick nach draußen und tastete instinktiv nach seiner SIG Sauer, aber er hatte sie natürlich im Safe seines Hotelzimmers gelassen, in dem er immer noch seit seinem Zuzug nach Friedrichshafen wohnte, weil es ihm praktischer erschien. Ein Seitenblick von Ellen verscheuchte den irrationalen Impuls wieder.

Ihm blieb nichts anderes übrig, als gute Miene zum bösen Spiel zu machen, schließlich wollte er es sich nicht mit Ellen verderben, jetzt, da zwischen ihnen gerade nach einem halben Jahr der Trennung und anschließendem Leerlauf – weil sie beide dem geradezu tragischen Missverständnis auf den Leim gegangen waren, dass der jeweils andere nichts mehr von einem wissen wollte – der zweite Honeymoon ausgebrochen war.

Wäre Madlener allein gewesen, hätte er in diesem Augenblick tatsächlich über sich selbst den Kopf geschüttelt. »Honeymoon« – kaum war sein Chef anwesend, schon waren sogar seine Gedanken mit Thielens englischen Redewendungen zugemüllt. Wenn jetzt auch noch lateinische Floskeln durch seine Gehirnwindungen geisterten …

Ein hässliches Kratzen wie von Kreide auf einer Schiefertafel brachte Madlener wieder in die Wirklichkeit zurück: Thielen zog seinen Stuhl geräuschvoll genau an die Mitte des Tisches und setzte sich. »Also, meine Herren, wer macht den Anfang?«

Aus dem Augenwinkel heraus sah Madlener, wie Ellen heimlich, still und leise den Besprechungsraum verließ und die Tür so sanft wie möglich hinter sich ins Schloss zog. Von jetzt an war er also auf sich allein gestellt. Auch gut, dann musste er wenigstens ihr zuliebe keine falsche Rücksicht mehr auf ihren Vater nehmen. Wenn dieser es denn darauf anlegte, wollte er – um es mit Thielens Worten auszudrücken – so in medias res gehen, dass er den Kopf von Dr. Auerbach zum Glühen bringen würde wie eine Rotlichtlampe. Sollte Ellens Vater glauben, dass er, Madlener, den Schwanz einziehen und klein beigeben würde, hatte er sich gründlich getäuscht.

Als immer noch Schweigen herrschte und keiner Anstalten machte, loszulegen, räusperte sich Thielen und sagte: »Bitte beschreiben Sie Ihr Gegenüber mit einem Attribut, aber nur mit einem. Und noch eines ist ganz wichtig: Lassen Sie sich aussprechen, nicht unterbrechen, das ist eine der Grundregeln. Also bitte! Faites vos jeux!«

Madlener schloss kurz die Augen. Irgendwie kam ihm das ganze Psychogesülze immer absurder vor, und jetzt fing Thielen auch noch an, französisch zu parlieren! Es konnte nicht mehr lange dauern, dann würde er auch noch mit Mandarin daherkommen ...

Thielen sah die beiden Kontrahenten auffordernd an.

Dr. Auerbach deutete in nicht gerade höflicher Manier mit dem Kinn auf Madlener. Dem blieb nichts anderes übrig, als resigniert mit den Schultern zu zucken, was Thielen als Zustimmung wertete.

»Nun gut, beginnen wir mit Ihnen, Madlener. Wie sehen Sie Dr. Auerbach?«

Madlener blickte Dr. Auerbach direkt in die Augen. Diese waren durch die dicken Flaschenbodengläser seiner Brille grotesk vergrößert, als würden sie Madlener hypnotisieren und röntgen wollen – und das gleichzeitig. Wie bei dieser Scherzbrille, aus deren Fassungen die Augäpfel an Spiraldrähten herausfielen, sobald man sich nach vorne beugte, dachte Madlener, der plötzlich auf merkwürdige Weise aufgekratzt war, bevor er sich wieder am Riemen riss, obwohl ihm die zunehmend lächerliche Ernsthaftigkeit der Situation mehr und mehr bewusst wurde. Er beschloss, erst einmal vorsichtig dosiert anzufangen.

»Dr. Auerbach gibt sich allergrößte Mühe, mir professionell zu begegnen, in Wirklichkeit wird er aber immer persönlich. Anders herum wäre unser Umgang wesentlich entspannter.«

Thielen warf ihm einen strengen Blick zu. »Kein zweites Attribut, bitte!«

»Na schön, dann war's das vorerst«, gab Madlener nach.

»Okay.« Thielen wies auf Dr. Auerbach. »Jetzt sind Sie dran.«

Dr. Auerbach rückte seine perfekt sitzende gepunktete Fliege zurecht und legte los. »Hauptkommissar Madlener ist … eh … meines Erachtens zutiefst … und bedauerlicherweise unbelehrbar und kann seine latente Aggressivität nur schwer kontrollieren.«

Thielen unterbrach ihn. »Nur ein Attribut, bitte halten auch Sie sich daran, Herr Doktor.«

Aber Dr. Auerbach nahm nun erst richtig Fahrt auf.

»Sie sind gut! Das ist bei einer multiplen Persönlichkeit, wie es Herr Madlener nun mal eine ist, schlechterdings gar nicht möglich. Er ist unter anderem geradezu ein Paradebeispiel für das Peter-Pan-Syndrom, also jemanden, der nichts ernst nimmt und nicht erwachsen werden will. Für ihn ist alles ein einziges großes Spiel. Ein Hauptmerkmal dieser Persönlichkeitsstruktur ist, dass er keinerlei Respekt hat vor natürlichen Autoritäten –«

Jetzt konnte sich Madlener nicht weiter zurückhalten. »Damit meinen Sie wohl ausschließlich sich?«, warf er ein und zeigte auf Dr. Auerbach.

»Unter anderem, selbstverständlich. Aber zum Beispiel auch Ihren Vorgesetzten.«

»Was geht Sie das an? Und vor allem: Was tut das zur Sache?«

»Im Rahmen eines dienstlichen Gutachtens über Ihre Persönlichkeit war das einer der Hauptpunkte meiner Beurteilung über Sie. Oder haben Sie das schon vergessen?«

»Ich vergesse selten etwas. Vor allem, wenn es darum geht, dass wildfremde Menschen es darauf abgesehen haben, mein Inneres bloßzulegen und an meinem Gehirn herumzuschnüffeln wie ein pubertierender Teenager an einem getragenen Miederhöschen.«

Angesichts dieser Anschuldigung musste Dr. Auerbach erst tief Luft holen, bevor er angewidert den Kopf schüttelte und an Thielen gerichtet meinte: »Haben Sie das gehört? Herr Madlener kann einfach keinen Satz ohne sexuelle Konnotation herausbringen, egal um was es geht. Das ist erstens eine ernsthafte Zwangsneurose und zweitens ein eindeutiges Zeichen von geistiger und seelischer Unreife. In Fachkreisen auch Infantilismus genannt. Und drittens verweist es auf tief sitzende Minderwertigkeitskomplexe gegenüber dem anderen Geschlecht.«

Dann wandte er sich wieder Madlener zu.

»Sie lehnen die gegenseitige Beurteilung – wie alles Normale – ab. Dabei ist sie, ob falsch oder richtig, ein völlig natürliches zwischenmenschliches Procedere.«

»Für Sie vielleicht, weil Sie nicht aus Ihrer Haut als Seelenklempner schlüpfen können.«

Dr. Auerbach winkte mit einer geringschätzigen Geste ab. »Sie wollen zwar, aber Sie können mich nicht beleidigen.«

»Tu ich doch gar nicht. Ich bin nur ein wenig salopp, so unter uns. Sie dürfen im Gegenzug ruhig Bulle zu mir sagen.«

»Ich habe im Gegensatz zu Ihnen nicht das Bedürfnis danach, andere herabzusetzen, indem ich ihre Berufsbezeichnung ins Lächerliche ziehe. Das zielt mir zu sehr unter die Gürtellinie.«

»Vorsicht, Doktor: sexuelle Konnotation!«

Dr. Auerbach verdrehte genervt die Augen. »Geschenkt. Darf ich jetzt endlich fortfahren?«

Madlener machte eine nonchalante Geste, und Dr. Auerbach inspizierte seine frisch manikürten Fingernägel, bevor er weiterdozierte. »Außer dem eben wieder demonstrierten zwanghaften Hang zu sexuellen Anspielungen und dem Mangel an Respekt legt der Proband ... ich meine, Herr Madlener ... es ständig darauf an, anderen Menschen etwas vorzuspielen, was er nicht ist.«

»Warum sollte ich das tun?«, fragte Madlener irritiert.

Dr. Auerbach beugte sich nach vorne. »Das kann ich Ihnen sagen, auch wenn Sie es natürlich nicht hören wollen.«

»Eine Schnellanalyse ohne Honorarforderung?« Der Spott in Madleners Stimme war unüberhörbar.

»So ist es. Die Schnellanalyse bekommen Sie gratis von mir. Sie verhalten sich so, weil es Ihnen Vergnügen bereitet, andere Menschen schlechtzumachen. Sie gegeneinander auszuspielen. Das hat mehr als einen Hautgout von Sadismus, nicht wahr?« Er unterstrich seine Diagnose mit einem angedeuteten maliziösen Lächeln.

Madlener, der sich nicht anmerken ließ, dass er sich innerlich immer mehr amüsierte, wandte sich an den Mediator. »Also ich dachte, Herr Thielen, wir versuchen hier und heute ansatzweise nett zueinander zu sein. Oder wenigstens tun wir so.« Thielen schüttelte den Kopf. »Durchaus nicht, Herr Madlener. So wie ich Mediation verstehe, geht es zuerst einmal darum, alles richtig rauszulassen, was sich an Aversionen gegen die andere Person aufgestaut hat. Richtig, Dr. Auerbach?« »Völlig richtig.« Dr. Auerbach verschränkte die Arme und nickte professoral. Endlich hatte er seine Beurteilung von Madleners Persönlichkeit vor einer dritten Person ausbreiten können, die zudem auch noch Madleners Chef war. Obwohl Thielen damals, kurz nach Beginn von Madleners Dienstantritt bei der Kripo Friedrichshafen, schließlich die vorläufige Diagnose Dr. Auerbachs gelesen hatte und sie seither in der Personalakte war. Aber es war wohl Dr. Auerbachs Kalkül, sie durch mündliche Wiederholung zu verstärken und deutlich zu machen, dass Madlener sich seit dem missglückten Therapieversuch keinen Deut zum Besseren hin verändert hatte. Eher im Gegenteil.

Madlener hob zögernd den Finger wie ein Schüler der Grundschule, der sich unsicher war, auf eine Frage des Lehrers die richtige Antwort zu wissen. »Dann darf ich jetzt?«

»Nur zu, dazu sind wir ja hier«, sagte Thielen generös und fühlte auf seinem Schädeldach nach, ob die einzeln abgezählten dünnen Scheitelhaare noch seine Glatze verdeckten.

»Na schön, ich denke, wir sollten hier und jetzt Schluss machen«, sagte Madlener und rückte seinen Stuhl mit einem durch Mark und Bein gehenden Kratzgeräusch nach hinten. Irgendwie war das mit dem Zustand des Bodens und den Stuhlbeinen nicht anders möglich.

Madleners Einwand und die Tatsache, dass er anscheinend einsah, vor der fachlichen Autorität einer Psychokoryphäe wie ihm kapitulieren zu müssen, trieb Dr. Auerbach förmlich die Schadenfreude ins Gesicht. Er steckte seine Daumen in die Achselausschnitte seiner Weste und lehnte sich selbstzufrieden zurück, als habe er eben sämtliche jemals von Sigmund Freud und C. G. Jung diagnostizierten Neurosen in Madleners Psyche lokalisiert und gleich auch noch durch zielgerichtete Provokation demonstriert.

»Quod erat demonstrandum!«, sagte er in seiner herablassenden Arroganz.

Madlener stöhnte innerlich auf – jetzt fing auch der Doktor noch mit Latein an! Dazu stach er mit dem Zeigefinger in seine Richtung, als wolle er ihn erdolchen, und sagte, an Thielen gewandt: »Merken Sie, wie schnell Herr Madlener sich gekränkt fühlt? Das ist eindeutig ein Zeichen von Narzissmus und fehlender Reife ...«

»So? Ist es das?«, fragte Madlener in aller Ruhe und stand auf, weil er merkte, dass Dr. Auerbach ihn auf Teufel komm raus mit seinen verbalen Giftpfeilen reizen wollte, um ihn ein Mal, ein einziges Mal nur, aus der Fassung zu bringen. Aber umgekehrt wird ein Schuh draus!, dachte sich Madlener.

Er schlenderte hinter Dr. Auerbach und blieb in seinem Rücken stehen, was diesen sichtlich irritierte. »Dr. Auerbach«, fing er an, »wenn Sie in Ihrer grenzenlosen Eifersucht auf Ihre Tochter ... wobei ich hinzufügen darf: Ellen ist augenscheinlich seit einiger Zeit volljährig und für ihre Taten und Entscheidungen selbst verantwortlich ...«

Beim letzten Satz beugte er sich von hinten an das rechte Ohr von Dr. Auerbach, so wie er das manchmal im Verhör bei einem Verdächtigen tat. Und wie bei manchem von ihnen sorgte auch jetzt diese unerwartete Intimität für eine signifikante Reaktion des Doktors: Er erstarrte förmlich zur Salzsäule. Madlener konnte spüren, wie der Doktor sich verkrampfte. Er genoss diesen Moment und sprach weiter direkt in das Ohr von Dr. Auerbach.

»Also, Herr Doktor, Sie schießen in Ihrer altmodischen, verknöcherten – um nicht zu sagen: pathologischen – Eifersucht weit übers Ziel hinaus, wenn Sie ständig versuchen, mich bei Ihrer Tochter madig zu machen. Ist das deutlich genug?«

Gerade noch rechtzeitig machte Madlener einen Schritt zurück, denn Dr. Auerbach fuhr mit dem Kopf zu ihm herum. »Madig, sagen Sie? Madig machen?« Seine Stimme nahm an Lautstärke und Tremolo zu, als er aufstand und mit dem Finger auf Madlener einstach. »Sie waren es doch … Sie, der mich bei ihr madig gemacht hat!«

»Weil Sie's provoziert haben.«

»Ich habe Sie mitnichten provoziert! Das bringen Sie durcheinander! Ich habe Sie therapiert!«

»Der Versuch ist wohl fehlgeschlagen.«

»Allerdings! Weil Sie zur seltenen Spezies der untherapierbaren Fälle gehören!«

»Sie meinen: untherapierbar in Ihrem Sinne! Genauso, wie Sie über Ihre Tochter immer noch in Ihrem Sinne bestimmen wollen.«

»Woher wollen Sie das wissen? Sie kennen mich doch gar nicht. Haben Sie selber zugegeben, als Sie sagten, Sie würden es niemals einem Wildfremden erlauben, Sie zu beurteilen!«

»Aber inzwischen kennen wir uns doch besser, seit wir uns gegenseitig auf den Zahn gefühlt haben. Oder glauben das zumindest.«

»Sie wissen nicht das Geringste über mich! Sie … Sie … Sie …«, ereiferte sich Dr. Auerbach und fuchtelte mit seiner rechten Hand herum wie weiland Herbert von Karajan vor den Berliner Philharmonikern im dynamischen Finale von Beethovens Neunter.

Madlener konstatierte mit großer Genugtuung, dass er dabei vor Wut einen puterroten Kopf bekommen hatte. Wieder einmal hatte er es geschafft, den erfahrenen Psychiater mit seinen eigenen Waffen zu schlagen und aus der Haut fahren zu lassen!

Das war keine Niederlage für den Doktor mehr, das war schon eine veritable Klatsche.

Madlener kostete den Triumph aus, dabei musste er, obwohl er es eigentlich nicht so deutlich zeigen wollte, über das ganze Gesicht grinsen, weil er im Mienenspiel seines Kontrahenten genau erkannte, dass Dr. Auerbach ebendies in diesem Moment auch bewusst wurde. Was dessen Wut noch vergrößerte.

Bis dahin hatte Thielen versucht, der zunehmenden Lautstärke und den heftiger werdenden Anschuldigungen mit Gesten Einhalt zu gebieten, und mehrmals »Meine Herren! Bitte!« gesagt.

Aber die hilflosen Interventionen nutzten nichts. Die sowieso schon angespannte Stimmung war eskaliert und drohte nun vollends aus dem Ruder zu laufen. Es konnte sich nur noch um Sekunden handeln, bis beide Kontrahenten handgreiflich wurden und aufeinander einprügelten.

8

Draußen im Gang vor dem Besprechungsraum drückte Ellen gerade ihr Ohr an die Tür, um zu horchen.

Plötzlich fing ein Handy in ihrer Handtasche, die sie auf einer Besucherbank abgestellt hatte, an, eine Opernarie von sich zu geben. Schnell ging sie zur Tasche und kramte danach – nein, es war nicht das ihre, obwohl es sich ähnlich anhörte. Dann vibrierte auch schon das nächste, und schließlich ertönte auch noch der durchdringend laute amerikanische Klingelton von Madleners Handy, der klang wie ein Telefon in einer amerikanischen Polizeistation der 1950er Jahre, sie hatte es oft genug gehört. Sie wusste nicht, was sie tun sollte, denn kaum hatte eines aufgehört zu klingeln, fing das nächste wieder an.

Fieberhaft dachte Ellen nach – nein, sie würde die Mediation da drinnen nicht unterbrechen. Zu wichtig war es, was da hinter verschlossener Tür vor sich ging.

Endlich verstummten die Handys.

Ellen atmete auf.

Sie hörte, wie die Stimmen im Besprechungsraum wieder lauter wurden. Aber verstehen konnte sie nichts.

Kurz kämpfte sie mit sich, ob sie nicht vielleicht doch hineingehen und eingreifen sollte. Bis jetzt hatte sie in der ehrenwerten Hoffnung gelauscht, dass endlich so etwas wie eine nachhaltige Versöhnung zwischen Vater und Liebhaber stattfinden würde. Aber anscheinend war das genaue Gegenteil dessen eingetreten, was sie durch die Mediation herbeigesehnt hatte. Als es drinnen wieder leiser wurde, löste sie sich von der Tür und ging ratlos auf und ab. Immer wieder blieb sie stehen, um zu horchen.

Erneut fingen die Handys in ihrer Handtasche an, sich lautstark zu melden.

Es war zum Verrücktwerden!

Sie konnte sich doch nicht an fremden Handys vergreifen.

Es war, als hätte ihre Handtasche ein eigenes, chaotisches Innenleben entwickelt. Als es gar nicht mehr aufhören wollte, in der Tasche dumpf zu rumoren und zu läuten, öffnete sie sie, eine Hermes, ein Geschenk ihres Vaters zum vierzigsten Geburtstag, aber dann klappte sie sie energisch wieder zu. Sollten sie doch klingeln. Schließlich gab es für solche Fälle eine Mailbox. Und was konnte schon so wichtig sein wie eine Versöhnung zwischen ihrem Vater und ihrem Liebhaber?

Aber das Klingeln fing immer wieder von Neuem an.

Es hörte sich zunehmend dringender an, so kam es Ellen vor, obwohl das natürlich Unsinn war.

Schließlich war es kaum noch zu ertragen. Das Handy von Kriminaldirektor Thielen hatte einen besonders unangenehmen und nervigen Klingelton, sie erkannte das Leitmotiv, es war der Gefangenenchor aus »Nabucco«, der Oper von Verdi, der Solopart, gesungen von Pavarotti.

Jetzt wurde es ihr zu bunt. Sie ging zur übernächsten Tür, hinter der die Putzutensilien für das Reinigungspersonal untergebracht waren. Dort stellte sie ihre Tasche hinein und schloss die Tür. Endlich war Pavarotti nur noch sehr gedämpft zu hören. Aber er fing immer wieder von vorne an.

Ellen ließ Gefangenenchor Gefangenenchor sein und trat wieder an die Tür des Besprechungsraums zurück.

Täuschte sie sich, oder war da auf einmal gar nichts mehr zu vernehmen? Die plötzliche Stille verunsicherte sie fast noch mehr. Waren sie sich da drin vielleicht schon gegenseitig an die Gurgel gegangen?

Möglich war es, sie konnte sich so ein Szenario durchaus vorstellen, schließlich kannte sie die granitene Sturheit ihrer beiden Männer nur zu gut.

Sie versicherte sich durch einen schnellen Blick den langen Gang hinab, ob jemand zu sehen war. Als dies nicht der Fall war, drückte sie vorsichtig ihr Ohr wieder an die Tür zum Besprechungsraum und lauschte mit angehaltenem Atem.

9

Der Heimgang von Adelheid Arbogast beim Trauergottesdienst in der Aussegnungshalle des Friedrichshafener Hauptfriedhofs war mehr als ergreifend. Es war geradezu ein Staatsakt. Alles, was Rang und Namen hatte, war gekommen, der halbe Stadtrat und der Zweite Bürgermeister waren da, der Erste war durch einen wichtigen Termin beim Ministerpräsidenten verhindert, aber er hatte seine Frau als Vertretung geschickt. Es trafen so viele Trauergäste ein, dass die Flügeltüren der geräumigen Aussegnungshalle während der Zeremonie geöffnet blieben, um allen Anwesenden die Möglichkeit zu geben, von der Verstorbenen Abschied zu nehmen. Viele Leute mussten dicht gedrängt stehen, die Stuhlreihen reichten nur für die engsten Freunde und Honoratioren aus. In den ersten fünf Reihen waren sogar Namensschilder auf den Stühlen platziert, damit es nicht noch zu einem unwürdigen Gerangel unter der Friedrichshafener Prominenz um die besten Plätze kommen konnte.

Dr. Arbogast hatte die ganze schwülstige Angelegenheit sorgfältig geplant und organisiert. Der schwere weiß lackierte Eichensarg, der im Zentrum auf dem Podium der Halle aufgebahrt war, hatte etwas Herrschsüchtiges und Dominantes, er lag wuchtig da, wie ein Monolith. Ganz so wie die selige Frau Mutter zu Lebzeiten noch gewesen war. Ihr Sohn hatte ein sündteures und pompöses Blumenarrangement aus weißen Chrysanthemen und Rosen vom besten Floristen der Stadt in Auftrag gegeben. Rechts und links vom Sarg waren fünfarmige Leuchter postiert, und schräg hinter dem Sarg stand ein DIN-A3-großes Foto der Dahingeschiedenen, weiß gerahmt, auf einem kunstgeschmiedeten Eisenhalter. Raffinierterweise hatte Arbogast ein Foto herausgesucht, auf dem er als zwölfjähriger Junge seinen Kopf wie hilfesuchend an die Schulter der Mutter schmiegte. Es löste bei einigen Trauergästen – vor allem weiblichen – einen heftigen Tränenreflex aus, wenn sie neugierig näher herankamen und das Bild genauer in Augenschein nahmen.

Rechts vom Sarg stand ein Rednerpult mit Mikrofon für die zu erwartenden Ansprachen. Auf der linken Seite des Sarges nahm nun eine Abordnung des Jagdmusikvereins »Waidmannsheil« aus Opfingen ihre Stellung ein. Sieben Mann in Jagdmontur und mit Jagdhörnern. Dr. Arbogasts Vater war ein begeisterter Jäger gewesen, und seine Mutter hatte bis zuletzt eifrig für den Musikverein »Waidmannsheil« gespendet. Sie machten sich bereit für ein letztes blasmusikalisches Lebewohl an ihre großzügige verblichene Mäzenatin.

Als die Totenglocke einsetzte, ebbte das Räuspern und Schnäuzen in der Aussegnungshalle ab, und es wurde mucksmäuschenstill. Ein Huster noch, und dann kam der vom Schicksal so schwer gebeutelte Anselm Arbogast durch einen Seiteneingang herein, dem Pfarrer hinterher. Der Obmann der Jagdhornbläser nickte ihnen zu und gab den Einsatz. Unter den wehklagenden Klängen der Jagdhörner schritten die beiden nun das Podium entlang auf das Rednerpult zu, um das unumgängliche Prozedere zu beginnen.

Nach dem Segensspruch wurden die üblichen einleitenden Worte und Gebete unter Anleitung des Pfarrers gesprochen, dann wurde gemeinsam kirchliches Liedgut intoniert.

Die ganze Zeit über stand Dr. Arbogast gramgebeugt und niedergedrückt von der Last seines übergroßen Verlustes neben dem Geistlichen. Sein Gesicht war versteinert vor Trauer, nur ab und zu erlaubte er es sich, sich mit einem Taschentuch verstohlen eine Träne aus dem Augenwinkel zu tupfen.

Tief in seinen Eingeweiden jedoch tobte und rumorte es, weil ihn angesichts der pathetischen Bombastik der Veranstaltung und der Rührung der Trauergäste ein Lachkrampf zu überwältigen drohte, dessen eruptiven Ausbruch er nur mit allergrößter Willenskraft unterdrücken konnte.

Wenn diese Leute wüssten, was in diesem Augenblick demonstrativer Ergriffenheit wirklich in ihm vorging, was er wirklich über sie dachte, wie verlogen, heuchlerisch und kleingeistig sie da vor ihm standen und saßen und nichts, aber auch gar nichts davon verstanden, wie ihm wirklich zumute war!

Oh, ihr Kleingläubigen, dachte er, wenn ihr wüsstet, was wirklich den Sinn und das Salz des Lebens ausmacht! Gerade im Angesicht des Todes musste doch jeder kapieren, dass man nur eines tun konnte: das Mark des Lebens aussaugen bis zum letzten Tropfen, so gut es nur ging. Das Leben war zu kurz, um es durch Gesetze und Moral begrenzen und einengen zu lassen. Dieses Motto konnte er nun endlich für sich Wirklichkeit werden lassen.

Ein schrilles Pfeifen riss ihn aus seinen Gedanken. Der Pfarrer justierte das rückkopplungsjaulende Mikrofon, verzog das Gesicht und hob entschuldigend die Hände, bevor er begann, sich mit seiner Beschreibung von Werdegang, Daten, Taten und Vorzügen der Verstorbenen redlich abzumühen. Dr. Arbogast hatte ihn diesbezüglich bestens gebrieft, obwohl das gar nicht nötig gewesen wäre, so oft, wie seine Mutter zu Lebzeiten in der Kirche gewesen war und der Pfarrer sie zu einem Kaffeekränzchen aufgesucht hatte.

Arbogast bekam sich allmählich wieder besser unter Kontrolle, sein Zwerchfell hörte auf zu flattern, denn jetzt war für ihn der Moment gekommen, wo er ein paar persönliche Worte sagen musste, alle warteten darauf. Er tat so, als müsse er sich erst sammeln, als er ans Pult trat, um die Spannung weiter anzuheizen. Dann räusperte er sich endlich und sprach. »Liebe Trauergemeinde, liebe Freunde und Bekannte meiner seligen Frau Mutter ...«

Ein oder zwei Schluchzer aus dem Publikum ließen Arbogast kurz innehalten. Sollte er ihnen die große Nummer liefern? Er hatte sich darauf vorbereitet und beschloss, aufs Ganze zu gehen.

»Wir sind hier zusammengekommen ... in sehr großer Zahl zusammengekommen ... ich danke Ihnen allen für Ihre Worte und Ihren Beistand ... wenn das meine liebe Frau Mutter noch hätte miterleben dürfen ...«, konnte er so eben herausstammeln, bevor ihm, von seiner eigenen Rührung übermannt, die Stimme endgültig brach und er mit Müh und Not gerade noch herausbrachte: »... ich werde sie so sehr vermissen ...«

Dann ließ er sich vom herbeieilenden Pfarrer stützen und zu einem Stuhl führen, auf dem er im Sitzen das Schlussgebet und einige Takte von Mozarts »Requiem« durchhalten konnte, ohne vor Schmerz vollends zusammenzubrechen.

Wer kein Herz aus Stein hatte, musste vom Verhalten des Sohnes endgültig ergriffen sein und überzeugt davon, dass der unwiederbringliche Verlust seiner Mutter den Sohn vollkommen überwältigt hatte.

Als die Totenglocke den Auszug der Trauergemeinde hinter dem Sarg her einläutete, zeigte sich Dr. Arbogast wieder gefasst und gefestigt. Getragenen Schrittes, den Blick starr zu Boden gerichtet, folgte er als Erster dem Sarg und dem Pfarrer, wie es sich für einen Sohn gehörte.

Am offenen Grab, nach dem Schlussgebet, gab es ein letztes zackiges Halali durch die musikalische Abordnung des Jagdvereins, das augenblicklich ein weiträumiges Schnäuzen auslöste, dann wurde der schwere Sarg endlich in die Grube gelassen.

Die sterblichen Überreste von Adelheid Arbogast lagen nun zu guter Letzt da, wo sie hingehörten: im Familiengrab neben der letzten Ruhestätte ihres verblichenen Gatten, der vor gut dreißig Jahren unter dubiosen Umständen in seiner eigenen Garage das Zeitliche gesegnet hatte.

Während Dr. Arbogast das nicht enden wollende Defilee der Kondulierenden ertrug, die üblichen Floskeln entgegennahm und sich artig bei jedem Einzelnen für Kommen und Beileidsbezeigung bedankte, freute er sich schon auf den Abend, wenn er endlich – endlich! – wieder allein in seinem Labor sein konnte, wo er den dritten Zug in seinem Spiel zu tun gedachte.

Er malte sich schon einmal genüsslich aus, wie er die eingebildeten Vertreter der gesamten besseren Gesellschaft aus Friedrichshafen und Umgebung – die Häfler Hautevolee, wie seine Mutter gesagt hätte – so tüchtig und gnadenlos ins Bockshorn jagen würde, dass ihnen Hören und Sehen verging und sie nicht mehr wussten, ob sie Männlein oder Weiblein waren, während er sich bei Frau Professor Frantischek so herzlich für ihre warmen und persönlichen Worte des Beileids bedankte, dass es der guten alten Professorenwitwe die Tränen in die Augen trieb.

10

Als Dr. Ellen Herzog das typische Klackern energischer Frauen-schritte mit Stöckelschuhen hörte, drehte sie sich um und wartete darauf, wer da um die Ecke auf sie zukommen würde. Bisher hatte sie der Versuchung eisern widerstanden, in die Höhle der Löwen zu gehen, um nachzusehen, warum es im Besprechungs-raum so verdächtig leise geworden war. Es war ihr weiß Gott nicht leichtgefallen, mehrfach hatte sie schon die Hand auf der Türklinke gehabt, aber jedes Mal war sie im letzten Moment wieder zurückgezuckt.

Das Geräusch der Schuhe wurde lauter, es kam Ellen vor wie das Klappern von Kastagnetten. Schließlich bog eine völlig aufgelöste Frau um die Ecke. Ihren Ohren konnte Ellen also noch trauen, aber bei ihren Augen bezweifelte sie das. So außer sich hatte sie Frau Gallmann wahrlich noch nie gesehen. Mit wild rudernden Armen gelang ihr das Kunststück, auf ihren knöchel-brecherischen High Heels irgendwie auf den Beinen zu bleiben und gleichzeitig ein Tempo vorzulegen, das jeder Schlussrunde bei einem olympischen Damenendlauf der Geher Ehre gemacht hätte.

»Frau Doktor«, rief sie schon von Weitem, als sie Ellen er-kannte, »Frau Doktor … Gott sei Dank …«

Mehr brachte sie vorläufig nicht heraus, weil sie vor An-strengung nach Luft schnappte wie ein Fisch, den man an Land gezogen hatte.

Ellen musste sie festhalten, von selbst wäre sie mit ihren Pumps wohl nur durch eine Wand oder einen Sturz zum Halt gekom-men. Sie sah erschreckend bleich aus, aber ihre Frisur saß immer noch perfekt, genauso wie ihr Make-up. Sie rang nach Luft, bevor sie ein paar Worte herausbringen konnte. »Der Kriminaldirektor, isch der hier bei Ihnen?«, keuchte sie.

»Ganz ruhig, Frau Gallmann. Ganz ruhig«, sagte Ellen in einem Ton, der normalerweise für Patienten reserviert war, die kurz davor waren, in Schreikrämpfe auszubrechen. Sie wollte die Sekretärin zur Besucherbank geleiten, die neben der Tür zum Besprechungsraum stand. »Jetzt kommen Sie, setzen Sie sich erst mal und beruhigen Sie sich! Dann sagen Sie mir, was los ist!«

»Ich kann mich erscht beruhigen, wenn ich mit dem Chef geschprochen hab«, brachte Frau Gallmann heraus. Dabei verfiel sie ins Schwäbische – und wenn sie das tat, war wirklich Schicht im Schacht, das war sogar Dr. Ellen Herzog bekannt. »Es isch ekschtrem wichtig. Wieso geht er denn net ans Telefon?«

»Er will auf keinen Fall gestört werden«, antwortete Ellen. Sie packte Frau Gallmann an den Schultern und sagte direkt ins hektisch gerötete Antlitz: »Sehen Sie mich an, Frau Gallmann!«

Die wollte sich losreißen, aber Ellen hatte einen festen Griff. »Erzählen Sie mir, was passiert ist, kommen Sie!«

»Was passiert isch?«, echote Frau Gallmann. »Der Teufel isch los. Saget Sie mir, wo isch er?«

»Er darf jetzt nicht gestört werden. Warten Sie noch fünf Minuten, es kann nicht mehr lange dauern.«

Frau Gallmann schloss kurz die Augen. »Es handelt sich hier um einen Notfall, Frau Dr. Herzog! Warum darf der Chef nicht gestört werden, Herrschaftszeiten noch mal?«

Es war eine absolute Premiere, dass Ellen Frau Gallmann, die normalerweise mit einem Übermaß an Geduld gesegnet war, fluchen hörte. Dennoch redete sie beschwörend auf Frau Gallmann ein: »Weil er eine wichtige Besprechung unter sechs Augen führt und sich jede Störung verbeten hat!«

Jetzt packte Frau Gallmann Ellen an der Schulter: »Glaubet Sie mir, Frau Doktor: Egal, was er gsagt hat, und egal, mit wem er's grad zu tun hat – wenn ich es ihm nicht sofort melde, was passiert isch, bringt er mich um.«

»Was ist denn passiert?«, fragte Ellen so ruhig wie möglich, obwohl ihr das Herz im Hals höher schlug, weil sie spürte, dass etwas im Gange war, was wirklich nicht mit einem Achselzucken abgetan werden konnte.

Frau Gallmann schloss erneut kurz die Augen, dann antwortete sie: »Ich wär net ekschtra vom Präsidium hierhergefahren, wenn es net so wichtig wär, glaubet Sie mir. Es geht um die Sandra, seine Lieblingsnichte. Sie habet sie grad im Klinikum eingeliefert.«

»Hier?«

»Ja, hier. So wie's aussieht, isch sie entführt worden und liegt jetzt im Koma. Sie habet sie grad erscht gefunden.«

»Wo?«

»Vor dem Altar von der Birnau!«

Ellen erkannte in den Augen von Frau Gallmann, wie panisch und gleichzeitig empört sie war, und sie zögerte keine Sekunde länger. Ohne anzuklopfen riss sie die Tür zum Konferenzzimmer derart heftig auf, dass die Köpfe der drei Männer im Raum nur so zu ihr herumflogen.

11

Sandra lag bleich wie eine Tote im Krankenbett auf der Intensivstation. Sie war ohne Bewusstsein, wurde künstlich beatmet und war an Infusionsschläuche und Überwachungsmonitore angeschlossen, die eine Ärztin gerade überprüfte, als Ellen, Kriminaldirektor Thielen und Madlener hereinstürmten.

»Wer hat Sie hereingelassen?«, fragte die Ärztin streng und sah sie unfreundlich an, obwohl sie ihre Kollegin Dr. Herzog erkannte. »Sie haben auf der Intensivstation nichts zu suchen.« Sie sprach mit leichtem Akzent, was ihre Autorität eher noch unterstrich.

»Das ist meine Nichte Sandra«, entgegnete Thielen mit rauer Stimme und blieb abrupt stehen, als er das Mädchen so liegen sah. In diesem Moment schienen sogar ihm die Worte zu fehlen. Er schluckte den Kloß in seinem Hals hinunter und sagte: »Ich bin Kriminaldirektor Thielen von der Kripo Friedrichshafen. Wie geht es ihr?«

Die Ärztin wandte sich wieder den Monitoren zu und drehte an ein paar Knöpfen. »Sie wird wieder. Aber es kann dauern. Wie lange, wissen wir noch nicht.«

»Ist sie ... ist sie im Koma?«, brachte Thielen mühsam heraus.

Die Ärztin wandte sich ihm wieder zu und wirkte sehr ernst. »Wir waren gezwungen, Ihre Nichte in ein künstliches Koma zu versetzen. Sie muss Traumatisches durchgemacht haben. Sie hat nur geschrien, war nicht ansprechbar. Außerdem steht sie unter Drogen. Aber ihre Werte sind jetzt stabil. Wir wissen noch nicht, was man ihr gegeben hat. Erst wenn wir das herausgefunden haben, können wir eine Therapie ansetzen. Das Labor arbeitet daran. Auf jeden Fall ist sie in einem schweren Schockzustand.«

»Darf ich zu ihr?«, fragte Thielen plötzlich fast schüchtern und zeigte auf Sandra.

»Ja«, sagte die Ärztin und nickte. Ihr Namensschild wies sie als Dr. Bathira aus.

Thielen trat an das Bett und nahm die freie Hand seiner

Nichte. »Was haben sie mit dir gemacht?«, fragte er so leise, dass man es kaum hören konnte. »Was haben die Schweine mit dir gemacht?«

Plötzlich lief ihm Blut aus der Nase und tropfte auf das Bettlaken. Er merkte es nicht einmal. Als Ellen das sah, zog sie ein Taschentuch heraus und drückte es ihm in die Hand.

»Sie bluten«, sagte sie.

Thielen tastete mit seiner Linken an seine Oberlippe, sah irritiert seine blutigen Finger an, nahm wie in Trance das Taschentuch und presste es endlich auf die Nase.

Madlener war neben die Ärztin getreten und flüsterte ihr ins Ohr: »Kommissar Madlener von der Kripo. Kann ich Sie kurz draußen sprechen, Dr. Bathira?«

Die Ärztin sah ihn skeptisch an und nickte. Nach einem letzten Blick auf die Monitore ging sie auf den Gang hinaus. Ellen und Madlener folgten ihr und schlossen die Tür.

»Hat Sandra Verletzungen?«, fragte Madlener als Erstes.

»Hämatome am Hals. Sie ist gewürgt worden. Sonst hat sie keine äußeren Verletzungen.«

»Ist sie missbraucht worden?«

»Nein. Dem ersten Augenschein nach nicht.«

Madlener warf Ellen einen Blick zu.

»Gott sei Dank«, sagte Ellen erleichtert. »Hat sie Einstiche von Injektionen?«

Die Ärztin nickte. »Ja. Ein Einstich im Hals. Und in der linken Armbeuge.«

Madlener fragte: »Hat man sie in der Klinik gewaschen? Ich frage das, weil wir sonst vielleicht noch DNS-Spuren finden können.«

»Nein.«

»Ich müsste Abstriche machen, unter anderem brauche ich den Fingernagelschmutz«, meinte Dr. Herzog.

Dr. Bathira zuckte mit den Achseln. »Ich verstehe. Erledigen Sie Ihren Job, Frau Kollegin.«

Ellen nickte Madlener zu. »Ich hole alles Nötige«, sagte sie und verschwand.

Dr. Bathira wollte ebenfalls gehen, aber Madlener hielt sie auf.
»Wo sind Sandras Sachen?«, fragte er.

Die Ärztin wies auf eine Schwester, die hinter einem Tresen stand und telefonierte. »Schwester Beate hat sie.«

»Sind Sandras Eltern schon informiert?«

»Soviel ich weiß, noch nicht. Die Polizei wollte das tun.«

»Als das Mädchen gefunden wurde, wer hat da den Notarzt gerufen?«

»Das weiß ich nicht.«

»Bitte erkundigen Sie sich und geben Sie uns dann den Namen. Danke.«

Er wandte sich ab und ging an den Tresen, wo er sich von der Schwester Sandras Kleidungsstücke, die in einer Plastiktüte waren, aushändigen ließ. Dann rief er zuerst den Chef der Spurensicherung Ehrmanntraut an, bevor er mit seiner Assistentin Harriet sprach. Alle waren schon unterwegs zum Fundort des Opfers, der Wallfahrtskirche Birnau.

Die eskalierten Friedensverhandlungen zwischen Madlener und Dr. Auerbach waren durch den unerwarteten Vorfall natürlich bis auf Weiteres abgebrochen worden. Madlener fand nicht, dass es überhaupt Sinn machte, sie zu gegebener Zeit wieder aufzunehmen. Wenn es nach ihm ging, ganz sicher nicht. Er hatte sein Ziel erreicht und Auerbach dessen Grenzen aufgezeigt, das musste fürs Erste genügen. Dieser Nebenkriegsschauplatz, der ihn zeitweise sogar amüsiert hatte, war angesichts der aktuellen Ereignisse wirklich zweitrangig. Jetzt galt es, rasch und entschlossen die richtigen Entscheidungen im Fall Sandra zu treffen.

Wenn Thielens Nichte wirklich entführt worden war und sich die ganze Geschichte nicht doch noch als dummer Streich unter Jugendlichen entpuppte, der aus dem Ruder gelaufen war – was Madlener in seiner Zeit in Stuttgart schon einmal erlebt hatte –, würde der Fall ziemlichen Wirbel verursachen. Er durfte und wollte sich nicht den geringsten Fehler erlauben, nicht die geringste Nachlässigkeit. Alle Spuren mussten schnellstens gesichert, Zeugen gesucht und vernommen werden. Über ein mögliches Motiv wollte er noch nicht spekulieren, dazu war es viel zu früh. Ein genauer Tatverlauf musste erstellt werden, die letzten achtundvierzig Stunden von Sandra mussten minutiös nachvollzogen und dokumentiert werden. Das war eine Aufgabe für seine Assistentin Harriet. Sie war eine Spezialistin darin, die Zeit vor und nach der Tat bis zur Auffindung des Opfers genau zu rekonstruieren. Es war nur zu hoffen, dass das Mädchen so bald wie möglich wieder bei Bewusstsein war, das würde ihnen bei den Ermittlungen am meisten helfen. Wenn Sandra den möglichen Täter erkannt hatte oder wenigstens beschreiben konnte …

Ob Thielen diesen Fall leiten konnte oder wollte, obwohl er persönlich involviert war, darüber wollte sich Madlener jetzt nicht den Kopf zerbrechen, das fiel auch nicht in seine Kompetenz. Er warf noch einmal einen Blick durch die Glasscheibe in das mit Medizintechnik vollgepfropfte Zimmer, in dem Sandra lag. Der Kriminaldirektor hielt noch immer mit einer Hand die seiner Nichte, und mit der anderen drückte er das Taschentuch gegen seine Nase. Er stand so hilflos an ihrem Krankenbett, wie Madlener ihn noch nie erlebt hatte.

Jetzt, da er seinen Chef in diesem nur allzu verständlichen Moment der menschlichen Schwäche sah, kam er sich fast vor wie ein Voyeur. Er drehte sich weg. Beinahe hätte er Gewissensbisse bekommen, dass er Thielen und dessen blindwütigen Aktionismus nie ernst nehmen konnte und ihn das gelegentlich auch spüren ließ, aber dann schüttelte er diesen Anflug von Sentimentalität postwendend wieder ab. Gefühle hatten in diesem Fall nichts verloren. Hier und heute ging es nur darum, denjenigen zu erwischen, der das getan hatte, bevor es noch weitere Opfer gab.

War Thielens Nichte gezielt ausgesucht worden, oder war sie ein Zufallsopfer? Er vermutete eher Ersteres. Aber das würde sich bald herausstellen.

Er betrat den Schockraum noch einmal mit aller gebotenen Rücksichtnahme und sagte leise zu Thielen: »Die Eltern von Sandra … Vielleicht ist es am besten, wenn Sie sie anrufen …«

»Ja, mache ich. Danke, Madlener«, antwortete Thielen, ohne sich umzudrehen.

Im Laufschritt eilte Madlener aus der Intensivstation und zu seinem Wagen, den er diesmal eingedenk der Probleme, die er vor ein paar Wochen an derselben Stelle mit einer gestrengen Politesse gehabt hatte, korrekt im Parkhaus abgestellt hatte.

12

Vor der Basilika Birnau war buchstäblich die Hölle los, als
Madlener mit auf dem Autodach aufgepflanztem Blaulicht näher
kam. Er hatte die Nebenstrecke genommen, die von Meersburg
aus kurz vor dem Fährhafen nach rechts abging, weil auf der B 31
wieder einmal ein Stau gemeldet wurde. Sie führte direkt am
See entlang an Unteruhldingen vorbei bis zur Abzweigung nach
Mühlhofen, folgte dann der Bahnlinie nach Nußdorf, überquerte
hinter einem Campingplatz bei Schloss Maurach die Gleise und
endete schließlich als schmale und steile Straße oben am Parkplatz vor der Barockkirche. Es gab kaum ein Durchkommen,
überall am sowieso schon engen Straßenrand stauten sich Autos
und standen neugierige Touristen. Die Polizei hatte oben an der
Kirche alles weiträumig abgeriegelt, und eine wahre Armada
silber-blauer Streifenwagen war kreuz und quer abgestellt.

Ein Uniformierter, der Madlener erkannte, hielt das Absperrband hoch. Madlener fuhr unten durch, bedankte sich mit einer
Geste, ließ seinen Wagen einfach neben dem Kiosk mitten auf
der Straße stehen und marschierte über den weitläufigen Vorplatz
mit der Panoramaaussicht, für die er diesmal keinen Blick übrig
hatte, zum Haupteingang der Basilika. Der Zugang wurde von
einem Polizisten bewacht, der sich zur Begrüßung Madleners,
als der seinen Ausweis zückte, kurz an die Dienstmütze tippte
und ihn durchwinkte.

Madlener durchquerte den Vorraum neben dem Klosterladen und
betrat das Kirchenschiff durch die schwere Holztür. Er ließ den
hohen und prächtigen Raum erst einmal auf sich wirken, weil
er schon ewig nicht mehr hier gewesen war, das letzte Mal als
Kind mit seinen Eltern. Wie lange war das her? Fünfunddreißig
Jahre? Vierzig?

Er wusste es nicht mehr.

Als er das in die Wand eingelassene Becken sah, geisterte ihm
kurz eine schemenhafte Erinnerung durch den Kopf: wie sein

Vater ins Weihwasserbecken gelangt hatte und ihm, er musste um die zehn Jahre alt gewesen sein, mit seinem nassen Finger das Kreuzzeichen auf die Stirn gemacht hatte – eine seltsame Geste, sein Vater war eigentlich alles andere als religiös gewesen, darum war ihm das schon damals umso merkwürdiger vorgekommen. Aber nun, da er hier war, konnte er sich auf einmal auch wieder an den schwachen Geruch nach Weihrauch und an all die Märtyrerfiguren erinnern, weil ihm sein Vater die Folterinstrumente erklärt hatte, die den Heiligenstatuen als Attribute beigegeben wurden, damit sie der Gläubige gleich erkennen konnte. Das hatte ihn nachhaltig beeindruckt. So hielt der heilige Laurentius den Eisenrost an seiner Seite, auf dessen glühenden Stäben er zu Tode gefoltert worden war.

In dieser Umgebung und diesem Zusammenhang schossen Madlener wieder die lang vergessenen Legenden von Sankt Bartholomäus und Sankt Erasmus durch den Kopf, von denen ihm sein Vater erzählt hatte: dem einen war bei lebendigem Leib die Haut abgezogen worden, weshalb er auf Darstellungen die eigene Hülle samt Gesichtshaut mit Augen- und Mundöffnungen wie einen Mantel über dem Arm trug, dem anderen waren die Eingeweide mittels einer Winde herausgezogen worden, die er fortan auf Gemälden wie einen Spazierstock in der rechten Hand hielt, samt aufgewickeltem Gedärm. Diese Schreckensbilder hatten ihn als Kind jahrelang in seinen Alpträumen verfolgt, auch jetzt noch schauderte es ihn beim bloßen Gedanken daran. Die Traumata aus seiner katholisch geprägten Kindheit wären wirklich eine wahre Fundgrube für Dr. Auerbach gewesen …

Bis zum heutigen Tag hatte er nicht begriffen, warum die christliche Religion so eng verknüpft war mit Strafe, Schuldgefühlen, Gewalt, Folter und ewiger Verdammnis. Sein Verstand sagte ihm, dass dieser Überbau nötig war, weil die katholische Kirche jahrhundertelang in erster Linie darauf bedacht war, ihre Macht zu sichern und zu vergrößern und deshalb alles unternahm, ihre Schäflein unter der Knute der Furcht und der Unwissenheit zu halten. Die Reformation und die Aufklärung zerschlugen dieses raffinierte Unterdrückungskonstrukt letztendlich. Der Vernunft hatte die Kirche lange Zeit nur Drohungen, Gewalt und Schmähungen entgegenzusetzen. Und ihre von alters her schärfste Waffe: die Macht der Gefühle. Feiertage, Prozessionen und Messen waren von Anfang an als grandiose Opern zelebriert worden und die Architektur der Kirchenbauten als grandioses Szenenbild dazu: Schon auf Erden musste den Gläubigen das himmlische Jerusalem ansichtig gemacht werden.

Von dieser optischen Botschaft, nämlich den Menschen als Individuum möglichst klein zu halten und die Häuser Gottes möglichst groß, ließ Madlener sich als Erwachsener nicht mehr einschüchtern. Aber als er noch ein Kind gewesen war, hatte diese Taktik bestens funktioniert. Da konnte der spätbarocke ornamentale Zuckerguss noch so üppig in Gold und Glanz schwelgen, er empfand den religiösen Bombast immer schon als beklemmend und erdrückend.

Die Beschäftigung mit grausigen Legenden von Heiligen, mit alttestamentarischen Gräuelszenen und göttlichem und menschlichem Furor waren ihm oft genug Anlass zu schlaflosen Nächten gewesen. Er hatte einfach von Kindesbeinen an eine zu blühende Phantasie, mit der er sich allzu oft in seiner Arbeit herumplagen musste, aber gleichzeitig war sie ihm zuweilen auch hilfreich, weil keiner so gut wie er sich in den Kopf und die Gedankenwelt eines Täters hineinversetzen konnte. Zuweilen war das auch schmerzhaft und belastend, wenn er sich wieder einmal zu tief mit den Abgründen eines perversen Geistes hatte befassen müssen und ihn das ungute Gefühl beschlich, gerade bei extrem grausamen und krankhaften Verbrechen davon nachhaltig besudelt worden zu sein. Und diesen geradezu zwanghaft wiederkehrenden Schmutz im Kopf konnte man nicht einfach abwaschen wie den an den Händen.

Er richtete seinen Blick nach vorne zum Altar. Dort wimmelte es von Technikern in ihren an Raumanzüge erinnernden weißen Overalls. Er konnte auch Harriet ausmachen, die mit ihrem Tablet mittendrin im Tohuwabohu war und alles auf ihre akribische Art dokumentierte.

Götze, der Assistent von Madleners Kollegen Kommissar Binder, war in der Betrachtung des Honigschleckers versunken, eines viel fotografierten Puttos, der zur Rechten am Bernhardsaltar Honig aus einem im Arm gehaltenen Bienenkorb von seinem Finger lutschte. Heute trug Götze ausnahmsweise keines seiner üblichen Hemden aus seiner unerschöpflichen Hawaii-Kollektion, sondern einen edel zerknitterten wüstensandfarbenen Leinenanzug, dazu gelbe Sneakers, was wie immer wirkte, als wäre er eigentlich in der Sommerfrische am Bodensee und nicht in der Mordkommission der Kripo.

Eine süßliche Duftwolke traf auf Madleners Nase. Er trat neben Götze, und tatsächlich: Der Assistent von Binder hatte einen Lolli im Mund, dessen Plastikstiel herausragte. Wenn der Kriminaldirektor hier gewesen wäre, hatte er das unter Garantie nicht gewagt.

»Na, schmeckt's?«, fragte Madlener unvermittelt, was Götze aus seinen Träumen riss. Er nahm den Dauerlutscher schnell heraus, versuchte ihn unauffällig hinter seinem Rücken zu verbergen und grüßte verlegen. »Tag, Herr Madlener.«

Madlener, der seine Pappenheimer kannte und wusste, dass Götze den Technikern normalerweise sowieso nur im Weg stand, übersah den Lolli geflissentlich und fragte: »Was haben wir? Aber bitte die Synopsis!«

Götze legte seine Stirn in Falten. »Die was?«

»Die Kurzfassung.«

»Ach so, ja, geht klar. Also …« Madlener hatte ihn so verwirrt, dass Götze mit dem Lolli zum Marienaltar zeigte. »Das Opfer wurde vor dem Altar aufgefunden. Heute Morgen. Von einer Kirchgängerin …«, er zog seinen Notizblock zurate, wozu er den Lolli wieder in den Mund stecken musste und entsprechend undeutlich wurde, »… einer gewissen Frau Magdalena Baumgärtner, geboren am —«

Madlener unterbrach ihn ungeduldig. »Die Kurzform, bitte! Und ohne Lolli, wenn's irgendwie geht!«

Götze errötete und sah sich tatsächlich um, ob er den klebrigen Lutscher nicht irgendwo entsorgen könnte, steckte ihn aber schließlich mit spitzen Fingern in seine Sakkotasche, bevor er fortfuhr. »Das Opfer lag auf dem Bauch und war bewusstlos. Das Mädchen hatte Geld und einen Ausweis in der Tasche. Danach heißt es Sandra Thielen …«, wieder blätterte er in seinem Notizbuch, »… geboren am 24.3.2001 in Friedrichshafen … äh … Sie ist übrigens die Nichte von unserem Kriminaldirektor …«

»Ist bereits angekommen«, knurrte Madlener. »Ein Handy wurde nicht gefunden?«

»Nope, Sir.«

FBI-Jargon, stöhnte Madlener innerlich. Wann wollte Götze eigentlich erwachsen werden?

»Weiter«, sagte er nur.

»Die Zeugin Frau Baumgärtner wird gerade von Kommissar Binder vernommen. Zurück zum Fundort: Um das Opfer herum sind exakt zweiunddreißig brennende Teelichter kreisförmig drapiert …«

»Teelichter? Warum keine Opferkerzen?«, fragte Madlener, es klang aber eher so, als habe er laut vor sich hin gedacht.

»Vielleicht, weil die richtigen Opferkerzen, die man hier bekommt, nicht von selber stehen«, meinte Götze. Er zog, als hätte er die Frage erwartet, eine Opferkerze aus der Tasche. Leider war es die, in die er auch den Lolli gesteckt hatte, die Kerze war entsprechend klebrig, als er sie Madlener zur Begutachtung hinstreckte. Madlener rührte sie nicht an und hob in einem Abwehrreflex die Hände.

»Sehen Sie?«, sagte Götze und drehte sie ihm vor der Nase herum. »Metallhülse, Docht getränkt mit Lampenöl. Fällt um, wenn man sie nicht in eine Fassung steckt.«

Madlener winkte ab. »Schon gut. Wann genau wurde Sandra gefunden?«

»AZP war gegen acht Uhr dreißig.«

»AZP?«

»Auffindungszeitpunkt«, half Götze Madlener auf die Sprünge.

Madlener beherrschte sich, obwohl es ihm schwerfiel. Seit einiger Zeit litt Götze unter einem geradezu zwanghaften militärischen Abkürzungsfimmel, den er besonders professionell fand. Er hatte ihn aus FBI-Lehrbüchern, die er so gierig verschlang wie frustrierte amerikanische Vorstadthausfrauen »Fifty Shades of Grey«. Damit konnte er Madlener bisweilen zur Weißglut treiben. Aber diesmal ließ er noch Gnade vor Recht ergehen.

»Weiter im Text«, sagte er nur.

»Acht Uhr achtunddreißig ging der Notruf in der Zentrale ein, kurze Zeit später wurden wir alarmiert. Sie und der Chef waren nicht zu erreichen …« Dabei konnte es sich Götze nicht verkneifen, Madlener einen vorwurfsvollen Blick zuzuwerfen. »Jaja, das wissen wir«, wehrte Madlener unwirsch ab. »Und dann?«

»Der Arzt traf vor den ersten Kollegen von uns ein und war natürlich nicht darauf bedacht, auf irgendwelche Spuren zu achten, sondern darauf, das Mädchen erst mal zu untersuchen und zu versorgen, bevor es ins Klinikum gebracht wurde.«

»Ist das alles?«

»Soweit ich weiß, ja.«

Madlener deutete auf die rechte seitliche Holzpforte. »Was ist das für ein Ausgang?«

Götze antwortete stolz: »Der ist für Rollstuhlfahrer, wird aber auch von der Putzkolonne für den fahrbaren Müllcontainer benutzt. Da habe ich mich schon kundig gemacht. Die Namen der Leute, die hier Zugang haben, sind notiert. Wollen Sie —«

»Ich werde darauf zurückkommen, wenn es nötig ist.«

Madlener öffnete die nicht abgesperrte Tür der Pforte. Draußen führte eine barrierefreie Rampe bis zum Boden. Er schloss die Tür wieder und sah, dass ein Sperrbalken an der Seite lehnte. In passende Einkerbungen im Mauerwerk zu beiden Seiten der Türwölbung konnte er eingefügt werden, um den Zugang von innen abzuriegeln.

»War der Balken so angelehnt, als Sie kamen?«, fragte Madlener.

»Definitiv ja«, antwortete Götze.

»Fotografieren Sie das«, ordnete Madlener an.

»Schon geschehen«, sagte Götze.

Madlener nickte zufrieden. Vielleicht wurde aus dem schlaksigen Großmaul eines fernen Tages doch noch ein brauchbarer Polizist. »Der Haupteingang wird kurz vor den allgemeinen Öffnungszeiten aufgesperrt, nehme ich an?«, fragte er weiter.

»Ja, so ist es.«

»Haben Sie mit dem Verantwortlichen dafür gesprochen?«

»Habe ich. Wollen Sie seinen Namen? Pater Sixtus —«

Wieder wehrte Madlener nur mit einer Geste ab. »War diese Seitenpforte offen?«

»Ja, war sie. Jeden Morgen bei der Reinigung und der Abfallbeseitigung wird hier der Müllcontainer ins Freie gefahren.«

»Also auch heute.«

»Ja. Auch heute Morgen.«

»Na schön.«

Er wollte sich schon abwenden, da fiel ihm noch etwas ein.

»Und, Götze ...«

Götze wollte gerade den klebrigen Lolli umständlich in ein Tempotaschentuch einwickeln und sah hoch. »Ja, Herr Kommissar?«

»Bitte besorgen Sie sämtliche verfügbaren Daten von Sandras Handy-Provider. So rasch es geht.«

»Äh ... ich habe ihre Nummer nicht.«

Allmählich war Madleners Geduldsfaden kurz vor dem Reißen.

»Dann kriegen Sie sie heraus, heiliger Sankt ...« Er verschluckte den Rest, weil ihm der Schutzheilige für Polizisten nicht geläufig war, vielleicht gab es auch gar keinen, das hätte ihn nicht gewundert. Er wandte sich noch mal um. »Aber rufen Sie deswegen um Gottes willen nicht die Eltern an. Die haben momentan Besseres zu tun. Besorgen Sie sich die Nummer von einer Klassenkameradin. Herrgott, Götze: Wofür sind Sie eigentlich Polizist?«

Er ließ Götze endgültig stehen und ging vor zum Hauptaltar. Dort besah er sich den Kreis aus Teelichtern, die nur noch teilweise flackerten. Harriet hob die Hand zum Gruß, den er ebenso knapp erwiderte.

Er zählte die Teelichter, es waren tatsächlich zweiunddreißig Stück.

Was hatte das zu bedeuten?

Dass es etwas zu bedeuten hatte, war offensichtlich, sonst hätte sich der Täter nicht so viel Mühe gemacht und sich dadurch auch noch der Gefahr ausgesetzt, von einem zufällig hereinkommenden Pater oder Putzmann entdeckt zu werden.

»Harriet ...«, sagte er so leise, dass es nur seine Assistentin hören konnte, die vor dem Altar auf den Knien herumrutschte und in jede dunkle Ecke spähte, die sie finden konnte. Sie sah zu ihm hoch. »Kommst du? Wir fahren zu Sandras Eltern. Ich möchte dich dabeihaben. Hier können wir nichts mehr tun.«

Irgendetwas irritierte ihn an Harriet. Erst als er genauer hinsah, merkte er, was es war. Sie hatte die schwarzen Haare mit den vereinzelten weißen Strähnen zu einem Pferdeschwanz gebunden, was beim Herumkriechen auf dem Boden praktischer war. Und so konnte er unter ihrem Haaransatz am Hinterkopf einen Schlangenkopf mit der typischen gespaltenen Zunge und ein paar chinesische Schriftzeichen erkennen, ein Tattoo, das ihm bisher entgangen war. Oder es war ganz neu, jedenfalls war es ihm bisher nie aufgefallen. Es wirkte, als spitzte die Schlange aus Harriets Kragen, um jeden anzugreifen, der es wagen sollte, mit der Hand an ihren Hals zu fassen.

Er fand, das passte zu Harriet.

Sie stand auf, löste den Haargummi von ihrem Pferdeschwanz, als hätte sie seinen Blick gespürt und würde nicht wollen, dass er das Tattoo sah.

»Gehen wir«, sagte sie und marschierte schon vorneweg zum Ausgang.

Madlener hatte Mühe, ihr zu folgen.

13

Nun liebe Kinder gebt fein acht
Ich bin die Stimme aus dem Kissen
Ich hab euch etwas mitgebracht
Hab es aus meiner Brust gerissen
Ein heller Schein am Firmament
Mein Herz brennt

Dr. Anselm Arbogast lag bäuchlings mit nacktem Oberkörper auf einer schwarzen Lederliege in einem schwarzen abgedunkelten Raum, den nur ein gleißend heller Lichtkegel von einer Halogen-Zahnarztlampe erhellte, der auf seinen Rücken gerichtet war. Rammstein dröhnte aus den überdimensionalen Lautsprechern, aber Arbogast hörte es nicht, er hatte sein Gehirn abgeschaltet und war mit seinen Gedanken in einem anderen, fernen Universum jenseits unserer Galaxis, nur so waren der Lärm und die Schmerzen auszuhalten. Sein Gesicht war in eine ausgesparte Rundung gebettet, die verhinderte, dass die Nackenmuskulatur zu sehr beansprucht wurde, wenn man längere Zeit auf dem Bauch lag.

Es war eigentlich eine teure Massageliege, aber Rob Roy, der Tätowierer, fand, dass sie gerade für komplexe großflächige Tattoos genau das Richtige war. Rob Roy hieß eigentlich Robert Roiderer, aber das war nun wirklich kein Name für einen, der sich ganz dem Tätowieren und Piercen verschrieben hatte. Er war Gründungsmitglied der Motorradgang namens »Black Nighthawks«, aber ohne seine Harley, seine martialische Ledermontur mit dem Gang-Emblem auf dem Rücken – das von ihm entworfen worden war: ein Falke mit ausgebreiteten Schwingen über schneebedeckten Berggipfeln bei Vollmond – und den Helm auf dem Kopf, der je nach Geschmack an einen Wehrmachtshelm oder den von Darth Vader erinnerte, wirkte er alles andere als kriegerisch. Er war mit seinen überhohen Stiefelabsätzen gerade einen Meter sechzig groß und schmächtig und hatte seine Haare millimeterkurz geschoren, weil er schon in die Jahre gekommen war und fand, dass ein glatt geschorener Kopf besser aussah als ein paar dünne Haarsträhnen, durch die eine Glatze schimmerte.

Sein Tattoostudio mit den zwei schwarz lackierten Schaufenstern hieß so, wie er sich nannte: »Rob Roy«, in stilisierter Frakturschrift geschrieben. Es lag zwischen einem Bioladen und einer türkischen Änderungsschneiderei in Lindau, aber nicht auf der Insel, sondern auf dem Festland bei Bad Schachen. Ein wenig abgelegen, aber Rob hatte eine geile, stets auf dem neuesten Stand gehaltene Website und außerdem in bestimmten Kreisen einen Ruf wie Donnerhall, denn er war kein Dilettant wie so viele andere seiner Berufskollegen, sondern er hatte auf seinem Gebiet echt was drauf, wie seine zahlreichen zufriedenen Kunden es weitersagten. Zum großen Teil waren es Stammkunden. Denn wenn man erst einmal Gefallen daran gefunden hatte, sich von Rob etwas Besonderes und Individuelles in die Haut stechen zu lassen, konnte man in der Regel nicht mehr damit aufhören und kam immer wieder. Für banale Durchschnittstattoos war Rob nicht zu haben, nur bei jungen hübschen Mädchen machte er gelegentlich eine Ausnahme, das war nun mal eine seiner größten Schwächen.

Er war selbst ein lebendes Kunstwerk. Wenn er bei der Arbeit war und sein ärmelloses schwarzes T-Shirt auszog, weil es ihm zu warm wurde, konnte man phantastische Formen und Farben bewundern, die sich augenscheinlich über seinen ganzen Körper hinzogen, nur der Kopf war bisher weitgehend frei geblieben, aber wenigstens waren die Ohren, die Augenbrauen, die Nasenflügel, die Zunge und die Brustwarzen gepierct.

Seine besondere Leidenschaft waren japanische Motive, Abwandlungen und Modifikationen klassischer Bilder des Ukiyo-e-Genres aus dem Reich der aufgehenden Sonne. Sein ganzer Stolz war »Die große Welle vor Kanagawa« von Katsushika Hokusai, die er fast eins zu eins auf dem besonders breiten Rücken eines Zuhälters aus Friedrichshafen verewigt hatte und die für seinen Ruhm in Kennerkreisen maßgeblich verantwortlich war.

Rob Roy hatte eine ganze Regalwand voll mit Büchern und Katalogen, in denen Motive verschiedenster Herkunft und Schwierigkeit aus aller Welt abgebildet waren. Aber er besaß auch

Dutzende Ordner mit selbst entworfenen Vorlagen und Fotos von bereits verewigten Tattoos, die für interessierte Besucher zum Durchblättern bereitlagen. Das Einzige, was er von seinen Kunden neben einer angemessenen Entlohnung forderte, waren Unempfindlichkeit und Geduld. Er besprach vor der Prozedur, die sich bei Großaufträgen mit den nötigen Erholungspausen dazwischen über Wochen hinziehen konnte, jedes noch so kleine Detail mit seiner Kundschaft, eine Reklamation hinterher war schlechterdings nicht möglich, was in der Natur der Sache lag. Ein gutes Tattoo war für Rob eine individuelle Signatur der Persönlichkeit – und zwar für alle Ewigkeit. Da konnte er gnadenlos ehrlich sein und bisweilen bei einer Person mit Ansatz zur Fettleibigkeit auch schon mal die Frage stellen, ob man daran gedacht habe, wie die Tätowierung in zwanzig Jahren am Strand aussehen würde.

Rob Roy wischte Blut und Farbe auf dem Rücken von Dr. Arbogast sorgfältig mit einem Tuch ab und kontrollierte seine letzten Stiche. Er nickte zufrieden, legte die Tattoomaschine beiseite, rollte mit seinem Arbeitshocker zurück und streckte sich wie eine Katze. Nach einer über dreistündigen, für beide Seiten anstrengenden Sitzung war das Kunstwerk nun endgültig vollendet. Rob war erschöpft, der Rücken tat ihm weh und der Arm erst recht, er hatte alles gegeben.

Sein Kunde war ebenfalls mit seinen Kräften am Ende, das sah er dem grauen Gesicht an, als sich Arbogast mühsam von der Liege hochrappelte. Der Rücken war besonders empfindlich, und dementsprechend schmerzhaft war die Prozedur. Bei Rob war Arbogast unter dem Allerweltsnamen Norbert Maier mit Unterbrechungen schon seit zwei Jahren Kunde. Auf die Idee, sich tätowieren zu lassen, war er gekommen, als ihm endgültig klar geworden war, dass das Monster, das in ihm schlummerte, aus dem langen Winterschlaf erwacht war, weil es sich räkelte und anfing, mit ihm zu sprechen. Lange konnte er es nicht mehr unter Kontrolle halten, dessen war er sich bewusst.

Was wäre naheliegender gewesen, als sich zu dieser Gelegenheit einen schillernden Drachen auf den Rücken stechen zu lassen oder stilisierte Drachenflügel? Als er den Film »Roter Drache« gesehen hatte, war der nackte Rücken von Ralph Fiennes die eigentliche Initialzündung für ein Tattoo gewesen. Heimlich etwas zu tun, was bei seiner Mutter beim bloßen Anblick mindestens zu einem Schreikrampf geführt hätte – was für ein herrlich verwegener und verwerflicher Gedanke! Was war das für ein Gefühl, wenn er das Prickeln auf seinem Rücken von der letzten Sitzung bei Rob noch spürte und vor ihren Augen in der Apotheke auf und ab spazierte – und sie wusste nicht, was er unter seinem weißen Kittel auf seiner Haut hatte! Aber das Naheliegende, das Bildnis eines Drachen auf den Schulterblättern, fand er, je länger er darüber sinnierte, viel zu banal und abgedroschen.

Bis ihm eines Tages – er arbeitete schon lange gedanklich an seinem Finalplan – eine Eingebung kam, was genau das einzig richtige Tattoo war. Als er mit seinem Rohentwurf bei Rob Roy auftauchte, nickte der nur und machte sich ohne weiteren Kommentar an eine professionelle Vorlage für das große Werk. Nach zwei Wochen war sie fertig und fand Arbogasts begeisterte Zustimmung.

Jetzt, da seine Tage gezählt waren, war es zwingend notwendig, dass das Werk auf seinem Rücken vollendet wurde, damit er wenigstens mit dem Gefühl abtreten konnte, all das verwirklicht zu haben, was er sich vorgenommen hatte. Vor Rob hatte er sich als Versicherungsmakler ausgegeben, aber der interessierte sich sowieso nicht dafür, wie seine Kundschaft hieß, womit sie ihren Lebensunterhalt bestritt und wo sie wohnte, solange sie nur bezahlte und sich dessen bewusst war, was es für eine Ehre war, ein Bildnis aus seiner Hand auf dem Körper zu tragen.

Rob redete während des Stechens kein Wort. Seine Meisterwerke erforderten größte Konzentration und Präzision, er war kein Friseur, bei dem Small Talk zum Handwerk gehörte. Außerdem wäre es sowieso viel zu laut gewesen, um sich unterhalten zu können, denn Rob war nur in Stimmung, wenn er zur Arbeit seine Musik hörte. Dass es nicht Andrea Berg oder Julio Iglesias war, lag auf der Hand. Er bevorzugte Heavy Metal. Manchmal, in seltenen Momenten nostalgisch-sentimentaler Anwandlung, hörte er sogar die Gruppe Steppenwolf, die den Begriff »Heavy

Metal« in ihrem Song »Born to Be Wild« einstmals erfunden hatte. Aber das kam äußerst selten vor und auch nur dann, wenn er ganz sicher sein konnte, dass er allein war.

Sein Musikgeschmack war reinstes Klischee, aber eben die eine seiner zwei Inspirationsquellen.

Die andere war das Gras, das er im Garten seiner verstorbenen Eltern selbst in einem kleinen Gewächshaus anbaute und am liebsten zusammen mit marokkanischem Shit rauchte. Die Mixtur wurde in Dealerkreisen »Taliban« genannt.

Jetzt zog Rob seine vorbereitete Taliban-Tüte aus einer Schublade und zündete sie genussvoll an, inhalierte tief und hielt den Rauch in seiner Lunge, bis er ihn schließlich langsam durch den Mund entweichen ließ. Dann schaltete er die Neonröhren an der Decke an und stellte den großen fahrbaren Spiegel so vor die Spiegelwand ins Licht, dass der Kunde den eigenen Rücken gut im Blick hatte, ohne sich verrenken zu müssen.

Rob grinste zufrieden und nahm noch einen tiefen Zug von seinem Joint. Die Belohnung hatte er sich wahrlich verdient.

Arbogast konnte sich kaum sattsehen.

Ja, die Quälerei hatte sich tatsächlich gelohnt, genau so hatte er es sich vorgestellt: Ein schwerer grauer Zeppelin, LZ 127, schob sich zwischen unheilschwangere schwarze Wolken, die von Blitzen durchzuckt wurden. Wenn er seine Schulterblätter bewegte, sah es aus, als würde der Zeppelin geradewegs zwischen den Wolken hervorkommen.

Ein apokalyptisch anmutendes Werk, ein perfektes Spiegelbild seiner inneren Verfassung und seines gewagten Vorhabens.

14

Anfangs fuhren sie stumm wieder zurück nach Friedrichshafen, jeder hing seinen Gedanken nach. Madlener hatte Harriet das Steuer überlassen, er war plötzlich müde, wahrscheinlich die Nachwirkung dieser aberwitzigen und sinnlosen Mediation. Er schloss die Augen und ging im Geiste noch einmal durch, was sich in der Klosterkirche Birnau abgespielt haben könnte, als sie vor einer Ortsdurchfahrtsampel im Stau steckten und es nur schubweise weiterging. Auf der Strecke zwischen Friedrichshafen und Meersburg war eigentlich immer irgendwo ein Stau – wenn man Glück hatte, nur einer, der sich bald auflöste, in der Ferienzeit war es durchgängig katastrophal, und zwar in beiden Richtungen. Lastwagen, Omnibusse, Wohnwagengespanne und dazwischen Pkws – es war, als hätte irgendwo im Osten ein Komet eingeschlagen und die halbe Menschheit Europas wäre auf einer sinnlosen Flucht irgendwohin, nur dass die einzige Straße ins Irgendwohin ausgerechnet die B 31 am Bodensee entlang war. Madleners blühende Phantasie schoss wieder ins Kraut, er war kurz davor, einzunicken, das monotone Stop-and-go-Schaukeln ihres Wagens tat ein Übriges, als ihn Harriets Stimme aus seiner Science-Fiction-Melancholie riss.

»Was denkst du?«, kam es unerwartet von seiner linken Seite. »Zufall oder Absicht?«

Madlener warf Harriet einen Blick zu, der sich mit dem ihren kurz kreuzte, und zuckte mit den Schultern.

»Dürfte die Kardinalfrage sein«, brummte er.

»Die Nichte unseres Chefs entführen … wer kommt auf diese Idee? Und was ist das Motiv?«

»Ich wusste bis heute nicht mal, dass Thielen überhaupt eine Nichte hat. Hat er keine eigenen Kinder?«

Harriet schniefte, ein Zeichen dafür, dass sie wieder einmal mehr in der Pipeline hatte, als man ihr zutraute. »Kriminaldirektor Theophil Thielen …«, fing sie betont bedeutungsschwanger an.

»Im Ernst? Theophil?«

»Im Ernst. Also, unser Chef ist seit 1986 verheiratet, mit ein und derselben Frau. Sie heißt Christine, geborene Holdenried. Sie arbeitet Teilzeit bei einem Juwelier in der Friedrichstraße, zwei Kinder, beide erwachsen, längst ausgezogen und im Ausland. Willst du die Besoldungsgruppe unseres Kriminaldirektors auch noch wissen?«

»Kann's mir denken.«

Madlener wusste, dass Harriet ein fotografisches Gedächtnis hatte. Alles, was sie einmal gesehen oder gelesen hatte, konnte sie auf einer zusätzlichen Festplatte im Gehirn, die er und die normale Menschheit nicht hatten, abspeichern und jederzeit abrufen, selbst dann, wenn man sie mitten in der Nacht geweckt hätte. Und doch staunte er immer wieder über diese Fähigkeit, so auch jetzt. Und jedes Mal, wenn er versuchte, sie aufs Glatteis zu locken, fand sie eine Möglichkeit, ihm Paroli zu bieten. Auch diesmal juckte ihn das Fell, und er fragte spaßeshalber: »Haustiere?«

Sie schien die Frage tatsächlich ernst zu nehmen.

»Soviel ich weiß, keine. Er hat nie Katzenhaare auf dem Jackett oder der Hose. Und wenn er einen Hund hätte, dann hätte Frau Gallmann schon längst Hundefutter auf Vorrat irgendwo im Büro gebunkert.«

»Jetzt mal ohne Flachs: Wenn die Entführungsgeschichte stimmt, warum Sandra? Warum dieses Brimborium mit Kirche und Kerzen? Warum scheinen ihre Eltern nichts gewusst zu haben? Warum liegt offenbar kein Missbrauch vor?«

»Warum ist die Banane krumm? Genau Letzteres wollte ich dich eben fragen. Sandra wurde nicht missbraucht?«

»Offensichtlich nicht. Laut Auskunft der Ärztin.«

»Wenigstens ein Lichtblick in dieser Sache. Aber ermittlungstechnisch in der Tat seltsam. Passt in keines der mir bekannten Muster.«

»Der mir bekannten auch nicht. Außer es ist tatsächlich ein böser Streich unter Jugendlichen, der außer Kontrolle geraten ist.«

»Glaubst du das wirklich?«

»Nein. Aber bevor wir weiter wild drauflos spekulieren …«

»… brauchen wir zweifellos mehr Fakten.«

Sie waren endlich in Friedrichshafen, und Harriet bog im Ortsteil Manzell von der Zeppelinstraße in die Schnetzenhauser Straße ab.

»Wo willst du hin?«, fragte Madlener.

»In die Klinik. Die Eltern von Sandra sind inzwischen dort.« Madlener seufzte, wie immer war ihm Harriet einen Schritt voraus. »Na schön, dann gib mir ihre Namen und alles, was du über sie weißt. Das hast du doch längst recherchiert, oder?«

Sie grinste ihn mit ihrem schrägsten Amy-Winehouse-Lächeln an, der sie mit den überlangen künstlichen Wimpern und den dicken Kajalstrichen um die Augen zum Verwechseln ähnlich sah. Ihre Augenpartie erinnerte ihn an die furchterregende Kriegsbemalung eines filmreifen Indianerstamms. »Hast du was anderes erwartet?«, flötete sie dazu.

»Nein. Also?«

»Der Vater von Sandra ist der Bruder unseres Chefs. Zehn Jahre jünger. Leonid Thielen, eigentlich Leonidas. Und sag jetzt bitte nicht wieder ›Im Ernst?‹. Ich kann auch nichts dafür, dass die in dieser Familie eine Vorliebe für seltsame Vornamen haben.«

»Apropos seltsame Vornamen: Ich wollte dich immer schon fragen, wie du zu deinem gekommen bist.« Er sagte das mit einem gewissen süffisanten Unterton, der nicht zu überhören war.

Harriet verzog keine Miene. »Warum hast du's dann nie getan?«

»Weiß nicht. Dachte immer, das wäre Privatsache.«

»Erzähl ich dir ein andermal.«

Sie war nicht eingeschnappt, aber anscheinend auch nicht in der Stimmung für die Erörterung von Familiengeheimnissen.

Madlener machte lieber einen Rückzieher. »Fällt wohl unter die Rubrik längere Geschichte?«

»Kann man so sagen.«

Wie stets wimmelte sie Fragen persönlicher Natur ab. Nur in ganz seltenen Momenten war es Madlener gelungen, einen kurzen Blick hinter die zuweilen trotzig-abweisend wirkende Punk-Attitüde zu werfen, die Harriet wie einen Schutzpanzer trug. Irgendwie schien sie ständig auf der Hut davor zu sein, zu viel von sich preiszugeben. Aber er würde den Teufel tun und sie in der Hinsicht irgendwie bedrängen. Es war ihre Sache, wenn sie einiges nicht zum Besten geben wollte, warum auch immer. Im Grunde genommen war er in dieser Hinsicht ebenso eigen. Dafür wusste er, dass er sich in beruflicher Hinsicht hundertprozentig auf sie verlassen konnte. Selbst wenn er, falls es gar nicht anders möglich war, die gesetzlich zulässigen Rahmenbedingungen wieder einmal außer Acht lassen musste – vorsichtig ausgedrückt. Das war ihm persönlich herzlich egal, wenn es sich um eine wichtige und unumgängliche Sache drehte, aber wenn er Harriet miteinbezog, meldete sich sein schlechtes Gewissen. Schließlich war er ihr Vorgesetzter und trug für seine Assistentin ein gerüttelt Maß an Verantwortung.

Harriet schien neben ihrer zusätzlichen Festplatte auch noch ein Sensorium in ihrem Kopf zu haben, das ziemlich genau registrierte, was in ihm vorging. Jedenfalls blies sie nach einem kaum bemerkbaren Seitenblick auf Madlener eine Haarsträhne aus ihrem Gesicht und fuhr fort: »Also – Claudia Thielen ist noch mal zehn Jahre jünger, Sandra ist das einzige Kind. Die Mutter ist Lehrerin an einer Grundschule, der Vater selbstständiger Immobilienmakler, hat ein eigenes Büro in der Stadt.«

»Vermögend?«

»Dem Anschein nach nicht unerheblich.«

»Also wäre Lösegeld doch ein mögliches Motiv.«

»Möglich, aber unwahrscheinlich. Außer die Eltern haben eine Forderung erhalten, sind aber wegen einer entsprechenden Drohung bisher damit nicht zur Polizei gegangen.«

»Oder sie haben bereits bezahlt, ohne die Polizei einzuschalten, und Sandra ist deshalb freigelassen worden und in der Basilika Birnau gelandet.«

»Ich dachte, wir wollen nicht spekulieren.«

»Du hast recht. Woher hast du deine Informationen?«

»Was die Familie Thielen angeht, ist Frau Gallmann meine Quelle. Die habe ich angezapft, als ich zum Fundort von Sandra gefahren bin.«

»Sonst noch was, was ich wissen müsste?«

»Sandra ist eine Art Bilderbuchtochter. Beste Noten, sehr musikalisch, spielt Klavier und singt im Kirchenchor, sehr sportlich, mehrfache baden-württembergische Meisterin ihrer Altersklasse in rhythmischer Sportgymnastik, zweimal in der Woche beim Voltigieren ...«

»Beim was?«

»Man merkt, dass du keine Tochter hast. Das ist ein Sport, den man mit Pferden ausübt. Das Pferd wird an einer Longe im Kreis herumgeführt, und man vollführt dabei artistische Übungen auf dem Pferderücken. Hat ein bisschen was von einer Manege im Zirkus. In einem gewissen Alter sehr beliebt bei Mädchen.«

»Da hab ich wieder was dazugelernt. Hast du das auch gemacht?«

Sie verdrehte die Augen. »Wäre mein Traum gewesen!«

»Wäre? Warum wäre?«

»Weil die Verwirklichung von Träumen meistens Geld kostet.«

»Verstehe. Tut mir leid.«

»Muss dir nicht leidtun. War eben so.«

Sie schniefte wieder, Madlener merkte, dass er erneut auf vermintes Terrain geraten war, in Fettnäpfchen zu treten war eine Spezialität von ihm. Er versuchte, davon schnellstmöglich wieder wegzukommen, und fragte: »Kein einziger kleiner Schmutzfleck auf dem Hochglanzbild?«

»Nein, keiner. Sandra ist außerdem der Augenstern von Kriminaldirektor Thielen. Sie ist sein Patenkind.«

Harriet bog auf den Vorplatz des Klinikums ein.

»Tu mir den Gefallen und nimm das Parkhaus«, sagte Madlener.

Harriet konnte ein Grinsen nicht unterdrücken. »Keine Lust auf Pfefferspray von einer Politesse?«

Madlener schenkte ihr einen bösen Blick. »Danke. Einmal hat mir gereicht.«

Harriet fuhr – wie immer, wenn sie ein Parkhaus aufsuchten – an den leeren Frauen- und Mutter-Kind-Parkplätzen vorbei ein Stockwerk höher, und Madlener hütete sich – auch wie immer –, einen Kommentar zu dieser Art von Einrichtung abzugeben, um nicht als unverbesserlicher Macho dazustehen.

15

Sandras Eltern waren bei ihrer Tochter auf der Intensivstation. Madlener und Harriet konnten sie durch die Glasscheibe am Bett des Mädchens sehen. Kriminaldirektor Thielen hatte mit einem Schokoriegel in der Hand im Gang auf sie gewartet. Er machte einen gefassten Eindruck, beendete ein Telefongespräch, steckte sein Handy weg, begrüßte sie mit einem Kopfnicken und wies den Gang hinunter. »Gehen wir in den Ruheraum. Dort können wir ungestört reden.«

Der Ruheraum war für Ärzte, die Nachtschicht hatten und dort für kurze Zeit ein Nickerchen machen konnten. Thielen setzte sich an den kleinen Tisch neben der Liege, Madlener und Harriet zogen sich Stühle heran.

»Auch einen Früchtetee? Oder Kaffee?« Thielen zeigte auf zwei beschriftete Thermoskannen auf einer kleinen Anrichte, auf der auch saubere Tassen gestapelt waren, doch Harriet zog aus ihrem Rucksack einen Tetrapak mit grünem Tee heraus. »Bin Selbstversorger«, sagte sie und goss sich davon ein.

»Sie haben mit Sandras Eltern gesprochen?«, fing Madlener vorsichtig an, es gab keinen Grund zur Eile. Er holte sich eine Thermoskanne und schenkte sich Kaffee ein, Thielen aß seinen Schokoriegel auf, zerknüllte die Verpackung und warf sie in den Papierkorb, bevor er sich an der Teekanne bediente.

»Ja«, antwortete er, schluckte den Rest vom Schokoriegel hinunter und probierte vom heißen Tee. Er verzog das Gesicht, sah in die Tasse, was das wohl für ein Gebräu war, nahm dann angewidert noch einen Schluck, räusperte sich und fuhr fort. »Aber bevor wir in medias res gehen, möchte ich etwas vorausschicken. Diese schrecklichen Ereignisse betreffen, wie Sie wissen, mich persönlich. Trotzdem werde ich die Leitung der Ermittlungen übernehmen.« Er hob resignativ die Schultern. »An wen sollte ich sie auch abgeben? Ich kenne meine Nichte aus dem Effeff, könnte man sagen. Ich weiß über die gute Beziehung zu ihren Eltern bestens Bescheid, also kann ich meinem Bruder und meiner Schwägerin einiges an Fragen ersparen, die können Sie getrost mir stellen. Noch etwas: Ich habe die beiden vorerst nicht dazugebeten, weil ich nicht will, dass sie den Eindruck bekommen, wir könnten vielleicht immer noch im Trüben fischen. Was wir ja tatsächlich leider auch noch tun. Oder haben wir schon irgendwas Konkretes?«

»Nein. Die KTU ist noch vor Ort«, erwiderte Harriet. »Sobald die Techniker etwas Relevantes finden, werden wir informiert.« Thielen nickte und massierte seine Stirn. »Hat vielleicht jemand ein Aspirin?«, fragte er.

Harriet griff zielsicher in eine Seitentasche ihres unergründlichen Rucksacks und drückte Thielen aus einer Blisterverpackung eine Tablette in die offene Hand. Er ließ die Hand auffordernd ausgestreckt und Harriet pulte noch eine zweite Tablette heraus.

»Danke«, sagte er und spülte sie mit Tee hinunter.

Madlener setzte zu einer Frage an, aber Thielen wehrte mit einer müden Geste ab. »Lassen Sie mich zuerst unsere Vorgehensweise erläutern. Nummer eins: Der Täter wird uns nicht entwischen. Oder die Täter, wir werden sehen. Ich werde alles Nötige veranlassen, damit wir schnellstmöglichen und vorrangigen Zugang zu allen personellen und technischen Hilfsmitteln bekommen, die wir brauchen, that's for sure. Nummer zwei: Binder und Götze machen die Laufarbeit und den Kleinkram. Sie, Madlener, brauche ich für das Gesamtbild und ein Täterprofil. Harriet, Sie kümmern sich um die zeitliche und örtliche Rekonstruktion und den möglichen Tathergang von der Haustür von Sandras Eltern bis zur Basilika Birnau. Sie erstellen einen Ablaufplan der letzten drei Tage, den wir nach und nach ergänzen können, je mehr Informationen hereinkommen.«

Er nahm einen Schluck vom Tee und verzog erneut das Gesicht. »Da Sandra noch nicht wieder bei Bewusstsein ist und uns nicht schildern kann, was passiert ist, haben wir bisher nicht den geringsten Anhaltspunkt, wer ihr das angetan hat. Weder eine Beschreibung noch Zeugen. Dass es keine Zeugen gibt, kann ich mir jedoch nicht vorstellen. Irgendjemand muss etwas gesehen haben, Sandra muss sich gewehrt haben. Ich bin mir absolut sicher, dass sie niemals mir nichts, dir nichts mit jemand Fremdem mitgegangen wäre, auch wenn er sich vielleicht unter einem Vorwand an sie herangemacht hat. Um mögliche Zeugen kümmert sich Götze. Ich werde heute noch eine Pressekonferenz geben, damit morgen ein Zeugenaufruf mit einem Bild von Sandra in allen Zeitungen steht.«

Er zeigte mit dem Finger auf Madlener.

»Im Übrigen, Madlener: Da will ich Sie an meiner Seite haben.«

»Mich?«, fragte Madlener, als ob er ein Schüler wäre, den der Lehrer an die Tafel gerufen hatte und der nicht die geringste Ahnung von dem Stoff hatte, den er dort rekapitulieren sollte.

»Ja, Sie.«

»Aber wieso? Ich habe auch nicht mehr beizutragen als Sie. Und Sie wissen, ich mag Pressekonferenzen nicht besonders ...«

»Was heißt, Sie mögen sie nicht besonders? Sie hassen Sie!«

Madlener zuckte mit den Schultern.

»Aber gerade deshalb brauche ich Sie, verstehen Sie?«, insistierte Thielen. »Niemand verkörpert die Kompetenz in der Polizeiarbeit so wie Sie, wenn Sie so grimmig in die Kameras schauen. Außerdem sind Sie seit dem Internatsfall und erst recht seit dem Fall Aigner/Matussek so etwas wie eine Institution der Kripo am Bodensee.«

Madlener winkte ab. »Ach Unsinn, Sie übertreiben ...«

»Glauben Sie mir, wenn Sie neben mir auf dem Podium sitzen, sehen die Leute, wie wichtig uns dieser Fall ist. Und dass wir unseren besten Mann darauf ansetzen. Außerdem erhöht das den Druck auf den Täter, das ist immer zielführend, vielleicht lässt er sich so aus der Reserve locken. Aber Frau Gallmann soll Ihnen vorher noch eine schicke Krawatte geben, sie hat immer welche in Reserve für solche Anlässe.«

Madlener sah unsicher auf seinen eigenen Schlips herunter. Nun ja, er war zwar sauber, aber nicht unbedingt auf dem neuesten Stand der Mode, das sah er ein. Er hatte ihn zu Weihnachten von seinem Sohn geschenkt bekommen, es waren kleine Lokomotiven in Bonbonfarben vor schwarzem Hintergrund darauf. Es war die einzige Krawatte von dreien, die er mochte, die anderen zwei waren eigentlich nur für Beerdigungen oder hohe Feiertage geeignet. Aber bevor er noch ein hinreichendes Plädoyer für seine Krawattenwahl hätte halten können, war Thielen schon weiter im Text. »Kommen wir zurück zur Abfolge unserer Ermittlungen. Nummer drei: Bei mir laufen wie immer alle Fäden zusammen, ich koordiniere die Ermittlungen, alle Erkenntnisse sind sofort an mich oder Frau Gallmann weiterzugeben. Bis wir eine konkrete Spur haben, werden alle Überstunden und Sonderausgaben von mir ohne große Nachfrage genehmigt. Nummer vier: Ich erwarte von Ihnen allen, dass wir den Kerl, oder die Kerle, wenn es mehrere waren, in spätestens einer Woche dingfest gemacht haben und ich ihm oder ihnen höchstpersönlich in unserem Verhörraum Auge in Auge gegenübersitzen kann. Das war's fürs Erste.«

Er lehnte sich erschöpft mit dem Kopf an die Wand und fragte, indem er seinen geliebten militärischen Ton anschlug, mit dem er Führungsstärke demonstrieren wollte, was ihm in diesem Moment aber eher jämmerlich geriet: »Habe ich mich deutlich genug ausgedrückt?«

»Klar und deutlich«, stimmte ihm Madlener zu, der es tunlichst vermied, irgendwelche Spitzen gegen Thielens Brandrede loszulassen, auch wenn es ihm davor graute, als lebender Beweis für die Tatkraft der Kripo Friedrichshafen vor die Pressemeute treten zu müssen.

Harriet hatte schon ihr Laptop hervorgeholt, es aufgeklappt und sich Notizen gemacht. Sie grinste in sich hinein, weil sie Madleners Öffentlichkeitsphobie nur zu gut kannte. Madlener entging das nicht, irgendwann würde der Zeitpunkt kommen, wo er sich für ihre Schadenfreude rächen würde, das nahm er sich fest vor.

»Nun gut«, sagte Thielen. »Stellen Sie Ihre Fragen.«

»Zuerst: Gibt es irgendein Lebenszeichen von Sandra?«, wollte Madlener wissen.

»Negativ. Ihr Zustand ist unverändert. Wann Sandra aus ihrem Koma langsam wieder herausgeholt werden kann, steht laut ärztlicher Auskunft noch in den Sternen.«

»Ist schon bekannt, was für Drogen sie im Blut hat?«

»Nein, noch nicht.«

»Wann und wo haben ihre Eltern sie zum letzten Mal gesehen?«

Thielen sah auf seine Armbanduhr. »Vor ziemlich genau … siebenundsechzig Stunden.«

Madlener und Harriet tauschten einen erstaunten Blick aus. »Wie kommt das?«, fragte Madlener. »Siebenundsechzig Stunden sind eine ziemlich lange Zeitspanne. Sandra ist fünfzehn. Haben sie sich da keine Sorgen gemacht?«

Thielen strich sich durch sein schütteres langes Haar, das wie immer quer über den Schädel gekämmt war. »Das ist es ja«, sagte er seufzend. »Verdammt unglückliche Umstände, in der Tat. Sie haben erst durch einen Anruf vom Sekretariat ihrer Schule heute Morgen um neun Uhr früh gemerkt, dass Sandra spurlos verschwunden ist. Die Schule ist verpflichtet, die Eltern zu kontaktieren, falls ein Schüler fehlt und keine Krankmeldung vorliegt. Aber von vorne: Am Freitag gegen vierzehn Uhr kam Sandra von der Schule nach Hause –«

»Welche Schule?«, unterbrach Harriet.

»Graf-Zeppelin-Gymnasium. Sie hat kurz zu Mittag gegessen und wurde dann von ihrer Freundin abgeholt. Sie sind beide zum Voltigieren gefahren –«

»Gefahren? Womit?«

»Mit dem Fahrrad. Sandra hatte alles für zwei Übernachtungen in ihrem Rucksack dabei, sie wollte anschließend bis Sonntag bei ihrer Freundin bleiben, das hat sie schon ein paarmal gemacht. Die Freundin hatte sturmfreie Bude, und am Montag wollte sie wieder zusammen mit ihr in die Schule, sie gehen in dieselbe Klasse. Nur am Rande: tadelloses Elternhaus, das kann ich bestätigen –«

»Wer?«, fragte Madlener.

»Die Freundin, Annalena. Den Vater kenne ich vom Golfclub. Hat ein Autohaus hier am Platze und sitzt im Stadtrat. Also, was Annalena angeht – da gibt es keinerlei Anlass zu irgendeinem Verdacht, ich kenne sie, das ist kein flippiges Mädchen.«

»Wo waren Sandras Eltern in den siebenundsechzig Stunden? Hätte Sandra sich zwischendurch nicht mal melden müssen?«, wollte Madlener wissen.

»Mein Bruder und meine Schwägerin sind Pferdenarren, so wie meine Nichte auch. Sie sind von Freitagabend bis Sonntagabend mit Bekannten bei einem Reitturnier in Baden-Baden gewesen. Natürlich haben sie mit ihrer Tochter per SMS Kontakt gehalten. Sie hat mehrmals geantwortet, ich habe es mir zeigen lassen – ›alles okay‹, ›viel Spaß noch‹, ›mir geht's gut‹, so was.«

»Wann kam die letzte SMS?«

»Noch Sonntagabend. Gegen zweiundzwanzig Uhr.«

Harriet mischte sich ein. »Mit anderen Worten: Es gibt oder gab keinerlei Drohung, in der Art von ›Ich habe Ihre Tochter in meiner Gewalt‹? Oder irgendeinen Erpressungsversuch mit einer Forderung?«

»Nein. Nichts dergleichen.«

»Die Freundin …«

»Binder müsste schon bei ihr sein und sie vernehmen. Ich habe ihn entsprechend gebrieft«, sagte Thielen. »Wir treffen uns alle nach der Pressekonferenz im Meeting-Room. Dort können wir Informationen austauschen und das weitere Vorgehen besprechen.«

»Warum die Birnau? Warum zweiunddreißig Kerzen? Haben Sie oder Sandras Eltern irgendeine Erklärung dafür?«, bohrte Harriet nach.

Thielen breitete hilflos die Arme aus. »Ich habe mir zusammen mit Sandras Eltern darüber den Kopf zerbrochen. Es ist ein einziges Rätsel. Für uns alle. Wir haben nicht den geringsten Anhaltspunkt.«

Madlener stand auf. »Wir müssen jetzt mit den Eltern sprechen. Sofort.«

Thielen seufzte schwer. »Das habe ich ihnen auch schon gesagt. Ich bitte Sie nur, dass Sie auf ihren gegenwärtigen Zustand Rücksicht nehmen. Sie sind begreiflicherweise ziemlich … angegriffen. Zeigen Sie Fingerspitzengefühl, Madlener.«

»Selbstverständlich. Das tue ich immer.«

»Na ja …«, murmelte Thielen zweifelnd, ließ es aber dabei bewenden.

Madlener überhörte den skeptischen Kommentar geflissentlich. »Eine Frage noch. Ich muss sie stellen, auch wenn Sie das bestimmt nicht gerne hören. Sind Sie absolut sicher, dass Sandras Eltern uns nichts verschweigen?«

Der Kriminaldirektor reagierte mit Empörung. »Diese Frage verstehe ich nicht, Madlener. Warum sollten sie mir etwas verschweigen? Leonid ist mein Bruder! Ich bin Sandras Patenonkel! Wir hatten immer schon ein enges und vertrauensvolles Verhältnis zueinander. Sie haben überhaupt keinen Grund, mir irgendetwas vorzuspielen. Die beiden sind außer sich vor Sorge und machen sich selbst die schwersten Vorwürfe. Da brauchen sie sich nicht von Außenstehenden auch noch welche machen zu lassen!«

Thielen war ziemlich aus dem Sattel gegangen und hatte vor Aufregung sogar etwas von seinem Tee verschüttet. Ohne viel Aufhebens wischte Harriet die kleine Pfütze mit einem Papiertaschentuch vom Tisch.

»Ich hatte nicht vor, ihnen Vorwürfe zu machen oder ihnen Nachlässigkeit zu unterstellen«, versuchte Madlener seinen Chef wieder auf Normalnull herunterzubremsen. »Es geht mir ausschließlich darum, schnellstmöglich hinter das Motiv der Entführung zu kommen. Wer kann ein Interesse daran haben, Sandra für über sechzig Stunden festzuhalten und sie dann – bis auf die Drogen – beinahe unversehrt wieder freizulassen?«

Thielen nickte in sich hinein, offenbar hatte er sich diese Frage auch schon gestellt. Den Rest aus der Teetasse schüttete er in den Ausguss. Dann hob er den Finger. »Halt – eines muss ich korrigieren. Siebenundsechzig Stunden kann nicht stimmen. Binder hat mich vorhin darüber in Kenntnis gesetzt, dass Annalena ausgesagt hat, sie habe Sandra das letzte Mal Sonntagabend gesehen. Gegen siebzehn Uhr ist sie mit dem Fahrrad weggefahren und wollte sich mit jemandem treffen.«

»Mit wem?«

»Hat sie nicht gewusst.«

»Das erzählt sie ihrer besten Freundin nicht? Das klingt nicht gerade glaubhaft.«

»Habe ich Binder auch gesagt. Er wollte da noch mal nachbohren. Sobald er kommt, werden wir mehr darüber wissen.«

»Herr Kriminaldirektor, könnte Ihre Nichte vielleicht einen

Freund haben, von dem die Eltern nichts wissen?«, erkundigte sich Harriet.

»Das habe ich Leonid und meine Schwägerin auch schon gefragt«, stimmte Thielen zu. »Sie verneinen das kategorisch.«

»Ich brauche das Laptop von Sandra«, sagte Harriet in die folgende Stille hinein. »Können Sie veranlassen, dass ich es mir holen kann?«

»Jaja, selbstverständlich«, entgegnete Thielen zerstreut.

»Wir müssen uns außerdem ihr Zimmer ansehen«, fügte Madlener hinzu. »Und wenn diese Annalena bei ihrer Behauptung bleibt, will ich selbst noch mal mit ihr sprechen.«

»Okay, okay, alles der Reihe nach«, wehrte Thielen ab, der jetzt ein wenig überfordert wirkte. »Zuerst zu Sandras Eltern. Mit wem wollen Sie zuerst sprechen?«

»Mit allen beiden. Am besten hier.«

»Na gut, ich hole sie. Warten Sie.«

Thielen verließ den Ruheraum.

Harriet sah Madlener an. »Was sagst du?«

»Schauen wir uns zuerst einmal die Eltern an«, antwortete er ruhig und goss sich Kaffee nach. »Ich denke, dass wir diese ganze mysteriöse Angelegenheit in aller Gelassenheit angehen sollten. Sandra ist in besten Händen, ihr kann nichts mehr passieren. Thielen wird dafür sorgen, dass die Presse nach möglichen Zeugen fragt. Und wir packen das ganze Instrumentarium aus, das uns zur Verfügung steht. Wir gehen Punkt für Punkt nach Lehrbuch vor, dann werden wir schon Licht ins Dunkel bringen. Im Augenblick sehe ich keine Gefahr im Verzug, also …«

»… ganz cool bleiben, meinst du.«

»Genau. Thielen überdreht ein wenig. Aber so ist er eben, außerdem ist er persönlich betroffen. Aber dafür sind wir ja da, damit nichts übers Knie gebrochen wird.«

»Also ich denke … wo du recht hast, hast du recht. Ausnahmsweise.«

»Sag ich doch.«

»Du glaubst also nicht, dass sich so etwas wiederholen könnte? Angenommen, da ist ein Spinner unterwegs, der Geschmack daran gefunden hat, junge Mädchen zu kidnappen und seine kranken Phantasien mit ihnen auszuleben?«

»Ehrlich gesagt, nein. Das alles hat eine … versteh mich bitte nicht falsch: individuelle Note.«

»Vielleicht war es wirklich ein eifersüchtiger ›Freund‹ von Sandra, von dem ihre Eltern nichts wissen und der sich eine seltsame Art von Spaß daraus gemacht hat, sie für ein paar Stunden oder auch länger zu ›besitzen‹ …«

Madlener zuckte mit den Schultern. »Alles im Bereich des Möglichen. Nehmen wir einmal an, es hat sich in etwa so abgespielt, wie Kriminaldirektor Thielen uns das geschildert hat, dann war alles sorgfältig geplant, aus welchem Motiv heraus auch immer. Unser Täter, gehen wir einmal von einem einzelnen aus, muss ganz genau über Sandras Tagesablauf, ihre Gewohnheiten und Familienverhältnisse Bescheid gewusst haben. Das heißt, er ist entweder aus ihrem familiären Umfeld oder Freundeskreis und die Tat war spontan …«

»Dagegen spricht die Ablage des Opfers vor dem Altar wie eine Inszenierung. Und die Injektion irgendwelcher Drogen.«

»Ganz genau. Also … wenn das von langer Hand von einem Außenstehenden geplant war, erfordert es eine Menge an Überwachung, Beobachtung, Planung, Logistik.«

»Wir brauchen unbedingt Sandras Handydaten und die von ihren Eltern.«

Die Tür ging auf, Kriminaldirektor Thielen kam mit seinem Bruder und seiner Schwägerin herein, die unschlüssig stehen blieben. Sie wirkten auf Madlener wie erwachsene Hänsel und Gretel, die sich im Wald verlaufen hatten. Vielleicht kam dieser Eindruck auch zustande, weil sie sich an den Händen hielten und offensichtlich bemüht waren, sich gegenseitig zu stützen.

Thielen stellte sie kurz vor, und Madlener sah sie sich genauer an, als sie sich setzten. Leonid Thielen glich von der Größe und Gestalt her seinem älteren Bruder, aber er wirkte wesentlich sportlicher und hatte volles dunkelblondes Haar. Seine Frau war schlank und elegant, sie trug einen cremefarbenen Hosenanzug, ihre dunklen Haare waren schulterlang und gepflegt. Überhaupt war der Begriff »unauffällig, aber gepflegt« auf alles an ihr anzuwenden: Nägel, Schmuck, Kleidung, Schuhe, Make-up.

»Was wollen Sie wissen?«, ergriff Leonard Thielen das Wort. »Sie können versichert sein, wir tun alles, um Ihnen zu helfen, den Mann zu fassen, der unsere Tochter entführt hat.«

»Gut«, sagte Madlener. Sein Chef machte ihm ein Zeichen, dass er auf den Gang gehen wollte, um zu telefonieren, was Madlener ganz recht war. Er wartete, bis der Kriminaldirektor die Tür hinter sich geschlossen hatte, dann fing er an. »Wir werden Ihnen ein paar Fragen stellen müssen, die vielleicht ... unangenehm für Sie sein könnten, aber ich möchte, dass Sie verstehen, dass sie notwendig sind, weil wir nachvollziehen müssen, was mit Ihrer Tochter geschehen ist.«

»Ich sagte doch schon: Fragen Sie, was Sie wissen wollen. Wir haben nichts zu verbergen«, dabei drückte er die Hand seiner Frau, die diese Geste erwiderte, »und wir werden alles nach bestem Wissen und Gewissen beantworten. Wir wollen nur, dass unsere Tochter wieder gesund wird und dass Sie den erwischen, der sie in seine Gewalt und diesen Zustand gebracht hat.«

»Dazu sind wir da«, erwiderte Madlener und beschloss, sofort in die Offensive zu gehen. »Was wir als Erstes wissen müssen: Hatte Sandra einen Freund?«

Leonid Thielen sah seine Frau an. Sie überlegte einen Tick zu lange, bevor sie antwortete: »Soviel ich weiß, nein.«

»Was heißt das: Sie wissen es nicht, oder es könnte vielleicht doch sein?«

»Sandra ist fünfzehn. Glauben Sie, ein Mädchen in dem Alter hat keine Geheimnisse?«

»Also hatte sie?« Madlener blieb penetrant auf der Spur, die er eingeschlagen hatte.

Leonid Thielen ließ die Hand seiner Frau los und sah ihr mit großen Augen ins Gesicht. »Claudia, was sagst du da?«

»Nun«, antwortete sie an ihren Mann gewandt, »es macht wenig Sinn, wenn ich nicht alles, aber auch wirklich alles auf den Tisch lege. Ja, sie hat einen ... Verehrer, wenn Sie so wollen.«

»Warum hast du mir das nie gesagt?«, echauffierte sich ihr Mann.

Madlener merkte, dass Leonid Thielen sich wirklich zusammenreißen musste, um nicht laut zu werden.

»Mein Gott«, erwiderte seine Frau, »du bist so selten zu Hause … Dir wär das nicht mal aufgefallen, wenn er mit uns am Tisch gesessen hätte.«

»Jetzt mach aber mal 'nen Punkt, ja!«

Claudia Thielen winkte ab und blickte Madlener direkt ins Gesicht. »Sie hat einen, er heißt Marco. Ob sie mit ihm geschlafen hat?«, kam sie Madleners nächster Frage zuvor. »Sie nimmt seit drei Monaten die Pille, ich war mit ihr gemeinsam beim Frauenarzt.«

Wenn die Situation nicht so ernst gewesen wäre, hätte Madlener über den perplexen Gesichtsausdruck ihres Mannes grinsen müssen.

»Können Sie meiner Kollegin den vollständigen Namen und die Adresse des Jungen geben?«

Harriet schob ihr schon einen Zettel und einen Stift zu, und Claudia Thielen kritzelte die Daten auf das Papier. Währenddessen herrschte angespannte Stille, bis sie Harriet den Zettel zurückgab und sagte: »Er war der Grund, weshalb ich mit Sandra zum Gynäkologen gegangen bin.« Sie sah ihren Ehemann an. »Ich musste ihr versprechen, dir nichts davon zu sagen.«

»Warum nicht?«, fragte er konsterniert. Seine Bestürzung schien Madlener echt zu sein.

»Mein Gott, Leonid, sie hat gesagt, dass es dann endlose Diskussionen geben wird und du ihr den Umgang mit ihm verbieten wirst. Und das wollte sie nicht.«

»Warum hast du mir nichts gesagt?«

»Weil ich im Grunde genommen froh war, dass sie sich mir anvertraut hat. Und das wollte ich nicht kaputt machen, verstehst du das denn nicht?«

»Nein, entschuldige, aber das verstehe ich ganz und gar nicht!«, ereiferte sich Leonid Thielen. »Du erlaubst unserer Tochter, den eigenen Vater zu hintergehen? Du machst dich in so einer grundsätzlichen Angelegenheit zum Komplizen deiner Tochter? Ohne dass ich als ihr Vater davon weiß?«

Madlener sah, dass der Immobilienmakler innerlich kochte, und mischte sich ein.

»Herr Thielen, haben Sie, was die Entführung angeht, irgend-einen Verdacht? Haben Sie Drohungen erhalten, Feinde, die sich an Ihnen und Ihrer Familie rächen wollen? Vielleicht auch geschäftlicher Art?«

Die Frage stand im Raum, aber Leonid Thielen brauchte eine ganze Weile, bis er sich Madlener zuwenden konnte. Seine Augen blitzten immer noch vor Wut, als er sich endlich besann und antwortete: »Nein. Nicht dass ich wüsste.«

Zu Harriets Überraschung stand Madlener unerwartet auf und sagte kurz angebunden: »Danke. Das war's vorerst. Sie können wieder zu Ihrer Tochter.«

»Das war alles?«, fragte Leonid Thielen sichtlich verdutzt. »Was unternehmen Sie jetzt, wenn ich fragen darf?«

»Alles, was in unseren Kräften steht, davon können Sie ausge-hen. Keine Sorge, wir werden uns noch oft genug unterhalten müssen. Meine Kollegin wird jetzt mit einem von Ihnen zu Ihnen nach Hause fahren, sich Sandras Zimmer ansehen und ihr Laptop mitnehmen – falls Sie einverstanden sind.«

»Natürlich«, sagte Leonid Thielen einigermaßen verwirrt.

»Ich mache das«, meldete sich seine Frau und ging schon zur Tür hinaus, ohne ihren Mann eines weiteren Blickes zu würdigen.

Leonid Thielen zögerte, sah aus, als wollte er noch etwas sagen, aber dann verließ auch er den Ruheraum.

Madlener schenkte sich in aller Seelenruhe noch Kaffee nach und nippte an seiner Tasse, seinen Blick ins Nirgendwo gerichtet, die Beine übereinandergeschlagen.

Harriet räumte ihre Sachen in den Rucksack. »Sag mal, war das dein Ernst?«, fragte sie, als sie sicher sein konnte, dass die Thie-lens außer Hörweite waren. »Ich meine, dass wir keine weiteren Fragen haben.«

»Mein voller Ernst«, erwiderte Madlener. »Ich hätte noch jede Menge Fragen gehabt. Aber momentan bringt es uns nichts, wenn wir das Familienleben der Thielens genauer unter die Lupe nehmen. Jedenfalls trägt es nichts zu den Ermittlungen bei. Viel wichtiger ist es jetzt, dass du Sandras Laptop in deine Finger kriegst. Mädchen in dem Alter schreiben doch gerne Tagebuch und chatten und twittern. Wenn wir da Einblick bekommen, bringt uns das viel eher weiter. Du nimmst Claudia Thielen mit unserem Wagen mit. Vielleicht bekommst du, wenn du mit Sandras Mutter allein bist, noch das eine oder andere heraus, was sie uns vor ihrem Mann nicht erzählen würde. So ganz vertraulich von Frau zu Frau, du verstehst mich schon. Sieh dich genau im Haus um und lass die Mutter nicht an den PC ihrer Tochter.«

»Und was tust du?«

»Ich fahre mit Thielen ins Präsidium und mache auf der Pressekonferenz den Affen für den Herrn Kriminaldirektor. Danach treffen wir uns im Konferenzraum. Ich hoffe nur, dass Binder und Götze etwas Brauchbares auftischen.«

Harriet sah ihn mit großen Kleopatra-Augen an, aber sie widersprach nicht.

»Los, los! Auf was wartest du?«, scheuchte Madlener sie hinaus und hinter Claudia Thielen her, wo ihre Schritte den Gang hinunterklapperten.

Als Madlener allein war und den letzten Rest kalten Kaffee aus seiner Tasse schlürfte, verspürte er auf einmal den übermächtigen Drang nach einer Zigarette. Dafür war die Intensivstation eines Krankenhauses natürlich genau der richtige Ort. Früher gab es wenigstens irgendwo abseits bei den Fahrstühlen so etwas wie eine Raucherecke. Das war lange her. Als er noch ein Kind war und sein Vater wegen einer Leistenbruchoperation im Krankenhaus lag, hatte ihn sein alter Herr am helllichten Tag gebeten, das Fenster zu öffnen, damit er im Bett eine rauchen konnte. »Tempi passati«, würde Thielen wohl dazu sagen.

Der Kriminaldirektor lief noch immer im Gang auf und ab und telefonierte. Sein Bruder war wieder bei Sandra am Bett hinter der Glasscheibe. Madlener beschloss, vor den Haupteingang der Klinik zu gehen, dort würde sich doch wohl noch ein großer Standaschenbecher finden, um den sich normalerweise immer ein paar Nikotinsüchtige im Morgenmantel scharten, die es wie er einfach nicht lassen konnten, ihrem Laster zu frönen.

Als er aus der Tür zur Intensivstation trat, drückte sich davor ein schlaksiger Junge in einer weiß-blauen Baseballjacke unsicher herum. Er hatte Pickel und eine verspiegelte Sonnenbrille mit weißem Gestell auf der Nase, war nach Madleners Schätzung höchstens sechzehn Jahre alt und mindestens einen halben Kopf größer als er. Anscheinend traute er sich nicht, den Klingelknopf zu drücken. Madlener ahnte sofort, wer das war.

Als der Junge Madlener herauskommen sah, wollte er die Gelegenheit nutzen und sich an ihm vorbei durch die Tür quetschen, aber Madlener stellte sich ihm in den Weg. »Ich bin Kommissar Madlener. Du willst zu Sandra, nehme ich an.«

Der Teenager nickte misstrauisch und mit Verzögerung. »Ja«, brachte er schließlich mit Müh und Not heraus. »Wie geht's ihr? Wird sie wieder gesund?« Dabei biss er sich auf die Lippen, wahrscheinlich damit ihm nicht die Tränen kamen.

»Du bist Marco, nicht wahr?«, fragte Madlener.

Der Junge zuckte zurück. »Woher wissen Sie das?«

»Ich bin von der Kripo, verstehst du? Es ist mein Job, so was zu wissen.«

»Darf ich zu ihr?«

»Das lass mal lieber im Augenblick. Ihr geht es so weit den Umständen entsprechend.«

»Was … was heißt das?«

»Sie liegt im künstlichen Koma. Die Ärzte sagen, das wird wieder.«

»Ich will sie nur kurz sehen. Bitte …«

Madlener gab nach. »Also schön, von mir aus. Aber vorher nimmst du deine Sonnenbrille ab. Wir wollen doch nicht, dass du gegen eine Glastür läufst, weil du nichts siehst.«

In Zeitlupe zog Marco die Sonnenbrille von der Nase und blickte Madlener mit zusammengekniffenen Augen an, die rot gerändert waren, vom Heulen oder vom Kiffen, vermutete Madlener. Vielleicht beides.

»Komm mit«, sagte er, ließ den Jungen durch, fasste ihn an der Schulter und führte ihn so vor die Glasscheibe von Sandras Krankenzimmer, dass er sie und ihren Vater sehen konnte. Dabei hielt er ihn auf Distanz, indem er seine Schulter nicht losließ, was der Junge gar nicht zu registrieren schien. Er starrte auf das Krankenbett mit den ganzen medizinischen Apparaturen, und das Einzige, was sich bewegte, war sein Adamsapfel vom heftigen Schlucken.

Schließlich wandte er sein Gesicht Madlener zu. »Sagen Sie ihr, dass ich da war, wenn sie aufwacht?«, fragte er, auf einmal ziemlich kleinlaut.

»Kann ich machen. Aber vorher möchte ich mich noch mit dir unterhalten, dir ein paar Fragen stellen. Was weißt du über Sandras Verschwinden?«

»Ich?«

»Ja, du! Oder siehst du sonst noch jemanden hier herumstehen?«

»Ich weiß gar nichts. Verhaften Sie mich jetzt?«

»Hätte ich einen Grund dazu?«

Marco sah Madlener völlig irritiert mit seinen roten Augen an, schüttelte den Kopf und fragte schließlich: »Warum sollte ich Sandra was antun?«

»Das frage ich dich!«

»Mann, sie ist meine Freundin!«

»Schon möglich. Aber vielleicht wollte sie nicht so, wie du dir das vorgestellt hast?«

»Wovon reden Sie?«

»Das weißt du ganz genau.«

»Nein, weiß ich nicht.«

»Na schön. Komm mit, gehen wir nach draußen, da unterhalten wir uns ein bisschen. Ich kann die Luft hier herinnen nicht mehr ertragen.«

Er schob den Jungen zur Tür und tastete schon mal nach seiner Zigarettenschachtel und dem Feuerzeug.

16

Es war so einfach, Menschen zu täuschen und sie hinters Licht zu führen. Sie waren grundsätzlich leichtgläubig und beeinflussbar und fielen immer wieder auf eine Finte herein. Wenn es sein musste, dreimal nacheinander auf die gleiche. Wie funktionierten Zaubertricks auf der Bühne? Mit Geschicklichkeit und vor allem: mit Ablenkung. Ablenkung war das A und O jeden Zauberkünstlers. Das konnte Abrakadabra-Gequatsche sein oder irgendeine Geste, der die Zuschauer mit ihren Augen immer folgten, auch wenn sie sich fest vorgenommen hatten, sich dieses eine Mal ganz bestimmt nicht vom eigentlichen Zentrum des Geschehens ablenken zu lassen. Es war ein urmenschlicher Reflex, wahrscheinlich noch aus dem Pleistozän, den Blick auf eine plötzliche Handbewegung oder eine hübsche Assistentin zu richten, die spärlich bekleidet und hüftwackelnd die Bühne betrat. Einem guten Magier genügten diese Sekundenbruchteile, um die Aufmerksamkeit des Publikums von der Stelle wegzulenken, auf die es für einen winzigen Moment nicht achten sollte, und schwups! – schon war der Trick geglückt und die Illusion perfekt.

Im wahren Leben war das nicht anders. Ablenkung war die halbe – ach was: die ganze Miete. Vor allem dann, wenn man wie Dr. Anselm Arbogast vorhatte, sich geradewegs in die Höhle des Löwen zu begeben, ein eigentlich tollkühnes Unterfangen, aber genau deshalb auch ganz besonders reizvoll. Das Gefühl dabei ähnelte dem, das er empfunden hatte, als er nach seiner ersten Tattoositzung mit dem noch wunden und schmerzenden Rücken unter seinem schneeweißen Apothekerkittel vor den Augen seiner Mutter herumspazierte. Sie hatte ihn sogar gefragt, warum er bei so guter Laune sei, weil er, ohne sich dessen bewusst zu sein, ein Kinderlied vor sich hin summte, als er für eine Kundin eine Tube Hämorrhoidensalbe aus einem der Schubkästen holte.

»Ein Männlein steht im Walde ganz still und stumm. Es hat von lauter Purpur ein Mäntlein um … Sag, wer mag das Männlein sein, das da steht im Wald allein, mit dem purpurro-o-oten Mäntelein …«

Die Höhle des Löwen – das war in Arbogasts speziellem Fall der Presseraum des Polizeipräsidiums von Friedrichshafen, in dem kurzfristig eine Pressekonferenz des Kriminaldirektors anberaumt worden war. Die Nachricht einer gewissen Frau Gallmann für alle relevanten Medien hatte sich per Twitter und SMS blitzschnell verbreitet. Arbogast, der natürlich damit gerechnet und sich entsprechend mit seinem PC vernetzt hatte, um Zeitpunkt und Ort zu erfahren, war aufgeregt wie ein Schuljunge vor seiner ersten Theateraufführung, in der er nicht nur Zuschauer, sondern im eigentlichen Sinne Hauptdarsteller war, ohne dass jemand davon wusste.

Die Nachricht war, gelinde gesagt, eine kleine Sensation. Es war schon vormittags durchgesickert, dass die Nichte des Kriminaldirektors entführt und lebend wieder aufgefunden worden war. Als Arbogast die sich jagenden Meldungen las, lehnte er sich zufrieden in seinem Stuhl vor dem Bildschirm zurück: Sein Schachzug war voll und ganz aufgegangen.

Heidewitzka, dieser Moment war vielleicht ein abgefahrener Thrill!

So ein Rauschen seines eigenen Blutes in seinen Ohren hatte er noch nie erlebt. Und alles war glatt abgelaufen, dabei war es gar nicht so einfach und außerordentlich riskant gewesen, das bewusstlose Mädchen mit dem Rollstuhl seiner Mutter durch den Seitengang der Basilika zu bugsieren und es vor dem Altar zu einem theatralischen und rätselhaften Arrangement auszubreiten und herzurichten, ohne dass es jemand merkte.

»Ein Männlein steht im Walde …« Wieder summte er unbewusst das Lied, das ihm während der ganzen aufreibenden Stunden durch den Kopf gegangen war. Er war sich sicher gewesen: Solange er dieses Lied im Schädel und auf den Lippen hatte, war es, als hätte er eine Tarnkappe auf – ihm konnte einfach nichts passieren, weil er unsichtbar war.

Und so war es dann auch.

Aber das, was er nun riskierte, als er sich präparierte, um als

Journalist die Pressekonferenz im Polizeipräsidium aufzusuchen, setzte seiner Chuzpe wahrlich die Krone auf. Um ganz sicherzugehen, dass ihn niemand erkannte, hatte er sich verkleidet: Mit einer teuren Perücke, einem künstlichen Bart und einer dicken Hornbrille mit Fenstergläsern hätte ihn seine eigene Mutter nicht erkannt, Gott hab sie selig!

Inmitten eines großen Pulks von Kameraleuten und Reportern betrat Arbogast den Presseraum. Im Trubel, der durch die hereinströmenden Medienleute und den hastigen Aufbau der technischen Gerätschaften entstand, konnte sich Arbogast in aller Ruhe nach einem geeigneten Platz im Hintergrund umsehen. Er setzte sich in die letzte Reihe. Seine Tarnung wurde komplettiert durch das, was er sich als Ablenkung von seiner Person ausgedacht hatte: Sein linker Arm steckte in einer Gipsmanschette, die er in einer Schlinge um den Hals trug. Jeder, der einen beiläufig-mitleidigen Blick auf ihn warf, würde sich später vielleicht an einen Gipsarm erinnern, aber keiner an sein Gesicht.

Der Grund, warum er, koste es, was es wolle, an dieser Pressekonferenz teilnehmen wollte, war nicht ausschließlich der, sich indirekt im Glanz seiner eigenen Tat zu suhlen. Gewiss, er suchte die Gefahr, weil sie ihm überaus reizvoll erschien und weil er sich dabei so lebendig vorkam wie schon lange nicht mehr – er glaubte zu spüren, wie pures Adrenalin förmlich durch seine Adern pulsierte.

Doch ebenso aufregend und aufschlussreich war die Begegnung mit Kriminaldirektor Thielen, dem er nun in wenigen Augenblicken direkt gegenübersitzen würde.

Die Seitentür ging auf, Arbogast wartete gespannt auf den großen Auftritt.

Was für ein Heidenspaß – dort auf dem Podium, hinter mehreren Mikrofonen, rückte der Mann, der Anlass und Zielpunkt seiner Anstrengungen war, seinen Stuhl zurecht und setzte sich. Und das Beste daran: Kriminaldirektor Thielen war die Ahnungslosigkeit in Person, auch wenn er sich betont tatkräftig und souverän gab! Erst dann, wenn Arbogast ihn vor den Augen der Öffentlichkeit wie einen Tanzbären am Nasenring durch sämtliche Stadien der Lächerlichkeit und Unfähigkeit gezogen hatte und er es ihm schließlich erlaubte, den Vorhang für das wahre Motiv für all die Gräueltaten, die noch folgen würden, zurückzuziehen, erst dann würde er die ganze Wahrheit erkennen – aber dann war es zu spät für ihn.

Hinter Thielen war noch ein Mann auf das Podium gekommen, ein Mann, der Arbogasts ganze Aufmerksamkeit auf sich zog. Während Thielen mit entschlossen vorgerecktem Kinn wie ein Verfassungsrichter vor Verkündung eines wichtigen Urteils in die Runde blickte und ein paar Akten ordnete, setzte sich der zweite Mann, der einen grauen, leicht zerknautschten Anzug und dazu eine dezente weinrote Krawatte trug, an der er ständig herumnestelte, an dessen Seite. Er war um die fünfzig, seine Haare waren zu lang, seine Laune zu schlecht, seine Krawatte für einen Bullen zu schick und seine kantige Miene zu angespannt – aber irgendwie kam sein Gesicht Arbogast bekannt vor.

Als das erste Blitzlichtgewitter auf die beiden Männer niederging, fiel es ihm wieder ein. Natürlich, er kannte ihn aus der Zeitung. Das musste Kommissar Madlener sein, der »Supercop«, wie ihn eine Boulevardzeitung reißerisch genannt hatte. Das war ja großartig – beinahe hätte Arbogast vor Freude und Begeisterung in die Hände geklatscht! Die Entführung und Auffindung eines fünfzehnjährigen Mädchens wurde also von der Polizei gebührend ernst genommen, sonst hätte der Kriminaldirektor, der sich liebend gerne im Licht der Medien sonnte, die Pressekonferenz allein abgehalten. Aber dass er der Öffentlichkeit seinen besten Mann präsentierte, konnte nur bedeuten, dass der Fall Sandra höchste Priorität genoss.

Das war ja ganz wunderbar, das Spiel konnte also beginnen. Arbogast war begeistert. In Madlener hatte er wenigstens einen ebenbürtigen Gegner, den es zu schlagen galt. Das würde nicht einfach werden, der Kommissar mit der weinroten Krawatte war mit allen Wassern gewaschen. Arbogast hatte jeden Bericht darüber förmlich verschlungen, wie Madlener den Missbrauchsskandal in diesem Internat und die damit zusammenhängenden Morde sowie den Fall Aigner/Matussek gelöst hatte – zwei Fälle, wie sie in diesem Ausmaß und dieser Brutalität seit Menschengedenken nicht mehr im Bodenseeraum vorgekommen waren. Auch wenn es so dargestellt worden war, als sei Kriminaldirektor Thielen in beiden Fällen der entscheidende Mann gewesen, der die Fäden in der Hand gehalten hatte. Aber Arbogast konnte zwischen den Zeilen lesen und war sich sicher, dass dieser Madlener der eigentliche Vater des Erfolgs gewesen war – zumal er, das hatte er gegoogelt, auch schon in Stuttgart hervorragende Arbeit geleistet und dort mehrfach für Schlagzeilen gesorgt hatte.

Umso besser – das hob die Herausforderung für Arbogast auf eine ganz neue qualitative Ebene.

Er rutschte unruhig auf seinem Stuhl hin und her – eben war ihm eine Idee gekommen, wie er der ganzen Angelegenheit noch eine zusätzliche Würze verleihen konnte. Er zwang sich, ruhig Blut zu bewahren, er durfte sich um Gottes willen nichts anmerken lassen. Aber sobald er wieder zu Hause vor seinem PC saß, würde er damit anfangen.

Zum Glück begann Thielen jetzt mit seinem Vortrag. Arbogast hing förmlich an den Lippen des Kriminaldirektors, der mit ein paar einleitenden Worten den Anwesenden für ihr Kommen dankte und den Mann an seiner Seite vorstellte. Er schilderte die Umstände, unter denen Sandra aufgefunden worden war. Dann ging er in die Offensive und gab bekannt, dass das entführte Mädchen seine Nichte war. Er legte seine Hand auf den Arm des Mannes zu seiner Linken und betonte, dass deshalb Hauptkommissar Madlener die Ermittlungen leiten werde, er selbst werde nur beratend und koordinierend tätig sein, um jede Befürchtung auszuschließen, dass er befangen sein könnte.

Kaum war er mit seinem Statement fertig, prasselten schon die Fragen der Presseleute und Fernsehjournalisten auf die beiden ein. Thielen hob abwehrend die Hände und wartete, bis wieder einigermaßen Ruhe eingekehrt war. Dann übergab er das Wort an seinen Kommissar. Madlener zählte die wenigen Fakten auf, die bisher bekannt waren – den Kerzenkreis um Sandra erwähnten weder er noch Kriminaldirektor Thielen –, und bat um Verständnis, nicht weiter ins Detail gehen zu können, weil die Ermittlungen bereits auf Hochtouren liefen und bald Ergebnisse zu erwarten seien.

Arbogast gluckste in sich hinein. Allesamt Schaumschläger, diese Kripoleute!

Madlener fuhr fort: Natürlich werde die Presse sofort informiert werden, sobald neue Erkenntnisse vorlagen. Wichtig sei momentan, eventuelle Zeugen zu finden, die etwas Verdächtiges im Zusammenhang mit dem Fall gesehen hätten. Die Polizei sei für jeden Hinweis dankbar, und sei er auf den ersten Blick noch so unbedeutend. Dabei brachte er geschickt einen emotionalen Grundton in seine Aufforderung, sich zu melden, wenn man vielleicht beobachtet habe, wie im relevanten Zeitraum in Friedrichshafen oder in der Umgebung ein Schulmädchen gewaltsam in ein Auto gezerrt worden war. Er nannte Orte, an denen sich das Mädchen mutmaßlich aufgehalten hatte, beschrieb Alter, Aussehen und Kleidung und bat dann jene Frau Gallmann, deren Namen Arbogast bereits aus dem Tweet zur Pressekonferenz kannte, Fotos zu verteilen. Auf dem einen sei Sandra zu sehen und auf dem anderen ihr Fahrrad, mit dem sie unterwegs gewesen und das bisher noch nicht gefunden worden war.

Das war das Stichwort für eine schicke Frau neben der Seitentür, die sich sofort mit einer Handvoll Zettel in Bewegung setzte. Arbogast hatte sie bisher gar nicht wahrgenommen, und ihn überkam die merkwürdige Assoziation, dass diese Frau Gallmann so etwas wie eine Assistentin bei der Varieté-Aufführung eines Zauberkunststücks war, denn sie sah genau so aus, wie er sich so eine Assistentin vorstellte: eng anliegendes Kostüm, perfekte Figur, perfekte Frisur und hochhackige Schuhe, mit denen sie auf die Anwesenden zustöckelte, um die Fotos von Sandra und ihrem Fahrrad zu verteilen.

Als er sie näher kommen sah, hatte er die verrückte Vision, dass sie, wenn er jetzt auch seine Hand nach den Fotos ausstreckte, ihn zufällig berührte und, weil sie Gedanken lesen konnte, sofort erkannte, welches wahre Gesicht unter der Perücke und dem Bart verborgen war, sich deshalb an ihm festkrallte und gellend schrie: »Das ist er! Der Kerl hat Sandra entführt!«

Ein akuter Schub von kaltem Schweiß brach aus all seinen Poren, er verspürte den übermächtigen Impuls, aufzustehen und wegzurennen.

Aber jetzt den Saal zu verlassen wäre wohl mehr als verdächtig gewesen, deshalb griff er zitternd nach den Bildern und versuchte dabei, sein Gesicht so gut wie möglich zu verbergen. Doch seine Sorge war völlig unbegründet, Frau Gallmann hatte keinen Blick für ihn übrig, sie hatte alle Hände voll zu tun, die Fotos zu verteilen.

Arbogast atmete erleichtert auf und konnte sich endlich wieder entspannen. Er durfte sein Glück nicht überstrapazieren. Im Gedränge mit den anderen machte er, dass er die Veranstaltung schleunigst verließ.

17

When the moon hits your eye
Like a big pizza pie
That's amore
When the world seems to shine
Like you've had too much wine
That's amore …

Es brachte ihn an den Rand des Wahnsinns, dass ihm diese albernen Songzeilen nicht aus dem Kopf gingen, aber er konnte einfach nichts dagegen machen. Seit er schnell bei einer Nachttankstelle angehalten hatte, um noch ein paar Sandwiches zu kaufen, und dort dieses alberne Lied von Dean Martin gehört hatte, wurde er es nicht mehr los. Und je mehr er versuchte, nicht daran zu denken, desto lauter dröhnte es in seinem Schädel.

Madlener verputzte die Sandwiches noch im Auto und entsorgte die Plastikverpackung im Mülleimer, bevor er in sein Hotel fuhr. Erst wollte er irgendeine CD von seiner ungeordneten Sammlung im Handschuhfach einlegen, aber dazu war er zu müde. Sollte doch Dean Martin weiter in seinem Kopf herumspuken, das würde sich von selbst erledigen, sobald er die Zähne geputzt hatte und in seine Kissen geschlüpft war.

Aber es war wieder einmal wie verhext. Eigentlich hatte er gedacht, dass er nach diesem anstrengenden und langen Tag, der im Meeting-Room über Mitternacht hinausgegangen war, nur noch in seinem Hotelzimmer die Tür hinter sich zumachen und sich ins Bett legen müsste, um sofort einzuschlafen. Doch es geisterte einfach viel zu viel vor seinem inneren Auge herum.

Egal, wie er sich hin und her wälzte – an gnädigen Schlaf war nicht zu denken. Dabei hatte er vom Besprechungsraum aus extra noch schnell Ellen angerufen und ihr mitgeteilt, dass er diesmal in seinem Hotel übernachten würde und nicht, wie es seit zwei Wochen zur angenehmen Regel geworden war, bei ihr unter die angewärmte Decke kriechen würde. Sie brauchten beide ihren Schlaf, auch Dr. Herzog hatte sich noch lange hinter ihre Laborgeräte geklemmt und die diversen Abstriche untersucht, die sie von Sandra genommen hatte. Bisher ohne Ergebnis, wie sie Madlener mitteilte. Am nächsten Tag mussten beide früh raus, wollten sie endlich Fortschritte gleich welcher Art erzielen. Bei so einem ernsten Fall, einem entführten Mädchen, waren alle, die damit auch nur im Entferntesten zu tun hatten, bestrebt, ihr Bestes zu geben und bis an die Grenzen der Erschöpfung zu arbeiten, bis irgendein Durchbruch erzielt war.

Um zwei Uhr nachts gab Madlener schließlich entnervt auf. Er verfluchte Dean Martin und das gesamte Rat Pack aus Las Vegas und ging unter die Dusche, was ihm ein heftiges Klopfen seines Zimmernachbarn eintrug, das er gelassen erwiderte. Der kommunikative Austausch von Freundlichkeiten durch Faustschläge gegen die Fliesen verbesserte seine Laune auf merkwürdige Weise, es kam ihm vor, als ob zwei Gefängnisinsassen sich mit Morsezeichen Nachrichten durch die Wand durchgaben. Er zog frische Klamotten an und beschloss, einen Spaziergang durch die Nacht zu machen, um einen klaren Kopf zu bekommen.

Die Luft war kühl und frisch, dummerweise war es sternenklar, und der Vollmond prangte zernarbt und blass am Himmel, was ihn prompt wieder an Dean Martin und »That's Amore« erinnerte, gerade als er nicht mehr daran gedacht hatte.

Mit manchen Songs war das zuweilen ganz schlimm. Er brauchte nur in einem schwachen Moment ein Bruchstück davon aufzuschnappen, und schon war es um seinen Seelenfrieden geschehen. Denn je mehr er sich darauf konzentrierte, die Melodie oder den Text zu verdrängen, desto mehr bohrte sich das Stückchen Musik in seine Gehirnwindungen ein wie ein Borkenkäfer in eine Baumrinde.

Diese Tatsache war eigentlich Grund genug, eine neue Liste anzulegen, aber gleichzeitig auch gefährlich, weil es quasi ein masochistischer Akt war. Doch vielleicht half es, wenn er die Top 10 der verhasstesten und abgedroschensten Songs auf ein Blatt Papier schrieb und dieses in einer Art Ritual feierlich im

Waschbecken seines Badezimmers verbrannte, um sie so für alle Zeiten aus seinem Gedächtnis zu bannen. Voodoo auf schwäbische Hausfrauenart sozusagen.

»Ob-La-Di, Ob-La-Da« gebührte definitiv ein Spitzenplatz, auch wenn es von den Beatles war, die wie die Stones durch ihre großen Verdienste im ewigen Olymp des Rock 'n' Roll waren. Aber die Stones hatten auch ihren Beitrag geleistet, es tat ihm fast leid für sie, doch »Angie« gehörte in die gleiche unerträgliche Schmalz- und Schnulzenkategorie wie »Last Christmas«, »Griechischer Wein« und »Capri-Fischer«. Ebenfalls nur noch nervig waren die Titel »YMCA«, »We Are the Champions« von Queen, auf jeden Fall »My Way« und »New York, New York« von Sinatra – das Rat Pack war doch gleich mit mehreren Titeln vertreten! Sie allesamt waren ausgelutscht bis zum Gehtnichtmehr.

Zu schlechter Letzt und unangefochten für ewige Zeiten auf Platz eins die allergrößte Tortur für Gehörgang und Gehirn: »Über sieben Brücken musst du geh'n«. Wenn sich diese Liedzeile in seine Gedanken einschlich, stellten sich ihm sofort die Nackenhaare auf, und er murmelte unverzüglich sein Verdrängungsmantra: »Nicht dran denken, nicht dran denken, bloß nicht dran denken …«

Manchmal half es, meistens aber nicht.

Er erreichte die Seestraße und blieb an der Uferpromenade stehen. Von dort blickte er auf den See hinaus, auf dessen schwarzer Oberfläche sich die Lichter und der unschuldige Mond spiegelten, und fummelte eine Zigarette aus seiner Schachtel. Aber sein einziges Feuerzeug verweigerte ihm den Dienst, sosehr er sich auch den Daumen mit den Metallrädchen aufschrammte. Er erinnerte sich daran, dass es Wegwerffeuerzeug genannt wurde – jetzt wusste er, warum, und schleuderte es wütend in hohem Bogen ins Wasser. Gott sei Dank war der große Pizzafladen am Firmament endlich dabei, hinter der Schweizer Alpenkette unterzugehen.

Madlener setzte sich auf eine Bank und starrte auf den ruhig daliegenden See, »Lake Constance« bei englischsprachigen Touristen und »Schwäbisches Meer« in schlechten Reiseführern, und stellte sich vor, dass er wirklich ein Ozean wäre, der bis zum

Horizont und weit darüber hinaus reichte. Es fehlte nur das unablässige Rauschen der Wellen, ansonsten war die Illusion fast perfekt.

Allmählich konnte er sich wieder auf seine Arbeit konzentrieren. Was hatten sie bislang im Fall der entführten Sandra erfahren und an Informationen gesammelt? Es war eine ganze Menge, aber es hatte sie um keinen Schritt weitergebracht.

Binder und Götze hatten Klosterangehörige und Bedienstete der Basilika zuhauf befragt – ohne einen einzigen verwertbaren Hinweis zu bekommen. Sodann hatten sie Klassenkameradinnen und die Freundin von Sandra vernommen, bei der sie angeblich das Wochenende verbracht hatte. Aber die einen wussten nichts, und Annalena war bisher bei ihrer Version geblieben, dass Sandra erst am Sonntagabend verschwunden war und sich mit jemandem treffen wollte, dessen Name ihr angeblich nicht bekannt war – nur dass es sich um einen Mann handelte, dessen war sie sich sicher. Ob aus der Schule oder aus dem weiteren Umfeld – keine Ahnung. Wie glaubwürdig diese Aussage war, konnte nicht weiter überprüft werden, weil Annalena einen Weinkrampf bekommen hatte und von einem Notarzt mit Beruhigungsmitteln versorgt werden musste, die sie fürs Erste außer Gefecht gesetzt hatten.

Madlener hatte sich am Eingang der Klinik Marco noch einmal gründlich vorgeknöpft und war sich sicher, dass der Junge nicht derjenige war, den Sandra angeblich noch heimlich getroffen hatte.

Eine Auswertung der Handydaten bestätigte nur die Aussagen von Sandras Eltern, wonach insgesamt viermal eine belanglose SMS eingegangen war. Jeweils aus dem Raum Friedrichshafen-Nordwest, wo Annalenas Elternhaus war.

Sandras Fahrrad und Handy sowie ihr Rucksack waren noch nicht aufgetaucht. Sie hofften auf die obligatorischen Hinweise der Bevölkerung, aber mit denen war frühestens nach den Veröffentlichungen in den Medien zu rechnen – wenn sie Glück hatten.

Während Madlener die Nachtsitzung nach der Pressekonferenz geleitet hatte und alle Erkenntnisse auf dem überdimensionalen Flipchart übersichtlich als Diagramm skizzierte, befasste sich Harriet mit Sandras Laptop. Sie hatte in Sandras Zimmer nichts Auffälliges gefunden, so berichtete sie. Aber das Codewort für die E-Mails und die sozialen Medien musste sie erst noch knacken, sie hatte alle denkbaren Kombinationen und Stichwörter, die in Frage kamen, ausprobiert und überall gesucht, ob Sandra ihr Passwort nicht doch irgendwo in ihrem Zimmer notiert hatte. Üblicherweise war so ein Code nur unzureichend versteckt, etwa unter der Schreibtischunterlage oder unter dem Lampenfuß, aber sosehr Harriet das Unterste zuoberst kehrte, nirgends war etwas zu finden gewesen. Gut möglich, dass es gar kein Versteck gab und das entsprechende Passwort nur in Sandras Kopf gespeichert war.

Madlener äußerte vor versammelter Mannschaft den leisen Verdacht, dass Sandra vielleicht doch etwas zu verbergen hatte – vor ihren Eltern zum Beispiel, sonst hätte Harriet das Passwort schon längst herausbekommen.

Als Harriet mit ihrer Vespa nach Hause fuhr, war Madlener sich sicher gewesen, dass sie ebenso wie er eine schlaflose Nacht vor sich hatte, die sie damit verbringen würde, vor Sandras Laptop zu sitzen und nicht aufzugeben, bis sie erfolgreich war oder der Morgen graute – obwohl er ihr ausdrücklich aufgetragen hatte, sich für ein paar Stunden aufs Ohr zu legen.

Kriminaldirektor Thielen war während ihres gemeinsamen Brainstormings ganz gegen seine sonstige Art auffallend schweigsam und zurückhaltend gewesen. Er hatte in sich gekehrt auf seinem Stuhl gesessen, hatte ununterbrochen Goldfischli geknabbert und literweise Tee getrunken. Frau Gallmann hatte sich wie immer rührend um ihr leibliches Wohl gekümmert und alles aufgetragen, was ihr Vorrat an Softdrinks, Kaffee, Tee, Gebäck, Obst und Süßigkeiten hergab.

Madlener hätte sich nicht im Geringsten gewundert, wenn sie, falls ihr Chef es verlangt hätte, auch noch Speed, Crystal Meth und Ecstasy aus der Asservatenkammer besorgt hätte, um sie alle wach und bei Laune zu halten.

Die schwarze Wasseroberfläche des Sees kräuselte sich, ein frischer Wind kam auf. Madlener fröstelte, obwohl er vorsorglich eine warme Jacke angezogen hatte. Im Osten zeigte ein rosafarbener Schimmer an, dass die Sonne bald aufging. Er beschloss, sich auf den Weg ins Büro zu machen. Wenn er im Besprechungsraum das Flipchart mit allen bisher bekannten Daten, Querverbindungen und den Fotos studierte, könnte ihn das vielleicht auf eine brauchbare Idee bringen. Sich jetzt noch für eine oder zwei Stunden in seinem Hotelzimmer hinzulegen, wäre tödlich gewesen. Selbst wenn er drei Wecker auf sieben Uhr eingestellt hätte, wäre er davon nicht aufgewacht, so gut kannte er sich. Er musste sich eben in der Teeküche, die Frau Gallmann sicher bestens bevorratet hatte, ein paar Tassen extrastarken Kaffee zubereiten, dann würde er schon irgendwie über die Runden kommen.

Er marschierte los und fiel automatisch in einen strammen, gleichmäßigen Rhythmus. Fatalerweise kam ihm dabei das zum Marschschritt passende Soldatenlied aus dem Vietnamkrieg in den Sinn, das die Rekruten am Schluss des Films »Full Metal Jacket« von Stanley Kubrick gesungen hatten, den »Mickey Mouse Club March«. Obwohl er genau wusste, dass ihn dieser Song den ganzen Tag mental begleiten würde, stimmte er ihn im Laufrhythmus an, um Dean Martin endgültig aus dem Kopf zu bekommen.

»Who's the leader oft the club
That's made for you and me?
Em-ai-si, kei-ie-wai, em-ou-ju-es-ie
Hey there! Hi there! Ho there!
You're as welcome as can be
Mickey Mouse
MICKEY MOUSE!
Mickey Mouse ...«

18

Wodka-Freddy – wie er von seinen Saufkumpanen genannt
wurde – wusste, dass man ihn in der amtlichen Statistik der
Sozialdienste von Friedrichshafen politisch korrekt in der Gruppe
der Temporarily Non-Homed führte. Er war mächtig stolz darauf,
dass er bei den zuständigen Damen vom Amt auf dem englischen Fachausdruck bestanden hatte, den er vor Jahrzehnten in
London aufgeschnappt hatte, als er noch nicht an der Flasche
hing – obwohl der Begriff »zeitweise« die Untertreibung des
Jahrzehnts war, schließlich war er schon seit er denken konnte
ein eingefleischter Tippelbruder.

Er war gerade auf seiner frühmorgendlichen Tour unterwegs,
die ihn von Abfallbehälter zu Abfallbehälter führte, die er nach
Flaschen und Dosen und sonstig Verwertbarem durchstöberte,
da hörte er jemanden singen. Er blickte hoch und staunte nicht
schlecht, als er einen kräftigen erwachsenen Mann mittleren Alters im Marschschritt quer über den Romanshorner Platz gehen
sah, der dazu ein amerikanisches Soldatenlied sang. Seine Augen
waren noch gut, er erkannte ihn auf den zweiten Blick: Der
Mann war bei der Kripo. Wie hieß er noch gleich? Irgendwas
mit Mad – genau, Madlener.

Wodka-Freddy langte sich verdutzt an den Kopf. Ein leibhaf-
tiger Bulle, der singend durch die Gegend marschierte?

Das konnte nicht sein – war er vielleicht schon im Delirium
tremens? Aber nein, er hatte seit Tagen keinen Tropfen Alkohol
angerührt. Oder seit Stunden? Jedenfalls rieb er sich heftig die
Augen. Was er sah und hörte, musste sich wohl wirklich abspielen …

Als er später am gemeinsamen Treffpunkt am Franziskusplatz
hinter den Bahngleisen seinen Schicksalsgenossen erzählte, dass
er einen Kommissar von der Kripo, der ihn ein- oder zweimal
beinahe eingebuchtet und ihn dann aber jedes Mal wieder laufen
gelassen hatte, in aller Herrgottsfrühe dabei beobachtet hatte, wie

dieser mutterseelenallein laut ein amerikanisches Soldatenlied sang und dazu marschierte wie ein GI, und den Wahrheitsgehalt dieser Geschichte bei seinem aus dem nächsten Supermarkt geklauten Einkaufswagen beschwor, glaubte ihm das kein Mensch, obwohl er der einzige Stocknüchterne in der ganzen Runde war.

Das meckernde Gelächter als Antwort war wie eine schallende Ohrfeige für ihn und verunsicherte ihn so, dass er erneut an seiner geistigen Gesundheit zweifelte.

Der erste spendierte Schluck aus einer Pulle Wodka half ihm, den aufkeimenden Zweifel an seinem Urteilsvermögen hinunterzuspülen. Die Flasche machte die Runde. Beim dritten Schluck war Wodka-Freddy sich schon ziemlich sicher, Opfer einer Art baden-württembergischer Fata Morgana geworden zu sein – bei der fortschreitenden Erderwärmung heutzutage war schließlich alles möglich, es sollte sogar schon Tornados in Deutschland gegeben haben.

Als er das letzte Drittel der Flasche in einem Zug ausgetrunken hatte, als wäre es Mineralwasser, hatte er seinen eigenen Tornado im Kopf, und alles war vergessen.

19

Ob er es allmählich übertrieb mit seinen riskanten Auftritten? Vielleicht, aber Arbogast war momentan so was von aufgedreht, dass er gar nicht anders konnte. Er radelte durch die frühmorgendlichen Straßen von Friedrichshafen, es wurde gerade erst hell, und noch war kaum ein Auto unterwegs. Seine Apotheke lief von selbst, er konnte sich voll und ganz auf das konzentrieren, was ihm noch wichtig war. Geld war genug da, um einen approbierten Apotheker einzustellen, der an seiner statt hinter dem Tresen stand und den gesetzlichen Vorschriften Genüge tat. Arbogast hatte Wichtigeres zu tun. Ihm blieb nicht mehr viel Zeit, und die wollte er nicht damit verplempern, dass er profanen Alltagsgeschäften nachging, die ein anderer genauso gut erledigen konnte. Jeder seiner Angestellten und Kunden würde Verständnis dafür aufbringen, dass er sich nach dem tragischen Verlust seiner Mutter erst einmal eine Auszeit genehmigte und sich vertreten ließ.

Er schaltete in den nächsthöheren Gang seines Damenfahrrads und beschleunigte. Das war nicht einfach, weil der Sattel von Sandras Rad für seine Größe viel zu tief eingestellt war, doch er hatte keine Zeit mehr gehabt, das mit dem passenden Werkzeug zu korrigieren, es musste auch so gehen.

Die Botschaft, die er überbringen wollte, war unmissverständlich. Der Brief, den er die halbe Nacht über auf seinem Computer geschrieben und dann ausgedruckt hatte, um ihn anschließend mit Vinylhandschuhen in ein Kuvert zu stecken, war im Gepäckträger eingeklemmt. Ihm war klar, dass er mit seiner Sturmhaube mit den drei Löchern für Augen und Mund und den Lederhandschuhen im Spätsommer einen ziemlich extravaganten Anblick bieten musste, aber in letzter Zeit, so schien es ihm, liefen so viele Verrückte in der Gegend herum, dass es auf einen mehr oder weniger auch nicht mehr ankommen würde. Für gewöhnlich schauten die Leute bei Sonderlingen sowieso lieber weg. Außerdem war er bis auf eine alte Dame, die mit ihrem Hund Gassi ging, allein auf der Straße unterwegs.

Er sang voller Vorfreude auf den Streich, den er sich gleich erlauben würde, die halb selbst getextete Zeile eines abgewandelten Kinderlieds:»Horch, was kommt von draußen her? Das ist der Hustinettenbär ...«, und zurrte seine Sturmhaube zurecht, die ein wenig verrutscht war.

Er gelangte an eine große Kreuzung, Arbogasts Ampel zeigte Grün. Vorschriftsmäßig streckte er die Hand aus, um eine Richtungsänderung anzuzeigen, und bog mit Schwung von der Ailinger Straße in die Ehlersstraße ein.

Jetzt ging es ans Eingemachte, sein Herz raste nicht nur von der ungewohnten Anstrengung, sondern auch, weil er über die Maßen aufgeregt war. Fast hätte er noch, weil er mit seinen Gedanken ganz woanders war, einen einsamen Fußgänger über den Haufen gefahren, der im Marschschritt und ein Lied vor sich hin singend die Straße überquerte, obwohl seine Fußgängerampel Rot zeigte.

Dr. Arbogast schrie:»Hey, pass auf, du Arsch!«, klingelte ihn an und konnte gerade noch ausweichen. Der Mann stolperte, fiel hin und rief ihm, auf dem Hintern sitzend, ebenfalls ein paar deftige Schimpfworte hinterher, aber Arbogast stieg in die Pedale wie ein gedopter Bergspezialist bei der Tour de France und war schon außer Reichweite.

Es war, wie er vorhin gedacht hatte: Es gab einfach zu viele Verrückte auf dieser Welt, die in aller Herrgottsfrühe schon unterwegs waren!

Dann aber warf er einen Blick über seine Schulter zurück. Herrgott noch mal, war das nicht eben dieser Kommissar Madlener gewesen? Was machte der um diese Zeit mitten auf der Straße? Genau das war einer dieser blöden Zufälle, die er fürchtete wie der Teufel das Weihwasser. Aber er war schließlich selbst schuld, wenn er das unnötige Risiko einging, mit dem Fahrrad eines von ihm entführten Mädchens in der Gegend herumzugondeln.

Sollte er jetzt nicht doch besser zusehen, dass er so schnell wie möglich das Weite suchte?

Nein, sein Vorhaben war zu reizvoll, er musste es jetzt und hier auch zu Ende bringen, schließlich hatte er sein Auto extra in der Nähe geparkt und die halbe Nacht an dem Brief geschrieben. Bis dieser Madlener sich aufgerappelt hatte und beim Polizeipräsidium war, wäre er schon längst über alle Berge.

Er holte alles aus sich heraus, bremste vor dem Eingang zum Präsidium hart ab und fuhr über den Randstein, stieg vom Rad, schmiss es vor die Treppe zum Eingang, zeigte der dort angebrachten Überwachungskamera den Stinkefinger und rannte davon.

Er sah sich nicht um, bis er zu seinem neutralen dunkelgrauen Lieferwagen gelangt war, der um die nächste Ecke geparkt war. In fliegender Hast sperrte er auf und warf sich auf den Fahrersitz. Erst als er den Schlüssel ins Zündschloss gesteckt hatte und der Motor ansprang, wagte er es, aufzuschauen.

Niemand war zu sehen, der ihm gefolgt war. Er nahm die Sturmhaube ab und warf sie auf den Rücksitz nach hinten.

Sollte er vielleicht mit dem Lieferwagen zum Polizeipräsidium zurückfahren und zusehen, wie sich dieser Kommissar über das Fahrrad des Mädchens beugte?

Drei lange Sekunden ließ ihm dieser verführerische Gedanke einen kalten Schauer den Rücken hinunterrieseln, bis er ihn schweren Herzens verwarf.

Nein, das war dann doch zu viel des Guten, so sehr durfte man das Schicksal nicht herausfordern.

Er wendete quietschend und fuhr mit Karacho mit seinem Allerweltslieferwagen davon.

20

Madlener rieb über sein rechtes Knie, das ganz schön schmerzte. Er hatte es sich bei seinem Sturz böse aufgeschürft und war schon mit Jodspray und einem Pflaster behandelt worden – mit beidem hatte ihn Frau Gallmann versorgt. Zu Madleners ehrlichem Erstaunen war sie zu so früher Zeit bereits im Präsidium gewesen, und zwar mit tadelloser Frisur und einem eierschalenfarbenen Kostüm wie frisch aus der Damenboutique. Ob sie nicht doch dort übernachtete?, fragte er sich zum x-ten Mal. Die Hose von Madleners zweitbestem Anzug – er hatte genau zwei Anzüge – war ruiniert. Aber das scherte ihn im Augenblick wenig. Was ihn dagegen schier zur Raserei brachte, war die Tatsache, dass er um ein Haar den Täter erwischt hätte, den sie seit gestern suchten. Der dreiste Kerl war an seiner Nase vorbeigeradelt, und er hätte, wenn es denn zu ahnen gewesen wäre, nur die Hände nach ihm auszustrecken brauchen! Die verpasste Gelegenheit würde ihn noch in einer Million Jahren um den Schlaf bringen, auch wenn Frau Gallmann ihn so gut es ging zu trösten versuchte und ihm wieder und wieder versicherte, dass er ja nicht ahnen konnte, dem Entführer beinahe ins Rad gelaufen zu sein!

Dabei hatte sie ja recht. Trotzdem – Madlener konnte sich noch immer nicht beruhigen, obwohl der Zwischenfall fünfhundert Meter vor dem Präsidium inzwischen schon drei Stunden her war.

Die gesamte Mannschaft war verabredungsgemäß im Besprechungsraum versammelt. Es war halb acht am Morgen, und es wurde mucksmäuschenstill, als Madlener seine seltsame und schmerzhafte Begegnung schilderte. Keiner konnte es richtig glauben, was da passiert war, aber die Beweise waren eindeutig: Das Fahrrad war von Sandras Mutter zweifelsfrei als das ihrer Tochter identifiziert worden, und der im Gepäckträger eingeklemmte Brief mit Madleners Namen darauf und dem mit einem

Stück Tesa aufgeklebten Haargummi von Sandra – ebenfalls von ihrer Mutter wiedererkannt – sprachen eine eindeutige Sprache. Das Rad war noch bei den Technikern, die alles daransetzten, irgendeine verräterische DNS darauf zu finden, auch wenn keiner so recht daran glauben mochte. Und der Brief ebenfalls, auf dessen Inhalt sie jetzt alle gespannt warteten. Madlener hatte ihn, als er das Fahrrad vor den Stufen zum Eingang gleichzeitig mit einem herausstürzenden Polizisten auffand, der am Empfang gesessen und die Szene auf dem Videobildschirm gesehen hatte, nicht aufgemacht, um nur ja keine möglichen Spuren zu vernichten, und sofort einen Techniker gerufen, weil er das Rad vom Foto her kannte.

Thielen war wieder fast der Alte. Nachdem er sich Madleners Geschichte mit dem gleichen ungläubigen Ausdruck angehört hatte, den auch die anderen im Gesicht trugen, wurde er förmlich von einer Begeisterung erfasst, die alle Anwesenden – Binder, Götze, Harriet und Frau Gallmann – ebenfalls euphorisierte. Jetzt gab es ein Bild und eine Beschreibung des Täters, denn um den musste es sich aller Wahrscheinlichkeit nach handeln, daran zweifelte niemand in der Runde. Was ihn dazu getrieben hatte, sich vor das Präsidium zu wagen und das Rad der entführten Sandra vor den Eingang zu werfen, das war gleichzeitig rätselhaft und aufschlussreich, denn damit hatte er sich unweigerlich eine Blöße gegeben, auch wenn er wieder spurlos von der Bildfläche verschwunden war.

»Dann wissen wir jetzt also, dass es ein Mann sein muss, sportlich, schlank, ungefähr eins achtzig groß. Alter … was würden Sie sagen, Madlener?«, fragte Thielen.

»Zwischen vierzig und fünfzig, schätze ich«, knurrte Madlener, der sich immer noch grün und blau ärgerte. »Von der Statur her und in seinen Bewegungen wirkte er jünger, aber der Stimme nach nicht.«

Thielen klopfte ihm auf die Schulter. »So ein Massel, dass Sie gerade um die frühe Zeit ins Präsidium kommen und dieser Kerl Sie beinahe über den Haufen fährt!«, wiederholte er nun schon zum dritten Mal.

»Ja, was für ein Massel«, echote Madlener mit triefendem Sarkasmus und rieb sich das Knie.

Thielen überhörte das, er war in seiner Euphorie kaum zu bremsen. »Und ein Bild haben wir auch noch!«

Wieder sahen alle auf den Monitor von Götzes Laptop, der die Szene, in der der Mann mit der Sturmhaube das Rad vor den Treppenstufen zum Eingang des Präsidiums hinwarf und den Mittelfinger in Richtung Überwachungskamera streckte, in einer Endlosschleife abspielte, um schließlich ein Standbild zu finden, das am aussagekräftigsten für eine Veröffentlichung war.

»Warum macht er so was? Der Typ muss komplett verrückt sein«, sagte Binder kopfschüttelnd.

»Oder er will erwischt werden«, merkte Götze an.

»Oder uns gezielt provozieren«, warf Harriet ein. »Das zeigt der Mittelfinger.«

»Ob das etwas Politisches sein kann? Wenn das einer von diesen linksradikalen Fanatikern ist?«, fragte Thielen unvermittelt.

Madlener und Harriet warfen sich einen Blick zu.

»Wegen der Geste?«, zog Harriet den Kriminaldirektor auf.

»Auch«, antwortete Thielen. »Aber vor allem wegen dieser Sturmhaube. So was tragen doch nur gewaltbereite Demonstranten aus der linken Szene.«

»Oder Hooligans«, fand Harriet.

»Oder Leute vom SEK und Skifahrer«, ergänzte Madlener aus dem Hintergrund. »Nein, das sagt gar nichts aus. Er wollte einfach nicht erkannt werden.«

»Ist die Haube gestrickt oder industriell hergestellt?« Thielen berührte beinahe mit Nase und Brille den Monitor, während Götze das Bild so lange vergrößerte, dass Strukturen der Haube erkennbar wurden.

»Vielleicht ist sie handgestrickt von seiner Mutter«, spottete Madlener, was ihm einen vorwurfsvollen Blick von Thielen einbrachte.

»Nein«, sagte Harriet schließlich, die das Bild hin- und herbewegte, um die Sturmhaube ganz genau abscannen zu können. »Das ist eine sogenannte Balaklava, wie sie besonders von Motorradfahrern unter dem Helm benutzt wird. Ich hab auch so eine. Aus Gründen der Hygiene. Gibt's in jedem Motorrad-zubehörhandel. Und natürlich im Internet.«

»Wieso Hygiene?«, fragte Thielen. »Und noch was: Ist unser gesuchter Mann also ein Motorradfahrer?«

»Unter einem Helm schwitzt man unweigerlich. Und ange-trockneter Schweiß ist von der Helmpolsterung auf der Innenseite schwer wegzukriegen. So eine Balaklava kann man einfach in die Waschmaschine stecken«, erklärte Harriet. »Kann schon sein, dass der Typ ein Motorrad hat. Aber ich glaube kaum, dass uns das fahndungstechnisch weiterbringt.«

»Auch wieder wahr«, seufzte Thielen.

Es klopfte, und die Tür ging auf. Ehrmanntraut, der Leiter der Spurensicherung, kam mit ein paar Bögen Papier in Cellophan-hüllen herein. Er reichte sie Thielen. »Der Brief. Keine relevanten Spuren nachweisbar. Das Kuvert ist eines mit Selbstklebestreifen. Also keine Speichelspuren und keine DNS.«

»Hätte mich auch gewundert«, brummte Madlener.

»Papier und Umschlag sind Allerweltsartikel, kein Wasser-zeichen. Adresse und Brief wurden mit einem handelsüblichen Laserdrucker beschrieben. Also nichts, was uns weiterbringt. Da gibt der Inhalt schon eher etwas her. Aber das ist euer Job.«

»Danke, Ehrmanntraut«, sagte Thielen und reichte die Sei-ten, nachdem er einen kurzen Blick darauf geworfen hatte, an Madlener weiter. »Sie haben ihn gefunden, dann haben Sie auch die zweifelhafte Ehre, ihn vorzulesen. Außerdem ist er an Sie persönlich gerichtet.«

Madlener nahm die Seiten entgegen und begann, langsam und laut vorzulesen.

»Lieber Kommissar Madlener,

ich hoffe, Sie haben nichts dagegen, wenn ich Sie mit ›lieber‹ tituliere, aber glauben Sie mir: Sie sind mir ans Herz gewachsen! Echt.
Wie meisterhaft Sie Ihre Fälle gelöst haben. Chapeau!
Und wie Sie dabei Ihr Licht unter den Scheffel stellen − Beschei-denheit ist eine Zier, doch weiter …

Ich bin mir sicher, Sie wissen, wie das Zitat endet, nicht wahr? Schließlich sind wir gebildet, Sie und ich. Verstehen etwas von Literatur und Kunst. Auch Baukunst, akademisch Architektur genannt? Aber klar doch. Ich würde wetten, Sie verstehen etwas von Barock. Ein Baustil, der Ihnen nicht so behagt, nicht wahr? Oder warum ziehen Sie ein eher schlichtes Hotelzimmer einer normalen Wohnung vor?

Woher ich das weiß?

Auflösung folgt …

Also: Spätbarock, Rokoko, Halleluja … Na, klingelt's? Richtig, Basilika Birnau.

Übrigens: Ich möchte wetten, dass Sie katholisch sind, Kommissar Madlener. Zumindest gewesen. Hab ich recht?

Obwohl, evangelisch passt eigentlich eher zu Ihnen. Sie sind so wie diese neumodischen Kirchen, die innen aussehen wie eine Mehrzweckhalle, ob man darin turnt oder betet, ist einerlei, Hauptsache, multifunktional. Und vor den nackten Betonwänden klampft die Öko-Fraktion der Konfirmandenmütter ›Danke für diesen guten Morgen, danke für jeden neuen Tag …‹.

Gibt es Schrecklicheres auf Gottes Erdboden?

Aber Sie kann ich mir dabei gut vorstellen, Sie sind der zurückhaltende, schlichte Typ, nicht ganz textsicher, aber überzeugt von seiner Mission, die Bösen zu fangen.

Übrigens: Die Krawatte, die Sie da auf der gestrigen Pressekonferenz trugen, die passte irgendwie gar nicht zu Ihnen. Jetzt staunen Sie, was? Woher ich das weiß? Ich habe Sie gesehen. Von Mann zu Mann. So viel kann ich verraten: Eine Frau bin ich nicht. Damit haben Sie schon fünfzig Prozent weniger Verdächtige. Har, har, har. Ich hoffe, Sie haben Humor. Den werden Sie noch brauchen.

Also, bevor Sie jetzt mit Ihrer – so glaube ich in Erfahrung gebracht zu haben – beschränkten Geduld zu Ende sind, nicht fertig lesen und diesen Brief zerreißen und wegwerfen, schnell ein kleiner Einschub: Sandra, Mädchen, Nichte des hiesigen Kriminaldirektors, fünfzehn Jahre alt, Zahnspange, grüne Augen, im Koma … Wie gefällt Ihnen das?

Nicht so gut, darf ich mit allem Respekt annehmen.

Trösten Sie sich, das ist normal.

Sie sind der Gute, und ich bin der Böse, so ist das nun mal, so sind die Rollen in diesem Leben verteilt, leider. Ich wäre manchmal auch gerne auf der anderen Seite, bei den Guten – ob Sie's glauben oder nicht.

Und Sie? Geben Sie's zu: Wären Sie nicht auch mal für Ihr Leben gerne auf der dunklen Seite der Macht? (Achtung: Zitat!) Zum Beispiel wenn Sie in Ihrem einsamen Hotelzimmer liegen und über die Ungerechtigkeit der Welt philosophieren?

Da sind wir wieder bei Ihrem Hang zur Schlichtheit.

Woher ich nun das wieder wissen will?

Oh, das ist nicht weiter schwer. Auflösung: Steht alles in der Zeitung.

Lassen Sie mich mal raten, worüber Sie in Ihren einsamen Stunden so nachdenken …

Sie sind so eine Art Großwesir, aber Sie möchten gerne Kalif sein anstelle des Kalifen, nicht wahr?

Kriminaldirektor – wie mondän das klingt, cäsarisch geradezu! Wie Truchsess oder Markgraf oder Reichsprotektor.

Okay, den letzten Titel streichen wir mal lieber wieder, obwohl er so herrlich martialisch ist, aber eben nicht pc.

Sie lösen die Fälle, und der Kriminaldirektor heimst die Lorbeeren ein.

Ist das gerecht?

Ist es nicht.

Aber bedenken Sie: Ein Kriminaldirektor lebt gefährlich.

Seine Angehörigen auch.

Und damit kommen wir direkt zum eigentlichen Anlass dieses Schreibens.

Sie müssen die Suppe auslöffeln, die Ihnen der Kriminaldirektor eingebrockt hat.

Zweiunddreißig Teelichter.

Basilika Birnau.

Was bedeutet das alles?

Rätsel über Rätsel.

Und es kommt noch viel schlimmer!

Ja, Kommissar Madlener, das ist wie die Klimakatastrophe: Jeder
weiß, dass sie kommt, aber niemand kann sie mehr abwenden.
Sie zweifeln an meiner Ernsthaftigkeit? Oh, Sie Kleingläubiger!
Eine weibliche Leiche wird Sie vom Gegenteil überzeugen.
Wann?
Das ist ja das Spannende ...
Wo?
Sie kennen doch das Spielchen mit ›kalt, warm, wärmer, heiß‹?
So ähnlich wird das gehen.
Viel Spaß dabei wünscht ... ja – wer eigentlich?
Mit meinem richtigen Namen kann ich wohl nicht unterzeichnen,
das werden Sie sicher verstehen. Sie kennen das ja von Strafzetteln
oder vom Finanzamt: Dieses Schreiben wurde maschinell erstellt
und ist auch ohne Unterschrift gültig.
Nennen Sie mich einfach

Bruno Richard Hauptmann

PS: Übrigens, wissen Sie, warum ich der Nichte des Kriminaldi-
rektors nichts angetan habe?
Zweiunddreißigmal dürfen Sie raten, har, har, har.
Ich will es Ihnen sagen: Sie war erst der Anfang.
Und sein erstes Spielzeug macht man doch nicht gleich kaputt,
oder?

PPS: Kriminaldirektor Thielen wird bald den Platz für Sie frei
machen.
Warum?
Weil er des Kaisers neue Kleider trägt. Nämlich gar keine. Er ist
nackt, wenn man genau hinsieht. Ich werde ihn nämlich bis auf
die Haut ausziehen, natürlich nur im übertragenen Sinn. Wir
wollen doch nicht, dass er all seiner Würde beraubt wird.
Oder vielleicht doch?

Cheerio,
Bruno«

Madlener sah auf und bemerkte trocken: »Das war's. Mehr gibt's nicht.«

»Das reicht auch fürs Erste«, fand Thielen stöhnend und fuhr sich durch sein schütteres Haupthaar. »Verrückt. Der Kerl ist komplett verrückt.«

Alle waren für einen Moment sprachlos.

In die vielsagende Stille hinein begann Harriet schließlich mit einer ersten Kurzanalyse. »Also, wenn keiner was sagt, zähle ich mal auf, was mir spontan zu diesem Pamphlet einfällt. Erstens: Das hat eindeutig unser Mann geschrieben.«

»Stimmt«, pflichtete Thielen bei. »Nur er kann das mit den zweiunddreißig Teelichtern wissen. Das haben wir nicht an die Presse weitergegeben.«

Harriet fuhr fort: »Zweitens: Er ist gebildet, aber auch eingebildet, der Brief trieft förmlich vor verächtlichem Spott. Unser Mann ist wortgewandt, wahrscheinlich Akademiker, aber er ist auch maßlos eitel und von sich selbst eingenommen, fühlt sich überlegen, hat Allmachtsphantasien – und das ist gleichzeitig seine Achillesferse.«

Thielen nickte grimmig.

»Drittens: Er hört nicht auf, hat anscheinend erst angefangen. Was das für mögliche weitere Opfer bedeutet, wissen wir noch nicht. Konkret kündigt er einen Mord an. Ob das nur eine leere Drohung oder ernst zu nehmen ist, das werden wir sehen, falls wir ihn nicht erwischen, bevor er seine Worte in die Tat umsetzt. Viertens: Er hat Kommissar Madlener im Visier und darüber hinaus Sie, Herr Kriminaldirektor. Warum, wissen wir noch nicht.« Sie sah Thielen an. »Oder haben Sie eine Erklärung für seine Drohungen gegen Sie? Und dafür, dass er ausgerechnet Ihre Nichte entführt hat?«

»Wenn ich eine hätte, würde der Kerl jetzt in Handschellen vor uns stehen«, antwortete Thielen.

Harriet machte weiter. »Fünftens: Wie gefährlich ist er wirklich? Ich meine, bisher scheint es so, als habe er noch keinen Mord begangen, Sandra ist nicht missbraucht worden. Wenn er also kein sexuelles Motiv hat, welches dann? Sechstens – das ist jetzt eher nebensächlich, aber trotzdem: Er kennt sich mit Comics aus, ist

129

vielleicht sogar ein Fan oder Sammler. Ausdrücke wie ›Har, har!‹ sind aus der ›Micky Maus‹, Kater Karlo und die Panzerknacker lachen so. Und die Erwähnung von Wesir und Kalif weisen auf die Comicreihe ›Isnogud‹ hin, die René Goscinny erfunden und getextet hat, einer der Väter von ›Asterix‹.«

Sie legte eine kleine Verschnaufpause ein.

»Bravo, Frau Holtby. Wusste gar nicht, dass Sie auch Comicfan sind«, wunderte sich Binder.

Madlener wunderte sich nicht. Seit er mit Harriet zusammenarbeitete, hatte er die Erfahrung gemacht, dass man sie wegen ihres punkigen Aussehens grundsätzlich unterschätzte. Das war ihm anfangs auch passiert, jetzt wusste er, dass sie auf vielen Gebieten ein Crack war.

Wenn ihr etwas peinlich war, zum Beispiel ein Lob, dann schniefte sie. So auch jetzt. »Ich kenne mich in dem Genre ein wenig aus. Aber ich stehe mehr auf Manga.«

Madlener hatte den Brieftext noch einmal durchgelesen und sagte: »Alles richtig und zielführend, was du da sagst, Harriet. Aber ich frage mich siebtens: Warum hat er mit ›Bruno Richard Hauptmann‹ unterschrieben? Um uns in die Irre zu führen oder um uns irgendeinen versteckten Hinweis zu geben?«

»Der Typ hat doch nicht alle Gurken im Glas, darin sind wir uns einig, oder?«, stellte Thielen noch einmal fest.

»Auch Verrückte sind durchaus in der Lage, zielgerichtet zu handeln«, meinte Götze in seiner altklugen Art. »Sie haben zwar oft eine eigene Logik, die für normale Menschen nicht ganz nachvollziehbar ist, aber innerhalb dieser Logik können sie sehr geradlinig und konsequent vorgehen. Ich denke, wir haben da einen gefährlichen Mann vor uns.«

Madlener gab ihm recht. »Das sehe ich auch so. Die Drohungen müssen wir, solange wir ihn nicht haben, äußerst ernst nehmen. Aber noch mal zu Bruno Richard Hauptmann – dieser Name bereitet mir am meisten Probleme. Hätte er ›Herbert Huber‹ geschrieben oder ›Mister X‹ – okay, das hätte ich verstanden. Aber Bruno Richard Hauptmann …«

»Gab's den nicht wirklich? Kommt mir irgendwie bekannt vor …« Thielen kratzte sich am Kopf.

Madlener wollte schon antworten, als sich zum ersten Mal Frau Gallmann einmischte. Sie sah Madlener an und fragte:»Darf ich?«

Madlener nickte ihr aufmunternd zu, und dann bewies Frau Gallmann, dass sie nicht nur für Filmnamen und -daten ein ausgezeichnetes Gedächtnis hatte:»Bruno Richard Hauptmann war der angebliche Entführer des Lindbergh-Babys. Lindbergh war ein amerikanischer Nationalheld, seit er die erste Atlantiküberquerung im Alleinflug gemacht hatte, Hauptmann ein deutscher Emigrant, bei dem das FBI Teile des Lösegelds gefunden hat. Das Baby war schon tot. Er wurde in einem Indizienprozess zum Tode verurteilt, gestanden hat er nie, obwohl er anscheinend auch gefoltert worden war. Er wurde auf dem elektrischen Stuhl hingerichtet.«

»Wann war das?«, wollte Thielen wissen.

»1936. Wurde mehrfach verfilmt, deshalb weiß ich so genau Bescheid. Die beste Verfilmung war die mit Anthony Hopkins als Bruno Richard Hauptmann. Sie wissen schon – Dr. Hannibal Lecter.«

»Das ist ja alles hochinteressant, aber jetzt mache ich mal den Advocatus Diaboli: Was will uns der Briefschreiber damit sagen? Dass er so enden wird wie sein Alter Ego?«

»Ich denke, er verarscht uns nur«, meinte Harriet und verzog gleich das Gesicht, als Thielen sie missbilligend ansah.»'tschuldigung, ich meine, er macht sich lustig über uns, damit wir uns über Nebensächlichkeiten den Kopf zerbrechen und abgelenkt werden von dem, was wirklich wichtig ist und uns auf seine Spur bringen kann.«

»Guter Einwand«, sagte Madlener.

»Wenn wir ihn haben, können wir ihm alle Fragen stellen, auch nach den belanglosen Dingen in seinem Brief. Und wir werden ihn bald haben, ich weiß das«, redete sich Thielen selbst Mut zu.

»In diesem Brief ist nichts Belangloses«, widersprach ihm Madlener.»Dafür ist der Schreiber dieser Zeilen viel zu durchtrieben und intelligent. Jedes einzelne Wort hat eine Bedeutung. Nur wissen wir noch nicht, welche.«

Thielen fing an, mit dem Finger herumzufuchteln. »Der Kerl lehnt sich weit aus dem Fenster, und das wird ihm das Genick brechen!«

Madlener nickte. »Das stimmt. Er giert geradezu nach Anerkennung. Nicht nur durch uns, sondern wahrscheinlich auch durch die Öffentlichkeit. Aber den Gefallen werden wir ihm vorerst nicht tun. Der Brief geht nicht an die Medien.«

»Vollkommen richtig! Wir werden den Teufel tun und dem Mistkerl auch noch eine Plattform für seine exhibitionistischen Wahnvorstellungen geben«, stimmte Thielen zu.

»Bei den ganzen Aufregungen über diese Zeilen haben wir allerdings den wichtigsten Punkt übersehen«, wandte Harriet ein.

»Dass er irgendwelche Probleme mit der Religion hat?«, fragte Binder.

»Das auch. Aber er war anscheinend bei der Pressekonferenz.«

»Stimmt«, sagte Madlener und suchte noch einmal die relevanten Zeilen. »Ich darf zitieren: ›Übrigens: Die Krawatte, die Sie da auf der gestrigen Pressekonferenz trugen, die passte irgendwie gar nicht zu Ihnen. Jetzt staunen Sie, was? Woher ich das weiß? Ich habe Sie gesehen. Von Mann zu Mann.‹ Zitat Ende.«

»Eine Zusammenfassung der Pressekonferenz kam gestern Abend noch in den Regionalnachrichten im Fernsehen«, warf Götze ein. »Die könnte er sich angeschaut haben.«

»Möglich. Aber was ist, wenn er in seiner Angebermanie in dem Punkt die Wahrheit schreibt? Wie viele Leute waren bei der Pressekonferenz? Ich würde sagen, um die fünfundzwanzig, können auch ein paar mehr gewesen sein«, schätzte Madlener.

Thielen gab ihm recht. »Dürfte hinkommen.«

»Kennen wir alle?«

»Unmöglich. Das waren ja nicht nur Presseleute von hier. Oder, Frau Gallmann?«

»Nein. Die Hälfte davon kannte ich vom Sehen, aber der Rest ...« Sie zuckte mit den Schultern.

Madlener rekapitulierte. »Dann ist es also theoretisch möglich, dass Bruno – ich nenne ihn jetzt mal so ...«, er stand schon am Flipchart und schrieb »Bruno Richard Hauptmann« groß als

Überschrift über die Diagramme, »… uns leibhaftig gegenübergesessen hat.«

»Ich weiß nicht«, sagte Binder skeptisch, »das wäre ja mehr als riskant gewesen.«

»Passt aber zu ihm«, pflichtete Harriet Madlener bei. »Ist er nicht mit dem Rad seines Opfers vors Präsidium gefahren? Das Risiko geilt ihn auf. Es gibt doch Aufnahmen von der Pressekonferenz …«

Madlener verzog das Gesicht. »Keiner wird auf die Idee kommen, die eigenen Kollegen abzulichten. Der Fokus war auf uns gerichtet. Trotzdem, wir wollen nichts unversucht lassen. Götze, Sie machen sich auf die Socken und reden mit den Leuten von der Presse, die Sie kennen. Fragen Sie, ob ihnen jemand aufgefallen ist, auf den die Beschreibung passt und den sie vielleicht noch nie in ihren Kreisen gesehen haben.«

»Wird gemacht.« Götze sprang auf.

»Aber erwähnen Sie den Brief nicht!«

Götze breitete die Arme aus: »Wofür halten Sie mich?«

Dazu sagte Madlener lieber nichts und wartete, bis Götze gegangen war. Er kringelte gedankenverloren den Namen Bruno auf dem Flipchart ein, dann drehte er sich zu Harriet um. »Harriet, du machst dich weiter über Sandras Computer her. Oder hast du schon was?«

Harriet schüttelte nur den Kopf. Madlener wusste, dass es sie wurmte, da noch nicht weitergekommen zu sein.

»Ich werde mir noch mal die Freundin von Sandra vorknöpfen, Annalena.« Er sah Binder an. »Oder haben Sie etwas dagegen, Herr Kollege? Es ist Ihre Zeugin …«

»Sie hat uns nicht die ganze Wahrheit gesagt«, erwiderte Binder. »Da bin ich mir sicher. Gut möglich, dass Sie doch noch etwas aus ihr herausbekommen. Einen Versuch ist es wert.«

»Dann bestellen Sie Annalena doch hierher, und wir spielen ein wenig das Spielchen ›Guter Cop, böser Cop‹.«

»Und für welche Rolle haben Sie mich vorgesehen?«, fragte Binder, obwohl er es schon wusste.

»Dreimal dürfen Sie raten«, antwortete Madlener.

»Gehen Sie nicht zu grob um mit Annalena«, warnte Thielen.

»So wie ich sie kenne, will sie vor Sandra nicht als Petze dastehen. Sie ist ihre beste Freundin und will das auch bleiben.«

»Trotzdem verbirgt sie uns etwas«, erwiderte Madlener, »und das kann wichtig sein. Wir dürfen nicht vergessen, dass Bruno ein neues Opfer angekündigt hat. Und wenn ich das irgendwie verhindern kann, dann tue ich das. Im Rahmen des gesetzlich Zulässigen, selbstverständlich«, fügte er extra für Thielen hinzu. »Apropos Sandra – wie geht's ihr? Gibt's was Neues über ihren Zustand?«

Thielen zuckte mit den Schultern. »Unverändert.«

»Na schön, dann war's das vorläufig.«

Thielen rieb sich tatendurstig die Hände. »Gut, gut, wir ziehen die Schlinge allmählich enger. Frau Gallmann und ich kümmern uns um die Hinweise aus der Bevölkerung, die jetzt hoffentlich zahlreich hereinkommen werden. Lange wird Bruno uns nicht mehr auf der Nase herumtanzen.«

Die Versammlung war schon dabei, sich aufzulösen, da nahm Thielen Madlener beiseite. »Sagen Sie mir eins, Madlener: Haben Sie wirklich Ambitionen, was meinen Posten angeht?«

Madlener sah Thielen fassungslos an. »Ja, glauben Sie etwa wirklich den Dreck, den dieser Bruno verbreitet?«

»Nein, natürlich nicht. Ich meine nur grundsätzlich …«

»Soll ich es auf den Punkt bringen? Ich will nicht Kalif werden anstelle des Kalifen. Ist das deutlich genug?«

»Jetzt seien Sie doch nicht gleich eingeschnappt, Madlener. Man wird doch noch mal fragen dürfen. Wäre durchaus legitim, wenn Sie an Ihre Karriere denken. In weniger als einem Jahr gehe ich in Pension. Das wissen schließlich alle hier.«

»Ich nicht. Und ich denke nicht an meine Karriere. Karriere interessiert mich nicht, ist mir egal. Was mir nicht egal ist: Wenn Bruno mit seinen Giftpfeilen ins Blaue hinein genau das erreicht, was er will. Nämlich so viel Unfrieden zu stiften wie möglich. Und sich darüber ins Fäustchen lacht!«

Damit wollte er gehen, überlegte es sich aber noch einmal anders und drehte sich zu Thielen um. »Denken Sie lieber darüber nach, was Bruno gegen Sie haben könnte. Der macht nicht aus einer billigen Augenblickslaune heraus so ein Bohei, das spürt man, und da steckt zu viel Aufwand und Energie dahinter. Der Mann ist voller Hass. Vor allem gegen Sie. Aber warum? Da liegt meiner Ansicht nach der Hund begraben.«

Er ließ den verblüfften Kriminaldirektor stehen und gab Frau Gallmann die eingetüteten Briefseiten. »Bitte kopieren Sie das für mich, Frau Gallmann. Ich brauche das für einen Experten, der uns bei einem Profil des Schreibers helfen kann.«

»Dr. Auerbach?«, fragte Frau Gallmann, nicht ohne die Augenbrauen hochzuziehen.

»Können Sie hellsehen, Frau Gallmann?«

»Nein. Gesunder Menschenverstand reicht völlig aus«, bemerkte sie spitz, bevor sie mit den Seiten verschwand.

21

Dr. Auerbach lehnte sich in seinem bequemen Sessel zurück, entnahm dem Papierspender ein Kleenex und fing an, seine saubere Brille gründlich zu putzen, indem er die Gläser sorgfältig anhauchte. Dazu sagte er mit seiner sonoren Stimme: »Und warum haben Sie sich jetzt entschlossen, die Therapie doch weiter in Anspruch zu nehmen, wenn ich fragen darf?«

»Weil ich finde, dass ich mich bei Ihnen ... na ja ... gut aufgehoben fühle, Herr Doktor.«

»So? Weshalb dieser Sinneswandel?«

»Es ist in letzter Zeit ein wenig viel über mich hereingebrochen. Aber jetzt ist mein Bedürfnis, mit mir ins Reine zu kommen, wieder zurückgekehrt.«

»Schön, schön. Auch ich bin der Meinung, dass wir in den vergangenen Monaten gewisse Fortschritte gemacht haben.«

Dr. Anselm Arbogast, der dem Psychiater in dessen Behandlungszimmer gegenübersaß, stieß einen tiefen Seufzer aus und rieb sich gedankenverloren die Stirn. »Da ist so vieles zusammengekommen, Dr. Auerbach. So vieles!«

»Ist es der Tod Ihrer Frau Mutter?«

»Unter anderem, ja.«

»Sie hat Sie Ihr ganzes Leben lang dominiert, zu dieser grundlegenden Gewissheit sind wir schon gelangt. Es war ein weiter und beschwerlicher Weg bis zu dieser Erkenntnis, aber wir sind ihn zusammen gegangen und haben das Übel an der Wurzel gepackt – und ausgerissen. Wie einen faulen Zahn.«

Er warf einen kurzen Blick auf seine Notizen auf seinem Laptop. »Das haben Sie selbst gesagt.«

»Oh ja. Wobei dominieren vielleicht noch ein zu schwacher Ausdruck für das ist, was sie mir angetan hat. Sie hat mir die Luft zum Atmen genommen.«

»Schön, dass Sie diese Einsicht endlich zugelassen haben. Fühlen Sie sich da jetzt nicht wie von einem Alpdruck befreit?«

»Doch. Aber das ist es ja gerade. Ich wollte mich aus eigener

Kraft von ihrem Einfluss lösen. Durch ihren plötzlichen und unerwarteten Tod fühle ich mich … Wie soll ich sagen? Ich fühle mich auf einmal schuldig. Als hätte ich mir ihren Tod gewünscht und dieser Wunsch wäre in fataler Weise in Erfüllung gegangen. Es … es ist, als hätte eine höhere Macht eingegriffen, um mich von ihr zu befreien. Aber sie war doch meine Mutter!«

Er begrub sein Gesicht in den Händen.

Dr. Auerbach nickte ernst und wartete ab, bis sein Patient sich wieder ganz unter Kontrolle hatte. Erst als Arbogast nach der Kleenex-Box griff, die ihm der Psychiater zuschob, ein Papiertuch herausgezogen und sich geschnäuzt hatte, fragte er leise: »Glauben Sie an eine höhere Macht?«

»Ich weiß nicht …«

»Spricht sie zu Ihnen?«

Dr. Arbogast liebte es, sich dumm zu stellen. Vor allem in diesen Psychospielchen mit seinem Psychiater. »Meine Mutter?«, fragte er und tat so, als sei er verwirrt.

»Nein, die höhere Macht, wie Sie sie bezeichnen.«

»Ach so. Ja, manchmal. Es ist dann, als wäre eine Stimme in meinem Kopf.«

»Gibt es eine Art Kommunikation zwischen Ihnen? Einen Dialog?«

»Manchmal, ja.«

»Und jetzt glauben Sie, diese höhere Macht hat quasi eingegriffen und Sie erlöst?«

»Ich glaube es nicht, ich weiß es.«

»Fordert die höhere Macht – wenn wir einmal bei diesem Ausdruck bleiben wollen – Sie auf, bestimmte Dinge zu tun?«

»Ja, gelegentlich.«

»Was denn zum Beispiel?«

»Na ja – dass ich mir nicht mehr alles gefallen lasse.«

Dr. Auerbach sah seinem Patienten unvermittelt ins Gesicht. »Haben Sie Gewaltphantasien?«

»Bisweilen.«

»Wie äußert sich das?«

»So, dass ich nicht einschlafen kann.«

»Konkrete Gewaltphantasien?«

»Na ja, eher so allgemein. Dass ich den Lauf der Welt nicht verändern kann. Das macht mich wütend.«

»Auf wen?«

»Auf nichts. Auf alles.«

»Aber Ihnen ist bewusst, dass Sie die Welt nicht verändern können?«

»Ja, sicher.«

»Wehren Sie sich dagegen?«

»Auf meine Art.«

»Und wie sieht die aus?«

»Ich setze mich in mein Flugzeug und fliege eine Runde über den Bodensee. Danach geht's mir wieder besser.«

»Sehen Sie, was wir für Fortschritte gemacht haben? Sie können diese Phantasien auf natürliche Art und Weise abreagieren.«

Dr. Arbogast zuckte mit den Schultern. Es war ein herrliches Vergnügen, seinen Psychiater nach Strich und Faden an der Nase herumzuführen. Sonst hätte er sich auch nicht auf eine Therapie bei Dr. Auerbach eingelassen, die er nun schon seit Jahrzehnten mit Unterbrechungen in Anspruch nahm. Mit ihm konnte er über Dinge reden wie sonst mit niemandem. Erst recht nicht mit seiner Mutter. Natürlich nur innerhalb gewisser Grenzen, die nicht über das gesetzlich sanktionierte Maß hinausgingen oder so verklausuliert waren, dass seine wahre Natur nicht preisgegeben wurde, aber immerhin.

Dabei war seine Mutter es gewesen, die darauf bestanden hatte, dass er den angesehensten Psychiater weit und breit aufsuchte. Nun, Arbogast hatte es verstanden, diese Stunden für sich zu nutzen, und fand inzwischen Vergnügen daran. Oh, wie gerne hätte seine Mutter gewusst, was wirklich in ihm vorging! Jedes Mal hatte sie ihn ausgefragt, was er denn mit Dr. Auerbach besprochen hatte. Und jedes Mal war es ihm ein Vergnügen gewesen, ihr das Blaue vom Himmel herunterzulügen, nur damit sie endlich Ruhe gab und ihn wieder in Frieden ließ.

Gut, dass sie alle nicht wussten, was sich eigentlich hinter seiner Fassade aus Freundlichkeit, Jovialität und Harmlosigkeit abspielte! Alles Dilettanten, auch die vorgeblichen Spezialisten. Von den wahren Abgründen seiner Seele, die so tief waren wie der Marianengraben im Pazifik, hatten sie nicht die geringste Vorstellung, auch wenn sie noch so gescheit daherredeten.

Dr. Auerbach schrieb konzentriert etwas in sein Laptop – Dr. Arbogast hätte für sein Leben gerne einen Blick darauf geworfen –, blätterte scheinbar ziellos in seinen Unterlagen und sah dann wieder zu seinem Patienten hoch. »Haben Sie noch Suizidgedanken?«

»Ab und an.«

»Wegen Ihrer Krankheit?«

»Ja.«

»Sie lehnen nach wie vor eine OP oder eine andere Therapie ab?«

»Ich habe mich mit meiner Krankheit abgefunden. Auch wenn sie vielleicht zwanzig Jahre zu früh kommt. Klingt ein wenig pathetisch, ist aber so.«

»Übertragen Sie Ihre Ängste auf andere, in Ihren Gewaltphantasien?«

»Wie soll ich das verstehen?«

»Nun, indem Sie Ihre verständliche Wut auf die Krankheit auf alle anderen projizieren, die gesund sind, die fröhlich in den Tag hinein leben und keine so tief sitzenden existenziellen Probleme haben wie Sie. Das wäre ein verständlicher und nachvollziehbarer Impuls, nichts Außergewöhnliches.«

»Finden Sie?«

»Durchaus. Es ist alles andere als einfach, wenn man sich wie Sie dafür entschieden hat, darauf zu verzichten, alles Menschenmögliche zu tun, um sein eigenes Leben zu retten. Sie nehmen den Kampf gegen den Tumor in Ihrem Körper bewusst nicht auf. Sie wollen den Krebs akzeptieren. Bereuen Sie Ihren Entschluss zuweilen?«

»Nein. Er ist unwiderruflich. Ich stehe dazu.«

»Warum kommen Sie dann noch zu mir? Wenn Sie innerlich mit Ihrem Leben schon abgeschlossen haben?«

»Weil Sie mir helfen können. Manchmal habe ich Angst. Wenn ich mich bei Ihnen aussprechen kann, geht es mir besser.«

»Wovor haben Sie Angst? Vor dem Sterben? Vor dem Tod?«

»Ist das nicht ein und dasselbe?«

»Nicht unbedingt. Sterben kann lang und qualvoll sein. Der Tod unter Umständen eine Erlösung.«

»Ich bin nicht gläubig. Nicht mehr seit meinem dreizehnten Lebensjahr, dem Jahr, in dem mein Vater gestorben ist. Dabei weiß ich, wie sehr Glaube helfen könnte. Gerade in meiner Situation. Doch ich bin sicher, absolut sicher, dass nach dem Tod nichts mehr kommt. Keine Strafe, keine Belohnung. Keine Hölle, kein Paradies. Es ist wie ein schwarzes Loch. Das wartet unweigerlich auf jeden von uns. Aber ich will wenigstens mit einem Feuerschweif abtreten.«

Mit diesen Worten warf er das benutzte Kleenex in Richtung Papierkorb und traf punktgenau.

»Wie meinen Sie das?«, fragte Dr. Auerbach und hob leicht indigniert eine Augenbraue.

»Per aspera ad astra. Ich weiß genau, was ich in der mir noch verbliebenen Zeit machen werde. Da habe ich noch eine Menge zu tun, ein Fulltime-Job, sozusagen. Ich will der Menschheit etwas hinterlassen. Etwas Bleibendes, etwas, worüber man noch lange reden wird.«

»Was ist das?«

»Allzu viel kann ich nicht verraten. Aber ich habe da so ein kleines Forschungsprojekt, das ich unbedingt noch zu Ende bringen will.«

»Sie versinken also nicht in Depressionen?«

»Nein. Das habe ich hinter mir gelassen. Jeder Tag, der mir noch bleibt, ist ein Geschenk. Und das will ich auskosten bis zur Neige. Ich habe mich mit meinem Ende abgefunden. Es ist etwas anderes, was mir Angst macht.«

»Was?«

»Alle meine Ärzte haben mir gesagt, dass ich bis kurz vor meinem Ende keine großen Einbußen meines körperlichen Befindens haben werde, was bei einer OP oder einer Chemo natürlich nicht der Fall wäre. Und dass mein Ende ziemlich schnell kommen würde. Aber von den Aussetzern hat mir keiner erzählt. Die machen mir Angst.«

»Was für Aussetzer?«

»Na ja, sie treten ohne Vorwarnung auf. Aber sie werden immer

140

länger, habe ich das Gefühl. Und die Intervalle dazwischen werden kürzer. Es gibt Momente, da bin ich völlig abwesend und habe erst nach ein paar Minuten wieder einen klaren Kopf. Was in der Zwischenzeit passiert ist – ich habe nicht die geringste Ahnung.«

»Das ist eigentlich ein klares Symptom für eine Form der Dissoziation. Seit wann haben Sie diese ... Aussetzer?«

»Erst seit Kurzem. Seit dem Tod meiner Mutter.«

»Nun, es könnte natürlich auch an Ihrem malignen Meningeom liegen, sage ich jetzt mal, obwohl ich kein ausgewiesener Spezialist auf dem Gebiet der Neurologie bin. Wie oft hatten Sie diese Symptome schon?«

»Drei- oder viermal. Immer wenn ich zu Hause bin. Oder bei der Arbeit. Gott sei Dank nicht im Auto oder im Flugzeug.«

»Das kann gefährlich werden. Für Sie und andere. Haben Sie mit dem zuständigen Flugarzt darüber gesprochen?«

»Nein, bis jetzt nicht. Aber das ist sowieso obsolet. Ich lasse meine Fluglizenz nicht erneuern. Wozu auch? In ein paar Monaten ist ohnehin alles vorbei.«

»Sie sollten auch nicht mehr mit dem Auto fahren.«

»Ich fahre viel mit dem Fahrrad. Das entspannt mich. Oder wollen Sie mich jetzt bei der Führerscheinstelle anschwärzen?«

Dr. Auerbach schüttelte den Kopf. »Darum geht es nicht. Sie wissen so gut wie ich über die ärztliche Schweigepflicht Bescheid. Es geht um Ihre Verantwortung sich und anderen Menschen gegenüber.«

»Ich bin mit dem Taxi hier, falls Sie das interessiert.«

Dr. Auerbach bedachte seinen Patienten mit einem strengen Blick. »Ich appelliere in diesem Punkt wirklich an Ihre Vernunft.«

Dr. Arbogast hob die Hände. »Ist angekommen.«

Dr. Auerbach nickte, zog seine altmodische Taschenuhr aus seiner Westentasche und klappte den Deckel auf. »Oh, ich stelle fest, wir haben schon lange das Zeitlimit überschritten. Das war's für heute. Dann sehen wir uns also nächste Woche wieder?«

»Ja. Selbe Zeit, selber Ort.«

Dr. Auerbach drückte auf einen Knopf und stand auf. »Sie sind stärker, als Sie es selbst von sich glauben, Dr. Arbogast. Viel stärker. Das ist bewundernswert und verdient allen Respekt.«

Sie gaben sich die Hand, Dr. Arbogast verzog seinen Mund zu einem schiefen Grinsen. »Ich tue, was ich kann. Und ich habe noch einiges vor.«

»Gut«, sagte Dr. Auerbach und lächelte sein eisiges unpersönliches Lächeln, das den Patienten anzeigte, dass die Sprechstunde nun vorbei war.

Dr. Arbogast zog seine Hand zurück.

Die Tür ging auf, und die Sprechstundenhilfe Frau Zettler sah herein. Diese Woche war ihre Praxisuniform, deren Kolorit anscheinend wöchentlich wechselte, ein altrosafarbener Kittel, der mit ihren zimtfarbenen Birkenstocksandalen harmonieren sollte. Ihr Gesicht passte nicht ganz zu ihrer frühlingsblumenhaften Erscheinung, es sah eher aus wie sieben Tage Regenwetter. Sie flüsterte Dr. Auerbach etwas ins Ohr, dem bei ihren Worten förmlich ein Ruck durch den ganzen Körper ging. »Hat er sich angemeldet?«, fragte er mit vorwurfsvoller Stimme.

»Nein, natürlich nicht«, antwortete Frau Zettler und zuckte hilflos mit den Schultern. »Aber er sagte, es sei sehr wichtig.«

Dr. Auerbach brummte unwillig. »Das sagt er immer. Ich kümmere mich um ihn. Bitte begleiten Sie Herrn Dr. Arbogast hinaus.«

Arbogast folgte Frau Zettler in den Warteraum. Weiße Wände, weiße Vorhänge, zwei Grünpflanzen exotischer Herkunft, vier Barcelona-Lounge-Sessel von Mies van der Rohe in Weiß, dazu ein weiß lackierter Dielenboden. Dr. Arbogast sah, dass die unangemeldete Person ein großer, breitschultriger Mann mit zu langen Haaren war, der eines der zehn abstrakten Bilder an der Wand des Wartezimmers zu studieren schien – es waren vergrößerte Rorschachtests – und ihm dabei den Rücken zukehrte. Er hielt ein paar zusammengerollte Blätter in der Hand und drehte sich nun um.

Dr. Arbogast dankte der höheren Macht, an die er nicht glaubte, dass er geistesgegenwärtig genug war und keine äußerliche Regung zeigte, aber innerlich war er wie vom sprichwörtlichen Donner gerührt, als er erkannte, wem er da gegenüberstand: Es war dieser Kommissar Madlener!

Sie nickten sich andeutungsweise so zu, wie man sich von Patient zu Patient in einem Wartezimmer unbekannterweise eben zunickte, und Arbogast glaubte den Blick des Kommissars zwischen seinen Schulterblättern förmlich spüren zu können wie einen Laserstrahl, als er zur Tür ging und die Praxis von Dr. Auerbach verließ. Er wusste, dass dies irgendwie auf seltsame Art pervers war – aber er genoss diesen Moment.

Draußen im Treppenhaus, als die Tür zur Praxis hinter ihm ins Schloss gefallen war, musste er erst einmal ganz tief Luft holen. Was machte der Bulle hier? War er vielleicht auch bei Dr. Auerbach in Therapie? Wohl kaum, so abweisend, wie der Doktor sich bei dessen Ankündigung durch seine Sprechstundenhilfe verhalten hatte. War er dann dienstlich gekommen? Führten ihn seine Ermittlungen her? Womöglich hatte er den Brief von Bruno in der Hand gehabt, um ihn von einem Experten der menschlichen Seele analysieren zu lassen …

Bei Sigmund Freud und allen Aposteln der Seelenheilkunde, was für eine Koinzidenz der Ereignisse!

Sein Herz hatte für einen Moment ausgesetzt, um dann wie ein wild gewordener Schmetterling in seiner Brust zu flattern. Er musste sich kurz auf die Treppe setzen, weil er weiche Knie bekommen hatte. Wenn der Kommissar gewusst hätte, wem er da gerade über den Weg gelaufen war! Und das zum zweiten Mal innerhalb von ein paar Stunden!

Oh, das war noch großartiger als Ostern und Weihnachten zusammen. Heiliges Kanonenrohr! Wieder konnte er spüren, wie das Adrenalin durch seine Adern rauschte wie das Wasser über die Klippen des Rheinfalls von Schaffhausen. Dieses zufällige Aufeinandertreffen toppte jedes anständige High, hervorgerufen durch einen Wirkstoff der Pharmaindustrie – und er hatte etliche davon schon ausprobiert, schließlich saß er an der Quelle.

Jetzt war er sich absolut sicher, dass es das Schicksal so wollte, weil sich ihre Wege ständig kreuzten: Kommissar Madlener war die göttliche Herausforderung für ihn, Kriminaldirektor Thielen hingegen sein Ziel.

Göttlich in sportlicher Hinsicht, nicht in religiöser selbstverständlich.

Als er hinaus ins Sonnenlicht trat, konnte er nicht anders, als sein momentanes Lieblingslied vor sich hin zu singen, obwohl ihm eine junge Mutter mit Kinderwagen, der er galant die Tür aufhielt, einen indignierten Blick zuwarf:

»Ein Männlein steht im Walde
Ganz still und stumm
Es hat von lauter Purpur
Ein Mäntlein um …
Sag, wer mag das Männlein sein,
Das da steht im Wald allein …«

Er stieg in seinen Lieferwagen – selbstverständlich war er nicht im Taxi gekommen – und pfiff das Lied vor sich hin, während er Gas gab und davonfuhr.

Es wurde endlich Zeit für den nächsten Schachzug, damit ein wenig Bewegung in die ganze Chose kam. Die Kripo brauchte wohl ein wenig Feuer unter dem Hintern, sonst würde sie noch vollends einschlafen.

22

Unverfroren sah sich Madlener im Sprechzimmer um, ungefähr
so wie ein amerikanischer Tourist in einem Schwarzwälder Souvenirladen nach Kuckucksuhren, während Dr. Auerbach den mit
Bruno Richard Hauptmann unterschriebenen Brief gründlich
studierte. Hinter dem Doktor standen die Klassiker der Psychiatrie und Psychologie in Regalen vom Boden bis zur Decke. In
edlen antiken Schränken und auf dem Schreibtisch wurden einige
kleine prähistorische Steinstatuen und Schnitzwerke primitiver
Kulturen präsentiert. Hier war sozusagen die einzig autorisierte
Filiale der Berggasse 19 aus Wien, in der Dr. Auerbach als Lord-
siegelbewahrer des seligen Dr. Freud residierte und seine Patienten mit Einrichtung, unbedingter Autorität und professoralem
Gehabe einschüchterte und unter Kuratel stellte.

Nur das Sofa fehlte.

Zum wiederholten Mal nahm sich Madlener vor, Dr. Auerbach danach zu fragen. Das mit einem Perserteppich bedeckte
Sofa war doch geradezu zur Marke Freuds geworden, zur Signatur
seiner Methode. Ausgerechnet Dr. Auerbach, sein Alter Ego,
verzichtete darauf. Ein ungelöstes Rätsel.

In Ermangelung des Sofas interessierte Madlener sich vor allem
für die diversen afrikanischen und polynesischen Schnitzwerke
aus Holz und anderen Materialien – er vermutete Elfenbein und
Knochen menschlicher und tierischer Herkunft –, die einen alt-
englischen Chippendaleschrank zierten, und riskierte es, eine
bierkruggroße Figur in die Hände zu nehmen, die einen stilisier-
ten Kopf mit hervorquellenden Augen und gebleckten Zähnen
darstellte und wie ein Miniaturtotempfahl aussah.

Er merkte, dass Dr. Auerbach ihn nervös aus dem Augenwinkel
beobachtete, und tat so, als würde ihm die Statue beinahe aus
der Hand rutschen. Wie von der Tarantel gestochen schoss der
Doktor aus seinem Stuhl hoch, riss ihm die Figur aus der Hand
und stellte sie an ihren angestammten Platz zurück.

»Bitte«, sagte er eindringlich, »bitte tun Sie mir den Gefallen

und setzen Sie sich. Wenn Sie da so herumspazieren, kann ich mich wirklich nicht konzentrieren.«
»Was ist das?«, fragte Madlener und zeigte auf die Figur.
»Das ist ein Fetisch aus Papua-Neuguinea. Er stammt aus einer Zeit, lange bevor die Eingeborenen mit der westlichen Zivilisation in Berührung gekommen sind, und soll den bösen Blick abwehren«, antwortete Dr. Auerbach und wies unmissverständlich auf den Besuchersessel, indem er Madlener einen Blick durch seine colaflaschenbodendicken Brillengläser zuwarf, der einen gesunden Mann von der Statur des Kommissars ohne Weiteres zur Salzsäule hätte verwandeln können, aber vielleicht milderte die Figur aus Papua-Neuguinea ihn ja doch entsprechend ab.

Der Klügere gibt nach, dachte sich Madlener und ließ sich in den tiefen Designersessel fallen, der sicher sündteuer, aber trotzdem sagenhaft unbequem war und den er noch von seiner kurzen, aber intensiven Therapiekostprobe während seiner Antrittszeit in Friedrichshafen nur allzu gut im Gedächtnis hatte. Er hatte ein Einsehen, dass es in dieser Situation unangebracht war, sich auf irgendwelche Machtspielchen und Mätzchen einzulassen und Dr. Auerbachs Geduld über Gebühr zu strapazieren, schließlich war er ja hergekommen, weil er etwas von ihm wollte. So blieb er folgsam sitzen und begnügte sich mit Däumchendrehen, bis der Doktor den Brief gelesen hatte.

Dr. Auerbach legte die Kopien schließlich mit spitzen Fingern weg, als könnten sie mit Anthrax-Sporen kontaminiert sein, nahm seine Brille ab und sah Madlener mit seinen wässrigen eisblauen Augen an.

»Sehr aufschlussreich, in der Tat«, sagte er endlich. »Auch wenn der Schreiber dieser Zeilen natürlich alles unternimmt, um seine wahre Identität zu verschleiern und seine Absichten so nebulös wie möglich zu formulieren.«

»Sind seine Drohungen ernst zu nehmen? Was sagen Sie?«, fragte Madlener. Er beschloss, wegen der möglichen Gefährdungslage und Dringlichkeit des Falles alle Spitzen und Provokationen ausnahmsweise außen vor zu lassen, obwohl ihn in dieser Hinsicht jedes Mal der Hafer stach, wenn er Dr. Auerbach mit seiner in Fleisch und Blut übergegangenen Gutsherrenattitüde hinter seinem monumentalen Bollwerk verschanzt sah, das man sicher vom Mond aus wie die Chinesische Mauer hätte sehen können, wäre nicht das Hausdach dazwischen gewesen, und das sich Schreibtisch nannte.

»Absolut!«, entgegnete Dr. Auerbach. »Ich fürchte, dieser Bruno meint es todernst, auch wenn er sich hinter einem scheinbar belanglosen und spöttischen Ton versteckt. Das ist nicht nur eine Masche: Indem er sich über alles und jeden lustig macht, erhebt er sich über seine Gegner, in dem Fall Sie und Kriminaldirektor Thielen, stellvertretend für die gesamte Kripo von Friedrichshafen. Für Bruno ist die Entführung Sandras der Auftakt zu einem großen Spiel. Er fordert Sie geradezu heraus, ist Ihnen das klar?«

»Sie meinen, dieser Brief ist so etwas wie der berühmte Fehdehandschuh im Mittelalter, den man hingeworfen bekommt als Aufforderung zum Kampf?«

»Exakt. Bruno wird so lange weitermachen, bis Sie ihn erwischen. Oder bis er sein Ziel erreicht, wenn Sie es nicht schaffen, ihn vorher zu schnappen.«

»Was genau ist sein Ziel?«

»Das lässt er noch im Dunkeln. Er wird – im übertragenen Sinn – eine Bombe zünden. Wo und wann, das wissen wir nicht.«

»Weiß er es schon?«

»Womöglich. Nein, sogar ziemlich sicher. Und damit zwingt er Sie unweigerlich in die Defensive. Er will ein großes Rad drehen, ein Spiel auf Leben und Tod. Aber gleichzeitig ist er ein Spielverderber, denn die Regeln bestimmt allein er in seiner Selbstherrlichkeit, er gibt sie vor, und Sie müssen sich danach richten, verstehen Sie?«

»Ich verstehe. Das klingt ein wenig nach Gott, meinen Sie nicht auch?«

»Absolut. So fühlt er sich, wenn er Ihnen eins auswischen kann. Das heißt: der Kripo. Was Ihnen bleibt, ist einzig und allein die Reaktion. Damit ist er Ihnen ständig mindestens ein oder zwei Schritte voraus – und das genießt er. Das ist der Reiz für ihn: Sie an seinem Gängelband herumzuführen.«

»Warum macht er das? Was ist sein Motiv?«

»Das verrät er uns noch nicht, nicht einmal andeutungsweise.«

»Was heißt das? Könnten wir ihm zu schnell auf die Schliche kommen, wenn wir es wüssten?«

»Möglicherweise würde das zu viel von ihm preisgeben und ihn verraten. Ich fürchte, die Suche nach ihm wird zu einer Art pervertierter Schnitzeljagd. Bruno legt Zettelchen mit Anspielungen aus, und der Kripo bleibt nichts anderes übrig, als sie nach und nach aufzuklauben und den Hinweisen nachzugehen. Sie werden ihm immer hinterherhecheln müssen. So viel zu seinem Vorhaben.«

»Was sagen Sie aus tiefenpsychologischer Sicht?«

Dr. Auerbach lehnte sich in seinem Sessel zurück, legte die Fingerkuppen aufeinander und starrte zur Decke, als würde dort der Text zu lesen sein, nach dem er suchte. »Ich würde meinen, dass Bruno leidet. Er leidet Höllenqualen. Sein Ego ist früher einmal zutiefst verletzt worden. Diese narzisstische Kränkung, die zugleich traumatisch gewesen sein muss, hat er nie überwunden. Ob das Misshandlung im Elternhaus oder in der Schule war – das weiß ich nicht. Dass er, wahrscheinlich jahrelang, direkt oder indirekt oder in seiner krankhaften Einbildung gequält wurde und es irgendwann einen Punkt gab, an dem er zurückgeschlagen hat – wie auch immer: mit Gewalt oder früher in der Pubertät mit Autoaggression –, scheint mir evident.«

»Soll heißen?«

»Sollten Sie einen Tatverdächtigen haben, suchen Sie nach Narben an den Handgelenken oder Unterarmen. Bruno wird welche haben. Aber irgendwann hat er seine Aggression von innen nach außen gekehrt. Er will sich an der ganzen Welt rächen, an allen. Kriminaldirektor Thielen und Sie stehen stellvertretend für Autoritäten, die ihn unterdrückt, drangsaliert und bevormundet haben. Und zwar eine sehr lange Zeit seines Lebens. Es muss vor nicht allzu langer Zeit ein einschneidendes Erlebnis in seiner Vita gegeben haben, und jetzt hat er das Gefühl, sein wahres Ich erkannt zu haben, das ihm erlaubt, so zu handeln, wie er es eigentlich immer schon gewollt hat. Ohne Moral und ohne Rücksicht. Er möchte es allen zurückzahlen, indem er Angst und Schrecken verbreitet. Da spielt auch ein gewisses suizidales Moment eine Rolle.«

»Was heißt das?«

»Bruno geht bis zum Äußersten, ohne Rücksicht auf Verluste. Nicht einmal des eigenen Lebens.«

»Warum hat er ausgerechnet Thielens Nichte entführt? Das war doch kein Zufall …«

»Nein. Sorgfältig geplant und umgesetzt. Es muss ein konkretes Motiv dafür geben. Oder ich liege sehr falsch. Aber das denke ich nicht. Das kann aber durchaus auch ein Motiv sein, das nur für Bruno eklatant wichtig ist und sein Leben dominiert und das für einen normal denkenden Menschen auf den ersten Blick gar nicht erkennbar ist.«

»Hat er eine Familie? Wie ist sein Verhältnis zu Frauen? Sandra wurde offensichtlich nicht missbraucht …«

»Das ist ein schwieriges Feld, da wir dazu keinerlei Hinweise haben. Es gibt Fälle, da führen solche Männer ein funktionierendes Doppelleben. Sie können ihre dunkle Seite versteckt halten und zugleich perfekte Familienväter und Ehemänner sein. Scheinbar. Bei Bruno bin ich ziemlich sicher, dass er Junggeselle ist. Er kann tun und lassen, was er will, und ist durch keine familienähnliche Verpflichtung oder Rücksichtnahme in irgendeiner Weise eingeschränkt. Frauen interessieren ihn nur als Mittel zum Zweck, nicht als sexuelle Wesen. Sein Triebleben scheint mir ausschließlich auf das Erreichen seiner subjektiven Ziele fixiert, dem ordnet er alles unter. Er hat Sandra offensichtlich nicht entführt, weil sie ein Mädchen und damit schlussendlich ein Objekt seiner Begierde war, sondern die Nichte des Kriminaldirektors. Das ist etwas ganz anderes.«

»Wie können wir es schaffen, aus der Defensive zu kommen und Bruno zu Fehlern zu zwingen?«

»Das dürfen Sie mich nicht fragen. Das ist Ihr Metier. Aber bedenken Sie: Wenn jemand wie Bruno sich in die Enge getrieben fühlt, reagiert er erst recht mit Gewalt.«

»Eine abschließende Frage, Herr Doktor. Ist Bruno …? Ich spreche das laienhafte Wort aus: Ist er verrückt?«

Dr. Auerbach verzog das Gesicht, als hätte er in eine Zwiebel gebissen, wo er einen Apfel erwartet hätte. »Auf diesen Terminus lasse ich mich sehr ungern ein. Bruno ist sicher nicht das, was man unter Laien als normal versteht. Ich befürchte, ihm fehlt das, was man landläufig als Gewissen bezeichnet. Er hat keine Empathie und kein Mitleid. Weder mit sich noch mit anderen. Und das macht ihn so gefährlich.«

Madlener wuchtete sich aus dem tiefen Sessel und streckte Dr. Auerbach die Hand entgegen.»Danke, Doktor. Sie haben uns sehr geholfen. Waffenstillstand?«

Dr. Auerbach erhob sich ebenfalls und sah Madleners Hand lange an, dann erst schlug er ein.»Bis auf Weiteres, würde ich sagen.«

»Also ein brüchiger Waffenstillstand. Aber immerhin.«

Dr. Auerbach gab ihm den Brief zurück.»Solange keine Seite anfängt zu schießen ...« Dabei warf er Madlener einen skeptischen und zugleich warnenden Blick zu.

Sollte da eben ein minimalistischer Anflug von Humor durchgeblitzt sein?, fragte sich Madlener.

Humor bei Dr. Auerbach?

Das war ungefähr so wahrscheinlich, als hätte Osama bin Laden einen Blondinenwitz zum Besten gegeben.

In einer kindischen Anwandlung geriet er kurz in Versuchung, pantomimisch einen Revolverschuss anzudeuten, den Pulverdampf vom Lauf zu blasen und die imaginäre Waffe in das imaginäre Halfter im Revolvergurt zurückzustecken, ganz wie John Wayne. So wie sie das als kleine Jungs immer getan hatten. Aber da es sich diesmal ausnahmsweise um ein seriöses Treffen und kein Kräftemessen unter Halbstarken handelte, konnte er sich gerade noch zurückhalten.

Stattdessen nickte er Dr. Auerbach nur zu und verließ das Sprechzimmer.

Im Wartezimmer war Frau Zettler dabei, sich vor dem geöffneten Schrank für den Feierabend aufzubrezeln. Sie wollte ihre Birkenstocksandalen gerade gegen elegante Pumps umtauschen, die sie, als sie Madlener barfuß gegenüberstand, wie Wurfgeschosse in die Höhe hielt, weil sie diesem zweifelhaften Charakter von Kommissar grundsätzlich jede Freveltat zutraute und in seiner Gegenwart auf alles gefasst war.

»Friede!«, rief ihr Madlener wie in seiner Schülerzeit nach ausgetragenem Zank zu, indem er die Hände hob, um ihr anzuzeigen, dass er hier und jetzt nichts Böses im Schilde führte.

Aber es half nichts – er hätte vor Frau Zettler auf den Knien rutschen können, sie würde ihm niemals über den Weg trauen. Nicht einmal wenn er »Schönen Abend« sagen würde.

Er riskierte es und sagte: »Schönen Abend noch!«

Frau Zettler antwortete nicht, stattdessen hob sie die Hände, die mit den spitzesten Stöckelschuhen bewaffnet waren, die er jemals gesehen hatte, drohend auf Schulterhöhe, und ihre workoutgestählten Armmuskeln spannten sich gefährlich.

Madlener erkannte, dass Frau Zettler sich bei seinem Anblick im Nullkommanichts in ihren Amazonenzustand versetzt hatte und wie eine angriffslustige Klapperschlange nur auf eine falsche Bewegung seinerseits lauerte, weil sie inzwischen absolut immun gegen seine lächerlichen Friedensbemühungen war. Ein geordneter Rückzug schien ihm die einzige Möglichkeit, ungeschoren davonzukommen, deshalb eilte er aus ihrem Schussfeld, bevor sie ihre gemeingefährlichen Schuhe nach ihm schleudern konnte, und verschwand schleunigst im Treppenhaus.

23

Annalena hatte Angst.

Das spürte Madlener genau, als er den kahlen Verhörraum betrat, den er für die Vernehmung von Sandras Freundin vorgeschlagen hatte, um ihr gleich den Ernst der Lage eindringlich klarzumachen. Sie war wie Sandra fünfzehn und sah keinen Tag älter aus, obwohl sie alles versuchte, um nicht wie ein verunsicherter Teenager zu wirken, sondern wie eine ernst zu nehmende junge Frau mit einer gewissen Coolness. Aber das demonstrative und heftige Kaugummikauen machte sie keinen Deut erwachsener, im Gegenteil. Ihre Lehrerin hätte sich vielleicht darüber aufgeregt, aber Madlener ließ sich davon nicht aus der Ruhe bringen, weil es ein guter Gradmesser für die Nervosität des Mädchens war.

Kommissar Binder saß ihr schon gegenüber, eine Polizistin in Uniform war als Zeugin ebenfalls anwesend. Binder nickte ihm zu, also hatte er bereits alle notwendigen Angaben in das Mikro auf dem Tisch gesprochen, das noch aus alten Zeiten stammte, aber nach wie vor eingesetzt wurde – die Sparmaßnahmen hatten auch vor der Kripo nicht haltgemacht.

Binder überließ Madlener seinen Platz und stellte sich abwartend an die Wand. Madlener sagte zunächst kein Wort und sah Annalena nur unverhohlen an, das war einer seiner einfachsten, aber wirkungsvollsten Tricks. Dabei konnte er eine Ausdauer an den Tag legen, die legendär war, er nannte die Methode »den Aussageunwilligen im eigenen Saft schmoren lassen«. Sie brachte so manchen schweigsamen Verdächtigen dazu, von selbst auszupacken, nur um dieses unangenehme Gefühl loszuwerden, das sich ausbreitete, wenn Madlener mit seiner Verhörmasche anfing. Er hatte noch etliche andere Manöver in petto, aber für dieses von Grund auf verunsicherte Mädchen war Taktik Nummer eins völlig ausreichend. Als er sie so anstarrte wie ein Chorleiter seine Sängerin, die zum x-ten Mal ihren Einsatz verpasst hatte, tat sie ihm fast leid. Er spürte, dass Annalena bereit war, alles zu tun, um Sandras heimliche Seite zu schützen, aber er merkte, dass ihre Fassade angesichts seiner fiesen Verhörmethodik bereits zu bröckeln begann.

»Annalena«, begann er schließlich nach einer kleinen Ewigkeit, »wenn du mir irgendetwas sagen kannst, was dazu führt, den Mann zu fassen, der für den kritischen Zustand deiner besten Freundin verantwortlich ist, dann ist jetzt der Zeitpunkt dafür gekommen.«

Aber Annalena war doch ein härterer Brocken, als er gedacht hatte. Ihre Augen wurden zwar wässrig, und eine Träne lief schließlich über ihre Wange hinunter. Doch Annalena zwinkerte nicht mal und machte immer noch nicht den Mund auf.

Madlener griff in seine Tasche und schob ihr einen Pack Tempos zu. Sie öffnete ihn, zog ein Taschentuch heraus und wischte sich damit ihre Augen ab, ihre Wimperntusche war zerlaufen.

»Ich darf nicht«, brachte sie schließlich heraus. »Ich habe es geschworen.«

»Also weißt du doch etwas?«, fragte Binder vorsichtig aus dem Hintergrund.

Annalena zuckte mit den Schultern und verarbeitete ihr Papiertaschentuch zu Konfetti.

Madlener stand auf, gab Binder ein Zeichen und öffnete die Tür. »Na komm«, sagte er zu Annalena. »Ich will dir etwas zeigen.«

Das Mädchen stand zögernd auf, warf Binder einen fragenden Blick zu, aber der sagte kein Wort und wies nur auf die offene Tür. Mit hängenden Schultern folgte sie Madlener, der schon vorausging.

Madlener saß hinter dem Steuer seines Dienstwagens und schwieg eisern. Natürlich registrierte er, dass Annalena ihm von der Beifahrerseite aus ab und zu einen verstohlenen Blick zuwarf, aber er unternahm keinerlei Versuch, ihr in irgendeiner Weise entgegenzukommen und Small Talk zu machen. Sein Schweigen war bedrückend, das wusste er, und er setzte es auch während ihrer Autofahrt zielgerichtet als Waffe ein. Es ging um viel, und in so einem Fall war er als Kommissar nicht gerade zimperlich.

»Wo fahren wir hin?«, fragte Annalena unvermittelt, als sie sah, dass er im Stadtteil Manzell von der Zeppelinstraße nach rechts in Richtung Nordwesten abbog.

»Das weißt du ganz genau, nicht wahr?«, brach Madlener sein Schweigen und warf ihr einen kurzen Seitenblick zu. »Du hast deiner angeblich besten Freundin noch keinen Besuch abgestattet, seit sie im Krankenhaus liegt, oder?«

Annalena schüttelte den Kopf.

»Warum nicht?«

»Da dürfen nur die Angehörigen rein ...«

»Oh nein, ich bin mir sicher, bei dir hätten sie eine Ausnahme gemacht.«

Annalena schien der Kaugummi nicht mehr recht zu schmecken.

Madlener fuhr direkt ins Parkhaus des Klinikums und stieg aus. Annalena blieb bockig sitzen. Er umrundete den Wagen, öffnete die Beifahrertür und hielt sie unmissverständlich auf. Annalena quälte sich aus dem Sitz, als wäre sie mindestens hundert Jahre alt, aber dann trottete sie wohl oder übel hinter dem Kommissar her.

In der Eingangshalle betraten sie den erstbesten Lift, der vor ihnen aufging, doch Madlener drückte nicht den Knopf nach oben zur Intensivstation, sondern den ins Untergeschoss. Annalena hörte auf, wie manisch zu kauen, und wurde noch um eine Nuance bleicher, wenn das überhaupt möglich war.

»Wo gehen wir hin?«, fragte sie mit deutlich belegter Stimme, als ihr klar wurde, dass dies nicht der Teil der Klinik sein konnte, der für die Kranken, aber immerhin noch Lebenden bestimmt war.

»Keine Bange, wir besuchen eine liebe Freundin von mir, Dr. Herzog«, antwortete Madlener in seiner wärmsten Tonlage und klingelte an der schweren Glastür mit der Aufschrift »Pathologie – Zutritt nur für Fachpersonal«. Ein Summer ertönte, und Madlener hielt Annalena die Tür zu Ellens Reich auf. Sie setzte nur sehr zögerlich den Fuß über die Schwelle.

Dr. Herzog saß in ihrem Büro über Schreibkram gebeugt, als Madlener an den Rahmen ihrer offenen Tür klopfte und fragte, als ob er jeden Tag auf einen kleinen Plausch im Hades des Klinikums vorbeischauen würde: »Stören wir?«

Ellen sah überrascht von ihrer Arbeit hoch und stand auf.
»Darf ich vorstellen?«, fuhr Madlener im Partymodus fort.
»Dr. Herzog, Annalena, die Freundin von Sandra.«

»Hi, freut mich«, sagte Ellen. »Was kann ich für euch tun?«

»Was mich betrifft«, antwortete Madlener, »ich hätte Lust auf
eine Tasse von deinem scheußlichen Kaffee. Annalena hingegen …
Ihr wollte ich mal zeigen, was Sandra um ein Haar passiert wäre.«
Er wandte sich mit seinem freundlichsten Gesichtsausdruck
an Annalena und sagte in einem heiteren Plauderton, als würde
er Rezept und Zutaten für einen alkoholfreien Sommercocktail
erklären: »Wenn Dr. Herzog eine Leiche hereinbekommt, dann
landet sie zuerst auf dem Stahltisch und anschließend, wenn sie
wieder zugenäht wird, in einer sarggroßen Metallschublade mit
einem Namensschildchen um den großen Zeh. Die Frau Doktor
kann dich gerne mal herumführen …«

Annalena wich zwei Schritte zurück. Sie hatte jetzt ganz mit
dem Kauen aufgehört. »Nein … das ist ein Missverständnis. Ich
dachte … ich …«

»Was dachtest du denn?«, wollte Madlener wissen.

»Ich dachte, ich soll Sandra besuchen …«

»Oh, das ist jetzt wirklich ein Missverständnis. Kein Mensch
würde dich zwingen, deine beste Freundin zu besuchen. Auf die
Idee musst du nämlich schon selber kommen.«

Annalena nahm ihren Kaugummi aus dem Mund. Ellen reagierte und hielt ihr den Papierkorb hin, in den das Mädchen ihn
fallen ließ, bevor es kaum hörbar sagte: »Bleierner Zeppelin‹.«

Madlener und Ellen tauschten einen irritierten Blick aus.

»Bleierner was?«, fragte Madlener nach.

»Bleierner Zeppelin‹. So nannte sich der Typ, mit dem Sandra
gechattet hat.«

»Seit wann?«

»Seit ein paar Monaten, so genau weiß ich das nicht.«

»Hat sie sich gleich mit ihm getroffen oder erst mal nur gechattet?«

»Zuerst nur gechattet. Aber am letzten Wochenende …«

»War das so abgemacht zwischen euch? Dass du ihr ein Alibi
gibst und sie sich mit ihm trifft?«

»Nein, so war das nicht. Sie hat mir von ihm erzählt.«

»Obwohl sie einen Freund hat, Marco?«

Sie winkte ab. »Mit dem läuft doch nichts.«

»Was heißt das?«

»Na ja, er hätte gerne, dass mehr draus wird. Aber Sandra hält ihn auf Abstand. Er ist ihr zu unreif, sagt sie. Außerdem ist er genau der Typ, der zu sehr klammert.«

»Und dieser ›Bleierne Zeppelin‹ ... Wie lief das ab?«

»Er wollte sie treffen. Hat sie wohl interessiert. Wollte alles von ihr wissen. War nicht so wie die anderen Jungs, die nur von sich erzählen. Eben ... anders. Irgendwie geheimnisvoll.«

»Wann hat sie dir von ihm erzählt?«

»Von Anfang an. Bis sie dann gesagt hat, dass sie vielleicht ein Date mit ihm hat.«

»Wann?«

»Am Samstag.«

»Ihre Eltern sollten glauben, dass sie bei dir ist?«

Annalena sah auf den Boden und biss in Ermangelung einer glaubwürdigen Erklärung und eines Kaugummis auf ihren Lippen herum.

Madlener wollte den Draht, den er jetzt zu Annalena gefunden hatte, auf keinen Fall abreißen lassen. Ellen hatte ein Gespür dafür, was er vorhatte, und war schon nach den ersten Sätzen verschwunden, um in der Ecke ihres Büros mit der vorsintflutlichen Kaffeemaschine herumzuhantieren.

Madlener zog einen Stuhl auf Rollen heran und bot ihn Annalena an, weil er befürchtete, dass sie ihm noch umkippte. Er wartete, bis sie sich darauf niedergelassen hatte, und setzte sich auf die Schreibtischkante. Ellen brachte ihr ein Glas Wasser, das sie gierig trank.

Madlener bekam seine Tasse Kaffee und blies vorsichtshalber erst hinein, bevor er eindringlich auf das Mädchen einredete: »Annalena, das, was du mir jetzt erzählst, bleibt unter uns, ich gebe dir mein Wort. Deine Eltern und die von Sandra werden nichts davon erfahren.«

»Wirklich?«, sagte sie. »Kann ich noch Wasser haben, bitte?«

Ellen nahm ihr das leere Glas ab, und Annalena fuhr fort: »Ich hab Sandra angeboten, sie zu diesem Date zu begleiten. Aber sie wollte unbedingt allein dorthin. Der Typ hat darauf bestanden. Angeblich, weil er so schüchtern ist.«

»Wo hat sie ihn getroffen?«

»Na, wo wohl? Vor dem Eingang zum Zeppelin-Museum.«

»Und als sie dann nicht zurückkam, hast du dir da keine Sorgen gemacht?«

Ellen brachte das frisch mit Wasser gefüllte Glas, Annalena nahm erst einmal einen großen Schluck. »Danke. Logo, dass ich mir Sorgen gemacht habe. Aber sie hat gesagt, wenn ihr der Typ gefällt … vielleicht kommt sie nicht mehr zurück und bleibt über Nacht weg.«

»Hast du ihr das zugetraut? Beim ersten Date?«

»Eigentlich nicht. Aber jetzt im Nachhinein … Ich denke, sie wollte ein bisschen angeben vor mir.«

»Hast du versucht, sie auf ihrem Handy zu erreichen?«

»Ja, die ganze Zeit. Aber es war abgeschaltet. Nicht mal die Mailbox war an.«

»Das war bestimmt nicht ihre Art, oder?«

»Nein, nie.«

»Und dann?«

»Ich bin schier gestorben vor Sorge. Ich bin zum Museum gefahren, noch am Sonntagmorgen. Aber Sandra war einfach … verschwunden.«

»Warum hast du nicht die Polizei gerufen?«

»Weil ich dachte, Sandra ist alt genug für … für …«

»Für einen Lover?«

Annalena nickte. »Und wenn sie dann plötzlich wieder auf-taucht, als wäre nichts gewesen, und ich hab in der Zwischenzeit alle verrückt gemacht …«

»Das war ein Fehler.«

»Ich weiß. Darf ich jetzt zu ihr?«

Madlener stand auf. »Sicher. Soll ich mit?«

Annalena schüttelte den Kopf.

»Ich warte hier unten auf dich.«

»Nicht nötig. Ich fahr mit dem Bus heim.«

»Wie du willst.«

Sie stellte das Glas auf die Spüle. »Danke für das Wasser«, sagte sie und hatte es plötzlich eilig, zu verschwinden.

Madlener sah nachdenklich seine Kaffeetasse an. »Ellen's own«, stand darauf. Vorsichtig probierte er, weil er sich schon des Öfteren an Ellens Kaffee die Zunge verbrannt hatte. Er schmeckte stark und schlecht wie immer, war also ganz nach seinem Geschmack. »Hast du was Neues?«, fragte er Ellen.

»Nein. Du?«

»Nichts Weltbewegendes. Bisher nur Kleinkram.«

»Und dieser ›Bleierne Zeppelin‹?«

»Eine erste Spur. Aber mir war klar, dass es da jemanden geben musste.«

»Weil Sandra sich nicht gewehrt hat?«

»Mhm.« Er sah sich um. »Wo ist er?«

»Mein Assistent?«

»Ja. Dieser … Wie heißt er gleich noch mal?«

»Michael.«

»Ja. Oder hast du schon wieder einen neuen?«

»Nein. Aber es gibt Menschen, die einen geregelten Feierabend haben.«

»Haben wir beide nicht.«

»Nein. Leider.«

»Oder laufen hier noch andere herum, von denen ich nichts weiß?«

»Meine Kundschaft läuft jedenfalls nicht mehr«, antwortete sie lächelnd. Der übliche unvermeidliche Pathologenhumor. Er lächelte ebenfalls und küsste sie, der Umgebung angemessen, kurz und ohne Umarmung.

In diesem Moment klingelte sein Handy.

»Schlechte Zeiten für unser Privatleben«, seufzte sie.

»Ganz schlechte Zeiten«, stimmte er ihr zu, dann nahm er das Gespräch an. »Ja?«

Er hörte kurz zu. »Ich bin schon unterwegs«, sagte er, drückte den Anrufer weg und steckte das Handy wieder ein. Er sah Ellen an. »Harriet. Sie hat den Code von Sandras Laptop geknackt.«

24

Als Madlener in ihrem gemeinsamen Büro im Gebäude der Verkehrspolizei eintraf, hatte Harriet schon alles für ihn vorbereitet. Von unterwegs hatte er noch mit Kriminaldirektor Thielen telefoniert, um ihm seine neuesten Erkenntnisse durchzugeben – dazu gehörte auch, dass Sandras Zustand unverändert war. Thielen hatte ihm mitgeteilt, dass einige Zeugenaussagen eingetrudelt waren, wovon aber keine besonders aussagekräftig sei. Binder und Götze würden ihnen trotzdem nachgehen. Die Recherche nach einem Verdächtigen unter den Medienleuten, die bei der Pressekonferenz im Präsidium zugegen gewesen waren, hatte leider auch nichts Neues gebracht.

Kaum hatte Madlener die Tür hinter sich geschlossen, legte Harriet los.

»Sandra ist ein kluges Mädchen, und sie hat alles dafür getan, dass man ihr nicht auf die Schliche kommt, weil sie seit geraumer Zeit einen heimlichen Chatpartner hat. Ihr Passwort ist kein logisches Wort, sondern eine scheinbar zufällige Ansammlung von Zahlen und Buchstaben, das ist am schwersten zu knacken. Entweder bedeutet die Zahlen- und Buchstabenkombination für sie etwas, oder sie muss ein außerordentlich gutes Gedächtnis haben. Jedenfalls haben wir den Code, den sie vielleicht irgendwo notiert hat, einfach nicht gefunden. Er lautet ›WYK7878MGV…‹ Es geht noch weiter. Langweile ich dich?«

Madlener hatte sich neben sie gesetzt, damit er zusammen mit ihr einen Blick auf den Bildschirm werfen konnte. »Überhaupt nicht«, log er. »Wie hast du's dann doch geschafft, da reinzukommen?«

»Ich habe da so einen Bekannten, der hat ein Decodierprogramm entwickelt, das sämtliche Kombinationen in enormer Geschwindigkeit durchspielt. Dauert aber trotzdem ziemlich … Sag mal: Das willst du doch nicht wirklich wissen, oder?«

»Nein, eigentlich nicht. Hauptsache, wir sind drin. Wo sind wir eigentlich drin?«

»Also, ich will's so kurz wie möglich machen. Ich hab mir die ganzen Dateien auf ihrer Festplatte auf die Schnelle durchgeschaut. So was wie ein Tagebuch gibt's nicht. Aber natürlich irre viel Getwitter, Facebook sowieso, das muss ich alles noch genauer durchforsten, mit Hunderten Fotos von Partys, Freundinnen, Pferden, Selfies sowieso und so weiter und so fort.«

»Hör mal, das ist alles eine Heidenarbeit …«

»Kannst du laut sagen. Das einzig Relevante für uns scheint mir ein Typ auf Facebook zu sein. Nennt sich … ›Bleierner Zeppelin‹.«

»Den Namen hat mir auch Annalena genennt, zeig mal …«

Sie drückte auf eine Taste, und eine Website erschien. »Bleierner Zeppelin«, stand in roter Schrift vor einer alten Schwarz-Weiß-Aufnahme, auf der ein Zeppelin an Halteleinen von einem Dutzend Helfern aus einem Riesenhangar herausgezogen wurde.

»Sandra hat den Benutzernamen ›Prinzessin Rosenrot17‹. Ihr Chatpartner ist dieser ›Bleierne Zeppelin‹. Siehst du?«

Sie scrollte mehrere banale Dialogfolgen zwischen den beiden Namen auf dem Bildschirm durch und kommentierte: »Fängt belanglos an, das übliche Flirtzeugs, das übliche Verständnis von ihrem männlichen Gesprächspartner für ihre Problemchen, das Gesülze: ›Ich find dich superinteressant‹, ›genau das ist auch meine Lieblingsfarbe, mein Lieblingssternzeichen‹ et cetera. Das überspringe ich mal …«

»Da hat sie also einer angebaggert?«

»Und wie! Äußerst raffiniert übrigens.«

»Wie lange geht das schon?«

»Über acht oder zehn Wochen. Aber warte, ich spring mal bis zum Ende, denn da wird's für uns ermittlungstechnisch interessant. Hier …«

Prinzessin Rosenrot17: Wie alt bist du eigentlich?
Bleierner Zeppelin: 18. Und du?
Prinzessin Rosenrot17: 17.
Bleierner Zeppelin: Wollen wir uns nicht endlich mal treffen?

Prinzessin Rosenrot17: Weiß nicht …
Bleierner Zeppelin: Ich könnte dir meine Stute vorstellen. Sie heißt Ophelia und ist schon ganz wild darauf, dich kennenzulernen. Wie wär's? Ich hab schon mehrere Turniere mit ihr bestritten, okay, kleinere zwar, aber sie ist ein absoluter Winnertyp. Würde dir gefallen. Eine richtige Schönheit.
Prinzessin Rosenrot17: Am Sonntag hätte ich Zeit.
Bleierner Zeppelin: Passt super! Treffen wir uns am Zeppelin-Museum? Dann könnten wir ein wenig face-to-face plaudern und uns näher kennenlernen.
Prinzessin Rosenrot17: Hm. Mal überlegen …
Bleierner Zeppelin: Wir könnten dann zum Reitstall fahren …
Prinzessin Rosenrot17: Du hast ein Auto?
Bleierner Zeppelin: Ich habe einen großzügigen Dad. Ihm gehört auch der Pferdestall.
Prinzessin Rosenrot17: Wo ist er?
Bleierner Zeppelin: Bei Lindau. Nicht weit. Aber mit allen Schikanen. Reithalle, Riesenfreigelände und so. Ich lade dich ein.
Prinzessin Rosenrot17: Mal sehen. Erst auf ein Eis?
Bleierner Zeppelin: Stracciatella oder Erdbeere?
Prinzessin Rosenrot17: Marzipan und Melone.
Bleierner Zeppelin: He, Melone ist auch mein Lieblingseis.
Prinzessin Rosenrot17: Okay. 18 Uhr?
Bleierner Zeppelin: Bin da. Ich erkenne dich. Hab ja ein Bild von dir.
Prinzessin Rosenrot17: Aber ich keins von dir …
Bleierner Zeppelin: Bin der schüchterne Typ. See you! ☺☺☺

Madlener sah Harriet an. »Das könnte unser Mann sein.«

»Er ist es. Da bin ich mir sicher. Ich habe das ganze Hin und Her zurückverfolgt, er macht das richtig geschickt. Anfangs frech, aber nicht zu sehr, gleiche Hobbys, Pferde, gleiche Musik, gleiche Wellenlänge, bisschen älter, aber nicht zu alt …«

»Was mich irritiert: Ist der wirklich erst achtzehn?«

Harriet lachte. »In welchem Jahrhundert lebst du?«

Madlener fiel auf, dass er sie noch niemals lauthals lachen gehört hatte, das hier war eine Welturaufführung.

»Weißt du, wen wir da vor uns haben?«, fragte Harriet.

»Sag du's mir!«

»Im Geheimdienstjargon heißt das Honigfalle – bei uns hier nur mit umgekehrten Vorzeichen. Das ist ein älterer Typ, der sich an junge Mädchen heranmacht, mit allen Wassern gewaschen ist und gut Süßholz raspeln kann, was ihrem empfindsamen Teenie-Ego natürlich enorm schmeichelt.«

»Ist dir aufgefallen, dass Sandra sich als Siebzehnjährige ausgibt?«

»Das ist typisch.«

»Woher willst du das wissen?«

»Weil ich auch mal so war. Mit fünfzehn.«

Madlener kratzte sich am Kopf. »Du wirst es nicht glauben, ich war auch mal fünfzehn, aber Gott sei Dank gab's damals noch kein Internet. War vielleicht ganz gut so ...« Er stand auf. »Gute Arbeit, Agent Starling. Verdammt gute Arbeit.«

Sie grinste ihr Pippi-Langstrumpf-Grinsen. »Danke, Sir. Danke, Mr. Crawford.«

Wenn Madlener sie Agent Starling nannte, war das sein höchstes Lob, ein Geplänkel zwischen den beiden. Es war der Rollenname von Jodie Foster in »Schweigen der Lämmer«, und ihr Chef beim FBI hieß Crawford.

»Lass die wichtigsten Passagen ausdrucken«, bat er sie.

Harriet klappte das Laptop zu. »Wir wissen jetzt zwar höchstwahrscheinlich, wie Bruno sich an Sandra herangemacht hat. Aber die schlechte Nachricht ist: Damit sind wir keinen Schritt weiter. Ich gehe jede Wette ein, dass kein Wort von dem Mist stimmt, den er geschrieben hat. Natürlich können wir alle Reitställe in der Umgebung nach einem Pferd namens Ophelia abklappern, aber ich befürchte, dass wir nur Nieten ziehen.«

»Was ist mit diesem ›Bleiernen Zeppelin‹? Können wir den nicht bis zur Quelle zurückverfolgen?«

»Hab ich schon versucht. Er ist unter falschem Namen und unter einer E-Mail-Adresse von einem Anbieter in Tadschikistan registriert. Du kannst davon ausgehen, dass alle Länder, die auf ›-stan‹ enden, einen rigiden Datenschutz haben, da kommst du an keine Quelle ran.«

Madlener fuhr sich erschöpft mit den Händen über das Gesicht.

Harriet schniefte.

Kein gutes Zeichen, dachte Madlener. Am liebsten hätte er auch geschnieft. Aber er konnte das nicht so ausdrucksvoll wie seine Assistentin.

»Wir treten also weiterhin auf der Stelle«, konstatierte sie frustriert.

Madlener schüttelte den Kopf. »Nein. Tun wir nicht. Wir wissen immer mehr über Bruno. Und was wir in Erfahrung bringen, gefällt mir immer weniger ...«

25

Am Abend war Dr. Arbogast mit seinem Lieferwagen ziellos durch die Straßen der Stadt gefahren. Immer auf der Suche nach einem geeigneten Opfer, denn allmählich wurde es Zeit, Phase zwei seines Plans umzusetzen. Die Nacht war inzwischen hereingebrochen, es fing an zu tröpfeln, und der Regen wurde zunehmend stärker.

Es hatte Arbogast nicht sonderlich beunruhigt, dass sich weder die richtige Gelegenheit ergeben hatte noch das richtige Opfer gefunden worden war: jemanden, den er mit seinem bewährten Ablenkungstrick um den Finger wickeln und leicht überwältigen konnte, ohne dass es Komplikationen gab. Sein Cruising war eher eine emotionale Einstimmung auf das, was kommen musste.

Geduld war eine seiner größten Stärken. Er hatte sich schließlich entschieden, in seinem dunkelgrauen Ford-Lieferwagen vor dem Ausgang des städtischen Hallenbads zu warten, obwohl das Hallenbad nur einen Katzensprung vom Polizeipräsidium entfernt war.

Oder gerade deshalb.

Noch einmal hatte er alles gründlich durchdacht, sein Entschluss war unabänderlich. Um von der Polizei richtig ernst genommen zu werden, war es unumgänglich, das zu tun, was notwendig war. Was gar nicht so einfach war. Die Öffentlichkeit war durch die scheinbar sinnlose Entführung eines Mädchens am helllichten Tag sensibilisiert, die Polizei zeigte mehr Präsenz auf den Straßen, und sein Vorhaben war riskant.

Aber: no risk, no fun!

Er war in der Stimmung, ein passendes Liedchen vor sich hin zu singen.

»Auf der Mauer, auf der Lauer
sitzt 'ne kleine Wanze.
Auf der Mauer, auf der Lauer

sitzt 'ne kleine Wanze.
Seht euch mal die Wanze an,
wie die Wanze tanzen kann …«

Im Rhythmus dazu betätigte er den Scheibenwischer.

Bei diesem zunehmend scheußlicher werdenden Wetter war kaum noch jemand unterwegs, bis auf ein paar Heimkehrer, die sich mit ihrem Schirm gegen den Regen stemmten. Besser konnte es für sein Vorhaben nicht sein.

Aus dem Eingang des Hallenbads kamen die letzten Schwimmfanatiker mit dicken Taschen gehetzt, alle hatten es eilig, bei dem Schmuddelwetter nach Hause zu gelangen. Dr. Arbogast wusste, dass die Synchronschwimmerinnen des SV Flipper Friedrichshafen die Letzten waren, die das Bad verlassen würden. Zeit für seine Verwandlung, Zeit für seinen Mitleidstrick.

Er schob seinen linken Unterarm in den präparierten Gips und hängte ihn in die Schlinge ein, die er um den Hals trug.

Noch ein Druck auf den Scheibenwischerhebel – ja, da traten drei passende Mädchen aus dem Eingang und hielten unter dem Vordach noch einen kurzen Schwatz.

Zeit, um zu handeln.

Er hatte seinen Lieferwagen verbotenerweise halb in der Parkbucht für den Linienbus abgestellt, wo ein kleines Wartehäuschen Schutz gegen die Unbilden des Wetters bot. Es war leer.

Dr. Arbogast sprang aus dem Fahrerhaus, die Kapuzenjacke wegen des falschen Gipsarms lose über Kopf und Schulter gehängt, und öffnete die beiden hinteren Türen.

Im Laderaum lag das alte Fahrrad seiner Mutter. Er zerrte es heraus, warf einen Blick auf die drei Mädchen, die sich in dem Moment mit Küsschen voneinander verabschiedeten und in verschiedene Richtungen durch den Regen davonrannten.

Aber ein Mädchen, etwas molliger als die anderen, kam zur Bushaltestelle gelaufen und stellte sich im Wartehäuschen unter, um dort auf den Bus zu warten.

Was es sah, war ein Kapuzenmann, der verzweifelt und vergeblich versuchte, ein altes Damenfahrrad in einen Lieferwagen zu bugsieren, was ihm aber einfach nicht gelingen wollte, weil er nur mit einer Hand zupacken konnte – er war durch einen Gipsarm gehandicapt. Als er zum wiederholten Mal mit dem Rad abrutschte, zögerte das Mädchen nicht länger. Es ließ seine Sporttasche im Wartehäuschen und machte die fünf Schritte auf das Heck des Lieferwagens zu.

»Kann ich helfen?«, fragte es.

Der Kapuzenmann drehte sich überrascht um.

»Das wäre furchtbar nett«, sagte er, sein Gesicht war unter der tief hängenden Kapuze kaum zu erkennen. »Meine Frau hat ihr Fahrrad mit einem Platten stehen gelassen, und ich wollte es abholen, aber Sie sehen ja ...«

Er hob demonstrativ seinen Gipsarm. »Wenn Sie vielleicht in den Laderaum steigen und ziehen ...«

»Kein Problem«, antwortete das Mädchen, kletterte in den Lieferwagen und packte von oben den Gepäckträger des Damenrads. Mit vereinten Kräften hievten sie es in den Laderaum und lehnten es an die Seitenwand.

»Danke für Ihre Hilfsbereitschaft«, sagte der Kapuzenmann und schlug dem Mädchen mit dem Gipsarm so heftig auf den Hinterkopf, dass es zusammenbrach und ohne Bewusstsein auf der Ladefläche liegen blieb.

Mit einem schnellen Blick auf die Straße überzeugte sich Dr. Arbogast, dass niemand sie gesehen hatte, schloss die Hintertüren von innen, nahm die vorbereitete Spritze aus ihrem Versteck und setzte sie in den Hals des Mädchens. Es hatte ein Tattoo auf dem Nacken. »I. N. R. I.«.

Ein erneuter Blick aus dem hinteren Fenster – die Luft war rein. Dr. Arbogast öffnete eine Tür, sprang heraus, schloss sie und beeilte sich, auf den Fahrersitz zu kommen.

Keine Sekunde zu spät, in der Ferne kamen schon die Lichter des Linienbusses um die Ecke. Er startete den Motor und schaltete Scheinwerfer und Scheibenwischer an. Eben wollte er losfahren, als sein Blick auf das Wartehäuschen fiel.

Die Tasche!

Verdammt und zugenäht! In einem Bewegungsablauf raus aus dem Lieferwagen, die Tasche des Mädchens gepackt, auf den Beifahrersitz geworfen, Gang eingelegt und Gas gegeben.

Gerade noch rechtzeitig preschte er aus der Bushaltebucht und war ein paar Herzschläge später in der nächsten Seitenstraße im Regen verschwunden.

26

Madlener war nach der anstrengenden Sitzung im Meeting-Room, die bis nach Mitternacht andauerte und in der sämtliche Informationen zusammengetragen, ausgetauscht und optisch in das Flipchart eingetragen worden waren, richtiggehend ausgelaugt. Jetzt zeigten sich doch die Nachwirkungen seiner schlaflosen Nacht zuvor. Sie hatten alles, was bisher geschehen und ermittelt worden war, wieder und wieder durchgekaut, bis sie endlich einsahen, dass sie für den Augenblick am Ende ihres Lateins angelangt waren und erst einmal eine Mütze voll Schlaf brauchten, bis sie weitermachen konnten.

Auf der Fahrt in sein Hotel wusste Madlener nicht mehr, wie viele Liter Kaffee er intus hatte, er wusste nur eines: Wenn dies die zweite schlaflose Nacht hintereinander sein würde, käme er am nächsten Tag wirklich auf dem Zahnfleisch daher.

Er duschte ausgiebig und dachte darüber nach, warum Bruno sich bei seiner Kontaktaufnahme mit Sandra den Namen »Bleierner Zeppelin« gegeben hatte. Noch als er schon im Bett lag und das Licht ausgemacht hatte, ließ ihn dieser Gedanke nicht mehr los. Er stand wieder auf und suchte nach einer CD, die er hoffentlich nicht im Handschuhfach seines Dienstwagens hatte. Er fand sie schließlich und schob sie in den CD-Player, dann setzte er seine Kopfhörer auf.

Die erste Led-Zeppelin-LP war ein Meilenstein der Rock-Geschichte, daran gab es keinen Zweifel. Aber warum nannte sich Bruno so? Okay, auf dem Cover war der brennende Zeppelin »Hindenburg« in Lakehurst abgebildet. War Bruno so alt, dass er auf Led Zeppelin stand? Kaum zu glauben.

Madlener hörte sich die gesamte CD an. Er kannte jeden Titel in- und auswendig, allein zwei davon waren in seinen Top 100, »Good Times Bad Times« und »Dazed and Confused«.

Der Bandname stand für »bleierner Zeppelin« und hätte korrekt eigentlich »Lead Zeppelin« geschrieben werden müssen. Aber die

Gruppe ließ das »a« weg, weil sonst die Gefahr bestand, dass man es falsch ausgesprochen hätte. Madlener fiel beim Hineinhören wieder die ganze Entstehungsgeschichte des Namens der Band ein – für solche anekdotischen Marginalien der Rockgeschichte hatte er ein besonderes Faible und ein Elefantengedächtnis. Die noch unbekannte Band, die sich ursprünglich »The New Yardbirds« nannte, war als Vorgruppe von »The Who« auf Tour, als Keith Moon, der Drummer »The Who«, sie zum ersten Mal hörte. Er prophezeite ihnen, wenn sie weiterhin einen so harten und eigenwilligen Sound spielten, würden sie jämmerlich abstürzen wie ein »bleierner Zeppelin«. Das gefiel Jimmy Page, Robert Plant, John Bonham und John Paul Jones so gut, dass sie sich fortan »Led Zeppelin« nannten und binnen kürzester Zeit zu Göttern des Hardrock wurden, Millionen Platten verkauften und Keith Moon eines Besseren belehrten. Als Prophet hatte er es nicht weit gebracht, aber als wütender Zertrümmerer von Schlagzeugequipments, vulgo: Schießbuden, war er unerreicht geblieben.

Madlener würde den CD-Player ausschalten müssen, sonst würden seine Gedanken nur noch tiefer in die Milchstraße der Rockgeschichte mäandern. Aber er zögerte noch.

Warum benannte sich dieser Bastard Bruno nach einer Rockgruppe, die Ende der 1960er Jahre und Anfang der 1970er Furore machte? War er doch älter, als sie alle angenommen hatten?

Er war ihm auf der Straße begegnet, hatte seine Stimme gehört, seine schlanke Gestalt und vor allem seine Beweglichkeit registriert, ihn im Vollsprint auf Sandras Fahrrad wegfahren sehen: Der Typ war höchstens fünfzig, wahrscheinlich jünger, Anfang bis Mitte vierzig.

Er machte den CD-Player schließlich doch aus, legte die Kopfhörer ab und war zwei Atemzüge später eingeschlafen.

Der unbarmherzig lauter werdende Klingelton seines Smartphones fing an, ihn um sechs Uhr früh zu quälen. Der Klang konnte Tote wecken, aber bei Madleners Nachholbedarf an Schlaf waren mehrere Anläufe nötig, zumal er ein Kopfkissen auf das Handy gelegt hatte.

Verschlafen und desorientiert nahm er ab und brachte mit Müh und Not ein »Ja …« zustande. Eigentlich dachte er in seinem halb komatösen Zustand zuerst, dass das nur seine zweite Frau sein konnte, die ihn an die Zahlung überfälliger Alimente erinnern wollte. Sie war die Einzige, die so viel Unverschämtheit besaß, ihn zu nachtschlafender Zeit mit den unmöglichsten Anrufen zu drangsalieren, in denen es dann darum ging, dass ihr gemeinsamer Sohn Oliver in seinem Internat wieder eine Mathe-Schulaufgabe in den Sand gesetzt hatte und er, Madlener, schuld daran sei, weil er seine Erziehungspflichten als Vater vernachlässigt habe. So etwas konnte sie ihm um sechs Uhr morgens oder vierundzwanzig Uhr nachts um die Ohren hauen. Gefangene hatte sie um die Zeit noch nie gemacht, die Vokabeln »Rücksicht« und »Tut mir leid« waren kein Bestandteil ihres Wortschatzes.

»Ja …«, brummte er noch einmal ins Telefon, weil er inzwischen kapiert hatte, dass es nicht seine Ex-Frau war, die ihn sprechen wollte, sondern eine andere Frau, die schwäbelte …

Mit einem Schlag war er hellwach.

»Ja, Frau Gallmann? Noch mal bitte, ich habe Sie nicht verstanden …«

»Es isch mir klar, Herr Madlener, dass Sie mich jetzt sonscht wohin wünschet, aber es isch ekschtrem wichtig, sonscht tät ich Sie nicht nach geschtern Abend so in aller Herrgottsfrüh anrufen. Ein Mädchen isch verschwunden. Fünfzehn Jahre alt. Schpurlos.«

Sie gab sich nicht die geringste Mühe, ihr Schwäbisch zu unterdrücken. Was ganz eindeutig ein schlechtes Zeichen war.

27

»Sie sind alleinerziehend?«, wollte Madlener von der stattlichen
Frau wissen, die im Vorzimmer von Kriminaldirektor Thielen
bei Frau Gallmann auf ihn gewartet hatte und auf die Frage hin
nur nickte.

Stattlich deshalb, weil sie ihre ausladenden Formen unter einer
mehrfachen Lage aus dem Bereich florale Öko-Kleidung à la
Gudrun Sjödén versteckt hatte. Madlener musste bei ihrem Anblick an eine textile Strandkabine denken, die manche Frauen, als
er ein Kind war, am Badestrand zum Umziehen benutzten. Aber
die fröhlichen Farben standen im Kontrast zu ihren verweinten
Augen und den abgeknabberten Fingernägeln.

»Zu ihrem Vater kann sie nicht gegangen sein?«, fragte er
weiter.

»Sie hat ihren Vater noch nie gesehen, außer auf Fotos. Er lebt
irgendwo auf den Kanaren und ist nur am Surfen interessiert,
nicht an seiner Tochter«, antwortete sie und zupfte an einer ihrer
Blusen herum, die sie übereinander angelegt hatte. Ihr Name war
Mette Verhaag, und ihre Tochter Jessica, die fast sechzehn war
und bei ihr lebte, war spurlos verschwunden.

Frau Verhaag verdiente ihr Geld als Modeberaterin bei einer
Freundin, die eine Boutique für alternative Kleidung und
Übergrößen in Friedrichshafen hatte. Sie behauptete, mit ihrer
Tochter, obwohl sie natürlich in einem schwierigen Alter sei,
keine größeren Probleme zu haben, aber Jessica war seit über
zwölf Stunden nicht mehr zu Hause aufgetaucht, ohne sich zu
melden – etwas, was überhaupt noch nicht vorgekommen war.
Zu erreichen war sie auch nicht, ihr Handy schien abgeschaltet
zu sein, was ebenso außergewöhnlich war und eigentlich nie passierte. Frau Verhaag hatte sich noch im Krankenhaus erkundigt,
ob ein Mädchen dieses Alters in der Nacht eingeliefert worden
war, und, als dies nicht der Fall war, beschlossen, die Polizei
einzuschalten.

Sie war von einem freundlichen Polizisten des Kriminaldauerdienstes, bei dem sie ihr Problem vorgetragen hatte, zu Frau Gallmann geschickt worden, nachdem er ihr mitgeteilt hatte, dass eine Vermisstenanzeige, die sie in ihrer Verzweiflung aufgeben wollte, üblicherweise erst nach achtundvierzig Stunden bearbeitet werden konnte – so waren die Vorschriften. Aber in diesem Fall, der gewisse Parallelen zur Entführung Sandra Thielens aufwies, wäre es vielleicht angebracht, mit der Sonderkommission unter Kriminalhauptkommissar Madlener Kontakt aufzunehmen.

Frau Gallmann hatte die sichtlich angeschlagene Mutter und den verschlafenen und unrasierten Madlener mit Kaffee und Hörnchen bewirtet, und Madlener spürte, dass die Besorgnis bei Frau Verhaag echt und nicht aufgesetzt war.

»Warum glauben Sie, dass Ihre Tochter nicht bei einer Freundin übernachtet hat oder bei einem Freund?«, fragte er weiter.

»Weil ich alle, die dafür in Frage kommen, bereits angerufen habe. Außerdem würde Jessica mich vorher informieren.«

»Sie sagen, Ihre Tochter ist seit gut zwölf Stunden verschwunden ...« Er sah auf seine Uhr. »Also ungefähr seit neunzehn Uhr gestern Abend, ist das korrekt?«

»Ja. Jessica ist kurz vor sieben mit ihren Trainingssachen zur Bushaltestelle aufgebrochen. Der Bus fährt acht Minuten vor neunzehn Uhr und ist eigentlich immer pünktlich.«

»Ist sie da allein hingegangen? Oder hat sie sich vorher mit einer Freundin getroffen?«

»Allein.«

»Wohin ist sie gefahren?«

»Zum Schwimmtraining im Hallenbad. Sie trainiert dreimal die Woche. Synchronschwimmen.«

»Ist sie dort angekommen?«

»Ja. Sie hat mittrainiert und ein paar Minuten nach zweiundzwanzig Uhr das Hallenbad verlassen.«

»Allein?«

»Nein. Mit zwei Freundinnen. Mit denen habe ich auch schon telefoniert. Sie ging dann in Richtung Bushaltestelle.«

»Das war das Letzte, was die Freundinnen von ihr gesehen haben?«

»Ja.« Frau Verhaag schnäuzte sich in ihr Taschentuch.

»Wann wäre Jessica normalerweise wieder zu Hause gewesen?«

»Gegen elf, halb zwölf spätestens. Je nachdem, ob sie mit ihren Freundinnen noch weg wäre. Manchmal gehen sie nach dem Training in eine Eisdiele oder eine Smoothie-Bar.«

»Frau Verhaag, ich muss Sie das fragen: Hatten Sie Streit, bevor Jessica das Haus verließ?«

»Nein, überhaupt nicht.«

»Also so etwas ist noch nie vorgekommen, dass Ihre Tochter über Nacht weggeblieben ist?«

»Doch, natürlich. Aber da haben wir uns immer abgesprochen. Herr Kommissar, ich schwöre Ihnen, Jessica hätte sich wenigstens per SMS gemeldet. Dass sie das nicht getan hat, sagt mir, dass … dass etwas passiert sein muss.«

Madlener nahm einen Schluck Kaffee, bevor er sagte: »Frau Verhaag, es ist völlig richtig, dass Sie gleich zu uns gekommen sind. Zu Ihrer Beruhigung kann ich Ihnen versichern, dass es gar nicht so selten passiert, dass Jugendliche in dem Alter für eine Nacht wegbleiben und am nächsten Tag wieder auftauchen und in der Zwischenzeit einfach vergessen haben, dass sie sich melden sollten. Weil sie furchtbar wichtige Dinge im Kopf hatten oder auf einer spontanen Party zu viel getrunken haben.«

Frau Verhaag schüttelte energisch den Kopf, ihr Pferdeschwanz flog nur so hin und her. »So eine ist Jessica nicht. Das hat sie noch nie gemacht.«

»Es gibt immer ein erstes Mal.«

»Was wollen Sie damit sagen?«

Madlener seufzte vernehmlich. »Nichts, Frau Verhaag, gar nichts. In Anbetracht dessen, dass Sie sich wohl nicht ganz unberechtigte Sorgen machen, werden wir eine Beschreibung Ihrer Tochter an alle Dienststellen herausgeben. Haben Sie vielleicht …?«

Frau Verhaag schien diese Frage schon erwartet zu haben, kramte in ihrer perlenbestickten Leinentasche und zog ein Foto heraus, das sie Madlener überreichte, bevor dieser seinen Satz beenden konnte.

Es zeigte ein leicht übergewichtiges Mädchen im Badeanzug mit einer Medaille um den Hals. »Wie aktuell ist das Foto?«, wollte Madlener wissen. »Zwei Wochen alt«. Jessica hat mit ihrer Truppe den dritten Platz gemacht. Sehen Sie, wie stolz meine Tochter ist?« Madlener bemerkte, wie stolz Frau Verhaag war.

Ob sich Eltern immer dem gefährlichen Trugschluss hingaben, alles über ihre Kinder zu wissen, obwohl sich diese bereits einbildeten, mehr als flügge zu sein, und dabei noch feucht hinter den Ohren waren? Ob ihm das mit seinem Sohn Oliver genauso ging? Wahrscheinlich. Er selbst hatte immer das Gefühl gehabt, dass seine eigenen Eltern, seit er dreizehn oder vierzehn gewesen war, eigentlich überhaupt nicht wussten, wo und mit wem er sich herumtrieb. Hauptsache, es gab keinen Stress mit der Schule.

Er reichte das Foto an Frau Gallmann weiter, die es vervielfältigen und an die entsprechenden Stellen weiterleiten würde.

»Frau Verhaag, hat Ihre Tochter besondere Kennzeichen, ein Muttermal, eine Operationsnarbe, irgendetwas, woran man sie zweifelsfrei erkennt?«

Frau Verhaag sah ihn misstrauisch an, und Madlener überlegte, ob er die Frage auch einfühlsam genug gestellt hatte, um nicht durchscheinen zu lassen, dass Jessica doch etwas zugestoßen sein könnte und man sie im schlimmsten Fall so besser und schneller identifizieren konnte.

»Ja, das hat sie«, antwortete Frau Verhaag und blickte zu Boden, als ob sie sich dessen schämte, was sie gleich erzählen musste. »Sie hat mich ein geschlagenes Jahr lang bearbeitet, bis ich aufgegeben und zugestimmt habe. Unter Protest. Aber angeblich haben alle ihre Freundinnen so was.«

»Was ist es?«, fragte Madlener vorsichtig. Er ahnte es schon, Oliver war eine Zeit lang auch ganz von dem Wunsch beseelt gewesen, sich eine Tätowierung zuzulegen, was er kategorisch abgelehnt hatte.

»Ein Tattoo. Jessica hat ein Tattoo.«

»Wo genau, und was ist es?«, wollte Madlener wissen.

»Haben Sie mir was zum Aufzeichnen?«, bat Frau Verhaag, und Frau Gallmann brachte Stift und Papier.

»Das Tattoo befindet sich in ihrem Nacken«, sagte Frau Verhaag und zeigte auf ihren eigenen, bevor sie sorgfältig etwas
auf das Papier zeichnete. »Jessica ist ziemlich religiös. Diese vier
Buchstaben hat sie sich auf ihren Nacken tätowieren lassen.«

Sie schob Madlener das Blatt zu.

Er nahm es und sah es an.

»I. N. R. I.« stand darauf.

28

Die Sonderkommission unter Madlener setzte alles Menschenmögliche und Kriminaltaktische daran, um Fortschritte im Fall Sandra und im Fall Jessica zu erzielen. Im zweiten Fall nahm die Besorgnis immer mehr zu, dass das Mädchen doch einem Verbrechen zum Opfer gefallen sein könnte. Sie hatten ihre ganzen Hoffnungen auf Jessicas Handydaten gesetzt, um sie vielleicht orten zu können, aber auch das war vergeblich, das Handy war entweder aus oder zerstört. Stunde um Stunde verrann ohne die geringste Spur von ihr. Gleichzeitig schwand die Hoffnung, dass Jessica wie Phönix aus der Asche auftauchte und ihre zeitweilige Absenz sich nur als eine dumme und leichtsinnige Episode ihres Teenagerlebens herausstellte. Sie gingen jeder Spur nach, vernahmen unzählige Zeugen: den Busfahrer, ob er das Mädchen an der Haltestelle gesehen und zum Hallenbad gebracht hatte, Nachbarn, Freundinnen, Mitschüler. Ohne das geringste Ergebnis. Seit sie das Bad wieder verlassen hatte, war Jessica wie vom Erdboden verschluckt.

Harriet durchforstete ohne Pause und am Rand der Erschöpfung nicht nur Sandras Laptop, sondern nahm sich mit dem Einverständnis der Mutter auch noch das von Jessica vor. Aber im Gegensatz zu Sandra hatte Jessica mit keinem »Bleiernen Zeppelin« gechattet, und auch sonst brachte die Auswertung des Laptops keine neuen Erkenntnisse hinsichtlich ihres Verschwindens. Außer dass Jessica einen festen Freund hatte, von dem die Mutter wusste. Binder erreichte ihn telefonisch, er hieß Alfred Bittencourt, war neunzehn, nach Aussage von Jessicas Mutter ein vernünftiger, strebsamer Junge, der an der Zeppelin Universität studierte und im Studentenwohnheim ein Zimmer hatte. Zu der Zeit, als Jessica von der Bildfläche verschwand, war Bittencourt bei seinen Eltern in Ulm. Er klang ehrlich erschüttert, wollte noch am nächsten Tag nach Friedrichshafen zurückkommen und bot uneingeschränkt seine Hilfe bei der Suche nach seiner Freundin an.

Sandras Zustand war unverändert. Zwar hatte das Labor der Klinik inzwischen analysiert, dass ihr hohe Dosen von verschreibungspflichtigen Beruhigungsmitteln gespritzt worden waren, und entsprechende Gegenmaßnahmen eingeleitet, aber das Mädchen war bisher nicht aus seinem Koma erwacht. Sandras Eltern wechselten sich an ihrem Krankenbett ab, und Kriminaldirektor Thielen schaute jeden Tag einmal bei seiner Patentochter vorbei in der Hoffnung auf eine positive Veränderung ihres Zustands, aber die Ärzte konnten ihm und den Eltern keine große Hoffnung machen, dass sie kurzfristig wieder zu sich kommen würde. Und selbst wenn, dann war die Wahrscheinlichkeit groß, dass Sandra unter einer retrograden Amnesie litt, was nach Aussage ihrer Ärztin bedeutete, sie würde sich nicht mehr an die Zeit vor und während der Entführung erinnern können und wäre damit keine Hilfe bei der Suche nach dem Täter. Anscheinend waren die Dosierungen der Beruhigungsmittel so hoch gewesen, dass eine irreparable Schädigung nicht auszuschließen war.

Die betreuende Ärztin Dr. Bathira teilte dem Kriminaldirektor unter vier Augen mit, dass Sandras Zustand sogar darauf schließen ließ, dass Sandras Gehirn zeitweilig mit zu wenig Sauerstoff versorgt worden sein könnte und, das sei leider nicht auszuschließen, sie unter Umständen den Rest ihres Lebens als Pflegefall mit Locked-in-Syndrom verbringen müsste. Was das bedeutete, ließ sich Thielen im Detail erklären: Der Patient war zwar bei Bewusstsein, aber körperlich gelähmt und nicht in der Lage, sich sprachlich oder mit Bewegungen verständlich zu machen – er war wie in seinem eigenen Körper eingesperrt. Thielen nahm die schlimmstmögliche Diagnose mit versteinertem Gesicht zur Kenntnis.

Im Meeting-Room jedoch, als der Kriminaldirektor davon berichtete, weil er es für seine Pflicht hielt, alle Karten offen auf den Tisch zu legen, konnten es alle sehen und spüren, dass ihn diese Information bis ins Mark getroffen hatte. Er brauchte die Ermittler gar nicht mehr, wie es sonst seine Art gewesen wäre, extra zu motivieren, jeder gab sowieso sein Bestes, und sogar Madlener legte es nicht mehr darauf an, die Marotten seines Chefs zu konterkarieren, sondern übersah sie einfach, weil er sich sowieso ausschließlich auf seine Ermittlungsarbeit konzentrierte.

Er hoffte nur, dass Thielen sich so weit unter Kontrolle hatte, dass er sich zu keiner Kurzschlusshandlung hinreißen lassen würde, falls sie wirklich einen Tatverdächtigen erwischten. Zuzutrauen war es ihm in seiner gegenwärtigen desolaten Verfassung durchaus. Madlener brauchte nur Frau Gallmann anzusehen, die ihren Chef noch mehr umsorgte, als sie es ohnehin schon tat. Aber dem Kriminaldirektor stand nicht der Sinn danach, in die Schüssel mit Naschwerk und Obst zu greifen, er trank lediglich literweise Tee und war mehr als einmal in sich gekehrt und geistig abwesend, ein Zustand, wie ihn so noch keiner seiner Mitarbeiter gesehen hatte.

Vor allem Binder, der seinen Chef seit Jahren kannte, hatte ihn noch nie so erlebt, wie er Madlener, als sie zu zweit beim Händewaschen in der Toilette waren, gestand – sonst redeten sie nie hinter seinem Rücken über den Kriminaldirektor. Sogar mit dem Rauchen hatte Thielen wieder angefangen, wie sie bei einem Blick aus dem Fenster in den Innenhof feststellten.

Madlener brütete in jedem freien Moment über dem Brief von Bruno, und Dr. Ellen Herzog wagte es in diesem Stadium nicht, die Rede auf den anstehenden Geburtstag ihres Vaters zu bringen, wenn sie wieder zusammen waren. Sie tat nichts lieber, als abends für Madlener zu kochen. Er brachte eine schöne Flasche Spätburgunder oder auch zwei mit, und sie bereitete ein einfaches Essen zu, aber mit Liebe und Sorgfalt, auch wenn es nur Spaghetti Aglio e Olio waren oder selbst gemachte Käsespätzle mit grünem Salat. An Wochenenden kochten sie zusammen und aufwendiger, ihr gemeinsames Lieblingsgericht war Saltimbocca alla romana mit Rosmarinkartoffeln oder Coq au Vin. Wenn das Wetter mitmachte, was nicht besonders oft der Fall war in letzter Zeit, grillten sie draußen auf der Terrasse Bodenseefelchen oder Lammkoteletts, und dazu gab es Antipasti, am besten frisch vom Markt.

Ellen wusste, dass Madlener normalerweise nach Feierabend einen Schalter umlegte und Arbeit Arbeit sein lassen konnte. Das ging ihr genauso. In ihren Jobs war es einfach angebracht, tagsüber mit Akribie, aber ohne Empathie vorzugehen und anschließend loszulassen und abzuschalten, sobald man dem Büro oder der Klinik den Rücken zugekehrt hatte. Man durfte nie einen Fall oder eine Obduktion zu persönlich nehmen oder zu nah an sich herankommen lassen, sonst hielt man das nicht ein ganzes Arbeitsleben lang durch.

Die Abwehrmechanismen, im Jargon auch »dicke Haut« genannt, die man sich einfach in ihren Berufen »zulegen« musste, funktionierten im Allgemeinen ganz gut, ohne dass man darüber groß nachdachte. Jedenfalls war das der Tenor in oberflächlichen Gesprächen, die man in der Kantine bei einer Tasse Kaffee oder beim Nachtisch führte. Aber jeder in ihrer Branche kannte auch einen Kollegen, der wegen eines Burn-outs früher in Pension gegangen war oder zwangsweise eine Auszeit hatte nehmen müssen. So bedauerlich das war – jeder behauptete, das könne ihm nie passieren, weil man eben über den Dingen stehen müsse. So dachten auch Madlener und Dr. Herzog.

Aber dann gab es doch hin und wieder gewisse Ausnahmen, wo einem ein Fall oder ein Leichnam auf dem Stahltisch mehr an die Nieren ging, als einem lieb sein konnte. Ein tödlich verunglücktes Kind etwa oder bei Madlener der Internatsfall. Der Missbrauch von abhängigen Schülern durch eine gewissenlose Lehrerclique im großen Maßstab und über Jahrzehnte hinweg hatte Madlener berührt und nicht mehr losgelassen, bis alle kriminaltechnischen Fragen gelöst waren und der langwierige Prozess der Aufarbeitung und des Papierkriegs begann. Die Schuldfrage hatten die Gerichte zu klären, und trotzdem litt Madlener noch lange darunter, die Bilder der missbrauchten Jungen geisterten immer wieder in seinem Kopf herum.

Sandras Entführung und das Verschwinden eines zweiten Mädchens schienen ihm und Ellen wieder näherzugehen, als es angebracht war. Da konnte man nicht so einfach abschalten wie gewöhnlich. Ganz davon abgesehen, dass man es hier im Bodenseegebiet eher selten mit einer Serie von abscheulichen Gewaltverbrechen zu tun hatte – man war schließlich nicht Pathologin oder Polizist in einem Ghetto von Los Angeles oder in Gotham City. Man befand sich im friedlichen Friedrichshafen am Bodensee, aber zuweilen zeigte sich auch hier die schreckliche Fratze des Verbrechens.

Ellen konnte sich beim Kochen am besten entspannen und auf andere Gedanken kommen, während Madlener den Tisch deckte, den Wein entkorkte, chillige Musik auflegte und ihren schwarzen Hausfreund Kater Carlo mit mitgebrachten Leckerbissen für Katzen-Gourmets wie »Meeresfrüchte-Filets« oder »Selection in Kaninchensoße« versorgte. Damit hatte er ihn schon so verwöhnt, dass er das herkömmliche Durchschnittsfutter vom Discounter nur noch mit Missachtung strafte. Aber ein nicht ganz ernst geführter und gemeinter Disput darüber war geradezu befreiend, außerdem hatten sie seit ihrem ersten Rendezvous eine stille Vereinbarung, beim gemeinsamen Essen und danach nicht über Berufliches zu reden.

Sie genossen es, dass sie einen Abend nur für sich hatten, und Madlener blieb diesmal auch die Nacht über bei ihr. Wären das Damoklesschwert in Gestalt von Bruno, dessen kryptische Drohungen und die Wahrscheinlichkeit, dass Jessica in seine Gewalt geraten war, nicht gewesen, hätten sie getrost wieder ihr normales Leben aufnehmen können, in dem sie so wunderbar harmonierten. Doch Ellen spürte, dass Madlener mit seinen Gedanken immer wieder abschweifte, auch wenn er sich alle Mühe gab, sich das nicht anmerken zu lassen. Ein Blick auf den daliegenden »Südkurier« genügte, um ihn wieder daran zu erinnern, dass sie im Fall der beiden Mädchen einfach nicht weiterkamen. Ein Bild von Jessica war in allen Zeitungen veröffentlicht worden, aber niemand hatte sich bis jetzt gemeldet, der sie gesehen hatte und vielleicht einen erfolgversprechenden Hinweis auf ihren Verbleib hätte geben können.

Es war wie verhext.

Sie waren nur froh, dass sie wieder zusammen waren und aneinandergekuschelt gegenseitigen Halt finden und einschlafen konnten.

Über diesen Luxus verloren sie kein Wort; dass es einer war, wussten sie auch so.

29

Madlener setzte sich am nächsten Tag mit Harriet in seinem Büro zusammen, sie machten ein neues Brainstorming nur zu zweit. Dabei ließen sie keine noch so absurde Hypothese außen vor, jeder Gedankengang war erlaubt, aber auch das führte zu nichts. Schließlich stellte Madlener ein Memorandum seiner Besprechung mit Dr. Auerbach zusammen und fügte auch seine eigene Einschätzung zu Brunos Brief hinzu. Beides ergab schon ein mehrseitiges Profil, das aber erst dann von Nutzen sein konnte, sobald sie einen Tatverdächtigen hatten.

Nach einem kurzen Zwischenstopp im nahen Asia-Imbiss – zweimal die Nummer sieben, Tom-Yam-Gung-Suppe, und einmal fünfundvierzig, Rindfleisch-Zitronengras, das sie sich teilten – machten sie sich auf zur täglichen Besprechung.

Beim Update im Meeting-Room versuchte Kriminaldirektor Thielen mit dem Ansatz einer Motivationspredigt den Spannungspegel seiner Sonderkommission nicht weiter absacken zu lassen, aber auch er, der sich normalerweise für keine noch so verwegene Spekulation zu schade war und mit den absurdesten Begründungen für hektischen Aktionismus sorgen konnte, schien von den Umständen wie gelähmt zu sein.

Es war wie in einem Alptraum.

Die Zeit verging, und außer endlosen Besprechungen mit dem Chef der Techniker, mit Telefonaten, Mutmaßungen und Wiederholungen kam nichts Effektives heraus, während es draußen allmählich schon dunkel wurde. Madlener fühlte sich wie in einem riesigen Spinnennetz gefangen. Man fuchtelte und strampelte nach allen Seiten, aber je mehr man sich bewegte, desto mehr verstrickte man sich in den klebrigen Fäden, während die lauernde Spinne das Vibrieren ihres Netzes spürte und nur darauf wartete, endgültig zuzuschlagen.

Frau Gallmann riss ihn aus seinen düsteren Gedanken. Binder sprach gerade von den neuesten Vernehmungen, die alle zu nichts geführt hatten, und davon, dass er allmählich bald nicht mehr wusste, was er der Mutter von Jessica sagen sollte, wenn sie wieder anrief und mit zunehmender Verzweiflung in der Stimme fragte, wie der Stand der Ermittlungen war, als sie den Besprechungsraum betrat und Madlener ins Ohr flüsterte.

»Herr Madlener, Sie haben da einen Brief mit der Post geschickt bekommen, er isch aus Versehen unten an der Pforte hängen geblieben«, sagte Frau Gallmann leise. »Ich hab erscht jetzt davon erfahren, reiner Zufall, ein Kollege hat ihn beim Schichtwechsel gesehen und ihn sofort bei mir abgegeben.«

Madlener schaute sie irritiert an. »Ein Brief? Für mich?«

Frau Gallmann drückte ihm den Umschlag in die Hand. Ihre zerknirschte Miene verriet, dass sie ahnte, von wem und vor allem wie wichtig er war.

Madlener warf zerstreut einen Blick auf das Kuvert.

Eine abgestempelte Briefmarke, Stempel unleserlich, wahrscheinlich Briefzentrum, und ein Name, seiner.

»KHK MADLENER, Polizeipräsidium Friedrichshafen«, stand in gedruckter Schrift als Adressat darauf. Sonst nichts. Kein Absender.

Madlener wusste im selben Moment, dass er eine neue Botschaft von Bruno in Händen hielt.

»Harriet, hast du mal ein Paar Vinylhandschuhe?«, bat er seine neben ihm sitzende Assistentin, die nach einem knappen Seitenblick sofort in ihrem Rucksack kramte und ein frisches Paar Handschuhe herauszog.

»Ich fürchte …«, sagte Madlener vernehmlich und unterbrach Binder, »ich fürchte, wir haben eine neue Nachricht von Bruno.«

Es war, wie man so sagt, als ginge ein Engel durch den Raum. Auf einmal war nur noch Stille, alle Augen waren auf Madlener gerichtet, der in die Handschuhe schlüpfte und das Kuvert hochhielt, bevor er das unbenutzte Obstmesser nahm und es vorsichtig aufschlitzte. Die KTU konnte ihn sich hinterher immer noch vornehmen, der Inhalt war jetzt wichtiger. Madlener entnahm ihm eine Postkarte mit einem gemalten alpenländischen Weihnachtsmotiv. Sie zeigte vor mondheller Bergkulisse eine winterliche

Dorfansicht mit einer Kirche im Hintergrund. Auf die offene Kirchentür zu, aus der verheißungsvolles Licht kam, strömten die Menschen zum Gottesdienst, offensichtlich eine Mitternachtsmette. Der Stil, in dem diese Idylle bezaubernd romantisch und naiv angehaucht wie in einem Kinderbuch dargestellt war, kam ihm auf den ersten Blick bekannt vor. Er bildete sich einiges auf seine Kenntnisse in Kunstgeschichte ein und tippte spontan auf seinen Namensvetter, Josef Madlener. Dessen Motive und Farbgebung waren unverkennbar, als »Maler der schwäbischen Weihnacht« war er in jedem Kunstlexikon vertreten.

Er drehte die Karte um.

Er hatte recht. »Josef Madlener«, stand darauf, »Weihnacht, 1929«.

Auf der Rückseite war ein in Times-New-Roman-Schrift gedruckter Spruch:

Heiliger St. Veit,
Ich bitte um ein Scheit,
Dass a Feuer angeit

Madlener las ihn laut und deutlich vor.

Niemand sagte ein Wort, aber man konnte förmlich in den angespannten Gesichtern lesen, dass jeder Einzelne angestrengt darüber nachdachte, was das wohl bedeuten mochte.

Nur Harriet reagierte nach kurzem Zögern und fing an, in die Tastatur ihres Laptops zu hämmern.

Madlener griff erneut in den Umschlag und zog vier zusammengefaltete Blätter hervor, die er bedächtig auseinanderfaltete. Es war ein mit einem Drucker beschrifteter Brief. Er überflog ihn kurz.

»Von Bruno, ohne Anrede. Soll ich vorlesen?«, fragte er schließlich und sah Kriminaldirektor Thielen an, der seine Lesebrille abnahm, sich müde mit der Hand über sein Gesicht fuhr und, auf alles gefasst, resigniert murmelte: »Nun legen Sie schon los …«

Madlener räusperte sich und begann:

»Wo waren wir stehen geblieben?
Ach ja, jetzt fällt es mir wieder ein.
Ich war stehen geblieben, Sie, lieber Kommissar Madlener, hingegen
nicht, Sie haben sich auf den Hosenboden gesetzt. Sie wissen
schon, bei unserer denkwürdigen zufälligen Begegnung unweit
Ihres Arbeitsplatzes, da, wo Sie hoffentlich Ihrer Beamtenpflicht
gewissenhaft nachkommen und Tag und Nacht darüber sinnieren,
wie Sie böse Buben wie mich aufs Kreuz legen können.
Dabei habe ich Sie erst einmal richtig aufs Kreuz gelegt, und zwar
im wortwörtlichen Sinn, nicht wahr?
Waren Sie sauer auf mich?
Wenn ja, dann aber völlig zu Unrecht – Sie sind bei Rot über die
Kreuzung! Ich hatte Grün!
Aber lassen wir diese alten Geschichten und wenden uns aktuellen
zu.
Wissen Sie noch: Kalt, warm, wärmer, heiß?
Doch der Reihe nach.
Kalt: die arme Jessica.
Warm: so ein schönes Tattoo, ›I. N. R. I‹, sollte sie wohl beschüt-
zen, aber anscheinend war es wirkungslos.
Wärmer: Sie muss irgendwo hier in der Nähe sein, wo Hinz und
Kunz (und Bruno) Müll verklappen.
Heiß: Am Funkensonntag war's das …

Tja – das ist die Nuss, die es zu knacken gilt für euch alle bei
der Kripo.
Soll ich bis drei zählen? Nein, das funktioniert bei euch nicht.
Ihr hattet sooo viel Zeit und habt sie sinnlos verplempert.
Wo das Böse liegt so nah!
Das, was Sie früher oder später finden werden, Herr Kommissar,
ist ganz allein eure Schuld.
Nein, sagen wir's offen: die des Kriminaldirektors! Hat er nichts aus
der Sache mit seiner Nichte gelernt? Kriminaldirektor Thielen ist –
ich muss es leider so unverblümt und freiheraus sagen: Er ist unfähig!
Und mit jeder Leiche, die ab jetzt so zuverlässig und regelmäßig
kommt wie die Müllabfuhr hierzulande (wenn sie nicht gerade
streikt), beweist das aufs Neue seine absolute INKOMPETENZ!

Solange er es nicht schafft, mich zu stoppen, wird es immer und ewig und drei Tage so weitergehen! Wollen Sie das?

Okay – wie können Sie mich dazu bringen, mit dem sinnlosen Morden aufzuhören?

Hilfestellung meinerseits: indem KD Thielen sich vor die Kamera eines dieser Sender stellt, die gerne als wichtigste Nachricht des Tages verkünden, dass und wie die Thronfolge der Windsors gesichert ist, und folgende Worte spricht: ›Ich habe mich schuldig gemacht. Meine Unfähigkeit hat dazu geführt, dass es so weit kommen konnte. Ich habe so manches Geständnis gesetzeswidrig durch Einschüchterung oder Androhung von Gewaltanwendung erzwungen und trete deshalb als Eingeständnis meiner Schuld zurück. ‹

Diese Worte würden mir reichen, und ich würde mich stellen.

Wetten, dass er das nicht macht? Ich setze meine Freiheit.

Halten Sie die Wette, Kommissar Madlener?

Was setzen Sie dagegen?

Die Ihre?

Nein?

Hab ich mir fast gedacht …

PS: Die Kunstpostkarte Ihres werten Namensvetters habe ich aus mehrerlei Gründen beigelegt.

Grund Nr. 1: Ich habe als Kind Comics und Kunstpostkarten gesammelt. Und ›Weihnacht‹ war mir immer ganz besonders lieb und teuer, geradezu ans Herz gewachsen. Wie Sie, Herr Kommissar.

Har, har, har.

(Comic)Scherz beiseite.

Grund Nr. 2: Der Künstler heißt wie Sie. (Wollen Sie mir vielleicht verraten, ob Sie mit ihm verwandt sind? Würde mich interessieren, reine Neugier, ich rufe Sie gelegentlich deswegen an.)

Grund Nr. 3: Josef Madlener ist wie Sie. Ein Suchender. Das sind Sie ja ebenfalls, wenn auch nicht auf der mystisch-religiösen Ebene wie er. Es ist Ihr Beruf, und Sie sind von Amts wegen damit beschäftigt, bis ans Ende Ihrer Tage im Dreck anderer Leute herumzuwühlen. Glauben Sie, dort den Sinn des Lebens zu finden?

Ich kann Ihnen versichern: Die Mühe lohnt nicht.
Es gibt keinen Sinn.
Hat nie einen gegeben.
Woher ich das weiß?
Ich bin dabei, es endgültig herauszufinden. Das letzte Rätsel der
Menschheit. Die anderen Rätsel überlasse ich großzügig Leuten
wie Ihnen, die dafür bezahlt werden.
Na, wie ist es? Haben Sie's schon?
Ich stelle mir gerade vor, wie ihr Kripoleute in eurem Kripobe-
sprechungsraum die rauchenden Köpfe zusammensteckt, um das
Rätsel der Postkarte zu lösen.
Ist nicht weiter schwer, aber ihr seid ja so schwer von Begriff …

PPS: Kommissar Madlener: Vielleicht laufen wir uns früher oder
später noch einmal über den Weg.
Eher später.
Nämlich dann, wenn es für Sie zu spät ist.

Viel Spaß bei der Jagd und Waidmannsheil!

Bruno«

Madlener legte den Brief weg und sah auf.

Alle schwiegen mehr oder weniger betreten, als würde eine Giftgaswolke, aus dem Kuvert entwichen, über ihnen schweben.

Nur das Tippen von Harriet, die sich als Einzige vom Text des Pamphlets unbeeindruckt zeigte, war zu hören. Doch auch das verstummte schlagartig, weil sie gefunden zu haben schien, was sie gesucht hatte. Aber anscheinend wollte sie nicht als Erste das Wort ergreifen und wartete.

Madlener wusste später nicht mehr, wie lange sie alle geschwiegen hatten, um das einigermaßen zu verdauen, was Bruno ihnen vor den Latz geknallt hatte.

Mitten in die beklemmende Stille hinein sagte Thielen schließlich: »Ich wiederhole mich ja nur ungern, aber dieser Typ, wer immer das sein mag, ist komplett geistesgestört. Ein Irrer. Nichtsdestotrotz hat er in einem Punkt recht: Früher oder später kriegen wir ihn. Meine Damen, meine Herren: Ich will, dass es früher ist. Haben wir uns da alle verstanden?«

Dabei sah er jeden Einzelnen an wie ein Feldwebel seine Rekruten, die zur ersten Musterung in voller Montur in Reih und Glied angetreten waren. Madlener hatte den Eindruck, dass der Kriminaldirektor durch die provozierende Unverschämtheit von Inhalt und Ton des Briefes seine alte Tatkraft und Entschlossenheit wiedergefunden hatte, auch wenn sie auf tönernen Füßen stand. Ob das auf die Ermittlungen einen positiven Einfluss hatte, war eine andere Sache, jedenfalls schien er sich persönlich und in seiner Ehre angegriffen zu fühlen und war bereit, die Herausforderung anzunehmen.

»Also, was haben wir?«, wollte er wissen.

Harriet antwortete wie aus der Pistole geschossen, bevor auch nur jemand ansatzweise den Mund aufmachte. Sie hatte auf die Aufforderung des Chefs gewartet und war schon ganz hibbelig.

»Darf ich?«, fragte sie mehr rhetorisch, und Madlener nickte ihr aufmunternd zu. »Ich will mich kurz fassen, denn es ist so ein Wust an Informationen, versteckten Andeutungen, offenen Drohungen und Diffamierungen in diesem Brief, dass man stundenlange Interpretationen darüber loswerden könnte. Also, Fakt Nummer eins: Der Brief ist ohne jeden Zweifel von Bruno. Stil, Aufbau, Syntax und Duktus, ebenso Ankündigungen und Schmähungen stimmen mit Brief eins überein oder knüpfen dort an und werden weitergeführt.«

Thielen nickte zustimmend.

»Fakt Nummer zwei: Wenn es stimmt, was er da schreibt, hat er Jessica in seiner Gewalt oder hat sie sogar schon getötet. Das gilt es als Erstes zu verifizieren, ich sage das ohne Emotion, obwohl uns allen schon beim bloßen Gedanken daran die Galle hochkommt, aber vorerst nützt es uns nichts, wenn wir uns aufregen. Unsere Priorität muss es sein, einen kühlen Kopf zu bewahren und ihm das Handwerk zu legen.«

Sie sah in die Runde, wo allgemeine Zustimmung durch beifälliges Kopfnicken oder grimmiges Schweigen signalisiert wurde. Harriet fuhr fort: »Die Erwähnung des Tattoos ist eindeutig Täterwissen. Die primäre Frage lautet: Lebt Jessica noch?

So hart es klingt, aber wenn Bruno Ernst macht mit dem, was er schreibt, steht zu befürchten, dass sie bereits tot ist.«

Sie sah wieder hoch, niemand widersprach.

»Fakt Nummer drei: die teilweise kryptischen Hinweise auf ihren möglichen Ablageort. Ich habe dazu einen Vorschlag, auf den ich später zurückkomme. Eines ist klar: Wir werden alles tun, was in unseren Möglichkeiten liegt, um sie schnellstmöglich zu finden. Und dazu müssen wir uns auf Brunos auf den ersten Blick kindisch klingende Rätselnummer einlassen und sie ernst nehmen, ob es uns passt oder nicht.«

Wieder ein kurzer Blick von Harriet in die Runde am Tisch, wieder resignative Zustimmung.

»Fakt Nummer vier: Irgendwie versucht Bruno mit uns – sprich: der Kripo – zu kommunizieren. Auch Beleidigungen, Beschimpfungen und Verspottungen sind eine Art von Kommunikation. Ob das bedeutet, dass er sich insgeheim oder unbewusst wünscht, erwischt zu werden, das sollen andere beurteilen, die davon mehr Ahnung haben als ich. Vielleicht kann uns da der Psychiater Dr. Auerbach weiterhelfen, er hat das ja bereits beim ersten Brief getan. Wir alle haben das Memo vom Kollegen Madlener vor uns liegen.«

Sie sah kurz auf Madlener, der seit Beginn von Harriets Monolog gedankenverloren mit dem Löffel im kalten Kaffee herumrührte und anscheinend nur an den Strömungsverhältnissen in seiner Tasse interessiert war.

Harriet fuhr fort: »Dass die Kripo allgemein erwähnt wird, aber insbesondere Kommissar Madlener und Kriminaldirektor Thielen mehrfach angesprochen werden, ist ein Punkt, den wir bei unseren Ermittlungen noch mehr in den Fokus stellen sollten. Dafür muss es bestimmte Ursachen geben, die wir immer noch nicht kennen.«

»Das liegt doch auf der Hand: pathologischer Hass auf die Polizei«, warf Thielen ein.

»Ja, schon«, entgegnete Harriet. »Aber warum immer die spezifischen Hinweise auf Sie beide? Und woher kommt dieser Hass, was ist die Ursache? Steckt ein konkretes Motiv dahinter, das uns vielleicht einen Hinweis auf Bruno geben könnte? Ist er aktenkundig, hat er Vorstrafen, vielleicht nach dem Jugendstrafrecht, hat er – seiner Meinung nach – ungerechtfertigt im Knast gesessen?«

Bei diesen Worten warf sie Madlener und Thielen einen kurzen Blick zu, den Madlener mit einem nachdenklichen Schulterzucken und der Kriminaldirektor mit erhobenen Händen erwiderte, was bedeuten sollte: könnte sein, bringt uns momentan aber nicht weiter.

»Ich will weiß Gott diese ganze unselige Geschichte, die immer absurdere Züge annimmt, nicht ins Lächerliche ziehen«, sagte Thielen mit sichtlich unterdrückter Wut, »aber vielleicht hat ihm irgendein Cop mal die Ohren lang gezogen, weil er was angestellt hat, als er noch ein Kind war. Irgend so ein Kokolores wird es schon gewesen sein. Woher sollen wir das wissen?«

Harriet wartete ab, bis ihr Chef sich wieder beruhigt hatte, dann machte sie unbeeindruckt weiter. »Bei allem nötigen Respekt, Herr Kriminaldirektor, aber bevor wir diesen Brief und die Folgerungen daraus weiter diskutieren, schlage ich vor, dass Kommissar Madlener und ich einer möglichen Spur nachgehen.«

»Wollen Sie etwa damit sagen, Sie wissen, was er mit seinem Gefasel von wegen ›kalt, warm, heiß‹ und ›Funkensonntag‹ meint?«, fragte Thielen und kniff seine Augen zusammen.

»Nein. Ich habe nur eine vage Vermutung. Oder soll ich sagen: ein Gefühl? Und da halte ich es nicht für besonders sinnvoll, wenn wir auf ein Gefühl von mir hin eine Hundertschaft Bereitschaftspolizei und Hubschrauber anfordern, die einen Riesenaufruhr verursachen, und dann stellt sich alles als Fake heraus, und wir stehen als die Gelackmeierten da.«

»Moment, Moment, Frau Holtby«, wandte Thielen ein. »Wenn ich Sie recht verstehe, glauben Sie zu wissen, auf welche Örtlichkeit Bruno mit seinen Andeutungen anspielt, richtig? Was den möglichen Verbleib von Jessica Verhaag angeht?«

»Ja. Aber vielleicht irre ich mich ja auch und Bruno lacht sich ins Fäustchen, weil er uns an der Nase herumführen und uns wie die Idioten dastehen lassen kann. Es ist nur eine Vermutung, ich kann's nicht mal logisch begründen …«

»In einem gebe ich Ihnen recht: Bruno will uns für dumm

verkaufen. Das ist sogar sehr wahrscheinlich. Also – wo wollen Sie hin?«

»Wir sollten uns die illegalen Müllkippen in der Umgebung ansehen. Seine Hinweise auf den Müll in unserer Nähe und Hinz und Kunz sind augenscheinlich. Ich habe hier eine Liste von Kollegen, wo in den letzten drei Monaten alte Sofas und Sperrmüll irgendwo in der Landschaft abgeladen und deshalb Anzeigen erstattet worden sind. Es dauert zwei oder drei Stunden, die Stellen in der Umgebung von Friedrichshafen abzuklappern. Dann sind wir auf der sicheren Seite. Währenddessen könnten sich ein paar Kollegen bei den städtischen Abfallbetrieben umsehen. Ich habe hier zum Beispiel das Entsorgungszentrum Weiherberg bei Raderach ...«

Götze meldete sich. »Ich mache das und informiere die Kollegen.«

Madlener sagte: »Aber bitte halten Sie's allgemein und geben Sie keine Details bekannt. Sagen Sie einfach, wir hätten einen anonymen Anruf bekommen, der nicht sehr glaubhaft war.«

Götze nickte. »Schon klar.«

Thielen überlegte und sah Madlener an. »Madlener, wie ist Ihre Meinung?«

Madlener gab Harriet recht. »Ich würde sagen, Harriet und ich gehen diesem vagen Hinweis ohne großes Aufhebens selbst nach. Damit wir uns auch nicht die kleinste Nachlässigkeit vorwerfen können.«

Thielen sah sich in der Runde um, alle schienen einverstanden zu sein.

Madlener fuhr fort: »Die Öffentlichkeit weiß bisher noch nichts von diesen Briefen, und dabei muss es aus ermittlungstaktischen Gründen auch bleiben.«

Er hielt den Brief in die Höhe. »Wenn das nur falscher Alarm ist und die Medien davon Wind bekommen, müssen wir alle Karten auf den Tisch legen. Das wäre nicht zielführend und nur Wasser auf den Mühlen von Brunos Ego. Es ist besser, wir veranstalten in dieser Phase keinen großen Wirbel um die Sache. Sonst hat Bruno endlich die Aufmerksamkeit, die er sich so sehnlich wünscht. Aber die wird er von uns nicht bekommen.«

Thielen traf eine Entscheidung. »Okay. Madlener, Sie und Frau Holtby klären das schnell und unauffällig ab. Wenn Sie Hilfe brauchen, kriegen Sie jeden verfügbaren Streifenwagen.«

Madlener schüttelte den Kopf. »Was glauben Sie, wie schnell das die Runde macht, wenn Polizeistreifen sämtliche Ortschaften durchkämmen?«

Thielen seufzte. »Sie haben recht. Aber eines sage ich Ihnen: Ich will über jeden Feldweg, den Sie abklappern, eine Meldung von Ihnen. Über jeden! Und jetzt hauen Sie schon ab.«

Madlener und Harriet standen bereits im Gang vor der Tür, da rief Thielen ihnen noch nach: »Ich will hoffen, dass sich Bruno wirklich nur einen schlechten Scherz erlaubt hat. Wenn Ihr Gefühl Sie getrogen hat, Frau Holtby, müssen wir an die Öffentlichkeit gehen und die Hosen runterlassen, was Bruno angeht, weil wir dann die Hilfe der Bevölkerung in Anspruch nehmen müssen. Das ist dann aber die Ultima Ratio!«

30

»So, und jetzt sagst du mir gefälligst, was du noch auf der Pfanne hast«, knurrte Madlener Harriet an, als sie im Dienstwagen vom Parkplatz des Polizeipräsidiums fuhren. Harriet saß am Steuer. Sie ließ sich Zeit mit ihrer Antwort und tat so, als müsse sie sich auf den spärlichen Verkehr und den Regen konzentrieren, der heftig auf die Windschutzscheibe klatschte und auf das Autodach trommelte.

»Was meinst du?«, fragte sie schließlich mit ihrer Pippi-Langstrumpf-Unschuldsmasche.

Madlener ließ seiner mühsam unterdrückten Wut freien Lauf. »Ausgerechnet du willst mir weismachen, dass du wegen eines hanebüchenen Gefühls die Gegend abfahren willst? Das kannst du deiner Großmutter erzählen, die glaubt dir das vielleicht.«

»Hab keine mehr«, sagte Harriet mit ernstem Gesicht und brachte Madlener damit vollends auf die Palme.

»Jetzt mach aber mal halblang, Harriet Holtby! Denen da drin im Präsidium kannst du vielleicht eine lange Nase drehen, aber gefälligst nicht mir, haben wir uns da verstanden? Ich hab nur kein Wort gesagt, weil ich dir nicht in den Rücken fallen wollte. Und das Gleiche verlange ich auch von dir. Nämlich partnerschaftliches Verhalten.«

»Was genau meinst du damit?«

»Dass du mir nichts verschweigst, Herrgott noch mal!«

Harriet steuerte an den rechten Fahrbahnrand und hielt unter einer Straßenlampe an, die diffuses gelbes Neonlicht ausstrahlte, das die Gesichter im Auto unwirklich grünlich aussehen ließ. Der Regen prasselte mit unverminderter Heftigkeit aufs Dach, die Scheibenwischer leisteten Schwerstarbeit.

»Weißt du, was ich will? Mit allen Mitteln will?«, fuhr sie Madlener an.

»Keine Ahnung. Sag's mir.«

»Ich will diesen perversen Bastard um jeden Preis drankriegen. Das kann ich vor den anderen nicht in dieser Deutlichkeit sagen, von wegen Emotionen sind bei einer Ermittlung fehl am Platz und so. Was Bruno mit Sandra angestellt hat, war schon eine Schweinerei, aber wenn er jetzt mit Jessica tatsächlich gemacht hat, was er in diesem Scheißbrief angedroht hat – dann zieht mir das endgültig den Stecker, verstehst du?«

»He, he, he, Harriet – komm mal wieder runter, hörst du? Ich kann dich ja verstehen. Aber das, was du mir sagst, und vor allem wie du's mir sagst, zwingt mich eigentlich, dich in meiner Eigenschaft als Leiter dieser Sonderkommission von dem Fall abzuziehen, ist dir das klar?«

Sie verschränkte die Arme, ihre kajalschwarz eingerahmten Augen waren nur noch schmale Striche, die gelben Schlieren von der Windschutzscheibe und die bunten Lichter vom Armaturenbrett spiegelten sich in ihrem wütenden Gesicht. »Das würdest du tun?«

»Wenn es sein muss, ja. Zorn hat bei der Ermittlungsarbeit nichts zu suchen, er ist kontraproduktiv. Das weißt du so gut wie ich, das lernt man im ersten Semester auf der Polizeihochschule. Wir müssen einen kühlen Kopf bewahren – wer hat uns das vor kaum einer halben Stunde gepredigt? Wenn mich nicht alles täuscht, warst du das!«

»Wenn du schon zitierst, dann bitte richtig«, entgegnete sie ihm grimmig, um dann aus ihrem unfehlbaren Gedächtnis zu memorieren: »›Unsere Priorität muss es sein, einen kühlen Kopf zu bewahren und ihm das Handwerk zu legen.‹«

»Hört sich professionell an. Aber warum in drei Teufels Namen hältst du dich dann nicht selbst daran?«

»Weil ich es nun einmal nicht abkann, wenn jemand Mädchen als Spielzeuge bezeichnet und sie auch noch so behandelt! So was widert mich an!«

Ihr beidseitiger Ton war inzwischen ziemlich lautstark geworden. Madlener war bemüht, ihn wieder ein paar Dezibel herunterzuschrauben. »Ob du's glaubst oder nicht, aber das geht mir genauso gegen den Strich. Trotzdem dürfen Emotionen unsere Arbeit nicht behindern.«

Harriets Augen blitzten. »Tun sie ja nicht. Ganz im Gegenteil, sie spornen mich an!«

»Wenn ich dich so ansehe, glaube ich dir das sogar. Aber das tut unser Kriminaldirektor garantiert nicht.«

»Der ist nicht hier. Sonst hätte ich das nicht gesagt.« Madlener schüttelte den Kopf, Harriet hatte eine Art von Argumentation an sich, gegen die er einfach nicht ankam. »Es ist aussichtslos. Warum streite ich mich eigentlich mit dir?«

»Ich streite nicht. Ich will dir nur meinen Standpunkt klarmachen.«

Quod erat demonstrandum, dachte Madlener resigniert. Manchmal war Harriet wie ein bockiges Kind. Wenn sie sich gegenübergestanden hätten und nicht im Auto sitzen würden, hätte sie wohl auch noch trotzig mit dem Fuß aufgestampft.

»Na schön«, sagte er mit aller Nachsicht und holte tief Luft, »dann noch mal zurück auf Anfang. Glaub mir: Auch ich will nichts mehr als diesen Bruno erwischen, der sich einbildet, Gott spielen zu können. Übrigens: Ich denke, dass er nicht nur einen Hass auf die Polizei hat, sondern einen ebenfalls stark ausgeprägten auf alles, was mit Kirche und Religion zu tun hat. Und letztes Endes hasst er sich selbst am meisten. So, können wir jetzt vielleicht wieder weiterfahren und uns darum kümmern, ob deine Intuition irgendwie zielführend ist?«

Harriet schenkte ihm noch einen Killerblick, aber Madlener kannte seine Assistentin inzwischen so gut, dass er zwischen »gespielt böse« und »wirklich böse« unterscheiden konnte. Sie legte krachend den ersten Gang ein und fuhr los, als wäre sie in der Startreihe eines Formel-1-Rennens. Dann sagte sie wie nebenbei: »Ich hab im Präsidium was weggelassen, weil's mir einfach zu weit hergeholt vorkam. Aber wenn ich mit meiner Vermutung falschliege, was zu achtundneunzig Prozent der Fall sein wird, war's jedenfalls den Versuch wert, und ich scheuche nicht den ganzen Polizeiapparat auf.«

»Der Funkensonntag? Ganz in der Nähe?«

»Ja, genau. Ich hab's im Netz nachgeschaut. Funkensonntag ist der erste Sonntag nach Aschermittwoch, also schon eine ganze Weile her. Die Funkenfeuer sind schließlich dazu da, den Winter zu vertreiben. Und beim Funkenfeuerplatz in Schnetzenhausen wurden vorher viel Abfall und altes Zeug illegal abgeladen. Es ging durch alle Zeitungen, dass es Leute gibt, die die Gelegenheit nutzen, um dort ihren Müll loszuwerden.«

»Brunos Hinweis auf Hinz und Kunz?«

»Richtig. Und der Spruch auf der Karte. ›Heiliger St. Veit, ich bitte um ein Scheit, dass a Feuer angeit ...‹ Kannst du dir das Gesicht unseres Chefs vorstellen, wenn ich versuche, ihm zu erklären, dass ich daraus ermittlungsrelevante Schlussfolgerungen ziehe?«

»Nur zu gut.«

»Was denkst du dann, warum ich mir das verkniffen habe? Zuzugeben, dass ich aus einer plötzlichen Eingebung heraus einem kindischen Rätsel nachgehen will?«

»Jedenfalls würde so eine illegale Müllkippe zu Bruno passen, das ist seine Form der Logik ... Und wahrscheinlich liegt sie auch abgelegen genug, um ungesehen dort etwas loszuwerden. Eine Leiche zum Beispiel.«

»Ich hoffe eigentlich nur, dass ich nicht recht behalte und diese Andeutungen nur ganz miese Scherze waren, um uns in die Irre zu führen.«

Sie fuhren durch das nächtliche Schnetzenhausen, bogen am Ortsende ab und fanden einen unbefestigten Weg, auf dem es weiterging. Die Scheinwerfer strichen im dichten Regen über hügeliges Gelände, rechts und links tauchten schemenhaft Bäume auf, dazwischen abgeerntete Felder.

»Es kann nicht mehr weit sein«, sagte Harriet, die sich die Karte im Netz angeschaut und genau eingeprägt hatte. Sie hielt schließlich schräg zur Straße an, die Scheinwerfer des Dienstwagens auf zwei mächtige Baumwurzelballen gerichtet, die seitlich gekippt ein Stück von der Straße weg in einer Wiese lagen. Die Wurzelballen waren so groß, dass sie wohl mit einem Lkw hertransportiert worden sein mussten, ihr Durchmesser betrug gut und gerne fünf oder sechs Meter.

Madlener und Harriet stiegen aus und achteten nicht auf den Regen, der ihnen ins Gesicht schlug. Madlener holte aus dem Handschuhfach seine armdicke Maglite-Taschenlampe und leuchtete die Wurzeln ab. Harriet hatte die Kapuze von ihrem Sweatshirt über den Kopf gezogen und folgte ihm.

Die Wurzelstöcke wirkten im Lichtkegel wie gespenstische Kunstwerke, die ein Riese mitten in einer gottverlassenen Gegend abgestellt, auf die Seite gekippt und vergessen hatte. Madlener umkreiste sie und blieb auf der Rückseite wie erstarrt stehen.

»Harriet«, sagte er mit seltsam rauer Stimme, und das Regenwasser, das er in diesem Moment gar nicht wahrnahm, lief ihm in Strömen über das Gesicht, »du hast recht gehabt.«

Harriet trat neben ihn, und jetzt sah sie es auch. Langsam schob sie ihre Kapuze in den Nacken. Ihre schlimmste Vorahnung hatte sich bewahrheitet.

Im Lichtschein der Taschenlampe erkannte sie auf der Rückseite des größeren Wurzelballens eine bekleidete weibliche Gestalt, die mit Seilen so an den Wurzelenden befestigt war, dass sie mit ausgestreckten Armen und Beinen wie an ein Andreaskreuz gebunden war. Ihr Kopf lag auf der Brust, die langen Haare waren klatschnass und am Hinterkopf blutverkrustet, um ihren Nacken hing eine Sporttasche, die vor ihrem Bauch baumelte.

Es war ein Mädchen, das, so wie es aussah, schon vor Längerem dort drapiert worden war.

Mit schlafwandlerischer Sicherheit fischte Harriet Vinylhandschuhe aus ihrem Rucksack, ohne den Blick von der in den Wurzeln hängenden Gestalt abzuwenden, reichte wortlos ein Paar an Madlener weiter und schlüpfte in ihre. Dann näherte sie sich mit aller Vorsicht dem Mädchen, überzeugte sich davon, dass es tot war, und hob den Tragriemen der Sporttasche, der den Nacken bedeckte, ein Stück weit an, während Madlener ihr leuchtete.

Das eintätowierte »I. N. R. I.« war überdeutlich zu erkennen.

Madlener hatte schon sein Smartphone am Ohr. »Frau Gallmann, wir haben Jessica. Sie ist tot, es gibt keinen Zweifel an ihrer Identität. Bitten Sie Kriminaldirektor Thielen, alle Kräfte zu mobilisieren, und schicken Sie jeden her, den wir kriegen können. Wir sind am Funkenfeuerplatz, circa einen Kilometer nördlich von Schnetzenhausen. Die Techniker sollen ein großes Zelt mitbringen. Wir müssen die Gegend großräumig absperren. Das wird eine lange Nacht.«

31

»Es tanzt ein Bi-Ba-Butzemann
In eurem Haus herum,
Dideldum,
Er rüttelt sich, er schüttelt sich,
Er wirft sein Säckchen hinter sich,
Es tanzt ein Bi-Ba-Butzemann
Auf eurem Kopf herum ...«

Er wackelte zu seinem Liedchen mit den Tragflächen seines einmotorigen Flugzeugs, einer Cessna 150L, während er die Startbahn des Sportflughafens Friedrichshafen hinter sich ließ und an Höhe gewann.

Die Morgendämmerung hatte längst eingesetzt, der Regen hatte aufgehört, die Luft aufgeklart, und eine blasse Sonnenscheibe ging im Osten über dem Bodensee auf.

Zwischen bewaldeten Hügeln kamen vom Cockpit des Kleinflugzeugs aus schon bald die weiten Feld- und Wiesenflächen hinter Schnetzenhausen in Sicht, wo seltsame, in weiße Overalls gekleidete Gestalten zwischen Dutzenden von Einsatzwagen der Polizei und einem großen Zelt herumwuselten wie Maden auf braun-grün matschigem Untergrund. So wirkte es jedenfalls auf Arbogast, der mit seiner Maschine zu einem Rundflug gestartet war und es nicht lassen konnte, das Schlachtfeld, das er angerichtet hatte, in angemessener Höhe zu überfliegen.

Er saß allein am Steuer und musste sich in seinem Übermut mit aller Gewalt am Riemen reißen, um nicht erneut mit den Flügeln zu wackeln und »seine« Kripoleute dort unten und all die vielen Helfershelfer zu grüßen, die mit dem Chaos fertigwerden mussten, das er so kunstvoll arrangiert hatte. Wenn sie in diesem Augenblick gewusst hätten, wer dort oben, sechshundert Meter über ihren Köpfen, vorüberflog wie eine bösartige Hornisse!

»Heißa, heißa, hopsasa!«, sang er vor sich hin und zwang sich dazu, keine Schleife zu fliegen, obwohl der Drang beinahe übermächtig war, noch einmal diesen triumphalen, herrlichen Anblick genießen zu können, den ihre ameisenhaften Bewegungen boten, die von seiner hohen Warte aus so sinn- und hilflos wirkten.

Er steuerte auf den Bodensee hinaus und gönnte sich einen Augenblick der absoluten Katharsis, indem er geradewegs in die Morgensonne hineinflog und vor seinem geistigen Auge heraufbeschwor, wie groß die maßlose Wut auf sein Alter Ego Bruno dort unten auf der Wiese mit den zwei Riesenbaumwurzeln sein musste. Er konnte sich lebhaft vorstellen, was sich auf den Gesichtern von Kommissar Madlener und Kriminaldirektor Thielen abspielte, wie verdreckt und durchnässt und erschöpft sie alle waren nach dem stundenlangen Herumstapfen und Herumstehen bei Nacht und Regen. Die ehemalige Funkenwiese war sicher von den vielen Füßen inzwischen völlig aufgeweicht und breiig, das musste die reinste Schlammschlacht sein.

Er kicherte in sich hinein, das gönnte er ihnen von ganzem Herzen.

Über Lindau machte er eine Hundertachtzig-Grad-Kehre. Hatten sie also doch noch sein Rätsel gelöst. Er hatte schon befürchtet, dass sie allesamt zu einfältig waren und zu wenig Phantasie besaßen, um dahinterzukommen. Es wäre aber auch zu enttäuschend gewesen, hätte er sich umsonst die ganze Mühe gemacht, alles so wunderbar theatralisch zu arrangieren, nur damit ein früher Spaziergänger zum Pinkeln hinter die Wurzeln getreten und durch reinen Zufall die Leiche entdeckt hätte. Oh, was würde er jetzt darum geben, wenn er Mäuschen spielen und mithören könnte, wie sie über ihn sprachen!

Aber der schönste Nebeneffekt war: Ab jetzt konnte die Kripo der ganzen Angelegenheit nicht länger unter dem Ausschluss der Öffentlichkeit nachgehen. Nach dieser Nacht würde der Name »Bruno« in aller Munde sein – und nur er wusste, wer dahintersteckte. Am liebsten hätte er – wenn es mit dieser Maschine und seinem fliegerischen Können möglich gewesen wäre – einen Looping gemacht, so ein unvergleichliches Hochgefühl hatte er schon lange nicht mehr verspürt! Er würde noch, bevor er endgültig wieder umkehrte, kurz an der Basilika Birnau vorbeifliegen, um allen Wirkungsstätten seines Triumphzuges einen Besuch abzustatten, der anhaltende Thrill war es ihm wert.

Wieder juckte es ihn in den Fingern, und er wackelte mit den Tragflächen zu seinem Liedchen, das er zu seinem Pläsier ein wenig modifiziert hatte.

»Er wirft sein Säcklein her und hin,
Was ist wohl in dem Säcklein drin?
Es tanzt ein Bi-Ba-Butzemann
In eurem Kopf herum,
Dideldum …«

32

One way, or another, I'm gonna find ya
I'm gonna get ya get ya get ya get ya
One day, maybe next week
I'm gonna meet ya, I'm gonna meet ya, I'll meet ya ...

Madlener stand seit einer geschlagenen Viertelstunde unter der heißen Dusche seines Hotelzimmers, in seinen CD-Player hatte er Blondie eingelegt und trotz der frühen Stunde voll aufgedreht, vielleicht brachte ihn das auf andere Gedanken.

Sein sonst so zuverlässig klopfender Nachbar – er hatte ihm den Spitznamen »der Specht« gegeben – schien nicht da zu sein, sonst hätte er sich unter Garantie schon bemerkbar gemacht.

Er hatte eine kleine Gehirnwäsche durch Deborah Harry alias Blondie genauso dringend nötig, wie sich aufzuwärmen, weil er bis auf die Knochen durchgefroren war. Auf dem Fliesenboden vor der Duschkabine lagen seine pitschnassen Klamotten, in denen er stundenlang im Regen gestanden hatte. Zwar hatte er noch seinen Regenparka und seine Gummistiefel, die er immer im Kofferraum seines Dienstfahrzeugs hatte, übergezogen, als er mit Harriet bei Jessicas Leichnam auf die Kollegen wartete, aber da war er schon bis auf die Haut durchnässt gewesen. Seiner Assistentin, die ebenfalls eine wasserdichte Windjacke mit Kapuze aus ihrem Rucksack gekramt hatte und hineingeschlüpft war, ging es nicht besser. Aber sie mussten durchhalten, bis alles abgesperrt und das Zelt und die Scheinwerfer für die Techniker aufgebaut waren, sie in Zusammenarbeit mit Dr. Ellen Herzog den Leichnam oberflächlich untersucht und zum Abtransport freigegeben hatten, bis die Leiche abgenommen, im Leichensack verstaut und in die Pathologie gefahren worden war. Das alles dauerte seine Zeit.

Thielen war mit Götze ebenfalls eingetroffen, Binder hielt zusammen mit Frau Gallmann im Polizeipräsidium die Stellung. Götze stand wie immer nur der Spurensicherung und dem Fotografen im Weg und fror in seinem für dieses Wetter völlig ungeeigneten dünnen Leinenjackett vor sich hin. Nützliches konnten Thielen und Götze sowieso nicht beitragen, aber es war für sie alle zumindest wichtig, sich ein Bild von den Örtlichkeiten und der Art, wie Jessicas Körper an die Wurzeln angebunden worden war, zu machen. Dieses Arrangement war so ungewöhnlich, dass sie alle glauben konnten, in einem amerikanischen Horrorfilm gelandet zu sein. Aber im Gegensatz zu einem Kinobesuch, bei dem das Grauen vorbei war, sobald die Lichter wieder angingen, war auf der Funkenwiese, die inzwischen zu einem einzigen Acker aus Schlamm und Dreck mutiert war, der Alptraum nicht mit einem Schlag zu Ende.

Madlener hatte das unbestimmte Gefühl, dass er erst richtig angefangen hatte. Wenigstens hörte es mit Einsetzen der Dämmerung auf zu regnen, aber das brachte auch keine große Erleichterung der Umstände mit sich. Mit den nassen, quietschigen Socken in den Gummistiefeln, dem am Körper klebenden Unterzeug und der Morgenkälte war es eine Qual, die sie alle durchstehen mussten. Jeder biss die Zähne zusammen, schon aus Solidarität mit den Kollegen von der Bereitschaftspolizei und den Technikern, denen es nicht besser ging. Keiner jammerte, nicht einmal Götze, der es auch hier wieder schaffte, am schmutzigsten auszusehen, obwohl er nicht wie die Spurenleute auf dem Boden herumkriechen musste.

Wenigstens konnte Madlener, in angemessenem Abstand zu den Wurzelstöcken, sich endlich eine Zigarette anstecken. Vorher war das wegen des starken Regens ein Ding der Unmöglichkeit, und im Auto rauchten sie grundsätzlich nicht, dafür sorgte schon Harriet. Die gesellte sich nun zu ihm und angelte sich eine Zigarette aus seiner Schachtel, die er ihr kommentarlos hinhielt. Sie hatte ihr silbernes Aschedöschen dabei, in dem sie ihre Kippen ausdrückten, nachdem sie wortlos geraucht hatten.

Es war eine seltsam drückende Stimmung, die sich über das im bald stärker werdenden Sonnenlicht dampfende Gelände gelegt hatte. Alle, die sich nicht konzentriert mit der Dokumentation der Auffindungsörtlichkeiten, den Spuren und möglichen Indizien auseinandersetzen mussten, spürten es. Keiner fasste es in Worte, sogar Thielen stand stumm mit versteinerter Miene herum und bellte keine Befehle, wie er es sonst seiner umtriebigen Natur und seiner Anführermentalität schuldig zu sein glaubte.

Auch er kam schließlich zu Madlener, um eine Kippe zu schnorren, und zu dritt sahen sie den zwei dunkel gekleideten Männern zu, wie sie den Reißverschluss des Leichensacks zuzurrten, ihn in die Blechwanne mit den Griffen legten, diese in den Laderaum des Leichenwagens schoben und damit davonfuhren. Dr. Herzog folgte in ihrem Wagen. Vorher hatte sie ihnen noch kurz mitgeteilt, dass dem ersten Augenschein nach der Tod durch stumpfe Gewalteinwirkung auf den Hinterkopf des Mädchens eingetreten war. Ein kurzer Blickkontakt zwischen Madlener und ihr genügte, um sich mit Bedauern darüber auszutauschen, dass sie beide vorerst so etwas wie ein Privatleben in den Wind schreiben konnten.

Ein einmotoriges Kleinflugzeug flog brummend über ihre Köpfe hinweg, nur Madlener sah nach oben, wie es in Richtung des Bodensees hinter den Baumwipfeln des nahen Waldes verschwand. Hatte der Pilot tatsächlich noch grüßend mit den Flügeln gewackelt? Da musste er sich wohl getäuscht haben.

Als das Motorengeräusch verebbt war, warf Thielen seine Kippe angewidert von allem – der Tat, den Umständen und seiner Willensschwäche – in eine Wasserpfütze und sagte:»Hier können wir nichts mehr tun. Ich schlage vor, dass wir für ein paar Stunden nach Hause gehen. Ich für meinen Teil brauche dringend trockene Sachen und ein Frühstück, und dann mache mich an eine Pressemitteilung. Bis wir erste Details von der Spurensicherung und der Rechtsmedizin haben, sollten Sie sich ausruhen, der Tag wird lang genug. Götze wird sich im nächsten Ort …« Er ruderte mit dem Arm in Richtung des Dorfes.

»Schnetzenhausen«, half Madlener aus.

»… auch Schnetzenhausen genannt, nach möglichen Zeugen umhören. Ich würde sagen: Punkt elf Uhr im Meeting-Room. D'accord?«

Bis auf den französischen Nachklapp klang das in Madleners Ohren ganz vernünftig. Er drehte sich um und ging zu ihrem Dienstwagen, Harriet folgte ihm.

»Eines noch, Frau Holtby …«, rief ihr Thielen nach.

Harriet blieb stehen und wandte sich um.

»Gute Arbeit!«, sagte der Kriminaldirektor mit dem Anflug von ehrlicher Anerkennung in seiner Stimme, bevor er sich abrupt wegdrehte und zu seinem Wagen stapfte, als wäre ihm sein knappes Lob peinlich gewesen.

Harriet brachte Madlener in sein Hotel. Bevor sie weiterfuhr, versprach sie, ihn wieder pünktlich abzuholen.

Und da ließ er sich nun das heiße Wasser aus der Duschbrause mit geschlossenen Augen ins Gesicht prasseln, bis ihm die Haut wehtat, und gab sich der irrationalen Hoffnung hin, sich gleichzeitig nicht nur den äußeren, sondern auch den inneren Schmutz zumindest für den Augenblick abwaschen zu können, aber das war nur ein Wunschtraum. In seinem Gedankenlabyrinth spielten die Eindrücke der letzten vierundzwanzig Stunden Feuerwerk.

Dieser Zustand wurde auch im Bett nicht besser. Außerdem wurde ihm erst jetzt bewusst, dass er seit Ewigkeiten nichts mehr gegessen hatte und dementsprechend hungrig war.

Also stand er wieder auf, zog sich frische Sachen an und hängte die nassen Klamotten erst einmal über den Rand der Duschkabine und die Handtuchhalter, um sie trocknen zu lassen, bevor er sie in seine Reinigung bringen konnte.

Dann ging er hinunter in den Frühstücksraum und holte sich Croissants, Semmeln, Käse, Wurst, eine doppelte Portion Rührei und eine Kanne Kaffee am Büfett. Sein üblicher Kampf mit den Folien auf den Butter- und Marmeladeplastikdöschen war kurz und erstaunlicherweise erfolgreich: Ausnahmsweise bekleckerte er sich nicht. Bei all dem, was er in der Nacht gesehen und durchgemacht hatte, befürchtete er zunächst, dass es ihm den Appetit verhagelt hatte, aber das Gegenteil war der Fall. Er griff herzhaft zu, sogar die Croissants schmeckten ihm, obwohl sie nicht aus seiner Lieblingsbäckerei stammten.

Frisch gestärkt und mit ausreichend Koffein im Blutkreislauf merkte er plötzlich, dass das Feuerwerk aus Tod, Blut und Regen in seinem Kopf sich offensichtlich in Regionen verzogen hatte, wo es ihn einstweilen in Ruhe ließ. Er wusste zwar, dass es ihn in seinen Träumen wieder einholen würde, aber momentan fand er, dass er wieder halbwegs klar und logisch denken konnte und seine Tatkraft durch die Geschehnisse der Nacht nicht gelitten hatte. Wenn er sich Jessica Verhaags an das Wurzelwerk gefesselte Gestalt vergegenwärtigte, erwachten sofort eine brennende Wut und ein unbändiger Ehrgeiz, denjenigen, der dem Mädchen das angetan hatte, schleunigst zu erwischen, damit er für seine Taten büßen musste und nicht noch andere Opfer für seine Wahnvorstellungen von Rache oder was immer seine Motivation sein mochte, auf ähnliche Weise töten, sie ihrer Würde berauben und zur Schau stellen konnte.

Er goss sich noch ein Glas frischen Orangensaft ein und leerte es in einem Zug – ein paar Vitamine auf Vorrat konnten nicht schaden, in dieser Phase durfte er sich nicht das Handicap einer Erkältung leisten. Anschließend nickte er dem einzigen Gast im Frühstücksraum zu. Irgendwie kam ihm der Mann mit dem altmodischen Schnauzbart, der Stirnglatze und dem Brilli im Ohrläppchen bekannt vor. Natürlich, der Vertreter für Duschvorhangringe oder Bleistiftspitzer, jedenfalls hatte er ihn immer dafür gehalten, weil er einfach so aussah. Nie hatte er auch nur ein Wort mit dem wohlbeleibten Mann um die fünfzig gewechselt, der immer anthrazitfarbene Anzüge aus Schurwolle mit zu auffälligen weißen Karos und dazu schneeweiße Nylonhemden trug, Schuhgröße achtundvierzig hatte und das, was er sich mehrfach vom Büfett holte, auf seinem Frühstücksteller mit einer Akribie abarbeitete, als würde er Rabattpunkte beim Hotelpersonal sammeln, wenn er keinen einzigen Krümel auf Teller oder Tischdecke zurückließ, um am Ende des Jahres dafür mit einer Flasche Rotkäppchen-Sekt belohnt zu werden.

Madlener hatte sich so gestärkt, dass er beschloss, aufs Ganze zu gehen und den Karomann diesmal endlich anzusprechen. Sie hatten, obwohl sie sich alle paar Wochen im Frühstücksraum begegneten, noch nie ein Wort miteinander gewechselt. Es gab immer nur ein wertneutrales Zunicken und ein stilles gemeinsames Einverständnis darüber, dass die Welt im Allgemeinen und der Bodenseeraum im Besonderen über Nacht nicht besser geworden war, wenn sie synchron den ausliegenden »Südkurier«

aufschlugen und in der Tageszeitung mit den großen und kleinen Katastrophen konfrontiert wurden, von der immerwährenden Griechenlandkrise, die gefühlt kurz nach dem Trojanischen Krieg aufgekommen sein musste, bis hinab zur brisanten Frage, wer für die Kostenexplosion bei den Sanierungsarbeiten des Trachten- und Sängerheims der Gemeinde Unterholzlauingen verantwortlich gemacht werden konnte.

Madlener ging also zu dem Mann an den Tisch und sagte: »Nichts für ungut, Herr Nachbar, aber eine Frage lässt mir einfach keine Ruhe: Würden Sie mir wohl verraten, was für einen Beruf Sie ausüben? Mein Name ist Madlener, Max Madlener, und ich bin Kommissar bei der hiesigen Kripo.«

Er streckte die Hand aus, und der Mann mit dem altmodischen Schnauzbart gab ihm die seine.

»Angenehm«, sagte er, »Franz Humbert, ich bin First Assistant Sales Manager im mobilen Sanitärbereich.«

»Mobiler Sanitärbereich …?« Madlener nickte angemessen beeindruckt. »Klingt interessant. Was ist das?«

»Dixi-Toiletten«, präzisierte Humbert seine Aussage und tupfte sich mit ausgesuchter Noblesse seine Mundwinkel mit der Papierserviette ab.

»Ah ja. Nett, Sie kennengelernt zu haben. Dann wünsche ich Ihnen noch einen schönen Tag und gute Geschäfte.«

»Danke, gleichfalls. Meine Geschäfte gehen immer«, sagte Humbert stolz und entblößte seine makellosen Jacketkronen, was wohl ein breites Lächeln sein sollte.

»Meine leider auch«, entgegnete Madlener und ging zum Ausgang des Frühstücksraums, wo eine schwarz gekleidete Punkerin namens Harriet schon zuverlässig auf ihn wartete, um ihn abzuholen.

33

Punkt elf Uhr saßen sie alle am Tisch im Besprechungsraum. Ehrmanntraut, der Chef der kriminaltechnischen Abteilung, wartete darauf, dass der letzte Stuhl zurechtgerückt und Frau Gallmann – wie stets – mit gezücktem Stift bereit war, alles mitzustenografieren.

Madlener bewunderte sie dafür, er kannte niemanden mehr, der diese Kunst noch beherrschte. Beide waren sozusagen im Computerzeitalter aus der Welt gefallen – Frau Gallmann und die Stenografie.

Ehrmanntraut legte los. »Was haben wir da draußen gefunden? Zu meinem und zu unser aller Leidwesen hat der starke Regen gestern Nacht so ziemlich alles zunichtegemacht, was uns vielleicht an Spuren hätte weiterbringen können. Ich will gar nicht lange um den heißen Brei herumreden – das Fazit nach mehreren Stunden Arbeit aller Kollegen unter erschwerten Bedingungen lautet: nada.«

Madlener stöhnte innerlich. Erstens, weil es allem Anschein nach von der KTU nichts gab, was sie ein Stückchen näher an Bruno heranbrachte, und zweitens, weil der ansonsten überseriöse Ehrmanntraut jetzt auch noch anfing, seine Resümees mit Floskeln aus schlechten Filmen zu garnieren.

Ehrmanntraut zählte auf: »Keine verwertbaren Reifenspuren. Das Seil, mit dem das Opfer an die Wurzeln gefesselt war, ist handelsübliche Wäscheleine, kriegen Sie in jedem gut sortierten Supermarkt. Die Knoten sind ebenfalls nicht aussagekräftig, also keine Seemannsknoten oder so was. Keine verwertbaren Fingerabdrücke, nicht mal auf der Sporttasche – außer denen des Opfers. Des Weiteren keine verwertbaren Fußabdrücke. Wie gesagt: nada. Wenn der Täter wirklich etwas übersehen haben sollte, so hat der heftige Dauerregen sämtliche Spuren, falls vorhanden, vernichtet. Von irgendeiner DNS will ich gar nicht sprechen. Tut mir leid, wir haben unser Bestes versucht. Die Kleidung des Opfers ist noch unter dem Mikroskop, die Hoffnung auf verräterische Faserreste haben wir noch nicht ganz aufgegeben. Entweder der Täter ist außerordentlich penibel vorgegangen, oder er hat wegen des Wetters unverschämtes Glück gehabt. Wahrscheinlich trifft beides zu.«

Er setzte sich wieder.

»Danke, Ehrmanntraut«, sagte Thielen und wandte sich an Madlener. »Madlener, Sie haben mit Dr. Herzog gesprochen ...«

»Ja«, sagte Madlener. »Sie hat mir auf die Schnelle Folgendes mitgeteilt: Jessica wurde nicht missbraucht. Sie hat keinerlei Spuren unter den Fingernägeln, was normalerweise ungewöhnlich ist, aber dadurch erklärt werden kann, dass Jessica zwei Stunden beim Training im Wasser geschwommen ist. Also muss sie höchstwahrscheinlich kurz danach in die Hände des Täters gefallen und so überraschend überwältigt worden sein, dass sie keine Gelegenheit mehr hatte, sich zur Wehr zu setzen.«

Er blickte hoch und sah in konzentrierte Gesichter, dann fuhr er fort.

»Todesursache ist höchstwahrscheinlich eine Überdosis Beruhigungsmittel, verabreicht durch eine Spritze in den Hals, also eine ähnliche Vorgehensweise wie bei Sandra. Die genaue Analyse des Mittels erfordert einige Tage. Todeszeitpunkt war zwischen einundzwanzig und dreiundzwanzig Uhr gestern Abend. Zum Tathergang kann Frau Dr. Herzog allerdings bereits Folgendes sagen: Jessica bekam mit einem stumpfen Gegenstand einen Schlag auf den Hinterkopf, der so heftig war, dass er eine sofortige Bewusstlosigkeit und eine stark blutende Platzwunde verursachte. Die Spritze wurde ihr danach verabreicht. Sollten wir also einen Tatverdächtigen ausfindig machen, könnte die Spurensicherung unter Umständen anhand von Blutspuren nachweisen, dass Jessica in einem in Frage kommenden Auto transportiert wurde – und das war sicher der Fall, um das Opfer auf diese Wiese zu bringen. Natürlich wissen wir nicht, ob der Täter darauf vorbereitet war und vorher eine Plastikfolie im Kofferraum oder auf der Ladefläche ausgebreitet hat, aber es ist immerhin ein Punkt, an dem wir ansetzen können.«

»Wenn wir denn mal einen Tatverdächtigen haben«, murmelte Thielen.

Madlener ließ sich durch Thielens Bemerkung nicht aus dem Konzept bringen und machte weiter. »Frau Dr. Herzog hat des Weiteren Partikel von Kalziumsulfat in der Kopfwunde gefunden.«

»Was ist das?«, wollte Thielen wissen.

»Gips.«

»Was?«, fragte Thielen. »Was zum Teufel soll das bedeuten? Wer schlägt mit einer Gipskeule zu?«

»Nun«, sagte Madlener, »die Frau Doktor vermutet, dass Jessica mit einem Gipsarm oder einer Art Gipsmanschette niedergeschlagen wurde.«

»Soll das heißen, der Täter hat einen gebrochenen Arm?«

»Das sagt die Frau Doktor nicht explizit. Aber möglich ist es.«

»Götze«, kommandierte Thielen, »Sie rufen sofort sämtliche Krankenhäuser im Umkreis von hundert Kilometern an und erkundigen sich nach behandelten Armbrüchen in den letzten vier Wochen bei männlichen Patienten, die in unser Täterprofil passen.«

Götze blies angesichts dieser Sisyphusarbeit die Backen auf und machte sich eine Notiz, enthielt sich aber vorsichtshalber jeglichen Kommentars, bevor Thielen ihm noch aufbürdete, sämtliche Bergwerke in Mitteleuropa anzurufen, die Kalziumsulfat förderten. Zuzutrauen war es ihm durchaus.

»So weit der pathologische Befund«, meinte Madlener. »Was ist mit möglichen Zeugen? In der Gegend von Schnetzenhausen?«

»Keine«, antwortete Götze. »Oder soll ich sagen: nada?«

Für den Stockfisch Götze war das ja geradezu ein heftiger Ausbruch von Witzigkeit, dachte Madlener überrascht, gleichzeitig aber auch enttäuscht. In der Hinsicht hatte er sich mehr erwartet. In jedem schwäbischen Dorf fiel es doch normalerweise auf, wenn ein Fremder Orte wie die Funkenwiese aufsuchte, die nur den Einheimischen bekannt waren.

»Sicher?«, fragte er vorsichtshalber nach.

»Absolut«, entgegnete Götze. »Ich habe Haus für Haus der Reihe nach alles rausgeklingelt, was zwei Beine hat. Außerdem hat unsere nächtliche Aktion sowieso eine Menge Staub aufgewirbelt, der ganze Ort war in der Früh auf den Beinen und wollte wissen, was los war. Wenn da jemand was gesehen hätte, wüssten wir's.«

Alle sahen auf Thielen, der kopfschüttelnd die Hände hob. »Das kann doch alles nicht wahr sein. Dieser Bruno hat auch noch mehr Glück als Verstand.«

»Hat eigentlich jemand Frau Verhaag informiert, bevor die Medien von der Sache erfahren haben?«, fragte Harriet unvermittelt.

»Selbstverständlich«, sagte Binder. »Ich bin selbst zu ihr hingefahren, als Madlener Jessicas Identität bestätigt hat.«

»Wie hat sie es denn aufgenommen?«, wollte Thielen wissen.

»Sie ist zusammengebrochen, ich musste den Notarzt rufen.«

»Das tut mir leid. Wer kann es ihr verdenken …«, murmelte Thielen.

Madlener war schon einen Schritt weiter. »Wir müssen alle vernehmen, die in den letzten Stunden vor ihrem Tod Kontakt zu Jessica hatten, alle. Busfahrer, Trainingskolleginnen, ihren Freund. Was wir brauchen, ist ein öffentlicher Aufruf. Alle, die zur fraglichen Zeit im Hallenbad waren, sollen sich melden und eine Aussage machen. Vielleicht war Bruno auch im Hallenbad und hat sich dort als unauffälliger Badegast Jessica als Opfer herausgesucht. Dann muss ihn jemand gesehen haben.«

»Mit einem Gipsarm im Hallenbad?«, fragte Thielen mit zweifelndem Gesichtsausdruck.

»Versuchen müssen wir's«, antwortete Harriet für Madlener.

»Jaja, schon gut, Sie haben ja recht«, winkte Thielen ab. »Den Freund übernehme ich«, sagte er. »Er ist schon herbestellt. Um die anderen kümmern Sie sich. Die Medien sind inzwischen über alles informiert, was wir haben, auch über die Briefe. Allerdings nicht über deren genauen Inhalt. Ich bin überzeugt, der Fahndungsdruck wird so groß, dass der Täter einen Fehler macht und wir ihn schnappen können. Oder er stellt sich freiwillig.«

»Bruno? Niemals«, warf Madlener ein.

»Woher wollen Sie das wissen?«, fragte Thielen, verblüfft über Madleners heftigen Widerspruch.

»Weil er alles unternimmt, um keine Spuren zu hinterlassen. In seinen Briefen ebenso wie am Auffindungsort seiner Opfer.

Da fällt mir ein: Was habt ihr eigentlich in der Sporttasche von Jessica gefunden, Ehrmanntraut?«, fragte Madlener.

»Das Übliche.« Ehrmanntraut zuckte mit den Schultern und suchte auf seinem Tablet die entsprechende Datei, dann las er vor: »Zwei Handtücher, Badeanzug, Kosmetika, Hygieneartikel, Portemonnaie mit achtundzwanzig Euro dreißig, Personalausweis und Monatskarte für den Bus, Flipflops.«

»Sonst nichts?«

Er überflog noch einmal seine Liste. »Nein«, antwortete er mit Bestimmtheit.

»Aber da fehlt noch etwas. Und das ist ungewöhnlich«, insistierte Madlener.

»Wieso? Was soll daran ungewöhnlich sein?«, wollte Thielen wissen.

»Kein Mädchen heutzutage ist ohne Handy unterwegs. Wo ist Jessicas Smartphone?«, fragte Madlener.

34

Arbogast saß seit geraumer Zeit in seinem Labor vor dem PC und starrte auf den Bildschirm, obwohl er ihn überhaupt nicht wahrnahm. Bevor er beginnen konnte, durchs Netz zu surfen, um nach den medialen Auswirkungen seiner Taten zu suchen, weil er sie noch einmal lustvoll geistig durchspielen und nachvollziehen wollte, hatte ihn, kaum dass er die Stahltür hinter sich gelassen und abgesperrt hatte, aus dem Nichts ein dermaßen heftiger Migräneanfall attackiert, dass er glatt in die Knie gegangen und ihm das Wasser in die Augen geschossen war.

Gerade noch hatte er nach seinen starken Tabletten greifen können, die er sicherheitshalber immer in seiner Brusttasche mit sich führte. Fahrig fummelte er den Blister heraus und verfluchte ihn zum x-ten Mal, weil er einfach eine Scheißerfindung war und sich die Tabletten nur mit größter Mühe durch die Aluminiumabdeckung herausdrücken ließen – zumal er bei einem Anfall seine Hände und Finger kaum kontrollieren konnte, so zitterten sie. Eine fiel ihm auch noch auf den Boden und kullerte unter den Stahlschrank. Er fluchte gottserbärmlich und presste eine zweite heraus, die er in den Mund steckte. Dann schluckte er sie trocken hinunter, was auch mühsam war, aber in diesem Fall musste es so gehen.

Schon glaubte er, sein Kopf würde in tausend blutrote Fetzen zerplatzen wie eine Wassermelone, auf die man eine Schrotladung abgefeuert hatte. Er versuchte, ruhig und planvoll aus- und einzuatmen. Der rasende Schmerz kam in Wellen, irgendwie musste er die erste überstehen.

Als sie ein wenig nachließ, kroch er auf allen vieren bis zum Waschbecken. Er zog sich daran hoch, drehte den Hahn auf, trank gierig das Wasser und schaffte es dann gerade noch auf seinen Schreibtischstuhl, wo er auf die nächste Schmerzattacke wartete und nur noch hoffte, dass die Tabletten bald Wirkung zeigten.

Als er wieder zu sich kam, blickte er mühsam auf seine Uhr, um zu sehen, wie viel Zeit seit seinem Wegtreten vergangen war. Er sah zuerst alles nur verschwommen, seine Augen brauchten eine ganze Weile, bis sie sich akkommodierten und er das Ziffernblatt und die Zeiger erkennen konnte. Ihm kam es wie eine Ewigkeit vor, dabei war er nur knapp über zwanzig Minuten geistig abwesend gewesen. Zwanzig Minuten – ein Mückenschiss verglichen mit der Zeit, die seit dem Urknall vergangen war, aber eine Menge, wenn man überlebenstechnisch schon auf dem Reservetank fuhr und nur noch ein paar Wochen vor sich hatte.

Dabei wollte er sich heute eigentlich ausruhen und erst einmal alles aus vollen Zügen genießen, was er angerichtet hatte. Er fand, dass er sich das verdient hatte.

Dazu rollte er mit seinem Stuhl zum Stahlschrank und schloss ihn auf. In einer Metallkassette, die er ebenfalls erst aufsperren musste, hatte er seine Memorabilien versteckt.

Sich überhaupt welche zuzulegen, daran hatte er zuerst gar nicht gedacht. Erst als er Sandra in seine Gewalt gebracht hatte und sie ohne Bewusstsein hier in seinem Labor auf der Liege vor ihm lag, war er auf die Idee gekommen, etwas Persönliches von ihr zurückzubehalten, gewissermaßen als kleine Erinnerung an die Stunden, die sie zusammen verbracht hatten. Kein Kleidungsstück und auch nicht das Smartphone. Sandras Handy hatte er so lange ausgeschaltet mit sich herumgetragen, wie er zur Beruhigung ihrer Eltern noch nichtssagende Kurzmitteilungen verschicken musste. Dann hatte er es zertreten und im nächsten Mülleimer entsorgt, ebenso Sandras Rucksack. Das Handy von Jessica hatte er nicht gefunden, obwohl er ihre Kleidung und die Sporttasche gründlich durchsucht hatte.

Nein, es war bei beiden eine Haarlocke, die er so abgeschnitten hatte, dass man es nicht bemerken würde. Die Haarsträhnen hatte er an den Schnittstellen mit Alleskleber zu einem kleinen Bündel zusammengeklebt. Wenn er sie wie jetzt in die Hand nahm und die Augen schloss, kam es ihm vor, als durchströmten ihn in diesem Moment die Lebensgeister ihrer Besitzerinnen, die ihm ein Opfer gebracht hatten, das er nun als Trophäe in der Hand hielt. Natürlich war das nur Einbildung, das Phänomen einer

Art von Selbstsuggestion, was ihn auf einmal ganz eigentümlich berührte. Dabei war es niemals seine Absicht gewesen, auch nur im Entferntesten irgendeine Beziehung zu seinen Opfern aufzunehmen, weder emotional noch sexuell.

Beide Mädchen waren für ihn nicht mehr und nicht weniger als Mittel zum Zweck.

Und jetzt, da er das Haarbüschel von Jessica in der Hand hielt und die Augen schloss – schlich sich da nicht doch ein wenig Bitterkeit in seine Gedanken, dass Jessica ihr Leben lassen musste, nur weil sie ihm im falschen Augenblick über den Weg gelaufen war und es ihm in den Kram passte, der Kripo zu beweisen, dass er Herr über Leben und Tod war und stark und entschlossen genug, seine großspurigen schriftlichen Ankündigungen auch in die Tat umzusetzen?

Und wenn schon, dachte er. Wie hatte seine selige Mutter, die für jegliche Lebenssituation einen dämlichen Allerweltsausspruch auf Lager gehabt hatte, immer gesagt:»Man kann kein Omelett machen, ohne ein paar Eier zu zerschlagen.« Der Spruch sollte angeblich von Lenin sein. Aber das passte ja, Diktatur blieb Diktatur, ob es die der Mutter oder des Proletariats war.

Bevor er noch gar zu rührselig wurde – was er auf die rasenden Kopfschmerzen zurückführte, die von der Chemie in seinen Tabletten inzwischen zu einem erträglichen dumpfen Pochen heruntergekocht worden waren –, schien es ihm angebracht, die einzigen Beweismittel, die es gegen ihn gab, endgültig zu vernichten. Und damit auch gleichzeitig jeden Anlass zur falschen Sentimentalität.

Er machte seinen Bunsenbrenner an, hielt die Haarbüschel nacheinander mit der Pinzette in die blaue Flamme und sah zu, wie sie schnell zusammendampften und sich unter Zischen und ziemlicher Geruchsentwicklung in Rauch auflösten.

Weg damit!

Er hatte einmal gelesen, dass man, wenn man einen Gehirntumor hatte, in bestimmten Momenten den Geruch nach verbrannten Haaren oder Federn verspürte. Das konnte er nur bestätigen, die Vorstellung brachte ihn zum Lachen.

Zeit, um Phase drei einzuläuten. Er merkte, wie die Vorfreude in ihm hochstieg, und war gottfroh, sein kleines Tief überwunden zu haben, das stets auf diese entsetzlich dummen Aussetzer folgte. Er machte sich ans Werk, ein Paket auszupacken, dessen Inhalt er schon vor einiger Zeit in Stuttgart gekauft hatte. Dazu fiel ihm ein Lied ein, das er fröhlich vor sich hin sang, als er den Karton aufmachte wie ein aufgeregtes Kind sein sehnsüchtig erwartetes Geschenk unter dem Weihnachtsbaum.

»Zwei mal drei macht vier
Widdewiddewitt und drei macht neune!
Ich mach mir die Welt
Widdewidde wie sie mir gefällt ...«

35

Gellendes Johlen und Kindergeschrei schlug ihnen entgegen, als Madlener und Harriet mit ihren Straßenschuhen, das ausdrückliche Verbot ignorierend, das altmodische Hallenbad mit seinen zwei Becken betraten, wobei sie beinahe von einer Horde Jugendlicher in Badezeug über den Haufen gerannt wurden. Fünf Halbstarke jagten drei kreischende Mädchen, holten sie ein und stießen sie ins große Becken, bevor sie mit Arschbomben hinterhersprangen und so viel Wasser wie möglich verspritzten.

Der ganz in Weiß gekleidete Bademeister in seinem gläsernen Kabäuschen sah nicht einmal hoch, obwohl Schilder darauf hinwiesen, dass es streng verboten war, vom Beckenrand aus ins Wasser zu springen.

Als er Madlener und Harriet erblickte, kam er jedoch wie ein Pitbull aus seinem Kabuff geschossen und schrie schon von Weitem: »He, Sie da, können Sie nicht lesen? Wo kommen wir denn hin, wenn jeder mit Straßenschuhen hier hereinlatscht! Das dürfen Sie nicht!«

Madlener wartete seelenruhig, bis der geifernde Mann mit seinem Schmerbauch und dem Bürstenhaarschnitt nahe genug war, dann zückte er seinen Ausweis. »Und ob wir dürfen. Kripo Friedrichshafen. Ich gehe mal davon aus, dass Sie hier zuständig sind – jedenfalls führen Sie sich so auf.«

Der Mann, der laut Namensschild H. Moser hieß, bekam einen puterroten Kopf, und Madlener war sich sicher, dass er sich bereits noch ein paar unflätige Worte zurechtgelegt hatte, aber angesichts des Ausweises und der strengen Amtsmienen von Harriet und ihm besann er sich gerade noch eines Besseren.

»Ich bin der Bademeister, wenn Sie das meinen«, sagte er schon etwas zurückhaltender.

»Gehen wir in Ihr Büro. Wir müssen Ihnen ein paar Fragen stellen«, sagte Madlener und nickte in Richtung Glaskabäuschen, worauf H. Moser unwillig kehrtmachte, in sein Aquarium ging, wartete, bis Madlener und Harriet ebenfalls hereingekommen waren, und dann die Tür schloss, was den Lärm mit einem Mal aussperrte.

»Es geht um Jessica, nehme ich an«, meinte er.

»Richtig«, entgegnete Madlener. »Kannten Sie sie?«

»Vom Sehen. Ich bin ja immer hier, wenn sie trainieren.«

»Auch am Abend, als sie verschwand?«

»Ja.«

»Haben Sie mitbekommen, mit wem sie das Hallenbad verlassen hat?«

»Nein. Wenn sie mit ihrem Training fertig sind, sehe ich zu, dass ich die letzten Badegäste hinauskomplimentiere. Es gibt immer wieder welche, die sich extra viel Zeit lassen, obwohl es mehrere dementsprechende Durchsagen gibt. Aber irgendwann will ich auch Feierabend machen. Bis es so weit ist, muss ich noch in jeden Winkel sehen, ob nicht doch noch einer duscht oder auf dem Klo ist und ich ihn einsperre.«

»Haben Sie an diesem Abend etwas Ungewöhnliches oder Verdächtiges bemerkt?«

»Nicht dass ich wüsste.«

»Jemanden, der den Mädchen auffällig lang beim Training zugesehen hat vielleicht?«

»Beim Training? Die üblichen Jungs mit blöden Bemerkungen. Aber denen wird's nach einer Weile auch langweilig.«

»Haben Sie einen Mann mit einem Gipsarm gesehen?«, fragte Harriet.

»Ein Gipsarm? Hier im Hallenbad? Nein. Kein normaler Mensch kommt mit einem Gipsarm ins Hallenbad.«

»Wer leitet das Training der Sychronschwimmerinnen?«, wollte Madlener wissen.

»Kai«, sagte Moser. »Kai Rudeck.«

»Könnten wir ihn sprechen?«

»Warten Sie ...« Er sah auf seine Uhr. »Er müsste gerade gekommen sein und sich fertig machen.«

»Wofür?«

»Kai Rudeck leitet zurzeit noch die Seniorengruppe Aquajogging.«

»Seit wann trainiert er schon die Synchronschwimmerinnen?«

»Seit einem halben Jahr. Er ist als Ersatz eingesprungen, weil Frau Wedekind ihr Babyjahr genommen hat.«

»Wo finden wir ihn?«

»Wir haben Räume für Personal. Da wird er wohl sein.«

»Na schön«, sagte Madlener und öffnete einladend die Tür. Als Moser keine Anstalten machte, sich in Bewegung zu setzen, gab Madlener ihm einen deutlichen Wink. »Na bitte, wenn Sie vielleicht vorausgehen ...«

Moser stöhnte widerwillig, als hätte er Wichtigeres zu tun – Madlener hatte das halb ausgefüllte Kreuzworträtsel auf dem Schreibtisch nicht übersehen –, und warf Madlener und Harriet noch einen unfreundlichen Blick zu, bevor er sich endlich dazu bequemte, sein Refugium zu verlassen, wartete, bis die beiden hinausgingen, und dann absperrte.

»Hier klauen sie wie die Raben«, meinte er dazu und schlappte mit seinen Adiletten voraus.

Es führte sie durch gefliese Gänge, bis sie an eine Tür mit der Aufschrift »Nur für Personal« kamen. Er klopfte kurz an und ging auch schon hinein in den nüchternen Umkleideraum mit einer Bank, mehreren Spinden, Trainingsplänen an den Wänden, ein paar Fotos und einem einfachen Stahlschreibtisch, an dem ein athletischer Mann mit Shorts und weißem Polohemd saß und sich nach ihnen umdrehte. Als er sah, dass gleich drei Personen hereinkamen, legte er das Smartphone, auf dem er herumgewischt hatte, auf dem Schreibtisch ab und stand auf. Er war durchtrainiert und braun gebrannt, als käme er gerade von einem dreiwöchigen Surfurlaub aus dem sonnigen Süden, hatte gegeltes, zurückgekämmtes Haar und einen Dreitagebart und zeigte kleine gebleachte Zähne, mit denen er glatt als Zahnpasta-Model durchgehen konnte.

»Hoher Besuch?«, sagte er nervös und streckte Madlener die Hand entgegen.

Madlener nahm sie kurz, stellte sich und Harriet vor und wandte sich an H. Moser, der neugierig dageblieben war. »Danke, Herr Moser. Wenn wir Sie noch mal brauchen, hören Sie von uns.«

Er wartete, bis Moser den Raum verlassen hatte, dann kam

er gleich zur Sache. »Herr Rudeck, wie gut kannten Sie Jessica Verhaag?«

Rudeck strich sich mit der Hand über seinen Bart und dachte nach, ehe er antwortete. »Eine schlimme Geschichte, ganz schlimm. Wir alle, auch ihre Trainingskolleginnen, sie sind ja fast alle miteinander befreundet, stehen immer noch unter Schock und sind fassungslos. Jessica war ... ja, wie soll ich sagen? Unsere Stimmungskanone. Immer fröhlich, immer gut gelaunt, nie zu müde, um noch eine Trainingseinheit zu machen. Sie hat alle angesteckt mit ihrer Begeisterung für die Sache. Dass sie nie mehr kommen wird ... also das können wir alle noch immer nicht glauben. Bitte, setzen Sie sich.«

Er selbst nahm wieder auf seinem Schreibtischstuhl Platz und wies auf die Bank.

»Nein danke, wir stehen lieber«, sagte Madlener und wartete auf die eigentliche Beantwortung seiner Frage, während Harriet die Trainingspläne an der Wand studierte und die relevanten mit ihrem Smartphone abfotografierte.

»Was soll ich sagen?«, seufzte Rudeck. »Ich kannte Jessica nur vom Training her. Und da war sie eine der Besten.«

»Sie sind nie mit den Mädchen noch ausgegangen? Auf ein Eis oder so?«

»Gelegentlich schon.«

»Was heißt gelegentlich? Jedes zweite Mal? Dreimal pro Woche?«

»Zwei- oder dreimal. Insgesamt, seit ich hier bin.«

»Wie lief das ab an dem Abend, als sie verschwand?«

»Ganz normal, wie immer.«

»Auffälligkeiten?«

»Was meinen Sie damit?«

Harriet drehte sich zu Rudeck um und sagte zum ersten Mal etwas. »Dass jemand ihr nachgestiegen ist zum Beispiel. Sie gestalkt hat.«

»Nein. Wir haben uns noch locker verabschiedet, ich bin hierher, habe mich umgezogen und fertig.«

»Und die Mädchen?«

»Duschen, ziehen sich um und gehen nach Hause.«

»Sind Sie ihr noch mal begegnet?«

»Nein. Ich bin meistens der Letzte, helfe dem Bademeister noch bei seiner Schlussrunde, und das war's.«

Madlener stellte die nächste Frage. »Kam Ihnen Jessica in letzter Zeit verändert vor?«

»Nein. Sie war wie immer. Ein lebenslustiges, aufgeschlossenes Mädchen, das für jeden Scherz zu haben war.«

Harriet fragte: »Haben Sie einen Mann mit einem Gipsarm bemerkt?«

»Wie bitte? Ich verstehe nicht ganz …«, sagte Rudeck irritiert.

»Ist doch eine ganz einfache Frage. Ein Mann mit Gipsarm. In den letzten Tagen. Hier im Hallenbad.«

Rudeck schüttelte den Kopf. »Nein, also so einer wäre mir wirklich aufgefallen. Warum fragen Sie?«

»Hat sich Jessica beim letzten Training mit jemandem unterhalten? Mit jemandem, der nicht zu ihrer Truppe gehörte?«

»Ich glaube nicht.«

»Haben Sie ein Bild von ihr? In Ihrem Spind?«

»Warum sollte ich? Aber wenn Sie sie sehen wollen …«

Madlener und Harriet warfen sich einen Blick zu.

Rudeck hatte sich schon mit seinem Schreibtischstuhl umgedreht und tippte auf die Tastatur seines Notebooks ein. »Ich habe hier die Aufzeichnung unseres letzten Auftritts …«

Madlener und Harriet beugten sich über Rudecks Schulter.

»Ist jetzt zwei Wochen her.«

Rudeck startete die Aufzeichnung, sie zeigte amateurhaft und etwas wacklig aufgenommen den Ablauf einer Veranstaltung in einem größeren und moderneren Hallenbad, die Formationen der verschiedenen Gruppen und die Siegerehrung im schnellen Vorlauf. Als Rudeck stoppte, war auf dem Standbild ein stolzes Mädchen mit nassen Haaren und im Badeanzug zu sehen, das in seine Medaille biss, wie es die großen Vorbilder im Fernsehen immer taten.

»Das ist sie«, sagte Rudeck. »Sie waren überglücklich, dass sie auf Platz drei gelandet sind. Damit hätten sie nie gerechnet.«

Er ließ das Video weiterlaufen.

»Das sind alles junge, hübsche Mädchen«, meinte Harriet wie beiläufig.

Rudeck drehte seinen Kopf zu ihr herum. »Was wollen Sie damit sagen?«

»Hatten Sie was mit einer von ihnen?«

»Wie kommen Sie darauf?«

»Eine normale Frage, mehr nicht.«

»Und wenn? Wäre das nicht meine Privatangelegenheit?«

Madlener schüttelte den Kopf. »Herr Rudeck, ist Ihnen nicht klar, dass wir in einem Mordfall ermitteln? In einem Mordfall, bei dem eines der Mädchen aus Ihrem Trainingskurs auf brutale und heimtückische Weise umgebracht worden ist? Da gibt es keine Privatangelegenheiten mehr. Da muss alles auf den Tisch.«

Rudeck lachte verunsichert. »Ist jetzt der Zeitpunkt gekommen, wo ich meinen Anwalt anrufen sollte?«

»Herr Rudeck, Sie sehen zu viele Krimis. Dies ist kein Verhör. Wir sind noch in dem Stadium, wo wir Aussagen sammeln. Bisher sind Sie ein Zeuge und werden als solcher vernommen. Wir wollen uns nur ein Bild des Opfers machen können. Und dazu sollten Sie Ihren Anteil beitragen, schließlich waren Sie einer der Letzten, die Jessica lebend gesehen haben.«

Rudeck stand ruckartig auf, ging zu seinem Spind mit Zahlenschloss, fuhrwerkte daran herum, bis er es in seiner Erregung aufbekam, griff in seine Jacke, die dort hing, und fingerte eine Geldbörse heraus.

Er zog ein Foto aus seinem Portemonnaie, mit dem er vor Madleners Gesicht herumfuchtelte. Es war das Foto eines ungefähr dreißig Jahre alten Mannes mit einem gewinnenden Lächeln wie aus dem Modekatalog, der den Arm um Rudecks Schulter gelegt hatte.

»Wer ist das?«, wollte Madlener wissen.

»Henning. Mein Freund. Oder sollte ich besser sagen: mein Lebensgefährte?«

»Aha«, sagte Madlener. »Und was wollen Sie damit ausdrücken?«

»Dass ich kein Interesse an Mädchen habe. Jedenfalls nicht in der Hinsicht, in der Sie es mir unterstellen wollen.«

Damit steckte er das Foto mit zittrigen Fingern wieder in seine Geldbörse zurück.

Harriet hatte unterdessen eine Nummer in ihr Handy getippt.

Auf einmal klingelte es in Rudecks Spind.

Es war ein Martinshorn-Klingelton, der zunehmend lauter und penetrant wurde.

Rudeck erstarrte.

Harriet und Madlener tauschten einen kurzen Blick aus, dann ging Harriet zu dem offenen Spind und zog das klingelnde Smartphone aus dem untersten Fach heraus. Sie hatte ein Taschentuch genommen, um keine Fingerabdrücke zu hinterlassen. Sie schaltete es aus, bevor sie es Rudeck ostentativ vors Gesicht hielt. »Das ist das Handy von Jessica. Wie kommt das in Ihren Spind, Herr Rudeck?«

Aus Rudecks Gesicht war alle Farbe entwichen. »Ich … ich kann das erklären«, stotterte er.

Harriet hatte eine Tüte aus ihrem Rucksack geholt und steckte das Handy hinein. Nebenbei sagte sie: »Wir hören.«

Rudeck raufte sich in schierer Verzweiflung die Haare.

Harriet ließ nicht locker. »Haben Sie die Frage nicht verstanden? Wie kommt Jessicas Handy in Ihren Spind?«

»Ich habe nicht mehr daran gedacht, ich weiß auch nicht, warum. Der ganze Trubel um Jessica … Es hört sich vielleicht dumm an, aber es hat einen ganz simplen Grund …«

»Da sind wir aber gespannt. Also bitte?«

»Mein Gott, sie muss es schlicht und einfach vergessen haben. Nach dem Training. Als ich neulich meine Runde machte, habe ich das Handy in der Damenumkleide gefunden und mitgenommen und in meinen Spind gesteckt, damit es niemand klaut. Ich wusste nicht, dass es Jessica gehört. Ich … ich kann mir vorstellen, was Sie jetzt denken müssen …«

»Nein, können Sie nicht«, erwiderte Harriet. »Sie haben ein wichtiges Beweismittel zurückgehalten, Herr Rudeck. Wir haben es im Hallenbad geortet, darum sind wir hier. Sie hatten die Chance, uns das vorher zu sagen, dann hätten wir Ihnen vielleicht glauben können. Die Chance haben Sie verpasst.«

»Von weiteren Mutmaßungen, die sich daraus ergeben, mal

ganz abgesehen«, fügte Madlener hinzu. »Herr Rudeck, Sie dürfen sich umziehen, und dann begleiten Sie uns ins Präsidium.«

»Jetzt?«

»Jetzt auf der Stelle.«

»Und was ist mit meiner Seniorengruppe? Die Leute warten auf mich!«

»Die muss heute ohne Sie aquajoggen.«

36

Rudeck saß allein im Verhörzimmer des Präsidiums und knetete seine Hände.

Sie ließen ihn einstweilen schmoren und beobachteten ihn über die Schwarz-Weiß-Monitore: Kriminaldirektor Thielen, Harriet, Madlener, Binder und Frau Gallmann.

Thielen zog sein Jackett aus, drückte es Frau Gallmann in die Hand, lockerte seine Krawatte und krempelte die Ärmel hoch, als wollte er zu einem Zweikampf in den Ring steigen, und sagte fest entschlossen: »Den Typ knöpfe ich mir jetzt vor. Keine Widerrede, Madlener!«

Dabei wollte Madlener gar nichts sagen.

Thielen streckte die Hand aus, und Harriet gab ihm die Liste, die sie von Jessicas und Rudecks Handyprovidern bekommen hatten. Er überflog sie noch einmal.

Frau Gallmann hatte schon eine Platte mit ihren obligatorischen belegten Brötchen und Butterbrezen bereitgestellt. Das war Thielen bei all seiner Kampfeslust, mit der er sich förmlich aufpumpte, natürlich nicht entgangen. Er stupste Madlener mit dem Ellbogen an und sagte: »Jetzt mal Hand aufs Herz, Madlener: Sie sind der Einzige, dem Bruno leibhaftig gegenübergestanden hat. Könnte Rudeck der Mann auf Sandras Fahrrad gewesen sein?«

Madlener zuckte mit den Schultern. »Von Größe und Gestalt her durchaus.«

»Und die Stimme?«

»Nein. Eher nicht.«

»Okay. Sie gehen jetzt schon mal rein zu ihm und machen den technischen Kram, von mir aus können Sie ihn bei der Gelegenheit gleich ein wenig weichkochen, das kann nichts schaden. Jagen Sie ihm ein bisschen Angst ein. Dann komme ich dazu und gehe gleich mal in die Offensive. Setze ihm ein wenig zu. Wollen doch mal sehen, wie er dann reagiert.«

»Wenn Sie mich fragen: Bruno ist das nicht.«

»Ich frage Sie aber nicht. Ich garantiere Ihnen: So wie der Typ aussieht, klappt er zusammen.«

Madlener zögerte. »Herr Kriminaldirektor, eines möchte ich vorausschicken: Wir haben zwar Jessicas Handy bei ihm gefunden, aber ich glaube kaum, dass Rudeck so dumm sein kann, ein wichtiges Beweisstück nicht zu verstecken, wenn er es schon behalten hat, aus welchen Gründen auch immer. Vielleicht sagt er wirklich die Wahrheit, wusste nicht, dass es Jessica gehört, und hat es einfach vergessen.«

»Jaja, das ist mir klar. Aber Sie dürfen mir glauben, ich bin auch schon ein paar Jahre im Geschäft, und manchmal bin ich wie ein alter Jagdhund. Diesmal wittere ich etwas, und das gefällt mir gar nicht. Da steckt mehr dahinter. Irgendwie hat dieser Trainer Dreck am Stecken. Vielleicht ist er ein Komplize von diesem Bruno. Und jetzt machen Sie schon …«

Er wies mit dem Kinn zum Verhörraum. Seine rechte Hand schwebte bereits über dem Tablett mit den belegten Brötchen, und Thielen entschied sich im letzten Moment, bevor er zur üblichen Käsesemmel griff, für ein Pastramibrötchen mit Meerrettich und Gurkenscheiben und etwas Grünem, was er nicht genau identifizieren konnte. Er biss herzhaft hinein, und schon schossen ihm die Tränen in die Augen.

»Was ist denn das grüne Zeug?«, fragte er seine Sekretärin und musste dabei tief Luft holen.

»Wasabi«, antwortete Frau Gallmann. »Sie sagen doch immer, dass Sie es richtig scharf mögen.«

»Wasabi?«, wiederholte er und sah sich die übrige Hälfte der Semmel genauer an.

»Grüner Meerrettich aus Japan«, ergänzte Harriet.

»Nicht schlecht, der könnte Tote aufwecken«, fand Thielen und nahm sich gleich noch ein Brötchen, nachdem er die zweite Hälfte verspeist hatte. Und dann bot er auch noch Harriet das Tablett an, eine einladende Geste, mit der er Harriet vollkommen verblüffte, da sie für Thielen absolut ungewöhnlich war. Sie schüttelte nur den Kopf, weil sie sich nun darauf konzentrieren wollte, wie sich Rudeck im Verhörraum verhielt, den Madlener gerade betreten hatte.

Er machte die üblichen Ansagen ins Mikro, dann lehnte er sich auf seinem Stuhl zurück und sah Rudeck an. »Herr Rudeck, wollen Sie einen Anwalt?«

»Warum? Ich bin mir keiner Schuld bewusst«, antwortete Rudeck, aber Madlener konnte ihm seine Verunsicherung ansehen. Er zuckte mit den Schultern. »Wie Sie möchten. Ich frage nur. Reine Routine. Das ist die Standardfrage bei jemandem, der sich bei den Ermittlungen zu einer Straftat selbst in große Schwierigkeiten gebracht hat und nicht weiter als Zeuge, sondern womöglich als Tatverdächtiger einzustufen ist.«

»Mein Gott, ich sagte doch schon: Das mit dem Handy war ein Fehler! Ich hab's nicht absichtlich verschwiegen.«

»Sie haben einige Male mit Jessica telefoniert. Das geht aus den Unterlagen des Providers hervor. Warum?«

»Herrgott – reine Routinesachen. Verschiebung oder Ausfall des Trainings, neue Termine von Wettbewerbsveranstaltungen, so was.«

»Herr Rudeck, gleich wird mein Chef hereinkommen und Sie befragen. Wenn Sie sich dann noch mehr in Widersprüche verwickeln, sehe ich schwarz für Sie. Er wird Sie nicht weiter mit Samthandschuhen anfassen, so wie ich es tue. Haben Sie mir vorher noch etwas zu sagen? Nur fürs Protokoll, damit wir festhalten können, dass Sie nichts weiter verschwiegen haben und dann nicht auch noch eine Anzeige wegen Behinderung der Justiz an der Backe haben.«

Rudeck beugte sich vor, auf seiner Stirn waren Schweißperlen zu sehen, er hatte hektische Flecken im Gesicht. »Hören Sie, Herr Kommissar: Ich habe mit Jessicas Verschwinden nichts zu tun. Absolut nichts!«

Als in diesem Augenblick die Tür aufgerissen wurde, zuckte er zusammen und sah sich um.

Thielen absolvierte seinen Auftritt erwartungsgemäß dramatisch. Er hatte ein paar Unterlagen dabei, die er auf den Tisch knallte, ohne Rudeck auch nur anzusehen, und er sprach zunächst kein Wort. Aber seine kantige Miene zeigte an, dass er durchaus dazu fähig war, zwischen Vor- und Nachspeise mindestens drei Verdächtige nach Strich und Faden in die Pfanne zu hauen, und dass er Rudeck so lange verhören und in die Mangel nehmen konnte, bis dieser womöglich freiwillig zugab, an der Oetker-Entführung beteiligt gewesen zu sein, obwohl er damals noch gar nicht geboren war.

Madlener sprach derweil mit leiser Stimme ins Mikro: »Siebzehn Uhr dreiundfünfzig, Kriminaldirektor Thielen betritt den Verhörraum.«

Unter größtmöglicher Geräuschentwicklung zog Thielen einen Stuhl an den Tisch heran, der an der Wand stand, und setzte sich neben Madlener.

»Sie sind also Herr Rudeck«, begann er jovial, bevor er übergangslos auf Attacke umschaltete. »Wollen Sie gleich auspacken, oder machen wir es auf die harte Tour?«

Allmählich schlich sich Verzweiflung in Rudecks Gesicht. »Ich weiß beim besten Willen nicht, was ich auspacken soll.«

»Na, ist doch ganz einfach. Die Beteiligung an den Entführungen von Sandra Thielen und Jessica Verhaag. Sie wollen mir doch nicht weismachen, dass Sie damit nichts zu tun haben. Telefongespräche mit dem Mordopfer und dann auch noch Jessicas Handy in Ihrem Spind. Wir vermuten sowieso, dass die beiden Entführungen nicht von einem einzelnen Täter veranstaltet worden sind. Und ich kann Ihnen sagen, wenn wir Ihnen in dem Zusammenhang auch nur das Geringste beweisen können, kommt ganz schön was zusammen für Sie. Und sollten wir Ihnen tatsächlich eine Beteiligung am Mord an Jessica Verhaag nachweisen, dann wird's wirklich kritisch. Sagt Ihnen der Paragraf 211 StGB was?«

Rudeck antwortete nicht und kaute nur auf seinen Lippen herum.

»Nein? Nun, Sie werden ihn bald besser kennen, als Ihnen lieb ist. Das ist der Mord-Paragraf. Wissen Sie, was auf Mord steht? Wenn Sie wieder herauskommen – ich sagte: wenn! –, dann sind Sie ein alter Mann, von dem keiner mehr ein Stück Brot nimmt, geschweige denn noch etwas wissen will. Und dass der Staatsanwalt im Fall Jessica auf Mord aus niedrigen Beweggründen plädiert, heimtückisch und grausam kommt unter Garantie noch dazu, davon können Sie ausgehen.«

Rudeck schüttelte den Kopf. »Ich habe nicht die geringste

Ahnung, wovon Sie sprechen. Und wer soll Sandra Thielen sein? Ich kenne keine Sandra.«

»Lesen Sie keine Zeitungen?«

Rudeck lehnte sich zurück. »Ach so, ist klar – diese Sandra. Und das wollen Sie mir auch noch anhängen? Ich fasse es nicht! Ich habe diese Sandra noch nie gesehen.«

»Natürlich nicht. Sie haben sie ja nur entführt. Und jetzt liegt sie im Krankenhaus im Koma. Ein fünfzehnjähriges Mädchen, das Ihnen nie etwas getan hat. Sie kennen sie ja nicht einmal. Sie haben sie nur entführt, gequält, mit Drogen traktiert und dann liegen gelassen wie ein Stück Vieh. Befriedigt Sie das? Sind Sie stolz darauf?«

»Ich wiederhole: Ich weiß nicht, wovon Sie sprechen. Ich sage jetzt kein Wort mehr. Ich möchte einen Anwalt.«

»Einen Anwalt möchten Sie? Jetzt auf einmal? Wissen Sie, was mit den Leuten los ist, die hier auf ihrem Stuhl sitzen und einen Anwalt wollen? Sie haben allen Grund dazu. Weil sie nämlich Dreck am Stecken haben. So wie Sie!«

»Ich möchte einen Anwalt.«

Rudeck hatte seine Arme verschränkt und starrte vor sich hin. Er zitterte.

Madlener hatte sich in Thielens Vernehmungstaktik bisher nicht eingemischt, obwohl er sie für falsch hielt. Jetzt fand er es an der Zeit, sich einzuklinken, und flüsterte dem Kriminaldirektor etwas ins Ohr. Der sah ihn an, stand abrupt auf und verließ den Raum. Seine Papiere hatte er auf dem Tisch zurückgelassen.

Madlener sprach ins Mikrofon. »Vernehmung um achtzehn Uhr siebzehn abgebrochen.« Dann schaltete er Mikro und Kamera aus und wandte sich an Rudeck.

»Herr Rudeck, die Sache ist ganz einfach: Nennen Sie uns ein Alibi für gestern Nacht, das überprüfbar ist, und die Sache ist für Sie ausgestanden.«

Rudeck blickte Madlener direkt in die Augen, man konnte es ihm regelrecht ansehen, wie es in ihm arbeitete. Er gab sich schließlich einen Ruck. »Ich bin gegen zweiundzwanzig Uhr heimgeradelt, habe zu Hause noch gelesen, privat telefoniert und bin dann ins Bett. Allein, wenn Sie das interessiert.«

»Zeugen? Auf Ihrer Heimfahrt?«

»Es hat geregnet. Ich hab nur zugesehen, dass ich heimgekommen bin.«

»Und in Ihrem Haus? Mitbewohner, Nachbarn?«

»Ich wohne allein. Das Haus gehört mir. Ich renoviere es gerade.«

»Haben Sie ein Auto?«

»Ja. Einen SUV.«

»Warum fahren Sie dann bei Regen mit dem Fahrrad?«

»Weil ich fast immer mit dem Rad fahre. Um in Form zu bleiben. Auch in meiner Freizeit, jeden Tag.«

»Dürfen wir einen Blick in Ihr Auto werfen? Wo steht es?«

»In der Garage.«

»Wären Sie einverstanden, wenn meine Assistentin und ich – in Ihrem Beisein selbstverständlich – uns Ihr Haus ansähen?«

»Ohne Durchsuchungsbefehl?«

»Ohne Durchsuchungsbeschluss. Auf freiwilliger Basis. Aber ich kann Ihnen versichern, wenn mein Chef es darauf anlegt, bekommt er einen, und Sie bleiben die Nacht über in U-Haft, da nützt Ihnen der beste Anwalt nichts. Und dann durchstöbert eine Armada von fremden Leuten Ihr Haus und kehrt das Unterste zuoberst. Ihre Weigerung würde nicht unbedingt ein gutes Licht auf Sie werfen. Aber wenn Sie mit der ganzen Angelegenheit nichts zu tun haben und kooperieren, sind Sie uns so bald, wie es nur irgend geht, wieder los, ohne dass die Presse davon Wind bekommt und Ihren Ruf ruiniert. Das geht manchmal verflucht schnell, das dürfen Sie mir glauben. Der Hype in diesem Fall ist so groß, dass Ihr Name durchsickern wird, weil die Öffentlichkeit scharf ist auf einen Verdächtigen, und dann taucht er in irgendeinem Boulevardblatt auf oder bei Twitter. Das lässt sich nicht mehr rückgängig machen, und den Schaden haben Sie. Verstehen Sie das? Ich will Ihnen nur so weit wie möglich entgegenkommen. Wenn Sie unschuldig sind, haben Sie nichts zu befürchten. Ich verspreche Ihnen, wir veranstalten keinen großen Wirbel. Allerdings müssten wir auch Ihren Computer einsehen.«

Er lehnte sich zurück. »Wenn Sie tatsächlich nichts zu verbergen haben, sind Sie uns auf die Art am schnellsten wieder los, und Ihr guter Ruf bleibt intakt. Wir haben Sie nur als wichtigen Zeugen vernommen. Es ist jetzt Ihre Entscheidung.«

Rudeck überlegte und nickte schließlich. »Okay. Bringen wir es hinter uns. Gleich.«

37

So schnell und waghalsig war Arbogast noch nie mit dem Lieferwagen durch Friedrichshafen gefahren. Aber jetzt kam es auf jede
Minute an, wenn er die Gunst des Augenblicks nutzen wollte.
Und genau das hatte er vor. Was für ein Wahnsinn, dass ihm jetzt
auch noch die Gelegenheit geboten wurde, die Kripo vollends
ins Bockshorn zu jagen! Das war geradezu ein Geschenk des
Himmels! Er gratulierte sich selbst zu der gleichzeitig wahnwitzigen und genialen Idee, in der Vorbereitungsphase seines großen
Plans umsichtigerweise mehrere Mikros im Besprechungsraum
des Polizeipräsidiums platziert zu haben, die ihm jedes Vorhaben
der Soko Bruno frei Haus lieferten!

In die Karten gespielt hatte ihm eine grundlegende Sanierung des Polizeipräsidiums vor einem Vierteljahr, bei dem in
der Haupturlaubszeit umfassende Malerarbeiten in allen Büros
durchgeführt worden waren. Als er die Ausschreibung der Maler-
und Renovierungsarbeiten in der Zeitung gelesen hatte, war er
auf die Idee gekommen und hatte sich über das Internet eine
entsprechende technische Ausrüstung angeschafft. Die Hochleistungsmikrofone waren zwar sündteuer, aber so klein und
kompakt und ihre Anwendung so idiotensicher, dass er mit dem
sprichwörtlichen Klammerbeutel gepudert gewesen wäre, wenn
er bei dem, was er vorhatte, nicht die einmalige Chance genutzt
hätte, die sich ihm bot: nämlich ständig auf dem Laufenden zu
bleiben über alles, was die Kripo herausfand, und darüber, welche
Maßnahmen sie ergriff. Wenn er es tatsächlich schaffte, bei Bedarf
über jeden ihrer Schritte informiert zu sein, wäre er jederzeit
Herr des Geschehens. Ohne dass die Gegenseite auch nur die
geringste Ahnung davon hatte.

Es war ein Leichtes für ihn gewesen, mit entsprechender Arbeitskleidung – grau-schwarz, auf den Rücken war der Phantasiename »Fa. Rausch-Elektrik« geflockt –, tief ins Gesicht
gezogener Baseballkappe und schwerem Metallkoffer ins Präsidium zu marschieren und herauszufinden, wo sich die Abteilung

von Kriminaldirektor Thielen befand. Zeitweilig war ein gutes Dutzend Handwerker zugange, und keinem fiel es auf, wenn er mit seinem Arbeitsoutfit und den Werkzeugen den harmlosen Anschein erweckte, im Haus zu tun zu haben.

Er suchte sich einen günstigen Moment aus, mischte sich unter das Rudel der Handwerker und machte dann, unverfroren, wie er war, einen Abstecher in das Besprechungszimmer, das netterweise durch ein entsprechendes Schild gekennzeichnet war. Der Raum war leer und von den Malern durch Abdeckplastikplanen und eine Arbeitsbühne präpariert worden.

Die Steckdosen waren für die Malerarbeiten noch abgenommen, die Wände und die Decke bereits fertig geweißelt. Ein paar winzige Bohrlöcher anzubringen und die Mikros dort zu installieren, dann die Steckdosen aufschrauben – das war eine Sache von Minuten. Dazu summte er ein passendes Liedchen.

»Wer will fleißige Handwerker sehn
Der muss mit dem Bruno gehn
Tauchet ein, tauchet ein
Der Maler streicht die Wände fein ...«

Der Thrill, als er nach getaner Arbeit ungeschoren wieder aus dem Polizeipräsidium herauskam, war unbeschreiblich und hielt noch tagelang an. Und nicht nur das: Er wurde noch hundertfach übertroffen, als er zum ersten Mal die Probe aufs Exempel machte und überprüfte, was er alles mithören konnte. Sicherheitshalber hatte er drei Mikros angebracht, und die Qualität war wirklich erstaunlich.

Und nun war seine Weitsicht und Vorarbeit mehr als Gold wert! Er wusste über alles Bescheid, was im »Meeting-Room«, wie Thielen das Besprechungszimmer immer bezeichnete, vor sich ging. Als er erfahren hatte, dass es einen Verdächtigen gab, an dessen Arbeitsstelle im Hallenbad Jessicas Handy gefunden worden war – da war es also gewesen! –, kam Arbogast sofort der glorreiche Gedanke, diese Tatsache für seine Zwecke auszunutzen und eine falsche Fährte zu legen. Mit diesem Schachzug würde er das ganze Kripopack endgültig ins Abseits manövrieren. Was für eine herrliche und phantastische Möglichkeit, Thielen und Konsorten aufs Glatteis zu führen!

Er summte vor sich hin, während er die Straße suchte, in der das Haus von Rudeck sein musste. Viel Zeit hatte er nicht, dieser Madlener war wohl auch schon mit Rudeck unterwegs, um sich dort alles mal gründlich anzuschauen.

Das musste es sein – ein einzeln stehendes, zweistöckiges Haus aus den 1960er Jahren, das eingerüstet war und offenbar kürzlich einen gelben Anstrich verpasst bekommen hatte. Die Nachbarn waren weit genug entfernt, niemand war auf der Straße zu sehen, als er ein Stück weiter weg parkte und ausstieg.

Er hatte seine Arbeitskluft mit der Aufschrift »Fa. Rausch-Elektrik« an und holte den schweren Metallkasten aus dem Lieferwagen, um sich ganz den Anschein eines Handwerkers zu geben. Er öffnete das nicht verschlossene Gartentor und ging die paar Schritte zur Haustür. Zufrieden stellte er fest, dass ihn die hohe Thujahecke bestens vor neugierigen Blicken schützte. Er stellte den klobigen Metallkasten ab und tat so, als ob er klingeln und abwarten würde, bis man ihm aufmachte.

Ein letztes Mal musterte er die Umgebung und sang sein kleines Liedchen vor sich hin.

»Wer will fleißige Handwerker sehn
Der muss mit dem Bruno gehn
Poch, poch, poch; poch, poch, poch
Der Bruno macht es auf, das Loch …«

Arbogast holte den elektrischen Dietrich aus dem Kasten, setzte ihn an und war damit schneller im Hauseingang, als man »Herein« sagen konnte.

38

Sie fuhren zu dritt im Dienstwagen zu Rudecks Haus, niemand sprach ein Wort. Der Verkehr war um diese Zeit eine einzige Katastrophe wie immer, Lastwagen, die abbiegen wollten, obwohl es verboten war, verstopften die Kreuzungen, sie kamen nur im Schneckentempo voran, auch wenn Harriet alles versuchte und immer wieder die Fahrspur wechselte. Aber egal, wo sie es auch probierte, sie wurde immer wieder ausgebremst.

Madlener saß hinter Rudeck auf dem Rücksitz. So hatte er Zeit und Gelegenheit, sich noch einmal in aller Ruhe den Stand der Ermittlungen und seine Schlussfolgerungen durch den Kopf gehen zu lassen.

Im Vernehmungsraum hatte Madlener seinem Chef ins Ohr geflüstert, was er und Harriet nun in die Tat umsetzten, weil er überzeugt davon war, Kai Rudeck überreden zu können, dass er freiwillig seine Wohnung durchsuchen ließ. Thielen brauchte nicht lange zu überlegen, um einzusehen, dass dies die einfachste Art war, mit Rudeck zu verfahren. Wenn er sich nicht damit einverstanden gezeigt hätte, wäre dies fast einem Schuldeingeständnis gleichgekommen und ein richterlicher Durchsuchungsbeschluss angesichts der Tatumstände nur noch eine Formalität gewesen.

So hatten sie Zeit und Energie gespart, und Madlener hoffte, Rudeck damit eher einen Gefallen zu tun und ihn aus dem Kreis der Verdächtigen ausschließen zu können. Er glaubte nicht, dass Rudeck an Sandras Entführung und Jessicas Ermordung beteiligt gewesen war, auch wenn er kein brauchbares Alibi für die in Frage kommenden Tatzeiten vorweisen konnte. Seine Reaktion über das Auffinden von Jessicas Handy in seinem Spind war echt gewesen, nicht vorgetäuscht, da war sich Madlener sicher. Thielens in der Vernehmung aufgestellte Theorie von mehreren Tätern sah er eher der Tatsache geschuldet, dass der Kriminaldirektor alle Strippen gezogen hatte, um Rudeck zu provozieren. Madlener war überzeugt davon, dass alles – die Entführung, der Mord, die

Briefe, die Drohungen – dem Hirn eines Einzelnen entsprungen war, der alles so durchgeplant und -getaktet hatte, dass er keine Helfer oder auch nur Mitwisser hatte.

Das hing auch mit dem Motiv des Täters zusammen, das Madlener am ehesten als Rachemotiv für etwas aus der Vergangenheit einordnete. So vage es auch immer noch war, aber alles deutete seiner Meinung und seiner Erfahrung nach auf etwas Persönliches hin. Also ein Akt der Rache für etwas, was Bruno entweder von der Kripo im Allgemeinen oder von Kriminaldirektor Thielen im Besonderen angetan worden war. Ob rational erklärbar oder irrational, aber dort musste der Grund für die Abfolge der Verbrechen zu suchen sein.

Harriet hatte wahrscheinlich recht mit ihrer Vermutung, die sie in dieser Hinsicht in der Besprechung geäußert hatte und die im allgemeinen Tohuwabohu untergegangen war. Madlener musste sie darauf ansetzen, in den alten Fällen von Thielen nachzuforschen, ohne dass es der Kriminaldirektor merkte. Das war nicht ohne Risiko. Wenn Thielen Wind davon bekam, dass man hinter seinem Rücken in seiner beruflichen Vergangenheit herumstocherte, würde er unter Garantie an die Decke gehen. Aber entweder verheimlichte er ihnen irgendetwas, oder er war sich wirklich keinerlei Schuld bewusst, im Laufe seiner Karriere etwas getan zu haben, was vielleicht nicht den Buchstaben des Gesetzes entsprach und womit er unter Umständen wissentlich oder unwissentlich jemanden so schwer traumatisiert hatte – ob zu Recht oder nicht, war in diesem Fall irrelevant –, dass dieser Jemand jetzt damit anfing, sich für längst vergangenes Unrecht zu rächen, und zwar auf eine aufwendige und perfide Art und Weise. Ohne Rücksicht auf andere und sich selbst. Es musste schon etwas Größeres dahinterstecken als eine ungerechtfertigte Ohrfeige vor über zwanzig Jahren. Dazu kam noch die Frage: Warum jetzt? Warum hatte Bruno so lange damit gewartet, seinen Racheplan in die Tat umzusetzen?

Zum ersten Mal hatte Madlener das Gefühl, Bruno ein kleines Stück näher auf die Pelle gerückt zu sein, wenn auch nur gedanklich. Er musste unbedingt mit Harriet darüber reden, aber natürlich nur unter vier Augen. Sie konnte zuweilen mit unorthodoxen Gedankenspielen die Tür zu ganz neuen Dimensionen aufstoßen, was in diesem Fall von außerordentlicher Dringlichkeit war, wenn sie weitere Verbrechen und Opfer verhindern wollten. Er dachte mit Schaudern an den sogenannten »Zodiac-Killer«, einen Fall aus dem Kalifornien der späten 1960er Jahre, wo der mehrfache Mörder nie erwischt worden war. Auch er hatte einige Briefe unter seinem Pseudonym an die Polizei geschickt. Das durfte ihnen nicht passieren: Bruno zur Strecke zu bringen, war er Sandra und Jessica schuldig.

Er sah auf Rudecks Hinterkopf, als könnte er mit einer Art Röntgenblick in dessen Gehirn lesen, ob er wirklich so unschuldig war, wie er sich gab.

Harriet hatte Rudeck, bevor sie losfuhren, auf die Schnelle noch überprüft. Er war nicht vorbestraft, machte neben seiner Trainertätigkeit noch eine Ausbildung zum Physiotherapeuten. Seine Affinität zu Wasser war offensichtlich, er hatte Schwimmen sogar als Leistungssport betrieben und auf den Langstrecken mehrere nationale Titel eingeheimst, aber der ganz große Durchbruch war ihm nicht gelungen.

»Da vorne rechts abbiegen«, sagte Rudeck in die Stille hinein und dirigierte Harriet in eine Seitenstraße mit Ein- und Zweifamilienhäusern aus den 1960er und -70er Jahren, die samt und sonders bestens gepflegt und modernisiert waren und inmitten von großen Gartengrundstücken standen.

Sie hielten vor der Garageneinfahrt zu einem schicken zweistöckigen Haus mit nagelneuen, glänzenden Dachziegeln, das noch von einem Baugerüst umgeben war, und stiegen aus.

»Sie wohnen allein?«, fragte Madlener, als sie zum Eingang gingen.

»Ja«, antwortete Rudeck. »Und bevor Sie sich wundern, dass sich ein Schwimmtrainer so etwas leisten kann: Ich habe Haus und Grundstück geerbt und bin, wie Sie sehen können, dabei, es von Grund auf zu sanieren. Das Handwerkliche macht mir Spaß.«

»Ein teurer Spaß«, bemerkte Madlener, als Rudeck den Hausschlüssel aus seiner Tasche zog.

»Ich habe mein Erbe schon vorzeitig ausbezahlt bekommen. Meine Eltern sind nach Spanien gezogen und verbringen dort ihren Lebensabend. Costa Dorada, falls Ihnen das was sagt. Sie haben mir das Haus überlassen und das nötige Kleingeld zum Umbau. Auch wenn sie die Hoffnung längst aufgegeben haben, dass ich sie eines Tages noch zu Oma und Opa mache.«

Er lachte ein kurzes und spöttisches Lachen und sperrte die Haustür auf.

Sie betraten den Eingangsbereich, der für ein von außen durchschnittliches Einfamilienhaus ungewöhnlich großzügig und modern gestaltet war.

39

Arbogast löste sich aus seiner Starre, als er unten im Erdgeschoss Schlüsselgeräusche, Schritte und Stimmen hörte. Es dauerte eine ganze Weile, bis er allmählich wieder einen klaren Kopf bekam und endlich realisieren konnte, wo er war. Und warum.

Er horchte.

Sein Herz jagte.

Seine Gedanken ebenfalls. Es war wohl wieder passiert, er hatte einen seiner geistigen Aussetzer gehabt, dissoziiert, wie sein Psychiater das zu nennen pflegte. Ausgerechnet jetzt!

Während er sich in zunehmender Panik nach Flucht- oder Versteckmöglichkeiten umsah, versuchte er sich zu erinnern, ob er das, weswegen er überhaupt hierhergekommen war, schon erledigt hatte. Er konnte sich beim besten Willen nicht mehr daran erinnern. Wenn nicht, dann war es jetzt sowieso zu spät. Er befand sich in Rudecks provisorisch eingerichtetem Büro im ersten Stock des Hauses. Ein Schreibtisch mit Notebook, ein Stuhl, ein paar Regale mit Büchern – das war alles. Ein Fenster nach hinten zum Garten hinaus.

Herrgott noch mal – wo war sein Metallkoffer?

Beinahe wäre er über ihn gestolpert, er hatte ihn neben seinen Füßen abgestellt. Nicht auszudenken, wenn er ihn im Erdgeschoss stehen gelassen hätte.

Wieder lauschte er.

Den Stimmen nach, die durch die offene Tür zu hören waren, schienen es mehrere Personen zu sein, die das Haus betreten hatten, eine weibliche und zwei männliche. Offensichtlich machten sie noch keine Anstalten, die Treppe hoch- und in den ersten Stock zu gehen.

Diese verfluchten Aussetzer! Jetzt zählte jede Sekunde. Fieberhaft überlegte er: Sollte er sich irgendwo verstecken und warten, bis diejenigen, die dort unten waren, das Haus wieder verlassen hatten?

Er verwarf diese Idee sofort wieder. Das war viel zu riskant.

Erstens wusste er nicht, wie lange die dort unten vorhatten zu bleiben, und zweitens: Wenn das – wovon er ausgehen musste – die Kripo mit dem Hausbesitzer war, würden sie früher oder später unweigerlich nach oben kommen und einen Blick in jede Ecke und jeden Einbauschrank werfen.

Es gab nur eine Möglichkeit, nicht entdeckt zu werden: Er musste aus dem Fenster und auf das Gerüst klettern und von dort aus versuchen, ungesehen zu verschwinden. Und das auch noch unbedingt geräuschlos – mit dem schweren Metallkoffer. Aber ihm blieb keine Zeit mehr für Alternativpläne, er musste sofort handeln. Wenn sie ihn jetzt und hier erwischten, war sein ganzes großes Vorhaben mit einem Mal sang- und klanglos zu Ende. Statt einem glanzvollen und triumphalen Big Bang eine jämmerliche Verpuffung, wie bei einer misslungenen chemischen Reaktion.

Das durfte nicht sein, unvorstellbar!

Panik stieg in ihm auf, als er sich ausmalte, wie man ihn fasste, wie man ihn verhörte, ihn wie weiland Lee Harvey Oswald mit verschreckter Armsündermiene an Handschellen vor das Blitzlichtgewitter der Presse zerrte, wie er versuchte, vor Gericht sein Gesicht mit einem Aktenordner zu verdecken, als wäre er ein hundsgewöhnlicher Einbrecher, der so blöd gewesen war, sich auf frischer Tat erwischen zu lassen! Vor seinem geistigen Auge tauchte seine Mutter auf, die zusehen musste, was aus ihrem Sohn geworden war. Ihrem einzigen Sohn, auf den sie alle ihre Hoffnungen projiziert hatte, von dessen Aufstieg und Reputation sie ihre gesellschaftliche Stellung, ihr Ansehen abhängig gemacht hatte – und jetzt war er dem Pöbel hilf- und wehrlos ausgeliefert, dem Spott der Nachbarn, Bekannten, Kunden, der ganzen Stadt und darüber hinaus …

Was für eine unaussprechliche Schande, was für eine Erniedrigung und Demütigung! Was für ein Schmutz, den er – er allein! – über dem guten Namen der Familie Arbogast ausgekübelt hatte!

Niemals, niemals durfte er es so weit kommen lassen. Auch wenn seine Mutter schon längst tot war und den schändlichsten aller Alpträume oder die göttliche Alternative, seine Apotheose, nicht mehr miterleben konnte.

Nein, er war angetreten, um als strahlender Sieger diese Welt zu verlassen, nicht als feiger Loser.

Schweiß war ihm auf die Stirn getreten, wieder einmal war er einfach nicht in der Lage, sich auch nur einen Fußbreit vom Fleck zu bewegen.

Mit schier übermenschlicher Willensanstrengung, hervorgerufen durch die volle mentale Konzentration auf sein wahres Selbst, den monströsen Zeppelin, dessen Manifestation auf seinem Rücken ihm Kraft verlieh, schaffte er es schließlich, seine wie in einem Dauerkrampf bis zum Zerreißen angespannten Muskeln und Sehnen zu lockern und die schrecklichen Gedanken, die ihn überflutet hatten, abzuschütteln.

Nie würden sie ihn erwischen, nie!

Sie würden Brunos wahres Ich erst wahrnehmen, wenn er es wollte!

Er atmete ein paarmal tief durch, so tief, dass ihn die Lungen schmerzten, packte die Metallkiste an ihren Bügeln, öffnete das Fenster und schaffte es, den ersten Stock des Hauses, die Fensterbank als Trittbrett nutzend, praktisch geräuschlos zu verlassen und auf das Gerüst zu gelangen. Kaum war er im Freien, zog er den Fensterflügel wieder zu und lehnte ihn an. Den Riegel konnte er von außen nicht schließen, es musste auch so gehen. Er hatte sein seelisches und körperliches Gleichgewicht wiedergefunden und achtete sorgfältig darauf, dass sein Schatten nicht im Erdgeschoss zu sehen war.

Schritt für Schritt schlich er auf den Einstieg zu, der durch eine Klappe abgesichert war und durch den eine Leiter nach unten führte. Jetzt nur nicht mit dem sperrigen Kasten irgendwo anrempeln, genauso gut könnte er einen Böller zünden und Kommissar Madlener zuschreien: »Fang mich doch, du Eierloch!«

Bei diesem albernen Gedanken musste er sich richtig zusammennehmen, um nicht zu lachen. Ihm fiel zum ersten Mal auf, dass er verdächtig oft – allzu oft? – in kindische Gefilde abdriftete. Ob er das seinem Psychiater beichten sollte? Allein dieser Gedanke ließ ihn kichern. Das, was er hier auf beinahe artistische Weise vollführte, war aber auch wirklich der reinste Zirkusauftritt und vom Adrenalinausstoß her nur mit einem Balanceakt über ein Drahtseil zu vergleichen, das über die Niagarafälle gespannt war.

Ganz, ganz sachte öffnete er die Klappe und tastete sich Zentimeter um Zentimeter mit den Füßen nach unten.

Jetzt bloß keine Unachtsamkeit, keine falsche Bewegung.

Im selben Moment fuhr er mit der Kante der Metallkiste an einer Querstrebe des Gerüsts entlang, so laut, dass es ihm vorkam wie das Entlangschrammen des Eisbergs an der Schiffswand der »Titanic«.

40

Madlener und Harriet sahen sich im Erdgeschoss um, aus dem Rudeck einen einzigen großzügigen Raum gemacht hatte. Ein Drittel davon nahm die nagelneue Küche in purstem minimalistischem Design ein: massive Geschirroberschränke, eine Kochinsel, ein zweitüriger amerikanischer Kühlschrank aus Metall – alles blank poliert, viel rostfreier Stahl, kein Schnickschnack, nur teuerste Küchengeräte. An den Wänden plakative gerahmte Poster von Keith Haring, neu verlegter Bambus-Parkettboden, Thonettisch und dazu passende Stühle, schicke de-Sede-Ledersitzmöbel, mit rostrotem Nappa bezogen.

Madlener entging nicht, dass Rudeck sein selbst gestaltetes Reich mit einer dicken Portion Besitzerstolz vorführte, obwohl er eigentlich nicht unbedingt in der Position war, in der man sich bewundern lassen konnte – schließlich stand er sozusagen mit einem Bein im Knast. Hier in seinem Haus schien Rudecks Selbstbewusstsein schlagartig angestiegen zu sein. Entweder bedeutete das, dass er sicher war, dass man nichts finden konnte, oder er war tatsächlich unschuldig.

Er öffnete den zweitürigen Kühlschrank und fragte, ganz der coole Gastgeber: »Was darf's sein? Bier? Prosecco? Fruchtsaft? Oder für die Dame einen Gin Tonic? Ich habe alles hier. Ich kann Ihnen auch gerne was mixen, wenn Sie wollen. Piña colada, Bloody Mary, Swimmingpool ...«

»Die Dame fängt jetzt mit der Durchsuchung an und hat keine Hand frei für einen Drink«, sagte Harriet kurz angebunden, tauschte mit Madlener einen Blick aus und machte sich daran, das große Wandregal zu durchstöbern.

Madlener knöpfte sich Rudeck vor. »Herr Rudeck, lassen Sie uns von Anfang an Klartext reden. Wir sind hier nicht in fröhlicher Runde zusammengekommen, um bei ein paar Drinks locker-flockig über Innenarchitektur und Cocktailrezepte zu plaudern. Wir sind aus einem überaus ernsten Anlass hier. Ist Ihnen das überhaupt bewusst?«

Rudeck drückte auf einen Knopf am Kühlschrank, es rumorte ein wenig, und dann spuckte ein Schacht Eiswürfel in sein Glas. Er ließ es kreisen, um das Eis zum Klirren zu bringen. »Oh ja«, sagte er und goss Orangensaft darüber, »durchaus. Aber Sie lassen dabei außer Acht, dass ich mit Ihrem überaus ernsten Anlass nichts zu tun habe.«

Er gab noch einen Spritzer Aperol in seinen Drink, rührte mit einem Strohhalm darin herum, bevor er daran zog, tat so, als sei das die ultimative Erfrischung überhaupt, und fuhr dann fort: »Wissen Sie, mir ist klar, dass Sie dringend einen Sündenbock suchen. Den brauchen Sie schnellstmöglich, weil Ihnen die Öffentlichkeit im Nacken sitzt. Aber da sind Sie bei mir an der falschen Adresse, den Gefallen kann ich Ihnen nicht tun. Egal, welche Geschütze Sie und Ihr Boss noch gegen mich auffahren.«

Er nahm einen erneuten Zug an seinem Strohhalm, zog die Augenbrauen nach oben und sah Madlener über den Glasrand hinweg spöttisch an.

Madlener erwiderte seinen Blick und hielt ihm stand, während er ungeschickt in seinen Jackentaschen herumsuchte und zu seiner eigenen Überraschung fündig wurde. Er hatte tatsächlich noch ein Paar Vinylhandschuhe dabei – wenn auch gebrauchte, aber das war zu vernachlässigen. »Bevor Sie mir noch weiter Vorträge halten, werde ich mich jetzt ein wenig umsehen.«

»Bitte. Tun Sie sich keinen Zwang an und fühlen Sie sich ganz wie zu Hause«, erwiderte Rudeck nonchalant und mit einer Geste, die das gesamte Haus mit einschloss.

»Sie interessieren sich für Malerei und Architektur?«, fragte Harriet unvermittelt und drehte sich von dem schwarz gelackten Regal weg, das bis zur Decke reichte und mit seinen Bildbänden, Pokalen und künstlichen Blumenarrangements eher den Anschein erweckte, dass es aus dekorativen Gründen dort positioniert war und nicht dazu diente, anspruchsvolle Literatur unterzubringen.

»Oh ja, natürlich. Welcher halbwegs intelligente Mensch tut das nicht?«, antwortete Rudeck in seiner aufgesetzten Gelassenheit, die schon an Überheblichkeit grenzte. Er drehte sich dabei nicht zu Harriet um, sondern behielt nach wie vor Madlener im Blickfeld.

Madlener machte keinen Hehl daraus, dass ihm Rudecks Verhalten mehr und mehr gegen den Strich ging. Um nicht doch noch etwas Unangebrachtes von sich zu geben, hatte er schon begonnen, die Schranktüren in der Küche zu öffnen und deren Inhalt zu inspizieren.

Dann nahm er sich den Kühlschrankinhalt vor, auch die Gefrierfächer, was der an seinem Strohhalm saugende Rudeck mit pikierter Miene zur Kenntnis nahm, aber nicht kommentierte.

Harriets eisenbeschlagene Stiefel klackerten auf dem blank gewienerten Bambusparkett, als sie näher kam und in jeder ausgestreckten Hand – auch sie hatte ihre Vinylhandschuhe angezogen – eine Broschüre hielt, und zwar so theatralisch, als wäre sie Anwältin in einem US-amerikanischen Gerichtssaal und würde den Geschworenen in einem Mordprozess die Beweisstücke Nummer eins und Nummer zwei präsentieren.

»Was haben Sie da?«, fragte Rudeck verunsichert, sein herablassendes Gehabe schien mit einem Mal wie weggeblasen und hatte unverhohlenem Misstrauen Platz gemacht.

»Was ich da habe?«, sagte Harriet nicht ohne einen gewissen süffisanten Unterton. »Das eine«, sie wedelte mit dem Heftchen in ihrer Linken, »ist eine hübsche kleine Broschüre über die Barockkirche Birnau mit Grundriss, rein zufällig Auffindungsort der entführten Sandra Thielen. Das Seitenportal ist übrigens mit Kugelschreiber eingekringelt. Das andere, hoppla …«

Als geschähe es unabsichtlich, fielen ihr zwei Kunstpostkarten aus dem zweiten Heftchen. Sie bückte sich, während sie weitersprach: »Das andere ist eine Biografie von Josef Madlener mit zwei hübschen kleinen Kunstpostkarten von ihm, unbeschriftet.«

Mit spitzen Fingern hob sie beide Karten auf und sah sie an. »Die eine heißt ›Christkindl im Walde‹ und die andere ›Dorfweihnacht‹, beide scheinen mir ziemlich alt zu sein.«

Sie sah Rudeck geradewegs ins Gesicht, als sie ihre Frage unverblümt formulierte: »Herr Rudeck – sind Sie Bruno?«

Rudecks Gesichtszüge entgleisten. »Was? Wer bitte soll ich sein? Ich verstehe nur noch Bahnhof! Zeigen Sie mal her!«

Er wollte nach den Karten greifen, aber Harriet reichte sie an Madlener weiter, der sie mit größtem Interesse inspizierte und dann aufreizend vor Rudecks Gesicht damit herumwedelte. »Sagt Ihnen das was? Also uns schon.«

Rudeck kniff die Augen zusammen und sah sich die beiden Karten an, traute sich aber nicht, nach ihnen zu greifen. »Bei allem, was mir heilig ist: Ich schwöre Ihnen, ich habe diese Karten und diese Biografie und diese ... diese Kirchenbroschüre noch nie gesehen, geschweige denn in den Händen gehalten! Woher haben Sie das?«, fragte er Harriet verdattert.

»Genau das wollte ich Sie gerade fragen.«

»Ich schwöre, das ... das gehört mir nicht.«

»Offensichtlich doch. Es lag dort hinten im Regal«, entgegnete Harriet ungerührt.

Rudeck wich zurück. »Nein, nein, nein! Kommen Sie mir bloß nicht auf die Tour! Geben Sie's zu: Sie wollen mich reinlegen! Sie ... Sie haben mir das untergeschoben. Was ist das überhaupt? Ich kenne keinen ... wie heißt der? Josef Madlener?«

»Jetzt bleiben Sie mal auf dem Teppich und hören Sie mit dem Schmierentheater auf!«, fuhr ihn Madlener an. »Das sind Beweisstücke, die gegen Sie sprechen. Schwerwiegende Beweisstücke. Sie bleiben jetzt hier bei mir, während Frau Holtby die anderen Zimmer durchsucht. Von mir aus können Sie Ihren Anwalt anrufen. Ich denke, Sie haben juristischen Beistand ab sofort bitter nötig.«

Ein metallisches Geräusch kam von außen, wie von Eisen auf Eisen, aber niemand achtete darauf, weil Rudeck in seiner Erregung fast gleichzeitig sein Glas von der Anrichte wischte, das klirrend auf dem Boden zerbarst, einen Schritt auf Harriet zu machte, ihr die Broschüre aus der Hand riss und einen Blick darauf warf. »Aber das gehört mir nicht!«, schrie er. »Ich schwöre Ihnen, ich habe das noch nie gesehen!«

»Allmählich gehen mir Ihre Schwüre schwer auf den Keks«, entgegnete Madlener und gab Harriet einen Wink, die sich schon auf den Weg zur Treppe nach oben machte.

»Harriet«, rief er ihr nach und ließ Rudeck, der sinnlos in der Broschüre herumblätterte, nicht mehr aus den Augen, »bring den PC mit, falls du einen findest, und sieh dir auch noch den Dachboden und den Keller an. Wir beide«, und damit zeigte er ungnädig auf Rudeck, »wir gehen jetzt mal in Ihre Garage und werfen einen Blick in Ihr Auto. Los, kommen Sie schon.«

Rudeck war in die Hocke gegangen und wollte die Glasscherben aufheben, aber Madlener zog ihn am Arm hoch. »Das da lassen wir jetzt. Das können Sie nach der U-Haft aufräumen, wenn Sie noch eine Gelegenheit dazu bekommen.«

»Ich glaube das nicht, ich glaube das alles nicht!«, jammerte Rudeck und ging kopfschüttelnd zu einer Tür. Sie führte direkt in die Doppelgarage.

Er machte Licht.

Ordentlich mit Werkzeugen bestückte Regale an der Wand, ein paar Stahlschränke, eine Werkbank, zwei teuer und gepflegt aussehende Rennräder an Haken von der Decke und ein schneeweißer VW Tiguan waren im aufflackernden Neonlicht zu sehen.

»Wo ist der Schlüssel für den Wagen?«, fragte Madlener.

Rudeck griff an eine Schlüsselleiste, die neben der Tür angebracht war, und drückte auf den Schlüssel. Er war inzwischen so verwirrt, dass er gar nicht mehr daran dachte, sich verbal zur Wehr zu setzen. Das kurze Lichtsignal am Auto leuchtete auf, und ein Klacken zeigte an, dass die Türschlösser entriegelt waren.

»Öffnen Sie die Heckklappe«, forderte Madlener ihn auf.

Rudeck drückte wieder auf den Schlüssel, und die Heckklappe schwang auf.

Madlener beugte sich ins Heck und warf einen Blick auf die Ladefläche. Was er entdeckte, als er genauer hinsah, gefiel ihm gar nicht. Er strich mit seinem Vinylzeigefinger über die weißen Partikel, die sich im Knick zur Seitenwand vom schwarzen Belag abhoben, dann zog er sein Handy heraus und drückte eine gespeicherte Nummer, während er Rudeck nicht aus den Augen ließ. Mit ausgestrecktem Finger befahl er ihm unmissverständlich: »Sie bleiben exakt hier stehen und bewegen sich nicht von der Stelle! Sonst muss ich Ihnen Handschellen anlegen!«

Ins Handy sprach er: »Hallo? Ehrmanntraut? … Ja, Madlener

hier. Ich brauche ein paar Leute von der Spurensicherung ... Ja, jetzt sofort. Ich glaube, ich habe hier etwas Relevantes gefunden. Im Laderaum des Wagens unseres Verdächtigen. Sieht ganz so aus, als wäre es Gips ...«

41

»Wie ist es Ihnen ergangen, seit wir uns das letzte Mal gesehen haben?«, fragte Dr. Auerbach und rückte seine Brille zurecht. Durch die dicken Gläser richtete er seinen scharfen Blick auf Dr. Arbogast, der ihm in seinem Sprechzimmer gegenübersaß und einen nervösen Eindruck machte – ganz entgegen seiner sonstigen Verfassung, in der er stets versucht hatte, eine gewisse Souveränität an den Tag zu legen.

»Danke der Nachfrage, ging eben gerade so«, antwortete Arbogast und bemerkte, als er zerstreut seine Hände studierte, dass er anscheinend wieder damit angefangen hatte, an seinen Fingernägeln zu kauen. Das war ihm gar nicht bewusst gewesen – seit seinem vierzehnten Geburtstag hatte er diese schlechte Gewohnheit eigentlich aufgegeben. Ob er das getan hatte, als er geistig abwesend war? Ein schrecklicher Gedanke. Er schob beide Hände unter seine Oberschenkel und hoffte, dass Dr. Auerbach diesen Rückfall in alte Jugendsünden übersehen hatte.

Doch diesem Adlerblick, mit dem er ihn ansah, entging wohl nichts. Jedenfalls nichts, was sich an der sichtbaren Oberfläche abspielte. Und daraus schloss er wohl, dass ihm auch nichts entging, was sich darunter tat. Aber weit gefehlt, Herr Dr. Dr. h. c., weit gefehlt. Arbogast lächelte in sich hinein.

»Herr Dr. Arbogast, hören Sie mir überhaupt zu?«, wollte Dr. Auerbach wissen.

»Jaja, natürlich. Entschuldigung, ich war nur ein wenig … abwesend. Wird nicht mehr vorkommen.«

»Hat das mit Ihrer erst kürzlich geäußerten mentalen Dysfunktion zu tun – nämlich dass Sie gelegentlich dissoziieren?«

»Ich war einfach unkonzentriert, das ist alles.« Arbogast zog eine Grimasse, die wohl ein Lächeln darstellen sollte.

»Hatten Sie seither wieder einen Ihrer geistigen Aussetzer, wie Sie das selbst genannt haben?«

»Ja. Zu meinem Leidwesen …«

»Kommt das jetzt öfter vor?«

»Öfter ist ein relativer Begriff …«

»Hatten Sie seit unserer letzten Therapiestunde mehrere solcher … nennen wir es mal: Anfälle?«

»Ein oder zwei.« Arbogast lächelte und zupfte an seinen Fingernägeln herum, bis ihm selbst auffiel, was er tat, und die Hände wieder seitlich an seine Oberschenkel legte. Er stellte sich vor, dass sie daran gefesselt wären. Das half, diese Art von Autosuggestion hatte er sich schon als Vierzehnjähriger selbst beigebracht.

»Herr Arbogast, geht es Ihnen heute nicht gut?« Zum ersten Mal klang es tatsächlich ein wenig nach echter Besorgnis, wie Dr. Auerbach fragte.

»Oh doch, ja. Mir geht es sehr gut. Habe nur eine Menge zu tun, eine Menge gedanklich zu verarbeiten momentan.«

»Was meinen Sie damit? Dass Sie Ihre letzten Dinge regeln? Ich würde das für sehr vernünftig halten.«

»Das ist es, ja, genau. Sie haben es erfasst, Herr Dr. Auerbach. Das nimmt meine ganze Konzentration und Zeit in Anspruch. Es gibt noch so viel zu tun … Manchmal weiß ich gar nicht, wo ich anfangen soll …«

»Sie bekommen keine rechte Ordnung in Ihre Gedanken? Weil Sie an zu vielen Baustellen zugleich zugange sind? Meinen Sie das?«

»Exakt, Herr Dr. Auerbach, das trifft es exakt. Zu viele Baustellen. Da weiß man manchmal nicht mehr, wo einem der Kopf steht.«

»Sie sollten es nicht übertreiben, Herr Dr. Arbogast. Leben Sie planvoller, bringen Sie Ordnung in Ihre Gedanken und in Ihren Tagesablauf. Notieren Sie sich, was Sie noch tun wollen. Oder tun müssen, um Ihren inneren Frieden zu finden. Das ist eminent wichtig. Dann gehen Sie in aller Ruhe und Umsicht Punkt für Punkt durch, der Reihe nach. Das kann ungemein hilfreich sein.«

»Sie werden es nicht glauben, genau so mache ich es. Punkt für Punkt. Aber manchmal kommt etwas dazwischen, und ich muss improvisieren. Das ist dann schwierig.«

»So ist das Leben. Es kommt einem immer etwas dazwischen. Damit muss man umgehen können. Sie müssen an sich selbst glauben, an Ihre Stärken, die hat jeder Mensch. Und die Schwächen sind dazu da, überwunden zu werden. Wichtig ist, dass Sie Dinge zu Ende führen, sie abhaken können.«

»Sie sprechen mir aus der Seele, Doktor.«

Dr. Auerbach notierte etwas in sein Notebook, dann sah er wieder auf. »Verspüren Sie noch gelegentlich diese Wut?«

»Oh ja!«

»Wird sie manchmal so stark, dass Sie glauben, sie nicht mehr kontrollieren zu können?«

Arbogast nickte, die Hände immer noch wie an die Hosennaht gefesselt. »Ja. Immer wenn ich an meine Mutter denke.«

»Warum?«

»Mutter und Wut – das eine gibt es für mich nicht ohne das andere.«

»Wie darf ich das verstehen?«

»Meine Mutter hat mich ihr ganzes Leben gelehrt, dass ich auf der Welt bin, um mitzuhelfen, sie ein wenig besser zu machen. Irgendwie habe ich das Gefühl, dass ich an dieser Aufgabe gescheitert bin.«

»Und das macht Sie wütend.«

»Und wie! Ich habe meiner Mutter so viel versprochen, was ich nicht halten kann. Und das lässt mich erst recht wütend werden.«

»Auf Ihre Frau Mutter? Auf sich selbst?«

»Auf diejenigen, die alles versuchen, mir Steine in den Weg zu legen. Die mich daran hindern wollen, das zu tun, wofür ich bestimmt bin.«

»Wozu fühlen Sie sich denn berufen?«

»Zu zeigen, was wirklich in mir steckt. Etwas zu hinterlassen, was die Nachwelt nicht so schnell vergisst. Zum Abschluss noch etwas Großes zu vollbringen, etwas durchzuführen, wozu die anderen nicht fähig sind. Weil das Gesetz, die Religion, die Moral, das Gewissen oder, wie Sie sagen, das Leben an sich ihnen Ketten anlegt.«

»Und dazu fehlt Ihnen die Zeit. Ist es das, was Sie wirklich wütend macht?«

»Und wie! Aber das kann ich nicht ändern.«

»Eine gute Erkenntnis. Und eine reife dazu. Das sollte Sie eigentlich gelassener werden lassen, finden Sie nicht?«

»Sie haben leicht reden!«

Mit diesen Worten sprang Arbogast urplötzlich auf und ging wie ein hospitalisierter Tiger vor dem Schreibtisch hin und her, während er mit den Händen fuchtelte und sich mehr und mehr in Rage redete. »Sie sind es ja nicht, der kurz davor steht, den Löffel abgeben zu müssen. Sie sitzen in Ihrem gottverdammten Sessel und reden nur Stuss! Stuss, Stuss, Stuss! Und ich ... Hinter mir sind sie alle her! Hinter mir, verstehen Sie denn nicht? Sie wollen mich daran hindern, das zu tun, was ich tun muss. Und das ist es, was mich wirklich wütend macht. Richtig, richtig wütend! Weil es so ungerecht ist. Alles ist so ungerecht.«

Dr. Auerbach war während Arbogasts Philippika die Ruhe selbst geblieben. In seinem jahrzehntelangen Umgang mit Patienten mit unterschiedlichsten Krankheitsbildern, von Neurosen, Psychosen, Depressionen, Panikattacken, Traumata und anderen Auffälligkeiten bis hin zu pathologischen Zuständen schlimmster Art, hatte er noch ganz andere emotionale Ausbrüche erlebt. Mit sanfter Stimme stellte er seine Fragen. »Wer ist hinter Ihnen her? Und was ist der Grund?«

»Sie haben ja keine Ahnung. Sie wollen mich einsperren und quälen, mich erniedrigen. Von Anfang an haben das alle gewollt. Aber das lasse ich nicht mehr zu, niemals!«

»Wer will das tun? Sagen Sie mir: wer?«

Abrupt blieb Arbogast stehen, dann ließ er sich ebenso unerwartet wieder in den Sessel fallen und fuhr sich durch seine Haare. Er schien sich zu beruhigen und sagte, wieder in ganz normaler Lautstärke und Tonlage: »Nein, keine Sorge, Doktor, ich habe keine paranoiden Wahnvorstellungen. Es ist nur – ich habe Angst davor, mein Werk nicht mehr vollenden zu können, weil diese Aussetzer immer häufiger kommen.«

»Wollen Sie mir nicht erzählen, was das ist? Ihr Werk?«

»Oh nein. Das ist mein Geheimnis. Das kann ich nicht preisgeben. Dann ist es nicht mehr ... durchführbar. Und das ist das Einzige, was mir noch zu tun übrig bleibt.«

Auerbach nickte verständnisvoll. »Es ist leider so – und das wissen Sie als Apotheker genauso gut wie ich –, dass es in Ihrem Fall keine Medikation gibt, die Ihnen Ihre Symptome erspart, die Sie so quälen. Die haben Sie Ihrem anaplastischen malignen Meningeom zu verdanken. Was für Medikamente nehmen Sie denn, wenn ich fragen darf?«

»Oh, quer durch den Gemüsegarten. Valium, Alprazolam, Diazepam, Triazolam …«

»Stopp, stopp, hören Sie auf! Ist das Ihr Ernst?«

»Mein voller Ernst. Was glauben Sie, wie ich sonst durchhalte?«

Dr. Auerbach gab seine normale Sitzhaltung auf, die er bei allen seinen Patienten einnahm, beugte sich nach vorne und sprach mit aller gebotenen Eindringlichkeit auf Arbogast ein: »Dr. Arbogast, Sie sind doch vom Fach! Ich muss Ihnen nicht sagen, dass Ihre retrograden Amnesieschübe von diesen Mitteln geradezu hervorgerufen und verstärkt werden!«

»Natürlich. Aber was für einen großen Schaden kann das bei mir noch anrichten?«

»Dass Sie Ihr Werk – was immer das sein mag – nicht zu Ende führen können, zum Beispiel!«

Arbogast warf wieder einen Blick auf seine Finger, deren Nägel bis aufs Nagelbett abgekaut waren, und schwieg.

Dr. Auerbach sprach weiter: »Und das wollen Sie doch, oder? Ihr Werk vollenden. Ihrem Leben ein sinnvolles Ende geben.«

»Unbedingt. Um jeden Preis«, sagte Arbogast. Dann lehnte er sich in seinem Sessel zurück und starrte an die Decke. »Um jeden Preis …«, murmelte er selbstvergessen.

Dann sprang er unerwartet auf. »Ich danke Ihnen für Ihren Rat und Ihre Mühe, Herr Dr. Auerbach. Ich werde beides nicht länger in Anspruch nehmen. Ebenso wenig wie Ihre wertvolle Zeit. Und Zeit ist wertvoll, wer wüsste das besser als ich. Schicken Sie mir bitte baldmöglichst Ihre Abschlussrechnung. Leben Sie wohl, Dr. Auerbach.«

Bevor Dr. Auerbach irgendwie reagieren konnte, hatte Arbogast die Tür zum Wartezimmer aufgerissen und war hinausgestürmt.

Hilflos versuchte Dr. Auerbach, ihn aufzuhalten. »Dr. Arbogast, warten Sie …« Er brauchte eine ganze Weile, bis er sich aus seinem Sessel gehievt, seinen monumentalen Schreibtisch umrundet und die Tür erreicht hatte. Dort sah er in den weißen Warteraum, wo seine Sprechstundenhilfe, diesmal ganz in Hellgrün, wie paralysiert hinter ihrer Rezeption stand.

Dr. Auerbach fragte: »Wo ist er hin?«

»Weg.« Sie wies ungelenk auf die Tür zum Treppenhaus, die sperrangelweit offen stand.

»Hat er noch was gesagt?«, wollte Dr. Auerbach wissen.

»Ja«, antwortete Frau Zettler. »Aber ich habe es nicht so genau verstanden. Er hat es mir im Hinausgehen zugerufen und dazu mit dem Zeigefinger in die Luft gestochen, als würde er mir drohen.«

»Was war es, das er Ihnen zugerufen hat?«

»Wie gesagt, ich habe es nicht genau verstanden, weil ich in dem Moment den Telefonhörer am Ohr hatte und das Gespräch gerade beenden wollte ...«

Jetzt verlor auch Dr. Auerbach seine Contenance. »Herrgott, nun sagen Sie schon!«

»Nur ein Wort. Es klang wie ›Leihkost‹.«

»Leihkost? Was soll das heißen?«

Frau Zettler zuckte nur hilflos mit den Schultern. Sie hatte wirklich nicht die geringste Ahnung.

42

In einem Punkt hatte Dr. Auerbach recht, dachte Arbogast, als er fluchtartig das Treppenhaus hinter sich ließ und in das gleißend helle Sonnenlicht trat. Er musste mit diesen Tranquilizern sparsamer umgehen, er konnte sie nicht einfach weiterhin einwerfen wie eine Handvoll Smarties. Seine heikle Mission duldete weder Leichtsinn noch diesen verfluchten Hang zur Risikobereitschaft, die ihm jetzt schon zum zweiten oder dritten Mal beinahe zum Verhängnis geworden wäre. Erneut war es nur reines Massel gewesen, dass er seinen Häschern nicht in die Hände gefallen war.

Er entriegelte seinen Lieferwagen und setzte sich auf den Fahrersitz, wo er mit dem Zündschlüssel spielte und weiter nachdachte. Ob er bei seinem Psychiater gerade zu weit gegangen war und zu viel von sich preisgegeben hatte? Seine Andeutungen, seine Unbeherrschtheit, seine Aufkündigung des Arzt-Patienten-Verhältnisses – hatte er sich tatsächlich in seinem Zorn über sein eigenes Fehlverhalten dazu hinreißen lassen, Dr. Auerbach allzu sehr sein wahres Ich zu zeigen, seinen Mr. Hyde, der hinter der mehr und mehr bröckelnden Fassade des Dr. Jekyll zum Vorschein kam?

Er hämmerte, immer noch voller Wut auf nichts und alles, auf sein Lenkrad ein. Dr. Auerbach war ein erfahrener Mann auf seinem Spezialgebiet, und so wie er, Arbogast, sich heute im Sprechzimmer aufgeführt hatte, konnte er durchaus seine Schlüsse ziehen. Aber welche waren das? Dass er unter Paranoia litt und sich zunehmend zu einer gespaltenen Persönlichkeit entwickelte?

Arbogast versuchte, durch gleichmäßiges Ein- und Ausatmen seinen immer noch wild jagenden Puls unter Kontrolle zu bringen und von seinem aggressiven Trip wieder herunterzukommen.

Was hatte er eben nur getan?

Er wusste genau, was er getan hatte.

Er war nach seinem um ein Haar missglückten Ausflug zu Rudecks Haus am Rande eines Zusammenbruchs gewesen, als er endlich – ihm war nicht mehr klar, wie – heil durch das erneute Verkehrschaos gekommen und in seine Garage gefahren war. Dort hatte er das Rolltor per Fernbedienung wieder hinter sich nach unten fahren lassen, hatte sich auf seine Liege im Labor geschleppt und erst einmal die Augen zugemacht. Er war vollkommen erschöpft von seiner Exkursion. In seinem Schädel summte und brummte es wie in einem hermetisch verschlossenen Weckglas voller Hornissen.

Teufel noch mal, da hatte er sein Glück wahrlich über alle Maßen strapaziert. Wäre er im Haus von Rudeck aufgeflogen, hätte er sich nicht beklagen können. Außer über die Tatsache, dass er im heiligen Eifer seiner Mission ohne groß zu überlegen gehandelt und, im Nachhinein betrachtet, einfach zu weit gegangen war.

Na gut, er hatte erreicht, was er wollte. Die Indizien, die er für die Kripo bestens sichtbar im Haus platziert hatte, wiesen eindeutig auf die Täterschaft von Rudeck hin. Die Gipskrümel, an die er in letzter Sekunde noch gedacht und die er im Wagen Rudecks verteilt hatte, waren sozusagen die Kirsche auf dem Sahnehäubchen für die Spurensicherung.

In der Haut dieses Schwimmtrainers wollte er jetzt nicht stecken. Aufgrund der neuen Beweislage würden sie den Jungen ganz schön in die Mangel nehmen, der hatte nichts zu lachen.

Insofern war seine spontane Indizienmanipulation voll aufgegangen, weil sie die Kripo unweigerlich in die Irre führte und damit endgültig ins Chaos stürzte. Und wer zeichnete dafür verantwortlich? Kriminaldirektor Thielen! Was würde mit seinem jetzt schon schwer angeschlagenen Renommee erst passieren, wenn Brunos nächster Schachzug alles erneut auf den Kopf stellen würde? Thielen würde vollkommen ausrasten. Da hatte er in Rudeck endlich einen möglichen Täter auf dem Silbertablett serviert bekommen, den er fertigmachen und stolz präsentieren konnte, und dann, kaum vierundzwanzig Stunden später, war das schon alles wieder Makulatur!

Wie er, Arbogast, es liebte, auf dieser Klaviatur zu spielen! Das herrliche Gefühl absoluter Macht durchströmte ihn – es war mit nichts zu vergleichen. Thielen war ihm ausgeliefert und wusste es nicht einmal. Die nächsten Tage und die sich überstürzenden Ereignisse würden ihn vor den Augen der Öffentlichkeit endgültig und für alle Zeiten zum Versager und zur tragischen Lachnummer machen, bei der er wie ein Zirkuspudel nach jedem Würstchen schnappte, das Bruno ihm hinhielt!

Damit wäre das erste Etappenziel erreicht: Thielen an den Pranger zu stellen und ihn wie eine Marionette tanzen zu lassen!

Für einen langen Augenblick aalte sich Arbogast in der Genugtuung der Bilder seines inneren Kopfkinos und vergaß alles um sich herum, es versöhnte ihn auch wieder einigermaßen mit der Dummheit seiner Kamikaze-Aktion im Hause Rudecks.

Und trotzdem …

Warum machte er so was Leichtsinniges? Was trieb ihn dazu?

Er kam sich vor wie ein Junge, der mit einem Stock vor einem Gorillakäfig stand und das Silberrückenmännchen so lange wieder und wieder damit durch die Gitterstäbe traktierte, bis der Gorilla den Stock plötzlich zu fassen bekam und ihn mitsamt seinem Peiniger in den Käfig zog, um ihn dort in seiner Wut in Stücke zu reißen und zu zerfleischen.

Was hatte ihn dort oben in der Ordination seines langjährigen Psychiaters nur für ein Teufel geritten, dass er dermaßen aus der Haut gefahren war?

Vielleicht weil Dr. Auerbach die richtigen Fragen gestellt hatte?

Aber bisher hatte ihm das Spaß gemacht, mit dem Doktor Psychospielchen zu spielen. Einzig bei ihm konnte er sich aussprechen, sich alles von der Seele reden – verklausuliert natürlich –, sonst wäre er schon längst nicht mehr hingegangen. Ihm jedoch den Bettel regelrecht vor die Füße zu werfen, war vielleicht nicht gerade dazu angetan, die Nebenkriegsschauplätze zu beruhigen und sich auf das Wesentliche zu konzentrieren, ganz im Gegenteil.

Die zentrale Frage war, ob Dr. Auerbach Lunte gerochen und Verdacht geschöpft hatte, aber das glaubte er eigentlich nicht.

Eigentlich …

Wichtig war nur, ob er Arbogast nach dessen Vorstellung schulterzuckend als gescheiterten Fall abschrieb, dem schlussendlich nicht mehr zu helfen war und der sowieso in absehbarer Zeit aus dem Spiel des Lebens ausscheiden würde. Oder ob er in Arbogast eine Gefahr für die Allgemeinheit sah. Das konnte zu einem unkalkulierbaren Risiko werden. Die ärztliche Schweigepflicht für Auerbach, die Arbogast in seiner Eigenschaft als approbierter Apotheker bestens bekannt war, endete, wenn er direkt oder indirekt annehmen musste, dass sein Patient sich mit Mordgedanken allgemeiner oder spezieller Art herumschlug und sie in die Tat umzusetzen gedachte. Dr. Auerbach war sogar verpflichtet, so eine Vermutung an die entsprechenden Stellen – sprich: die Kripo – weiterzugeben.

Arbogast sah durch die Windschutzscheibe hoch zu den Räumlichkeiten der Ordination und spielte mit dem Gedanken, seinen Fehler dadurch wiedergutzumachen, dass er Dr. Auerbach ausschaltete, indem er ihn einfach spurlos verschwinden ließ. Auf einen mehr oder weniger kam es jetzt, da er schon so weit gegangen war, auch nicht mehr an. Er wägte das Für und Wider ab und gelangte zur Erkenntnis, dass das damit verbundene Risiko zu groß war. Zu viele hatten ihn in der Praxis gesehen, die Sprechstundenhilfe zum Beispiel und sogar Kommissar Madlener. Gegebenenfalls würde die Kripo die Patientenliste durchgehen und jeden einzelnen genauer unter die Lupe nehmen. Arbogast wusste nicht, wo Auerbach überall Dateien mit Namen angelegt hatte. Es würde also nichts nutzen, wenn er die Karteikarten zerstörte, die Frau Zettler in ihren Schränken hütete wie Alberich den Nibelungenschatz, weil Auerbach todsicher noch Dateien mit Patientendaten in einem oder mehreren Computern gespeichert hatte. Nein, dieses Vorhaben konnte er gleich wieder ad acta legen.

Er durfte sich einfach nicht mehr verzetteln, er musste sich von nun an einzig und allein seinem Masterplan zuwenden und einen Gang höher schalten.

Dr. Auerbach war keiner von der Sorte, die überschnell reagierte. Eher würde er alle Möglichkeiten zehnmal gedanklich wiederkäuen, sich noch eine Weile fachlich mit seinem hysterischen Langzeitpatienten beschäftigen und schließlich zur Conclusio kommen, dass dessen übertrieben heftige Reaktion der Tatsache zuzuschreiben war, dass Arbogast eben angesichts des unvermeidlich herannahenden Endes kurzzeitig die Nerven verloren hatte, was durchaus verständlich war, und darauf hoffen, dass sich das alles über kurz oder lang von selbst lösen würde. Dr. Auerbach würde keinen unnötigen Aufstand seinetwegen veranstalten wollen, da war er sich sicher.

Wenn Arbogast wollte, konnte er seine Tätowierung auf dem Rücken Stich um Stich spüren, sie sich vor seinem inneren Auge bis ins Detail vergegenwärtigen, sie gleichsam anzapfen und daraus neue Kraft und Energie schöpfen.

Und jetzt wollte er.

Er startete den Motor, sah in den Seitenspiegel, wartete ab, bis er sich nahtlos in den Verkehr einfädeln konnte, und beschleunigte.

Es gab noch einiges zu tun.

43

Es war kurz vor Mitternacht. Madlener betrat erschöpft sein Büro im Gebäude der Verkehrspolizei, dort saß Harriet immer noch an ihrem Schreibtisch und war mit dem Durchforsten von Rudecks Notebook beschäftigt. Sie sah nicht einmal hoch, als sich Madlener ihr gegenüber auf seinen Stuhl fallen ließ. Ohne ihren Blick vom Bildschirm abzuwenden, trank sie grünen Tee aus dem Tetrapak.

Sanft sagte Madlener: »Harriet …«

»Hm?«, kam als geistesabwesende Antwort.

»Harriet«, wiederholte Madlener. »Hörst du mich?«

»Mhm.«

»Was ist, muss ich erst die Sicherung rausschrauben, oder kommst du freiwillig mit?«

»Wohin?«, fragte Harriet ungnädig.

Madlener hatte den Eindruck, dass sie huldvoll etwa ein Promille ihrer Gehirnkapazität für die Kommunikation mit ihm zur Verfügung gestellt hatte, die restlichen Ressourcen waren für den Inhalt von Rudecks PC reserviert. Er kannte niemanden, der sich so hingebungsvoll ganz einer Sache widmen konnte, wenn sie für die Ermittlungen wichtig war. Sollte es jedoch notwendig sein, schaltete sie mühelos auf Multitasking um. Sie war ein Phänomen. Jetzt arbeiteten sie doch schon eine ganze Weile zusammen, aber er hatte sie immer noch nicht in ihrer ganzen Bandbreite durchschaut. Sie ließ es einfach nicht zu, irgendwo hatte sie eine unsichtbare Noli-me-tangere-Wand, die niemand überwinden konnte. Nicht dass Madlener vorhatte, in Bezirke Harriets einzudringen, die sie nicht preisgeben wollte. Aber manchmal machte er sich einfach Sorgen um sie, weil sie so auf ihren Beruf fixiert war. Eine junge Frau ihres Alters sollte doch nicht nur verbissen und mit einer gewissen Obsession fast ausschließlich ihrer Arbeit bei der Kripo nachgehen, es musste doch auch noch einen privaten Bereich geben, Partys, Freunde, Freizeit, Fröhlichkeit.

Er seufzte. In der Hinsicht traute er sich gar nicht mehr, sie anzusprechen, sonst machte sie zu wie eine Auster. Und wie widerstandsfähig eine Auster sein konnte, hatte er selbst erlebt, als er, weil er vor seiner ersten Frau auf einer Reise an die bretonische Küste am Meer angeben wollte, beim Versuch, eine frische Auster mit einem von einem Einheimischen ausgeliehenen Austernmesser zu knacken, ausgerutscht war und sich derart fies in den Handballen geschnitten hatte, dass er die nächste Klinik aufsuchen musste, um genäht zu werden. Die Narbe war heute noch zu sehen. Er fuhr instinktiv mit der Fingerspitze darüber. Daran, dass er gedanklich vom Hölzchen aufs Stöckchen kam, merkte er, wie ausgelaugt er vom heutigen Tag war.

Es waren auch lange Stunden nach einer sehr kurzen Erholungsphase gewesen, aber Harriet musste es doch genauso gehen. War das dem Altersunterschied geschuldet, oder hatte dieses kleine, zähe Mädchen mit den – heute – schwarz lackierten Fingernägeln und der Amy-Winehouse-Frisur und -Kriegsbemalung einfach ein größeres Reservoir an Energie?

Madlener war schon auf dem Parkplatz gewesen, um mit seinem Dienstwagen in sein Hotel zu fahren und dort eine verdiente Mütze voll Schlaf zu nehmen, als er noch Licht im Büro gesehen hatte. Kurz hatte er sich überlegt, ob er seine Assistentin einfach in Ruhe lassen sollte, schließlich war sie alt genug, um auf sich selbst aufzupassen, aber dann meldete sich sein Gewissen: Er konnte einfach nicht in aller Seelenruhe einschlafen, wenn er wusste, dass Harriet sich bis zur Erschöpfung verausgabte.

Vom Auto aus rief er bei Ellen an, die Gott sei Dank noch wach war, berichtete ihr, was ermittlungstechnisch alles vorgefallen war, und fragte nach Sandra Thielens Befinden. »Unverändert«, lautete die Antwort. Er nahm Ellen zum x-ten Mal das Versprechen ab, ihn sofort zu informieren, sollte sich Sandras Zustand verbessern oder, was niemand hoffte, verschlechtern. Dann berichtete sie in groben Zügen, was das Resultat der Obduktion von Jessicas Leiche war, die sie vor knapp einer Stunde abgeschlossen hatte. Der Tod war durch die gleiche Drogenmixtur eingetreten, die auch bei Sandra angewendet worden war, nur in wesentlich höherer Dosierung, die letal war. Kein Missbrauch feststellbar.

Nach diesen Informationen schwiegen sie sich eine Weile vielsagend am Telefon an, bevor sie sich gegenseitig versicherten, dass und wie sie einander vermissten und alles und noch mehr nachholen würden, sobald der Fall Bruno gelöst war und sie wieder mehr Zeit füreinander hätten.

Als Madlener aufgelegt hatte und bei einem Blick hoch zum sternenklaren Nachthimmel kurz davor war, in einem sehnsüchtigen Schwächeanfall, ausgelöst durch Ellens Stimme und der lidschlagkurzen Leuchtspur einer verglühenden Sternschnuppe, alle Vorsätze und Abmachungen über den Haufen zu werfen und Ellen doch noch einen Überraschungsbesuch abzustatten, streifte sein Auge Harriets Vespa, und er beschloss, in ihr gemeinsames Büro hochzugehen und Harriet – wenn es sein musste, auch gegen ihren ausdrücklichen Willen – nach Hause zu schicken. Schließlich war er ihr Vorgesetzter und hatte Weisungsbefugnis.

Jetzt also saß er ihr gegenüber und merkte plötzlich, wie hungrig er war. Ihr bevorzugtes Lokal dafür, wenn es schnell gehen musste und trotzdem schmecken sollte, war der Asia-Imbiss. Er war einen Katzensprung vom Präsidium entfernt auf einem brachliegenden Grundstück und bestand aus ein paar zusammengestellten Containern und im Freien stehenden Plastiktischen und -stühlen.

Der Besitzer hatte das improvisierte Gaststättengesamtkunstwerk zwischenzeitlich verschlimmbessert, indem er aus aufeinandergestapelten Pflanzringen aus braunem Beton eine Art Mauer um die Container errichtet hatte, die den Imbiss wohl etwas heimeliger und ästhetisch ansprechender gestalten sollte. Man konnte das kontrovers sehen, aber der Wille zur optischen Aufwertung war unübersehbar vorhanden. Doch abgesehen davon, dass der Besitzer damit nicht unbedingt bei jedem seiner zahlreichen Gäste punkten konnte – um diese Zeit hatte er schon längst geschlossen.

Also blieb nur noch die Notlösung, denn nach Mitternacht in Friedrichshafen noch ein anständiges Lokal mit warmem Essen zu finden, war in etwa so aussichtsreich wie in Nowosibirsk einen Biergarten mit Blasmusik.

Madlener beschloss, die Probe aufs Exempel zu machen, ob Harriet überhaupt reagierte, stand auf und sagte:»Ich für meinen Teil gehe jetzt noch einen Happen essen. Kommst du mit?«

Tatsächlich sah sie mit misstrauisch gerunzelter Stirn hoch und fragte:»Soll das ein korrumpierender Versuch sein, mich von der Arbeit abzuhalten?«

»Ach weißt du, ich habe heute meine Spendierhosen an, Agent Starling. Also ich würde dir raten, dich mir anzuschließen, das kommt schließlich nicht allzu oft vor.«

»Und wo wollen Sie hin, Mr. Crawford?«, fragte sie lauernd und ging auf sein Spielchen ein, das sie selten und nur dann praktizierten, wenn sie unter sich waren. Jedenfalls war das schon mal ein hoffnungsvolles Zeichen.

»Das ›Ritz-Carlton‹ hat, soviel ich weiß, heute Ruhetag, aber hier ganz in der Nähe muss ein Laden sein, wo es ganz passable Fritten und Milchshakes geben soll, die so was von auf die Hüfte gehen, und außerdem wahnsinnig ungesunde Cholesterinbomben, die man Hamburger nennt. Seit Neuestem soll's die sogar für Veganer geben, habe ich mir sagen lassen.«

Sie zauberte ein Lächeln auf ihr Gesicht, das er ihr um diese nachtschlafende Zeit gar nicht mehr zugetraut hätte. »Klingt vielversprechend«, antwortete sie, klappte das Notebook zu und stand auf.

44

Sie schafften es tatsächlich, auf dem kurzen Fußmarsch zu dem amerikanischen Restaurant mit dem schottischen Namen, der deutschen Geschäftsführerin und dem russisch-polnisch-pakistanischen Mindestlohnpersonal nicht ein einziges Mal über den aktuellen Stand im Fall Bruno zu reden – sondern nur darüber, was für ein gesundheitsunzuträgliches Menü sie sich zusammenstellen würden.

Der Tisch zwischen ihnen sah aus wie ein Schlachtfeld, als sie endlich pappsatt waren und sich den Mund mit den Papierservietten abwischten.

»Warte«, sagte Harriet, räumte die leeren Kartons, Becher und das Papier auf ihr Tablett, stellte es auf das von Madlener, stand auf und entsorgte alles ordnungsgemäß in die dafür vorgesehenen Behälter und Regale, bevor sie noch zwei Becher mit Kaffee holte und sich wieder zu Madlener an den Tisch gesellte.

Sie saßen in einem stillen Eck, außer ihnen war nur noch ein weiteres Paar im Restaurant. Eine müde männliche Putzhilfe in der üblichen albernen Uniform wischte mit einem Lappen die leeren Tische ab.

»Zur Sache«, sagte Madlener. »Hast du was?«

»Null Komma null«, antwortete Harriet und pustete in ihren Kaffee, der wie immer so heiß war, dass man sich höllisch den Mund verbrühen konnte, wenn man nicht aufpasste. »Jedenfalls in Bezug auf den ›Bleiernen Zeppelin‹ und in Sachen Sandra. Ich hab fast das ganze Notebook durchsucht, mit Facebook bin so gut wie fertig. In anderen Netzwerken sieht das schon anders aus, da geht Rudeck ganz schön zur Sache, aber das ist seine Privatangelegenheit, betrifft nicht unser Metier. Es sind Erwachsenenchatrooms, Männerklientel.«

»Dann glaubst du also nicht, dass er in die Geschichte mit Sandra und Jessica verwickelt ist?«

»Nein. Außer er hat noch irgendwo einen zweiten PC versteckt.«

»Trotz Madlener-Biografie und Postkarten, trotz Birnau-Grundriss und Gips? Der im Übrigen von Ehrmanntrauts Männern eindeutig dem Gips zuzuordnen ist, mit dem Jessica niedergeschlagen worden ist.«

»Starke Indizien, das ist wahr.«

»Beeindruckend stark.«

»Aber du glaubst auch nicht an Rudecks Mittäterschaft?«

Madlener schüttelte den Kopf und probierte vorsichtig von seinem Kaffee. Er war immer noch zu heiß. »Nein.«

»Und warum nicht?«

»Ganz simpel: Weil kein Täter so dumm ist, Beweisstücke, die gegen ihn sprechen, frei herumliegen zu lassen.«

»Ausnahmen bestätigen die Regel.«

»Aber Rudeck ist keine Ausnahme. Er mag in mancherlei Hinsicht naiv sein, auch ein kleiner Angeber und Aufschneider, aber er ist nicht dumm.«

»Nein, das ist er nicht. Und seine Überraschung, als ich die Sachen präsentiert habe, war echt.«

»Kam mir auch so vor. Aber wenn er bis zum Haftprüfungstermin keine Alibis vorzuweisen hat, bleibt er hinter Gittern. Obwohl er's nicht war, auch wenn Kriminaldirektor Thielen das gerne hätte.«

Endlich war der Kaffee trinkbar, Madlener schlürfte vorsichtig.

»Warum bist du so sicher?«, fragte Harriet.

»Rudeck hat nicht den Mumm dazu.«

»Stimmt. Aber dann stellt sich unweigerlich die Frage …«

»Wie kommen die Beweisstücke in sein Haus respektive in sein Auto?«

»Fingerabdrücke?«

»Ehrmanntraut sagt, nein. Bis auf die Broschüre der Birnau. Aber die hat er dir ja aus der Hand gerissen.«

»Also: Wer hat die Beweisstücke hinterlegt? Und wer will Rudeck die Taten in die Schuhe schieben? Bruno?«

»Wer sonst sollte ein Interesse daran haben?«

»Also das würde bedeuten … Traust du das Bruno zu? Diese geradezu unverschämte Chuzpe?«

»Wer ist mit dem Fahrrad der entführten Sandra vors Präsidium gefahren? Wer hat sich unter die Journalisten bei der Pressekonferenz geschmuggelt?«

»Bruno ...«

»Eben.«

»Woher weiß Bruno, dass Rudeck vom Zeugen zum Tatverdächtigen geworden ist? Woher weiß er, dass wir Rudecks Haus durchsuchen wollen?«

»Gute Fragen. Ich habe dazu keine Antworten.«

»Findest du nicht, dass Bruno verdächtig viel darüber weiß, was bei uns im Präsidium so vor sich geht?«

»Allerdings.«

»Glaubst du, wir haben ein Leck bei uns?«

Madlener zuckte mit den Schultern und trank seinen Kaffee aus.

»Wer soll das sein?«, dachte Harriet laut nach. »Wer hat ein Interesse daran, Bruno mit Informationen aus dem Präsidium zu versorgen?«

»Wenn du mich fragst: keiner von uns. Das ist undenkbar.«

Harriet gab ihm recht. »Eigentlich ja.«

Madlener stand auf. »Für heute haben wir genug spekuliert. Ich fahr dich jetzt nach Hause.«

»Brauchst du nicht. Ich bin mit dem Roller hier.«

»Ich weiß. Aber jetzt fährst du mir nicht mehr mit dem Roller allein durch die Nacht nach Immenstaad. Auf der B 31 sind um die Zeit zu viele Betrunkene unterwegs.«

»Woher willst du das wissen?«

»Das hat mir ein Vögelchen von den Kollegen der Verkehrspolizei gezwitschert. Und wie ich gestern gesehen habe, hat dein Rücklicht ungefähr die Leuchtkraft eines asthmatischen Glühwürmchens.«

Harriet wollte trotzdem widersprechen. Ihr Widerspruchsgeist schien einfach nie zu erlahmen, selbst zu dieser späten Stunde.

Doch Madlener legte seinen Zeigefinger auf seine Lippen. »Pscht! Kein Wort mehr! Wer zahlt, schafft an. Ich hol dich morgen früh wieder ab.«

»Meinetwegen. Was sagen wir dann dem Kriminaldirektor, wenn er fragt?«

»Das, was wir denken. Die Wahrheit.«

»Das wird ihm nicht besonders schmecken.«

»Nein. Aber er wird uns nicht fragen.«

»Wieso bist du dir da so sicher?«

»Weil ich in Bezug auf Rudeck manchmal das unbestimmte Gefühl habe, dass er sie gar nicht wissen will.«

45

Ihre blonden Locken schwebten wie Seegras im sumpfigen Gewässer. Er strich ein letztes Mal darüber, dann gab er ihr einen leichten Schubser, der sie vollends weg vom Ufer hinaus aufs Wasser gleiten ließ.

Aber sie ging nicht zur Gänze unter.

Arbogast sah den nackten Körper des Mädchens im braunbrackigen Wasser schweben und fragte sich, warum zum Teufel er nicht endlich unterging. Gedankenverloren wollte er nervös an seinen Fingernägeln knabbern, als er die Vinylhandschuhe schmeckte.

Pfui Teufel, fühlte sich das eklig an!

Er spuckte aus.

Der Körper war irgendwie stecken geblieben, obwohl er ihn mit Gewichten beschwert hatte, Steine, die er an die Gliedmaßen gebunden hatte, mit dem Kopf und dem Bauch nach unten, mit ausgebreiteten Armen und Beinen. Er war gespannt, ob es noch lange dauerte, bis alles komplett unterging. Er spürte keine Erregung, keine Anspannung – nur einen unglaublichen Lachzwang, wie bei der Beerdigungszeremonie seiner Mutter, einen Lachzwang, den er nur mit Müh und Not im Zaum halten konnte. Dabei hatte er erwartet, dass wenigstens ein Schauder seinen Rücken hinunterlief, irgendetwas, was ihm zeigte: Er lebte noch.

Nichts dergleichen geschah.

Er war enttäuscht, weil der Körper partout keine Anstalten machte, endlich unterzugehen.

Als ein paar Blasen hochblubberten, löste sich sein Lachkrampf doch noch, und er musste losprusten.

Der Tod genauso wie das Leben – alles war entsetzlich banal und ein einziger großer Witz. Das war die Quintessenz dessen, was ihn sein anaplastisches malignes Meningeom gelehrt hatte.

Er stellte seinen rechten Fuß, der wie der linke in einem Gummistiefel steckte, auf den Hintern im Wasser und drückte und schob ihn tiefer. Aber sosehr er sich auch abmühte, der Körper ging einfach nicht unter.

Hatte er irgendetwas falsch gemacht? Bloß was?

Wieder wollte er an seinem Zeigefinger kauen, und wieder schmeckte er mit seiner Zunge den Geschmack von Vinyl, der ihn die Hand zurückziehen ließ. Eigentlich die beste Methode, um sich das Fingernägelkauen abzugewöhnen. Das sollte er sich patentieren lassen.

Erneut drückte er fester mit dem Gummistiefel zu, achtete dabei aber gleichzeitig sorgfältig darauf, dass er sein Gleichgewicht behielt und nicht noch mit dem Standbein abrutschte – das hätte gerade noch gefehlt!

Das Wasser um die bleichen Körperteile schwappte und gluckste, bis endlich nur noch ein blasser Schimmer des Rückens und der Kehrseite des Mädchens zu sehen war und das blonde Haar.

Tief genug, fand er.

Schließlich durfte er es der Kripo nicht zu schwer machen.

Er suchte wieder festen Stand und atmete erleichtert durch. Gott sei Dank war der Lachanfall vorbei.

Aber er spürte leichte Kopfschmerzen aufziehen, während er im einsetzenden Regen auf die Oberfläche des moorigen Wassers starrte, auf der die dicken Tropfen kleine Kringel zauberten, die das braune Wasser wie Pocken bedeckten. Das war doch hoffentlich nicht wieder der Beginn einer ... Dissoziation?

Ausgerechnet jetzt?

Im unpassendsten Augenblick?

Schnell nahm er eine seiner Tabletten, die er in seiner Brusttasche immer mit sich führte. Als er sie mühsam trocken hinunterschluckte, hörte er ein einmotoriges Sportflugzeug über sich hinweg auf den Bodensee hinausfliegen und sah hoch. Eine Cessna. Modell 172 »Skyhawk«.

Irgendwo krakeelten Wildvögel um die Wette.

Nach wie vor war er allein auf weiter Flur.

Er ignorierte die Kopfschmerzen, zog sein Smartphone heraus und hielt es hoch, um die genauen GPS-Koordinaten festzustellen. Eine Melodie tauchte in seinem Kopf auf. Er summte sie vor sich hin, während er sein Smartphone zur Sicherheit noch einmal zückte und den metergenauen Breiten- und Längengrad einspeicherte.

Er würde der Kripo ein neues Rätsel aufgeben. An ihm konnte sich Kriminaldirektor Thielen die Zähne ausbeißen. Jetzt, da sie gerade erst sicher waren, in Rudeck den irren Briefeschreiber und Mörder Bruno gefasst zu haben. Oh, Kriminaldirektor Thielens Triumph würde nur von kurzer Dauer sein.

Bei dem Gedanken daran musste er sich erneut zusammenreißen, um nicht wieder lauthals zu lachen. Er musste sich auf seinen Liedtext konzentrieren, so wie er das als Erstklässler gemacht hatte, wenn ihn ein unwiderstehlicher Lachanfall überkam.

»Fuchs, du hast die Gans gestohlen,
Gib sie wieder her, gib sie wieder her!
Sonst wird dich der Jäger holen
Mit dem Schießgewehr, mit dem Schießgewehr …«

Mit geradezu kindlicher Begeisterung sang er den Text in seinem Kopf mit.

Den Regen, der auf seine Kapuze und sein Gesicht trommelte, das er mit geschlossenen Augen nach oben gerichtet hatte, dem Himmel mit seinen schwarzen Wolken zu, spürte er nicht.

Er sah wieder auf den Körper im Wasser und musste an Sandra denken, die unbedarfte Nichte des Kriminaldirektors. Diese dummen, dummen Dinger. Wie naiv sie waren, wie leicht manipulierbar! Typische Kinder der Generation Google. Wachs in den Händen von Perversen, wenn man nur wusste, wie man die richtigen Knöpfe drückte. Gott sei Dank war er nicht einer von der Sorte. Immerhin hatte er Sandra nicht angerührt, aber die Dosis des Beruhigungsmittels so gewählt, dass sie ins Koma fallen würde. Eine diffizile Angelegenheit, bei der alles stimmen musste, die Kombination der verschiedenen Drogen, das Alter des Probanden, die körperliche Konstitution, das Gewicht. Aber auf diesem Gebiet war er perfekt, er hätte genauso gut als Anästhesist arbeiten können. Wie es Sandra wohl ging in ihrem katatonischen Zustand? Vermutlich wie einer Scheintoten, die in einem Glassarg eingeschlossen war und sich nicht bemerkbar machen konnte. Wie Schneewittchen. Sandra hatte genauso ebenholzschwarzes Haar und eine Haut, weiß wie Schnee …

Hatte ihr Patenonkel Thielen die gleiche Assoziation, wenn er sie so in ihrem Bett auf der Krankenstation sah? Falls der Kriminaldirektor kein Herz aus Stahl hatte, musste er bei diesem Anblick doch leiden wie ein Tier! Genau das war auch der Sinn der Sache, gegen Sandra persönlich hatte Arbogast gar nichts. Das war sozusagen rein geschäftlich, eine Strafe für die Vergehen ihres Onkels an seiner Person.

In einem Flash sah sich Arbogast selbst in so einem Sarg. So eng, dass man weder den Kopf heben noch die Beine oder die Arme richtig bewegen konnte. Und schreien oder sich mitteilen war ebenfalls ausgeschlossen. Ihn schauderte bei dieser scheußlichen Vorstellung. Dann schon lieber tot.

Arbogast kam erst wieder zu sich, als er das Geräusch hörte. Er lauschte. Hatte er sich getäuscht? War er wieder weggetreten? Hatte dissoziiert, wie Dr. Auerbach mit seinem Psychologenkauderwelsch das nennen würde? Langsam drehte er sich um und scannte mit seinen scharfen Augen die Gegend ab. Weit und breit nur Wasser, Schilf, Moor und abgestorbene Birken. Am Horizont zogen tief hängende Wolken über den Bodensee, der schiefergrau und aufgeraut war.

Aber da waren doch Schritte im federnden Untergrund zu spüren und Stimmen zu hören, die näher kamen.

Es wurde Zeit, von hier zu verschwinden. Dass bei so einem lausigen Wetter überhaupt jemand hier draußen im Ried unterwegs war – unglaublich. Aber wieder wurde eine seiner grundlegenden Erkenntnisse bestätigt: Es gab einfach zu viele Verrückte auf der Welt.

Schnell und geräuschlos zog er sich ins Unterholz zurück und ging hinter dichtem Schilf in die Hocke.

Ein junges Joggerpärchen kam herangetrabt und unterhielt sich lautstark, beide hatten die üblichen knallbunten Klamotten an und Kapuzen auf dem Kopf.

Er wartete darauf, dass sie vorbeirannten, aber nein, ausgerechnet hier blieben sie stehen und machten am Holzgeländer, das an der Brücke über einen Seitenarm des Flüsschens Schussen führte, ihre Stretch- und Dehnübungen.

Von seinem Versteck aus konnte er den blassweißen Rücken und die blonden Haare im brackigbraunen Moorwasser immer noch durchschimmern sehen, der Mädchenkörper war kaum zwei Meter vom Ufer weg.

Er spürte wieder das Kribbeln, das ihm den Rücken hinablief. Es war doch aufregender, als er anfangs gedacht hatte. Bisher hatte er pures Glück gehabt. Aber Glück war das Gegenteil von Kontrolle.

Wenn die beiden Jogger den Körper entdeckten, musste er schleunigst zusehen, dass er Land gewann. Er schaute sich schon nach einem gangbaren Fluchtweg um, was gar nicht so einfach war. Es gab nur zwei Pfade, die hier wieder herausführten. Da war sie wieder, die unwahrscheinliche, aber nicht auszuschließende Möglichkeit eines dummen Zufalls, der seinen ganzen Plan mit einem Schlag zunichtemachte.

Die beiden Jogger lachten und liefen locker weiter.

Er wartete, bis sie ganz im Regen verschwunden waren, dann machte er sich auf zu seinem Auto, das er unweit geparkt hatte. Hoffentlich hatten die Jogger es nicht gesehen. Und wenn schon. Hier waren auch um diese Zeit – es war sechs Uhr in der Früh – manchmal Naturliebhaber und Freizeitsportler unterwegs, ein Auto auf dem kleinen Parkplatz war also eigentlich nichts Auffälliges.

Er zog seine Vinylhandschuhe und den wasserdichten Plastikumhang aus, wickelte alles zu einem Päckchen zusammen und stopfte es in eine Plastiktüte, die er in den Kofferraum warf. Dann schlüpfte er aus den Gummistiefeln heraus und in seine derben Schuhe hinein, die er im Auto hatte, die Stiefel stellte er neben die Plastiktüte.

Als er in seinem Wagen saß und wegfuhr, dachte er schon daran, wie es weitergehen würde.

Er hatte noch eine sehr schöne Trumpfkarte in der Hinterhand, die er zu gegebener Zeit ausspielen würde.

Vor dem Finale grande.

Auf der Landstraße wurde der Regen stärker, er schaltete die Scheibenwischer eine Stufe höher. Sogar die Natur spielte ihm in die Karten und würde dafür sorgen, dass keine Spuren von ihm zurückblieben. Im weichen, moorigen Untergrund war es unmöglich gewesen, keine Fußabdrücke zu hinterlassen.

Wie lange es wohl dauern würde, bis man den Mädchenkörper entdeckte? Wenn er ihnen doch keinen Hinweis gab?

Zu lange möglicherweise.

Nein, er musste das Spiel durchziehen. Thielen musste zum Hampelmann degradiert werden.

Und dazu musste er zweifellos klarstellen, dass es Bruno war, der für diesen bösartigen Streich verantwortlich war, und nicht etwa ein Nachahmungstäter, ein sogenannter Trittbrettfahrer.

Tja, verehrter Herr Kriminaldirektor – auch er kannte sich aus mit diesem Bullenjargon!

Er würde der Kripo in Friedrichshafen schon die kleine Hilfestellung geben müssen. Das neue Rätsel, es war nicht allzu schwierig. Er kicherte in sich hinein. Das würde sie herrlich verwirren.

Ob dieser Madlener ein Schachspieler war? Er würde ihn doch noch anrufen müssen. Diese Frage wollte er beantwortet wissen. Diese und ob der Kripokommissar irgendwie mit dem Kunstmaler Josef Madlener aus Amendingen bei Memmingen verwandt war.

Aber egal, ob Schachspieler und verwandtschaftliche Beziehung oder nicht – dieser Fund im Eriskircher Ried würde der Kripo noch schlimmeres Kopfzerbrechen bereiten, als sie sowieso schon hatten. Und ihnen eine ganz, ganz große Menge an Schwierigkeiten und Problemen einbrocken.

Warum?

Weil damit alle bisherigen Theorien auf den Kopf gestellt waren.

Das war das Raffinierte und Perfide daran.

Auf zum nächsten Schachzug.

Lange würde es nicht mehr dauern, dann wären sie alle schachmatt.

Nur dass er eine Sonderregel in sein Spiel eingebaut hatte. Der gegnerische König und seine Offiziere würden nicht bloß schachmatt gesetzt werden.

Er würde sie im wahrsten Sinne des Wortes vom Brett fegen.

46

In dieser Nacht konnte Madlener zwar schlafen, aber er wurde von Alpträumen geplagt und wälzte sich hin und her.

Er träumte von Bruno. Bruno war eine gesichtslose Gestalt in weißen, fließenden Gewändern und halb durchsichtig wie eine Qualle, so wie er sich als Junge einen Geist vorgestellt hatte. Aber irgendwie wusste er, dass es Bruno war, auch wenn ihm die Gestalt ständig den Rücken zukehrte. Er versuchte sie einzuholen und streckte bereits den Arm nach ihr aus, doch Bruno entwischte stets aufs Neue um Haaresbreite und war immer ein Stück voraus. Er schien gleiten oder fliegen zu können, jedenfalls schwebte er vor ihm her, Füße schien er keine zu haben. Madlener ließ nicht locker und verfolgte ihn durch Gänge und Katakomben, durch unendlich lange Stollen und durch einen kathedralengroßen, aber menschenleeren Bahnhof aus dem Fin de Siècle mit Oberlichtern und Stahlgerippe, der aussah wie King's Cross Station in den »Harry Potter«-Filmen.

Plötzlich machte Bruno halt.

Madlener graute es vor dem, was nun geschehen würde, denn er war sich sicher: Die Gestalt würde sich umdrehen und ihm endlich ihr Gesicht zeigen. Es konnte nur eine abstoßend grässliche Medusa-Fratze sein …

Aber das Gesicht war das von Josef Madlener, er kannte es von einem Selbstbildnis des Malers – es war das knochige, asketische Konterfei eines weißbärtigen Greises. Er schaute seinen Namensvetter ernst an, mit großen, traurigen Augen, als hätte sich ihm eben das gesamte Leid und die Unzulänglichkeit des menschlichen Lebens und Strebens offenbart. Es war Max Madlener, als blicke er in einen Spiegel und sein Gegenüber sei er selbst in vierzig Jahren.

Gegen seinen Willen tat Madlener etwas völlig Respektloses, weil er wusste, dass das Antlitz hinter dem Spiegel nur eine Maske sein konnte: Er durchstach das Glas mit der Hand, als wäre es Wasser, und zerrte am Bart, um die Maske herunterzureißen und einen Blick auf das werfen zu können, was dahinter sein musste. Aber das Einzige, was er erreichte, war, dass das Gesicht zerfloss wie flüssiges Blei ...

Madlener erschrak dermaßen, dass er prompt die Augen aufschlug. Das konnte aber auch an seinem inneren Wecker liegen, der meistens funktionierte, wenn er einen wichtigen Termin in der Früh hatte, und ihn mehr oder weniger pünktlich wach werden ließ. Zeit für seine Morgenrituale: rasieren, duschen, Zähne putzen. Er erledigte alles im Schnelldurchgang ohne Musik, zog frische Sachen an und machte sich auf zum Frühstücksraum, wo das Büfett gerade erst von einer unfreundlichen Küchenhilfe hergerichtet wurde, die er nicht kannte, aber als ausgewiesener Morgenmuffel hatte er Verständnis für ihresgleichen. Er trank eine Tasse Kaffee im Stehen und nahm ein Croissant mit, das er auf dem Weg zu seinem Auto verzehrte, er hatte es eilig.

Mit dem Dienstwagen fuhr er schön vorschriftsmäßig an den zahlreichen Starenkästen vorbei, wie die fest installierten Radarfallen auch genannt wurden, er kannte den Standort jeder einzelnen in und um Friedrichshafen. An den Durchgangsstraßen am Nordufer des Bodensees waren Aberdutzende davon angebracht, manche in Abständen von nur zweihundert Metern für die Ortsunkundigen und ganz Cleveren, die nach dem ersten Blitz aufs Gas drückten, weil sie dachten, dass aller Wahrscheinlichkeit nach erst mal keine Radarfalle mehr kommen würde, aber da hatten sie sich getäuscht.

Madlener beschleunigte erst, als er die letzte passiert hatte. So früh war noch relativ wenig Verkehr, er hatte freie Fahrt. Das Wetter war englisch – wolkenverhangen, und ab und zu kam ein Regenschauer herunter. Musik stellte er keine an, danach war ihm heute irgendwie nicht zumute.

In Immenstaad stand Harriet schon mit Lederjacke und Rucksack am Straßenrand und schob sich gerade einen Kaugummi in den Mund, als er vor dem Wohnblock vorfuhr, in dem sie ihr

Apartment hatte. Sie setzte sich wortlos neben ihn, zum Small Talk war sie zu so früher Stunde genauso wenig aufgelegt wie er. Er wendete, und sie begann, mit Watte und Nagellackentferner den schwarzen Lack auf ihren Fingernägeln abzurubbeln. Demonstrativ ließ Madlener das Fahrerfenster herunter, weil ihm der durchdringend chemische Geruch am Morgen auf den Magen schlug. Er fuhr in normalem Tempo, damit Harriet ihre Maniküreprozedur in Ruhe durchführen und beenden konnte und sich nicht am Sicherheitsgurt festklammern musste, was sie immer tat, wenn er zu sehr auf die Tube drückte. Aber diesmal hatte er es nicht eilig, sie waren in der Zeit.

Als Harriet fertig war und die gebrauchte Watte in einer Plastiktüte verstaut hatte, ließ er sein Fenster wieder hochfahren und sagte: »Ich habe einen Entschluss gefasst.«

Sie schniefte, was er als Antwort nahm.

»So können wir nicht weitermachen.«

Sie warf ihm einen merkwürdigen Seitenblick zu und schaffte es sogar, ihm zu antworten. »Womit?«, fragte sie.

»Mit unseren Ermittlungen.«

Harriet hatte neue Nagellackfläschchen aus ihrem Rucksack geholt und spielte mit ihnen, weil sie sich offensichtlich nicht für eine Farbe entscheiden konnte: Pink, Gelb oder Hellgrün mit Glitter.

»Das, was ich dir jetzt sage, muss strikt unter uns bleiben«, begann er.

Dabei sah er sie streng von der Seite an, solange es die Verkehrsverhältnisse erlaubten.

Harriet versiegelte mit der Reißverschlussgeste ihre Lippen und steckte alle drei Fläschchen wieder weg. Dann verschränkte sie die Arme zum Zeichen ihrer ungeteilten Aufmerksamkeit und wartete auf seine Erklärung.

»Also«, begann er, »Fakt ist: Wir treten mit unserer Arbeit immer noch auf der Stelle. Wir haben uns von Anfang an von diesem Bruno das Heft des Handelns aufzwingen lassen. Das muss ein Ende haben. Ab sofort fahre ich zweigleisig. Die offizielle Tour à la Theophil … Theophil?« Er sah Harriet fragend an.

Sie nickte bestätigend. »Theophil.«

»... à la Theophil Thielen und die inoffizielle à la Max Madlener.«

»Und wie soll die aussehen?«

»Unorthodox. Wollte dich nur einweihen. Damit du Bescheid weißt. Willst du dich raushalten?«

»Warum?«

»Könnte bösen Gegenwind geben, wenn's rauskommt, Agent Starling.«

Harriet schob die Unterlippe vor und blies eine Haarfranse aus ihrer Stirn. »Bin trotzdem dabei, Mr. Crawford.«

Dann schniefte sie unüberhörbar. Das war ihr akustischer Blankoscheck für sein weiteres Vorgehen, das sie rückhaltlos unterstützen würde, das wusste er.

»Na schön. Meiner Meinung nach müssen wir ein paar Stellen beackern, die nicht explizit im Lehrbuch vorgesehen sind. Außer wir haben Glück, und Bruno stellt sich heute noch freiwillig und nimmt alles, was bisher passiert ist, auf seine Kappe.«

»Glaub ich eher weniger.«

»Ich auch nicht. Also, bei allem Respekt für den Chef: Wir müssen herausbekommen, in was für Fälle Kriminaldirektor Thielen seit Beginn seiner Laufbahn bei der Kripo involviert war. Bis zu der Zeit, als wir beide hier in Friedrichshafen angefangen haben.«

»Hab schon danach recherchiert. Du hast das ja schon mal angedeutet. Bin aber nicht weit gekommen, zu wenig Zeit.«

»Was hast du?«

»Alles, was elektronisch erfasst ist. Die letzten zwanzig Jahre.«

»Auffälligkeiten?«

»Keine.«

»Wir müssen weiter zurückgehen. Es muss irgendwas geben in seiner beruflichen Vergangenheit, von dem er vielleicht selbst gar nichts mehr weiß, weil es für ihn nicht wichtig war oder weil er's ganz einfach vergessen hat, was aber einen Verknüpfungspunkt zu Bruno darstellt. Weil es für Bruno wichtig war. So wichtig, dass es ihn jetzt noch zu diesen Taten treibt. Wenn wir so einen Punkt finden, finden wir Bruno. Da bin ich ganz sicher. Ich habe die Briefe noch einmal studiert, Wort für Wort.

Er ist förmlich auf Thielen fixiert. Warum hätte er sonst dessen Nichte entführt?«

Harriet kramte in ihrem Rucksack, brachte einen Schlüssel zum Vorschein und ließ ihn vor Madleners Nase baumeln.

»Weißt du, was das ist?«, fragte sie. »Einmal darfst du raten.«

»Der Schlüssel zum geheimen Tagebuch von Frau Gallmann?«

»Knapp daneben. Es ist der Schlüssel zum Archiv.«

Madlener zog die Augenbrauen hoch. »In dem Keller war ich am ersten Tag, als ich meinen Dienst hier angetreten habe. Ziemlich staubige Angelegenheit.«

»Vermutlich. Aber alles vorhanden, was nicht digitalisiert worden ist.«

»Was heißt das?«

»Alles vor 1995. Wie weit soll ich zurück?«

»Harriet, das ist eine hochsensible Angelegenheit, ist dir das klar? Alles andere als offiziell. Wenn der Kriminaldirektor davon Wind bekommt, fühlt er sich so was von auf den Schlips getreten …«

»Könnte ich sogar verstehen.«

»Eben. Das müssen wir mit der allergrößten Diskretion behandeln, niemand außer uns darf davon wissen, dass wir in seinem beruflichen Vorleben herumschnüffeln. Niemand, erst recht nicht Frau Gallmann, verstehst du?«

»Okay, okay, schon kapiert.«

»Na schön. Wir müssen bis zum ersten Arbeitstag von Kriminaldirektor Thielen zurückgehen. Hier in Friedrichshafen.«

»Das müsste so um 1980 sein, da hat er die Kripolaufbahn eingeschlagen, wenn ich mich nicht irre.«

»Weißt du, was das bedeutet?«

»Das ist fünfunddreißig Jahre her, eine verdammt lange Zeit.«

»Exakt. Lass uns mal annehmen, dass es irgendwann in der Vergangenheit, also weiter zurück als 1995 …«

»… das heißt vor mindestens zwanzig Jahren …«

»… genau. Also vor mindestens zwei Jahrzehnten ist irgendwas mit Bruno passiert, was Thielen auf den Plan ruft und Bruno dazu bringt, jetzt mit seinem obskuren Rachefeldzug anzufangen, dessen Ziel anscheinend Kriminaldirektor Thielen ist. So weit nachvollziehbar?«

»Würde passen zu dem, was vorgefallen ist.«

»Also: Nehmen wir mal an, es gibt da etwas ganz Schlimmes, jedenfalls für Bruno …«

»Stellen sich nach wie vor die Fragen: Was ist erstens Bruno damals so subjektiv Grauenvolles passiert? Und zweitens: Warum fängt er mit seiner Rache erst Jahrzehnte später an?«

»Du sagst es. Und dann gibt es noch einen dritten Punkt, der ist eminent wichtig: Ich habe Bruno gesehen und gehört, und ich schätze sein Alter auf vierzig bis fünfzig. Nehmen wir an, dass der Ursprung für alles vor circa zwanzig bis dreißig Jahren stattgefunden hat, dann müsste Bruno damals zwischen zehn und zwanzig Jahre alt gewesen sein …«

»Also ziemlich jung, eventuell sogar in der Pubertät oder zumindest Jugendlicher.«

»Ein Teenager, genau. Wenn du die alten Fälle durchgehst, in die Thielen beruflich involviert war, wäre diese Tatsache doch hilfreich. Ein junger Mann oder ein Junge, mit dem Thielen in einer ernsten Angelegenheit dienstlich befasst war. Der vielleicht zu Unrecht tatverdächtig war …«

»Oder strafunmündig. Unter vierzehn.«

»Ganz genau. Aber warum fängt er jetzt mit seiner Rache an? Was ist der Auslöser?«

Sie schwiegen beide und dachten nach. Harriet machte mit ihrem Kaugummi eine Blase und ließ sie platzen.

Sie erreichten die Ehlersstraße.

Beim Präsidium lenkte Madlener den Wagen auf den Dienstparkplatz und schaltete den Motor aus. Harriet steckte den Archivschlüssel in ihren Rucksack zurück, und sie stiegen aus.

»Du kannst sagen, dass ich noch mit Rudecks Festplatte beschäftigt bin«, sagte sie. »Dann fange ich sofort mit dem Archiv an.«

»Später«, meinte Madlener. »Jetzt gehen wir beide schön zur allgemeinen Lagebesprechung. Wenn inzwischen nichts Neues passiert ist, was unseren Ermittlungen eine andere Richtung gibt, dann verabsentierst du dich heimlich, still und leise und gehst runter ins Archiv. Wenn wir Glück haben, findest du einen alten

Fall mit einem Teenager im Fokus. Falls dich da unten jemand sieht und danach fragt, was du dort zu suchen hast, dann …«

»Dann lasse ich mir schon was einfallen.«

Sie grinste ihr schönstes Grinsen und verkörperte die Unschuld vom Lande.

Jedenfalls für zwei Sekunden.

Sternzeichen Chamäleon, dachte Madlener zum wiederholten Mal und ging voraus.

Aszendent Pippi Langstrumpf.

47

Die Hoffnung darauf, dass sich seit gestern Nacht nichts Neues im negativen Sinn ergeben hatte, war ein frommer Wunsch Madleners, der sich leider nicht erfüllte. Kaum waren sie in den Meeting-Room hereingekommen, sahen sie in betretene Mienen, als wären sie aus Versehen in die Jahreshauptversammlung der Laktoseintoleranzgruppe e.V. geraten, wo der Kassenwart gerade mit den Einnahmen des letzten Wohltätigkeitsbasars und der Frau des Vorsitzenden durchgebrannt war.

Sie nickten Thielen, Binder, Götze und Frau Gallmann zu und setzten sich. Madlener und Harriet tauschten einen irritierten Blick aus, weil keiner ein Wort sagte und alle auf etwas zu warten schienen.

»Was ist denn los?«, fragte Madlener schließlich.

Statt »Guten Morgen« sagte Frau Gallmann mit einem tiefen Seufzer: »Ein neuer Brief von Bruno. Er ist noch bei der Spurensicherung, kommt jeden Moment. Ehrmanntraut bringt ihn, sobald er mit der Untersuchung fertig ist. Wir haben ihn gar nicht erst aufgemacht.«

»Wo war der Brief?«, wollte Madlener wissen.

»Im Briefkasten vom Finanzamt nebenan. Da ist keine Überwachungskamera. Obwohl schon längst eine hätte angebracht werden sollen, seit dieser Verrückte vor zwei Jahren die Scheibe neben dem Eingang eingeschlagen hat.«

»Ein Steuerzahler?«, fragte Madlener.

»Ein säumiger Steuerzahler«, korrigierte Frau Gallmann. Natürlich kannte und nannte sie sämtliche diesbezüglichen Einzelheiten. »Von Beruf Obstbauer und Schnapsbrenner. Er war so wütend über eine seiner Meinung nach ungerechtfertigte Nachzahlungsforderung, dass er seine Schuldsumme inklusive Mahngebühr und Strafzinsen in kleinstmögliches Münzgeld umgewechselt, in einen alten Kartoffelsack gepackt und durch die Scheibe geworfen hat.«

»Kann ich verstehen«, murmelte Madlener. Alle Blicke – außer der von Harriet – richteten sich auf ihn.

Er zuckte mit den Schultern. Das war nun mal seine Meinung, und mit der hielt er nicht hinter dem Berg, selbst wenn die allgemeine Stimmung auf halbmast war.

»Den Brief hat Bruno anscheinend persönlich eingeworfen: keine Briefmarke, kein Poststempel«, erläuterte Thielen mit Grabesstimme. »Dafür mit Datum. Von heute.«

»Damit dürfte Rudeck wohl aus dem Schneider sein«, kommentierte Madlener trocken.

»Unsinn«, polterte Thielen. »Rudeck ist zumindest ein Mittäter oder Mitwisser, und das bleibt er bis zum Beweis des Gegenteils.«

»Oder bis ihn der Haftrichter entlässt«, widersprach Madlener. »Wenn Rudecks Anwalt was taugt, wird er aufgrund der neuen Beweislage sicher einen neuen Haftprüfungstermin beantragen. Dieses Schreiben von heute dürfte für eine Entlassung ausreichen.«

»Nun hören Sie schon auf mit Ihren ständigen destruktiven Einwänden!«, fuhr ihn Thielen an. »Der Brief ist diesmal ausnahmsweise nicht an Sie gerichtet.«

»Sondern?«

»An mich.«

»Da schau her! Jetzt scheint er sich komplett auf Sie einzuschießen …«

»Glauben Sie bloß nicht, dass ich mir darauf auch noch was einbilde!«, bellte Thielen zurück.

Madlener hob die Hände zum Zeichen, dass er die ohnehin schon gereizte Atmosphäre nicht noch weiter anheizen wollte.

Gott sei Dank klopfte es in dem Moment, und Ehrmanntraut kam herein.

»Das Übliche«, meldete er.

»Also nada«, stellte Madlener vorlaut fest und ärgerte sich im selben Moment über sich selbst, weil ihm dieser überflüssige und schlechte Scherz herausgerutscht war.

Aber Ehrmanntraut nahm die süffisante Bemerkung Madleners gar nicht wahr und stimmte ihm auch noch zu. »Nada. Diesmal nur eine Postkarte, kein Brief dabei.«

Er reichte den Umschlag und die Kunstpostkarte, die beide in

Plastikhüllen steckten, an Thielen weiter, der die Karte von allen Seiten ansah. »Sie ist eindeutig wieder von diesem Josef Madlener und heißt ›Riedlandschaft‹. Ich sehe hier eine Schafherde und einen Schäfer vor einer Ideallandschaft unter weißblauem Himmel. Na prima«, fügte er bissig hinzu, »wenigstens mal zur Abwechslung kein Weihnachtsbild.«

Er drehte die Karte um und beschrieb sie weiter.

»Hinten eine seltsame Zahlenkombination und Buchstaben.

47 37 17.8 N
9 31 40 E

Und dann eine gedruckte Zeile:

Viel Spaß beim Rätselraten, Herr Kriminaldirektor!
B.

Das ist alles.«

Er sah die Anwesenden auffordernd an. »Irgendeine Idee dazu?«

Allgemeines Schweigen schlug ihm entgegen.

Harriet hob zögernd die Hand. Sie wollte nicht immer wieder wie die Oberstreberin dastehen, aber da sich niemand sonst meldete, tat sie es eben.

»Bitte, Frau Holtby!«, forderte Thielen sie auf.

»Der Hinweis ist eindeutig«, sagte sie und sah schon auf ihrem Smartphone nach. »Es scheint mir eine ziemlich genaue Ortsangabe mit GPS-Koordinaten zu sein. Siebenundvierzig Grad, siebenunddreißig Winkelminuten und siebzehn Komma acht Winkelsekunden North, also nördliche Breite, und neun Grad, einunddreißig Winkelminuten und vierzig Winkelsekunden East, also östliche Länge.«

»Klingt plausibel«, sagte Thielen beeindruckt, alle nickten. »Und wo soll das sein?«

Harriet stand auf und rollte das Flipchart beiseite. Dahinter kam die Karte von Friedrichshafen und Umgebung in großem Maßstab zum Vorschein, die dort angebracht war. Sie nahm eine

Stecknadel mit Fähnchen aus der bereitstehenden Schachtel und platzierte sie an der richtigen Stelle.

»Vor unserer Nase. Eriskircher Ried.«

Es vergingen ein paar Sekunden der Stille, dann schlug Thielen mit der Faust auf den Besprechungstisch, dass die Getränke, der Brötchenteller und die Schreibutensilien nur so wackelten und Frau Gallmann vor Schreck beinahe der Stenografiestift aus der Hand fiel. Der Kriminaldirektor schoss von seinem Stuhl hoch. Die zu allem entschlossene Miene und die Feldherrnpose deuteten schon an, dass er jetzt alles, was er an Manpower aufzubieten hatte, in die Schlacht werfen würde.

»So, jetzt reicht's mir endgültig, jetzt hat der Bastard den Bogen überspannt! Ich werde eine Hundertschaft anfordern und einen Hubschrauber mit Wärmebildkamera. Das gesamte Gebiet um das Eriskircher Ried wird weiträumig abgesperrt. Vielleicht ist er in seiner gottverdammten Hybris zu weit gegangen und will zusehen, wie wir kommen. Diesmal schnappen wir ihn. Herrschaften, ich fliege im Hubschrauber, Sie übernehmen die Zufahrtsstraßen.«

Er fuhr mit der Hand auf der Karte herum wie einstmals Jörg Kachelmann vor der Wetterkarte, wenn er schwere Unwetter anzukündigen hatte. »Keiner darf da mehr rein, keiner raus, ohne von uns kontrolliert zu werden. Hier und hier und hier werden Straßensperren errichtet. Die Wasserschutzpolizei in Überlingen wird ebenfalls alarmiert, sie soll Taucher mitbringen, und sie wird von der Seeseite aufpassen, dass niemand durchkommt. Und wenn ich ›niemand‹ sage, ist das wortwörtlich zu nehmen und bezieht sich auf alles, was zwei Beine hat. Sie verbinden mich bitte sofort mit den zuständigen Beamten, Frau Gallmann, und lösen eine Ringfahndung für das Gebiet aus. Ich werde persönlich vom Hubschrauber aus die ganze Aktion leiten.«

»Äh, Herr Kriminaldirektor …«, wagte es Madlener, sich zu melden. »Der Brief wurde vor einer oder zwei Stunden eingeworfen. Wenn Sie mich fragen —«

»Ich frage Sie aber nicht«, bellte Thielen.

Madlener fuhr unbeirrt fort: »… dann ist Bruno schon längst

über alle Berge. Wäre es nicht vielleicht sinnvoller, wenn wir erst mal einen Wagen dahin schicken und nachsehen würden, ob er uns nicht vielleicht einen Bären aufgebunden hat, um uns eine lange Nase zu drehen? Der ganze Aufwand, und dann steckt nichts dahinter? Käme nicht gut an in der Öffentlichkeit …«

Aber Thielen war auf der Erregtheitsskala schon ganz weit oben angekommen und nicht mehr zu bremsen. »Jetzt will ich Ihnen mal was sagen, Madlener: Wir haben den Perversling, der sich Bruno nennt, lange genug mit … mit Dingsbumshandschuhen angefasst …«

»Mit Glacéhandschuhen«, half Frau Gallmann leise, aber deutlich aus.

»Sage ich doch: mit Glacéhandschuhen. Das ist ab sofort und für alle Zeiten vorbei! Jetzt ändern wir die Strategie, und zwar grundlegend! Ab sofort gehen wir zum Angriff über! Und das mit allen Mitteln, die uns zur Verfügung stehen! Es ist an der Zeit, dass wir Stärke demonstrieren! Frau Gallmann: Sie informieren die Presse, dass wir auf der Suche nach einem neuen Opfer dieses Serienkillers sind und kurz davorstehen, ihn zu schnappen. Teilen Sie den Journalisten mit, wo wir an… äh … eingreifen. Wenn das in den Nachrichten kommt, sehen die Leute endlich, dass wir alle Hebel in Bewegung setzen, um diesen Kerl zu kriegen und aus seinem Bau zu treiben. Ich werde nicht eher ruhen, bis Bruno zitternd vor mir steht!«

Dann wandte er sich Madlener zu, der wie alle anderen auch inzwischen aufgestanden war, und stach mit dem Zeigefinger in seine Richtung in die Luft. »Und für Sie, Madlener, habe ich eine ganz besonders wichtige Aufgabe. Sie bleiben diesmal schön hier im Präsidium. Bei Ihnen laufen alle Fäden zusammen, Sie dürfen den Gesamteinsatz im Auge behalten, während wir an die Front gehen und diesen Bruno das Fürchten lehren!«

»Herr Kriminaldirektor, bei allem Respekt —«

»Nichts da«, ließ ihn Thielen gar nicht erst zu Wort kommen. »Keine Widerrede! Sie und Frau Holtby haben Jessicas Leichnam entdeckt, das sei Ihnen unbenommen, aber diesmal bin ich dran. Sie sind mir nicht rigoros genug an die ganze Sache herangegangen. Mit Ihren laschen Methoden kommen wir nicht weiter. Dieser letzte Brief hat bei mir endgültig das Dings zum Überlaufen gebracht.«

»Das Fass«, sagte Madlener trocken, selbst auf das Risiko hin, dass sein Chef auch noch den letzten Rest an Fassung verlor. Aber Thielen hatte sich schon so in Rage geredet und war in Gedanken bereits bei der Verbrecherjagd, die er anführen würde, dass er gar nicht weiter darauf einging und lieber noch schnell einen aufmunternden Appell an seine Truppe losließ, bevor er in die Schlacht zog.

»Herrschaften, wir müssen Bruno zeigen, wer hier das Sagen hat! Wir werden schnell handeln und unerwartet zuschlagen. Damit rechnet der Kerl nicht! Also, sehen wir zu, dass wir in die Puschen kommen! Und Sie, Kommissar Madlener, können mal zuschauen, wie das hier in Friedrichshafen gemacht wird, solange ich das Kommando habe! Das ist mein letztes Wort. Kommen Sie!«

Er winkte allen anderen, griff im Hinausgehen noch schnell nach einem belegten Brötchen, und im Nu waren Madlener und Harriet allein im Besprechungsraum.

Madlener setzte sich erst mal wieder und schenkte sich Kaffee aus der Thermoskanne ein.

»Sauer?«, wagte Harriet zu fragen und packte ihre Sachen in den Rucksack.

Madlener gab Zucker in seinen Kaffee und begann mit seinem endlosen Rührritual, ein eindeutiges Zeichen, dass er nachdachte.

»Nein«, sagte er dann seelenruhig. »Ich bin es nicht, der sich blamiert. Ich kann ja von hier aus zusehen, wie sich unser Kriminaldirektor gehörig die Finger verbrennt.«

»Wie kommst du darauf?«

»Der Brief war an ihn gerichtet, nicht an mich.«

Er sah Harriet an, und im selben Augenblick wusste sie, dass er vielleicht recht haben könnte. Aber ihr blieb nichts anderes übrig, als sich den anderen anzuschließen.

Madlener blickte ihr nach, rührte mit seinem Kaffeelöffel noch so lange gedankenverloren in der Tasse herum, bis das Gebräu endgültig kalt war, dann trank er es aus. Er schenkte heißen Kaffee nach, nahm die Tasse mit ans Fenster, schlürfte daran, öffnete das Fenster, zündete sich eine Zigarette an, inhalierte tief und blies den Rauch hinaus ins Freie.

Unten sah er, wie Thielen hektisch in den Fond eines Streifenwagens stieg und sich mit Blaulicht und Martinshorn vom Hof kutschieren ließ, gefolgt von einer wahren Armada silbern-blauer Streifenwagen mit blitzendem Blaulicht und Sirenengeheul.

Nachdenklich schnippte Madlener seine Kippe zum Hof hinunter. Wenn der Anlass der Aktion nicht so ernst gewesen wäre, hätte er über seinen Chef nur noch den Kopf geschüttelt und geschmunzelt, weil er in diesem Augenblick daran denken musste, was wäre, wenn Thielen Colonel bei der Kavallerie der Vereinigten Staaten gewesen wäre: Dann hätte jetzt noch ein schneidiger Hornist schmetternd zur Attacke geblasen.

Dabei verwettete Madlener seinen Kopf darauf, dass Bruno sich schon längst aus dem Staub gemacht hatte. Er schloss das Fenster und ging zum Büro von Frau Gallmann, um sich beim dort empfangbaren Funkverkehr und über Harriets Smartphone über den Stand der Dinge, die da kommen sollten, auf dem Laufenden zu halten.

48

Der Hubschrauber mit Thielen an Bord überflog mit Höllenlärm in niedrigstmöglicher Höhe das Eriskircher Ried, das schon weiträumig von Bereitschaftspolizisten abgeriegelt wurde. Auf den Zufahrtsstraßen parkten Mannschaftswagen, Streifenpolizisten überprüften jeden noch so harmlos wirkenden Wanderer oder Radsportler, der es gewagt hatte, sich noch in Thielens Kampfzone aufzuhalten. Die Personalien jedes Einzelnen wurden überprüft und festgehalten, und wenn ein Pensionist mit Cargohose, Walking-Stöcken und Hundebegleitung dummerweise seinen Ausweis vergessen hatte, musste er so lange im Vernehmungsbus der Verkehrspolizei sitzen, bis seine Identität zweifelsfrei festgestellt werden konnte.

Das Netz aus Uniformierten war so engmaschig gezogen worden, dass sogar ein vom Lärm und vom ungewohnten Menschenauflauf aufgescheuchtes Schwanenpaar angesichts einer lang gezogenen Kette von martialisch vorwärts marschierenden Bereitschaftspolizisten kehrtmachte und Reißaus nahm, indem es mit pfeifenden Schwingen auf den See hinausflog, über das Boot der Wasserschutzpolizei hinweg, das am Seeufer vor dem Ried auf dem inzwischen vom Wind aufgepeitschten Wasser Patrouille fuhr und mit dem heftigen Wellengang zu kämpfen hatte.

Der polizeiliche Aufwand war so groß, dass man glatt hätte meinen können, es gelte eine außerirdische Invasion von der Wega mit geballter Kraft zurückzuschlagen, die sich ausgerechnet das Eriskircher Ried als Landeplatz für die Eroberung des Planeten Erde auserkoren hatte. Dabei ging es einzig und allein darum, dem Wahrheitsgehalt einer kryptischen Botschaft auf einer alten Kunstpostkarte mit den Maßen fünfzehn mal zehn Komma fünf Zentimeter auf den Grund zu gehen.

Thielen thronte im Stil eines Geschwaderkommandanten – Helm mit Mikro auf dem Kopf – neben dem Hubschrauberpiloten und dirigierte ihn zu dem GPS-Punkt, der auf der Karte angegeben war. Unter sich sahen sie die sumpfige und moorige Riedlandschaft, durchzogen mit Wasserläufen, vereinzelten Bauminseln, Schilf und Tümpeln.

Als der Pilot durchgab, dass sie sich dem Ziel näherten, befahl Thielen, die Stelle erst einmal so tief wie möglich zu überfliegen und dann so nah wie möglich zu landen.

Ein Fernsehteam, das als Erstes eingetroffen war, wurde auf ausdrücklichen Befehl des Kriminaldirektors von der Polizei durchgelassen und machte sich so schnell wie möglich daran, mitsamt dem technischen Equipment dem Hubschrauber zu folgen, der jetzt anscheinend über dem Ort schwebte, an dem Bruno möglicherweise sein nächstes Opfer platziert hatte.

Zwei, drei andere TV-Teams trafen nacheinander ein, das Hauen und Stechen um die besten Plätze hatte begonnen. Es gab aber auch jetzt schon Gelegenheiten genug, landschaftlich herbe Schönheit und die Jagd auf einen brandgefährlichen Straftäter mit den Kameras einzufangen und mit spekulativen Kommentaren zusätzlich zu dramatisieren und anzuheizen.

Harriet, die in ihrem Dienstwagen mit aufgesetztem Blaulicht so weit hinter dem Hubschrauber hergefahren war, wie es die Örtlichkeit nur zuließ, bremste heftig ab, als sich der Feldweg vor ihr plötzlich zu einem Flaschenhals verengte und in einem Trampelpfad mündete. Sie sprang aus ihrem Wagen, schaltete die Kamerafunktion ihres Smartphones ein, so wie sie es Madlener noch im Meeting-Room versprochen hatte, und stellte eine Verbindung zu ihrem Kollegen im Präsidium her, damit er zumindest optisch und akustisch an der Großwildjagd teilnehmen konnte.

Dann spurtete sie los. Trotz ihrer gelegentlichen Schwächeanfälle in Bezug auf Zigaretten hatte sie eine ungewöhnliche Schnelligkeit und Ausdauer; wenn es irgend ging, joggte sie in ihrer Freizeit und übte sich in Kampfsportarten, um körperlich fit zu bleiben. Mühelos ließ sie in leichtem Trab ein paar männliche Kollegen von der Streife hinter sich, die vor ihr aufgetaucht waren.

Im Hubschrauber, der nun so tief über einem Seitenarm des Flüsschens Schussen kreiste, dass er das Wasser aufpeitschte, war Thielen dermaßen im Jagdfieber, dass er gar nicht registrierte, wie der Pilot gegen heftige Scher- und Abwinde anzukämpfen hatte, die immer wieder böig vom Bodensee hereinzogen. Erschwerend kam noch hinzu, dass es angefangen hatte zu regnen.

Thielen glaubte, etwas im trüben schwarzen Moorwasser entdeckt zu haben, und machte den Piloten aufgeregt darauf aufmerksam. Der manövrierte seinen Hubschrauber, der wie ein bockendes Pferd kaum ruhig zu halten war, zu der von Thielen angezeigten Stelle, und tatsächlich: Dort war undeutlich so etwas wie ein leichenblasser Körper zu sehen, der auf dem Bauch liegend unter der Wasseroberfläche zu schweben schien.

Also doch! Bruno hatte wieder zugeschlagen und der Kripo ein neues Opfer hinterlassen.

Noch vom Hubschrauber aus informierte Thielen die Einsatzzentrale und ordnete an, alles Nötige zu veranlassen und Taucher, die KTU und Dr. Herzog vom Fundort der neuen Leiche zu unterrichten und anzufordern.

Dieser Funkspruch verbreitete sich selbstredend auch unter den Medienleuten in Windeseile. Ganze Heerscharen machten sich auf den Weg zum Eriskircher Ried, in ihrem Sog zog es auch die Neugierigen und Sensationslüsternen hinaus, schließlich hatte es seit Menschengedenken keine solche Anhäufung von makabren Gräueltaten im Bodenseeraum mehr gegeben, und hier bot sich die einmalige Gelegenheit, Zeuge der spektakulären Auffindung und Bergung eines weiteren Opfers zu werden.

Im Präsidium war Madlener wie gebannt über den Bildschirm gebeugt, auf dem Harriets wackliges Smartphonebild zu sehen und ihre keuchende Stimme zu hören war. Sie kam dem Fundort immer näher und unterrichtete Madlener in abgehackten Stakkatosätzen von ihren Eindrücken. Er befand sich sozusagen im Auge des Orkans, hier bei Frau Gallmann war das Kommunikationszentrum, in dem alles, was sich da draußen vor der Haustür Friedrichshafens abspielte, in konzentrierter Form zusammenlief, der Funkverkehr und die Telefonate Frau Gallmanns eingeschlossen. Die verschiedenen Leitungen schienen verrücktzuspielen, es klingelte ununterbrochen, und Thielens Sekretärin hatte alle Hände voll zu tun, aber sie war die Hektik eines Großalarms gewohnt und blieb sachlich und ruhig. Madlener hatte auch noch den Flachbildschirmfernseher eingeschaltet und einen lokalen TV-Sender gefunden, der Livebilder vom Eriskircher Ried lieferte.

»Bin …«, keuchte Harriet über ihr Handy, »bin … fast … da …«, und Madlener konnte sehen, wie der Hubschrauber mit Thielen zur Landung ansetzte, Thielen heraussprang und sich dem Ufer des Flüsschens näherte. Er stapfte gebückt und ungeachtet des Regens, des Morasts und der Luftverwirbelungen des Hubschrauberrotors in seinem Anzug zu der Stelle, die er vom Hubschrauber aus gesehen hatte, fuchtelte wild herum und brüllte gegen den Lärm an: »Lassen Sie hier absperren! Niemand darf näher dran als auf fünfzig Meter Sicherheitsabstand! Nur die Spurensicherung und die Taucher dürfen durch!«

Harriet gab Thielens Anweisungen an die nachfolgenden Polizisten weiter, die in ihre Walkie-Talkies sprachen und die ersten Reporter davon abhielten, noch näher heranzukommen. Ein Absperrband wurde halbkreisförmig um den Fundort aufgespannt, und immer mehr Polizisten und Unbeteiligte trafen aus allen Himmelsrichtungen ein.

Thielen hatte sich ans Ufer des Flüsschens gestellt wie weiland Napoleon vor der Überquerung der Beresina. Er hatte eine einigermaßen trittfeste Grasinsel gefunden und winkte Harriet heran, die, vorsichtig nach festem Untergrund tastend und ihr eingeschaltetes Smartphone so ruhig wie möglich haltend, an Thielens Seite trat. Von ihrem Standort aus war in ein paar Metern Entfernung der Anlass für den ganzen Aufwand und die allgemeine Aufregung zu erahnen: Bleich wie der Bauch eines toten Fisches schaukelte der Leib sanft drei Handbreit unter der Oberfläche im Moorwasser. Auf dessen Oberfläche spiegelten sich die schweren Wolken, die der böige Wind unablässig vom Bodensee hereintrieb.

Es regnete, wenn auch nicht so stark wie beim Fund von Jessicas Leiche, aber der Niederschlag reichte, um Thielens hellgrauen

Anzug nach und nach dunkel einzunässen, die Hosenbeine waren bis zu den Knien verschmutzt. Doch der Kriminaldirektor war so auf die bevorstehende Bergung der Leiche konzentriert, dass er es nicht einmal merkte. Er wollte sie möglichst so bewerkstelligen lassen, dass keine Spuren vernichtet wurden, was bei der Lage des Körpers im sumpfigen Wasser eine heikle Angelegenheit war. Er sprach in sein Handy und fragte nach dem Verbleib der Taucher von der Wasserschutzpolizei. Sie waren unterwegs und sollten diese diffizile Aufgabe übernehmen.

Harriet hatte sich längst ihre Kapuzenwindjacke aus dem Rucksack geholt und übergezogen. Nun bemühte sie sich, das Handy so zu halten, dass sie so viel wie möglich von der Gestalt im Wasser mit der Kamera erfassen konnte.

Im Büro des Präsidiums war Frau Gallmann neben Madlener getreten. Zusammen starrten sie auf den Bildschirm des PCs, wo Harriets wacklige Bilder zu sehen waren. Beide schwiegen sie. Der Anblick sprach für sich selbst, und Madlener nahm sich schon vor, für sein anscheinend ungerechtfertigtes und heftig geäußertes Misstrauen gegen Brunos Botschaften und deren Wahrheitsgehalt bei seinem Chef Abbitte zu leisten. Den Aufwand, den Kriminaldirektor Thielen da betrieb, um die Arbeit der Polizei und seinen eigenen Einsatz ins rechte Licht zu rücken, fand er allerdings nach wie vor stark überzogen, gelinde gesagt. Aber das hatte er schließlich nicht zu verantworten. Es war eben Thielens Art, die Dinge so anzupacken, wenn er wieder mal glaubte, dass es an der Zeit war, die sprichwörtlichen Muskeln spielen zu lassen und Stärke zu demonstrieren.

Gedanklich war Madlener schon einen Schritt weiter und stellte innerlich bereits eine Liste zusammen, die nach der Bergung der Leiche abgearbeitet werden musste.

Am Fundort im Eriskircher Ried verging eine geraume Zeit erzwungener Untätigkeit bis zur Ankunft der beiden Taucher, die von den sich überschlagenden Stimmen der Kommentatoren, dem Quäken und Rauschen aus Walkie-Talkies und dem Geschrei zwischen Polizisten und Neugierigen überbrückt wurde.

Die allgemeine Anspannung war mit Händen zu greifen. Endlich war es so weit.

Zwei Männer mit Neoprenanzügen stiegen durch Seile gesichert ins Wasser, das morastig, aber nur hüfttief war. Vorsichtig kämpften sie sich durch den schlammigen Untergrund in einem Bogen von der Wasserseite heran, um keine möglichen Spuren am Ufer zu zerstören.

Thielen hatte seinen Helm längst abgenommen und zurück zum Hubschrauber bringen lassen. Von seinem Kinn tropfte das Regenwasser, seine spärlichen Haarsträhnen, die sonst die Glatze kunstvoll bedeckten, hingen ihm wirr an der Seite herunter, aber er achtete nicht darauf. Seine ganze Aufmerksamkeit war auf die Taucher fokussiert, die nun am Körper angekommen waren und ihn näher unter die Lupe nahmen.

»Was ist?«, fragte Thielen ungeduldig. »Was habt ihr?«

Einer der Taucher zog ein Messer, er schnitt unter dem Körper herum, dann drehten sie den Körper gemeinsam um und hoben ihn hoch aus dem Wasser, was erstaunlich leicht ging.

Thielen erstarrte zur nassen Salzsäule.

Er sah, was alle, die dabeistanden, sahen und das Publikum zu Hause an den Bildschirmen und Madlener und Frau Gallmann ebenfalls.

Was hochgehoben wurde, war eine lebensgroße aufgeblasene Puppe, an deren Gliedmaßen die vom Taucher abgeschnittenen Schnüre hingen.

Eine billige, nackte Sexpuppe mit Blondhaar an Kopf und Schamgegend plus extraroter Mundöffnung.

Gemein war, dass eine TV-Kamera zuerst den weit aufgerissenen Mund der Puppe in Großaufnahme zeigte, um dann auf den fassungslosen Kriminaldirektor zu schwenken.

Dessen Mund stand genauso weit offen.

Das Bild war alles andere als schmeichelhaft.

49

An diesem Abend war Madlener bei Ellen zum Abendessen. Ihre bloße Gesellschaft hatte er aus Gründen der seelischen Hygiene so nötig wie ein Verdurstender einen Schluck Wasser. Nur durch sie konnte er ein Stück seines Glaubens an die menschliche Vernunft und das richtige Augenmaß zurückgewinnen, beides hatte an diesem Tag doch erheblich gelitten. Allein Ellens Intelligenz und Witz und – nicht zu vernachlässigen – ihre Kochkunst ließen ihn für eine Weile vergessen, was für ein Desaster Kriminaldirektor Thielen angerichtet hatte. Vom Spott und von der Häme, die jetzt kübelweise über ihn und die Vorgehensweise der Polizei ausgeschüttet wurden, gar nicht zu reden. Sogar der Staatssekretär des Innenministeriums hatte im Auftrag seines Dienstherrn angerufen und Thielen per Telefon ans Kreuz genagelt, metaphorisch gesprochen. Nachdem er ihn vorher geviertteilt hatte, auch metaphorisch. Aber genauso schmerzhaft.

Madlener war pflichtgemäß anwesend, als gleich am Anfang der Nachbesprechung des Einsatzes in die bedrückende Stimmung hinein – Thielen musste das Wort ergreifen und brauchte ungewöhnlich lange, um sich zu sammeln – der Anruf kam mit der strikten Anordnung, das Telefon auf laut zu schalten, damit alle von der Soko Bruno mithören konnten, weil es auch sie betraf. Dass Madlener die Aktion von Anfang an abgelehnt hatte, wusste der Staatssekretär nicht, es interessierte ihn auch nicht die Bohne, als er anfing, Thielen die Leviten zu lesen. Der Vorwurf ging gar nicht einmal in Richtung Aufwand, der Hauptvorwurf war, dass der Kriminaldirektor durch sein voreiliges und unangemessenes Handeln und dessen lächerlichen Ertrag die Kripo im Besonderen und die Polizei im Allgemeinen dem Gespött der Öffentlichkeit ausgesetzt hatte. Damit hatte er einen immensen Schaden im Ansehen der Bevölkerung angerichtet, der nach Meinung des Ministers so schnell nicht wiedergutgemacht werden konnte.

Thielens stotternde Einwände wurden rigoros niedergebügelt. Noch schlimmer sei nur, dass der furchtbare Imageschaden auch noch auf den Minister selbst einen Schatten werfe, weil jeder denke, er habe den Befehl zu diesem unsinnigen Einsatz gegeben. Der Staatssekretär forderte Thielen im Namen des Ministers auf, sofort eine Pressekonferenz zu geben, bei der klar dargelegt werden müsse, wer für diesen Einsatz verantwortlich war und wer nicht. Und er hoffe, fügte der Staatsekretär süffisant hinzu, dass Thielen so intelligent sei und den Aufwand wenigstens glaubhaft begründe, indem er auf die Gefährlichkeit des Täters verweise. Der Minister erwarte nun, dass der Urheber dieser Verbrechen und der Verarschung der Polizei – der Staatssekretär sagte tatsächlich »Verarschung« – wenigstens schnellstmöglich gefasst werde, denn nur so sei die gewaltige Scharte, die Thielen im Renommee der Polizei hinterlassen habe, halbwegs wieder auszuwetzen. Der Minister habe Thielen diese letzte Chance gewährt. Er selbst, der Staatssekretär, habe hingegen für eine sofortige Versetzung Thielens in den Ruhestand plädiert. Dann legte er krachend und grußlos auf.

Madlener hätte nie gedacht, dass er einmal bei Thielens beruflicher Hinrichtung dabei sein musste, aber in diesem Augenblick empfanden wohl alle so, die anwesend waren: Binder, Götze, Harriet, Frau Gallmann, Ehrmanntraut und zwei hohe Beamte von der Einsatzgruppe.

Thielen sah das Telefon lange an, als würde es gleich noch einmal klingeln und der Bundespräsident höchstselbst würde ihn auch noch zur Minna machen. Als es aber ruhig blieb, nahm er wieder Haltung an, räusperte sich und sprach:»Herrschaften, ihr habt gehört, was der Herr Staatssekretär von Heimeran gesagt hat. Und wisst ihr was: Er hat recht! Das war ein ganz tiefer – die anwesenden Damen mögen mir den etwas derben Ausdruck verzeihen – Griff ins Klo. Und zwar bis hinauf zur Achsel.«

Dramatisch langte er sich die linke Hand an die rechte Schulter. Dann strich er seine Haare wieder zurecht. Er hatte im Präsidium geduscht, sich geföhnt und den Anzug gewechselt und machte ganz und gar nicht den Eindruck eines gebrochenen Mannes, im

Gegenteil: Neu entfachte Energie blitzte ihm aus allen Knopf-löchern.

Madlener konnte sich ein gewisses Maß an Respekt vor Thielen nicht verkneifen: Wer nach so einem Leberhaken mit nachfol-gendem Volltreffer aufs Nasenbein gleich wieder aufstand, der hatte wahre Nehmerqualitäten. Oder er kannte so etwas wie Bedauern über eine eigene Fehlleistung gar nicht und sonnte sich in einem Selbstbild, das mit dem Wort »Hybris« nur annähernd zu charakterisieren war. Das grenzte schon an Realitätsverlust. Er musste Dr. Auerbach mal danach fragen, was das jetzt wieder für ein psychologisches Phänomen war.

Am Initiator des großen Schlamassels, das ein spöttischer Journalist am nächsten Tag »Desaster in der Schweinebucht von Eriskirch« nennen sollte, schien jede Kritik einfach abzuperlen, mochte ihr Widerhall in allen Medien noch so haarsträubend sein. Unzählige Male wurde das Bild von Thielen mit seinem Fund, der Sexpuppe, in sämtlichen Medien gezeigt, und auf YouTube ging die Zahl der User, die den Clip anklickten, in die Zehntausende. Dazu kam die ungebremste Häme der Kommentare, die das Wort »Shitstorm« nur unzureichend beschreiben konnte.

Doch das alles schien Thielen kaltzulassen. Unbeirrt fuhr er fort: »So viel zur Selbstkritik. Soll ich jetzt sagen: Ich habe verstanden? Nein. Denn nichtsdestoweniger bin ich nach wie vor der festen Überzeugung, im Prinzip nichts falsch gemacht zu haben. Ich verrate Ihnen kein Geheimnis mehr, wenn ich Ihnen sage, dass ich sowieso binnen Jahresfrist in Pension gehe. Der Fall ›Bruno‹ wird also, Gott sei's gelobt und gepriesen, aller Wahrscheinlichkeit nach mein letzter großer Fall sein. Und ich werde mich von niemandem dabei aufhalten lassen, ihn zu einem Ende zu bringen. Das kann ich nicht als ungelösten Fall in die Tonne werfen, das nicht. Ich werde meine Reputation und die Reputation unserer Abteilung zurückgewinnen, das verspreche ich. Ich werde jetzt nicht hinzufügen: und wenn es das Letzte ist, was ich tue! Denn es wird das Letzte sein. Ich trage voll und ganz die Verantwortung für alles, was an diesem denkwürdigen Tag geschehen ist. Aber lassen Sie es sich gesagt sein: So eine

Niederlage macht mich nur stärker! Wir gehen jetzt alle nach Hause, lecken unsere Wunden, und morgen sehen wir uns mit neuer Tatkraft, neuem Elan und neuem Selbstvertrauen wieder. Und einer neuen Strategie, die da heißt: Jetzt erst recht! Schönen Abend noch.« Damit machte er kehrt und verließ den Meeting-Room.

In dem Moment wusste Madlener, an wen ihn der Kriminaldirektor erinnerte: an den FIFA-Präsidenten Sepp Blatter, der auch Stehaufmännchen-Qualitäten krankhaften Ausmaßes zeigte und immer wieder, trotz einer Affäre nach der anderen, ein Hintertürchen fand, um auf die große Bühne zurückzukehren, die ihm seiner Meinung nach gebührte.

Da keinem der Anwesenden an einem rhetorischen Wiederkäuen des blamablen Nachmittags gelegen war, löste sich die Runde schneller als sonst auf.

Nur Madlener blieb noch sitzen und rührte in seinem unvermeidlichen Kaffeebecher herum. Als er allein war, stand er auf und pinnte das Foto der Sexpuppe an das Flipchart unter Brunos Namen.

Ehrmanntraut hatte es sich nicht nehmen lassen, das Corpus Delicti persönlich in voller Größe aufgepumpt in den Meeting-Room zu bringen, nachdem er es auf Spuren untersucht hatte. Negativ.

Dann zeigte er, wie die Puppe an Stricken, die an Steinen befestigt waren, zwei Handbreit unter der Wasseroberfläche gehalten worden war.

Thielen wich instinktiv auf seinem Stuhl zurück, weil er wohl befürchtete, Ehrmanntraut würde ihm diese schrecklich obszöne Gummipuppe noch auf den Schoß setzen.

Ehrmanntraut erklärte, dass die aufgeblasene Puppe wohl höchstens ein paar Stunden im Wasser gelegen habe. Wäre sie länger dort gewesen, wäre sie allmählich untergegangen, weil sie nicht ganz dicht sei und zu viel Luft verloren hätte.

Thielen konnte seinen zunehmenden Unmut über die intensive Beschäftigung mit der Puppe kaum noch verbergen, unruhig rutschte er auf seinem Stuhl hin und her.

Harriet wischte auf ihrem Tablet herum. Sie hatte schnell gegoogelt und gab Folgendes bekannt: »Die Puppe heißt Wanda Alltime. Sie ist aus PVC, kostet beim günstigsten Anbieter hundertneunundfünfzig Euro neunundsechzig, da ist im Lieferumfang sogar ein Reparaturkit dabei. Die empfohlene Handpumpe kommt allerdings auf sieben Euro fünfundneunzig extra.«

»Sonst noch was?«, bellte Thielen ungnädig, der einer näheren Bekanntschaft mit Wanda Alltime aus naheliegenden Gründen aber auch gar nichts Witziges abgewinnen konnte.

Madlener konnte es jedoch nicht lassen, noch einen Kommentar hinzuzufügen, wie immer mit todernster Miene. »Ja. Das macht dann pro Loch dreiundfünfzig Euro und dreiundzwanzig Cent. Ohne die Handpumpe.«

Frau Gallmann war rot geworden und hatte einen verdächtigen Hustenanfall, Ehrmanntraut lachte, außer ihm wagte es niemand, nur Harriet und Götze hatten Madleners Einwand auch komisch gefunden, aber sie hüteten sich, sich das auch nur im Geringsten anmerken zu lassen, obwohl sie größte Mühe hatten, ein Grinsen zu unterdrücken und so zu tun, als würden sie ihre Notizen studieren. Thielen wischte Madleners Rechenexempel mit einem bösen Blick und einer verächtlichen Geste beiseite.

Madlener hob entschuldigend die Hand, kramte in seiner Hosentasche herum, zog ein paar Geldscheine heraus, die er immer mit einem Gummiring zusammengerollt mit sich herumtrug, nahm einen Zehn-Euro-Schein und drückte ihn Frau Gallmann in die Hand. Die hatte ihm schon unmissverständlich den schmutzig grünen Sparelefanten hingehalten. Sie steckte den Geldschein in den Schlitz und klopfte ihn demonstrativ hinein.

»Für die Chauvi-Kasse«, sagte sie. Und vorwurfsvoll fügte sie hinzu: »Das war aber auch dringend nötig. Eigentlich —«

In diesem Moment hatte das Telefon geklingelt, und der Staatssekretär war in der Leitung gewesen. Statt einer Standpauke von Frau Gallmann für Madlener gab es eine für Thielen von ganz oben.

Als hätte Madlener es geahnt, wurde die Tür wieder aufgerissen, und Thielen kam erneut herein.

»Gut, dass Sie noch da sind«, sagte er erleichtert. »Ich brauche Sie jetzt für die Pressekonferenz. Sie müssen an meiner Seite stehen.«

»Oh nein!«, entgegnete Madlener und machte eine abwehrende Geste mit dem Zeigefinger. »Muss ich ganz und gar nicht! Das Vergnügen ist ausschließlich Ihre Sache! Ich hatte Sie gewarnt, und Sie haben nicht auf mich gehört. Sie hätten sich das ersparen können. Sie haben sich die Suppe selbst eingebrockt. Dann müssen Sie sie auch wieder selbst auslöffeln.«

»Madlener ...«

»Ich werde den Teufel tun und mich vor die Presse stellen und mich dann auch noch so verhalten, als wäre das alles auf unserem gemeinsamen Mist gewachsen.«

»Ach kommen Sie, Madlener. Jetzt seien Sie mal nicht so nachtragend. Dies ist keine dienstliche Anweisung ...«

»Der ich nicht nachkommen werde.«

»Ich sagte doch: Es ist keine dienstliche Anweisung. Dies ist eine Bitte. Sie würden mir einen großen Gefallen tun.«

Thielen entdeckte das Foto der Puppe am Flipchart, das Madlener kurz vorher angepinnt hatte. Er zeigte mit dem Finger darauf: »Das da nehme ich voll und ganz auf meine Kappe, keine Sorge. Sie brauche ich, damit wir den Medienleuten was zum Fraß vorwerfen können.«

»In welcher Hinsicht?«, fragte Madlener.

»In ablenkungstechnischer Hinsicht. Sie erzählen ein wenig davon, dass Sie abseits der Großfahndung inzwischen erhebliche Fortschritte in der Ermittlung gegen Bruno gemacht haben. Geben Sie der Phantasie der Leute ein wenig Futter. Sprechen Sie davon, dass wir Bruno trotz des unangebrachten Aprilscherzes im September weiterhin auf den Fersen bleiben. Dass wir einer Spur nachgehen, die kurz davor ist, heiß zu werden. So was eben.«

»Ich soll also als eine Art lebende Nebelkerze für Sie auftreten?«

»Genau so ist es. Sie sind überaus glaubwürdig, weil Sie der Einzige sind, der nicht in diese gottverdammte Puppenkiste verwickelt ist.«

Madlener wusste, dass Thielen ihn bis ans Ende seiner Tage dafür hassen würde, weil Madlener recht behalten hatte. Und dass

Thielen versuchen würde, es ihm heimzuzahlen. Er musste auf der Hut sein und durfte sich keine Blöße geben. Also machte er in diesem Fall nolens volens einen Rückzieher. Er nickte. »Na schön. Aber dann habe ich etwas gut bei Ihnen!«

»Haben Sie, das haben Sie, Madlener. Das vergesse ich nicht. Und jetzt kommen Sie mit mir und geben Sie Ihr Bestes!«

Das hatte Madlener getan.

Und nun, nach dem Abendessen bei Ellen – als Vorspeise Tomaten-Mozzarella, als Hauptgang Pappardelle mit Lachs in Dillsoße, als Nachtisch wahlweise Walnuss- oder Meloneneis –, wollte er nur noch den Mantel des Schweigens über diesen Tag ausgebreitet sehen und kein Wort mehr darüber reden. Das hatten sie noch ausführlich beim gemeinsamen Kochen getan.

Ellen und die leise Musik – sie hatte Bryan Ferry und Roxy Music aufgelegt, »Avalon« – verstanden es perfekt, Madlener auf andere Gedanken zu bringen.

Er tat auch hier sein Bestes.

Aber im Gegensatz zur Pressekonferenz tat er das auch noch mit Überzeugung, Hingabe und Leidenschaft.

50

Seine letzten Skrupel hatte Dr. Arbogast schon längst seinem Rachefeldzug und seinem Abgang geopfert. Wenn er noch Restbestände davon gehabt hätte – nach der abgehörten Brandrede des Kriminaldirektors wären sie endgültig wie weggeblasen gewesen.

Es war für Arbogast ein überaus zufriedenstellender und vergnüglicher Tag gewesen. Er hatte ihn auch bis zum letzten Tropfen ausgekostet wie edlen Wein. Sein gewagter Plan war ganz und gar aufgegangen, einschließlich öffentlicher Bloßstellung von Kriminaldirektor Thielen. Dass die Standpauke dann auch noch von höherer Stelle aus erfolgte, war die Krönung des Ganzen. Und Dr. Arbogast war im Moor sozusagen in der ersten Reihe dabei. Immer wieder konnte er sich auf YouTube die Szene vorspielen, in der von der Puppe auf Thielens Gesicht geschwenkt wurde, daran konnte er sich einfach nicht sattsehen. Und dann war er anschließend sozusagen noch heimlicher Gast im Meeting-Room, was er als besonderes Privileg ansah, schließlich war er der Einzige, der mithörte.

Umso erstaunter war er, als Thielen es doch tatsächlich schaffte, seine krachende Niederlage noch in einen Ansporn für weiteres Vorgehen gegen Bruno umzufunktionieren. Das ärgerte Arbogast über alle Maßen. Hatte er doch geglaubt, Thielen endlich einmal so zurechtgestutzt zu haben, dass ihm wenigstens die Worte fehlten. Eigentlich hatte er sich vorgestellt, dass Thielen nach einer solchen Blamage sofort von seinem Posten zurücktreten würde.

Aber nein, wie so viele von der Fraktion der Selbstgerechten und sich unersetzbar Fühlenden klebte er an seinem Sessel und dachte nicht im Traum an eine Demission.

Dass Thielen keinen Charakter zeigen würde, hätte Arbogast sich eigentlich gleich denken können.

Bei einem freiwilligen Rücktritt Thielens in Schimpf und

Schande hätte Arbogast möglicherweise darauf verzichtet, den nächsten Zug auszuführen, weil er sich dabei doch wieder einmal auf gefährliches Glatteis wagen musste und im Eifer des Gefechts vielleicht einen Hauch zu viel von sich preisgeben könnte. Man konnte ja nie wissen, was einem so herausrutschte, besonders wenn man es mit einem so erfahrenen und mit allen Wassern gewaschenen Kripomann wie Madlener zu tun hatte.

Doch nach diesem schönen Intermezzo mit der Puppe hatte er noch eine Steigerung parat, die er Thielen jetzt erst recht nicht ersparen wollte.

Er würde den Kriminaldirektor bloßstellen bis an die Grenze der Demütigung und darüber hinaus.

Um alles in die Wege zu leiten, musste er sich seinen Text genau zurechtlegen.

Die technische Ausrüstung hatte er schon vorbereitet und ausprobiert. Er würde seine Stimme mit einem speziellen Gerät verzerren müssen, damit man sie nicht identifizieren konnte. Auch ein Prepaidhandy hatte er schon gekauft, nach dem Anruf würde er es zerstören und wegwerfen.

Obwohl er nun schon kurz vor dem Ziel war, sozusagen auf der Zielgeraden, wollte er es auf keinen Fall riskieren, vor der Zeit aufzufliegen.

Weil alles so wunderbar planmäßig wie ein Schweizer Uhrwerk abgelaufen war, gönnte er sich die beste Flasche Wein aus seinem Keller. Dies war der letzte Anlass, um zu feiern, da war ein Château Pétrus, Jahrgang 1982, gerade gut genug. Die Flasche hatte bei einer Auktion achthundertfünfzig Dollar gekostet, die sein Vater, ein ausgewiesener Weinkenner und -sammler, liebend gerne ausgegeben hatte, weil es ein großes Glück war, wenn man so eine Rarität erwerben konnte. Natürlich hatte Dr. Arbogast sie schon Stunden vorher dekantiert. Nun legte er dazu eine CD ein. Franz Schubert, »Die Forelle«, op. 32/D 550. Solistin Anne Sofie von Otter mit dem Chamber Orchestra of Europe unter Claudio Abbado. Es war immer das Lieblingsstück seines Vaters gewesen.

Arbogast hatte es gehasst wie die Pest.

Er nahm einen ersten Probeschluck vom köstlichen Wein und
verlor sich in seinen Visionen.

In einem Bächlein helle,
Da schoss in froher Eil
Die launische Forelle
Vorüber, wie ein Pfeil:
Ich stand an dem Gestade
Und sah in süßer Ruh
Des muntern Fischleins Bade
Im klaren Bächlein zu ...

51

Am nächsten Morgen war Madlener sehr früh und so leise wie möglich aus den warmen Federn gekrochen, um Ellen, die neben ihm lag, nicht zu wecken.

Er fuhr zunächst in sein Hotel, wo er ausgiebig duschte und sich rasierte und nebenbei Nachrichten hörte, bevor er im Frühstücksraum, in dem noch niemand saß, ordentlich Kaffee trank und vier Croissants verspeiste, um für einen harten Arbeitstag ausreichend gerüstet zu sein.

Auch Dr. Arbogast war früh aufgestanden, auch ihn erwartete ein harter Tag. Vormittags musste er eine lange Liste mit Telefonaten abarbeiten, und dann, kurz vor sechs, würde er seinen nächsten Zug im Schachspiel gegen die Kripo ausführen.

Er sah sich im großen Spiegel des elterlichen Badezimmers an. Es war ein richtiges Retrobad. Altmodisch wie fast alles in der Wohnung seiner Mutter. Es war ganz ihr Geschmack gewesen, die komplette Einrichtung war ein Relikt aus den 1970er Jahren. Das Bad war zwar geräumig, aber es hatte moosgrüne Fliesen; Toilette, Badewanne und Waschbecken waren in Braun gehalten, der letzte Schrei damals, aber eine einzige Zumutung für Menschen mit Geschmack und einem Sinn für Ästhetik, und dafür hielt sich Arbogast.

Hier, in der Wohnung seiner Mutter, nicht in seiner eigenen einen Stock höher, würde er die letzte große äußerliche Metamorphose seiner selbst vornehmen. Er zog sich aus, sah sich im Spiegel an wie einen Fremden und schüttelte gedankenverloren die Spraydose mit dem Rasierschaum.

Früher, in seinem zweiten Leben, das mit dem Tod seines Vaters begonnen und das er mit dem Mord an seiner Mutter abrupt beendet hatte, um von nun an in seinen dritten und letzten Lebensabschnitt einzutreten, hatte er oft daran gedacht, dass er das ganze Haus, sobald seine Mutter das Zeitliche gesegnet hatte, von Grund auf renovieren und modernisieren würde. Aber das war noch die Zeit seiner Ungeduld und Unreife. Jetzt war solch ein Vorhaben allein schon durch seine zeitlich eng begrenzte Lebensdauer obsolet geworden. Es interessierte ihn einfach nicht mehr, für den Rest seiner Tage hatte er ganz andere Prioritäten gesetzt. Wie so vieles am normalen menschlichen Leben hatte auch ein Umbau für Arbogast seinen Sinn und seinen Reiz verloren. Er wollte seine rare Lebenszeit nicht mehr an nichtige Träumereien und Banalitäten verschwenden, einzig sein eigentliches Ziel verlor er nie aus den Augen, nur dafür lebte er noch. Da war es umso ärgerlicher, wenn ihn doch noch die Realität einholte und er sich um profane Dinge kümmern musste, die er gedanklich längst hinter sich gelassen hatte.

Ausgerechnet jetzt war die Arbogast-Apotheke in der nächsten Nacht mit dem Notdienst an der Reihe. Das hatte er im Trubel der Ereignisse, die nun sein eigentlicher Fixstern waren, um den seine Gedanken pausenlos kreisten, voll und ganz vergessen. Normalerweise hätte das seine gut dotierte Vertretung gemacht, aber sie hatte einen unaufschiebbaren Termin. Und das in einer Phase, als Dr. Arbogast quasi schon in einer ganz anderen Dimension schwebte.

Ihm blieb nichts anderes übrig, als selbst den Nachtdienst zu übernehmen. Den Notdienst kurzfristig ganz abzusagen war so gut wie unmöglich und hätte einen mordsmäßigen Wirbel verursacht – und das zur Unzeit. Da war es besser, in den sauren Apfel zu beißen und die Nachtwache selbst abzuleisten.

Aber das würde auch vorübergehen, und er konnte sich derweil in seinem Büro in der Apotheke via TV und Internet an den neuen Abenteuern von Theophil Thielen – in Gedanken nannte er ihn immer T&T – delektieren, in die er den Kriminaldirektor am frühen Abend schicken würde.

Er trat näher an den Spiegel heran und studierte sein Ebenbild. Jedes Härchen, jede Pore, jedes helle Einsprengsel in seinen braunen Augen.

Wie lange, wusste er nicht, aber diesmal war es auch egal, wenn er wieder für eine Weile weggetreten war, ohne es zu merken.

Dann tat er das, was er sich schon lange vorgenommen hatte, um sich auch äußerlich der Tatsache anzupassen, dass er in der dritten und entscheidenden Phase seines Lebens war. Er nahm seinen Rasierapparat, stellte den Langhaarschneider hoch und begann, Bahn für Bahn sein Kopfhaar abzurasieren. Die Vorstellung, mit der Abgeklärtheit und der inneren Ruhe eines Zen-Mönchs in die letzte Runde zu gehen, gefiel ihm, und dazu passte ein kahl rasierter Kopf. Für die letzten Stoppeln nahm er den Rasierschaum und eine Rasierklinge, so wurde es makellos. Als er fertig war, strich er über seinen frisch eingecremten Schädel. Ein eigenartiges Gefühl, zum ersten Mal in seinem Leben hatte er eine Vollglatze. Aus dem Spiegel schaute ihm ein Fremder entgegen.

»Morituri te salutant!«, grüßte er sich selbst und grinste. Seinen Humor hatte er anscheinend noch nicht abgelegt wie so vieles andere, was er für den Rest seines Lebens nicht mehr brauchte. Oder war das eher ein Anzeichen für so etwas wie Galgenhumor? Egal, er hatte sich jedenfalls von den Niederungen des menschlichen Lebens für immer losgesagt, von der Eitelkeit, von der Wollust, von der Gier – eigentlich von allen sieben Todsünden. Wieder kicherte er in sich hinein. Seine Mutter wäre stolz gewesen! Seine falsche Freundlichkeit Leuten gegenüber, die er nicht ausstehen konnte – alles war nur überflüssiger Ballast und billiges Brimborium, wenn man sich endgültig aus dem Staub machen wollte.

Leider hatte er Dr. Auerbach für einen kurzen Augenblick Einblick in sein Innerstes gegeben. Darüber ärgerte er sich jetzt noch. Er hätte unbedingt diplomatischer sein müssen und hoffte nur inständig, dass sich dieser Ausrutscher nicht noch rächte, bevor es sowieso zu spät war.

Zur absoluten Freiheit gehörte es eben, dass man wirklich nur das machte, was man wollte.

Und das sagte, was man sagen wollte.

Sein Oberkörper war nackt, er drehte sich vor dem Spiegel und verrenkte sich, bis er seinen Rücken sehen konnte. Dann bewegte er seine Schulterblätter: Da war er, der gewaltige und aggressiv wirkende Zeppelin, wie er aus den Gewitterwolken hervorbrach. Arbogast schloss die Augen und spürte, wie die Kraft und Eleganz der Flugmaschine auf ihn überging.

52

»Verdammt noch mal«, echauffierte sich Kriminaldirektor Thielen in einer Ausdrucksweise, die er sich nur erlaubte, wenn Frau Gallmann nicht zugegen war oder wenn ihm wieder mal der Kragen platzte. Beides war der Fall. »Was ist nur mit diesem Kerl los? Langsam kommt es mir vor, als würden wir hinter einem Phantom herjagen. Wenn ich diesen Bruno nicht mit eigenen Augen auf dem Überwachungsvideo gesehen hätte …« Er schüttelte frustriert den Kopf und schaute Götze an. »Sie wollen mir wirklich weismachen, dass es nach wie vor keinen einzigen Zeugen gibt, der auch nur ein Fitzelchen von Bruno gesehen hat?«

»Exactement«, stellte Götze arrogant auf Französisch fest, und Madlener fragte sich, ob dieser schlaksige, präpotente Assistent von Binder mit seinen modischen Extravaganzen nicht doch allmählich so etwas wie eigenständigen Humor entwickelte oder einfach gar keinen besaß und nur zufällig ab und zu etwas von sich gab, was sich so anhörte. Diesmal trug er ein Hawaiihemd mit Ananas- und Hibiskusblüten, die unvermeidlichen Chucks, diesmal in Rosa, dazu eine overwashed Jeans im Used-Look – die Bezeichnung stand auf Platz vier der Überflüssige-Anglizismen-Rangliste von Madlener – mit drei Löchern.

Sofort schlich sich bei Madlener eine naheliegende Assoziation ein, und er musste erneut an die lächerliche Puppe denken, die von Thielen inzwischen in den Asservatenraum verbannt worden war – nachdem er strengstens befohlen hatte, vorher die Luft herauszulassen. Einen uniformierten Polizisten mit der nackten aufgeblasenen Wanda Alltime im Arm durch das ganze Präsidium gehen zu lassen, wäre mit Sicherheit keine gute Idee gewesen, zumal Thielen sich nichts sehnlicher wünschte, als diese Puppe so schnell wie möglich aus jedermanns Gedächtnis getilgt zu sehen.

Götze fuhr fort: »Ich habe jeden vernommen, der zur fraglichen Zeit im Eriskircher Ried war. Niemand scheint etwas bemerkt zu haben.«

»Und die Aufrufe in den Zeitungen? Die müsste doch jeder gelesen haben, bei dem ganzen Wirbel.«

»Die Artikel in den Printmedien«, korrigierte Götze auf seine besserwisserische Art, »haben noch zu keinerlei relevanten Zeugenaussagen geführt.«

Binder bestätigte Götzes Bemerkung. »Frau Gallmann wird am Telefon immer noch mit gehässigen Kommentaren und Beschimpfungen bombardiert. Bisher war nichts dabei, was uns auch nur im Geringsten weiterbringt.«

»Was ist mit Rudeck?«, fragte Thielen.

»Erneuter Haftprüfungstermin heute«, antwortete Binder. »Er wird wohl nach Hause gehen können, unter strengen Meldeauflagen, nehme ich an.«

»Dann hat sein Laptop auch nichts ergeben?«

Madlener zuckte mit den Schultern. »Nein. Harriet hat alles von vorne bis hinten durchgecheckt.«

»Wo steckt Frau Holtby eigentlich?«, wollte Thielen von Madlener wissen. »Sie weiß doch, dass dieses Meeting Usus ist, zumal wenn wir so unter Druck stehen.«

Madlener druckste herum. »Sie recherchiert für mich etwas.«

»Ja und? Was recherchiert sie?«

Madlener musste improvisieren. »Wer alles einen Angelschein für das Eriskircher Ried hat, wer als Naturschützer dort registriert und tätig ist, egal, ob beruflich oder Amateur, wer als Biologe im Auftrag irgendeines Forschungsprojekts im Schilf herumkriecht und Vögel beobachtet. Vielleicht ist unter diesen Leuten jemand, der einen Mann gesehen hat, wie er mit einer Puppe unter dem Arm im Moor herumspaziert ist.«

»Guter Ansatz! Klingt vernünftig. Sie soll sich bei mir zum Rapport melden, wenn sich da was ergibt.«

»Selbstredend.«

»Okay«, sagte Thielen mit einem lang gezogenen Seufzer. »Dann haben wir also nach einer Entführung, einem Mord und einer falschen Spur —«

»Red herring«, unterbrach Götze.

»Was?«, fragte Thielen merklich irritiert.

»Red herring, falsche Spur. So heißt das bei Scotland Yard,

wenn jemand eine Spur legt, um die Polizei in die Irre zu führen.«

Madlener seufzte leise. Anscheinend hatte Götze alle FBI-Lehrbücher durch und fing jetzt an, sich auf die englischen zu stürzen. Das schien aber bei Thielen, dem ausgewiesenen Englisch-Liebhaber, gut anzukommen.

»Red herring also? Gefällt mir, werde ich mir merken«, sagte Thielen und machte weiter. »Was wir aber dringend brauchen, ist keine falsche Spur, sondern eine heiße.« Er sah Götze fragend an: »Gibt es dafür bei Scotland Yard auch einen Fachausdruck?«

»Aber ja. Hot scent«, antwortete Götze nicht ohne einen gewissen überheblichen Stolz.

Thielen nickte anerkennend. »Genau das brauchen wir. Eine heiße Spur, hot scent. Und darum fangen wir eben noch mal ganz von vorne an. Was anderes bleibt uns ja nicht übrig. Also, Herrschaften, was haben wir?«

53

Während sich ihre Kollegen im Meeting-Room des Polizeipräsidiums erneut an den bisher vorliegenden Fakten und Aussagen die Zähne ausbissen, hatte sich Harriet mit ihrem Schlüssel zum Archiv aufgemacht, das im Gebäude der Verkehrspolizei im hintersten Kellerraum untergebracht war. Neonröhren flackerten auf, als sie endlich die klemmende Stahltür mit Schultereinsatz aufgestemmt und den Lichtschalter ertastet hatte. Im weißen grellen Licht sah sie, wie groß der fensterlose Kellerraum war. Zwar hatte er nicht ganz die Ausmaße eines KGB-Archivs im Kreml, aber beim Anblick der endlosen Regalreihen wusste Harriet wieder, was mit dem Ausdruck »Sisyphusarbeit« gemeint war.

Sie stand vor einem Gang, links und rechts vor ihr nur Metallregale, von unten bis oben vollgestopft mit Papierleichen in sämtlichen Ausführungen, dazwischen Spinnweben, die vermuten ließen, dass sich schon lange kein Mensch mehr hierher verirrt hatte. In sechs Reihen übereinander zwängte sich Ordner an Ordner, Akten, so weit das Auge reichte, dazu noch Kartons in unterschiedlichen Größen und Zuständen: wie neu, ramponiert oder nur noch mit Klebeband zusammengehalten. Alles schien beschriftet zu sein, aber beim Umzug vor ein paar Jahren hatte sich wohl niemand die Mühe gemacht, eine gewisse Ordnung in das Chaos zu bringen – oder die Stelle eines Archivars war eingespart worden, was auf das Gleiche hinauslief.

Verschärfend kam noch hinzu, dass man auch alte, beschriftete Plastikbeutel, Tüten und Kartons mit Beweismaterial zusätzlich im Archiv untergebracht hatte, wie Harriet feststellen musste – alles Dinge, die eigentlich in die Asservatenkammer gehörten, aber irgendwie in Vergessenheit geraten waren.

Harriet brauchte erst einmal eine ganze Weile, um überhaupt herauszufinden, wo in diesem staubigen Durcheinander die Akten waren, die alte Fälle der Kripo Friedrichshafen enthielten.

Am frühen Nachmittag – sie hatte nur eine kurze Zigarettenpause gemacht – war sie endlich auf einige vielversprechende Aktenpakete gestoßen, die fünf Jahre Ermittlungsarbeit der Kripo Friedrichshafen von 1990 bis 1995 zu enthalten schienen – falls der Inhalt der Kartons mit der Aufschrift übereinstimmte, was auch nicht immer der Fall war.

Sie packte die Bündel mit schmalen Akten aus den Kartons, stapelte sie chronologisch auf einen Metallschreibtisch, der in einer Ecke stand, und begann zu lesen. Den Gedanken an Sisyphus verdrängte sie und schaltete auf Schnell-Lese-Modus um. Wenn sie wollte, las sie schneller als der Scanner in Frau Gallmanns Büro – ohne dass ihr dabei etwas Wesentliches entging. Ihre ganze Konzentration galt den Akteninhalten, ab und zu gönnte sie sich einen Schluck aus ihrem Tetrapak mit grünem Tee.

Nur einmal sah sie kurz ihre Hände an: Sie waren vollkommen verdreckt. Und ihre Fingernägel ruiniert. Dabei hatte sie ihre Nägel erst am Morgen mit brombeerfarbenem Nagellack plus ein paar Stäubchen Glitter auf Hochglanz gebracht. Sie ärgerte sich, nicht eher daran gedacht zu haben, dass alte Akten zu durchforsten eine ziemlich schmutzige Angelegenheit war, und machte weiter.

54

Der Anruf kam gegen achtzehn Uhr.

Die gesamte Soko Bruno – außer Harriet, die Madlener kurz gesimst hatte, dass sie zwischenzeitlich im Archiv im Jahr 1989 angekommen sei und noch nichts gefunden habe – brütete vor dem Flipchart und den vielen Pfeilen, die Thielen zwischen Fotos, Namen, Tat- und Fundorten gemalt hatte und die eigentlich irgendwelche Verknüpfungen darstellen sollten, inzwischen aber nur noch verwirrend waren und damit das Gegenteil von dem bewirkten, was sie sollten: Klarheit ins Chaos zu bringen.

Frau Gallmann schaffte eben Nachschub in Form von Softdrinks und einer Zwischenmahlzeit heran, diesmal zur Abwechslung Graubrot, liebevoll mit Kalbfleischwurst, Käse, Gürkchen und Tomatenscheiben belegt. Thielen schien der Einzige zu sein, der trotz der desolaten Stimmung seinen Appetit nicht verloren hatte. Er reservierte sich die am üppigsten belegten Brotscheiben und biss gerade herzhaft zu, als das Telefon klingelte.

Frau Gallmann nahm ab. »Kriminalpolizei Friedrichshafen, Büro Kriminaldirektor Thielen, Gallmann, guten Tag ...«

Ihr Gesicht bekam auf einmal hektische rote Flecken, sie versuchte, mit wilder Gestik auf sich aufmerksam zu machen, was ihr gelang, weil sie sonst die Ruhe in Person war. Sie hielt die Sprechmuschel zu und flüsterte aufgeregt: »Bruno. Er will Sie sprechen, Herr Kriminaldirektor!«

»Was?«, fragte Thielen undeutlich, weil er noch mit Kauen beschäftigt war und manchmal nicht sehr schnell schaltete. Erst als Frau Gallmann auf den Namen »Bruno Richard Hauptmann« zeigte, der oben auf dem Flipchart prangte, reagierte er.

»Laut stellen, Aufzeichnung und Fangschaltung«, raunte er Götze zu, der sofort die entsprechenden Funktionen der Telefonanlage in Betrieb setzte. Für eine Fangschaltung war schon seit Beginn der Ermittlungen alles präpariert. Mit einem Nicken zeigte er an, dass er bereit war. Frau Gallmann hatte auf Lautsprecher geschaltet, und Thielen meldete sich: »Hier Kriminaldirektor Thielen. Sie wollten mich sprechen?«

Eine seltsam hohe, leicht verzerrte und damit eindeutig technisch verfremdete Stimme ertönte.

»Hallihallo, Herr Kriminaldirektor. Hier ist Bruno. Ich denke, ich brauche mich nicht weiter vorzustellen, Sie alle wissen, wer ich bin.«

Thielen räusperte sich und entgegnete: »Sie werden verstehen, dass ich mich vergewissern muss, dass Sie der Bruno sind, als der Sie sich ausgeben, und nicht nur ein weiterer Spinner, der sich einen geschmacklosen Scherz erlaubt.«

»Von Scherzen haben Sie wohl die Nase voll? Kann ich in der Tat nachvollziehen, das da draußen im Ried war ja auch wirklich alleruntersте Schublade. Glauben Sie mir: Sie haben mein Mitgefühl! Aber jetzt zur Verifizierung meiner Identität. Ich sehe vollkommen ein, dass Sie da irgendeine Sicherheit brauchen, Herr Kriminaldirektor, zumal Sie schon einmal bös hereingefallen sind. Also, für die Kri-po …«, er zerdehnte das Wort verächtlich, »… für die Kri-po tue ich doch alles. Zum Beweis, dass ich der leibhaftige …«, lange Pause, »… Bruno bin, genügt vielleicht der Hinweis auf die Josef-Madlener-Kunstpostkarten, von denen Sie inzwischen eine kleine Sammlung haben müssten. Unter anderem ›Weihnacht‹ mit einem neckischen Spruch zum Funkensonntag auf der Rückseite und ›Riedlandschaft‹ mit so hübschen Schäflein und Wolken. Es ist mir wirklich schwergefallen, mich davon zu trennen. Zumal noch die Riedkapelle mit drauf ist. Es handelt sich bei dem Motiv allerdings nicht um das Eriskircher Ried, sondern um das Benninger Ried, das liegt südlich von Memmingen. Es hat Josef Madlener unzählige Male zu seinen schönsten Bildern motiviert. Genügt das?«

Der Kriminaldirektor sah Madlener fragend an, der nickte zustimmend, dann blaffte Thielen: »Also, was wollen Sie, Bruno?«

»Oh, warum denn gleich so unfreundlich? Da mache ich mir extra die Mühe, besorge ein Prepaidhandy, mit dem ich gerade irgendwo unterwegs bin, damit die Kri-po den Anruf nicht zurückverfolgen kann, und dann melde ich mich auch noch bei Ihnen, weil Sie vollkommen hilflos meinem Tun und Treiben ausgesetzt sind und nicht mehr aus noch ein wissen, und da fragen Sie nicht mal nach, was *Sie* für mich tun können? Wo ist Ihre gute Kinderstube geblieben, Herr Kriminaldirektor?«

Eine Pause entstand. Thielen biss in den sauren Apfel und presste die Worte heraus, die sein Gesprächspartner hören wollte: »Was können wir für Sie tun, Bruno?«

»Na also, geht doch! Das hört sich schon viel besser an. Sie wollen ja was von mir, nicht umgekehrt. Aber bevor wir so nett weiterplaudern, Herr Kriminaldirektor, würde mich noch was anderes interessieren. Sind Sie noch ganz Ohr?«

»Ja, bin ich.«

»Fein. Ich gehe mal davon aus, dass die ganze Kri-po um ihren großen Kri-po-Tisch versammelt ist und zuhört. Ist es so?«

»Ja.«

»Na, das ist ja ganz wunderbar, so eine nette Runde, da möchte man glatt mit am Tisch sitzen. Ist denn Kriminalhauptkommissar Madlener zu sprechen?«

Madlener meldete sich. »Ich höre.«

»Ah ja, ich erkenne Ihre Stimme, Herr Kommissar. Sie die meine allerdings nicht, obwohl Sie sie schon unverfälscht gehört haben. Aber zur Sache. Ich will Sie ja nicht länger als unbedingt nötig von Ihrer wichtigen Arbeit des Jagens und Fangens von Bösewichten im Rahmen der Wiederherstellung von Sicherheit und Ordnung abhalten. Nun meine einfache Frage – einfache Antwort genügt, doch in der Hinsicht bin ich nun mal neugierig: Sind Sie irgendwie mit dem Kunstmaler Josef Madlener aus Amendingen verwandt?«

»Nicht dass ich wüsste«, antwortete Madlener.

»Schade, wirklich schade. So eine drollige Koinzidenz wäre auch zu schön gewesen. Na ja, da bin ich wieder einmal um eine Enttäuschung reicher.«

Eine Pause entstand.

Schon glaubten alle im Besprechungsraum, dass Bruno aus der Leitung gegangen wäre, aber er war noch dran.

»Ach so, bevor ich's vergesse …«

Er lachte, was auch schon ohne die Verzerrung sicher nicht sehr echt geklungen hätte.

»Der eigentliche Grund, weshalb ich Sie anrufe, Herr Kriminaldirektor, ist der, dass ich mich stellen will. Sie haben richtig gehört: Ich! Will! Mich! Stellen! Bleiben Sie also schön in der Nähe des Telefons. In zehn Minuten rufe ich Sie wieder an und gebe Ihnen die genauen Umstände durch, wo und wann wir uns treffen können. Unter dieser Nummer. Also: Brav zehn Minuten warten, dann hören Sie wieder von mir! Bis dahin können Sie von mir aus eine Zigarettenpause machen oder eine kleine Krisensitzung veranstalten und sich beraten, ganz wie Sie wollen. Schließlich muss ich euch Beamten eine Gelegenheit zum Gedankenaustausch geben. Das ist nur fair. Und eventuell die Zeit, eure große Kri-po-Maschinerie anzuwerfen. Ich kann versprechen, das wird aufregend. Freu mich schon. Ciao, ciao – don't call me, we'll call you!«

Ein Knacken in der Leitung war zu hören.

Bruno hatte aufgelegt.

55

Nach einer nachhallenden Pause, die drei oder vier Herzschläge andauerte, drehten sich alle zu Götze um, der aber resigniert den Kopf schüttelte: Das Handy war nicht rechtzeitig geortet worden. Madlener stand auf und öffnete die Tür. »Bitte, können wir uns draußen auf dem Gang unterhalten?«

»Wieso?«, fragte Thielen verständnislos.

»Weil ich das komische Gefühl nicht loswerde, dass die Wände hier Ohren haben«, sagte Madlener und war schon verschwunden.

Thielen erhob sich, verdrehte die Augen und sagte: »Des Menschen Wille ist sein Himmelreich«, und folgte ihm hinaus auf den Gang.

Madlener wartete, bis alle versammelt waren, dann verschloss er die Tür zum Meeting-Room.

»Also, was tun wir?«, fragte er in die Stille hinein. Er beantwortete seine Frage gleich selbst. »Es gibt zwei Möglichkeiten. Wir warten wie das Kaninchen vor der Schlange, ob er uns wirklich anruft – dann müssen wir aber auch auf alles gefasst und vorbereitet sein. Und dann wissen wir immer noch nicht, ob er schon wieder blufft.«

»Nein, wissen wir nicht«, pflichtete Thielen ihm bei. »Aber soll ich Ihnen mal was sagen, Madlener? Darauf pfeife ich! Wenn er sich tatsächlich stellt, gehe ich persönlich hin und lege ihm die Handschellen an, so viel ist mal sicher. Und niemand, auch Sie nicht, kann und wird mich daran hindern!«

Binder äußerte sich. »Und was ist die zweite Möglichkeit? Dass er uns warten lässt, bis wir schwarz werden, weil er uns schon wieder auf den Arm genommen hat?«

»Glaube ich nicht«, entgegnete Madlener. »Er findet nur Befriedigung darin, dass alle Welt davon erfährt, wenn er uns wieder mal aufs Kreuz gelegt hat. Also folgt daraus, dass er etwas in der Hinterhand hat, mit dem er uns am Gängelband herumführen will. Und genau das ist es, was wir nicht mehr zulassen können. Wir dürfen uns ganz einfach nicht länger seinen Willen aufzwingen lassen. Er will Macht über uns ausüben, und genau das geilt ihn auf. Ich schlage deshalb eine ganz neue Taktik vor, mit der er nicht rechnet und die ihn völlig aus dem Konzept bringen wird.«

»Und die wäre?«, fragte Thielen misstrauisch.

»Möglichkeit Nummer zwei«, antwortete Madlener. »Wir lassen es klingeln, wenn er wieder anruft. Aber diesmal geht keiner ran. Aus. Schluss. Feierabend. Bin gespannt, wie er darauf reagiert.«

»Nein, nein und nochmals nein.« Thielen schüttelte entschieden den Kopf. »Das ist mir viel zu riskant. Womöglich dreht er dann durch und begeht sofort wieder irgendeinen seiner sinnlosen Morde, nur um seine gewünschte Aufmerksamkeit zu bekommen. Das will ich nicht verantworten müssen. Der Mann ist hochgefährlich, das wollen Sie doch nicht abstreiten. Wir müssen tun, was er sagt, solange wir noch nicht mehr über ihn wissen. Er hat jetzt den Kontakt mit uns gesucht, den dürfen wir auf gar keinen Fall mehr abreißen lassen. Das wäre ein fataler Fehler. Je länger und öfter er mit uns spricht, desto eher haben wir die einmalige Chance, etwas über ihn herauszufinden.«

»Nein«, widersprach Madlener hartnäckig. »Diesmal machen wir nicht das, was er sagt. Mit voller Absicht nicht. Wir zwingen ihn mit unserer Vorgehensweise, etwas tun zu müssen, was er nicht geplant hat. Und genau da wird er seinen ersten Fehler begehen. Wir dürfen nicht wieder nach seiner Pfeife tanzen. Das haben wir schon viel zu lange und viel zu oft gemacht. Damit muss jetzt und hier Schluss sein. Ein für alle Mal!«

Er sah sich nach Befürwortern seines Plans um. Binder, Götze und Frau Gallmann schienen noch das Für und Wider abzuwägen. Thielen ging in den Konferenzraum zurück und grübelte an seinem Platz vor sich hin. Sie alle folgten ihm und setzten sich wieder. Nur Madlener blieb neben dem Telefon stehen. Und genau in diesem Moment klingelte es. Frau Gallmann wollte automatisch nach dem Telefonhörer greifen, aber Madlener kam ihr zuvor und legte die Hand auf den Hörer.

Das Klingeln ging allen durch Mark und Bein, es schrillte

erneut, klang immer drängender, unverschämter, nervtötender –
obwohl das natürlich nur Einbildung war.

Nach dem zehnten Mal hörte es auf.

Die Stille danach war ohrenbetäubend.

Keiner sagte etwas, keiner bewegte sich. Thielen hatte
Schweißperlen auf der Stirn.

Madlener setzte sich und fing an, mit seinem Löffel im kalten
Kaffee herumzurühren, das Geräusch des leise klirrenden Löffels
war geradezu durchdringend. Dann stand er auf und trank seinen
kalten Kaffee, während er zum Fenster hinausschaute, wo wieder einmal der Zeppelin gravitätisch sein Sichtfeld am Himmel
kreuzte.

Da klingelte es erneut.

Bevor Madlener reagieren konnte, riss Thielen den Hörer von
der Gabel und bellte hinein:»Ja?«

Die Anlage war noch auf Lautsprecher geschaltet.»Was soll
das?«, zischte die metallische Stimme, der die blanke Wut anzuhören war.»Warum gehen Sie nicht ran? Glauben Sie vielleicht,
ich habe meine Zeit gestohlen?«

»Tut mir leid. Ich … ich war kurz verhindert«, stotterte Thielen.

»Sie haben meine einfache Anweisung nicht befolgt! Ich habe
große Lust, unsere Verabredung platzen zu lassen!«

»Nein, bitte tun Sie das nicht! Ich halte mich von jetzt an strikt
an unsere Abmachungen.«

»So? Auf einmal? Wie soll ich Ihnen das abkaufen, wenn ich
schon beim geringsten Anlass nicht auf Ihr Wort zählen kann?
Meinen Sie vielleicht, ich lasse mich einfach so von Ihnen verhaften, ohne vorher über gewisse Bedingungen gesprochen zu
haben, die ich erfüllt sehen muss, bevor ich mich stelle? Wie soll
ich Ihnen glauben, dass Sie diese Bedingungen auch einhalten?«

»Wir können ja vorher zum Notar gehen und alles schriftlich
fixieren«, kommentierte Madlener, der sich wieder einmal nicht
zurückhalten konnte. Thielen warf ihm einen giftigen Blick zu.

»Ah ja, das klingt mir ganz nach Kommissar Madlener. Unverkennbar seine Stimme und seine etwas … nun: spöttische
Sichtweise der Dinge. Dann sind Sie sicher verantwortlich dafür,

dass Ihr Chef nicht ans Telefon gegangen ist. Tz, tz, tz. Einmal will ich das noch durchgehen lassen, aber beim nächsten Mal, wenn Sie nicht das tun, was ich will, bin ich über alle Berge, und Sie werden nie wieder etwas von mir hören. Das geht dann auf Ihre Rechnung, Herr Kommissar. Nun zu Ihnen, Kriminaldirektor. Wie denken Sie darüber? Lassen Sie sich jetzt schon von Subalternen sagen, was Sie zu tun und zu lassen haben?«

»Nein, natürlich nicht«, brummte Thielen. »Hören Sie – ich halte Ihre Bedingungen ein, vorausgesetzt, sie sind akzeptabel.«

Es entstand eine lange Pause. Bruno dachte anscheinend nach, jedenfalls ließ er sie schwitzen.

»Meine Bedingungen sind recht bescheiden«, sagte er dann, diesmal in ruhigerem Tonfall. »Ich will nicht, dass man mich fesselt oder mir Handschellen anlegt. Ich werde freiwillig mit Ihnen mitgehen. Sie bekommen ein komplettes Geständnis, dafür will ich jede Hafterleichterung, die ich kriegen kann. Und eine Einzelzelle.«

»Vielleicht auch noch Chefarztbehandlung?«, murmelte Madlener im Hintergrund, diesmal aber so leise, dass es Bruno nicht hören konnte.

»Das wäre bis auf Weiteres alles«, sagte Bruno.

»Darüber lässt sich reden«, entgegnete Thielen.

»Nein, lässt es sich nicht. Ich habe es von Ihnen gefordert, und Sie akzeptieren es ohne Wenn und Aber. Oder Sie lassen es. Ein Dazwischen gibt es nicht.«

»In Ordnung.«

»Fein, fein. Das hätten wir also. Jetzt hören Sie gut zu: Wir treffen uns um zwanzig Uhr am Zeppelin-Museum. Schiffshafen. Auf der ›MS Schwaben‹, einem Schiff der Bodenseeflotte. Ich will nur Sie sehen. Sie persönlich. Keinen Ersatzmann. Sonst stelle ich mich nicht. Haben Sie das verstanden?«

»Ja. Wie erkenne ich Sie?«

»Gar nicht. Ich erkenne Sie.«

Damit legte er auf.

Götze wischte schon auf seinem Tablet herum.

Thielen sah mit gerunzelter Stirn auf seine Uhr. »Er hat uns genügend Zeit gelassen. Binder, Sie setzen die Kollegen ins Bild.

Sie sollen mit vier Streifenwagen vorfahren, unauffällig und ohne Sirene. Zwei Wagen in Bereitschaft, einer bringt mich zum Zeppelin-Museum. Ich werde allein an Bord der ›MS Schwaben‹ gehen. Vielleicht gibt sich Bruno sonst nicht zu erkennen, und wir stehen wieder mit leeren Händen da.«

»Was wollen Sie dann machen, Herr Kriminaldirektor? Jeden Passagier auf der ›MS Schwaben‹ kontrollieren? Aus welchem Grund? Dürfte ziemlich viel Heckmeck verursachen …«, äußerte sich Madlener.

Götze hob die Hand. »Äh, Herr Kriminaldirektor …«

Thielen aß schnell noch ein belegtes Brot. »Ja?«

»Die ›MS Schwaben‹ ist nur für diese Fahrt gechartert. Abfahrt zwanzig Uhr Friedrichshafen, sie legt danach in Konstanz an. Dort steigen noch Gäste zu. Anschließend gibt es auf dem Schiff eine große SM-Party.«

»Was?« Dem Kriminaldirektor blieb beinahe der Bissen im Hals stecken. »Was gibt es?«

»Heute Abend und die halbe Nacht ist die ›MS Schwaben‹ ein Sadomaso-Partyschiff«, erläuterte Madlener nicht ohne eine winzige Spur von Schadenfreude in der Stimme. »Die machen da ihr Jahrestreffen. Wird seit Jahren kontrovers diskutiert. Steht in allen Zeitungen.«

»Stimmt. Erinnere mich. Sadomaso-Schiffe im Bodensee – ist das nicht ein irrer Gedanke?«, stellte Thielen konsterniert fest.

»Übrigens nicht zu verwechseln mit dem Swinger-Schiff. Das tuckert auch einmal im Jahr hier herum. Aber Swinger hin und Sadomaso her: Tun Sie das nicht!«

»Was soll ich nicht tun?«

»Vor diesem Bruno auf den Knien herumrutschen und zu allem Ja und Amen sagen, was er fordert! Lassen Sie sich nicht auf das Angebot von ihm ein, Herr Kriminaldirektor. Das ist mein voller Ernst.«

»So? Dann will ich Ihnen auch was sagen, und das ist auch mein voller Ernst. Madlener, Sie überschreiten gerade Ihre Kompetenzen! Außerdem haben wir keine Zeit für Ihre Fisimatenten!«

»Ist mir klar. Trotzdem, eine letzte Warnung: Tun Sie nicht, was Bruno sagt. Er lockt Sie in eine Falle. Glauben Sie mir. Er wird nicht da sein. Und Sie machen sich erneut zum Gespött der Leute!«

»Wer sagt Ihnen, dass er nicht da sein wird?«

»Mein Gefühl. Dann sein Streich mit der Puppe. Und jetzt das SM-Schiff. Gibt Ihnen das nicht zu denken?«

»Auf ein Gefühl gebe ich schon gar nichts. Kommen Sie jetzt. Wir müssen los.«

»Nein. Ich weigere mich, bei so einem Affenzirkus mitzumachen.«

»Tatsächlich? Affenzirkus? Einen lang gesuchten, sich freiwillig der Polizei stellenden Straftäter zu verhaften nennen Sie Affenzirkus?«

»Ja. Warum hat er sich wohl ausgerechnet das SM-Schiff für seine dramatische Kapitulation ausgesucht?«

»Das werde ich ihn fragen, sobald er hier nebenan im Verhörraum sitzt. Aber da sind Sie nicht mehr dabei, Madlener. Außer Sie kommen jetzt mit. Das ist eine dienstliche Anordnung.«

»Deren Ausführung ich in diesem Fall verweigere.«

»In Ordnung. Frau Gallmann, nur fürs Protokoll: Herr Hauptkommissar Madlener weigert sich trotz mehrfacher Aufforderung, einer Anordnung des Kriminaldirektors Folge zu leisten. Er wird deshalb mit sofortiger Wirkung vom Dienst suspendiert.«

»Ist das alles?«, wollte Madlener wissen.

»Nichtbefolgung eines dienstlichen Befehls, Beleidigung eines Vorgesetzten, Insubordination … suchen Sie sich was aus, steht schon genug davon in Ihrer Akte. Sie kriegen es noch schriftlich von mir nachgeliefert. Aber jetzt entschuldigen Sie mich, ich muss nämlich noch kurz den meistgesuchten Verbrecher im Umkreis von fünfhundert Kilometern fassen und hinter Gitter bringen. Ich rechne mit Ihrem Verständnis, dass diese Kleinigkeit Vorrang hat.«

Ein letzter galliger Blick auf Madlener, dann marschierte Thielen davon, im Schlepptau Binder und Götze.

Frau Gallmann sah ihnen nach, dann wechselte sie mit Madlener einen Blick.

»Verstehen Sie das, Frau Gallmann?«, fragte Madlener. »Dass der Kriminaldirektor jedes Mal auf Bruno hereinfällt?«

Frau Gallmann begann damit, den Tisch aufzuräumen. »Ehrlich gesagt, nein. Aber er ordnet alles dem einen Gedanken unter, Bruno zu fassen.«

»So wird er ihn nicht kriegen. Aber Bruno ihn.« Genau das habe ich ihm gesagt. Aber auf dem Ohr ist er taub.«

Frau Gallmann verfiel ins Schwäbische, dem Ernst der Lage angemessen. »Wisset Sie was, Herr Madlener: Ich befürchte das Schlimmschte! Sie könntet wirklich wieder einmal recht haben.«

Es klopfte. Ein Kriminaltechniker mit einem Werkzeugkasten stand im Türrahmen und schaute herein.

»Herr Madlener?«, fragte er. »Sie haben mich angerufen ...«

»Ja, hab ich. Danke, dass Sie so schnell Zeit gefunden haben.«

»Hier?«

»Ja, hier«, sagte Madlener, und der Techniker packte ein Gerät aus, das wie ein großer Scanner aussah, schaltete es ein und fuhr damit gründlich die Wände ab, besonders da, wo die Stromleitungen verliefen, dann sogar den Boden und die Decke, wozu er seine Schuhe auszog und auf den Konferenztisch kletterte. Insbesondere die Lampen untersuchte er genau.

Madlener und Frau Gallmann sahen zu.

»Was machen Sie da, wenn ich fragen darf ...?«, wollte Frau Gallmann schließlich wissen.

»Das, worum mich Herr Madlener gebeten hat«, antwortete der Techniker, sprang schließlich wieder vom Tisch und schlüpfte in seine Schuhe. Dann ging er hinaus, Madlener und Frau Gallmann folgten ihm, Madlener schloss die Tür hinter sich.

»Sie hatten recht, Herr Madlener«, sagte der Techniker. »Der ganze Raum ist verwanzt.«

»Verwanzt? Um Himmels willen ...« Frau Gallmann missverstand, um was es ging, Madlener musste sie einweihen.

»Nicht was Sie jetzt denken. Er ist mit Abhörvorrichtungen ausgestattet«, erklärte er.

»Soll ich sie entfernen?«, fragte der Techniker. »Dazu müsste ich allerdings teilweise die Wände aufstemmen.«

»Kann man denn feststellen, von wo aus abgehört wird?«

»Nein, leider nicht.«

»Und die Mikros selbst? Kann man den Kauf zurückverfolgen?«

»Unmöglich. Die neuesten Mikros sind winzig, leistungsstark und teuer. Aber im Internet kriegt man sie problemlos.«

»Na schön. Dann bleiben sie vorerst, wo sie sind. Ich melde mich dann. Danke.«

»War mir ein Vergnügen«, sagte der Techniker, tippte zum Gruß an die Stirn und ging.

Frau Gallmann kehrte wieder ins Besprechungszimmer zurück, drehte sich um ihre Achse und sah sich ungläubig um. Schon wollte sie einen Kommentar abgeben, aber Madlener legte seinen Finger auf die Lippen. Sie nickte zum Zeichen, dass sie verstanden hatte.

Hinter der offenen Tür zum Gang hörte man Schuhe klappern. Harriet kam herein und wunderte sich über Frau Gallmann, die sich noch immer im Kreis drehte, und die seltsame Stimmung, die im Konferenzraum herrschte.

»Was geht denn hier ab?«, fragte sie und kaute heftig auf ihrem Kaugummi herum, den sie sich eben in den Mund geschoben hatte.

Madlener hob in gespielter Verzweiflung beide Hände hoch. »Nichts Besonderes. Ich bin nur zum zweiten Mal in zwei Tagen vorläufig vom Dienst entbunden worden.«

Harriet ließ ihren rosafarbenen Kaugummi platzen, um damit zu unterstreichen, wie sehr sie überrascht war. »Echt jetzt?«

»Echt.«

»Cool. Dürfte neuer baden-württembergischer Rekord sein. So kurz hintereinander – boah!«

»Gut möglich.«

»Zum wievielten Mal war das gleich noch mal insgesamt?«

»Zum vierten oder fünften Mal. Ich hab's nicht mitgezählt.«

»Und der Grund?«

»Ein Sadomaso-Dampfer auf dem Bodensee. Den unser Kriminaldirektor um jeden Preis entern will.« Er warf einen Blick auf seine Uhr. »Jetzt, in diesem Moment.«

Nun konnte Harriet ein schiefes Grinsen beim besten Willen nicht mehr zurückhalten. »Kriminaldirektor Thielen auf einem SM-Schiff? Warum das denn?«

»Weil Bruno es ihm befohlen hat. Angeblich will er sich dort freiwillig stellen. Ich habe Thielen davon abgeraten. Und mich strikt geweigert, ihn zu begleiten. Damit habe ich mir prompt die Suspendierung eingebrockt.« Harriet wechselte von grinsend auf skeptisch. »Du verarschst mich jetzt aber!«

Frau Gallmann mischte sich ganz gegen ihre Art und entgegen ihrem sonstigen Ton ein.

»Nein«, sagte sie so laut, dass es ihrer Meinung nach auch über die versteckten Mikros zu hören war, »er verarscht Sie ganz und gar nicht, Frau Holtby. So traurig es klingt: Es isch die nackte Wahrheit!«

56

Ein Fremder, den es durch Zufall zum ersten Mal nach Friedrichshafen verschlagen hatte, musste in diesem Moment und auf diesem Platz vor der Schiffsanlegestelle wohl denken, er sei in der Apokalypse des Hieronymus Bosch gelandet, nur fünfhundert Jahre später.

Eine wilde, zutiefst exhibitionistische Mischung aus Leder-Fetischisten, Manga-Figuren, Darkroom-Liebhabern, Karneval in Rio und Loveparade wogte zu Techno-Klängen über den Buchhornplatz vor dem Zeppelin-Museum. Zu wummernden Beats, die den ganzen Platz und die vielen Menschen vibrieren ließen, kam das Geschrei und Gejohle der zahlreichen Schaulustigen hinzu, sogar die Caféterrasse im ersten Stock des Museums war mit Menschentrauben gefüllt, überall waren Kameras und in die Höhe gehaltene Smartphones zu sehen, die alles aufzeichneten. Keiner wollte sich das Spektakel entgehen lassen, das sich dort abspielte.

Ein handgemaltes Schild mit der Aufschrift »SM TORTURE SHIP« war über den Schiffsnamen der braven »MS Schwaben« gehängt worden, auf der die auf dem Vorplatz tanzenden und sich teils somnambul, teils ekstatisch gebärdenden Fetisch-Fans von klatschenden und brüllenden Gesinnungsgenossen und -genossinnen erwartet wurden.

Leder, Lack und Latex waren der Dresscode. Neben viel nacktem und tätowiertem Fleisch gab es alles zu sehen, was die SM-Szene in einer ausschweifenden Performance zu bieten hatte: Dominas zogen ihre Sklaven am Nagelhalsband; einer hatte sich in ein Kostüm gezwängt, das einen Schweinekörper mit zehn künstlichen Brüsten darstellte, er hatte dazu auch noch eine Schweinemaske auf dem Kopf; peitschenschwingende Masken-Zorros, mit Ketten behängt und in knallengen Spielhöschen, bewegten sich hüftwackelnd; Bondage-Gespielinnen gaben sich die Ehre und sogar eine in einen Käfig auf Rollen eingesperrte, knapp bekleidete Sklavin, die von ihrem Herrn und Meister im

Pfauenkostüm und auf Plateausohlen der Schuhgröße sechsundvierzig gezogen wurde.

Im allgemeinen Trubel der Entrüstung und der Begeisterung merkte niemand, dass von allen Seiten des Platzes Horden von Leuten verschiedenster Couleur heranströmten. Dazu kam nun noch der Streifenwagen mit Thielen, dem drei weitere folgten. Sie alle drängten in Richtung Anlegestelle, wo das Schaulaufen der Freizeit-Exhibitionisten gerade seinen Höhepunkt erreichte.

Das »Torture Ship« tutete und tutete.

Die Streifenwagen hatten jetzt auch noch, um überhaupt durchzukommen, auf Geheiß von Thielen Sirene und Blaulicht eingeschaltet. Aber es war sinnlos. Thielen stieg schließlich aus, weil sein Wagen stecken geblieben war, ein selbstvergessen tanzendes Latexpärchen mit starkem Übergewicht und überstarkem Selbstbewusstsein war einfach nicht aus dem Weg zu bekommen.

Thielen wollte sich unauffällig durch die zuckende und tanzende Meute zwängen, aber die hatte ihn schneller eingekreist, als ihm lieb sein konnte. Der Kriminaldirektor, der bereits einen hochroten Kopf hatte, zog seinen Ausweis heraus und hielt ihn verzweifelt in die Höhe.

»Kripo Friedrichshafen, lassen Sie mich durch! Sie behindern eine Amtshandlung!«, brüllte er aus Leibeskräften, aber gegen die aufgeputschte Stimmung und den Technokrach aus den Lautsprechern kam er einfach nicht an. Im Gegenteil, ein halbes Dutzend Ledertypen mit Masken benutzten ihn zur Freude der Zuschauer als willkommenen Spielball. Einer riss ihm einfach den Ausweis aus der Hand und ein Zweiter schnappte ihm die Brille von der Nase. Dann packten sie ihn an den Armen und versuchten, mit dem sich mit Händen und Füßen wehrenden Thielen eine Art von SM-Sirtaki aufs Pflaster zu legen.

Auf der Terrasse des Museumscafés und auf dem Schiff waren etliche TV-Kameras von lokalen und überregionalen Fernsehsendern, die sich ein paar spektakuläre und spekulative Bilder für ihre Nachrichten aus der Region erhofften – sie wurden nicht enttäuscht.

Die hoffnungslos eingekeilten Polizisten, die ihren Chef aus seiner misslichen Lage befreien wollten, kamen keinen Schritt weiter und versuchten hektisch, per Funk Verstärkung herbeizurufen. Immer mehr Menschen drängten von hinten heran, darunter waren plötzlich Gruppen mit Schildern. Auf denen stand das Sammelsurium menschlicher Aufgeregtheiten und Fanatismen: »Stoppt das Porno-Schiff!«, »Für die Homo-Ehe«, »Die Bibel sagt: keine Homo-Ehe!«, »Gegen die Lesben-Ausgrenzung!«, »Mehr Rechte für Frauen im Rotlichtviertel!«, »Leben achten – keine Tiere schlachten – weg mit Leder!«; ein dürrer Mann in Anzug und mit Fahrradhelm schien sich verirrt zu haben, sein Plakat lautete: »Veganer sind die Krone der Schöpfung!« Wieder andere skandierten Parolen für und gegen das Ausleben von sexuellen Freiheiten, die sich samt und sonders im allgemeinen Geschrei verloren.

Erste Schilder wurden zu Schlaginstrumenten, und als eine Handvoll Rocker der »Bandidos« sich ohne Rücksicht auf Verluste durch die Leute boxte, ging das Gedränge und Geschubse allmählich in eine Massenschlägerei über, zumal von der gegenüberliegenden Seite fünf oder sechs Kameraden der »Hells Angels« dazukamen und sich in Richtung ihrer Todfeinde, der »Bandidos«, durchrangelten.

Kurz: Die Apokalypse schien an diesem Tag pünktlich um zwanzig Uhr fünfzehn in Friedrichshafen am Bodensee begonnen zu haben.

57

Bruno alias Dr. Arbogast konnte mehr als zufrieden sein. Er hatte Notdienst, aber es war nichts los, also konnte er in aller Ruhe in seinem Büro, einem Hinterzimmer in der Apotheke, im Radio dem aufgedrehten Reporter zuhören, der vom Buchhornplatz berichtete und kaum noch nachkam mit dem, was sich dort alles abspielte. Die Apotheke war abgesperrt; wenn noch jemand kam, der ein Medikament brauchte, musste er klingeln und durch eine Klappe in der Eingangstür vorsprechen, nach zwanzig Uhr wurde niemand mehr eingelassen. Arbogast schaltete hastig den Flachbildschirm ein und suchte einen Lokalsender, der vielleicht auch schon live vom Ort des Geschehens berichtete. Als er die ersten Bilder sah, konnte er es kaum fassen, was für ein Chaos er angerichtet hatte – was da ablief, ging noch weit über seine kühnsten Vorstellungen hinaus.

Auch Frau Gallmann, Harriet und Madlener wurden vor dem TV-Bildschirm Zeugen der größten Massenschlägerei in der Nachkriegsgeschichte der Stadt. Und mittendrin war ihr Chef, Kriminaldirektor Thielen, der einen heldenhaften, aber von vorneherein aussichtslosen Kampf lieferte. Madlener, der diesmal kein Mitleid mehr mit ihm hatte – schließlich hatte er ihm mehrfach dringend abgeraten, sich auf Brunos Einladung einzulassen –, kam Thielen vor wie General Custer in der Schlacht am Little Bighorn, der auch alle Warnungen in den Wind geschlagen hatte und von wie entfesselt kämpfenden Indianern als Opfer seiner eigenen Eitelkeit und seines dummen und unangebrachten Überlegenheitsgefühls zur Strecke gebracht worden war.

Dr. Arbogast war von dem, was er mit zunehmender Glückseligkeit auf dem Bildschirm sah, so angetan, gefesselt und begeistert, dass er die Faust auf den Mund gepresst hatte und nur noch vor sich hin gluckste. Der absolute Höhepunkt für ihn und der entsprechende Tiefpunkt für Thielen kam, als aus der Menschenmenge aus reinem Übermut ein Frisbee geschleudert wurde, das dem Kriminaldirektor voll gegen die Stirn prallte und ihn vor Schreck umkippen ließ wie einen gefällten Baum. Er stürzte allerdings direkt in die Arme einer üppigen Domina, die dadurch ins Stolpern geriet und auf dem Rücken landete.

Thielen kam auf ihr zu liegen, und sie strampelte unter seinem Gewicht mit ihren Highheels und den ellbogenlangen roten Lederhandschuhen wie eine gestrandete Schildkröte, die sich nicht mehr umdrehen konnte.

Dr. Arbogast klatschte bei diesem exorbitant komischen Anblick vor Freude in die Hände wie ein kleines Kind.

Frau Gallmann hingegen, die mit Madlener und Harriet dieselbe Szene sah, konnte den Anblick ihres sichtlich benommenen Chefs auf der Domina nicht mehr länger ertragen und bedeckte ihre Augen, so sehr musste sie sich fremdschämen.

Endlich waren Sirenen zu hören, ein Großaufgebot von Bereitschaftspolizei stürmte von allen Seiten auf den Platz, um dem Chaos ein Ende zu bereiten, auch Krankenwagen tauchten auf, und Sanitäter kümmerten sich um die Verletzten, die zu Boden gegangen waren oder verwirrt, die Hand auf ihre blutenden Platzwunden gedrückt, einfach nur herumsaßen und, wenn sie Glück hatten, von jemandem getröstet wurden. So wie der Bär von einem Mann mit gekreuzten Ketten über der haarigen Brust, einer Schlaglederhose und einer schwarzen Schildmütze auf dem Kopf, der von seiner Sklavin, die sinnigerweise auch noch als Krankenschwester mit Lackkittel und Häubchen verkleidet war, behutsam wegen ein klein wenig Nasenbluten betüttelt wurde.

Mehrere Verletzte wurden auf Tragen abtransportiert, ob Thielen darunter war, konnte man nicht erkennen, während die Polizisten im Hintergrund noch alle Hände voll zu tun hatten, um die verschiedensten Gruppierungen voneinander zu trennen, die unaufhörlich aufeinander einschlugen und einschrien, weil jeder recht haben wollte.

Aber inzwischen hatte Regen eingesetzt, der allmählich zur Abkühlung der Gemüter beitrug und bald so stark geworden war, dass alle, die nicht im Sanka oder einem Streifenwagen gelandet waren, zusahen, dass sie schleunigst nach Hause kamen. Die »SM Torture Ship« durfte vorerst nicht auslaufen. Die Personalien aller männlichen Partyteilnehmer wurden überprüft und festgehalten. Auch der Protest dagegen flaute allmählich ab, die Leute sahen ein, dass es schneller ging, wenn alle freiwillig bei der Identifikation mitmachten. Ein Bruno – oder zumindest einer, der nach Aussehen, Alter und Benehmen verdächtig war, als Bruno in Frage zu kommen – konnte nicht ausfindig gemacht werden.

58

Kein Wunder: Der gesuchte Bruno saß gemütlich im Büro seiner Apotheke vor dem Fernseher, den er nun befriedigt ausschaltete. Arbogast hatte genug gesehen. Die Bilder, die er in seinem Kopf gespeichert hatte, konnte er so oft vor seinem inneren Auge abspielen, wie er wollte. Zufrieden mit sich selbst lehnte er sich zurück, verschränkte die Arme hinter dem Kopf und gab sich ganz seinen Gedanken hin.

Sein Plan war voll aufgegangen. Er war den ganzen Tag über am Telefon gewesen und hatte alle Verbände, Vereinigungen, Vereine und Verbindungen angerufen, die man überhaupt nur im Internet finden konnte und von denen er annahm, dass sie prinzipiell auf Krawall gebürstet waren. Ihnen hatte er anonym und unter dem Siegel der Verschwiegenheit mitgeteilt, dass er von einer Veranstaltung erfahren habe, die allen Idealen und hehren Zielen der jeweiligen Partei Hohn sprach und dass man unter Gleichgesinnten etwas dagegen unternehmen musste.

Für eine offizielle und angemeldete Demonstration sei es zu spät, aber er trommle für eine spontane Aktion des Anstands, man müsse persönlich mithelfen, der Stimme der schweigenden Mehrheit Ausdruck zu verleihen, und gegen den Hort der Sünde vorgehen, der sich heute um zwanzig Uhr auf dem Buchhornplatz vor dem Zeppelin-Museum in Friedrichshafen zusammenrotte. Beziehungsweise einen antifaschistischen Prellbock bilden gegen die reaktionären Kräfte, die eine Veranstaltung verhindern wollten, die offiziell genehmigt worden war und für die Freiheit aller kämpfte, indem sie sich für das berechtigte Anliegen von ausgegrenzten Minderheiten einsetzte.

Mit den Anhängern von »Pussy Riot« sprach er natürlich anders als mit den »Herz-Jesu-Adventisten«, je nach Zielsetzung und Einstellung des Gesprächspartners gestaltete er seine Aufforderung zum Zoff variabel und angemessen, von religiös empört bis zu rechts außen, wobei er behauptete, dass die SM-Szene auf der »SM Torture« von Ausländern initiiert und geradezu von ihnen durchsetzt sei.

Einmal auf den Geschmack gekommen, kannten seine gehässigen Verleumdungsphantasien keine Grenzen mehr. Jeweils in der passenden Tonart indoktrinierte er den »Altkatholischen Frauenbund«, den Verein »FFHH – Frauen für Heim und Herd« – wobei er hinterher nicht mehr recht wusste, ob dieser ein CDU-Ableger war oder eher den islamistischen Salafisten nahestand, jedenfalls waren die Mitglieder laut Vorstand strikt gegen das Zurschaustellen von sexuellen Reizen jeglicher Art. Das gleiche Spielchen trieb er mit den »Hells Angels/Sektion Bodensee« und den »Bandidos Vorarlberg«. Er suchte sogar noch nach einer Rockervereinigung in den Kantonen Thurgau und St. Gallen, fand unter diesen Stichworten im Netz aber nur Artikel über eine Balkan-Rockerbande, die im Umkreis von St. Gallen ihr Unwesen trieb, und einen renitenten Altrocker, der mit einem geklauten Schwerbehindertenausweis schwarz Zug fahren wollte und mehrfach dabei erwischt worden war.

Gruppierungen, die sich die Gleichstellung der Homo-Ehe auf die Fahne geschrieben hatten, Gruppierungen, die strikt dagegen waren – alle hetzte er gegeneinander auf, indem er behauptete, dass die jeweiligen Gegner zahlreich seien und die Gelegenheit nutzten, auf ihre angeblichen Rechte hinzuweisen, wenn es sein musste, auch mit Gewalt. Wenn er eine Telefonnummer vom Ku-Klux-Klan gefunden hätte – auch die hätte er noch angerufen und behauptet, die »SM Torture Ship« sei von Afroamerikanern gechartert worden, die sich an Bord mit Weißen vergnügten.

Mit geschlossenen Augen lächelte er in sich hinein. Es war viel Überzeugungsarbeit nötig gewesen, im wahrsten Sinne des Wortes, aber all die Mühe und der Aufwand hatten sich weiß Gott gelohnt!

Ein schrilles Geräusch riss ihn unsanft aus seinen Träumen. Die Nachtglocke!

Er schreckte hoch und realisierte erst jetzt, dass er nicht zu Hause im Bett war, sondern im Nachtdienst in der Apotheke. Innerlich hatte er schon längst mit seinem zweiten Leben, dem als

Apotheker, abgeschlossen. Sein Pflichtbewusstsein war praktisch nicht mehr vorhanden, am liebsten hätte er es so lange klingeln lassen, bis es von selbst aufhörte. Aber er durfte sein Vorhaben, das so kurz vor der Vollendung stand, jetzt nicht noch im letzten Augenblick gefährden.

Also erhob er sich schwerfällig, zog seinen weißen Apothekerkittel zurecht und ging durch den Geschäftsraum in Richtung Eingangstür.

Bevor er an die Glastür trat, warf er noch einen schnellen Blick auf den Monitor, auf dem das Bild der Videoüberwachung des Eingangsbereichs zu erkennen war.

Das, was Arbogast sah, gefiel ihm nicht, gefiel ihm ganz und gar nicht.

Vor der Klappe stand Dr. Auerbach.

Rasend schnell durchdachte Arbogast die verschiedenen Maßnahmen, die ihm in der Kürze der Zeit in den Sinn kamen. Einfach da draußen stehen lassen konnte er seinen ehemaligen Psychoanalytiker nicht, der drückte schon wieder auf die Klingel. Was zum Teufel wollte er eigentlich um diese Zeit hier? Als Doktor mit Praxis hatte er doch gewiss Medikamente gegen alle denkbaren Wehwehchen zu Hause und war nicht gezwungen, die Nachtapotheke aufzusuchen. Es musste einen anderen Grund geben, warum der Doktor hier aufgetaucht war. Hatte er irgendeinen Verdacht geschöpft, weswegen er mit ihm sprechen wollte, und zwar von Angesicht zu Angesicht?

Jetzt fiel ihm auch wieder ein, dass auf seinem Anrufbeantworter mindestens die Zahl Zwanzig geblinkt hatte, die er aber angesichts seiner geheimen Aktivitäten, die ihn ganz in Anspruch nahmen, einfach ignoriert und dann vergessen hatte. Anrufe waren ihm sowieso nicht mehr wichtig, egal, wer dort eine Nachricht hinterließ. Höchstwahrscheinlich hatte Dr. Auerbach mehrfach versucht, ihn telefonisch zu erreichen.

Und jetzt stand er hier vor seiner Nase und betätigte erneut penetrant die Klingel.

Warum – das musste Arbogast wohl oder übel herausfinden. Denn Dr. Auerbach war im Moment der Einzige, der ihm bei der Verwirklichung seines Plans noch ins Handwerk pfuschen konnte. So ein schmähliches Ende durfte er auf gar keinen Fall riskieren. Er musste sich so normal geben wie möglich, um ja keinen Verdacht zu erregen. Entschlossen trat er an die Klappe, öffnete sie und spielte den Überraschten.

»Dr. Auerbach, was machen Sie denn hier? Fehlt Ihnen was?«

»Ja«, sagte Dr. Auerbach in die Klappe hinein. »Mir fehlt tatsächlich etwas. Nämlich eine Erklärung. Würden Sie mich freundlicherweise hereinlassen?«

»Nun ...«, sagte Dr. Arbogast zögernd, »... das ist nachts aus versicherungstechnischen Gründen leider nicht erlaubt ...«

»Papperlapapp«, widersprach Auerbach, »das ist doch kompletter Unsinn. Jetzt machen Sie schon, wir kennen uns lange genug, ich will keine Drogen aus Ihrem Giftschrank stehlen. Ich bin extra Ihretwegen mitten in der Nacht hierhergekommen, weil ich gelesen habe, dass die Arbogast-Apotheke Nachtdienst hat. Da habe ich gehofft, Sie endlich persönlich anzutreffen, Sie sind ja sonst nicht zu erreichen.«

»Was wollen Sie denn von mir?«

»Ich muss Sie sprechen.«

»Warum?«

»Weil ich mich verantwortlich für Sie fühle und mir als Ihr langjähriger Psychiater Sorgen um Ihren gegenwärtigen Zustand mache. Deshalb.«

Arbogast ließ einen tiefen Seufzer hören, sah aber ein, dass er Dr. Auerbach auf diese Weise nicht loswerden konnte, und gab nach.

Unwillig schloss er auf, Auerbach schlüpfte herein, und Arbogast sperrte sofort wieder hinter ihm ab.

»Sie überraschen mich«, sagte Auerbach, als er den glatzköpfigen Arbogast im hellen Licht der Apotheke sah. »Haben Sie jetzt doch eine Chemotherapie begonnen?«

»Ach deswegen«, sagte Arbogast und strich sich über den blanken Schädel. Blitzschnell fasste er Auerbachs Bemerkung als Chance auf, den Psychiater abzulenken.

»Ja«, flunkerte er, »irgendwie hänge ich doch am Leben.« Sein Lächeln dazu war nicht echt, das merkte er selbst, aber zu mehr war er nicht imstande. Jetzt nicht mehr.

»Eine ganz neue Erkenntnis«, stellte Auerbach fest und fixierte Arbogasts Blick mit seinen wässrigen blauen Augen.

Arbogast erwiderte den Blick und wich nicht aus. »Es ist nie zu spät, oder?«, fragte er rhetorisch.

»Na ja«, antwortete Auerbach vieldeutig, kehrte Arbogast den Rücken zu und tat so, als würde er sich für die Kosmetika in den Regalen interessieren, bevor er sich ihm wieder zuwandte. »Sie machen auf mich einen gefassten, ja beinahe gelösten Eindruck. Was ist passiert?« Er tippte sich an die Stirn. »In Ihrem Kopf, meine ich.«

»Ich fürchte, das geht Sie nichts mehr an. Sie sind nicht mehr mein Psychiater. Ich glaube, mich erinnern zu können, dass ich Ihnen unmissverständlich mitgeteilt habe, Ihre Dienste nicht weiter in Anspruch nehmen zu wollen.«

»Das haben Sie, das ist richtig. Aber wissen Sie, wenn man einen Patienten so lange durchs Leben begleitet hat, dann hat man doch eine gewisse Verantwortung als Arzt, auch menschlich gesehen. Seit wann sind Sie gleich wieder bei mir gewesen?«

»Oh, das wissen Sie genau. Seit meinem vierzehnten Lebensjahr.«

»Richtig, richtig. Ihre Frau Mutter hat mich damals konsultiert Ihretwegen. Das ist eine lange Zeit.«

»Zweiunddreißig Jahre.«

»Ja, so lange dauern gute Ehen. Na ja, sagen wir: dauerhafte Ehen. Und in einer Ehe glauben doch beide Partner, dass sie den anderen manchmal besser kennen als der sich selbst.«

»Glauben Sie das von … von mir und sich?«

»Zum Beispiel. Ich habe nach Ihrem kleinen … Ausraster in meiner Praxis lange über Sie nachgedacht, müssen Sie wissen, Herr Dr. Arbogast.«

»Sie bringen da etwas durcheinander, lieber Doktor. Unsere Beziehung war keine Ehe. Sie war eher … einseitig, würde ich sagen. Ich erzähle, und Sie hören mich an und geben gelegentlich Ihren Senf dazu. Ist es nicht so gewesen?«

»Sie mögen recht haben. Ja, ich weiß natürlich mehr über Sie als umgekehrt, viel mehr. Und wissen Sie, was ich glaube? Da läuft etwas falsch bei Ihnen.«

»Falsch? Wieso falsch? Ich verstehe nicht ganz.«

»Natürlich verstehen Sie. Sie wollen es nur nicht zugeben. Ich habe zusätzlich zu meinen Eindrücken ein paar Erkundigungen über Sie eingezogen.«

»Über mich?«

»Ja, über Sie. Eigenmächtige Angelegenheit, gebe ich zu. Aber es passt zu dem Bild, das ich mir seit Neuestem über Sie gemacht habe.«

»So? Und was kam dabei heraus?«

»Dass Sie mich angelogen haben. Sie fliegen nach wie vor, obwohl Sie mir gegenüber behauptet haben, dass Sie es wegen Ihrer Anfälle nicht mehr täten. Sie sind nicht mit dem Taxi zu mir gekommen. Sondern mit Ihrem Auto. Kleinigkeiten, das gebe ich zu. Und doch: Irgendwie passt auch das zum neuen Gesamtbild. Und da stellt sich mir die Frage: Hat Dr. Arbogast vielleicht schon länger nicht die Wahrheit gesagt? Oder gar – ein schrecklicher Gedanke für jeden Vertreter meines Fachs – schon immer?«

Arbogast lächelte, diesmal war es echt. Aber es hatte nichts Unverbindliches, Nervöses mehr, es war ein Lächeln darüber, dass Arbogast sich über die Konsequenzen dieses Gesprächs auf einen Schlag bewusst wurde. Ihm blieb keine Wahl.

Auerbach musste aus dem Weg geräumt werden.

Endgültig, bevor es zu spät war.

Er war gezwungen, schnell und unerwartet vorzugehen, und dazu brauchte er eine günstige Gelegenheit. Das bedeutete: Er musste erst mal Zeit gewinnen.

Also fragte er: »Sagen Sie mir eins, Dr. Auerbach: Hat noch nie ein Patient in Ihrer Praxis gelogen?«

»Oh natürlich, gar keine Frage. Aber bisher ist es mir – so glaube ich zumindest – stets gelungen, die Wahrheit hinter der Lüge zu erkennen und die Lüge als solche. Bei Ihnen ist das anders.«

»Hören Sie, Herr Doktor, nett, dass Sie mich um Mitternacht aufgesucht haben, um mir das zu sagen. Danke für Ihr Kommen und Ihre Empathie, aber jetzt ist es auch genug. Ich bin müde und bitte Sie zu gehen.«

Arbogast wollte seinem Psychiater noch eine letzte Chance geben, rechtzeitig das Feld zu räumen, aber Auerbach ließ sich nicht darauf ein. »So schnell werden Sie mich nicht los. Und wissen Sie, warum? Da nagt und nagt etwas in meinem Kopf, was mir sagt: Sie sind wahrscheinlich der größte Lügner, der mir je untergekommen ist. Ich glaube nicht, dass Sie eine Chemo erhalten haben. So schnell wirkt das Zeug nicht, dass Sie jetzt schon Ihre Haare verlieren. Nein, diese äußere Veränderung ist nur ein Indiz dafür, dass Sie auch innerlich eine solche vollzogen haben. Liege ich richtig damit?«

»Herr Dr. Auerbach, jetzt reicht's mir wirklich. Ich habe keine Veranlassung und schlicht keine Lust mehr, mir Ihre abstrusen Analysen anzuhören, die nichts anderes sind als verkappte Beleidigungen. Das habe ich nicht nötig.«

»Oh doch. Sie müssen sich schon anhören, was ich Ihnen zu sagen habe.«

»Leben Sie wohl, Herr Doktor.«

Mit diesen Worten ging Arbogast zur Tür, sperrte sie auf und öffnete sie ostentativ.

Dabei warf er unauffällig einen Blick auf die nächtliche Straße hinaus. Keine Zeugen. Sobald ihm Auerbach den Rücken zukehrte, könnte er ... Er packte den Schlüsselbund.

Dr. Auerbach machte ein paar Schritte, ging aber nicht hinaus, sondern auf Arbogast zu, bis er ganz nah bei ihm war, dann sprach er leise, es war fast schon ein Flüstern: »Sie sind auf einem Rachefeldzug, Anselm Arbogast. Auf einem ganz persönlichen, verzweifelten, letzten Rachefeldzug. Und wenn Sie mehr darüber wissen wollen, was mir inzwischen klar geworden ist und was ich herausgefunden habe, dann hören Sie mich an. Das ist Ihre letzte Gelegenheit. Wenn ich jetzt durch diese Tür hinausgehe, müssen Sie wissen, dass ich meine Bedenken, Sie betreffend, den Behörden mitteilen werde. Ich muss das zu meinem Bedauern tun, es ist meine Pflicht, wenn ich annehmen muss, dass Sie eine Gefahr für die Allgemeinheit darstellen.«

Arbogast verzog das Gesicht und lachte gekünstelt. »Bitte? Ich soll was? Eine Gefahr für die Allgemeinheit darstellen?«

»Allerdings.«

»Ich habe gerade mal noch ein paar Wochen zu leben!«

»Genau deswegen.«

Wieder fixierten sie sich gegenseitig. In Arbogasts Kopf rasten die Gedanken. Dr. Auerbach hatte mit seiner eben ausgesprochenen Erkenntnis sein Leben endgültig verwirkt.

Er wusste es nur noch nicht.

Und Arbogast suchte fieberhaft nach einer Gelegenheit, das Todesurteil zu vollstrecken.

Langsam schloss er die Eingangstür wieder und sperrte sie ab. »Kommen Sie mit nach hinten«, sagte er. »In mein Büro. Da können wir reden.«

Er schritt voraus und überlegte, wie er vorgehen sollte. Er würde improvisieren müssen, Dr. Auerbach war zwar schon um die siebzig, aber er machte einen körperlich noch durchaus fitten und zähen Eindruck. Es würde schnell gehen und völlig überraschend kommen müssen, sonst hatte er keine realistische Chance, mit ihm fertigzuwerden.

59

Madlener und Ellen telefonierten lange und ausführlich. Für ein abendliches Zusammensein war es schon viel zu spät, außerdem hatte Madlener noch vor, Harriet im Archiv zu helfen. Während er in sein Handy sprach, rollte er schon einen Stuhl neben den von Harriet, die ihm bereits einen Stoß Akten auf die Stirnseite ihres Schreibtischs gelegt hatte und selbst in ihre aufgeschlagenen Ordner vertieft war.

Ohne Mandat trotzdem weiterzumachen – davon hielt ihn auch keine Suspendierung ab, erst recht nicht nach den Vorkommnissen des Abends, die jetzt schon Wellen geschlagen hatten und sich demnächst zu einem Tsunami auftürmen würden, wenn der Innenminister erfahren hatte, was da unter Thielens Regie in Friedrichshafen wieder abgelaufen war. Morgen würde garantiert sein Staatssekretär anrufen, da war sich Madlener sicher – wenn nicht sogar der Minister selbst. Er war gespannt auf Thielens Reaktion, vielleicht bekam er diesmal gar keine Gelegenheit mehr, seinen Kopf aus der Schlinge zu ziehen, weil das Urteil schon feststand.

Jedenfalls war Thielen erst einmal in der Klinik, um sich untersuchen zu lassen und zur Beobachtung. Madlener konnte sich vorstellen, dass es ihm ganz gelegen kam, wenn er den Verletzten spielen konnte, der sich für den Dienst am Vaterland aufopferte und sein Leben riskierte, um so fürs Erste aus der Schusslinie zu verschwinden und nachdenken zu können. Laut Aussage von Frau Gallmann, die mit ihrem Chef telefoniert hatte, war der körperliche Schaden durch den Frisbee-Volltreffer marginal, nicht mehr als ein Kratzer. Der psychische war umso schlimmer.

Madlener war gespannt, ob sich das bis zum nächsten Tag wieder legen würde. In der Hinsicht war Thielen unberechenbar.

Es war nicht Madleners Art, sich bei anderen über seinen Chef lustig zu machen. Bei Harriet brauchte er das sowieso nicht, in der Beziehung dachten sie das Gleiche, sprachen es aber nicht aus, sie brauchten sich nur anzusehen, dann wussten sie, was der andere dachte.

Aber diesmal war es Ellen, die doch nicht umhinkonnte, Madlener zu gestehen, dass sie es wahnsinnig komisch gefunden hatte, wie Thielen auf dieser Fetisch-Frau lag, die unter ihm zappelte. Natürlich war sie sich dessen bewusst, was dieses Bild für Kollateralschäden anrichtete, und sie konnte Madlener nur dazu beglückwünschen, dass er rechtzeitig die Reißleine gezogen und sich aus dieser hochnotpeinlichen Angelegenheit herausgehalten hatte. Auch wenn er dafür suspendiert worden war. Nach allem, was sie im TV gesehen hatte, war genau das eingetreten, was Madlener vorausgesagt hatte: Thielen war Bruno voll auf den Leim gegangen. Und das zum zweiten Mal innerhalb kürzester Zeit. Ein blamableres Bild konnte die Polizei in den Augen der Öffentlichkeit wirklich nicht mehr abgeben. Was das für Fragen aufwerfen würde, auch in Hinsicht auf die Ermittlungsarbeit im Fall Bruno!

Madlener schilderte ihr kurz, dass er auch ohne Thielens Einverständnis mit Harriet am Ball geblieben war und eine eigene Spur verfolgte. Natürlich konnte auch sie ins Leere laufen, aber dann hatte er wenigstens alles versucht. Sie gab ihm vollkommen recht und bat ihn, obwohl sie wusste, dass er nicht auf sie hörte, wenigstens nicht die ganze Nacht durchzumachen, weil auch er seinen Schlaf brauche.

Das Gespräch drohte von nun an in gefährlich intimes Fahrwasser zu geraten, und vor Harriet wollte Madlener nicht zu viel Süßholz raspeln. Er würgte Ellen mit der Bemerkung ab, dass er bereits neben seiner Kollegin im Archiv saß, und sie verabredeten wenigstens ein Telefongespräch für den nächsten Tag – wahrscheinlich würde es für ein kurzes oder, besser noch, für ein längeres Treffen wieder nicht reichen.

Dann legte er schweren Herzens auf.

Harriet blätterte im Lichtschein ihrer Schreibtischlampe akribisch durch ihre Akten, Seite für Seite, Stück um Stück – alles in einem atemberaubenden Tempo. Trotzdem schaffte sie es noch nebenher, als er aufgehört hatte zu telefonieren, auf den Aktenstoß an der Stirnseite zu deuten und zu sagen: »Die sind für dich. Der Jahrgang 1986. Ich bin bei '87.«

»Wie weit gehen wir zurück?«

»Fünfunddreißig Jahre. Hast du gesagt. Bis ins erste Jahr unseres Chefs.«

Madlener blies die Staubschicht von seinem obersten Aktendeckel, nahm den Ordner vom Stapel und begann zu lesen. Es dauerte eine Weile, bis die Buchstaben vor seinen Augen einen Sinn ergaben.

»Wie lange machen wir eigentlich noch?«, fragte Harriet und nippte an ihrem Tetrapak mit grünem Tee.

»So lange, bis wir etwas finden«, murmelte Madlener geistesabwesend, so sehr hatte er sich endlich in seinen Text vertieft.

60

Arbogast hatte den Eindruck, dass Dr. Auerbach ganz eindeutig auf der Hut vor ihm war. Er ließ ihn nicht aus den Augen, als sie das Hinterzimmer, das Arbogast als Büro diente, betraten, und kehrte ihm nicht den Rücken zu. »Bitte«, sagte er und bot seinem Psychiater den Besuchersessel an. Er selbst lehnte sich an die Schreibtischkante, verschränkte die Arme und sah von oben auf Auerbach herab, was ihm ein wenig mehr das Gefühl von Stärke und Überlegenheit verschaffte.

Auerbach ließ sich von diesem billigen Trick nicht beeindrucken. Im sicheren Gefühl, dass er am längeren Hebel saß, fing er an. »Wollen Sie mir nicht endlich von Ihrem großen Plan erzählen, den Sie vor Ihrem Abgang noch verwirklichen möchten? Sie haben mir das so oft angedeutet, dass ich schon gerne wissen will, was genau Sie damit meinen ...«

»Soll das jetzt der Augenblick der großen Generalbeichte werden?«

»Wenn Sie das so sehen wollen – bitte. Aber erwarten Sie keine Absolution von mir.«

»Die Hoffnung darauf habe ich schon lange verloren. Es gibt keine Absolution. So wie es keine Schuld gibt. Höchstens in den Augen der Menschen. Wie Sie sich denken können, interessiert mich die Meinung der Leute schon lange nicht mehr.«

»Um den englischen Dichter John Donne zu zitieren: ›Niemand ist eine Insel.‹ Und ohne gegenseitige Verantwortung ist ein zivilisiertes Zusammenleben unter Menschen nicht möglich.«

»Ich bitte Sie: Verschonen Sie mich mit Ihren Moralpredigten. Über dieses Stadium bin ich längst hinaus.«

»Und wo befinden Sie sich Ihrer Meinung nach jetzt?«

»Das kann man nicht einordnen. Jedenfalls nicht mit den üblichen Kategorien.«

»Weil Sie über den Dingen zu stehen glauben?«

»Das haben Sie jetzt gesagt.«

»Also ja. Reden wir nicht länger um den heißen Brei herum, Dr. Arbogast. Oder soll ich sagen: Bruno Richard Hauptmann?«

Als Auerbach diesen Namen aussprach, sah er mit seinem in tausendfachen Therapiestunden geschulten Blick Arbogast durchdringend an, aber dessen Miene blieb unbewegt.

»Bruno wer?«, sagte er nach einer schier endlosen Pause.

»Jetzt hören Sie schon auf mit dem dummen Theater. Ich habe Sie durchschaut, Arbogast. Und Sie werden nicht umhinkommen, diesmal die Konsequenzen Ihres Handelns tragen zu müssen.«

»Wovon sprechen Sie überhaupt?«

»So weit waren wir schon, dass Sie das gefragt haben. Ich weiß, es fällt einem nicht leicht, das Unaussprechliche auszusprechen, aber glauben Sie mir: Sie sind erleichtert, sobald Sie das hinter sich gebracht haben.«

»Was soll ich denn Ihrer Meinung nach Unaussprechliches getan haben?«

»Nun, ganz abstrakt gesprochen: Sie haben Dinge getan, die mit gängigem Recht und Gesetz nicht zu vereinbaren sind. Schlimme Dinge, die nicht mehr wiedergutzumachen sind. Ich weiß, Sie fühlen sich profanen weltlichen Angelegenheiten gegenüber nicht verpflichtet, das haben Sie mir schon mehrfach angedeutet. Aber ich tue das. Und, Anselm Arbogast: Ich kenne Ihre Vita. Ich weiß, wozu Sie imstande sind. Ich hätte eigentlich gedacht, dass Sie Ihre Vergangenheit in mühevoller, jahrelanger Kleinarbeit zusammen mit mir genügend aufgearbeitet haben. Dass Sie in der Hinsicht austherapiert sind. Darin habe ich mich wohl getäuscht. Diesen Kardinalfehler kann ich nicht mehr ungeschehen machen. Aber ich kann wenigstens verhindern, dass noch Schlimmeres passiert.«

»Ich weiß nicht, worauf Sie anspielen, Sie sprechen in Rätseln, Herr Doktor.«

»Wissen Sie, wieso ich überhaupt noch hier sitze? Weil ich es aus Ihrem Mund hören möchte, was Ihr Motiv ist. Lassen Sie es mich wissen. Jetzt. Bevor ich gezwungen bin, die Polizei zu rufen.«

Mit diesen Worten zog er sein Handy aus der Tasche.

Arbogast zögerte mit einer Antwort. Was sollte er ihm sagen? Wie viel sollte er ihm sagen? Würde er es verstehen?

Definitiv nein.

Da klingelte es in die Stille hinein. Die Nachtglocke! Das war die Gelegenheit, auf die Dr. Arbogast spekuliert hatte. Und jetzt war sie gerade noch rechtzeitig gekommen, bevor Dr. Auerbach seine Drohung wahr machte und die Polizei rief. Damit hätte er Arbogast gezwungen, sofort zu handeln. Er musste Auerbach noch ein paar Minuten hinhalten und schob sich vom Schreibtisch weg.

»Ein Kunde. Wenn ich zurück bin, werde ich Ihnen alles erklären. Wird nicht lange dauern«, sagte er. »Warten Sie, und Sie werden alles erfahren.«

Damit verschwand er in den Geschäftsräumen.

Dr. Auerbach erhob sich, spähte um die Ecke in die Apotheke und lauschte.

Arbogast schien ein normales Gespräch durch die Klappe zu führen, dann ging er zu den Apothekerschränken, zog Schubladen auf, holte etwas heraus, kehrte zur Eingangstür zurück, redete dort wieder, kassierte, suchte mit dem Rücken zu Auerbach hinter der Theke in der Kasse nach Wechselgeld, ging damit erneut zur Klappe und schloss sie nach ein paar Worten schließlich. Er bückte sich noch hinter die Verkaufstheke und kramte kurz herum, Auerbach konnte nicht sehen, was er da tat, aber er setzte sich wieder in den Besuchersessel, bevor Arbogast hereinkam.

Auerbach sah einem beinahe aufgekratzt wirkenden Arbogast entgegen, der mit federnden Schritten, eine Hand hinter dem Rücken, auf ihn zukam, ihn kurz anlächelte und sich dann ansatzlos auf ihn stürzte, so unerwartet schnell und heftig, dass Auerbach nicht mehr reagieren und die Hände zur Abwehr hochreißen konnte. Er nahm noch einen stechenden süßlichen Geruch wahr und versuchte, nicht einzuatmen, aber Arbogast drückte ihm den mit Chloroform getränkten Lappen mit aller Kraft auf Mund und Nase.

Auerbach war so überrascht von dem Angriff aus dem Nichts, dass er sich erst jetzt gegen den mit seinem vollen Gewicht auf ihm knienden Arbogast zur Wehr setzte, aber es war zu spät.

Arbogast hatte ihn eisern im Griff, gegen die schwach und schwächer werdenden Abwehrschläge schien er immun zu sein, er hatte sein Gesicht abgewandt, um nicht die Dämpfe des Anästhetikums einzuatmen, was Auerbach im Reflex schon getan hatte. Noch schlug er ein wenig um sich, aber dann rutschten beide Arme nach unten, und er verlor das Bewusstsein.

Arbogast ließ den Lappen so lange wie möglich auf Mund und Nase von Auerbach, dann warf er ihn weg, stand auf und holte erst jetzt tief Luft. Er musste sich am Waschbecken festhalten, aber die Benommenheit, die auch ihn erfasst hatte, verflog allmählich. Er drehte den Wasserhahn auf, hielt den Kopf unter das fließende Wasser und trank. Dann rubbelte er sich mit seinem Handtuch den Kopf ab, bis er sich wieder einigermaßen klar fühlte.

Jetzt musste er schnell machen.

Sein selbst gemixtes Betäubungsmittel, das er in seiner Kitteltasche mitgebracht hatte, ein schmales Fläschchen, war im Nu auf eine Einwegspritze aufgezogen, die er in den Hals seines Opfers stach. Er drückte den Kolben bis zum Anschlag in die Kanüle hinein.

Das musste reichen, um Auerbach ein paar Stunden ruhigzustellen. Falls er die Dosis überlebte. In der Eile war Arbogast nicht so sorgfältig mit der Dosierung umgegangen, wie es nötig gewesen wäre. Aber das war ihm jetzt sowieso gleichgültig. Trotzdem musste er Auerbachs Körper aus dem Weg schaffen, er durfte nicht zu früh gefunden werden. Er überlegte, Auerbach war schwer, er konnte ihn nicht einfach hochheben und wegtragen. Mit großer Mühe wälzte er ihn auf den Teppich und zog ihn darauf zur hinteren Tür, die zum Gang und zum Labor führte.

Er schloss die Türen auf und bugsierte den Teppich samt Körper in sein Labor, wo er ihn einfach liegen ließ.

Er musste zurück in die Apotheke, wo schon wieder die Nachtglocke schrillte.

61

»Ich habe da was«, murmelte Harriet und hob die Hand, gerade
als Madlener seine Akte durchgelesen hatte und Schluss machen
wollte.

Er lehnte sich zurück und streckte sich, aber die Müdigkeit
in seinen Knochen konnte er nicht einfach so abstreifen.
»Dann schieß mal los«, sagte er und bemühte sich, ein Gähnen
zu unterdrücken.

»1. September 1983. Thielen hat einen mysteriösen Unfall
untersucht. Ein Mann wurde in seiner Garage von seinem eigenen
Auto an der Wand zerquetscht. Name: Anselm Arbogast, beim
Unfall einundvierzig Jahre alt, Apotheker hier in Friedrichshafen.«

»Hört sich vielversprechend an«, sagte Madlener sarkastisch.
»Und?«

»Warte. Es kommt schon noch. Gutachter wurden hinzu-
gezogen und stellten im Abschlussbericht eindeutig fest, dass
unglückliche Umstände zum Tod von Anselm Arbogast senior
geführt haben.«

»Senior?«

»Es gibt noch einen Anselm Arbogast junior. Dreizehn Jahre
alt. Deshalb bin ich ja stutzig geworden. Weil zuerst angenommen wurde, dass der Junior den Senior absichtlich an die Wand
gefahren hat. Er war am Steuer und hat im Auto herumgespielt,
als es passierte. Hat angeblich aus Versehen den Zündschlüssel
herumgedreht, der erste Gang war drin, die Handbremse war
nicht angezogen, der Wagen macht einen Satz nach vorne, wo
sich der Vater gerade nach etwas bückt – Feierabend. Sagt das
Gutachten. Mehrfacher Beckenbruch, innere Verletzungen, eine
gebrochene Rippe hat Lunge und Herz des Vaters durchbohrt.
Als der Rettungswagen kam, war nichts mehr zu machen.«

Madlener war schlagartig wieder hellwach. »Und? Was passierte mit dem Junior?«

»Wurde von Thielen vernommen. Hat später behauptet, er

sei von Thielen mit körperlicher Gewalt bedroht worden. Es gab eine Beschwerde deswegen beim zuständigen Staatsanwalt.«

»Du willst mir doch nicht erzählen, dass ein Dreizehnjähriger eine Beschwerde einreicht?«

»Ich sage nur, was hier steht. Die Beschwerde hat seine Mutter eingereicht. Sie hat es geschafft, dass gegen Thielen ein Verfahren eingeleitet wurde.« Sie blätterte weiter. »Warte mal ... Ist aber ergebnislos eingestellt worden.«

»Und dann?«

»Wie gesagt: Laut Spurenlage und Aussagen von Sohn und Mutter wurde der Tod des Vaters zum tragischen Unfall erklärt, Fall abgeschlossen.«

»Nichts weiter?«

Sie blätterte wieder in den Unterlagen. »Nichts weiter. Halt, da ist doch noch etwas, ein Nachtrag ... eine handschriftliche Notiz von einem Kommissar Wohlfahrt. Schwer zu entziffern, der Mann hat eine Sauklaue ...«

»Zeig mal her«, sagte Madlener, beugte sich selbst über die Akte und las laut vor. »A. A. wurde in psych. Anstalt eingeliefert. Nach vier Wochen entlassen und unter ausdrücklicher Zustimmung seiner Mutter an einen Psychiater verwiesen, um in einer Therapie die Folgen des Unfalls aufzuarbeiten.«

Madlener konnte es kaum glauben, was da noch stand: »Behandelnder Psychiater war Dr. Auerbach.«

Sie sahen sich an.

»Vor zweiunddreißig Jahren«, rechnete Madlener nach. »Dann wäre ...«

»Anselm Arbogast junior jetzt fünfundvierzig ...«, setzte Harriet seine Überlegungen fort.

»Warte mal«, sagte Madlener und kramte nach seinem Smartphone, auf dem er nach einer Nummer suchte.

»Wen willst du anrufen?«, fragte Harriet.

»Kommissar Wohlfahrt. Den ehemaligen Kollegen. Vielleicht kann er sich noch an ein paar Details von damals erinnern, die nicht in den Unterlagen stehen.«

»Weißt du, wie spät es ist?«

»Zwei Uhr nachts«, antwortete Madlener ungerührt nach

einem kurzen Blick auf seine Uhr. »Das ist der Grund, warum ich Wohlfahrt anrufe und nicht Dr. Auerbach. Der würde sich wieder mal auf seine Schweigepflicht berufen und mich dann zwangsweise in eine Anstalt für geisteskranke Polizisten einliefern lassen, falls es so was gibt.«

»Du willst den pensionierten Kommissar Wohlfahrt um zwei Uhr in der Nacht wegen einer vagen Vermutung aus seinem wohlverdienten Schlaf holen? Der wird sich freuen …«

»Harriet, in diesem Fall können wir keine falschen Rücksichten nehmen, die kleinste Spur könnte uns weiterbringen, und wenn es noch so unwahrscheinlich aussieht. Oder siehst du das anders?«

»Nein.«

»Also. Außerdem hat Wohlfahrt mir mal gesagt, dass ich ihn jederzeit anrufen kann. Tag und Nacht.«

»Was man halt so dahinsagt …«

»Nein. In seinem Fall war das ernst gemeint.«

Er hatte die Nummer schon gewählt, nach dem dritten Klingeln wurde abgehoben.

»Hier Max Madlener. Entschuldigen Sie die späte Störung, Kollege, aber wir ermitteln in einem brisanten Fall und … Ja, das Tötungsdelikt zum Nachteil von Jessica Verhaag und die Entführung von Sandra Thielen. Da sind ein paar Fragen aufgetaucht, die Sie mir vielleicht beantworten können, wäre unter Umständen hilfreich für mich … Schön, bin schon unterwegs.«

Er legte auf und sah Harriet an: »Was hab ich gesagt? Er kann sowieso nicht schlafen.«

»Berufskrankheit?«

»Schau dich doch an. Seit wann bist du jetzt auf den Beinen?«

Harriet zuckte mit den Schultern.

Madlener seufzte. »Du gehst jetzt nach Hause, zu Wohlfahrt fahre ich allein, du weißt schon: von älterem Kollegen zu älterem Kollegen.«

Harriet verdrehte demonstrativ die Augen.

Aber Madlener war noch nicht fertig. »Du nimmst einen Dienstwagen, nicht den Roller. Das ist eine dienstliche Anweisung!«

»Mann, du kannst mir gar keine dienstlichen Anweisungen geben. Du bist suspendiert.«

Zu dieser späten Stunde wollte Madlener sich nicht mehr mit Harriet um Spitzfindigkeiten streiten, außerdem war sie Madlener in dieser Disziplin sowieso haushoch überlegen.

»Stimmt«, sagte er. »Dann tust du's eben freiwillig.«

Sein Handy klingelte, er warf einen Blick auf das Display. »Die Klinik«, meinte er und nahm ab. »Kommissar Madlener? … Oh, das ist ja … Wann? … Na schön, ich schicke Ihnen meine Kollegin Frau Holtby … Ja, danke, dass Sie mich informiert haben.«

Er steckte das Handy weg und sah die neugierige Harriet an. »Wird leider nichts mit Nach-Hause-Fahren. Ich muss zu Wohlfahrt und du in die Klinik. Das war Dr. Bathira. Sandra Thielen ist aus dem Koma erwacht.«

62

Wohlfahrt wartete schon im taghellen Licht des Bewegungsmelders an der Tür seines Reihenhauses auf Madlener – im Bademantel und mit Hausschuhen, auf seinem Fußabstreifer stand: »Einbrechen lohnt sich hier nicht!« Der Pensionär empfing ihn mit einem breiten Lächeln und zupfte an seinen weiten Ärmeln herum.

»Ich hoffe, Sie sehen über meinen Aufzug großzügig hinweg«, meinte er, »aber als Ihr Anruf kam, hatte ich es mir schon gemütlich gemacht.«

Madlener gab ihm die Hand. »Ich muss mich entschuldigen für meinen Auftritt mitten in der Nacht. Wobei habe ich Sie gestört?«

»Bei meiner Lieblingsbeschäftigung um die Zeit. Kommen Sie schon herein in die gute Stube«, sagte er und schob Madlener ins Wohnzimmer, wo der Flachbildschirm an- und der bequeme Fernsehsessel auf Liegeposition gestellt war. Auf einem Tischchen standen Knabberzeug und eine Flasche Bier. »Seit meine Frau im Heim ist, kann ich nachts kein Auge mehr zutun. Ich döse tagsüber ein wenig, wenn ich sie besuche und ihre Hand halte. Sie reagiert sowieso nicht mehr, wenn ich bei ihr bin. Aber ich denke, dass sie es irgendwie spürt.«

Wohlfahrt wies auf den Bildschirm. »Meine Tochter versorgt mich mit dem Stoff. Sie schickt mir immer die neuesten DVDs.«

Madlener warf einen Blick auf den Fernseher, wo ein Standbild zu sehen war, auf dem ein amerikanischer Cop in Uniform gerade in einer nächtlichen Straße einen Schuss abfeuerte, Rauch kam aus seinem Revolver.

»Das darf nicht wahr sein«, schmunzelte Madlener. »Sie sehen sich nach fünfunddreißig Jahren Polizeiarbeit schlechte Krimiserien an?«

»Das ist nicht die fünfzehnte Wiederholung eines öffentlich-rechtlichen Langweilerkrimis«, tadelte ihn Wohlfahrt spielerisch mit erhobenem Zeigefinger. »Das ist eine nagelneue Miniserie aus den USA. Das Beste, was es gegenwärtig auf dem Gebiet des Thrillers gibt. ›True Detective‹ – nie davon gehört?«

»Gehört schon, aber ich bin nie dazu gekommen …«

»Ich habe alle Zeit der Welt, und die muss schließlich irgendwie rumgebracht werden. Da sind mir Filmleichen am liebsten. Echte habe ich mir zu oft ansehen müssen.«

Er schaltete den Fernseher aus und hob seine Bierflasche hoch. »Auch ein Bier?«

Madlener schüttelte den Kopf. »Danke, nein. Ich werde mir noch die ganze Nacht um die Ohren schlagen müssen.«

»Verstehe, verstehe«, sagte Wohlfahrt. »Dann mixe ich Ihnen einen richtigen Copdrink. Kommen Sie.«

Er ging voraus in die kleine Küche und füllte den Behälter der altmodischen Kaffeemaschine mit Wasser. Madlener war ihm gefolgt. Während Wohlfahrt die Maschine mit Kaffeepulver und Filter startklar machte, fragte er: »Was liegt an? Hat Thielen Sie wieder einmal suspendiert?«

»Das auch«, entgegnete Madlener und winkte ab.

Wohlfahrt schaltete die Maschine ein, und unter hoher Geräuschentwicklung nahm sie ihre Arbeit auf. Er drehte sich zu Madlener um und verschränkte die Arme. »Wenn man mich fragt – und man fragt mich schon lange nicht mehr –, dann ist die Ära Thielen sowieso bald vorbei. Unser verehrter Herr Kriminaldirektor hat sich in den letzten Tagen wahrlich nicht mit Ruhm bekleckert. Wie haben Sie das angestellt, dass Sie im Hintergrund geblieben sind und Ihre saubere Weste behalten haben?«

»Indem ich mich geweigert habe, ihm bei seinen Aktionen zur Seite zu stehen.«

»Ja, vogelwild, was ich da gesehen habe! Vogelwild. Ah, daher Ihre Suspendierung …«

Er zog eine Tasse aus dem Hängeschrank und schenkte Madlener vom heißen Kaffee ein, der Zucker dazugab und umrührte. »Die Sache ist die«, sagte er dabei, »ich muss Näheres über einen Fall wissen, der über dreißig Jahre zurückliegt. Ich suche da nach einem Zusammenhang mit dem Fall Bruno. Und da sind Sie – außer Thielen – meine einzige Quelle.« Er nahm einen Schluck. »Gut, der Kaffee«, meinte er anerkennend.

»Um welchen Fall geht es?«

»Um den Fall Arbogast. Der Apotheker, der Opfer seines eigenen Autos wurde.«

»Ich erinnere mich, sehr gut sogar. Das war in Thielens Anfangszeit. Er war immer schon sehr ehrgeizig und wollte einen großen Fall daraus machen. War dann aber nichts. Unser Vorgesetzter war damals ein gewisser Niemeyer, der hat die Ermittlungen einstellen lassen, und damit war der Käse gegessen.«

Er hielt Madlener eine Tüte mit Chips vor die Nase, die er in die Küche mitgenommen hatte. Madlener griff zu.

Wohlfahrt fuhr fort: »Ich war mit dem Fall nicht befasst. Aber er hat damals ziemlichen Wirbel verursacht.«

»Wegen der Beschwerde? Von der Frau des Opfers?«

»Genau. Thielen soll den Jungen, der unter Verdacht stand, seinen eigenen Vater in der Garage vorsätzlich totgefahren zu haben, nicht gerade mit Samthandschuhen angefasst haben.«

»Hat er?«

Wohlfahrt zuckte mit den Schultern. »Thielen war damals ein Heißsporn.«

»Ist er zuweilen heute noch.«

Sie lächelten beide.

»Ich durfte den Fall auf Geheiß des Staatsanwalts beenden«, erzählte Wohlfahrt weiter. »Thielen musste sich raushalten. Das heißt: Ich habe den Abschlussbericht geschrieben, weiter nichts.«

»Was war Ihr Eindruck: War es Absicht oder doch ein unglücklicher Zufall, dass der Junge mit dem Zündschlüssel herumspielte?«

»Kann ich nicht sagen. Ich habe nie mit ihm gesprochen. Ich habe meinen Bericht auf der Grundlage des Gutachtens und der Protokolle abgeliefert.«

»Wie reagierte der Junge auf den Tod seines Vaters?«

»Mit einem veritablen Nervenzusammenbruch. Er war wochenlang in der Psychiatrie. Es gab Gerüchte, dass Thielen dafür gesorgt hat. Seine Mutter hat ihn da rausholen können unter der Auflage, dass der Junge in eine Therapie geschickt wurde, soviel ich weiß.«

»Zu Dr. Auerbach?«

Wohlfahrt nickte.

»Was war Ihr Eindruck von Arbogast junior?«, fragte Madlener. »Oder haben Sie ihn nie gesehen?«

»Doch, ein- oder zweimal. Schwer zu sagen, nach so langer Zeit. Wenn Sie mich fragen – und das tun Sie ja –, war der Junge wirklich schwer traumatisiert. Aber auch schon vorher. Vor der Tat oder dem Unfall, je nachdem.«

»Wie, vorher …?«

»Häusliche Gewalt.«

»Hat er das gesagt?«

»Nein. Aber die Ärztin, mit der ich damals in der Klinik gesprochen habe. Der Junge hatte Hämatome auf dem Rücken, die älteren Ursprungs waren. Da war auch mal ein Armbruch, eine Gehirnerschütterung et cetera. Ich hatte den Eindruck, dass beide, Mutter und Sohn, unter einem Familientyrannen gelitten haben und froh waren, als es vorbei war. Der Junior hatte sich selber – wie sagt man heute? –, er hatte sich selber geritzt …«

»Sich die Pulsadern aufgeschnitten?«

»Ja. Die Ärztin hat mir Fotos gezeigt, er hatte Narben, hier.« Er krempelte den Ärmel seines Morgenmantels hoch und zeigte auf seinen Unterarm.

Madlener, der sich einmal nachgeschenkt hatte, trank seinen Kaffee aus und stellte die Tasse auf der Anrichte ab.

»Danke, Kollege«, sagte er. »Sie haben mir sehr geholfen. Ich stehe in Ihrer Schuld.«

»Die können Sie abtragen, indem Sie mir alles haarklein bei Kaffee und Rhabarberkuchen berichten, wenn Sie den Fall abgeschlossen haben«, erwiderte Wohlfahrt, während er Madlener in die Nacht hinausbegleitete, weil der es plötzlich eilig hatte.

»Ich werde auf Ihr Angebot zurückkommen«, entgegnete Madlener, stieg in seinen Wagen und fuhr davon.

Wohlfahrt sah den Rücklichtern mit einer gewissen Wehmut nach, dann kehrte er zurück zu Bier und Chips und »True Detective«.

63

Der Aufzug in der Klinik brauchte eine Ewigkeit, jedenfalls kam es Harriet so vor, die nervös immer wieder auf die Taste mit dem Pfeil nach oben drückte, obwohl sie wusste, dass das nichts nutzte. Endlich war er da, und sie konnte einsteigen. Während sie nach oben fuhr, merkte sie, wie angespannt sie war, alle Müdigkeit, die sie noch auf der nächtlichen Fahrt zur Klinik verspürt hatte, war auf einmal wie weggeblasen. Ihr wurde klar, dass das Jagdfieber sie erfasst hatte, von dem Madlener einmal erzählt hatte. Es zeigte seiner Meinung nach bei jedem guten Bullen an, dass man auf der richtigen Spur war und der Lösung eines Verbrechens näher kam.

Als der Aufzug endlich hielt und die Tür aufging, bemühte sie sich, mit ihren klackernden Schuhen in den blank gewienerten Gängen so wenig Lärm wie möglich zu machen, schließlich war es mitten in der Nacht. Aber da hätte sie schon auf Socken gehen müssen … Vielleicht sollte sie doch demnächst mal auf ihre schwarzen Sneakers zurückgreifen. Sie stiefelte zur Milchglastür mit der Klingel und hielt ihren Ausweis hoch, als die Tür von einer Krankenschwester geöffnet wurde.

»Zu Sandra Thielen«, sagte sie knapp.

»Kommen Sie«, bat die Schwester, »die Frau Doktor ist gerade bei ihr.«

Sie ging voraus, Harriet schloss auf zu ihr.

»Wissen ihre Eltern schon, dass sie aufgewacht ist?«, wollte sie wissen.

»Nein. Bis jetzt nur Sie.«

Sie kamen an das Glasfenster von Sandras Zimmer, das mit geschlossenen Jalousien den Blick ins Innere verwehrte. Die Schwester machte Harriet die Tür auf, sie betrat das Krankenzimmer. Neben Sandras Bett stand Dr. Bathira und notierte sich Daten auf einem Klemmbrett. Sie sah hoch. »Frau Holtby?«

»Ja. Wie geht's ihr?«

Dr. Bathira nahm Harriet beiseite und sprach leise auf sie ein. »Sandra Thielen ist wach und versteht Sie. Aber sie ist noch sehr schwach und hat vermutlich große Erinnerungslücken. Ich nehme an, Sie müssen ihr Fragen stellen?«

»Wenn es möglich ist …«

»Stellen Sie ihr einfache Fragen, die sie nicht überfordern. Und halten Sie's so kurz wie möglich.«

Harriet nickte und näherte sich vorsichtig dem Mädchen im Krankenbett, das zwischen den Kissen und mit den Schläuchen schmal und zerbrechlich aussah. Sandra hatte die Augen geöffnet. Sie sahen klar und wach aus. Harriet beugte sich über sie.

»Sandra«, sagte sie, »weißt du, wo du bist?«

Sandra nickte kaum merklich.

»Mein Name ist Harriet. Ich bin von der Kripo Friedrichshafen. Darf ich dir ein paar Fragen stellen?«

Wieder nickte Sandra.

»Weißt du, was mit dir passiert ist?«

Diesmal schüttelte sie den Kopf. Zweimal. Heftig.

»Ein Mann hat dich entführt und mit Drogen betäubt. Hast du irgendeine Erinnerung daran?«

Sandra schüttelte wieder den Kopf.

Die Ärztin stand auf der anderen Seite des Bettes, das Klemmbrett in ihren verschränkten Armen, und ließ ihre Patientin und Harriet nicht aus den Augen.

Sandra bewegte ihre Lippen und murmelte etwas. Harriet hatte sie nicht verstanden und beugte sich weiter zu Sandras Gesicht herunter.

»Durst«, flüsterte Sandra. »Habe schrecklichen Durst!«

»Darf ich ihr etwas zu trinken geben?«, fragte Harriet Dr. Bathira, die zustimmend nickte. Harriet nahm den Plastikbecher mit Deckel und Trinkschnabel vom Nachttisch und führte ihn an Sandras Lippen. Sandra hob den Kopf ein wenig und nahm zwei Schlucke, dann sank sie wieder erschöpft in ihr Kissen zurück.

»Danke«, hauchte sie. »Doch, es gibt etwas, an das ich mich erinnere«, flüsterte sie dann kaum hörbar. Harriet musste ihr Ohr ganz nah an Sandras Lippen halten, um sie verstehen zu können.

»Ein Tattoo. Er hat ein Tattoo.«

»Wo?«, fragte Harriet. »Wo hat er das Tattoo? Hat er es dir gezeigt?«

»Nicht zu viele Fragen auf einmal, Frau Holtby«, mischte sich die Ärztin ein. »Halten Sie's einfach!«

Harriet nickte; in der Aufregung, endlich einen konkreten Hinweis auf Bruno zu bekommen, hatte sie das ganz vergessen. »Sandra«, fragte sie laut und deutlich. »Wo ist das Tattoo?«

»Auf seinem Rücken«, antwortete Sandra. »Es ist riesig. Ich bin kurz aufgewacht, als er sich selbst im Spiegel bewundert hat.«

»Er? Kanntest du ihn?«

Sandra schüttelte wieder den Kopf.

»Hast du sein Gesicht gesehen?«

»Nein. Nur den Rücken.«

»Du kannst dich also an sein Gesicht nicht erinnern?«

»Nein.«

»Wo war das, als du seinen Rücken gesehen hast? In seinem Haus?«

»Ich weiß es nicht.«

»Hat er gemerkt, dass du wach warst?«

»Nein. Ich glaube nicht.«

»Was ist das für ein Tattoo? Kannst du es beschreiben?«

»Ja. Es hat mir Angst gemacht. Darum habe ich mich wieder tot gestellt.«

Eine Träne schimmerte in ihrem rechten Auge und lief die Wange herunter. Harriet nahm ein Papiertuch aus einem Karton, der neben dem Trinkbecher auf dem Nachtkästchen stand, und tupfte sie ab, dann legte sie ihre Hand beruhigend auf Sandras Hände, die auf der Bettdecke überkreuzt waren.

»Du brauchst jetzt keine Angst mehr zu haben, Sandra«, sagte sie. »Er kann dir nichts mehr tun, hier bist du in Sicherheit. Du musst jetzt zusehen, dass du wieder ganz gesund wirst. Tust du das?«

Sandra nickte tapfer, aber Harriet musste noch mal tupfen.

»Sandra«, sagte Harriet ganz sanft, »sag mir: Was war das für ein Tattoo?«

»Ein Zeppelin. Ein riesengroßer Zeppelin. Er kam aus den Wolken geflogen, als der Mann die Schulterblätter bewegte.«

64

Did you hear about the midnight rambler
Everybody got to go?
Did you hear about the midnight rambler
The one that shut the kitchen door?

In den frühen Morgenstunden oder, je nach Perspektive, tief in der Nacht war Rob Roy wie immer in Hochform. Das lag erstens daran, dass er von Haus aus ein Nachtmensch war, und zweitens, dass er an einem neuen Meisterwerk arbeitete, einem Tattoo nach einem Farbholzschnitt des japanischen Künstlers Utamaro aus dem 18. Jahrhundert, genannt »Die drei Schönen des Tages«. Die Arbeit daran erforderte sein ganzes Können, aber diese Herausforderung anzunehmen, besonders auf einem makellosen weißen Frauenrücken, war für ihn Ansporn und Anreiz genug, um eine ganze Nacht in höchster Konzentration zu verbringen, denn er wollte nicht nur das Bild dreier japanischer Hofdamen originalgetreu auf die Haut übertragen, sondern auch den Geist und die Seele des Bildes einfangen und verewigen. Das war hohe Kunst, alles andere nur billiges Kopieren, und das verachtete Roy. Damit er in Stimmung kam, hatte er in dieser Nacht ausnahmsweise die Stones aufgelegt, ihm war nach etwas Rock 'n' Roll gewesen, er hatte bis zum Anschlag aufgedreht. Genau das Richtige, um ihn zu Höchstleistungen zu animieren, zusätzlich angefeuert durch eine Superernte seines neuesten Grasanbaus, seine damit frisch gebaute Talibantüte war allererste Sahne und haute tierisch rein.

Aber was war das?

Sein Handy, dessen Klingelgeräusch er sowieso nicht gehört hätte, deshalb war es auf Vibrationsalarm eingestellt, tanzte auf dem Tischchen mit den ganzen Tätowierutensilien im Rhythmus der Musik.

Ein Anrufer? Jetzt? Um drei Uhr nachts?

Hoffentlich nicht die Bullen wegen Ruhestörung – aber sein Tätowierstudio ging nach hinten hinaus, und da war nichts weiter als Brachland und Wiesen. Die Häuser rechts und links von seinem Laden waren nachts unbewohnt, er konnte eigentlich aufdrehen, so laut er wollte.

Trotzdem – das Handy vibrierte unentwegt, er musste wohl oder übel rangehen, auch wenn es ihm ganz und gar nicht passte.

Seufzend stellte er seine Nadelmaschine beiseite, wischte noch mal mit seinem desinfizierenden Tuch über die frisch gestochene Stelle, um Farbe und Blut zu entfernen, stellte mit der Fernbedienung die Musik leiser und griff nach seinem Smartphone. Die Anrufernummer war unterdrückt, das hatte er besonders gerne.

»Jo?«, knurrte er unwillig hinein. Er hörte eine Weile zu, dann sagte er: »Jo, ich weiß, wer du bist. Die mit den chinesischen Schriftzeichen und dem Schlangenkopf – Harriet, oder? Was willst du? Weißt du, wie spät es ist?«

Wieder hörte er eine Weile zu, dann sprang er mit dem Handy am Ohr auf. »Wo bist du? Vor meiner Tür? Herrgott, ich bin mitten in der Arbeit! ... Jo, warte.«

Er drückte sie weg. Nahm einen tiefen Zug von seinem Monsterjoint, klopfte seiner auf dem Bauch liegenden Klientin, die die Kopfhörer eines iPods in den Ohren hatte und eigene Musik hörte, kurz auf die Schulter – »Bin gleich wieder da« – und ging um ein paar verwinkelte Ecken herum nach vorne zur Eingangstür seines Ladens. Er sperrte auf und öffnete vorsichtig einen Spalt.

Draußen stand tatsächlich Harriet, die Hände in den Seitentaschen ihrer Motorradfahrerlederjacke und Kaugummi kauend. Sie war Stammkundin bei ihm, deshalb ließ er sie mit einer knappen Kopfbewegung und einem demonstrativen Seufzer herein und schloss schnell wieder hinter ihr ab.

Aber der schwere schwarze Wagen mit dem Blaulicht auf dem Dach, das Harriet eingesetzt hatte, um so schnell wie möglich nach Bad Schachen zu kommen, war seinem Blick nicht entgangen.

»Du bist ein Bulle?«, fragte er misstrauisch und baute sich vor ihr auf, was bei seiner Körpergröße von einem Meter sechzig einigermaßen komisch wirkte. »Das hast du mir nicht gesagt.«

»Ändert das was?«, entgegnete Harriet. »Wenn ich als Kundin hier bin, bin ich Harriet, weiter nichts.«

»Und als was bist du jetzt hier?«

Sie schniefte. »Na ja, um ehrlich zu sein: in meiner Eigenschaft als Bulle, wenn du so willst.«

»Ich will hier aber keine Bullen. Also verzieh dich wieder.«

»Jetzt reg dich ab. Ich bin weder bei der Drogen- noch bei der Steuerfahndung. Ich bin bei der Mordkommission. Und ich habe nur eine Frage. Es ist verdammt wichtig, sonst wär ich nicht um die Zeit hierhergekommen, das kannst du mir glauben.«

»Wichtig, unwichtig – einem Bullen habe ich grundsätzlich nichts zu sagen.«

»Rob, es geht um einen Mordfall! Ein Mädchen wurde kaltblütig gekillt. Und du kannst mir helfen, das Schwein zu erwischen, bevor er noch mehr Mädchen umbringt.«

Sie schnüffelte, das Aroma von Robs Joint war nicht zu verkennen. »Was du rauchst, interessiert mich nicht. Ich brauche nur einen Namen, kein Mensch wird erfahren, dass ich ihn von dir habe.«

»Schiebst du dann wieder ab?«

»Auf der Stelle.«

»Ich weiß nicht, ob ich dir helfen kann. Aber lass mal hören, was du willst.«

»Wir suchen einen Mann mit einer großen und außergewöhnlichen Tätowierung auf dem Rücken. Da bist du mir eingefallen.«

»Es gibt jede Menge Leute, die stechen.«

»Ja. Aber keiner kann's so gut wie du. Und außerdem kennst du doch jeden, der was Besonderes auf dem Rücken oder anderswo hat.«

»Was suchst du?«

»Einen riesengroßen Zeppelin, der durch Wolken stößt.«

Rob kniff die Augen zusammen und sah Harriet an, dann drehte er sich mit einem Ruck um und ging nach hinten. »Komm mit«, sagte er.

Harriet folgte ihm in sein pechschwarz angemaltes Studio, das nur von einer hellen Zahnarztlampe über dem Rücken der

Klientin erleuchtet war. »Geht gleich weiter«, sagte er zu ihr und tätschelte noch mal ihre Schulter.

Harriet war schon einige Male hier gewesen, deshalb wunderte sie sich überhaupt nicht über die Geisterbahn-Atmosphäre und den dicken Joint, der in einem Aschenbecher vor sich hin kokelte und so stank, dass einem schon beim Einatmen der Luft im Studio schwindlig werden konnte.

Rob kramte an einem Regal, zog einen Ordner heraus und blätterte darin, dann zeigte er Harriet eine Seite: den Entwurf für einen Zeppelin zwischen dunklen Wolken und von Blitzen begleitet.

»Meinst du so was?«, fragte er und zog kräftig an seiner Tüte, damit sie wieder richtig ins Glühen kam.

Harriet nickte. »Genau so was suche ich. Beziehungsweise den Mann, der das auf seinem Rücken hat. Wie oft hast du das Motiv gestochen?«

»Ein Mal. Ist 'ne Sonderanfertigung. Auf speziellen Wunsch des Kunden.«

»Für wen?«

Er verzog das Gesicht. »Kann keine Kunden hinhängen. Wenn das rauskommt, bin ich in der Szene durch.«

»Davon wird niemand erfahren. Du hast mein Wort.«

Er inhalierte tief, bot in einem Reflex Harriet von seinem Joint an, die den Kopf schüttelte, und dachte nach. Dabei hielt er den Rauch so lange wie möglich in der Lunge, bis er ihn endlich ausstieß und fragte: »Und du hältst mich aus der Sache raus?«

»Hundertpro.«

Er sah verstohlen zu seiner Kundin hinüber, die immer noch geduldig mit dem Kopf nach unten auf der Liege ausharrte und über ihre Ohrenstöpsel Musik hörte. Dann nickte er. »Okay. Der Typ war Mitte vierzig. Nannte sich Norbert Maier. Hieß aber unter Garantie nicht so. Ist mir auch egal.«

»Sind dir Besonderheiten an ihm aufgefallen? Irgendwelche Merkmale?«

Er fing an zu grinsen. »Ja. Meine Tätowierung.«

Harriet verzog das Gesicht, wurde ungeduldig. »War er groß? Klein? Dick? Dünn?«

Rob zuckte mit den Schultern. »Durchschnittlich.«

»Würdest du ihn auf einem Bild wiedererkennen?«

»Sicher.«

»Hat er gesagt, wo er wohnt?«

»Nein.«

»Irgendwelche Kontendaten? Hat er seine Rechnung überwiesen?«

Rob verdrehte theatralisch die Augen. »Jessas, Harriet! Also wirklich! Bei mir gibt's nur Cash!«

»Telefonnummer?«

»Hat mir eine gegeben. Da hab ich mal angerufen, weil sich bei mir terminlich was verschoben hat. Die Nummer war falsch. Aber ich habe sein Autokennzeichen aufgeschrieben, man kann ja nie wissen.«

Jetzt war Harriet ganz Ohr. »Was hatte er für ein Auto?«

»Irgend so'n Lieferwagen. Keine Ahnung, was für eine Marke.«

Rob blätterte den Entwurf mit dem Zeppelin zwischen den Wolken um, auf der Rückseite war handschriftlich ein Kennzeichen aus Friedrichshafen notiert, er tippte mit dem Finger darauf. Harriet machte mit ihrem Handy ein Foto davon, ebenso vom Entwurf.

»Danke, Rob«, sagte sie. »Du hast mir wirklich sehr geholfen. Ich komme bald mal wieder vorbei, wenn's dir recht ist. Aber dann deswegen …«

Sie zog ihren Kragen ein wenig zurück, sodass eine gespaltene Schlangenzunge und chinesische Schriftzeichen am Halsansatz zu sehen waren.

Dann drehte sie sich um und marschierte hinaus.

Rob sah ihr nach, wie sie rasant losfuhr und das Blaulicht erst einschaltete, als sie hundert Meter vom Laden weg war und richtig Gas gab.

Er sperrte ab, zog an seinem Joint und sah zu, dass er sich wieder an seine Arbeit machte. Aber bevor er loslegte, drückte er auf »Rewind«, um die Stones noch mal von vorne zu hören.

Das brauchte er jetzt, um wieder in Stimmung zu kommen.

And if you ever catch the midnight rambler
I'll steal your mistress from under your nose
I'll go easy with your cold fanged anger
I'll stick my knife right down your throat, baby
And it hurts ...

65

I keep a weather eye on the horizon, back to the wall
I like to know who's coming through the door, that's all
In the meantime
I'm cleaning my gun

Madlener saß in seinem dunklen Dienstwagen und hörte der leisen Musik und der Stimme von Mark Knopfler zu, dessen CD er in den Player eingelegt hatte. Es regnete wieder, dicke Wassertropfen trommelten von den Blättern des Baumes herunter, unter dem er sein Auto abgestellt hatte. Ab und zu nippte er an seinem Pappbecher mit Kaffee, der längst kalt geworden war. Aber er war so in Gedanken, dass es ihm nicht weiter auffiel.

Madlener parkte am Straßenrand an einer Kreuzung außerhalb des Lichtkegels der nächsten Straßenlaterne und hatte das dreistöckige Eckhaus aus den 1960er Jahren im Visier, in dem die Arbogast-Apotheke war. Es war noch Nacht, aber ein Streifen am östlichen Horizont kündigte schon die Dämmerung an. Die Straßen waren menschenleer, die Fenster im Haus mit der Apotheke im Erdgeschoss stockfinster.

Madlener war schon einmal so unauffällig wie möglich als harmloser Passant herumgegangen, hatte sich eine Zigarette angezündet und die städtische Gegend und das Anwesen näher in Augenschein genommen. Die Apotheke war groß, jeweils vier Schaufenster gingen links und rechts ums Eck, die Eingangstür lag schräg gegenüber von Madlener auf der anderen Straßenseite, er hatte sie vom Auto aus direkt im Blick. Hinter dem Haus war eine Einfahrt, der Hof war von einer Mauer umgeben und geteert, weiße Rechtecke markierten Parkplätze für Angestellte und Kunden. Jetzt in der Nacht war er leer. An der Rückseite des Hauses war ein großes, geschlossenes Doppelgaragentor, daneben ein Privateingang und der Kellerzugang. Drei Briefkastenschlitze, drei Klingeln, einmal Apotheke, zweimal privat. Dr. A. Arbogast und A. Arbogast.

Während Madlener den Apothekeneingang überwachte, überlegte er, wie er vorgehen sollte. Verstärkung rufen? Den Kriminaldirektor davon in Kenntnis setzen, dass sie endlich eine heiße Spur hatten? Nein, dazu waren die Hinweise noch zu vage, für einen gerichtlichen Durchsuchungsbeschluss reichte es nie und nimmer, zumal Thielen garantiert nicht noch mal in ein Fettnäpfchen treten wollte – falls er überhaupt noch etwas zu sagen hatte.

Zwar hatten sie erstmals einen Namen, aber Madlener wollte auch ein Gesicht zu diesem Namen sehen, wollte Arbogast selbst gegenüberstehen, um zu wissen, ob das Bruno war oder nicht. Er war überzeugt, dass er es auf Anhieb erkennen würde, sobald Arbogast junior den Mund aufmachte. Aber konnte er es riskieren, einfach in die Apotheke zu spazieren und Arbogast mit seinem Verdacht zu konfrontieren? Außerdem wusste er gar nicht, ob der Inhaber selbst den Nachtdienst machte und es nicht ein Vertreter war, der in der Apotheke aushalf, und Arbogast friedlich in seinem Bett schlummerte.

Bruno war gerissen, gefährlich und unberechenbar, das hatte er zur Genüge bewiesen. Sollte er Arbogast einfach unter dem Vorwand »Gefahr im Verzug« festnehmen und aufs Präsidium schleppen? Mit welcher Begründung? Dass ein ehemaliger Kollege von der Kripo ihm Verdachtsmomente geliefert hatte, die mit einem uralten, dreißig Jahre zurückliegenden Fall zu tun hatten? Hanebüchene Vorstellung!

Unbewusst sang er den Refrain des Dire-Straits-Stücks mit. »In the meantime I'm cleaning my gun …«

Instinktiv griff er unter sein Jackett. Mist, Mist, Doppelmist! Er hatte sein Schulterhalfter mit der SIG Sauer wieder einmal nicht an. Er tastete im Handschuhfach herum – nichts. Wo war er nur mit seinen Gedanken?

Plötzlich klopfte es gegen das Beifahrerfenster. Vor Schreck verschüttete Madlener beinahe seinen kalten Kaffee, den er noch in der linken Hand hatte, so zuckte er zusammen.

Es war Harriet – endlich!

Sie hatte ihn schon kurz von unterwegs angerufen und darüber informiert, was sie herausgefunden hatte. Anschließend hatte sie ihm die Adresse des Halters der Kfz-Nummer durchgegeben, vor der er in seinem Wagen längst Stellung bezogen hatte. Sie waren also gleichzeitig, nachdem sie getrennt zwei verschiedenen Hinweisen nachgegangen waren, zum selben Ergebnis gelangt: Mit einem Schlag war Dr. Anselm Arbogast zum Verdächtigen Nummer eins geworden.

Madlener entsicherte die Türverriegelung und machte die Musik aus. Harriet ließ sich auf den Sitz neben ihm fallen.
»Was gibt's Neues?«, fragte sie.
»Nichts. Die Apotheke hat Nachtdienst. Warte mal …«
Sie sahen einen Motorradfahrer herankommen, der seine Maschine vor dem Eingang zur Apotheke abstellte und auf die Nachtglocke drückte. Es dauerte eine ganze Weile, der Motorradfahrer nahm seinen Helm ab und klemmte ihn unter seinen Arm, er zappelte herum wie jemand, der es eilig hatte. Endlich ging das Licht in der Apotheke an, und eine Gestalt in einem weißen Kittel kam an die Nachtklappe.
»Bruno?«, bemerkte Harriet und verfiel unwillkürlich ins Flüstern.
»Gut möglich«, antwortete Madlener ebenso leise. »Kann aber auch eine Aushilfe sein.«
Sie sahen zu, wie der Motorradfahrer bezahlte und etwas entgegennahm, es einsteckte, seinen Helm aufsetzte und wieder davonfuhr.
Das Licht in der Apotheke verlosch.
»Was machen wir jetzt?«, fragte Harriet.
»Wir haben zwei Möglichkeiten: Entweder du gehst an die Tür und spielst eine Kranke, die irgendein Medikament braucht.«
»Warum ich?«
»Weil er dich noch nicht kennt. Mich hat er mindestens zwei Mal gesehen.«
»Und dann?«
»Dann sitzen wir in der Zwickmühle. Außer dir gelingt es unter einem Vorwand, ihn dazu zu bringen, die Tür zu öffnen.«
»Hm – gefällt mir nicht.«
»Mir auch nicht.«

»Und die Alternative?«

»Wir warten, bis die Apotheke ihren normalen Dienst wieder aufnimmt, und passen so lange hier auf, dass uns niemand entwischt. Inzwischen überlegen wir uns eine Strategie.«

»Sollen wir nicht lieber Verstärkung anfordern? Damit uns der Typ nicht durch die Lappen geht?«

»Wir können hier nicht einfach fünf Streifenwagen auffahren lassen. Ganz abgesehen davon: Ob Thielen das genehmigt nach zwei sauberen Großeinsatz-Pleiten? Ich habe nämlich die leise Befürchtung, dass Bruno – falls er es tatsächlich ist – schon bei dem geringsten Verdacht, dass wir ihm auf die Spur gekommen sind, sämtliche Beweise vernichtet und versucht, sich aus dem Staub zu machen. Oder, was bei seiner Einstellung und Geisteshaltung noch wahrscheinlicher ist: Er dreht durch und richtet ein Blutbad an, wenn wir ihn nicht schnappen. Das können wir nicht riskieren. Wir wissen zum Beispiel nicht, ob er Waffen hat und, wenn ja, was für welche. Apropos, hast du deine dabei?«

Harriet brachte mit einem kurzen Griff in ihren Rucksack ihre Walther PPK zum Vorschein.

»Gut«, sagte Madlener. »Wenigstens eine.«

»Wieso?«, fragte Harriet. »Willst du damit sagen, deine ist wieder im Safe in deinem Hotelzimmer?«

»Nächste Frage«, knurrte Madlener.

»Okay, gehen wir nach Plan B vor«, sagte Harriet entschlossen und steckte ihre Walther PPK wieder in den Rucksack zurück. »Warten wir also. Und dann?«

»Wir gehen hinein, sobald die Apotheke offiziell aufmacht.«

»Wann soll das sein?«

»An der Tür steht acht Uhr.«

Sie stöhnte. »Oh Gott, jetzt ist es erst halb fünf. Noch dreieinhalb Stunden!«

Madlener ignorierte Harriets Unmutsäußerung und fuhr fort: »Wenn wir drin sind, verlangen wir, Dr. Arbogast zu sprechen. Wenn er erst vor uns steht, kann er uns nicht mehr entwischen.«

»Und wenn er schon raufgegangen ist in seine Wohnung? Er wohnt doch dort?«

»Ja, im zweiten Stock. Aber man kann sicher von der Apotheke direkt ins Treppenhaus. Er muss also nicht rauskommen, wenn er jetzt Feierabend macht. Falls er sich oben in seiner Wohnung aufs Ohr haut, wird's kompliziert.«

»Allerdings.«

»Na schön, nehmen wir einmal an, dass er mit uns spricht.«

»Wir haben jedenfalls den Überraschungseffekt auf unserer Seite. Ich glaube kaum, dass er ahnt, dass wir schon wissen, wer er ist.«

»Eben. Ich möchte sein Gesicht sehen, wenn er mich erkennt. Oder wenn er so tut, als würde er mich nicht erkennen.«

»Klingt alles in allem nicht schlecht. Mit einigen Unbekannten in der Rechnung. Arbogast wird zunächst alles abstreiten.«

»Davon müssen wir ausgehen.«

»Egal. Wenn er wirklich der Mann mit dem Zeppelin auf dem Rücken ist – wovon wir uns überzeugen werden –, dann kommt er uns nicht mehr aus. Wir haben die Zeugenaussage von Sandra. Sie wird ihn bei einer Gegenüberstellung erkennen.«

»Dann kriegen wir einen Haftbefehl und einen Durchsuchungsbeschluss, ob mit oder ohne Thielen. Als Bruno ist er zwar clever, aber alle Spuren kann Arbogast nicht verwischt haben. Zumal er nicht mit unserem Besuch rechnet. Es müsste schon mit dem Teufel zugehen, wenn Ehrmanntraut in Dr. Arbogasts Auto oder in der Wohnung nichts findet, womit wir ihn festnageln können.«

»Gut. So machen wir's. Was ist mit Thielen? Wir sind verpflichtet, in so einer Situation unseren Vorgesetzten zu informieren.«

»Da bin ich noch am Überlegen«, brummte Madlener. »Ich kann mir vorstellen, dass er uns noch aus irgendeinem Grund in letzter Sekunde in die Suppe spucken will. Und das möchte ich um jeden Preis vermeiden.«

»Vergiss nicht, dass du vom Dienst suspendiert bist. Wenn da was schiefgeht, reißen sie dir den Kopf ab.«

Er sah sie an. »Und dir ebenfalls.«

Harriet zuckte mit den Achseln. »Und wenn schon«, sagte sie, stieg aus und entsorgte ihren Kaugummi im nächsten Abfallkorb,

dann ließ sie sich wieder auf den Sitz neben ihm plumpsen.
»Hauptsache, wir erwischen das Schwein.«

Es hatte aufgehört zu regnen und klarte auf, im Osten kam allmählich die Sonne heraus.

»Hunger?«, fragte Harriet.

»Und wie!«, seufzte Madlener.

Harriet kramte und fand noch eine Tüte Salzletten in ihrem Rucksack, die sie sich brüderlich teilten.

»Auf das Motiv von Bruno bin ich gespannt«, sagte sie mit vollem Mund und fing an, ihr Tablet zu bearbeiten.

»Ich auch«, antwortete Madlener und wischte sich die Krümel von der Hose. Jetzt spürte er doch seine Müdigkeit, aber das Adrenalin hielt ihn wach.

66

1. September 1983

In der geräumigen Garage des Apothekers Arbogast waren gleißend helle Lampen von der Spurensicherung aufgestellt worden, um das Schreckensszenario hinreichend auszuleuchten. Ein Fotograf machte mit seiner Blitzlichtkamera ein Foto nach dem anderen, Techniker und Spurensicherungsleute wuselten herum, es herrschte das übliche Chaos an einem Unglücksort – oder war es ein Tatort?

Thielen stand vor dem dicken Mercedes, der Dellen und blutige Gewebespuren auf dem Kühlergrill hatte, und rauchte nachdenklich. Der zwischen Rückwand und Kühlergrill zerquetschte Leichnam von Arbogast senior war schon weggebracht worden. Blutflecken und der mit weißem Klebeband markierte Umriss des Toten zeigten an, wie und wo er aufgefunden worden war.

Thielen schwitzte. Es war zwar schon der 1. September, aber es war seit Tagen immer noch so heiß wie im Hochsommer. Er nahm seinen Hut ab und wischte mit dem Taschentuch das Schweißband trocken, bevor er ihn wieder aufsetzte. Obwohl er erst Anfang dreißig war, begannen seine Haare schon merklich dünner zu werden, und er war eitel, deshalb trug er seit Neuestem einen Hut.

Für ihn war die Sachlage eindeutig. Keinerlei Zweifel am Hergang. Dieser kleine Mistkerl von Sohn hatte seinen eigenen Vater mit dessen Auto totgefahren. Und jetzt saß er in der Küche und heulte sich bei seiner Mutter aus, die als Zeugin des Vorfalls ausgesagt hatte. Sie war Thielen seltsam gefasst vorgekommen. Bleich, aber ohne Tränen um ihren Mann, mit dem sie schließlich seit über fünfzehn Jahren verheiratet gewesen war.

Thielen nahm einen tiefen Lungenzug von seiner Zigarette und überlegte, wie er vorgehen sollte. Kriminaldirektor Niemeyer hatte ihm diesen Fall zugewiesen. Eigentlich ein Routinefall, er musste in Zusammenarbeit mit den Technikern herausfinden, ob es ein tragisches Unglück war, wie der Sohn und die Mutter immer wieder beteuerten, oder fahrlässige Tötung. Oder, was Thielen stark vermutete, Tötung mit

Vorsatz, also schlichtweg Mord. In diesem Fall wollte Thielen zeigen, dass er besonders gründlich vorging, dass er ein guter Ermittler war.

Gegen Arbogast senior lag eine Anzeige vor von einem Arzt aus dem Klinikum wegen Verdachts auf körperliche Misshandlung seines Sohnes. Die Anzeige war zurückgezogen worden. Bevor Thielen zur Apotheke fuhr, hatte er den Arzt aufgesucht, der sich nach einem Blick in die Krankenakte des Jungen erinnerte, warum er die Anzeige zurückgezogen hatte. Die Mutter hatte darum gebeten, es sei ein einmaliger Ausrutscher ihres Mannes gewesen, hatte sie gesagt. Und es werde nie wieder vorkommen. Der Arzt hatte Thielen die Akte gezeigt, obwohl er das nicht hätte tun dürfen.

Jetzt witterte Thielen seine Chance, sich einen Namen zu machen, er war ehrgeizig und jung. Konnte er beweisen, dass der Junior einen waschechten Mord begangen hatte, brachte ihm das sicher Pluspunkte auf der nach oben offenen Karriereskala ein.

Er betrat die große Wohnküche im ersten Stock. Die Mutter schenkte ihrem Sohn, der mit verweinten Augen und misstrauischem Blick auf Thielen am Tisch saß und an seinen Ärmeln herumzupfte, Milch in ein Glas ein und sah den Kommissar an, als würde sie ihm sofort die Augen auskratzen, wenn er auch nur ein falsches Wort an ihren Sohn richtete.

»Was wollen Sie denn noch?«, fragte sie giftig. »Wir haben doch schon alles gesagt, was es zu sagen gibt. Können Sie sich nicht vorstellen, dass wir jetzt nichts brauchen als unsere Ruhe? Mein Sohn hat einen schweren Schock.«

Dabei strich sie ihrem Junior tröstend über die Haare, was dieser nur mit leisem Widerwillen ertrug, das entging Thielen nicht.

»Nun, Frau Arbogast«, fing er umständlich an, »wie Sie sich vorstellen können, muss ich einen Bericht schreiben, und der sollte hieb- und stichfest sein. Und für diesen Bericht brauche ich noch einmal eine dezidierte Aussage Ihres Sohnes. Dann sind Sie mich erst mal für eine Weile los.«

Arbogast junior sah mit flackerndem Blick zu Thielen hoch, sein Gesicht verzog sich, Thielen befürchtete, dass er gleich wieder anfangen würde zu heulen.

»Du trinkst jetzt deine Milch und hörst auf zu flennen«, wurde er von seiner Mutter angefahren, bevor sie sich Thielen zuwandte. Sie war

stark geschminkt, die Wimperntusche und der Lippenstift waren kein bisschen zerlaufen. Frau Arbogast war groß mit der Figur einer Walküre und wog sicher hundertsiebzig Pfund, schätzte Thielen. Sie war beruflich erfolgreich, approbierte Apothekerin wie ihr Mann. Eine Frau, die mit beiden Beinen mitten im Leben stand und den Eindruck verkörperte, dass sie so schnell nichts umwerfen würde – gesellschaftlich anerkannt und sicher in den besten Kreisen von Friedrichshafen verkehrend, wie Thielen annahm. Bis dahinein hatte er es noch nicht geschafft, aber er war ja noch neu hier am Bodensee, und was nicht war, konnte ja noch werden. Mit Frau Arbogast war nicht gut Kirschen essen, diese Erfahrung hatte Thielen schon beim ersten Zusammentreffen gemacht. Sie kam ihm vor wie das Paradebeispiel einer Löwenmutter, die ihr einziges Kind mit Zähnen und Klauen verteidigte, koste es, was es wolle.

Genau das war es, was ihn stutzig gemacht hatte.

Und jetzt ging Arbogasts Mutter zum Angriff über. »Ich will Ihnen mal was sagen, Herr Kommissar. Jeden Augenblick muss mein Anwalt eintreffen, mit dem können Sie sich dann auseinandersetzen. Mein Sohn ist erst dreizehn, also strafunmündig – nur um das noch einmal klarzustellen. Selbstverständlich ist er vollkommen unschuldig. Es war einfach dumm von meinem Mann, den Schlüssel im Zündschloss seines Wagens stecken zu lassen und die Handbremse nicht anzuziehen. Mein Sohn kann nichts dafür, er hat nur am Lenkrad gespielt und dabei den Zündschlüssel herumgedreht. Ein furchtbares Unglück. Aber ein Unglück! Er leidet schon genug unter dem, was passiert ist, das sehen Sie doch! Da brauchen Sie ihn nicht auch noch extra in die Zange zu nehmen.«

Arbogast junior, der bei den Worten seiner Mutter den Blick in sein Milchglas gerichtet hatte, sah wie auf Befehl zu Thielen hoch. Er hatte einen Milchbart und wirkte wie die Unschuld in Person.

»Könnte ich ein Glas Wasser haben?«, *fragte Thielen, der immer noch schwitzte und schon wieder die Innenseite seines Huts auswischen musste.*

Wortlos holte Frau Arbogast ein Glas aus einem Hängeschrank, ließ es voll Leitungswasser laufen und hielt es ihm hin.

»Danke«, *sagte Thielen und trank gierig.*

Es klopfte, und der Gerichtsmediziner Dr. Francke, der Frau Arbogast aus beruflichen Gründen kannte, sah herein.

»Frau Arbogast, es tut mir leid, dass ich Sie noch einmal sprechen muss. Für mein Protokoll. Kommen Sie bitte mit mir in die Garage? Es ist notwendig, sonst würde ich Ihnen das gerne ersparen. Ich möchte ungern Ihren Sohn in dieser ... dieser schlimmen Situation behelligen. Also: Dürfte ich Sie bitten?«

Frau Arbogast sah Thielen argwöhnisch an. »Sie warten mit Ihren Fragen, bis der Anwalt da ist! Anselm, kein Wort bis dahin. Haben wir uns verstanden?«

Thielen wusste nicht, ob ihr Befehlston ihm oder ihrem Sohn galt, wahrscheinlich hatte sie beide damit gemeint. Zum Zeichen, dass er sich fügte, hob Thielen beide Hände, und dann war er mit Arbogast junior allein in der Küche. Er wartete ab, bis draußen keine Schritte mehr zu hören waren, dann griff er nach einem Stuhl und zog ihn so an den Tisch heran, dass er über den gefliesten Boden schrappte.

Er setzte sich wie bei einem Verhör dem Jungen gegenüber, der älter aussah, als er war, Thielen konnte schon die Spuren eines Bartwuchses erkennen. Anselm verfolgte den Kommissar mit Augen, in denen nichts Ängstliches war, und putzte sich, als Thielen die Geste des Mundabwischens machte, seinen Milchbart artig mit einer zerknüllten Papierserviette ab. Thielen hatte das unbestimmte Gefühl, dass der Junge vollkommen Herr seiner Sinne war, jedenfalls wurde er aufmerksam von ihm gemustert. Anselm junior zitterte nicht, was Thielen im Normalfall erwartet hätte, er hatte zwar rote verheulte Augen, aber Thielen erkannte auch eine Spur Trotz und Kaltschnäuzigkeit darin, was ihm seltsam erwachsen vorkam für einen dreizehnjährigen Jungen.

»Jetzt, wo wir zwei Klosterschwestern ganz unter uns sind, jetzt reden wir doch mal Tacheles«, sagte er. »Weißt du, was das heißt?«

»Ja«, antwortete Anselm präpotent und hochnäsig. »Klartext reden. Aber Sie haben ja meine Mutter gehört. Ich darf nicht mit Ihnen sprechen.«

»Völlig richtig. Du hast es erfasst. Aber wir machen das so: Ich sage dir, was du getan hast, und du brauchst nur zu nicken oder den Kopf zu schütteln, verstanden?«

»Ich bin doch nicht blöd«, antwortete Arbogast junior.

Thielen beugte sich nach vorne und sprach ganz leise. »Jetzt hör mir mal zu, Sportsfreund. Du hast deinen Vater totgefahren, stimmt's? Mit voller Absicht.«

Anselm antwortete klar und bestimmt. »Nein, hab ich nicht!«

»Oh doch. Du weißt es, und ich weiß es. Wenn du's jetzt einfach zugibst, erleichterst du dein Gewissen und mir die Arbeit. Ich krieg's sowieso heraus. Außerdem kann dir gar nichts passieren, weil du noch keine vierzehn bist. Du musst nicht in den Knast einrücken, weil du noch nicht strafmündig bist – das hat dir deine Mutter sicherlich eingetrichtert. Also: Hast du deinen Vater absichtlich totgefahren?«

Anselm trommelte mit den Fäusten auf den Tisch. »Ich hatte keine Ahnung, dass der Mercedes einen Satz nach vorne macht, wenn ich den Zündschlüssel herumdrehe! Ich wollte nur den Motor anmachen, das war alles. Woher sollte ich wissen, dass mein Vater den ersten Gang eingelegt hatte? Das ist die Wahrheit.«

»Die dir auch deine Mutter eingebläut hat. Aber weißt du was? Ich glaube sie dir nicht. Warum hast du so einen Hass auf deinen Vater gehabt, dass du ihn umbringen wolltest? Sag's mir!«

»Ich habe meinen Vater nicht umgebracht! Das ist eine Lüge!«

Unvermittelt packte Thielen Anselm an den Händen. Der wollte sie wegziehen, aber Thielen hielt sie mit stahlhartem Griff fest.

»Ich habe deine Krankenakte gesehen, Anselm.«

»Das dürfen Sie doch gar nicht!«

»Ich bin ein Polizist, ich darf das, vergiss das nicht.«

Er krempelte einen Ärmel des Jungen zurück und sah sich den Unterarm an. Zwei weißliche Narben zogen sich vom Handgelenk bis zur Armbeuge.

»Was ist das?«

»Lassen Sie mich los! Sie tun mir weh!«

Aber Thielen ließ nicht los und zog Anselm noch ein Stück näher zu sich heran. »Anselm, sag mir – hat dein Vater dich geschlagen?«

Der Junge schüttelte den Kopf.

»Und deine Mutter?«

Anselm schüttelte erneut den Kopf. Noch heftiger.

»Woher hast du dann diese Narbe?«

Jetzt traten doch Tränen in die Augen des Jungen. Aber es waren nicht Tränen des Schmerzes, sondern der Wut, das konnte Thielen ganz genau sehen.

»Das geht Sie nichts an. Ein Unfall, das war es.«

Thielen ließ die Hände los, Anselm verbarg sie sofort unter dem Tisch.

»Ich weiß, dass dich jemand gequält hat. Du warst schon zweimal wegen einer Gehirnerschütterung in der Klinik. Und einmal wegen eines Armbruchs.«

»Soll vorkommen.«

»Ich will dir sagen, was passiert ist. Du hast deinen Vater gehasst und gefürchtet, weil er dich misshandelt hat. Immer wieder. Deine Mutter wusste es und hat nichts gesagt oder getan. Weil sie genauso unter deinem Vater gelitten hat. Und als du da unten in seinem Auto warst und gesehen hast, dass es auf einmal in deiner Macht stand, die jahrelange Angst und den Schmerz ein für alle Mal zu beenden, hast du die Chance des Augenblicks genutzt und den Zündschlüssel umgedreht. Weil du genau gewusst hast, was dann passiert. War es so? Wir sind unter uns, du kannst später alles abstreiten, was du jetzt nur mir sagst. Aber ich will es ein Mal aus deinem Mund hören. Also, war es so?«

Anselm sah Thielen hasserfüllt an, zum ersten Mal zeigte er sein wahres Gesicht, als er mit Abscheu in der Stimme sagte: »Ja, Herr Kommissar – genau so war es! Und soll ich Ihnen noch was sagen? Ich würde es jederzeit wieder machen.«

Thielen lehnte sich zurück.

Aber Anselm war noch nicht fertig. »Und wissen Sie noch was? Sie können mir gar nichts tun. Gar nichts! Dreizehn! Ich bin erst dreizehn Jahre alt.«

Er grinste Thielen triumphierend an.

Thielen atmete einmal tief durch, aber es nutzte nichts: Er vergaß seine professionelle Zurückhaltung, packte Anselm unvermittelt am Kragen und zog ihn zu sich heran. »Du kleiner, widerlicher Mistkäfer! Ich krieg dich schon noch. Du wirst vor Zeugen zugeben, dass du's mit voller Absicht getan hast!«

»Lassen Sie mich los, Sie tun mir weh!«, rief Anselm plötzlich in schrillem Ton, weil er Schritte und Stimmen gehört hatte.

Thielen ließ abrupt los, mit einem Schrei kippte Anselm mitsamt seinem Stuhl nach hinten und schlug mit dem Kopf auf dem Boden auf.

In diesem Moment wurde die Tür geöffnet, und die Mutter stand in der Küche, hinter ihr ein geschniegelter Mann mit Anzug, Krawatte und einem Aktenkoffer, dessen angesäuerte Miene nichts Gutes verhieß. Sofort stürzte die Mutter zu ihrem Sohn, der auf dem Boden lag und *laut wimmerte. Als sie seinen Oberkörper hochhob, sahen alle, dass er aus einer Platzwunde am Hinterkopf blutete.*

»Was ist passiert?«, fragte sie Thielen aufgebracht. »Was haben Sie mit meinem Sohn gemacht?«

»Der Kommissar hat mich geschlagen«, schluchzte der Junge. Rotz lief aus seiner Nase. »Mama, er hat mich geschlagen. Ich bin unschuldig, habe ich gesagt. Da hat er mich geschlagen.«

»Er lügt«, sagte Thielen fassungslos. »Er ist hingefallen.«

»Verschwinden Sie!«, fauchte Frau Arbogast ihn an. »Sie sind mein Zeuge, Herr Anwalt!«

Der Mann im Anzug nickte ernst. »Das wird ein Nachspiel für Sie haben, Herr Kommissar«, sagte er.

Es hatte ein Nachspiel. Thielen wurde mit sofortiger Wirkung von dem Fall abgezogen und hatte eine Dienstaufsichtsbeschwerde am Hals, die ein paar Wochen später eingestellt wurde. Aber er hatte noch dafür sorgen können, dass Arbogast junior in der Psychiatrie gelandet war. Den Tort wollte er ihm wenigstens antun. Nach vier Wochen war er entlassen worden, und Frau Arbogast hatte ihre Anzeige zurückgezogen. Kriminaldirektor Niemeyer meinte, dass sie und ihr Sohn endlich ihre Ruhe haben und Gras über die Angelegenheit wachsen lassen wollten.

Thielen hatte genug damit zu tun, die Scharte wieder auszuwetzen und seine hochfliegenden Karrierepläne nicht zu gefährden.

Er wollte Kriminaldirektor werden anstelle des Kriminaldirektors.

Nach ein paar Monaten hatte Thielen den Fall Arbogast vergessen.

Anselm Arbogast dagegen nie. Genauso wenig wie die Wochen in der Psychiatrie, die die reinste Hölle waren. Und die er Kommissar Thielen zu verdanken hatte, das wusste er von seiner Mutter. Durchgehalten hatte er nur, weil er sich in seinen Rachegedanken verlor, die ihn nie mehr losgelassen hatten. Aber da musste er durch, bis ihn seine Mutter wieder herausholte und ihm eine Therapie bei Dr. Auerbach besorgte.

Er las in der Zeit den Comic »Isnogud« über den Wesir, der unbedingt Kalif werden wollte anstelle des Kalifen. Er verfolgte den Werdegang von Kommissar Thielen so genau er nur konnte, was nicht weiter schwierig war, weil im Lokalteil des »Südkurier« groß und breit über die Beförderung Thielens zum Kriminaldirektor berichtet wurde.

Und je mehr Zeit ins Land ging, je mehr Arbogast lernte und studierte, damit seine Mutter stolz auf ihn sein konnte, je älter er wurde, desto größer wurde auch sein Hass auf Thielen. Niemals würde er die Erniedrigung durch den Kommissar vergessen. Im Gegenteil. Es würde der Tag kommen, an dem er fürchterlich Vergeltung üben würde dafür, dass Thielen die Wahrheit über ihn herausgefunden und sie ihm ins Gesicht gesagt hatte. Und dass er dafür gesorgt hatte, dass er in der Psychiatrie gelandet war.

Den Hass auf seinen Vater hatte er abreagiert.

Den auf Thielen nicht.

Aber das behielt er strikt für sich. Weder seine Mutter noch sein Therapeut Dr. Auerbach hatten die geringste Ahnung, was wirklich in seinem Inneren vor sich ging.

Auch wenn es zunächst so aussah, als würde für die Witwe und Arbogast junior mit dem Tod des Vaters ein neues, besseres Leben beginnen.

67

Es war sechs Uhr fünfundvierzig, als Harriet ihr Surfen auf dem Tablet unterbrach, in ihrem Rucksack herumwühlte und noch eine Notpackung Gummibärchen fand, die sie Madlener anbot und, als er sie mit einem Kopfschütteln ablehnte, selbst futterte. Dann sagte sie: »Also, was willst du über Arbogast junior wissen? Ich hab alles aus dem Netz geholt, was über ihn drin war. Wahrscheinlich weiß ich mehr über ihn als seine Mutter, die übrigens vor ein paar Wochen verstorben ist.«

Sie waren immer noch in Madleners Dienstwagen auf Wachposten. Keiner hatte auch nur für fünf Minuten die Augen zugemacht, weil sie wussten, was auf dem Spiel stand. Madlener saß wie auf glühenden Kohlen, er spürte, dass etwas in der Luft lag. Er musste Entscheidungen fällen, und wenn er die falsche traf, konnte das schlimme Konsequenzen nach sich ziehen. Noch war nichts passiert, doch je mehr Zeit verstrich, desto mulmiger wurde ihm. Eventuell war es gar keine so gute Idee gewesen, hier vor dem Haus von Arbogast sinnlos die Zeit verstreichen zu lassen, während ihr Tatverdächtiger vielleicht schon wieder auf der Jagd nach einem neuen Opfer war oder sonst irgendeine Teufelei ausheckte und ausführte.

Harriet unterbrach seinen Gedankengang. »Harriet an Mission Control«, sagte sie, »hörst du mich?«

»Ja, 'tschuldige, was hast du?«, antwortete er zerstreut.

»Eine ganze Menge«, antwortete sie. »Das meiste unrelevanter Kram von wegen Apotheke und so, dass er seit Neuestem auch Medikamente für Tiere führt zum Beispiel. Aber eines könnte interessant sein: Arbogast hat ein ziemlich exklusives Hobby und das dazugehörige Fluggerät. Er ist im Besitz einer Fluglizenz und hat ein einmotoriges Flugzeug, eine Cessna 150L.«

»Wo? Hier?«

»Ja. Steht auf dem Flugplatz in Friedrichshafen im Bereich für Sportflugzeuge.«

»Noch was?«

»Scheint unverheiratet zu sein, keine Kinder.«

»Passt ins Profil. Seit seine Mutter tot ist, kann er tun und lassen, was er will, muss nichts vor einer Familie verheimlichen und kein anstrengendes Doppelleben führen.«

»Höchstens vor seinen Angestellten.«

»Arbogast hätte die Zeit und die Gelegenheit, all das anzustellen, was Bruno getan hat. Gehört meiner Meinung nach eine Menge Vorbereitung dazu.«

Seit es hell geworden war, hatte auf den Straßen zunehmender Berufsverkehr eingesetzt. Die Sonne strahlte vom makellos blauen Himmel und löste allmählich den Dunst auf, es schien ein schöner Frühherbsttag zu werden.

Harriet zeigte Madlener auf ihrem Tablet ein Bild von Arbogast, es war aus der Zeitung, Arbogast und Mutter spendeten für ein Tierheim und hielten den überdimensionalen Scheck über tausend Euro mit breitem Lächeln in die Höhe.

Madlener zog das Tablet näher zu sich heran. »Vergrößere das mal.«

Mit zwei Fingern machte Harriet das Gesicht von Arbogast so groß wie möglich.

»Den kenne ich«, sagte Madlener.

»Von der Pressekonferenz?«

»Nein, daran kann ich mich nicht mehr erinnern, da waren zu viele Leute. Aber irgendwo bin ich ihm schon mal begegnet. Wenn ich nur wüsste, wo …«

Ein Fahrzeug der städtischen Müllabfuhr kam hinter dem Dienstauto im Schritttempo die Straße entlanggefahren, hielt vor jeder Hausnummer und machte beim Entleeren der Mülltonnen den üblichen Krach. Dann blieb der Müllwagen ausgerechnet neben der Fahrertür von Madlener stehen, sodass die Sicht auf den Apothekeneingang und die Hofeinfahrt versperrt war.

»Mist, Mist, Doppelmist«, fluchte Madlener und ließ das Seitenfenster herunter. »He«, rief er und winkte zum Zeichen, dass das Müllauto weiterfahren sollte. Einer der Müllmänner sah zum Autofenster und hob die Hand.

»Immer mit der Ruhe«, meinte er stoisch und holte die nächsten Mülltonnen aus der Einfahrt, die sein Kollege in den Wagen entleerte. Sie schienen sich jetzt extra viel Zeit zu lassen, jedenfalls kam es Madlener so vor. Er schlug wütend aufs Lenkrad, nicht einmal wegfahren konnte er, solange das Müllauto den Weg versperrte. Harriet reagierte und stieg aus, um ein paar Meter zurückzugehen, bis sie den Eingang und die Einfahrt des Arbogast-Hauses wieder im Blickfeld hatte.

In diesem Moment kam ein unscheinbarer grauer Lieferwagen aus dem Hof hinter der Apotheke, bog nach rechts ab und fuhr in die Gegenrichtung davon.

Harriet zückte ihren Ausweis vor den Müllmännern. »Polizei. Fahren Sie sofort weiter!«, sagte sie unmissverständlich.

Aber damit erreichte sie nur das Gegenteil.

Die zwei Müllmänner starrten das zierliche Mädchen im schwarzen Outfit, mit der punkigen Frisur, dem auffälligen Make-up und den riesigen Ohrringen, das behauptete, eine Polizistin zu sein, mit unverhohlener Neugier an.

Madlener hatte im Seitenspiegel gesehen, was da ablief, und versuchte, obwohl die Fahrertür wegen des Müllwagens nicht ganz aufging, sich aus seinem Auto zu zwängen. »Herrgott«, rief er, »jetzt macht schon den Weg frei! Wir sind Bullen im Einsatz und haben's eilig!«

Das schienen sie auf einmal zu verstehen. »Klar, Chef!«, sagte der eine, stieß einen schrillen Pfiff aus und winkte dem Fahrer. Endlich setzte sich das Müllfahrzeug in Bewegung.

Harriet ließ sich wieder auf den Beifahrersitz fallen, und Madlener rangierte den Wagen aus der Parklücke und gab Gas.

»Er ist weggefahren. Ein grauer Lieferwagen«, sagte sie, während sie den Sicherheitsgurt anlegte. »Geradeaus die Straße hoch.«

Madlener beschleunigte. Aber weit und breit war kein Lieferwagen mehr zu sehen.

Auch an der nächsten Kreuzung nicht.

Arbogasts Wagen war wie vom Erdboden verschwunden.

68

Arbogast sah auf seine Uhr. Draußen vor der Apotheke hörte er die Müllabfuhr näher kommen. Kurz vor sieben Uhr, pünktlich wie immer. Zeit, aufzubrechen. Er hatte alles, was er für seinen letzten Auftritt brauchte, im Lieferwagen verstaut. Dr. Auerbach hatte er im Labor auf dem Boden liegen gelassen, so wie er war, zusammengekrümmt auf dem Teppich. Ob er noch lebte oder nicht – das war nicht weiter von Belang. Jetzt war sowieso die Zeit der Apokalypse gekommen. Alles, was zählte, war das große Finale.

Und es sah gut aus. Er hörte sich eben noch den Wetterbericht im Radio an, es sollte ein wunderschöner Tag werden, windstill und wolkenfrei. Perfekt.

Ein guter Tag zum Sterben.

Was er gemacht hätte, wenn es stürmisch oder regnerisch gewesen wäre, wusste er nicht. Es gab keine Alternative, kein erneutes Zeitfenster. Entweder es klappte und alle äußeren Umstände spielten mit, oder sein ganzer Plan war buchstäblich im Eimer. Sekt oder Selters. Aber von Anfang an war Arbogast seiner Sache sicher gewesen. Seit er den Zeppelin auf den Rücken gestanzt bekommen hatte, gab es nicht den geringsten Zweifel mehr am Ablauf und Gelingen. Er war von dem absolut sicheren Gefühl durchdrungen, dass nichts mehr schiefgehen konnte.

Er zog seinen Apothekerkittel aus und warf ihn achtlos beiseite, er benötigte ihn nicht mehr. Ebenso wenig wie die Apotheke, das Haus, seinen ganzen Besitz – alles unwichtiger Tand, dachte er verächtlich. Auf seiner letzten Reise brauchte er nur die zwei Kanister mit einer selbst gemixten, hochexplosiven und leicht entflammbaren Flüssigkeit im Laderaum seines Lieferwagens, sein Sportflugzeug und ein wenig Glück, dass Thielen auch das tat, was er vor Monaten vorbestellt und bereits bezahlt hatte: nämlich an einem Rundflug mit dem Zeppelin teilzunehmen. So ein Rundflug war nicht billig und musste lange im Voraus bestellt werden. Er fand auch nur dann statt, wenn das Wetter mitmachte.

Bei zu starkem Wind oder auch anderen widrigen Umständen gab es kurzfristig keine Starterlaubnis für den Zeppelin.

Arbogast hatte alles auf den heutigen Tag abgestimmt, als er erfahren hatte, dass Thielen seiner Frau zum dreißigsten Hochzeitstag ihren Herzenswunsch erfüllen wollte: den Flug mit dem Zeppelin.

»Alles« bedeutete: die Entführung von Thielens Nichte, die Ermordung des Mädchens, deren Namen er schon längst vergessen hatte, die gefakte Leiche im Ried. Nur die völlige Kompromittierung Thielens vor dem SM-Schiff war ein spontaner, aber umso gelungenerer Einfall. Etwas, was er sich einfach nicht entgehen lassen konnte, weil die Gelegenheit günstig war, den Kriminaldirektor vor aller Augen zum zweiten und damit endgültigen Mal bloßzustellen.

Es war Gold wert gewesen, die Abhörgeräte im Konferenzzimmer des Präsidiums anzubringen und nicht nur über den Stand der Ermittlungen gegen Bruno Bescheid zu wissen, sondern auch mithören zu können, wie Thielen seine Sekretärin beauftragte, sich um die nötigen Tickets für den Zeppelinflug zu kümmern. Natürlich hatte er den Flug nicht selbst gebucht, sondern das Frau Gallmann überlassen. Als Arbogast davon erfahren hatte, war der genaue Ablauf seines lange geplanten Vorhabens mit einem angemessenen Finale schlagartig vor seinem inneren Auge komplett: Thielen im Zeppelin und er, Arbogast, in seinem Flugzeug – genau das war der Paukenschlag am Ende, den er gebraucht hatte, von dem er aber lange nicht wusste, wie er aussehen sollte. Von diesem Zeitpunkt an hatte Arbogast nur noch auf diesen einen Tag hingelebt, der jetzt angebrochen war.

Als er vom Hof fuhr und sein Elternhaus ein für alle Mal hinter sich ließ, in dem er sein ganzes Leben verbracht hatte, verspürte er nicht den geringsten Anflug von Sentimentalität oder Bedauern. Der Kreis hatte sich geschlossen, alles hatte seinen Sinn bekommen. Er war unterwegs zu seinem letzten Lebensabschnitt, der mit einem gigantischen Feuerwerk enden würde, einem Nine-Eleven am Bodensee, da war kein Platz für Banalitäten. Eigentlich hatte er nie gedacht, dass er diese rigorose Entschlossenheit an den Tag legen würde, wenn es so weit war, eine Entschlossenheit, die ihn förmlich vorwärtstrieb. Endlich, endlich konnte er auf einem Höllenritt das vollenden, was sein Lebenswerk war.

Er merkte, dass er innerhalb der Stadtgrenzen viel zu schnell fuhr, und ging auf das erlaubte Maß herunter. Jetzt, im letzten Augenblick, durfte er nur ja nichts mehr riskieren, um nicht aufzufallen. Er hielt an jeder roten Ampel und an jedem Stoppschild und kam schließlich am Kreisverkehr zum Flughafen- und Messegelände an, von dem aus er zur Abflughalle des Zeppelins steuerte.

Das riesige Fluggerät war bereits startklar neben dem Hangar, das Häuflein Passagiere stand schon vor dem Café, trank Champagner aus Sektkelchen, plauderte und fotografierte. Am Parkplatz daneben bremste Arbogast kurz ab und hielt Ausschau. Ja, es war so, wie er es sich erhofft hatte: Thielen stand inmitten einer Gruppe, und die Frau neben ihm konnte nur seine Ehefrau sein, er kannte sie von Fotos.

Jetzt hatte er genug ausbaldowert.

Beinahe hätte er»Har, har« gesagt, wie die Panzerknacker in seinen Lieblingscomics von Carl Barks, die auch ständig etwas »ausbaldowerten«, vornehmlich, wie sie den Geldspeicher von Dagobert Duck ausrauben konnten.

Jedenfalls hatte er genug gesehen, wendete auf der Straße, fuhr zurück und passierte den Eingang zum Sportflugplatz. Dabei wurde er nicht angehalten, er musste nur seinen Ausweis vorzeigen, außerdem kannte man ihn, er war schließlich mindestens einmal in der Woche mit seiner Cessna 150L in der Luft, um den Bodensee von oben zu erkunden und seinen Kopf frei zu bekommen.

Er steuerte seinen Lieferwagen direkt auf den Parkplatz hinter den Hallen für die Sportflugzeuge und stieg aus. Die Gelegenheit war günstig, niemand sonst war zu sehen außer einem Mechaniker, der ihn kurz grüßte und sich weiter um die Wartung eines Motors kümmerte.

Arbogast holte die zwei Kanister aus dem Laderaum und schleppte sie zu seinem Flugzeug, wo er sie vor dem Copilotensitz verstaute und mit Halteseilen festzurrte.

Als er zum Zeppelinhangar hinübersah, wo sich die Nase des Zeppelins gerade nach oben hob und der gewaltige Flugkörper allmählich mit seinen Passagieren an Höhe gewann, konnte er nicht anders.

»Har, har, har«, sagte er, und ein fettes Grinsen zog sich über sein ganzes Gesicht.

69

Madlener fuhr rechts an den Straßenrand und hielt an. »Es ist sinnlos, Arbogast kann sonst wohin gefahren sein«, meinte er zu Harriet. »Hast du gesehen, ob er's überhaupt war?«

»Nein. Nur den Lieferwagen mit seinem Kfz-Kennzeichen. Jedenfalls ist er auf die Arbogast-Apotheke zugelassen.« Madlener lehnte sich zurück und massierte sein Gesicht, um richtig wach zu werden. Dann holte er sein Smartphone heraus.

»Wen willst du anrufen?«, fragte Harriet.

»Das können wir nicht mehr allein stemmen«, sagte Madlener seufzend. »Es geht mir gegen den Strich, aber wir müssen das Büro in Kenntnis setzen. Soll der Kriminaldirektor entscheiden, ob wir eine Fahndung nach dem Lieferwagen herausgeben.«

»Falls er noch in Amt und Würden ist«, kommentierte Harriet lakonisch. »Du bist es jedenfalls nicht mehr.«

»Das wird mir Frau Gallmann gleich sagen können«, antwortete Madlener, schaltete auf Mithören und tippte auf die Kurzwahltaste.

»Kripo Friedrichshafen, Büro Kriminaldirektor Thielen, Gallmann am Apparat«, meldete sie sich, korrekt wie immer.

»Morgen, Frau Gallmann«, sagte Madlener. »Madlener hier. Ist Ihr Chef da?«

»Ja wisset Sie des net, Herr Madlener?«, sagte sie, und man hörte, dass sie mit Müh und Not einen weinerlichen Ton unterdrücken konnte. »Der Chef ist nicht mehr im Amt. Er ist mit sofortiger Wirkung noch gestern Nacht zurückgetreten.«

»Thielen steigt mitten in einem brisanten Fall aus? In den er persönlich verwickelt ist?«, fragte Madlener überrascht. »Und wer hat dann jetzt das Sagen?«

»Kommissar Binder, kommissarisch.«

»Ach du lieber ...« Den Rest verkniff sich Madlener gerade noch.

»Herr Thielen ist noch krankgeschrieben. Und mit einem Rücktritt will er nur einer Forderung des Innenministers zuvorkommen. Aber jetzt sag ich Ihnen mal was ganz unter uns: Er hat heute Hochzeitstag. Den dreißigsten. Und er hat seiner Frau seit Langem felsenfest versprochen, dass er mit ihr am Hochzeitstag einen Rundflug macht.«

»Was? Einen Rundflug? Womit?«

»Mit dem Zeppelin. Er hat die Tickets schon vor Monaten gekauft, es ist ihr ausdrücklicher Wunsch gewesen.«

»Können Sie ihn telefonisch erreichen?«

»Er hat sein Handy extra nicht dabei. Sie können sich vorstellen, dass da ein Anruf nach dem anderen hereinkommt. Und an diesem wichtigen Tag will er auf keinen Fall gestört werden, sonscht kriegt er echten Ärger mit seiner Frau. Was gibt es denn so Dringendes?«

»Versuchen Sie alles, um den Zeppelin heute nicht starten zu lassen.«

»Mit welcher Begründung?«

»Es könnte die Gefahr bestehen … Ach was, rufen Sie einfach den Tower vom Flughafen an und sagen Sie denen, dass es eine anonyme Bombendrohung gegen den Zeppelin gibt. Das dürfte reichen.«

»Ja um Gottes willen! Isch der Herr Kriminaldirektor in Gefahr?«

»Ja. Rufen Sie mich zurück, wenn's was gibt. Und sagen Sie Binder, dass er meine Suspendierung aufheben kann, kommissarisch zumindest. Ich bin nämlich wieder im Dienst.«

»Seit wann denn das?«

»Ab sofort. Danke, Frau Gallmann.« Damit beendete er das Gespräch.

Dann sah er Harriet an. »Herrgott, Harriet – eben ist es mir wieder eingefallen!«

»Was?«

»Woher ich diesen Arbogast kenne!«

Fahrig wählte er Ellens Nummer und fuhr wieder los.

»Geh schon ran«, murmelte er, während Harriet sich am Sicherheitsgurt festklammerte, weil Madlener das Blaulicht aufs Dach geklemmt hatte und gewaltig aufs Tempo drückte.

»Jetzt sag schon: Woher kennst du Arbogast?«, wollte sie wissen.

»Ich bin ihm mal begegnet. Im Wartezimmer von Dr. Auerbach.«

»Bruno ist ein Patient von Dr. Auerbach?«

»Vermutlich.«

»Ach du … shit!«

»Du sagst es.«

Dr. Herzog meldete sich auf dem Handy. »Endlich … Hallo, Ellen, ich bin's, Max. Wo ist dein Vater?«

Er fuhr halsbrecherisch über eine Kreuzung, die auf der Ampel in seiner Fahrtrichtung Rot anzeigte. Ein paar Autos konnten gerade noch abbremsen und verursachten ein Chaos, weil sie kreuz und quer zum Stehen gekommen waren und die gesamte Kreuzung versperrten.

Madlener raste rücksichtslos weiter und scheuchte alles aus dem Weg, was auf zwei, vier oder mehr Rädern unterwegs war. Harriet hatte inzwischen auch die Sirene dazugeschaltet.

»Ich erklär's dir später, warum«, sagte Madlener ins Handy. »Versuch, ihn irgendwie zu erreichen. Er könnte in Gefahr sein … Ein Patient, Dr. Arbogast. Dein Vater soll sofort bei der Kripo anrufen, wenn er von ihm aufgesucht wird, und ihn hinhalten, bis die Kollegen da sind … Ja, Arbogast ist auf einem Rachefeldzug und hochgradig gefährlich. Mehr dazu später. Ich bin mitten in einem Einsatz. Ich melde mich.«

Er raste bereits auf der Gegenfahrbahn dahin und rechnete damit, dass die Autos, die ihm entgegenkamen, nach rechts auf das Straßenbankett fuhren, was sie auch taten, bis auf einen Lkw, dem er in letzter Sekunde ausweichen musste, was haarscharf noch einmal gut ging.

Harriet hatte schon die Augen geschlossen.

Dass sie dabei auch noch stumme Stoßgebete von sich gab, glaubte Madlener eher nicht, aber bei Harriet konnte man nie wissen.

70

Dr. Arbogast wartete in seiner Cessna am Kopfende der Startbahn auf die Bestätigung vom Tower, dass er gegen die Windrichtung abheben konnte. Er schloss die Augen und sang vor sich hin, während er zuhörte, wie der Propeller rund lief und die Vibrationen in seinen Körper übergingen, als wäre er eins mit der Maschine. Es war ein Lied, das ihm seine Mutter immer vorgesungen hatte, damals, als er noch ein Kind war, in seinem ersten Leben, das von Schmerz und Angst vor seinem gewalttätigen Vater bestimmt war, bevor er beschlossen hatte, diesen Lebensabschnitt gewaltsam zu beenden, weil er wusste, dass seine Mutter genauso dachte wie er, und weil er zum willfährigen Werkzeug ihres Hasses geworden war. Seltsam, dass ihm dieses Lied ausgerechnet jetzt wieder in den Sinn kam.

»Die Gedanken sind frei, wer kann sie erraten,
sie fliegen vorbei wie nächtliche Schatten.
Kein Mensch kann sie wissen, kein Jäger erschießen.
Es bleibet dabei: Die Gedanken sind frei!
Ich denk, was ich will und was mich beglücket,
doch alles in der Still und wie es sich schicket.
Mein Wunsch, mein Begehren kann niemand verwehren,
es bleibet dabei: Die Gedanken sind frei!«

Sein Funkgerät knackte, und er bekam die Startfreigabe. Arbogast warf noch kurz einen Blick auf die zwei Kanister, die gut neben ihm festgezurrt waren, und tätschelte sie. Wenn er mit Vollspeed in den Zeppelin krachte, würde der Inhalt durch die gewaltige Wucht des Aufpralls in einem gigantischen Feuerball explodieren und von Flugzeug und Zeppelin nur noch brennende Trümmerteile übrig lassen. In seiner Phantasie übertraf die Explosion die des Zeppelins »Hindenburg« in Lakehurst noch bei Weitem, obwohl die »Hindenburg« um ein Vielfaches größer gewesen war als der moderne Zeppelin NT.

Als er die Maschine hochzog, spürte er auf einmal eine seltsame Benommenheit. Das konnte natürlich auch von den Medikamenten herrühren, die er vorsichtshalber in hoher Dosierung eingenommen hatte. Wach und präsent bleiben bis zum allerletzten Atemzug, egal, wie, das war alles, was er vom kümmerlichen Rest seines Lebens noch verlangte.

Er flog in Richtung Norden, wie es in seinem offiziellen Flugplan vorgesehen war, dann machte er eine weite Rechtskurve und steuerte den Bodensee an. Das Kabel seines Funkgeräts riss er heraus, um sich voll und ganz auf sein Ziel konzentrieren zu können, ohne abgelenkt zu werden.

In der Ferne sah Arbogast vom Cockpit seiner Cessna aus schon sein Zielobjekt am Himmel. Der Zeppelin NT befand sich bereits über dem Wasser Richtung Schweizer Ufer, gemächlich brummend überquerte er den See.

»Ich sehe was, was du nicht siehst«, sagte Arbogast. »Und das ist der Tod.«

Jetzt kam es darauf an.

Er korrigierte ein wenig seinen Kurs und peilte das Luftschiff von der Seite an, das gerade dabei war, ein umständliches Wendemanöver einzuleiten. Damit zeigte es seiner Cessna das Heck, also musste Arbogast sich vorbei- und nach oben schrauben, um erneut einen Anlauf zu nehmen. Er wollte die Breitseite treffen, weil er nur dort die größtmögliche Wirkung erzielen konnte. Am besten war es, direkt in die Gondel an der Aufhängung zu fliegen, dort, wo sie am Bauch des Luftschiffes hing. Er konnte die Passagiere sehen, die auf ihn und sein Flugzeug deuteten – obwohl ein paar den Ernst der Lage noch nicht begriffen zu haben schienen und ihm fröhlich zuwinkten.

Er flog noch einmal einen Scheinangriff und drehte erst im allerletzten Moment ab – er wollte, dass Thielen in den paar jämmerlichen Minuten seines Lebens, die ihm noch blieben, zur Kenntnis nahm, was da auf ihn und seine werte Gattin zukam. Das schwerfällige Luftschiff war eine leichte Beute, selbst jetzt, als es anscheinend vom Tower den Befehl zur Umkehr und sofortigen Landung erhalten hatte. Arbogast hatte noch ein wenig Zeit, mit ihm zu spielen und seine Macht zu demonstrieren, bevor er den letzten, tödlichen Angriff flog. Wehren konnte der Zeppelin sich nicht, die Flucht ergreifen ebenfalls nicht, genauso wenig waren irgendwelche Ausweichmanöver sinnvoll, dazu reagierte er viel zu träge. Der Zeppelin NT war nur ein Spielball von Arbogasts kleiner und wendiger Maschine mit seiner mörderischen Absicht und tödlichen Fracht.

71

Mit ihren Ausweisen gelangten Madlener und Harriet in ihrem Dienstwagen auf das weitläufige Flughafengelände. Madlener stoppte mitten auf der grasbewachsenen Freifläche, sie stiegen aus und sahen in Richtung Bodensee.

Offensichtlich waren sie zu spät gekommen, der Zeppelin befand sich schon auf seiner Reiseflughöhe von dreihundert Metern und hatte ihnen das Heck zugewandt. Augenscheinlich war der Anruf mit der anonymen Bombendrohung noch nicht bis zur Crew durchgedrungen.

Madlener hatte einen Feldstecher im Handschuhfach, Harriet ein eigenes Fernglas in ihrem Rucksack. Gerade als sie ihre Gläser herausgeholt hatten und ansetzen wollten, brummte ein einmotoriges Flugzeug in südlicher Richtung am Horizont entlang hinter dem Zeppelin her.

Harriet verfolgte es mit ihrem Fernglas.

»Oh shit! Das ist Bruno alias Arbogast«, kommentierte Harriet. »Es ist seine Maschine und seine Luftfahrzeugkennung. Ich habe sie mir gemerkt.«

Daran zweifelte Madlener keinen Augenblick, wahrscheinlich wusste sie auch die zwanzigstelligen IBAN-Nummern von ihrem und von seinem Bankkonto auswendig und konnte sie fehlerfrei vor- und rückwärts aufsagen, wenn er sie nachts um drei Uhr geweckt hätte.

»Ja, wir sind zu spät«, knurrte er. »Herrgott, wie lange dauert es denn noch, bis die den Zeppelin zurückholen?«

Beiden kam es wie eine Ewigkeit vor, als der Zeppelin über dem Bodensee endlich ein Wendemanöver einleitete, aber die Sportmaschine hielt genau auf ihn zu. Im letzten Moment zog der Pilot die Maschine wieder hoch und nahm einen neuen Anlauf.

»Der macht tatsächlich so was wie einen Kamikaze-Angriff!« Harriet konnte es nicht fassen. »Er weiß, dass Thielen da mitfliegt. Jetzt ist Arbogast endgültig verrückt geworden.«

»Ich befürchte, das war er immer schon«, entgegnete Madlener, der wie Harriet den Zeppelin und die kleine Sportmaschine, die das Luftschiff wie eine bösartige Hornisse umkreiste, mit dem Fernglas nicht aus den Augen verlor.

»Soll ich schon die Rettungsleitstelle alarmieren?«, fragte Harriet, ohne ihr Glas abzusetzen.

»Lass es«, murmelte Madlener. »Das haben die im Tower längst getan. Sie haben den Zeppelin zurückbeordert.«

»Das wird nichts nützen«, sagte Harriet hoffnungslos und schluckte.

»Nein, wird es nicht«, antwortete Madlener genauso niedergeschlagen, weil sie nur tatenlos zusehen und darauf warten konnten, dass Bruno das ausführte, was er so kryptisch angedeutet hatte. Und Madlener zweifelte keine Sekunde daran, dass Arbogast seine Drohung wahr machen würde. Er wollte Thielen um jeden Preis vernichten. Dass er dabei den Tod vieler unschuldiger Menschen in Kauf nahm und selbst dabei ums Leben kam, war ihm offensichtlich gleichgültig.

72

Der Zeppelin flog mit äußerster Kraft in Richtung Flughafen-
hangar zurück. Aber es war aussichtslos. Arbogast hatte ihn sich
zurechtgelegt wie ein Boxer seinen angeschlagenen Gegner und
holte mit seiner tödlichen Waffe, zu der er seine Maschine um-
funktioniert hatte, in einem weiten Bogen aus, um mit genügend
Abstand besser zielen und treffen zu können. Er stemmte sich
in seinen Sitz und begann seinen Zielanflug. Dabei kam er sich
vor wie ein Jagdflieger im Zweiten Weltkrieg, als es vor seinen
Augen zu flimmern begann, dann war nur noch ein wirbelndes
schwarzes Loch, auf das er geradewegs zuhielt. Er dachte daran,
dass ein schwarzes Loch im Universum alle Materie und alles
Licht verschlang, das auch nur in seine Nähe kam, wollte noch
dagegen ansteuern, aber es war schon zu spät, der unausweichliche
Sog hatte ihn bereits erfasst, er flog mitten hinein in die Leere
und Dunkelheit, die sich in seinem Kopf ausgebreitet hatte, fiel
mit dem Gesicht gegen den Steuerknüppel, spürte kurz eine
gewaltige Hitzewelle und dann gar nichts mehr.

Madlener und Harriet verfolgten den Flug des kleinen Sport-
flugzeugs mit ihren Gläsern, wie es eine weit gezogene Schleife
machte und sich dann mit voller Geschwindigkeit direkt von der
Seite der Passagiergondel des Zeppelins näherte. Doch plötzlich
sackte die einmotorige Maschine kurz vor dem Ziel ab und ver-
fehlte das Luftschiff um Haaresbreite. Es flog unter ihm durch und
schlug dann in einem steilen Winkel auf die Wasseroberfläche des
Bodensees auf. Dort explodierte die Cessna in einer gewaltigen
Wasserfontäne und einer grellgelben Flammenwolke.

Es dauerte lange drei bis vier Sekunden, bis das Dröhnen
der Explosion bei ihnen ankam. An der Stelle, wo das Flugzeug
zerschmettert worden war, dampfte das Wasser, und eine schwarze
Wolke stieg auf, zahlreiche Trümmerteile prasselten noch in den
See, auf dem sich ein Ölteppich ausbreitete. Damit war der ganze
Spuk zu Ende.

Aber es war kein Spuk, es war Wirklichkeit.

Der Zeppelin setzte seinen Landeanflug scheinbar unbeeindruckt in seiner gelassen-majestätischen Behäbigkeit fort und verlor an Höhe. Wie durch ein Wunder hatte er nicht den geringsten Kratzer abbekommen.

Madlener und Harriet setzten ihre Ferngläser ab und sahen sich verwirrt und ungläubig an.

»Das war's wohl mit Bruno«, meinte Harriet schließlich und schniefte vernehmlich. »Oder soll ich sagen: mit Arbogast?«

»Egal«, fand Madlener. »Das hat weder der eine noch der andere überlebt.«

»Ob er sich's im letzten Moment anders überlegt hat?«

»Ich weiß nicht. Es sah danach aus. Oder glaubst du wirklich, man kann dieses Monster …«, er wies mit seinem Fernglas auf den Zeppelin, »… verfehlen?«

»Wir werden es nicht mehr erfahren.«

»Nein. Das werden wir nicht«, sagte Madlener und seufzte hörbar.

Sie starrten noch immer auf die Absturzstelle, als Madleners Handy sich mit dem unverkennbaren amerikanischen Klingelton meldete, der einfach zu laut war. Das Schrillen ließ sie prompt zusammenzucken.

Madlener nahm ab und meldete sich: »Madlener …«

Er hörte eine Weile zu und sagte dann mit aller Ruhe und Gelassenheit, die er noch aufbringen konnte: »Ellen, deinem Vater wird schon nichts passiert sein … Okay, ich kümmere mich darum … Mach dir keine Sorgen. Ich melde mich, sobald ich was weiß.«

Er drückte sie weg und ging zum Auto, das mit geöffneten Türen hinter ihnen stand.

»Wo willst du hin?«, fragte Harriet.

»Das war Ellen. Ihr Vater ist verschwunden. Scheinbar spurlos. Ellen hat mit seiner Sprechstundenhilfe gesprochen, Frau Zettler. Die ist völlig aus dem Häuschen. Das ist sie zwar immer, jedenfalls wenn ich da bin, aber diesmal scheint es wirklich ernst zu sein. Dr. Auerbach hat schon zwei Therapiestunden versäumt und sich nicht gemeldet. Das ist in dreißig Jahren noch nie vorgekommen.«

»Zur Apotheke?«

»Zur Apotheke. Du fährst.«

Er wechselte auf die Beifahrerseite, Harriet klemmte sich hinter das Lenkrad.

»Ich nehme an, wir haben's eilig.«

»Oh ja, das haben wir«, antwortete Madlener, und Harriet fuhr los, dass die Antriebsräder durchdrehten und Grasbrocken davonschleuderten, während Madlener Sirene und Blaulicht einschaltete und Frau Gallmanns Nummer wählte.

73

Harriet bremste mit quietschenden Reifen direkt vor dem Eingang der Arbogast-Apotheke ab. Madlener marschierte hinein, Harriet folgte ihm.

Der vollbärtige Mann im weißen Kittel hinter der Theke blickte erstaunt hoch, als die beiden mit einer Dynamik hereinstürmten, als hätten sie es auf die Kasse abgesehen und würden gleich auf die Theke springen. Die grauhaarige Kundin, die er eben bediente, versteckte schnell ihr gerade geöffnetes Portemonnaie hinter ihrem Rücken.

Madlener zückte seinen Ausweis und sagte: »Kripo Friedrichshafen. Sie sind?«

Der vollbärtige Apotheker schloss sicherheitshalber die Kassenschublade, bevor er antwortete: »Urban ist mein Name …«

Die Dame, die gar nicht gefragt worden war, sagte schüchtern: »Frau Professor Frantischek …«

Harriet tätschelte beruhigend ihren Arm. »Keine Sorge, Frau Professor. Von Ihnen wollen wir nichts.«

Die alte Dame mit den akkuraten Dauerwellen ließ ihr Portemonnaie trotzdem so unauffällig wie möglich in ihrer Tasche verschwinden.

Madlener steckte seinen Ausweis wieder weg und fuhr fort in seinem Befehlston, weil er nicht lange um den heißen Brei herumreden wollte angesichts der Dringlichkeit der Situation. »Herr Urban, haben Sie Zugang zu den Privaträumen von Dr. Arbogast?«

»Dr. Arbogast ist nicht hier, soviel ich weiß. Er hat mich gestern noch angerufen und mir gesagt, dass ich die Apotheke pünktlich aufmachen soll. Das habe ich getan.«

»Das sehen wir. Also, haben Sie die Schlüssel?«

»Nein. Nur die zur Apotheke. Was ist mit Dr. Arbogast?«

»Das können Sie morgen in der Zeitung lesen«, antwortete Madlener humorlos.

Frau Frantischek spitzte die Ohren.

»Ist außer Ihnen noch jemand hier?«, fragte Harriet.

»Nein, momentan nicht. He, wo wollen Sie hin?«

Harriet war schon um die Verkaufstheke herumgegangen, um einen Blick in die hinteren Räumlichkeiten zu werfen.

»Wo geht's da hin?«, fragte Harriet unbeeindruckt von Urban, der auf sie zutrat, und zeigte auf eine abgesperrte Tür.

»Ins Treppenhaus und ins private Labor von Dr. Arbogast.«

»Haben Sie einen Schlüssel für das Labor?«, fragte Madlener.

»Nein. Die Tür zum Labor ist nur mit einem Zahlencode zugänglich. Und den kennt ausschließlich Dr. Arbogast. Also, ich muss schon sagen«, fing Urban an, sich ein wenig aufzuplustern, »Ihr Benehmen ist gelinde gesagt eigenartig. Haben Sie eigentlich irgendeinen richterlichen Beschluss für Ihr Vorgehen?«

»Brauchen wir nicht, nach dem, was vorgefallen ist. Gefahr im Verzug, verstehen Sie das?«, antwortete Madlener unverblümt.

Frau Frantischeks Gesicht ging wie bei einem Tennisspiel hin und her, die blanke Neugier war ihr davon abzulesen.

Urban zog sein Handy heraus. »Nein, das verstehe ich nicht. Ich werde jetzt Dr. Arbogast davon unterrichten, was hier in seiner Apotheke vor sich geht.«

»Tun Sie, was Sie nicht lassen können«, kommentierte Madlener trocken. »Sie werden ihn allerdings nicht erreichen.«

»Und warum nicht?«, fragte Urban.

»Weil Arbogast tot ist und sein Handy, falls es nicht pulverisiert worden ist, auf dem Grund des Bodensees liegt.«

Urban hörte auf, auf sein Handy einzutippen, und sah Madlener mit offenem Mund an.

»Öffnen Sie jetzt diese verdammte Tür, oder zwingen Sie meine Kollegin, sie einzuschlagen?«, fragte Madlener, dem allmählich der Geduldsfaden riss.

Frau Frantischek stand angesichts der brandneuen Hiobsbotschaften und des Tons, den Madlener und Harriet an den Tag legten, mit großen Augen und der Hand vor dem Mund da, während Urban vor Wut und Fassungslosigkeit einen puterroten Kopf bekommen hatte.

»Ich werde gar nichts tun«, presste er heraus, »bevor Sie mir nicht endlich sagen, was hier los ist! Außerdem werde ich mich bei Ihrem Vorgesetzten beschweren, das kann ich Ihnen versprechen!«

»Das bleibt Ihnen unbenommen«, entgegnete Madlener kühl.

»Aber das wird schwierig. Mein Vorgesetzter ist heute Nacht von seinem Amt zurückgetreten. Sie werden sich schon an den Innenminister persönlich wenden müssen. Frau Holtby, bitte …«

Harriet hatte nur auf seine Aufforderung gewartet und warf sich schon krachend mit der Schulter gegen die Tür. Das ging Urban dann doch zu weit.

»Warten Sie«, sagte er und fummelte an einer versteckten Schlüsselleiste unter der Verkaufstheke herum, ging zur Tür und sperrte sie auf.

Madlener und Harriet gelangten ins Treppenhaus, gegenüber war die Stahltür mit dem Zahlenschloss.

»Haben Sie den Code dafür?«, fragte Madlener.

»Nein. Ich habe Ihnen doch schon gesagt …«

Madlener winkte ab. »Jaja, ich weiß, den kennt nur der Hausherr.«

Harriet probierte, aber natürlich war abgesperrt.

Madlener wies mit dem Kopf zur Treppe, Harriet nahm die Treppe im Sturmlauf.

Madlener sah Urban streng an. »Sie bleiben hier!«, befahl er. Dann spurtete er kurzatmig hinter Harriet her und schwor sich wieder einmal, mit dem Rauchen aufzuhören.

Urban blieb unten und sah ihnen nach, ebenso Frau Frantischek, die es sich nicht nehmen lassen wollte, neben den Aushilfsapotheker zu treten und Zeugin der brisanten Entwicklung im Hause Arbogast zu werden.

»Was ist eigentlich hier los?«, fragte sie.

»Das wüsste ich auch gerne, Frau Professor«, antwortete der völlig konsternierte Urban. Den beiden Kommissaren nachzugehen, traute er sich nicht, aber sie lauschten im Treppenhaus.

74

Im ersten Stock war neben der Klingel ein Namensschild mit
»A. Arbogast« an der Wohnungstür. Harriet hatte geklingelt und
geklopft und holte dann ihr Dietrichset aus dem Rucksack, das sie
Madlener geöffnet hinhielt, weil er mehr Erfahrung im Umgang
damit hatte.

Während er im Schloss herumfummelte, fragte er lächelnd:
»Wolltest du vorhin wirklich die Tür mit der Schulter aufbrechen?«

Harriet grinste zurück. »Es hat doch seinen Zweck erfüllt,
dass ich so getan habe, oder?«

»Allerdings«, antwortete Madlener und drückte die Tür auf.
Sie betraten die Wohnung. Es roch muffig und abgestan-
den, so als wäre schon seit Wochen nicht mehr gelüftet worden.
Außerdem war es düster, dazu trugen auch die dunkel gestreiften
Tapeten an den Wänden bei, alle Vorhänge waren zugezogen.

Harriet machte Licht, und sie fingen an, rasch jedes Zimmer
in Augenschein zu nehmen.

Im Gang hingen jede Menge Rehgeweihe an den Wänden.
Die Möbel in Wohn- und Esszimmer waren altbacken und
wuchtig, alle Stellflächen waren voller Nippesfiguren, die auf
Spitzendeckchen standen: Dutzende Hummelfiguren in allen
möglichen Variationen, wie in einem Museum. Hier schien
offensichtlich seit einiger Zeit niemand mehr zu wohnen oder
zu putzen. Harriet strich über den Wohnzimmertisch, ihr Finger
war schmutzig vom Staub. Einige Sitzmöbel waren mit Tüchern
bedeckt, an der Wand hingen ein paar kitschige Ölschinken in
monströsen goldfarbenen Rahmen, auf denen irgendwelche
Alpenlandschaften mit und ohne Hirsch vor sich hin dunkelten.
Ein Kruzifix war hoch oben in der Ecke angebracht.

Auf einer Kommode standen silbern gerahmte Familienbilder.
Sie alle zeigten eine Frau mit ihrem Sohn in verschiedenen Al-
tersstufen und Umgebungen, wohl Frau Arbogast mit Arbogast
junior. Von einem Vater gab es kein einziges Foto.

Im moosfarben gefliesten Bad war kein Handtuch, Badeutensilien gab es auch keine mehr, nicht einmal Seife oder Klopapier war vorhanden, der Spiegelschrank war leer. In der Küche stand ebenfalls nichts herum, nicht einmal eine Tasse. Die Schränke, in die Madlener einen kurzen Blick warf, waren allerdings vollgestopft mit Porzellan und Küchenkram.

Das Ehebett im Schlafzimmer war frisch bezogen, die Schränke und Schubladen gähnend leer, nur eine Unmenge Kleiderbügel baumelten an den Stangen.

An der Tür zum letzten Zimmer am Ende des Ganges war ein Schild mit kindlicher Handschrift angebracht, »Zutritt verboten!« stand darauf. Sie öffneten die Tür.

Es war, als wäre dort die Zeit in den 1980er Jahren stehen geblieben – eindeutig das Jugendzimmer eines Jungen. Flugzeugmodelle hingen an Fäden von der Decke, ein Bett, ein Schreibtisch, eine kleine Sitzgruppe aus Billigmöbeln. Es waren keine Poster mit Popgruppen oder Stars an den Wänden, aber eine Wand war komplett mit einer großen Fototapete beklebt, die in Schwarz-Weiß den grauenvollen Moment zeigte, in dem die »Hindenburg« in Lakehurst in Flammen aufgegangen war: Das Luftschiff war schon zur Hälfte verbrannt, das Stahlgerippe lugte zwischen den Flammen hervor, panische Menschen rannten vom Unglücksort weg, kurz bevor die brennenden Überreste des Zeppelins, der wie ein sterbender Dinosaurier wirkte, auf den Boden aufschlugen.

Harriet sah genauer hin, die Flammen waren mit gelbem und orangefarbenem Filzstift bemalt worden.

Sie tauschte mit Madlener einen kurzen Blick aus, aber es gab nichts zu sagen. Das war die optische Bestätigung dafür, dass Arbogast junior Bruno gewesen sein musste.

Wortlos reichte Harriet Madlener Vinylhandschuhe und zog selbst welche an.

Ein Wandregal enthielt nur Comics, vor allem von Carl Barks. Mit ihrer behandschuhten Hand holte Harriet einen Band heraus und zeigte ihn Madlener: »Isnogud«, der Kalif werden wollte anstelle des Kalifen.

Auf dem Schreibtisch eine Gesamtausgabe von Shakespeare,

in Leder gebunden und mit Golddruck, daneben Chemie- und Biologiebücher aus der Schule.

Madlener entdeckte mehrere Schuhkartons mit Kunstpostkarten, darunter auch welche von Josef Madlener.

Das Zimmer war tadellos aufgeräumt. Auf dem Tisch waren auf einem Schachbrett Figuren in einer Stellung aufgebaut, die ein Kenner wahrscheinlich als klassisch interpretiert hätte. Auf dem Bett lag eine Patchwork-Tagesdecke.

Sie durchsuchten im Schnellgang Schrank und Schubladen, die noch voller Klamotten waren, wie sie in den 1980er Jahren modern gewesen waren.

»Nach oben?«, fragte Harriet und sah Madlener an.

»Nach oben«, antwortete er und marschierte voraus.

Sie hasteten die Treppen ins nächste Stockwerk hoch.

Madlener öffnete die Wohnungstür wieder mit Harriets Dietrichset.

Hier sah alles ganz anders aus. Die Wände waren in sanften Braun- und Rottönen gestrichen, keine alten Tapeten, keine abgenutzten Teppichböden wie im ersten Stock, nur Schiffsbodenparkett. Die Möbel machten einen edlen Eindruck, sie waren modern, alles geschmackvoll und nicht überladen, kein Chichi, aber irgendwie ohne Charme, sehr männlich und streng.

Die Küche war wie neu, mit allem ausgestattet, was man sich als Hobbykoch nur wünschen konnte, ausschließlich teuerste Markengeräte. Ein Esszimmer, ein Wohnzimmer, sparsam möbliert, jede Menge wissenschaftliche Bücher, aber auch klassische Literatur, ein Schlafzimmer mit Futonbett, auf dem maßgeschreinerten Nachtkästchen diverse Medikamente, keine Lektüre am Bett. Ein Zimmer war ein einziger begehbarer Kleiderschrank, das Bad puristisch weiß und klinisch sauber.

Das ganze Apartment war, obwohl es offensichtlich bewohnt war, wie ein kurzer Blick in den Kühlschrank gezeigt hatte, steril und nüchtern. An den Wänden hingen großformatige Bilder von alten Flugzeugen, Doppeldeckern und bizarren Fluggeräten. Was auffiel: Es gab keine Blumen, keine Familienfotos, keinen Krimskrams.

Aber auch nirgendwo eine Spur von Dr. Auerbach.

Von draußen hörten sie näher kommendes Sirenengeheul, Madlener warf einen Blick aus dem Fenster zur Straße hinunter.

»Endlich!«, sagte er. »Die Kavallerie kommt.«

Sie verließen das Apartment und eilten ins Erdgeschoss hinunter.

Ehrmanntraut, der Chef der Techniker, brauchte keine drei Minuten, um mit Hilfe eines elektronischen Geräts das Zahlenschloss der Labortür zu knacken.

»Voilà!«, sagte er, packte sein Werkzeug weg und hielt Madlener und Harriet die Stahltür auf, durch die sie hindurchschlüpften. Harriet drückte auf einen Schalter an der Wand. Neonröhren flackerten auf und tauchten den fensterlosen Raum in klinisch weißes Licht.

Es war tatsächlich ein Labor mit Einrichtung und Ausstattung wie im Chemieübungssaal einer Schule.

Madlener sah es als Erster.

In der Ecke, halb in einen Teppich eingewickelt, lag eine leblose menschliche Gestalt. Wie achtlos weggeworfener Sperrmüll, der gelegentlich noch entsorgt werden sollte.

Madlener ging in die Hocke und schlug die Kante des Teppichs vorsichtig beiseite, die das Gesicht bedeckte.

Es war Dr. Auerbach.

Madlener fühlte nach dem Puls am Hals.

»Einen Notarzt, schnell«, sagte er zu Harriet. »Er lebt noch.«

»Hallihallo, lieber Herr Hauptkommissar Madlener! Ja, so sieht man sich wieder, unverhofft zwar, jedenfalls von Ihrer Seite, aber immerhin.«

Dr. Arbogast machte es sich auf seinem Stuhl bequem, verschränkte die Arme und verzog sein Gesicht zu einer Grimasse, die wohl ein Lächeln sein sollte.

»Tja – wo soll ich anfangen? Ach ja, jetzt fällt's mir wieder ein. Ich will ja nicht, dass Sie weiterhin schlaflose Nächte haben, weil Sie über ungelöste Rätsel – oder soll ich besser sagen: unlösbare Rätsel? – sinnieren müssen, wo Sie doch Ihren Schlaf brauchen, um hellwach zu sein, wenn Sie wieder Ihrem heroischen Job nachgehen und versuchen, das Böse aufzuhalten, das jeden Tag aufs Neue über die geplagte Menschheit hereinbricht. Heroisch deshalb, weil der Hydra, die sich Verbrechen nennt, stets neue Köpfe nachwachsen, wenn Sie es geschafft haben, einen davon abzuschlagen. Dieser Krieg ist einfach nicht zu gewinnen, selbst für Sie nicht, der Sie doch mit allen Wassern gewaschen sind, das sieht man ja an meinem Fall, den Sie kripointern den Fall ›Bruno‹ nennen. Damit sind wir schon bei Rätsel Nummer eins. Bruno Richard Hauptmann – warum wohl habe ich mich so genannt? Aus zwei Gründen, die eigentlich banaler Natur sind. Mir hat der Name einfach gefallen, und er erschien mir passend, weil Bruno Richard Hauptmann unschuldig schuldig geworden ist. Und hinreichend verwirrend für Sie, die Leute von der Kripo. Hat mir eben Spaß gemacht, Sie alle an der Nase herumzuführen, nichts für ungut!«

Er kratzte sich wie aus Verlegenheit am nackten Schädel, bevor er weitersprach.

»Wenn Sie dieses Statement hören, bin ich schon in einer anderen Welt, Sie können mich für meine Untaten nicht mehr bestrafen oder der sogenannten irdischen Gerichtsbarkeit zuführen, was ja Sinn und Zweck Ihres Berufs ist oder zumindest sein sollte. Apropos bestrafen – das war der Grund meiner ganzen

Aktion: den Kriminaldirektor für seine Unfähigkeit, seine blinde Arroganz, seine falsche Methodik und seine Unbeherrschtheit – habe ich noch was Negatives vergessen? – zu bestrafen und ihn vor aller Welt als das hinzustellen, was er ist: ein übler Wichtigtuer, der stets die falschen Schlüsse zieht. So wie ich Sie einschätze, lieber Herr Hauptkommissar Madlener, sind Sie inzwischen längst auf den alten Fall gestoßen, der zweiunddreißig Jahre zurückliegt und der mich zu dem gemacht hat, der ich heute bin. Klingt melodramatisch, ist aber so. Ich habe nicht mehr lange zu leben, deshalb kann ich jetzt ruhig die Karten auf den Tisch legen. Die Konsequenzen für das, was ich tue und getan habe, ziehe ich selbst. Wenn Sie das hier sehen und hören, wissen Sie, was ich meine. Mein Gott, was war das für ein Heidenaufwand, aber gleichzeitig auch ein Heidenspaß, um es mal banal auszudrücken! Also, to make a long story short, wie Ihr durch meine Hand verblichener Kriminaldirektor gerne zu sagen pflegte: Vor ziemlich genau zweiunddreißig Jahren hat meine Mutter – Gott hab sie selig! – meinen Vater in unserer Garage mit seinem eigenen Auto über den Haufen gefahren. Klingt nicht sehr schön, aber anschaulich, und genau so war es. Mit voller Absicht, und sie hatte allen Grund dazu. Mein Vater war ein schrecklicher Mensch. Wir mussten ihn loswerden, und als die Gelegenheit günstig war, da hat sie's getan. Oh, ich war genauso schuldig im Sinne von ... sagen wir mal: einer Mittäterschaft. Ich habe nämlich die Schuld auf mich genommen, weil ich noch strafunmündig war. Na ja, olle Kamellen, werden Sie jetzt sagen, alles schon längst verjährt, aber wenn ich ehrlich bin: Die Tat meiner Mutter hat mich geprägt, mich über all die Jahre nicht losgelassen. Nun, man ist wohl das Produkt aus seinen Erlebnissen, Taten und Verfehlungen und seiner Gene. Mein Vater hatte furchtbare Gene, um ehrlich zu sein, er war ein brutaler Sadist, der uns, meine Mutter und mich, gequält hat bis aufs Blut, physisch und psychisch. Aber niemand hat es gemerkt. Nach außen hin war er ein respektabler und feinsinniger Apotheker, ein Meister seines Fachs, überaus kompetent und einfühlsam im Umgang mit den vielen Patienten und Kunden, die ihn aufsuchten. Beliebt bei seinen Jagdkameraden, hatte für jeden ein gutes Wort und einen passenden Witz. Aber sobald die Wohnungstür zuging, war er wie umgewandelt. Nun ja – Sie sehen ja, was aus mir geworden ist.«

Er warf einen Blick auf seine Uhr.

»Genug der Worte. Eine schreckliche Schwäche von mir, ich verplaudere mich allzu gerne! Kurz noch zu den Rätseln, bevor ich Schluss machen muss. Schließlich wartet der Zeppelin mit Thielen an Bord nicht auf mich. Und diese Schlusspointe, dass ich ihn für alles bestrafe, was er mir angetan hat, will und kann ich mir doch nicht entgehen lassen nach all der Vorarbeit, die ich geleistet habe. Also, dieses eine Mädchen: reiner Zufall, dass sie mir vor dem Hallenbad sozusagen ins offene Messer gelaufen ist. Sandra Thielen habe ich mir natürlich gezielt herausgesucht. War einfach, sie um den Finger zu wickeln und ihr Vertrauen zu gewinnen, überraschend einfach geradezu. Die zweiunddreißig Kerzen in der Basilika Birnau – nun, es ist zweiunddreißig Jahre her, dass Thielen mich zu einem Geständnis zwingen wollte. Aber das konnten Sie ja nicht wissen, das war sozusagen eine persönliche Anspielung von mir, deshalb sage ich es Ihnen jetzt. War da noch was? Nein, ich glaube nicht. Den Rest müssen Sie sich selbst zusammenreimen. Ist Ihr Job. Würde mir leidtun, wenn ich Ihnen zu viele Umstände bereitet habe, ehrlich. War nicht meine Absicht. Aber jetzt, wo Kriminaldirektor Thielen nicht mehr unter euch, der Kripo Friedrichshafen, weilt, können Sie ja die Lorbeeren ernten und seine Nachfolge antreten. Viel Erfolg – man sieht sich leider nicht mehr!«

Er lächelte, beugte sich nach vorne und machte die Kamera aus, in die er gesprochen hatte.

Aber dann ging sie wieder an.

»Noch eine Kleinigkeit«, sagte er mit erhobenem Zeigefinger. »Ein wenig eitel zwar, das gebe ich zu, aber Sie sollten es vielleicht doch mal zu Gesicht bekommen, schließlich ist es die Manifestation meiner Mission, hochtrabend ausgedrückt.«

Er zog seinen Apothekerkittel und sein T-Shirt aus, dann kehrte er der Kamera den nackten Rücken zu und zeigte ihr sein Tattoo, den Zeppelin, der aus der dunklen Wolkenschicht stieß, umzuckt von wild gezackten Blitzen. Dazu bewegte er seine

Schulterblätter. Dann drehte er sich wieder um und schaltete die Kamera endgültig aus.

Madlener lehnte sich zurück und rieb sich die Augen.

Ex-Kriminaldirektor Thielen, Binder, Götze, Ehrmanntraut, Frau Gallmann, er und Harriet saßen und standen im Konferenzraum vor dem Notebook von Dr. Arbogast und verdauten das, was sie eben auf dem Bildschirm gesehen hatten und was Dr. Arbogast als letzte Botschaft an die Nachwelt aufgezeichnet hatte. Harriet hatte den Post-it-Zettel darauf entdeckt, auf dem »Für KHK Madlener« geschrieben stand, und das Notebook ins Präsidium mitgenommen.

In die Wände im Meeting-Room waren Schlitze geschlagen worden, die Techniker hatten inzwischen sämtliche Wanzen geortet und entfernt, es sah aus wie auf einer Baustelle.

So ähnlich wie in meinem Kopf!, dachte Madlener, der immer noch damit beschäftigt war, das eben Gehörte und Gesehene geistig zu verarbeiten. Aber für diesen Tag reichte es ihm voll und ganz.

Er stand auf und wollte gerade gehen, als eine auf den ersten Blick unscheinbare, kleine, aber sich resolut gebende Frau mittleren Alters mit grau melierten Haaren den Raum betrat, ihre dicke Designerhandtasche auf dem Tisch abstellte, alle reihum ansah – keiner sprach ein Wort, es herrschte betretenes Schweigen – und sagte: »Guten Tag allerseits. Mein Name ist Rita Schwanitz-Terstegen. Ich möchte mich Ihnen gerne vorstellen, ich bin die neue Kriminaldirektorin.«

Als sie die verblüfften Blicke registrierte, fuhr sie fort: »Ich sehe schon – Sie sind nicht über meine Ankunft informiert worden. Es musste alles schnell, schnell gehen, der Innenminister persönlich hat meine sofortige Versetzung hierher nach Friedrichshafen angeordnet. Ich kann Ihnen versichern, dass ich alles tun werde, damit wir in guter Professionalität zusammenarbeiten, und erwarte im Gegenzug von Ihnen höchsten Einsatz und unbedingtes Engagement. Schließlich wollen wir doch alle den guten Ruf dieser Dienststelle wiederherstellen.«

Sie entblößte ihre makellos weißen Zähne, auf denen ein

kleiner Lippenstiftrest zu sehen war, und zeigte ein gletscherkaltes Haifischlächeln, das einen sofortigen Temperatursturz von gefühlten zwanzig Grad zur Folge hatte, dabei war die Betriebstemperatur im Konferenzraum nach der Videoansprache von Dr. Arbogast sowieso schon im Eiskeller.

77

»Ich habe von meiner Tochter gehört, dass ich Ihnen mein Leben zu verdanken habe«, krächzte Dr. Auerbach mit schwacher Stimme.

Madlener wusste nicht, ob dessen Stimme deshalb so schwach war, weil es ihm gottverdammt schwerfiel, dem Lebensgefährten seiner einzigen Tochter so etwas wie Dankbarkeit zu erweisen, oder ob er gesundheitlich immer noch so angeschlagen war, dass er seine übliche autoritäre und herablassende Art noch nicht zur Anwendung bringen konnte.

Jedenfalls lag Dr. Auerbach bleich und ausgezehrt in einem Einzelzimmer in der Klinik im Krankenbett, umgeben von einem sicherlich ungesunden, aber farbenfrohen Blumenmeer, das der unumstößliche Beweis dafür war, wie viele Patienten und Bewunderer eine Koryphäe wie er hatte. Eigentlich war er noch zu schwach, um Besucher zu empfangen; der Chefarzt, ein Duzfreund von ihm, hatte es ihm strengstens untersagt. Aber für seine beiden Lebensretter wurde natürlich eine Ausnahme gemacht. Ebenso für seine Tochter, Dr. Ellen Herzog, die seit der Einlieferung ihres Vaters in die Notaufnahme nicht von seiner Seite gewichen war und sein Krankenzimmer bewachte wie Zerberus den Eingang zur Hölle.

Ursprünglich wollten Madlener und Harriet mit ihrem Besuch noch abwarten, bis es Dr. Auerbach wieder besser ging und er endgültig von den Drogen, mit denen ihn Arbogast vollgepumpt hatte, entgiftet worden war, aber Ellen hatte im Auftrag ihres Vaters darauf bestanden, dass Madlener und Harriet ihm zwei Tage nach seiner Rettung ihre Aufwartung machten.

Harriet hasste Krankenhäuser im Allgemeinen – sie hatte Madlener unumwunden gestanden, dass ihr schon übel wurde, wenn sie nur an den Geruch von Desinfektionsmitteln und Formalin dachte – und im Besonderen, wenn sie jemanden am Krankenbett besuchen sollte, der ihr seinen Dank abstatten wollte. Wenn es aus beruflichen Gründen erforderlich war, sich in einer

Klinik »herumzutreiben«, wie sie sich dabei ausdrückte, konnte sie ihre Phobie mit ihrer Professionalität überdecken, aber aus freien Stücken hinzugehen war eine ganz andere Sache.

Als Madlener sie mehrfach gebeten hatte, ihn zu begleiten, hatte sie tausendundeine Ausrede vorgebracht, bis ein persönlicher Anruf von Dr. Ellen Herzog sie schließlich doch noch umstimmen konnte.

Jetzt stand sie neben Madlener am Bett von Dr. Auerbach und trat von einem Fuß auf den anderen, weil ihr die Situation wahnsinnig peinlich war, die sie nolens volens über sich ergehen lassen musste. Sie, die sonst wirklich nicht auf den Mund gefallen war, wusste einfach nicht, wie sie sich verhalten und was sie sagen sollte. Madlener übernahm das Sprechen für sie mit und meinte: »Wir haben nur unsere Arbeit gemacht, Herr Dr. Auerbach.«

»Nein, nein«, widersprach der Patient, »ich habe die meine nicht richtig gemacht. Ein entsetzlicher Fehler, der mir da unterlaufen ist.«

Er schlug die Hände über dem Kopf zusammen, eine exaltierte Geste, die er sich in Anwesenheit von Madlener noch nie erlaubt hatte, und sagte: »Leihkost! Spätestens da hätte ich draufkommen müssen! Dieses Versäumnis kann ich mir nie verzeihen!«

Madlener und Harriet sahen sich einigermaßen verwirrt an. »Bitte?«, sagte Madlener. »Ich glaube, wir verstehen nicht ganz ...«

»Sehen Sie«, stöhnte Auerbach, »es war in dieser Sitzung, der letzten mit Arbogast und gleichzeitig der ersten, in der er sich ein Mal ganz kurz geöffnet hat und zeigte, wie er wirklich war. Und beim Hinausgehen sagte er ein einziges Wort zu meiner Sprechstundenhilfe, das sie als ›Leihkost‹ verstanden und interpretiert hat. Ich konnte mir keinen Reim darauf machen: ›Leihkost‹? Was in Gottes Namen sollte das bedeuten? Aber er hat natürlich ›Lakehurst‹ gesagt. Das ist der Name des Ortes, an dem die ›Hindenburg‹ verunglückt ist. Dass mir das nicht aufgefallen ist ...«

Er schüttelte über sich selbst den Kopf, Ellen fasste ihn beruhigend an der Schulter, er tätschelte ihre Hand und fuhr fort: »Arbogast war schon als Pubertierender mein Patient, mit etlichen Unterbrechungen seinerseits also über Jahrzehnte hinweg, und ich habe ihn trotzdem nicht durchschaut, habe sein gefährliches Potenzial, das unter der scheinbar so verständigen Oberfläche lauerte, einfach nicht gesehen. Das ist ein schwerer handwerklicher Fehler gewesen, für den andere und schließlich ich selbst bezahlen mussten. Bei mir ist es nur noch einmal gut ausgegangen, weil Sie beide rechtzeitig zur Stelle waren.«

Madlener wollte etwas sagen, aber Dr. Auerbach ließ ihn, so schwach er noch war, gar nicht erst zu Wort kommen. »Stellen Sie um Gottes willen jetzt Ihr Licht nicht unter den Scheffel. Es ist so, wie ich es sage: Ihnen beiden verdanke ich mein Leben! Und ich weiß wirklich nicht, wie ich das jemals wiedergutmachen soll.«

Dr. Herzog, die neben ihrem Vater auf einem Stuhl saß und wieder seine Hand hielt, sah Madlener und Harriet an. »Es stimmt, was mein Vater sagt. Ich habe mit Dr. Bathira gesprochen. Sie hat mir erklärt, dass mein Vater nicht überlebt hätte, wenn ihr beide auch nur eine halbe Stunde später gekommen wärt. Das ist eine simple Tatsache.«

»Bitte, Frau Holtby, Herr Madlener«, fuhr Dr. Auerbach fort, »glauben Sie wenigstens meiner Tochter und widersprechen Sie nicht. So wie Sie es sonst, Herr Kommissar, grundsätzlich bei allem tun, was ich sage.«

Er streckte die Hand aus. Madlener zögerte nicht und schlug ein.

»Also noch einmal: Danke!«, sagte Dr. Auerbach und schüttelte auch Harriet die Hand, die so heftig an ihrem Kaugummi herumkaute, dass sie gar nicht dazu kam, irgendetwas zu erwidern.

»Keine Mediation mehr?«, fragte Madlener, um das Gespräch auf eine etwas erträglichere ironische Ebene zu bringen.

Dr. Auerbach ging darauf ein. »Keine Mediation mehr, versprochen!« Er nickte und hob die drei Schwurfinger der linken Hand.

Also hatte er doch noch so etwas wie Restbestände von Humor, dachte Madlener. Man musste ihn nur in eine extreme Ausnahmesituation bringen, um sie herauszukitzeln.

Ellen stand plötzlich auf und umarmte Madlener spontan, wobei ihr Tränen in den Augen standen.

»Kommst du heute zum Abendessen?«, flüsterte sie in sein Ohr. »Ich mache uns Gnocchi.«

Er küsste sie und sagte: »Das klingt gut. Dann bringe ich den Wein mit.«

Sie nickte nur, weil sie nicht weitersprechen konnte, so einen Kloß hatte sie im Hals. Madlener wirkte in diesem Moment etwas peinlich berührt, Harriet noch etwas peinlich berührter, sie wusste gar nicht mehr, wo sie hinschauen sollte.

Zum Glück für alle Beteiligten kam in diesem Moment der Chefarzt samt Ärztetross zur Visite, sodass Madlener und Harriet die günstige Gelegenheit nutzten, um sich schleunigst zu verabschieden. Ellen blieb bei ihrem Vater.

78

Draußen vor der Klinik rauchten Madlener und Harriet erst einmal eine Zigarette, neben den anderen Nikotinjunkies im Morgenmantel und im Rollstuhl.

»Weißt du schon, dass wir umziehen müssen?«, fragte Madlener nach dem ersten befreienden Zug.

»Ja«, antwortete sie. »Hab's schon gehört.«

»Die neue Chefin besteht darauf, dass wir ein Büro im Präsidium beziehen.«

Harriet blies den Rauch in Kringeln aus. »Neue Besen ...«

Sie rauchten schweigend weiter, bis Harriet beiläufig meinte:

»Warum hast du's nicht getan?«

»Was?«, fragte er, obwohl er genau wusste, was sie andeutete. »Den Job angenommen, den sie dir angeboten hat.«

»Woher weißt du das?«

Sie zuckte mit den Schultern. »Hat sich rumgesprochen. Dass Frau Schwanitz-Terstegen dir im Auftrag des Innenministers den Posten des Kriminaldirektors angedient hat.«

»Keine Ahnung«, brummte er. »Irgendwie hab ich keinen Bock darauf gehabt. Ist nichts für mich. Vielleicht weil ich lieber mit dir in der Gegend herumfahre, als ständig am Schreibtisch zu sitzen und mich von irgendeinem Staatssekretär zur Schnecke machen zu lassen.« Er grinste.

Sie grinste zurück. »Hast du wenigstens Bock auf Asiatisch?«

Er tat so, als würde er überlegen. »Kommt darauf an.«

»Auf was?«

»Wenn das so was wie eine Einladung sein soll ...«

Sie schniefte. »Klar. Was sonst?«

»Überredet.«

Sie machten sich auf den Weg zum Parkhaus. Der große, breitschultrige Mann im Mantel mit den zu langen Haaren und das schmächtige Mädchen mit der Amy-Winehouse-Frisur in der schwarzen Lederjacke mit Silbernieten und den Springerstiefeln.

Jemand, der sie nicht gekannt und von hinten gesehen hätte, wäre nie auf die Idee gekommen, dass sie Kollegen waren, gegensätzlicher konnte man nicht sein.

Vielleicht verstanden sie sich gerade deshalb so gut.

Walter Christian Kärger
DAS FLÜSTERN DER FISCHE
Broschur, 400 Seiten
ISBN 978-3-95451-083-2

»Walter Christian Kärger hat einen sprachlich ansprechenden, gut durchdachten und sehr spannenden Krimi geschrieben, der von der ersten bis zur letzten Seite in Atem hält.« Das schöne Allgäu

www.emons-verlag.de

Walter Christian Kärger
TUNICHTGUT UND TUNICHTBÖSE
Broschur, 384 Seiten
ISBN 978-3-95451-527-1

»... so ist ›Tunichtgut und Tunichtböse‹ bis zur letzten Seite ein gelungener, sprachlich ansprechender und aktionsreicher Krimi, den man ungern aus der Hand legt.« Esslinger Zeitung

www.emons-verlag.de